उजाले की तलाश

(उपन्यास)

उजाले की तलाश

शरद पगारे

वाणी प्रकाशन

वाणी प्रकाशन

4695, 21-ए, दरियागंज, नयी दिल्ली 110 002

शाखा

अशोक राजपथ, पटना 800 004

फ़ोन : +91 11 23273167 फ़ैक्स : +91 11 23275710

www.vaniprakashan.in
vaniprakashan@gmail.com
sales@vaniprakashan.in

UJALE KI TALASH
by Sharad Pagare

ISBN : 978-93-87648-53-1

Novel

संस्करण 2001
आवृत्ति 2018

मूल्य : ₹495

सिटी प्रेस, दिल्ली-110 095 में मुद्रित

वाणी प्रकाशन का लोगो मक़बूल फ़िदा हुसेन की कूची से

चार वर्षीय पौत्र चि. शांतनु
एवं दो वर्षीया पौत्री चि. सौम्या
और उनकी पीढ़ी को
इस कामना के साथ
कि
भ्रष्टाचार/अन्याय/अनैतिकता/बेईमानी/असत्य
की अंधी अँधेरी सुरंग से उन्हें गुजरना
न पड़े

पूर्वपीठिका उपन्यास की

5 जुलाई 1994 के हिंदुस्तान टाइम्स में दक्षिण भारत के शिमोगा जिले के चन्द्रगुट्टी के हवाले से कर्नाटक-आंध्र के सीमावर्ती गाँवों में आज भी प्रचलित देवदासी प्रथा पर विस्तृत समाचार प्रकाशित हुए थे। इनमें से अधिकांश देवदासियाँ जिनकी संख्या हजारों में होती है मुंबई, चेन्नई, दूरस्थ दिल्ली के वेश्यालयों के दलालों को बेच दी जाती हैं। इन्हीं देवदासियों के कारण इन महानगरों के लाल बत्ती क्षेत्र गुलजार हैं।

इस समाचार से प्रेरित हो मैंने कहानी 'उजाले की तलाश' लिखी। व्यक्तिगत कार्य से मुंबई जाने पर अपने मित्र प्रसिद्ध फिल्मकार, निर्देशक, केमरामैन श्री गोविन्द निहलाणी जी से भेंट और साहित्य पर चर्चा हुई। वे साहित्य मर्मज्ञ हैं। व्यावसायिक लीक के भेड़िया धसान सिनेमा से अलग हटकर मानवीय जीवन की त्रासदियों और संवेदनाओं पर फिल्म बनाते हैं। मेरी सारी प्रकाशित कृतियाँ उन्होंने ली हैं। उन्हें 'उजाले की तलाश' की थीम से अवगत कराया। चर्चा के दौरान उन्होंने परामर्श दिया कि इस कहानी का वर्तमान दौर के इतिहास की जिन्दगी की विसंगतियों, संत्रासों, और राजनेताओं के दुहरे चरित्रों से जोड़ उन्हें बेनकाब करूँ।

इक्कीसवीं सदी की देहली पर खड़ी नारी, देह भोग की शाश्वत वस्तु बनी रहेगी। देश सेवा का मुखौटा पहन सड़क छाप राजनेता शार्टकट से करोड़पति बनते हैं। पक्का दलाल बन सत्ता के जरिए आम जनता के खरे पसीने की दौलत को घोटालों के जरिए बिना डकारे करोड़ों खा रहे हैं। न्याय पालिका के छिद्र इसमें सहायक हैं।

और आदर्शों से प्रेरित गरीबों के मसीहा नक्सलवादी कामरेड भ्रष्टाचार के जनक नेताओं को सजा देने के बजाय शासकीय प्यादों पर वार कर रहे हैं। जबकि प्यादों की आड़ में बैठे शैतान उनका असली निशाना होना चाहिए। क्योंकि वे जनशत्रु हैं।

आम आदमी को गहरी, अंधी-अँधेरी सुरंग में कैद कर दिया गया है। उसे उजाले की तलाश है। क्या वह मिलेगा ?

–शरद पगारे

जेल की चारदीवार से बाहर आया। संतरी से घिरे बड़े दरवाजे के सामने कुछ देर असमंजस में खड़ा रहा। गहरी लंबी साँस ले आजाद हवा से अपनी आत्मा को नहलाया। जब तक जेल में रहा लगा हवा भी कैद है। आसपास का जायजा लिया। अनति दूर पेड़ के नीचे खड़ी थी। तीन एक साल का बच्चा अंगुलि पकड़े बगल में था। कौन हो सकती है ? शायद किसी रिश्तेदार कैदी से मिलने की प्रतीक्षा कर रही होगी ? कहाँ चला जाए ? नारायण मामा के गाँव ? उनके दरवाजे तो पहले ही अपने खूनी हाथों से कीलें ठोंक मजबूती से बंद कर आया है। गौरी के सामने कौन सा मुँह लेकर जाएगा ? अपने पिता के हत्यारे के प्रति घृणा-क्रोध के विष से निश्चय ही जल रही होगी ?

अम्मा के पास चला जाए ? कितना भी हो माँ, माँ होती है। ममता कुपुत्र को भी क्षमा कर देती है। नालायक संतान को भी प्यार करना माँ-बाप की मजबूरी है। बच्चे इसी कमजोरी का फायदा उठाते हैं। परंतु यहाँ तो स्थिति वैसी नहीं है। उसके कारण अम्मा की स्थिति अत्यंत दयनीय एवं संकटपूर्ण हो गई है। उनकी एक ओर था पीठ जाया भाई, दूसरी ओर पेट जाया बेटा ! अपने भाई के हत्यारे को कैसे स्वीकारेंगी ? चाहे वह उनका बेटा ही क्यूँ न हो ? छोटा भाई भी तो बेटे के समान ही होता है। अपने बेटे द्वारा अपने भाई की हत्या वैसा ही था जैसे दायाँ हाथ बाएँ को काट डाले। जो मरणांतक पीड़ा उसने उन्हें दी थी उसे सोच काँप उठा। अपने को भी दोषी मान अम्मा तिल-तिल मर रही होंगी। आतंक और सार्वजनिक लज्जा के साये में जी रही होंगी। उन्हें जिंदा मौत दे दी है।

असमंजस के जिस चौराहे पर खड़ा था उससे छुटकारा मुश्किल लगा। पेड़ से कटी शाख सा अनुभव हुआ। कुछ देर ऊहापोह में और खड़ा रहा। यहाँ खड़े रहने का क्या मतलब ? ज्यादा देर खड़े रहने पर संतरी अपमानजनक तरीके से भगाएगा। लंबी साँस ले, सिर झुका, निरुद्देश्य चल पड़ा।

"कहाँ चल दिए ?" सुरीले स्वर ने टोका।

यही मालूम होता तो इतनी देर जेल के बाहर खड़ा क्यों रहता ? छूटते ही सीधे अपने गंतव्य के लिए चल न देता ? गहरी दृष्टि से पूछने वाले को ताका।

पेड़ के नीचे की प्रतीक्षारता उसी से पूछ रही थी। साड़ी के पल्ले की आड़ से झाँक रहे बच्चे की भोली उत्सुक निगाहें टुकुर-टुकुर ताक रही थीं। तो इत्ती देर से उसी का इंतजार किया जा रहा था ? दूर से अस्पष्ट दीख रही आकृति स्पष्ट हुई। साँवली, सलोनी, तीखे नाक-नक्श, गजरे से सजी नितम्बों तक फैली वेणी। बड़े-बड़े कजरारे नयनों से झरती करुणा, वेदना, ममता, वात्सल्य की तरलता। आह ! कितनी हसीन बढ़िया नमकीन चीज़ है। उफ ! कितना घटिया सोच है मेरा। जेल के वातावरण और कैदियों की सोहबत ने सारी सज्जनता, शराफत और सौंदर्य चेतना ही नहीं छीन ली शब्दकोश में सड़क छाप जुमलों का इजाफा किया है। 'संगति संग दोषेन' सत्संग चाहे दुष्ट कर ही क्यों न हो दोष तो उत्पन्न करता ही है। कारावास के इन वर्षों में उन्हीं चोर, उचक्कों, गुंडों, हत्यारों और बलात्कारियों का सत्संग कुछ तो असर दिखाएगा ? पछतावे से भर उठा। ना ! यह सड़क छाप तुलना अनुचित ही नहीं अवांछनीय भी।

चन्द्रेश शास्त्री जी ने महाकवि कालिदास के 'अभिज्ञान शाकुंतलम्' की शकुंतला और 'मालविकाग्निमित्रम्' की मालविका के जिस लावण्य और सौष्ठव से परिचित कराया था, उसे इतनी जल्दी भूल गया ? शास्त्री जी के महाकवि ने ऐसी नायिका के लिए कहा था, "तन्वी श्यामा शिखर दशना पक्व बिम्बा ध्ररोष्ठी। मध्ये क्षामा चकित हरिणी प्रेक्षणा निम्न नाभिः।" ओह ! पर नारी के लिए ऐसा आकर्षण निंदनीय है श्री नि ? यह पाप है पाप ! जेल जीवन ने क्या तेरी सारी मति, सारी संवेदना, नैतिकता हर ली ? गहरी लंबी साँस ले आत्मा में घुमड़ रही छटपटाहट को निकालने की असफल कोशिश की।

उत्तर के लिए अपरिचिता के नयनों से उत्सुकता झाँक रही थी। कौन हो सकती है। गौरी ! अपने अप्पा के हत्यारे को लेने क्यों आएगी ? अब तक तो उसका विवाह हो चुका होगा ? अपने पति, बाल बच्चों और घर गृहस्थी में मगन होगी। शायद अम्मा ने किसी को भेजा हो ? एक झूठी-भोली आशा की जोत जली। किंतु शीघ्र ही आशंका के झोंके ने बुझा दी। वे अपने छोटे भाई के हत्यारे की सूरत तक देखना पसंद नहीं करेंगी। चाहे वह फिर उनका बेटा ही क्यों न हो ? भाई की हत्या और बेटे को जेल से उनका वात्सल्य और ममता से भरा हृदय विदीर्ण हो गया होगा। अब तक क्या वे जीवित होंगी ? माँ की मृत्यु की कल्पना और निपट अकेले रह जाने के अहसास से देह में काँटे खड़े हो गए। कँपकँपी छूट गई। दूर पास के रिश्तेदारों-परिचितों में से तो शायद ही हो ? उनमें तो इतनी ममतामयी और सुंदर कोई नहीं ? फिर कौन हो सकती है ? सवालों की भूल-भुलैया में भटक गया।

तभी बिजली कौंधी। कहीं देवदासी ललिता तो नहीं ? वो क्यों आने लगीं ? उसी के कारण तो नारायण स्वामी का हत्यारा मान सात साल की–बामशक्कत की कैद की सजा दी गई। कांजीवरम् की शानदार सिल्क साड़ी, जेवरों से लदी फदी, भरी स्थूल देह, पान बीड़ों से भरा मुँह। अपनी अम्मा के साथ गवाही देने आई थी। कठघरे में खड़ी उस ललिता को तो वह पहचान ही नहीं पाया था। जिसकी खातिर उसने देवी माँ की नाराजी मोल ली। अपने मामा को खलनायक माना उसी ने और उसकी माँ जयम्मा ने उसके विरुद्ध झूठी गवाही दी। झूठ और नफरत की नदी पार कर क्या वो उसे लेने आएँगी ? ना ! यह संभव नहीं। कौन सा मुँह लेकर लेने आएँगी ?

फिर कौन हो सकती है ? यादों को खंगालने की कोशिश असफल रही। एक लंबे अंतराल के बाद कोमल, कमनीय स्वर सुनने, किसी रूपसी से बोलने-बतियाने का अवसर मिला है। लगा आत्मा में जमी चुप्पी रूपी बर्फ स्नेह की कोमल आँच से पिघलने को उतावली है। एकदम से जुबान खुल नहीं रही है। पिछले कुछ वर्षों में उसने मनुष्य के जिन रूपों-व्यवहारों को देखा, भोगा है उसने उसकी वाणी हर ली है।

उसके चुप्पे स्वभाव की खिल्ली कामरेड लतिका ने भी उड़ाई थी। उस दिन कामरेड्स की बहस के बीच जब वह चुपचाप तर्क, बहसें सुन रहा था कि सहसा लतिका ने उससे पूछ लिया, "तुम्हारा क्या कहना है श्री नि ?" अचानक के इस सवाल से वह हड़बड़ा गया। कुछ पल चुभती नजरों से उसे ताकता रहा। विचार तो मन में ढेर सारे उठ रहे थे। पर व्यवस्थित रूप से उन्हें पेश करने का साहस नहीं जुटा पाया। चुपचाप ताकता रह गया।

लतिका ने उसकी हँसी उड़ाते कहा था, "अरे ! ये तो मुक्का है, मुक्का। गूँगा बौडम। ये क्या बोलेगा ?"

तीव्र इच्छा होते हुए भी उस वक्त प्रतिवाद और विरोध प्रगट नहीं कर पाया था। मौके पर जवाब तो नहीं दे पाया। मगर वह विचार शून्य थोड़े ही है ! इस अपरिचिता को लेकर अभी भी विचारों का द्वंद्व चल रहा है। गौरी और अम्मा को छोड़ कोई और भी इतने निकटतम नहीं है, जो उसके छूटने का दिन, तारीख और समय याद रख लेने आए ? यादों की भूल-भुलैया में खो गया। और जब रास्ता न मिला तो हैरानी से ताकता रह गया।

सवाल उस अपरिचिता के दीर्घ नयनों में अभी भी तैर रहा था।

"छूटने के बाद यहाँ से कहाँ जाओगे ?" यही सवाल कामरेड सुरेन्द्रन ने भी जेल की कोठरी में किया था।

जेल की तेरह नंबर की कोठरी में उसका साथी था सुरेन्द्रन। नक्सल केसरी के नाम से विख्यात सुरेन्द्रन आंध्र के करीमगंज, तेलंगाना और मध्य प्रदेश के बस्तर इलाके की पुलिस के लिए आतंक था ? भ्रष्टाचार, शोषण, गरीबी, अन्याय, अत्याचार

और पुलिसिया आतंक से लड़ने, मरने, मारने के लिए जुनूनी जोश का प्रतीक। घृणा-क्रोध से सतत जलती रहतीं उसकी आँखें ? पुलिस को चकमा देने में माहिर सुरेन्द्रन ने कभी भी दो रातें एक जगह नहीं बिताईं। हर इलाके में दलमों का गठन, उनके लिए नए और तरोताजा युवक-युवतियों की भर्ती में बड़ी सावधानी बरतता था। पैसों और हथियारों का जुम्मा भी उसने ले रखा था। जन-शत्रुओं की गतिविधियों पर निगाह रखने के लिए उसने हर दलम में गुप्तचरों की व्यवस्था भी कर रखी थी। नक्सल आंदोलन का वह दिमाग और योजनाकार था। उन्हें क्रियान्वित करने की दक्षता उसमें थी।

उच्च मध्यम वर्गीय परिवार के प्रोफेसर वेंकटेश का बेटा सुरेन्द्रन वर्तमान व्यवस्था के खिलाफ भयंकर आक्रोश से भरा था। अर्थशास्त्र में एम.ए., पी-एच.डी. करने के बाद विश्वविद्यालय की लेक्चररशिप तो उसके लिए पक्की थी। डॉ. वेंकटेश ने अपने बेटे के लिए एक शानदार जिंदगी की पूरी योजना बना रखी थी। उनकी विद्वत्ता की धाक सारे विश्वविद्यालय में ही नहीं वरन् देश-विदेश के कई विश्वविद्यालयों में थी। अतिथि प्रोफेसर के रूप में पढ़ाने बुलाए जाते थे। अपने विषय अर्थशास्त्र के साधिकारिक विद्वान थे। अर्थशास्त्र पर, विशेष कर भारत और एशिया की गरीबी पर उनके शोध पत्र यूरोप और अमेरिका की प्रतिष्ठित पत्रिकाओं में प्रकाशित और चर्चित हो चुके थे। उनकी प्रसिद्ध शोध पुस्तक 'भारत की पुरातन गरीबी' Age Old Poverty of India विशेष रूप से प्रसिद्ध हुई थी। इसने उन्हें अंतर्राष्ट्रीय ख्याति का अर्थशास्त्री बना दिया।

मार्क्सवाद-लेनिनवाद-माओवाद का गहन अध्ययन कर उन्होंने उसे आर्थिक दर्शन के इतिहास का अंतिम सत्य मानने से इन्कार कर दिया। उनकी मान्यता थी कि आर्थिक सिद्धांतों का इतिहास विकासवादी होता है। वह कभी एक बिंदु पर ठहर नहीं जाता। रुक जाने पर ठहरे हुए पानी की तरह सड़कर बदबू मारने लगता है। मजदूरों की तानाशाही पर टिकि रूस और पश्चिम यूरोप की व्यवस्था का पतन इसका उदाहरण है। इंसान की हर नई पीढ़ी के साथ ही नए विचार ताजे पानी की तरह समाज, शिक्षा, और शोध के क्षेत्र में आते हैं। नए मार्क्स और नए लेनिन का अर्थशास्त्र के क्षेत्र में आगमन इतिहास की अनिवार्य नियति है। 'दास केपीटल' का फिर से लिखा जाना समय की ऐतिहासिक माँग है। मार्क्स और लेनिन के बाद महात्मा गाँधी ने सर्वोदय के रूप में अर्थशास्त्र को नई परिभाषा दी। मार्क्सवाद ने वर्ग संघर्ष और वर्ग दृष्टि और इससे उत्पन्न हिंसा और रक्तिम क्रांति को जन्म दे समाज में घृणा-द्वेष का जहर फैलाया था। इसके स्थान पर सर्वोदय ने सभी वर्गों, जातियों के बीच मैत्री, सौहार्द के साथ आर्थिक साधनों के समान वितरण का सिद्धांत पेश किया। सर्वोदय

मैत्री और भाईचारे के साथ परिवर्तन का हिमायती है। गरीबों, दलितों और शोषितों के पक्ष में अमीरों की ट्रस्टीशिप का पक्षधर। उसका प्रतिपादन करता है सर्वोदय।

भूतपूर्व प्रधान मंत्री ने भारत की परिस्थितियों को न समझते हुए पश्चिम प्रेरित समाजवाद को सरकारी नौकरशाही के जरिए लाने का प्रयत्न किया। वे भूल गए कि भारत की नौकरशाही अंग्रेजों की गुलाम मानसिकता की उपज है, जिसे वह आज भी पाले है। नौकरशाही विशेषाधिकार संपन्न वर्ग बन गया है। अंग्रेजों के जमाने में होम गवर्नमेंट इंग्लैंड में थी। उसके एक रुपए को बचाने के लिए अंग्रेजों ने नौकरशाही को भारत के दस रुपए बरबाद करना सिखाया था। वही मनोवृत्ति नौकरशाही में आज भी काम कर रही है। सरकार का एक रुपया बचाने के लिए यदि जनता को दस रुपए की हानि होती है तो इसकी पर्वाह उसे नहीं। जबकि होना यह चाहिए कि जनकल्याण के लिए सरकारी एक रुपए को बचाने के बजाए दस खर्च करना पड़ें तो किए जाएँ। नौकरशाही ने सरकारी उपक्रमों का जो सत्यानाश किया वह इसका उदाहरण है। अपने न्यस्त स्वार्थों की रक्षा के लिए वे मंत्रियों को कुछ नहीं समझते।

प्रो. वेंकटेश सरकारी समाजवाद के कठोर आलोचक थे। वे मानते थे कि सन् 1947 में भारत के आजाद होते ही नौकरशाही को उखाड़ फेंक नई व्यवस्था भारतीय परिस्थियितों के अनुरूप लागू करना थी। फ्रांस की 1789 की राज्य क्रांति, अमेरिका के स्वातंत्र्ययुद्ध और रूस की 1920 की क्रांति ने पुरातन शासन व्यवस्था को उखाड़ फेंका। नई व्यवस्थाएँ लागू कीं। जबकि भारत अभी भी बंदरी के मरे बच्चे के समान नौकरशाही को गले लगाए है। यही नहीं ईस्ट इंडिया कंपनी के सन् 1856, 1867 के कानून, गोपनीय नियम अभी भी लागू हैं। ये सभी ब्रिटीश मानसिक गुलामी के प्रतीक हैं। और इनके भरोसे, इनकी मदद से देश का आर्थिक विकास नहीं किया जा सकता। नौकरशाही, लाल फीताशाही, फाइल चलाने, नोटशीट प्रथा ने देश में जो भ्रष्टाचार का भस्मासुर खड़ा किया है वह सारी व्यवस्था को दीमक के समान निगले जा रहा है। नेहरू और इंदिरा गाँधी के कारण सरकारी समाजवाद और सरकारी उपक्रमों का बेड़ा तो गर्क हुआ ही इसने सर्वोदय और विनोबा जी के रक्तहीन क्रांति के शिशु भूदान की भी हत्या कर दी। प्रत्येक सरकारी उपक्रम, नौकरशाही और जनता द्वारा चुनाव में ठुकराए गए राजनेताओं की चरागाह बन गए हैं। सरकारी पैसे पर लालबत्ती गाड़ी, बँगलों, नौकर चाकरों और भ्रष्टाचार के अड्डे सिद्ध हुए हैं।

उपरोक्त स्थितियों और मार्क्सवाद, समाजवाद एवं साम्यवाद की कमियों को रेखांकित करने वाली डॉ. वेंकटेश की नई पुस्तक 'गरीबी उन्मूलन और राजकीय समाजवाद' State Socialism and Eradiction of Poverty ऑक्सफोर्ड से छपी थी। वह बहुत चर्चित हुई। समीक्षकों और अर्थशास्त्रियों, विशेषकर अमेरिकनों ने उसका बड़ा स्वागत किया था। अमेरिका के अनेक विश्वविद्यालयों ने उन्हें व्याख्यान देने

आमंत्रित किया ? इस पुस्तक में उन्होंने हर देश की परिस्थितियों के अनुरूप आर्थिक विकास का दस्तावेज पेश किया था। उनका विचार था कि रेडीमेड कपड़ों की तरह अर्थशास्त्र के रेडीमेड विचारों को हर देश में एक जैसा लागू नहीं किया जा सकता है। पं. जवाहर लाल नेहरू ने यही भूल की। ब्रिटेन के फेबियन सोशलिज्म के इस हिमायती ने उसे कृषि प्रधान भारत में लागू करना चाहा। वे भूल गए कि इंग्लैंड और यूरोप औद्योगिक देश हैं। औद्योगिक क्रांति के कारण वे कृषि प्रधान भारत से कम से कम पचास साल आगे है। जबकि भारत अभी भी अठारहवीं सदी की बैलगाड़ी में सफर कर रहा है।

दो विश्व युद्धों ने यूरोप का मशीनीकरण इस तेजी से किया कि वहाँ की कृषि व्यवस्था का भी मशीनीकरण हो गया है। सामाजिक ढाँचे, परिवार-संगठन और नैतिक मूल्यों में आमूल चूल परिवर्तन हुआ। फ्रांस के काफका और सार्त्र तथा इटालियन अलबर्टो मोराबिया के 'दो औरतें' Two Women उपन्यास में इस परिवर्तन को स्पष्ट देखा जा सकता है। भारत में ऐसा कुछ नहीं हुआ है। इन परिवर्तन से वह अछूता है। अनेक शहर भी इससे अछूते हैं। जिस देश में शिक्षा का प्रतिशत पंद्रह भी न हो वहाँ यूरोपीय साम्यवाद या समाजवाद की बात करना कल्पना विलास है। फिर जिन पूँजीवादी दवाबों, भाई-भतीजावाद, पार्टी के माफिया मैनेजरों के प्रभाव में सरकारें थीं, उनसे किसी आमूल चूल परिवर्तन संभव नहीं था।

चालीस के अंतिम दशक की उनकी पैदाइश थी। इस देश के गुजरे इतिहास के वे साक्षी हैं। कांग्रेसी नेताओं के त्याग-बलिदान, देशसेवा-भक्ति को व्यक्तिगत स्वार्थपरता और दलबंदी के गर्त में उन्होंने डूबते देखा है। अभी तक इस मुहावरे को सुनते आए थे कि 'सत्ता भ्रष्ट करती है। पूर्ण सत्ता पूर्ण रूपेण भ्रष्ट करती है।' सन् 1939 में बने कांग्रेसी मंत्रिमंडलों के भ्रष्ट आचरण की सच्चाई ने गाँधी जी को निराशा से भर दिया था। विशेषकर एक प्रदेश के मंत्रिमंडल की गतिविधियों ने। इसीलिए देश के आजाद होते ही दूरदर्शी महात्मा ने कांग्रेस को भंग कर लोक सेवक दल गठित करने का परामर्श दिया। नेहरू ने उसे हँसी में उड़ा दिया। अस्सी प्रतिशत गाँवों में फैले भारत के गरीब, अशिक्षित बहुसंख्यकों के देश में भारतीय परिस्थितियों के अनुरूप बिना कोई सुधार किए, ब्रिटेन की लोकतंत्रीय संसदीय प्रणाली रोप दी गई। शीघ्र ही वह भ्रष्टाचार और व्यापार-व्यवसाय तथा उद्योगों के काले धन पर फूलने-फलने लगी। आज वह भस्मासुर बन गई है। चन्दा उगाहने में प्रवीण नेतागण और बाद में पार्टी मैनेजर संगठन की रीढ़ बन गए।

राजनीति का चेहरा, चाल और चरित्र ही बदल दिए गए। जन सेवा के बजाय राजनीति कमाई का जरिया बन गई। पहले घर के नालायक बेटे को मास्टर बनने की सलाह दी जाती थी। और अब ! नालायक बेटे को राजनीति में भेजा जाता है। जहाँ भूखे-मरने की कतई संभावना नहीं।

संसद में लोक तंत्र का, क्षुद्र स्वार्थों के लिए, मखौल उड़ाते सांसद, जिन्हें जेल में होना चाहिए वे देश के भाग्य विधाता बन बैठे हैं। सरकारें लूट-खसोट और घोटालों का माध्यम बन गई हैं। समाजवाद, साम्यवाद, गरीबी हटाओ के सपने बेचने वाले सत्ता में पहुँचते ही जनता से बड़ी बेशर्मी से विश्वासघात करने में नहीं चूकते। सारे वायदे खोखले सिद्ध हो गए। हैरानी की बात तो यह है कि गरीब तबके के राजनेताओं ने भी यही किया। गरीबों के नाम पर रोटियाँ सेंकने वाले आज कहाँ खड़े हैं ? चारा घोटाला, बोफोर्स घोटाला, यूरिया घोटाले की सारी रकम को जोड़ लिया जाए तो सरलता से देश के एक गरीबतम क्षेत्र के, गरीबी की रेखा से नीचे रहने वालों को दो जून रोटी, सर पर छत और साल में आठ-दस माह के रोजगार की गारंटी दी जा सकती है।

इन पचास सालों में गरीबी तो मिटी नहीं गरीबों की संख्या में जरूर बढ़ोतरी हुई है। जनकल्याण की बातें करने वाली हर सरकार ने अपनी आर्थिक नीतियों को तय करते वक्त गाँधी जी के गरीब का चेहरा भुला दिया। हाँ। चंदा देने वाले सरमाएदारों के हितों का ध्यान अवश्य रखा। राजनीति के ये नए सरमाएदार जयप्रकाश नारायण की बैसाखियों के सहारे आगे बढ़ कर फिल्मी अभिनेताओं और उद्योगपतियों की बैसाखियों के सहारे टिके हैं। वे इन बैसाखियों के बल पर गरीबों-दलितों की, गरीबों-दलितों-अल्पसंख्यकों की राजनीति की बाजीगरी कर रहे हैं। इन पचास सालों में गरीबी तो मिटी नहीं हाँ ! उनकी संख्या इतनी बढ़ी कि गरीबी की रेखा अनेक जगहों से टूट-फूट गई। राजनीति धंधा बन गई है पैसा कमाने का। राजनीति, जनसेवा के बहाने कमाई का जरिया बन गई है। भ्रष्टराज नेताओं, उनके परिजनों, रिश्तेदारों, मित्रों, पार्टी के चमचों, नौकरशाहों और अपराधियों ने जरूर अपनी गरीबी दूर कर ली है। सात पीढ़ी का पक्का इंतजाम कर लिया है। समाजवाद, गरीबी हटाओ, बहुजन समाज को आगे बढ़ाने का सपना बेचने वालों ने सत्ता में पहुँचते ही बड़ी बेशर्मी से विश्वासघात जनता के साथ किया। सारे वायदे खोखले सिद्ध हुए।

एक विश्वविद्यालय में 'लोक तंत्र में आर्थिक विकास की संभावनाएँ' विषय पर भाषण देते हुए प्रो. वेंकटेश ने व्यंग्य कसा, ''मित्रो ! बहुसंख्यक गरीबों और निरक्षरों के वोट के बल पर टिके लोक तंत्र को अल्पसंख्यक धंधेबाज राजनीतिज्ञ, उनसे सहयोगी, माफिया डान, जाति, धर्म, अल्पसंख्यक, बहुजन समाज के हितों की रक्षा के नाम पर लठैतों की मदद से गरीब-निरीह लोगों को डरा-धमकाकर मतदान केंद्रों और मत पत्रों पर कब्जा कर, नौकरशाहों की मदद से चला रहे हैं।

मुझे पता चला है। ना ! ना ! यह निकट इतिहास की सच्ची कहानी है। एक प्रांत के आदरणीय माननीय मुख्यमंत्री जी ने अपने बेटों के नाम बसों के परमिट जारी कराए। नई राजधानी के अधिकांश क्वार्टर्स और बँगलों के निर्माण का ठेका उन्हें दिलवाया। अपने शहर में ऐसा शानदार बँगला बनवाया जिसकी पहली मंजिल

पर वे कार में बैठे-बैठे उतरते थे। अपने बेटों के लिए लोकसभा और विधानसभा की सदस्यताएँ सुरक्षित कर लीं। उनके अंचल की राजनीति उनके परिवार तक सिमट कर रह गई। वे जब मरे एक अखबार ने उनकी मृत्यु पर दस करोड़ का मृत्यु-कर (Death Duty) वसूलने की राय दी। दोस्तो ! इस पर से अंदाज लगा सकते हैं कि उन देश भक्त, त्यागी, बलिदानी ने कितनी दौलत इकट्ठा की थी ? जो आर्थिक मजबूती उन्होंने अपने परिवार को दी उससे उनके सुपुत्रों को मुख्यमंत्री, संसद सदस्य बनने से कौन रोक सकता है ? आज उनके बेटे अपने बेटों को राजनीति में प्रमोट कर रहे हैं।

वे ही क्यों ? आज तो हर राजनेता नेहरू वंश की तर्ज पर अपने बीवी-बच्चों, भाई-भतीजों को ही नहीं साले-सालियों तक को राजनीति में प्रमोट करने में लगा है। राजनीति खानदानी पेशा बना दी गई है। वे सिद्ध करना चाहते हैं कि राजनीति की समझ, चतुरता और जन सेवा का अधिकार उन्हीं की खानदान और वंशजों की बपौती है। लोकतंत्र में नए राजवंशों का उद्भव हो रहा है।

राजवंश की बात चली तो इतना और बता दूँ दोस्तो ! राजनीतिक सत्ता से दीवालिया हुए राजपुत्र राजनीति के कर्णधार बन गए हैं। इसी प्रकार के एक राजकुँवर जो राजनीति के चतुर खिलाड़ी हैं, ने अपनी ही पार्टी के अपने विरोधियों को किनारे लगा मुख्यमंत्री का पद हथिया लिया। और फिर अपने पूर्ववर्ती के आदर्श पर चलते हुए राजधानी से अनति दूर शानदार महल बनवाया। बेटे-साले को राजनीति में उतारा। आज वे भी जनता के मानवीय जनसेवक हैं। हमारे मान्यवर जनसेवकों पर यह दोहा सटीक बैठता है–

"सरकारी पैसे की लूट है, लूट सके तो लूट।
अन्त काल पछताएगा जब कुर्सी जाएगी छूट।"

काश ! मेरे मजदूर पिता भी दस करोड़ की बजाय दस लाख भी छोड़ जाते तो मैं आज यहाँ आपको व्याख्यान नहीं देता ? हाँ ! किसी प्रांत का मुख्यमंत्री नहीं तो मंत्री अवश्य होता ? हममें से अधिकांश ! ना ? पिच्चानवे प्रतिशत गरीब और मध्यम वर्ग के हम लोग रोटी की लड़ाई जीतने में इतने मशगूल रहते हैं कि राजनीति की ओर रुख करना तो क्या ताकना भी संभव नहीं ? आज की राजनीति अब गुंडों का खेल बनकर रह गई है। अपनी बात पर बल देने के लिए उन्होंने इसका अंग्रेजी में तर्जुमा किया। "Politics has become a game of Scoundrels", सज्जन लोग गुंडों के डर से वैसे ही राजनीति से दूर रह रहे हैं। राजनीति के खोटे सिक्कों ने असली सिक्कों को चलन से बाहर कर दिया है। अर्थशास्त्र का यह नियम आज की राजनीति पर शत प्रतिशत लागू हो गया है। ऐसे लोकतंत्र को जिसे अपराधी राजनीतिज्ञ और राजनीतिज्ञ-अपराधी चला रहे हों उनसे देश के आर्थिक विकास की अवधारणा की उम्मीद करना मूर्खों के स्वर्ग की कल्पना करने के समान है। हाँ !

पार्टी और परिवार के आर्थिक विकास की संभावनाएँ प्रबल हैं।''

जोरदार तालियों और ठहाकों ने समर्थन किया।

''मित्रो ! मैंने एक चुटकुला पढ़ा था। ना ! चुटकुला नहीं सच्चाई है। मुख्य मंत्री महोदय को आए दिन कुछ मंत्रियों के भ्रष्टाचार की शिकायतें मिल रही थीं। अखबारों में उनके कारनामे छप रहे थे। शपथ पत्र पर सप्रमाण शिकायतें लोकायुक्त को की गईं। उन्होंने भ्रष्ट मंत्रियों के खिलाफ मुकदमा चलाने की अनुमति शासन से माँगी। मुख्यमंत्री ने फाइल पेंडिंग पटक दी। चार भाई निकाल दिए गए। लोकायुक्त महोदय के दबाव डालने पर लोकहित में मुख्यमंत्री ने मुकदमा चलाने की अनुमति देने से इन्कार कर दिया। सज्जनो ! जिस देश में भ्रष्टाचारियों को बचाना लोकहित हो ? उस देश के भविष्य की कल्पना कर सकते हैं ? अखबारों, विधान सभा और हाइकमान का दबाव पड़ा तो अली बाबा ने अपनी कुर्सी की खातिर भ्रष्ट मंत्रियों से छुटकारा पा लिया। उनमें से एक राजदार ने एकांत में जब मुख्यमंत्री से विरोध जताया तो उन्होंने समझाया—

''यार ! पाँच साल में से तीन साल मंत्री रहकर तुमने काफी कमा लिया। अब दूसरों को भी मौका देना चाहिए। फिर तुम चिंता क्यों कर रहे हो ? तुम्हें अल्पसंख्यक आयोग का अध्यक्ष बना दूँगा। तुम्हारी लाल बत्ती वाली गाड़ी, बँगला, मंत्री का दर्जा सुरक्षित रहेगा। अब तो खुश ?'' तो दोस्तो ये है वर्तमान लोकतंत्र में राजनीतिज्ञों की विकास की अवधारणा।''

''इससे निकलने का कौन सा रास्ता आप सुझाते हैं डाक्टर साहब ?'' प्रश्न पूछा गया।

''रास्ता है। इसमें कोई संदेह नहीं कि लोकतांत्रिक प्रणाली ही सर्वोत्तम व्यवस्था है।''

प्रो. वेंकटेश के इस उत्तर ने श्रोताओं को भ्रमित-चकित कर दिया।

''हाँ मित्रो ! लोकतंत्र ही समस्याओं का उचित उत्तर है। बशर्ते...।'' अपनी बात पर वजन डालने के लिए वे कुछ पल रुके। फिर उत्तर दिया, ''हमारे नेताओं में राजनीतिक ईमानदारी, नैतिक मूल्यों में आस्था और देश के गरीबतम व्यक्ति के प्रति सच्ची सहानुभूति हो ? इतना ही जरूरी नहीं है ?'' वे एक पल फिर रुके। श्रोताओं की उत्सुक नजरें उन्हें ही ताक रही थीं।

''इसके लिए नौकरशाही की नैतिक प्रतिबद्धता बेहद जरूरी है। अच्छी पोस्टिंग, ट्रांसफर आदि के छोटे-छोटे लाभों को ठुकराते हुए नौकरशाही को राजनेताओं की जन विरोधी नीतियों, आदेशों का पालन करने से इन्कार कर देना चाहिए। न केवल अस्वीकार करना चाहिए, शासन की पारदर्शिता कायम रखना चाहिए। शासन की आर्थिक नीतियों को लागू करने की प्राथमिक जिम्मेदारी प्रशासन की ही है। उदासीन, बेईमान, कानूनी दाँवपेंच में उलझाने वाली, समय सीमा में काम न करने वाली

नौकरशाही-अफसरशाही, शासन की अच्छी नीतियों को भी जनविरोधी बना सकती है। उन्हें धूल में मिला सकती है। शासन-प्रशासन में, भ्रष्टाचार ने छलनी के समान इतने छेद कर दिए हैं कि भूतपूर्व प्रधान मंत्री राजीव गाँधी ने खुद स्वीकार किया था कि गाँवों और गरीबों के विकास के लिए दिल्ली से भेजे गए एक रुपए में से मुश्किल से दस पैसे गाँवों और गरीबों के कल्याण में लगते हैं। लोकतंत्र के इन सभी छेदों को बंद करना होगा। राष्ट्रीय चरित्र का विकास करना होगा।''

प्रो. वेंकटेश का भाषण व्यंग्य, विनोद, आंकड़ों और वास्तविक सच्चाई पर आधारित होने से हिट हुआ।

प्रो. वेंकटेश अपने विषय के ख्यात शिक्षक, शोध कर्ता और विद्वान ही नहीं थे वरन् विश्वविद्यालयीन राजनीति के चतुर खिलाड़ी भी थे। अपनी स्थिति और हैसियत का पूरा फायदा उठाते हुए उन्होंने अपने बेटे सुरेन्द्रन के सुखद भविष्य का पूरा और पक्का दस्तावेज तैयार कर रखा था। गरीबी-बेकारी से लड़ कर ऊपर उठे हर पिता के समान उनकी भी इच्छा थी कि जो संघर्ष और लड़ाई उन्होंने गरीबी से लड़ी है उसका साया भी सुरेन्द्रन पर न पड़े। सुरेन्द्रन ही क्यों उसकी संतान पर भी गर्दिश और गरीबी की छाया तक पड़ने देना नहीं चाहते थे। गरीबी के खिलाफ उनहोंने तगड़ी मोर्चाबंदी की थी। हर कदम फूँक-फूँक कर रखा था। हर कदम की सावधानी आर्थिक मजबूती को लेकर होती थी। एक पाँव मजबूती से आर्थिक रूप से जम जाने पर ही दूसरा उठाते थे। इस अर्थशास्त्री की योजना सुरेन्द्रन के बाद की सात पीढ़ियों के भविष्य को भी आर्थिक मजबूती देने की थी। सफलता के जिस शिखर पर वे पहुँचे थे उनके सुरेन्द्रन का वह आरंभ बिंदु था।

विश्वविद्यालय के कुलपति डॉ. नागेश्वर की इकलौती खूबसूरत बेटी का चयन भावी वधू के रूप में उन्होंने कर रखा था। उन्हें पूरा विश्वास था डॉ. नागेश्वर इन्कार नहीं करेंगे। उनकी योजना के अनुसार विश्वविद्यालय के रीडर पद पर सुरेन्द्रन की सीधी नियुक्ति में कोई दिक्कत नहीं थी। विश्वविद्यालय अनुदान आयोग तक उनकी पहुँच थी। किसी छोटे-मोटे विश्वविद्यालय का कुलपति बनना तो उनके बाएँ हाथ का खेल था। ऐसे प्रस्ताव उन्हें मिले भी थे। परंतु अपने विश्वविद्यालय की शतरंज पर जो जमावट उन्होंने कर रखी थी उसे छोड़ वे बाहर जाना नहीं चाहते थे। हाँ ! एक बार सुरेन्द्रन उनकी गद्दी सँभाल ले फिर वे कहीं भी जाने को तैयार थे। इस नगर में उन्होंने शानदार दो मंजिला बँगला बनवाया था। कार भी थी। उनकी दिली इच्छा इसी विश्वविद्यालय का कुलपति बनने की थी। धैर्यपूर्वक वक्त का इंतजार करना उन्हें आता था। उन्होंने अपनी महत्त्वाकांक्षा को मन में ही दबाए रखा। इसकी जानकारी उनकी पत्नी रत्नम्मा तक को नहीं थी।

अपने बेटे को सर्वोत्तम शैक्षणिक योग्यता दिलाने में जो सजगता और सावधानी उन्होंने बरती उससे दुगनी उदासीनता उनके अप्पा ने उनके बारे में बरती थी। उनके पिता ने कभी भी उनकी शिक्षा की ओर ध्यान नहीं दिया। उल्टे रोड़े अटकाए। विपरीत और विषम परिस्थितियों में उन्हें जो मार्ग सुझाई दिया, ऊँची से ऊँची डिग्री पाने के लिए, उसी पर चल दिए। वे जानते थे कि ऊँची और बढ़िया नौकरी के बाजार का दरवाजा, डिग्री की सिम सिम से ही खुलता है। डिग्रियाँ हासिल करने के लिए कई ठोकरें खाईं, अपमान के कड़वे घूँट पीए। चार आने के चने और पेट भर पानी पर दिन निकाले। जरूरत पड़ने पर भूखे भी रहे। और पानी पर दिन बिताया। कुछ ने उनकी भावनाओं को लहूलुहान भी किया। दिनों का फेर समझ सब कुछ चुपचाप सहा। और अपने लक्ष्य से भटके नहीं। इन अनुभवों ने उन्हें अपने बेटे को लेकर बेहद संवेदनशील बना दिया। बेटे के रास्ते के सारे काँटे बीनने को सदैव तत्पर रहते। उसके सोचने का काम भी वे करने लगे। वे ये मान कर चल रहे थे कि सुरेन्द्रन को क्या बनना है ये सोचना सुरेन्द्रन का काम नहीं उनका काम है। इसीलिए अपने द्वारा तय शैक्षणिक कैरियर को सुरेन्द्रन पर कठोरता से लागू करने लगे। कंटकहीन राजमार्ग पर सुरेन्द्रन को उनके दिशा निर्देश में दौड़ना भर था। उनकी इच्छा तो उसके बदले दौड़ने की भी थी। चूँकि यह संभव नहीं था, इसलिए किनारे पर बैठ कर उसे कुशलतापूर्वक परीक्षा के तालाब में तैरा रहे थे। सुरेन्द्रन को तैरना-दौड़ना था पिताजी की शाबाशी के साथ। अनजाने में सुरेन्द्रन के पिता की तुलना अपने अप्पा से कर बैठते। और अपने शैक्षणिक कैरियर की अपने बेटे से।

सुरेन्द्रन औसत दर्जे की प्रतिभा थी। द्वितीय श्रेणी में उसने हायर सेकेंडरी पास की। इसने प्रो. वेंकटेश को निराश किया। प्रथम श्रेणी की उम्मीद लगाए बैठे थे। पर हिम्मत नहीं हारी। सुरेन्द्रन के विश्वविद्यालय में दाखिला लेते ही प्रथम श्रेणी दिलाने की जमावट में लग गए। परिणामस्वरूप बी.ए. और एम.ए. में सुरेन्द्रन ने प्रथम श्रेणी में भी प्रथम स्थान प्राप्त किया। उसकी सफलता ने उन्हें आत्मिक शांति दी। तभी उन्होंने सोचा अपने विश्वविद्यालय में सुरेन्द्रन को रीडर बनाने के पहले यदि उसे किसी अमेरिकन विश्वविद्यालय की शोध छात्रवृत्ति दिला दी जाए तो अधिक उचित होगा। दबी जुबान से लोग विशेषकर उनके सहयोगियों का यह आरोप कि सुरेन्द्रन को प्रथम श्रेणी बाप के आशीष और जमावट से मिली है स्वतः खारिज हो जाएगा। अमेरिकन विश्वविद्यालय की शोध छात्रवृत्ति हासिल करना उनके बाएँ हाथ का खेल था।

मेरे मन कछु और है, कर्ता के कछु और ? प्रो. वेंकटेश पर यह उक्ति सौ प्रतिशत लागू हो गई। सुरेन्द्रन के कान्वेंट शिक्षण से लेकर एम.ए. में प्रथम श्रेणी में प्रथम आने तक सभी कुछ उनके सपनों के अनुरूप हुआ था। जाने अनजाने में वे अपने बेटे से बहुत अधिक बँध गए थे। उसकी सफलता जहाँ उन्हें खुशी से भर

देती थी; वहीं थोड़ी सी भी असफलता निराशा के गर्त में डुबो देती थी। उससे ऊँची अपेक्षाएँ और आकांक्षाएँ पालने लगे थे। उन्होंने कभी यह जानने की कोशिश नहीं की कि सुरेन्द्रन क्या चाहता है ? उसकी क्या बनने की इच्छा और ध्येय है ? उनका मानना था कि एक पिता अपने बेटे के सर्वोत्तम कल्याण के लिए सब कुछ करेगा। अतः बेटे ने अपने पिता में विश्वास रख चुपचाप आज्ञा मानते जाना चाहिए। जब वे स्वयं उसके हितों की रक्षा के लिए सजग हैं तो फिर उसे चिंता क्यों करनी चाहिए ? जिस समय वे सुरेन्द्रन के लिए अमेरिका के विस्कान्सन विश्वविद्यालय की शोध छात्र वृत्ति पाने में व्यस्त थे, कि उसने अपने पिता की महत्त्वाकांक्षा के विरुद्ध विद्रोह कर दिया।

सुरेन्द्रन ने होश सँभालने से लेकर स्नातकोत्तर की पढ़ाई तक खुद को अपने पिता के अँगूठे के नीचे पाया था। उसने महसूस किया कि अपने बारे में कोई भी निर्णय लेने को वह स्वतंत्र नहीं था। जब वह अपनी आजादी की तुलना अपने अन्य सहपाठियों से करता तो उनकी स्वच्छंदता के सामने स्वयं को पिता का कैदी पाता। उससे ज्यादा आजादी तो लतिका और अंन्य लड़कियाँ भोग रही थीं। एक अकुलाहट का अनुभव अंदर ही अंदर करता। उसे लेकर विश्वविद्यालय में आम धारणा थी कि सुरेन्द्रन जो कुछ भी है वेंकटेश की कृपा के कारण। वर्ना वह तो एक साधारण छात्र है। ब्रिलियंट होता तो हायर सेकेंडरी में भी प्रथम श्रेणी में प्रथम आता ? चर्चा का स्रोत स्टाफ-रूम था। जिसमें कुछ प्रोफेसर डॉ. वेंकेटेश के विरोधी थे। जिनका मुखिया प्रो. शेखरन था। वह प्रोफेसरों के उस गुट का नेता था जो वेंकटेश विरोधी था। उनकी निगाह में वेंकटेश भी अति सामान्य योग्यता के धनी थे। उनमें ऐसा विशेष कुछ नहीं है। हाँ। एक सफल तिकड़मबाज जरूर है। जो यह जानता है कि अवसरों को कब और कैसे भुनाया जाए ? तिकड़म के जरिए लाभ के अवसर पैदा करना भी वह जानते हैं। छात्र-छात्राओं का एक दल शेखरन के साथ था। उनके व अपने कुछ सहयोगी प्रोफेसर्स के बीच शेखरन वेंकटेश की खिल्ली उड़ाया करता था।

ऐसा नहीं कि डॉ. वेंकटेश को इस सबकी जानकारी नहीं थी ? परंतु उन्होंने शेखरन की प्रत्येक आलोचना का जवाब मौन से दिया। जवाब सवाल कर वे वातावरण और अपना मानसिक संतुलन नहीं खोना चाहते थे। इसके विपरीत वे किसी अन्य विश्वविद्यालय में व्याख्यान देने जाकर, शोध पत्र प्रकाशित करा कर और अनेक विश्वविद्यालयों के परीक्षक बनकर उत्तर देते थे। वे अनेक विश्वविद्यालयों के ही नहीं कई प्रांतीय लोक सेवा आयोग और केंद्रीय लोक सेवा आयोग के भी परीक्षक थे। कुछ बातों को लेकर उनके विचार स्पष्ट थे। वे मानते थे, प्रतिभा विरासत में नहीं मिलती, मगर कठोर परिश्रम से उल्लेखनीय सफलताएँ प्राप्त की जा सकती हैं। प्रतिभाशाली व्यक्ति बहुत सारी धन-संपत्ति तो अपनी संतान को दे सकता है, अपनी

प्रतिभा नहीं। हाँ प्रतिभाशाली व्यक्ति की संतान परिश्रम कर सफतलाएँ अर्जित कर सकती है। परिश्रम के बिना प्रतिभा मूल्यहीन है। परंतु व्यक्ति प्रतिभा के बिना भी कठोर परिश्रम से उल्लेखनीय उपलब्धियाँ हासिल कर सकता है। वे ये भी अच्छी तरह से जानते थे कि आपकी सफलताएँ कुछ के दिलों में ईर्ष्या-द्वेष के दीप जरूर जलाएँगी। उसकी आँच में ईर्ष्यालु स्वयं जलेगा। सफल व्यक्ति का कुछ भी बिगाड़ नहीं पाएगा। ऐसों की आलोचना-ईर्ष्या का उत्तर नई उपलब्धि ही होना चाहिए। अतः डॉ. वेंकटेश ने कभी भी शेखरन जैसों की पर्वाह नहीं की। दुनियादारी में चतुर और व्यवहार कुशल वेंकटेश दुनिया को तो समझ गए थे पर खुद के बेटे की आत्मा में जो ज्वालामुखी धधक रहा था उसके लावे की आँच का अनुभव नहीं कर पाए।

उसे और उसके पिता को लेकर चल रही चर्चाओं, आलोचनाओं की जानकारी सुरेन्द्रन को भी थी। इसने उसमें एक ग्रंथी पैदा कर दी। अप्पा की आँखें उसे सतत पीछा करती लगतीं। अपने अस्तित्व को, अपने अप्पा के प्रभामंडल से अलग करने के लिए वह छटपटाने लगा। अपने स्वतंत्र अस्तित्व की पहचान कायम करने के लिए बेचैन हो गया। जाने अनजाने अप्पा के विरुद्ध एक गुस्सा, एक विद्रोही भावना पनपने लगी। स्वतंत्र रूप से कुछ करके दिखाने के लिए उतावला हो उठा। यह अहसास सदैव सालता रहता था कि जिंदगी तो मेरी है पर उसका नियंत्रण किसी दूसरे के हाथ में है। रिमोट से जिस प्रकार खिलौने या टी.वी. को नियन्त्रित करते हैं उसके साथ भी वैसा ही हो रहा है। वह तो अप्पा की इच्छाओं का खिलौना मात्र है। अपना जीवन अपने तरीके से जीने की आजादी उसे क्यों नहीं है ? भूषणम के शब्दों के हथौड़ों ने ज्वालामुखी का मुहाना खोल दिया। लावा बह निकला। जिसकी आँच ने वेंकटेश के सपनों को बुरी तरह से झुलसा दिया।

विश्वविद्यालय में प्रत्येक राजनीतिक दल ने विद्यार्थी शाखाएँ कायम कर रखी थीं। इनमें भारतीय छात्र संघ, भारतीय विद्यार्थी परिषद, कम्युनिस्ट पार्टी आदि प्रमुख थे। गुपचुप रूप से नक्सलवादियों ने पीपुल्स वार ग्रुप की एक शाखा स्थापित कर ली। भूषणम उनका प्रमुख था। यद्यपि संख्या में ये गिने-चुने थे परंतु गरीब, शोषित और पिछड़े वर्गों विशषकर आदिवासियों के प्रति इनकी प्रतिबद्धता कट्टरता की सीमा तक थी। भूषणम को नक्सलवादी संगठन ने विश्वविद्यालय से विश्वस्त छात्र-छात्राओं को पीपुल्स वार ग्रुप केडर में भर्ती हेतु एडमीशन दिलाया था।

भारतीय छात्र संघ के सदस्य राजनीति के जरिए स्थानीय संस्थाओं और सरकार में घुसने का प्रयत्न करते। यही उनका अंतिम उद्देश्य भी था। अनेक मुख्यमंत्री और राजनेता इन कठपुतलियों का उपयोग अपनी ही पार्टी के विरोधियों के खिलाफ करते थे। इनमें से कुछ संभावनाशील दादा छात्रों को कॉलेज, नगर, विश्वविद्यालय की राजनीति को नियंत्रित करना सिखाते। ये पहले कॉलेज और विश्वविद्यालय के संघों पर कब्जा करते; जहाँ वे छात्रों के पैसे का दुरुपयोग करना सीखते। शिक्षकों,

विश्वविद्यालय के कर्मचारियों, कुलपति को धमका दादागिरी के जरिए अपनी बातें मनवाते। न मानने और नियमानुसार काम करने वाले शिक्षकों-कुलपति का घेराव करते। हड़ताल-गुंडागर्दी का प्रशिक्षण सफलतापूर्वक लेते।

शहर की नगरपालिका उनका अगला पड़ाव होती। उनके आका मंत्री उन्हें पार्टी का टिकिट दिला नगरपालिका का चुनाव लड़वाते। जहाँ पैसा बड़े पैमाने पर खाना सीख, सत्ता और उसके जरिए पैसा हासिल करने का चस्का लगता। उनका अगला निशाना विधानसभा होती। मंत्री बन पैसा कमाना अधिक आसान रहता। पहले ये अपनी गरीबी दूर करते। आर्थिक मजबूती के लिए नगर वाहन, टैक्सी, उद्योग और जमीनों के अवैध धंधों में उतरते। राजनीति के खेल में महारत पाते ही प्यादे से फर्जी बनते ही अपने ही आका के खिलाफ और सरकार की शतरंज पर टेढ़ी चाल चलने में चूकते नहीं।

इसी खेल को हर पार्टी खेल रही थीं। भारतीय छात्र संघ की टक्कर में भारतीय युवा संघ, विद्यार्थी संघ, और साम्यवादियों की छात्र शाखाएँ भी मैदान में उतरीं। परिणामस्वरूप शिक्षा का कबाड़ा तो हुआ ही आए दिन घेराव, प्रदर्शन, हड़ताल, नकल के अधिकारों को लेकर लड़े जाने लगे। विश्वविद्यालय व कॉलेज गुंडों-दादाओं के पनाहगाह बन गए। इलाहाबाद, काशी, दिल्ली, अलीगढ़ के प्रसिद्ध विश्वविद्यालय शैक्षणिक पतन का इतिहास लिखने लगे। नक्सलवादी भी इससे पीछे नहीं रहना चाहते थे। परंतु उनका उद्देश्य दूसरा था। और उसे पूरा करने ही भूषणम को भेजा गया।

भूषणम एक कट्टर तथा तपा हुआ नक्सलवादी था। कुछ ही समय में उसने विद्यार्थियों में जगह बना ली। उसका व्यक्तित्व रूखा और अक्खड़पन लिये था। उसमें एक अकड़ थी। उसके रहन-सहन, वेषभूषा, रूखेपन, बेलाग और बेलौस बातों ने जिन छात्र-छात्राओं को आकर्षित किया उनमें लतिका-सुरेन्द्रन भी थे। भूषणम ऐसी शैली में बोलता-बतियाता मानो शब्दों के कोड़े से, उनकी भावनाओं की चमड़ी उधेड़ उन्हें लहूलुहान कर रहा हो। उसके द्वारा दिया यह दर्द भी उन्हें कहीं तो भी सकून देता लगता। उसकी वेषभूषा आम छात्रों से अलग थी। जहाँ अधिकांश छात्र अपने बाप की समृद्धि का फूहड़ प्रदर्शन करने के लिए टाइट जींस, रंग-बिरंगी जर्सियाँ, गागल्स, औरतों जैसे लंबे बालों, हाय-बाय के जरिए अपने को मॉड और अमरिकन्स की जारज संतान बताने में गर्व का अनुभव करते थे; वहीं भूषणम खादी का कुर्ता, पाजामा, जैकेट, बेतरतीब बाल, बढी दाढ़ी और चप्पल में अलग ही तीखा आकर्षण लिये था। कंधे पर लटकते झोले में पाठ्य पुस्तकों से ज्यादा वामपंथी साहित्य उसकी विशेषता थी। उसकी आँखों की चमक ने व्यक्तित्व में एक विशेष खिंचाव पैदा कर रखा था।

विश्वविद्यालय परिसर में उसके पहुँचते ही विद्यार्थी उसे घेर लेते। उन्हें क्लास-रूम लेक्चर्स से अधिक आकर्षक उसकी बातें लगतीं। मार्क्स, ऐंजिल्स, लेनिन, चेग्रुवा पर उसकी टिप्पणियाँ सटीक होतीं। वह जान बूझकर लतिका, सुरेन्द्रन और संभ्रांत घरों

के लड़के-लड़कियों को हडकाता, "तुम लोग आम आदमी के रोजमर्रा के संघर्ष, रोटी के लिए हर दिन लड़ी जाने वाली लड़ाई को क्या समझोगे ? अरे ! जब तुम पैदा हुए तुममें से किसी के मुँह में सोने का, चाँदी का और कुछ नहीं तो स्टील का चम्मच तो था ही। ये सारे चम्मच तुम्हारे सरमाएदार बाप-दादाओं ने गरीबों से छीन कर तुम्हें दिए हैं। उन्होंने ही तुम्हारा भविष्य तय कर रखा है। तुम क्या बनोगे ? तुम्हारी शादियाँ कहाँ होंगी ? इसका फैसला उन्होंने अपने पास सुरक्षित रखा है। तुम तो कठपुतलियाँ हो कठपुतलियाँ। तुम्हारे पास अपने खुद के बारे में सोचने का दिमाग तक नहीं है ? अरे ! तुम क्या गरीबों के बारे में सोचोगे ? इसके लिए पहल करने, कुछ कर गुजरने का माद्दा तुममें नहीं है। तभी तुम ड्रग्स, डिस्को, माइकल जैक्सन, दलेर मेंहदी और भविष्य में मरने वाली, खोखली अमरीकन संस्कृति की ओर दौड़ पड़े हो। अपने उद्योगपति, राजनेता, नौकरशाह बापों के कारण विशेषाधिकारी वर्ग मान बैठे हो। कानून तोड़ने में आनंद का अनुभव करते हो।"

"पर...", कुछ पल रुका। आक्रोश लाल डोरे बन आँखों में उतर आया। एक सर्पीले आकर्षण में उसने सभी को बाँध लिया। उसका हर तर्क श्रोताओं को अपने पर सटीक बैठता लगता।

"पर इतिहास तुम्हें और तुम्हारे सरमाएदार बापों को माफ नहीं करेगा। तुम बुर्जुआओं की नियति फ्रांस, रूस, चीन, कम्बोडिया, ब्राजिल के सरमाएदारों से अलग नहीं होगी। वह दिन दूर नहीं जब तुम लोगों को अपने सरमाएदार बाप-दादाओं के पाप का हिसाब चुकाना पड़ेगा। इससे बचना चाहते हो तो दलितों, शोषितों, गरीबों, आदिवासियों, गिरिजनों का हक उन्हें दिलाओ। जरा अपने आसपास की दुनिया का जायजा लो। आसमान को नहीं इस धरती को देखो। इससे, इसकी गरीब संतान से जुड़ो। इस धरती का, करोडों गरीबों का तुम पर कर्जा है। उसे तुम्हें चुकाना होगा। अपने लिए जीने वाला इंसान जानवर से भी बदतर होता है। आजादी आई जरूर है मगर उच्च और मध्यम वर्ग के खजूर में अटक कर रह गई है। उसे आम आदमी तक पहुँचाना होगा। आजादी के बाद के पचास सालों में अमीर अधिक अमीर, गरीब अधिक गरीब हुआ है। गरीबी की रेखा से नीचे रहने वालों की दशा बद से बदतर हुई है। उनकी जुबान तुम्हें बनना होगा। लतिका तुम्हें...सुरेन्द्रन तुम्हें...", उसकी अँगुली चुभती निगाहों के साथ बारी-बारी से उनकी ओर घूमने लगी, "राजेन्द्रन तुम्हें...तुम्हें ...तुम्हें...।" उन्हें लगा वह तर्जनी नहीं बंदूक की नली उनकी ओर घुमा रहा है। शब्दों को हथियार के रूप में अपने लाभ के लिए इस्तेमाल कर रहा था।

"सामाजिक सरोकारों से मुँह चुराने से नहीं चलेगा ? राजनेताओं, नौकरशाहों, व्यापारियों, उद्योगपतियों और अपराधियों के गठजोड़ ने देश की गरीब जनता की खरे पसीने, खून की कमाई की जो लूट मचा रखी है उसके लिए उन्हें सजा देनी होगी। गठजोड़ को तोड़ना होगा।"

"भूषणम कितना सही है। मेरे बारे में उसका विश्लेषण अत्यंत सटीक है। अप्पा के कारण पहल करने का, अपने कैरियर के बारे में अलग से कुछ सोचने, तय करने तक का माद्दा मुझमें नहीं रह गया है।" सुरेन्द्रन अलग से आत्म चिंतन कर रहा था।

लतिका भी यही सोच रही थी। उसके पिताजी ने पैसा उसे उपलब्ध करा कर मानो अपने कर्तव्यों की इति श्री कर ली। वह कहाँ जाती है ? क्या कर रही है ? उसकी भावनाएँ क्या हैं ? इसे समझने की फुर्सत घर में किसी को नहीं है। घर एक मकान बनकर रह गया है। एक मुसाफिरखाना। कमोबेश सभी यही सोच रहे थे। जबकि भूषणम का वक्तव्य जारी था। वह कह रहा था, "शराब के नशे में किसी लड़की को रेप कर देना। फुटपाथ पर सोए गरीबों की कुचल कर हत्या कर देना या गोली मार देना तुम्हारे लिए एक थ्रिल है। क्योंकि तुम जानते हो कि तुम्हारा राजनेता, नौकरशाह, सरमाएदार बाप पुलिस, कानून, गवाहों को खरीद लेगा। बाप के काले कारनामे और काला पैसा तुम्हारा रक्षा कवच जो है।"

"एक साजिश के तहत तुम लोगों को बहकाया, भ्रमित किया जा रहा है। वे नहीं चाहते तुम लोग देश की ज्वलंत समस्याओं से मुखातिब हो ? इसीलिए तुम्हें माइकल जैक्सन और दलेर मेंहदी निर्मित मूर्खों के स्वर्ग की ओर आकर्षित किया जा रहा है। इतिहास गवाह है आजादी के पहले युवकों की बलिदानी टोली से ही अंग्रेज थर्राए थे। आज भी इस देश के युवकों में यही जज्बा है। परंतु उन्हें सुनियोजित तरीके से बहकाया जा रहा है। लेकिन यह सब अधिक दिन चलने वाला नहीं। चलने नहीं दिया जाएगा ? राजनीति में घुसे भ्रष्ट तत्त्वों को जड़ मूल से उखाड़ फेंका जाएगा। उनके वंशजों को भी बख्शा नहीं जाएगा ?"

सुरेन्द्रन सोच रहा था, "अप्पा भी तो यही सब कुछ कहते हैं ? अपने व्याख्यानों में भ्रष्ट राजनीति पर कड़ा प्रहार करते हैं। किंतु उसमें एक खोखलापन है। दृढ़-इच्छा शक्ति का अभाव है। अपने चेहरे पर उन्होंने मुखौटा चढ़ा रखा है। कथनी और करनी में अंतर है। जबकि भूषणम जो कहता है, सोचता है उसे जीवन में भी उतार रखा है। कथनी करनी में कोई भेद नहीं।"

"क्या सोच रहे हो सुरेन्द्रन ? यही ना कि रूस-यूगोस्लाविया में मार्क्सवाद क्यों असफल रहा ? मैं जानता हूँ तुम लोगों का संशय स्वाभाविक है। होना भी चाहिए ?" उसके आक्रामक तेवर में नरमी उभर आई, "तुम्हें अपने सवालों का उत्तर मिलना ही चाहिए।" उसे लगा उसने श्रोताओं की भावनाओं का पूर्वानुमान लगा लिया। कुछ के मामले में वो सही था। सोवियत संघ के विघटन से उठे सवाल परेशान कर रहे थे। पर पूछने का साहस नहीं था।

"वह असफल हुआ क्योंकि कामरेड स्टॉलिन ने उसे संपूर्ण सत्ता पाने का औजार बना लिया। विचार कभी गलत नहीं होता। वह मरता भी नहीं। उसे व्यावहारिक

रूप में लागू करने में गलती हो सकती है। विचार कालजयी, सर्वजनीन, और सर्वयुगीन है।'' कुछ पल रुका, ''फिदेल कास्त्रो अभी भी जमा हुआ है। अमरीकन पूँजीवाद और सरमाएदारों से टक्कर ले रहा है।'' अपनी बात के प्रभाव को तौलने के लिए रुका। वे मुग्ध, दत्तचित्त सुन रहे थे। ''कामरेड माओ का कथन है 'सत्ता और शक्ति बंदूक की नली से निकलती है।' सौ प्रतिशत सही है। राजनेताओं और नौकरशाहों की मिलीभगत ने लोकतंत्र को लूटतंत्र में बदल दिया है। चुनाव के वक्त लुभावने नारों के सपनों को बेचने का धंधा बना लिया है। अब ये सब चलने नहीं दिया जाएगा। इनका जड़मूल से नाश करना होगा।''

''अप्पा भी तो यही मानते हैं कि लोकतंत्र को राजनीतिज्ञों ने भ्रष्ट तंत्र में बदल दिया है। जनता के पैसे को बाप का माल समझ खर्चते हैं। माल-ए-मुफ्त, दिल-ए-बेरहम। बड़ी बेरहमी और बेशर्मी से सरकारी पैसा खर्च करते हैं।'' सुरेन्द्रन सोच रहा था।

''क्या सोच रहे हो सुरेन्द्रन ?'' लतिका के टोकते विचार बिखर गए।

''अं.... हाँ...कुछ नहीं...कुछ भी तो नहीं ?'' लतिका के दीर्घ नयनों से झाँकते सवाल का उसने जवाब दिया।

भूषणम की गतिविधियाँ लंबे समय तक छिपी न रही सकीं। विशेषकर डॉ. वेंकटेश की सतर्क निगाह अपने प्रिय बेटे का पीछा करते-करते भूषणम पर जा टिकी। उनकी कृपा पाने को अनेक विद्यार्थी लालायित रहते थे। इसी कारण से उनके बेटे सुरेन्द्रन की मित्रता को भी इच्छुक रहते। वे अच्छी तरह से जानते थे कि प्रथम श्रेणी में प्रथम स्थान तो सुरेन्द्रन के लिए सुरक्षित है ही। लेकिन यदि वेंकटेश सर की कृपा मिल गई तो पहले पाँच-दस स्थानों में भी जगह मिल जाए तो काफी है। उनकी कृपा से एम.फिल., पी-एच.डी. की डिग्रियाँ, नौकरी मिल सकती है। न केवल विश्वविद्यालय के उनके विभाग में वे उनकी सेवा करते वरन् घर पर साग, सब्जी, फल लाने, आटा पिसवाने में व्यस्त रहते। सर के लिए रेल, हवाई जहाज में रिजर्वेशन की सेवा हेतु सदैव तत्पर रहते। सर का इशारा पाते ही सुरेन्द्रन पर जासूसी करने लगे। उन्हीं में से एक से पता चला कि सुरेन्द्रन लतिका में रुचि रखने लगा है। उसी के कारण भूषणम के दल की बैठकों में भाग लेता है। जहाँ मार्क्सवाद-लेनिनवाद और वर्तमान भ्रष्ट राजनीति पर गरमागरम बहसें होती हैं। इनमें भूषणम ही अधिक बोलता है।

नगर के प्रसिद्ध उद्योगपति रमापत की इकलौती बेटी लतिका है। इसकी जानकारी उन्हें थी। रमापत सोजतिया से उनका सामान्य सा परिचय था। वे स्थानीय रोटरी क्लब के अध्यक्ष और गवर्नर रह चुके थे। इसी हैसियत से अमरीका-यूरोप भी घूम आए थे। रोटरी क्लब के उनके कार्यकाल में उन्हें दो एक बार डिनर मीटिंग

में व्याख्यान देने बुलाया था। वेंकटेश अच्छी तरह से जानते थे करोड़पति सेठ रमापत सोजतिया नगर की हस्ती है। वे रोटरी ही नहीं अनेक सामाजिक-सांस्कृतिक संस्थाओं से जुड़े थे। वे भारतीय व्यापार और उद्योग परिसंघ की स्थानीय शाखा के अध्यक्ष भी थे। यदि कुलपति नागेश्वर राव की बेटी की बजाय लतिका बहू बनकर आती है तो सौदा घाटे का नहीं रहेगा। विवाह को वे सामाजिक प्रतिष्ठा बढ़ाने का जरिया मानते थे। बी.ए. तक इतिहास के विद्यार्थी थे सो अच्छी तरह से जानते थे कि अपने प्रभाव को बढ़ाने के लिए छोटे स्तर के राजाओं ने बड़े घराने की राजपुत्रियों से वैवाहिक संबंध कायम कर अपनी स्थिति को मजबूत कर अपने प्रभाव और राज्य विस्तार में उसका उपयोग किया था। इस दिशा में भी वे सोचने लगे।

लतिका के कारण सुरेन्द्रन भूषणम के साथ उठता-बैठता है इसे आरंभ में उन्होंने साधारण खबर मानी। इस ओर विशेष ध्यान नहीं दिया। उलटे लतिका के साथ मेलजोल बढ़ाने की पूरी छूट दी। हालाँकि लतिका और रमापत से वैवाहिक संबंध उनकी योजना में नहीं था। वे तो अपनी और कुलपति नागेश्वर राव और विश्वविद्यालय की गद्दी का वारिस सुरेन्द्रन को मानते थे। और उसी दिशा में योजनाबद्ध तरीके से कार्यरत थे। तभी लतिका बीच में आ टपकी। शायद भगवान बालाजी उसे सेठ रमापत की गद्दी सौंप उद्योगपति बनाना चाहते हैं, तो यह उनकी महती कृपा है। अपनी योजना में परिवर्तन कर लिया।

भूषणम जैसे महत्त्वाकांक्षी लड़के विश्वविद्यालय में यदाकदा आते रहते हैं। ऊँची डिग्री, अच्छी नौकरी और खूबसूरत बीवी मिलते ही उनका समाजवादी, साम्यवादी सपना हवा हो जाता है। कभी-कभी पढ़ाई के दौरान ही किसी अच्छे परिवार की या उच्च वर्ग की लड़की को अपने प्यार में फँसा, भाग कर प्रेम विवाह कर लेते है। वे जानते हैं कि बेटी के प्यार से मजबूर माता-पिता उनके प्रेम विवाह को झक मार कर मान्यता ही नहीं देंगे दामाद को अच्छी नौकरी लगा बेटी का घर बसा-जमा देंगे। वेंकटेश मुस्करा उठे। भूषणम को लेकर ये सारी शंकाएँ उनके मन में थीं। और कोई तीसरा विकल्प भी हो सकता है इसे उन्होंने कल्पना में भी नहीं सोचा था। इन सारी संभावनाओं पर विचार कर लेने के बाद भी मन के किसी कोने में जाग्रत छठवी इंद्री इसे मानने को तैयार नहीं थी। भूषणम की इन गतिविधियों के पीछे जरूर और कोई बात भी हो सकती है ? क्या हो सकती है वह ? जब दिमाग सोचने में साथ न दे पाता तो उसे भूलने की कोशिश करते। मगर शक्की स्वभाव भूलने नहीं देता। दुगने वेग से उन्हें चेतावनी देता, "सावधान वेंकटेश ! कहीं कुछ तो भी गड़गड़ है। भूषणम को लेकर जो कुछ दिखाई दे रहा है उससे भी अधिक गहरा मामला उसके पीछे हो सकता है।" तब उन्होंने व्यक्तिगत स्तर पर भूषणम के बारे में और अधिक जानकारी प्राप्त करने का निर्णय लिया।

शिक्षक होने के नाते विद्यार्थियों के रूप में एक बहुत बड़ी जागीर उनके पास

थी। उनके अनेक शिष्य न केवल उनके नगर, प्रांत वरन् देश भर में फैले थे। गत तीन दशकों में उन्होंने कई पीढ़ियों को पढ़ाया था। उनके विद्यार्थी अनेक छोटे-बड़े सरकारी पदों पर थे। जीवन के हर क्षेत्र में वे थे। कुछ तो आई.ए.एस., आई.पी.एस. सैन्य अधिकारी ही नहीं मंत्री तक के पद पर जा पहुँचे थे। इनके मन में अपने विख्यात गुरु के प्रति अगाध श्रद्धा थी सो भूषणम के बारे में जानकारी प्राप्त करना मामूली बात थी। उनका एक शिष्य वेलन स्थानीय थाने में थानेदार था। उन्होंने उसे फोन कर बँगले पर बुलवाया।

चुस्त-दुरुस्त, फुर्तीले वेलन ने बड़ी श्रद्धा से सेल्यूट करते हुए पूछा, "मेरे लिए क्या हुकम है सर ? किसी ने कोई बदतमीजी तो नहीं की ? आप खाली इशारा भर कर दीजिए। अभी उस साले हरामी...तत्काल जीभ काटी अपने को सँभाला, "सॉरी सर ! वो क्या बात है सर चौबीस घंटे गुंडे-बदमाशों से पाला पड़ता है ना ! और वो हरा...सॉरी सर ! रियली सॉरी ! और वो शराफत की भाषा को पुलिस की कमजोरी मानते हैं। वो तो सिर्फ यही भाषा समझते हैं। आप तो हुकुम करिए सर ! अभी उसे आपके चरणों में ला पटकता हूँ। नाक रगड़ कर माफी ना मँगवाई तो मेरा नाम भी वेलन नहीं।" उसने मूँछें मरोड़ीं।

नाटे-गिट्टे वेलन ने अपने व्यक्तित्व को प्रभावशाली बनाने के लिए बड़ी-बड़ी मूँछें रख ली थीं। पुलिसिया चर्बी उसकी देह पर चढ़ गई थी। तोंद निकल आई थी। वर्दी में न होकर यदि भाल पर तिलक लगा लुंगी-कुर्ते में होता तो निश्चय ही छोटा-मोटा दूकानदार लगता। इतने पर भी चुस्त-दुरुस्त और फुर्तीला बना हुआ था। पुलिसिया रुवाब उसके व्यक्तित्व से टपकता था।

वेलन की बातों पर वेंकटेश मंद-मंद मुस्कराते रहे। उन्होंने अनुभव कर लिया कि थानेदारी रोब उसके हर लफ्ज से टपकता है।

"नहीं...नहीं...ऐसी तो कोई बात नहीं है। ऐसे ही एक छात्र के बारे में थोड़ी सी जानकारी लेनी थी। वैसे कोई खास बात नहीं है। ऐसे ही एक मित्र उसके बारे में जानना चाहते थे।" लापरवाह स्वर में बतियाने लगे, "यही हमारे विश्वविद्यालय का छात्र है। क्या तो भी नाम है उसका...भूष...भूषणम...इसके बारे में जानकारी चाहिए। वैसे कोई विषेष बात नहीं।"

"कोई शादी वादी का चक्कर है शायद सर !"

"अं...ह...प्रायवेट तौर पर उसके घर, परिवार, राजनीतिक विचारों...यही कुछ सामान्य जानकारी। राजनीति विज्ञान का एम.ए. पूर्वार्द्ध का छात्र है।" ऐसे बात की मानो कोई गंभीर मसला न हो ? उन्हें भूषणम के बजाय अपने सुरेन्द्रन की अधिक चिंता थी।

"ठीक है सर ! अभी दो-चार दिन में उसके बारे में सारी जानकारी पेश करता हूँ। क्या नाम बताया ? आपने सर ?" जेब से डायरी निकालते हुए जानना चाहा।

“भूषणम ! एम.ए. पूर्वार्द्ध, राजनीति विज्ञान।”

वेलन ने डायरी में सब कुछ नोट कर लिया।

“ठंडा लोगे या गरम ?”

“कुछ नहीं सर ! अभी तो आज्ञा दीजिए। अगली बार चाय ही नहीं इडली का नाश्ता भी लूँगा।” तत्काल उठ खड़ा हुआ, “दो एक दिन में जानकारी भिजवाता हूँ सर !” फिर सेल्यूट किया।

“ठीक है।”

एक बार फिर सेल्यूट मार वेलन चला गया।

एक सप्ताह बाद कांस्टेबल जानकारी दे गया। उसके मुताबिक भूषणम नम्बूदरी ब्राह्मण था। वह न केवल कम्युनिस्ट पार्टी का कार्ड होल्डर था, उसका सक्रिय पूर्ण कालिक सदस्य था। पिता की मृत्यु हो चुकी थी। विधवा माँ ने खेत मजदूरी कर पाला था। केरल की साम्यवादी पार्टी ही भूषणम का खर्चा चलाती थी। उसी ने उसे विश्वविद्यालय में विद्यार्थी विंग गठित करने भेजा था। सूचना सामान्य थी। अतः उन्होंने ध्यान नहीं दिया। वैसे भी दक्षिण का इलाका साम्यवादी प्रभाव में है। वे समझ गए कि कामरेड नम्बूदरीपाद चूँकि भूषणम की जाति के थे सो निश्चय ही उसके प्रेरणा स्रोत और आराध्य रहे होंगे।

उद्योगपति रमापत की लाड़ली मॉड बेटी लतिका दूसरों से अलग दिखने के चक्कर में उलटे-सीधे काम करने में संकोच नहीं करती थी। जिस वर्ग में वह जी रही थी उसकी अपनी मान्यताएँ थीं। वह कुछ अलग, विशेष, सबसे हटकर करना चाहती थी। अपनी चाहत को पूरा करने के लिए संघर्ष करने को भी तैयार थी। अपनी स्व-अभिपुष्टि के लिए ऐसी जगह बनाना चाहती थी जो उसकी अपनी हो। परंतु उसे यह मालूम नहीं था कि मन चाहा स्थान मिल नहीं पाएगा। मारवाड़ी जीवन पद्धति, परिवार, समाज विरोध करेगा। अनेक विद्रोहिणियों को अपना स्व-अभिपुष्ट स्थान पाने के लिए संघर्ष करना पड़ा। जबकि उनकी माताएँ चाहती थीं कि उनकी विद्रोहिणी बेटियाँ अपने लिए सही पति का चयन करें। जिसे पारिवारिक-सामाजिक मान्यता प्राप्त हो। इसका सीधा सा मतलब था, माता-पिता द्वारा पसंद किए गए लड़के का चुनाव वे भी कर लें। सबक और इतिहास लतिका के सामने था। परंतु हर संघर्ष को तत्पर व्यक्ति के समान उसने उन्हें मानने से, सबक सीखने से इन्कार कर दिया। अपना सबक खुद सीखना चाहती थी।

अलग दिखने के चक्कर में नारियोचित कोमलता और कमनीयता का बहिष्कार कर बैठी। सुडौल नितम्बों तक फैले बालों को कटवाकर ब्वॉय कट करवा लिया। लड़कों के समान कलम भी रख ली। साड़ी में खिलने वाली लावण्यमयी देह जींस

में कुछ तो भी दिखने लगी। आँचल के संरक्षण में खिलने वाले वक्ष का उभार टी शर्ट में चुभने वाला बन गया। जींस ने उसके सुडौल नितम्बों के सौंदर्य को बेडौल और कुरूप कर दिया। ब्वॉय कट बालों, जींस, टी शर्ट या शर्ट में न तो वह मर्द लगती थी न ही आकर्षण का केंद्र नारी। खुद को विशिष्ट दिखाने के चक्कर में किसी-किसी दिन मिनी स्कर्ट में आती। उस दिन सभी के आकर्षण का केंद्र रहती। उसकी सुडौल पिंडलियों और मांसल जंघाओं का आनंद सभी लेते। सुरेन्द्रन यही काम चोर दृष्टि से करता। उसकी पेंटी की एक झलक पाने को सभी परेशान रहते। पश्चिमी विशेषकर अमरीकन फैशन से प्रभावित लतिका नारी सौंदर्य का मजाक बनकर रह गई थी। इतना सब कुछ करने के बाद भी वक्ष और नितम्बों के उभार और जनाना चाल को छिपाना उसके लिए संभव नहीं था। वे उसके औरत होने की चुगली खा देते थे। कपड़ों के समान कार बदल-बदल कर विश्वविद्यालय आना भी उसका शौक था। वैसे रमापत ने अपनी लाड़ली को एक मारुति दे रखी थी। वह स्टीरियो और एअरकंडीशन से सजी थी। लेकिन वह जब भी उनकी सुजुकि या टोयोटो ले जाती तो रोकते या डाँटते नहीं थे। प्यार से मुस्करा कर बालों को सहला देते। पाँच दस हजार रुपए हर दिन खर्च कर डालना उसके लिए मामूली बात थी।

रमापत अपने प्रातःस्मरणीय पिता द्वारा विरासत में छोड़े गए सोजतिया औद्योगिक राज्य को साम्राज्य में परिणित करने में इतने व्यस्त थे कि उन्हें अपनी प्रिय बेटी की ओर ध्यान देने का वक्त नहीं था। अपने लाड़ प्यार की कमी को पैसे दे कर पूरा करते थे। ऐसा उनके पिता श्री ने नहीं किया था। अपने बेटे के प्रति लख्मीपत सजग थे। आर्थिक संकट और संघर्ष के दिनों में भी लख्मीपत ने व्यापार-व्यवसाय के साथ ही रमापत की भी चिंता की। उसे उचित प्रशिक्षण और शिक्षा दिलाई। उत्तराधिकार के लिए तैयार किया।

दक्षिण भारत में सोजतिया औद्योगिक साम्राज्य के शिलान्यास का श्रेय लख्मीपत को था। उनकी कल्पनाशीलता, महत्त्वाकांक्षा और कठोर परिश्रम ने ही इसकी नींव डाली थी। वे इतिहास प्रसिद्ध सोजत परगने के रहने वाले थे। जहाँ उनकी परचून की छोटी सी दूकान थी। उस छोटे से कारबार में मन नहीं लगता था। अत्यंत ही महत्त्वाकांक्षी लख्मीपत के सामने अपने देस मारवाड़ के बिड़ला, छाबरिया, डालमिया, सिंघानिया, बजाज, बांगड़, सेक्सरिया, लौंगपुरिया परिवारों का उदाहरण था। जिन्होंने कलकत्ता, मुम्बई, दिल्ली, चेन्नई जैसे परदेस में अपनी मारवाड़ी बनिया बुद्धि के बल पर नाम और नामा (पैसा) दोनों कमाए थे। आज ये परिवार देश के व्यापार-व्यवसाय और उद्योग के क्षेत्र में शीर्ष पर तो हैं ही—अखबार और राजनीति में भी इनका दखल है। अपने उद्योगो की शाखाएँ विदेशों में भी कायम की हैं। कुछ परिवार दक्षिण की तरफ भी निकल गए थे। अधिक समय तक लख्मीपत सोजत से बँध कर नहीं रह सके। कुछ करके दिखाना है तो सोजत छोड़ना पड़ेगा। वे मानते थे कि बिना

जोखिम उठाए कुछ हासिल नहीं होता। यदि असफल हो गए तो ? मन ने कई तर्क वितर्क किए। असफल हो गए तो सोजत वापस आकर अपनी परचून की दूकान तो है ही। गरीब को खोने के लिए कुछ नहीं पाने के लिए सारा संसार है। सोजत की अपनी दूकान, माँ और पैतृक घर एक रिश्तेदार को सौंप लख्मीपत थाली, लोटा, डोर, अंगोछा ले निकल पड़े। कर्नाटक के रायचूर में एक परिचित थे। उनकी मदद से वहाँ अपनी तकदीर आजमाने में लग गए। भाग्य का देवता वहाँ उनकी बाट जोह रहा था।

आरंभ में लख्मीपत ने छोटे-मोटे धंधे किए। परचून में भी हाथ आजमाया। परंतु सफलता रूठी रही। लख्मीपत ने हिम्मत नहीं हारी। एक मित्र से पता चला कि शहर की सीमा पर मील बन रही है। बनिया बुद्धि ने तत्काल चेताया, 'मत चूके लख्मीपत'। उन्होंने तत्काल मील के सामने सड़क पार चाय की गुमटी डाल ली। गुमटी बनवाने में कुछ पैसे कम पड़ गए। उन्होंने थाली-लोटा पड़ोसी व्यापारी के यहाँ गिरवी रख दिए। चाय की गुमटी चल निकली। कारण ग्राहकी पक्की और बँधी हुई थी। चाय के साथ खाने का सामान भी रखने लगे।

व्यापारिक चतुरता लख्मीपत को विरासती जींस में मिली थी। उन्होंने अनुभव किया मजदूरों को चाय-नाश्ते से ज्यादा शराब की जरूरत पड़ती है। तब चोरी छिपे शराब, ठर्रा भी बेचने लगे। मील के पास मजदूर बस्ती बसने लगी। तब उन्होंने परचून की दूकान भी डाल दी। धंधा बढ़ने के साथ ही आस-पास की जमीन पर कब्जा करते चले गए। खानावल भी खोल लिया। किंतु सबसे ज्यादा आमदनी शराब के धंधे में थी। उसे अधिक तेज बनाने के लिए उसमें पानी, नौसादर आदि मिलाने लगे। थके-मांदे काम से चूर मजदूरों को तेज शराब से जो आनंद मिलता था, जो किक मिलती थी उस कारण से शराब की माँग बढ़ गई। फटे हाल शराबी मजदूरों को उधार पाव और ब्याज-बट्टे पर पैसा भी देने लगे।

कारोबार बढ़ने के साथ ही कारीगर, कारिन्दे, नौकरों में भी बढ़ोतरी हुई। शराब और ब्याज-बट्टे-उधारी की वसूली को लेकर आए दिन झगड़े होने लगे। इसलिए गुंडे भी पाले। गाड़ी चल ही नहीं निकली दौड़ने लगी। लख्मीपत समय के सेवक और अवसरवादी व्यापारी थे। उन्होंने शराब के ठेके लेना आरंभ कर दिया। धीरे-धीरे व्यापारिक राज्य आकार लेने लगा। व्यापार के साथ ही स्थानीय राजनीति में भी भाग लेनें लगे। उन्होंने रूलिंग पार्टी से संबंध बनाए। रायचूर के कांग्रेसी नेता जयशेखर रेड्डी प्रांतीय मंत्रिमंडल में आबकारी मंत्री थे। सेठ लख्मीपत ने चुनाव के दौरान तन, मन, धन से मदद की थी। सो उनकी राय पर लख्मीपत ने शराब का कारखाना डालने का परमिट प्राप्त कर लिया। मंत्री जी को बेनामी भागीदार बनाने की सावधानी उन्होंने बरती। मंत्री महोदय के संरक्षण और समर्थन के कारण स्थानीय प्रशासन का पूरा सहयोग मिलने लगा। अब वे मामूली परचूनिए नहीं रह गए। वरन् उद्योपति

लख्मीपत बन गए।

गरीबी जिंदगी का सबसे बड़ा अभिशाप है। इस सबक को लख्मीपत ने गाँठ बाँध लिया था। उससे छुटकारा पाने के लिए सारे हथकंडे अपनाए। बहुधंधी व्यापारी बने। पैसा...पैसा...और पैसा...इष्ट मंत्र बन गया। इसे कमाने के लिए साम, दाम, दंड, भेद सभी तरीकों का इस्तेमाल किया। पैसा कमाने का जरिया मान राजनीति से भी जुड़े। परंतु सक्रिय रूप से कभी भी राजनीति के मंच पर नहीं आए। परदे के पीछे से खेल खेलते थे। सभी पार्टियों यहाँ तक कि साम्यवादियों को भी उन्होंने आर्थिक सहायता दी। राजनीति के क्षेत्र में पृष्ठभूमि के निर्देशक की भूमिका चतुरता पूर्वक निभाई। वे अच्छी तरह से जानते थे राजनीति की अपेक्षा व्यापार-उद्योग ही मुख्य क्षेत्र है। डालमिया-बिड़ला-सिंघानिया-बजाज-टाटा उनके आदर्श थे। महान् उद्योगपतियों ने जिस मार्ग को अपनाया उसी का अनुसरण करना है। साधारण विनम्र व्यापारी की वेश-भूषा अपनाए रखी। लखपति बनने के बाद भी धोती-कुर्ता, मारवाड़ी पगड़ी, राजस्थानी मोजडी, बाला बण्डी, कभी-कभी बंद गले का जोधपुरी कोट, भाल पर तिलक का परित्याग नहीं किया। प्रतिदिन पूजा पाठ कर तिलक लगते। रायचूर के मखतल पेठ की गली के साधारण दो मंजिले मकान में रहे। रायचूर आने पर इसी मकान में दो कमरे किराए पर लिये थे। लक्ष्मी के प्रसन्न होते ही उसे ही कौड़ियों के मोल खरीद कर दो मंजिला बनवा लिया। इस घर में रहने आने के बाद ही उनके व्यापार में तरक्की होना आरंभ हुआ था। अतः उनकी आत्मा में अंध-विश्वास घर कर गया था कि यह घर भाग्यशाली है। इसमें लक्ष्मी का वास है। किसी भी कीमत पर उसे छोड़ने को तैयार नहीं थे। मकान मालिक भी जानता था कि आज के सारे नियम कानून किराएदार के पक्ष में हैं। किराएदार से मकान खाली कराना नाकों चने चबाना है। शहर के बाहर कालोनी में उसका एक प्लाट था। नए जमाने के उसके बच्चे शहर के बाहर रहना पसंद करते थे। सो मकान लख्मी को बेच दिया।

उस मकान में आवश्यक परिवर्तन और मरम्मत आदि करा कर अपनी सुविधा के अनुरूप बना लिया। ऊपर की मंजिल में खुद रहने लगे। तल मंजिल में गद्दी कायम की। मारवाड़ी पद्धति से दरवाजे के दोनों ओर सिंदूर से लाभ-शुभ लिखवाया। बैठक के कमरे में लक्ष्मी जी का बड़ा सा चित्र और मूर्ति स्थापित की। पहले सिर्फ गणेश-लक्ष्मी जी का पाना रखते थे। समृद्धि के साथ ही गणेश-लक्ष्मी जी की चाँदी की बड़ी सी मूर्तियाँ स्थापित कर लीं। उनके नीचे 'लक्ष्मी जी सदा सहाय छे' लिखवाया। ओम, स्वस्तिक आदि सभी शुभ चिन्ह अंकित कराए। चाँदी के दीप स्तंभ में अखंड जोत जलाने लगे। स्नान, संध्या वंदन के बाद अगरबत्ती फूलों से लक्ष्मी मैया और गणेशजी की उपासना हर दिन नियमानुसार करते। गद्दी में आधुनिक सोफा सेट के स्थान पर सफेद चादर से ढँकी मोटी सी गादी और गाव-तकिए सजाए। पूरा पक्का मारवाड़ी रहन-सहन और खान-पान अपनाए रखा। घर में मारवाड़ी, राजस्थानी में

ही बतियाते। बाहर हिंदी का प्रयोग करते। वैसे भी रायचूर पूर्व निजाम की रियासत का हिस्सा होने से उर्दू-हिंदुस्तानी का वहाँ चलन था।

सेठ लख्मीपत अच्छी तरह से जानते थे कि व्यापारी की जान बही-खाते में बसती है। इस काम के लिए अत्यंत ही विश्वस्त आदमी रखे जाना चाहिए। इसीलिए मुनीम का प्रबंध सोजत से किया। शांतिलाल को मुनीम नियुक्त किया गया। उसकी मदद के लिए जो सहायक रखे गए वे भी सोजत और आसपास के इलाके के पक्के मारवाड़ी थे। शांतिलाल को लख्मीपत ने दूर के रिश्ते की लड़की ब्याह दी। गद्दी के पीछे के कमरे में तिजोरी और हिसाब किताब का कमरा बनाया गया। तिजोरी दीवाल में चिनवा दी गई। उस कमरे में खुद, रमापत और शांतिलाल के अलावा किसी अन्य का प्रवेश निषेध था। वक्त ने उसे पक्का घाघ व्यापारी बना दिया था। शांतिलाल उनके काले पैसे को उजला और उजले को काला बनाने में माहिर हो गया। उनकी गोपनीयता बनाए रखने का पक्का इंतजाम रखता था। दो-तीन तरह के खाते बही रखे जाते थे। इनकी सारी लिखाई राजस्थानी में होती थी। आपस में भी मारवाड़ी-राजस्थानी में बतियाते। इससे गोपनीयता बनी रहती थी। वे परंपरावादी थे। जानते थे यदि मातृभाषा का उपयोग नहीं किया गया तो वह मर जाएगी। अपनी मारवाड़ी-राजस्थानी पर उन्हें अभिमान था। वे मातृभूमि, माँ और मातृभाषा को ले कोई समझौता करना पसंद नहीं करते थे। उनकी मातृभूमि मारवाड़ भी। मारवाड़ के इतिहास संस्कृति पर गर्व था। वीर दुर्गादास राठोड़ उनके प्रेरणा पुरुष थे।

कोटा-परमिट-लाइसेंस के उस युग में व्यापार-उद्योग बढ़ाने के लिए लख्मीपत को सरकारी बाबुओं, अफसरों और राजनीतिज्ञों से मदद की जरूरत पड़ने लगी। चालाक और कांइयाँ बनिया समय के अनुसार काम निकालने के गुरों का उस्ताद हो गया। जानता था कि जान-पहचान और पैसे के बल पर काम जल्दी होता है। नियम-कानूनों की व्याख्या उस हिसाब से की जाती है। मुनीम शांतिलाल से एक खाता खुलवाते वक्त कहा, ''कंई शांतिलाल ! थे जाणो भाया सरकारी और राजनेता कुत्ता खे डालता चालों तो काम कदि नी रुके।''

''हो काका सा ! आपरी बात सोला आना पाव रत्ती सही। पण याछि भी कोई सीमा की नी ?'' लख्मीपत का समर्थन करने के बाद भी शांतिलाल ने शंका प्रगट की।

''अरे भाया ! तेल तिल्ली सूं निकलेगो। एक दांगा तो दस कमा वांगा। फेर एक बात गाँठ बाँधी ले। थोड़ा-घणा रुप्या दई ने छोई रो ईमान खरेदी लेंवां तो सोदो छाटा रोनी ? पीसा खाणा रा ये मूरख ऊका वास्ते ईमान जेसी दुर्लभ चीज बेचे ? अरे ! इंसान रा पासे ईमान नी रेव्हयो तो फेर वो इंसान कां रव्हयो रे ? अरे उनसू अच्छी तो तन बेचवा री वेस्या। ओर अपणो शेरू पेलवान अच्छो। वो आपणो ईमान तो नी बेचे ? पण ये सरकारी नोकर ओर नेता तो उनसूं भी गया बीत्या। अरे भाया !

पीसा जाय तो फेर अई सके। तन्दुरुस्ती भी फेर पई संका। इनको कई वांदो नी। पण ईमान गियो सो मनख का पासे फेर बच्यो कंई ?" कड़वाहट से लख्मीपत ने थूक दिया। मानो वो भ्रष्टों पर थूक रहा था।

"हो काका सां ! आपरी सारी वांता खरी।" शांतिलाल यह देख कर दंग रह गया कि कम पढ़े-लिखे बनिए ने वर्तमान हालात का कितना सटीक विश्लेषण किया है। यद्यपि लख्मीपत के पास विश्वविद्यालय की कोई डिग्री नहीं थी। लेकिन जिंदगी की पाठशाला और संघर्ष ने बहुत कुछ सिखा दिया था। जिंदगी का अनुभव ही उसका गुरु था।

शांतिलाल और लख्मीपत में इतना बढ़िया तालमेल जम गया था कि वे एक दूसरे की भावनाओं और विचारों को इशारे से समझ लेते थे। लख्मीपत को शांतिलाल को अधिक समझाने की जरूरत नहीं पड़ती थी। कभी-कभी तो शांतिलाल अपने काका सा की भावनाओं के अनुरूप अग्रिम तैयारी कर लेता था। एकाध बार लख्मीपत की सेठानी पारबती पति की भावनाओं को समझने-बूझने में असफल हो जाती थी किंतु शांतिलाल कभी भी असफल नहीं हुआ। क्योंकि जींस एक थे।

और तब मन चाहे परमिट, लायसेंस पाने के लिए लख्मीपत नए-नए दाँव खेलने लगा। शहर और मुख्य सड़क से दूर हम्पी मार्ग पर कुछ एकड़ जमीन खरीद ली। वहाँ सर्व सुविधा सम्पन्न फार्म हाउस बनवाया। इस खेती लायक जमीन से दो फायदे उठाए। चूँकि खेती होने वाली आमदनी आयकर मुक्त थी इसलिए अपने काले पैसे को खेती से होने वाली आमदनी बता टैक्स बचा लेता था। दूसरे गेहूँ, चावल, सब्जी, फल घर के होने लगे। दूध-दही के लिए गाए-भैंसें भी पाल लीं। दूसरा फायदा नेताओ और सरकारी नौकरों की मिजाजपुर्सी में फार्म हाउस का उपयोग होने लगा। उनके खाने खास कर पीने और मनोरंजन का पूरा इंतजाम किया। जरूरत पड़ने पर काल गर्ल्स का प्रबंध खास आदमी लालू पहलवान कर देता था। वी आय पी (अति विशिष्ट व्यक्ति) के लिए हम्पी के ऐतिहासिक स्थल की सैर का प्रबंध भी था। वहाँ भी एक गेस्ट हाउस में स्थायी रूप से कुछ कमरे बुक करा लिए थे। किंतु अक्सर काम फार्म हाउस में ही निपट जाता था। हम्पी विजय नगर साम्राज्य की राजधानी थी। दक्षिण का प्रमुख ऐतिहासिक पुरातत्वीय वैभव वाला स्थान था। सो अफसर सपरिवार और नेता मय चमचों के वहाँ भी जाना पसंद करते थे। लख्मीपत के सेवा भाव ने अनेकों को उसका मुरीद बना दिया। ताबेदार के समान नेता-सरकारी नौकर उसके सामने हाथ बाँधे खड़े रहते। उसका कोई काम रुकता नहीं था। उससे संबंधित फाइलों को पंख लग जाते थे। जबकि आम आदमी की फाइलें अजगर की चाल सी रेंगतीं। भूले-भटके अपने काम के लिए उन्हें कलेक्टरेट, आबकारी या आयकर विभाग अथवा मंत्रालय जाना पड़ता तो चपरासी और संत्री से लेकर मंत्री, मुख्यमंत्री तक सभी उसकी आगवानी को तत्पर रहते। वैसे अधिकांश काम फ़ोन पर ही हो जाता था। बिलों

का भुगतान नहीं होने पर न तो फोन कटता न ही बिजली। बिजली विभाग नें अलग से लाइन दे रखी थी। ताकि बिजली कटौती के मौसम में भी उनके यहाँ अँधेरा न हो। वे भी सभी का ध्यान रखते थे। हर दीवाली, होली, तीज-त्यौहार, ईद-बकरीद, क्रिसमस पर उनके यहाँ से सूखे मेवों, मिठाइयों, नमकीन के पैकेट अफसरों, बाबुओं, नेताओं यहाँ तक कि चपरासियों को भी भेजे जाते। किसी भी पार्टी के नेता, मंत्री, मुख्यमंत्री के शहर आने पर भोजन-पीने की व्यवस्था फार्म हाउस में होती। चूँकि उनकी डिस्टलरी थी सो बिदाई के वक्त हैसियत के अनुसार बोतलें भेंट में दी जातीं। शासन, प्रशासन, नेता और शहर के गुंडे उनकी जेब में थे।

बहुधंधी लख्मीपत ने अखबार निकालने की योजना भी बनाई। मारवाड़ के अन्य उद्योगपतियों का उदाहरण उसके सामने था। बिड़ला घराना हिंदुस्तान, हिंदुस्तान टाइम्स, कादम्बिनी, साप्ताहिक हिंदुस्तान का मालिक था तो गोयनका इण्डियन एक्सप्रेस, जनसत्ता के स्वामी थे। शाहू-जैन परिवार टाइम्स आफ इंडिया, नवभारत टाइम्स, महाराष्ट्र टाइम्स, धर्मयुग, माधुरी के अधिपति थे। प्रेस के नाम पर सरकार सस्ते में जमीन देती थी। बड़ी इमारत कई मंजिल की बना उसमें अन्य मंजिलें किराए पर उठा दी जातीं। उससे अलग आमदनी होती है। सबसे बड़ा लाभ तो राजनीति, राजनेता, नौकरशाहों और जनता को प्रभावित करने में है। पत्रकारिता अनेक लाभ देने वाली कामधेनु बन रही थी। अतः सरकार से कौड़ियों के मोल जमीन ले प्रेस डाला। भवन पाँच मंजिला बनाया। दो मंजिलें प्रेस के लिए सुरक्षित रखी गईं। तीसरी जीवन बीमा निगम, और चौथी-पाँचवीं मंजिलें व्यापारियों उद्योगपतियों को ऊँचे किराए पर उठा दी गईं। लाइसेंस मिलते ही 'कर्नाटक टाइम्स' का प्रकाशन आरंभ कर दिया गया। संपादक और उनके सहयोगियों में अधिकांश राजस्थान के थे। राजस्थान के एक कवि-शिक्षक श्री रमन लाल जोशी सम्पादक बन कर आए। अखबार हिंदी, कन्नड़ और अंग्रेजी में निकाला गया।

अखबार निकालने से पहले उन्होंने नई चाल चली। शांतिलाल को बुला हिदायत दी, "देख शांति ! मन्ने स्टेट बेंक का मनीजर दास बाबू सूं वात कर ली हे। प्रेस माटे कर्जो मिली जायगो। मन्ने पच्चीस लाख री वात करी हे।"

"पण काकासा ! कर्जा री कंई जरूरत ? उबलक माँ तीस चालीस लाख पड़्या हे। फेर ब्याज दई ने कंई फायदो ?" विनम्र राय शांतिलाल ने पेश की।

"अरे भाया ! आज कल व्यापार-धंधा मा आपणो पीसो कोइ नी लगावे। सरकार ओर बेंक का नी तो शेयर होल्डर रा पीसा पे आज रो वाण्यो धन्धो करे। वित्त निगम, सरकारी सबसीडी और उद्योग विभाग सूं जमीन मिले की नी ? फेर आपणा पीसा रो कंई काम ? धंधो नी चाल्यो तो दीवालो निकालांगा। जरा समजा कर भाया। यो प्रेस ओर अखबार रमापत री लाड़ी माया ओर थारी साझीदारी मा सुरू करांगा। पेला नंबर रो साझीदारी थे, माया लाड़ी थारी सहयोगी। समझयो ?"

प्रसन्नता के मारे शांतिलाल काँपने लगा। काका सा ने उसकी और उसकी भावी पीढ़ी की जिंदगी बना दी। नौकर से उठा कर एकदम मालिक ? यह कल्पना तो कल्पना में भी नहीं की थी। प्रसन्नता के अतिरेक में रोने लगा।

"काका सा...।" उठकर पाँव पकड़ लिए।

"अरे भाया ! इ कंई करे। मन्ने थारे कदि नोकर नी समज्यो। तू घर रो मनख। म्हारा बेटा सारखो। रमापत ओर थारा माँ फरक नी।" लखीपत की आँखें भर आईं। आज तारा सेठानी होती तो कितनी प्रसन्न होती। गहरी साँस ली, "पण देख शांति ! हिसाब किताब भी संभालणू पडेगो ?" पीठ थपथपा मन से आशीष दिया।

"थे निसा खातिर रेवो काका सा।"

बैंक कर्ज के सारे कागजात शांति के नाम से बने। दस्तखत भी उसी ने किए व्यापार के समुद्र में तैरने के लिए शांति को कुदा दिया।

पिता का साया जल्दी उठ जाने से बचपन में जो घोर गरीबी लखीपत ने भोगी उससे वह पैसे के पागलपन से ग्रस्त हो गया। विधवा माँ जमना ने सेठ गंभीरमल के यहाँ खाना बनाने वाली का काम कर उसे पाला। गंभीरमल मेड़तिया नगर सेठ थे। उनकी शानदार पैतृक हवेली थी। पैसे की कमी न थी। विरासत में भी बड़ी जायदाद और अकूत पैसा मिला था। पैसे से उन्होंने भी पैसा पैदा किया। ब्याज-बट्टे, खेती-बाड़ी, फैक्टरियों आदि से पैसों की बारिश होती थी। वे पैसे के गुलाम नहीं थे। पैसा उनका गुलाम था। इसीलिए वैभव विलास का जीवन जी रहे थे। पैतृक हवेली को उन्होंने नए सिरे से सजाया। हवेली आमेर शैली पर रेतीले पत्थर से बनी थी। कंगूरे, मेहराब, छतरियाँ और रंग-बिरंगे काँच, नक्काशी और चित्रों से सजी शी। छज्जे-बारजे थे। रंग-बिरंगे काँचों से बने मोर, हरिणों से अलमारियाँ सजाई गई थीं।

अपनी माँ जमना के साथ लखीपत उनके यहाँ जाया करता था। चकित-भ्रमित उनके वैभव-विलास के उस स्वर्ग को ताका करता। हवेली के बीच चौक में नाच-गाने की महफिलें सजा करती थीं। चौक के चारों ओर जालीदार छज्जों में हवेली की महिलाओं के बैठने की व्यवस्था थी। भोजन कक्ष में संगमरमर की गोल चौकियाँ और संगमरमर के ही पाट थे। नौकर-चाकर, दास-दासियों से घर भरा था। मुनीम-कारिन्दे अलग थे। हवेली के बाहर वर्दीधारी सिपाई तैनात रहते थे। घोड़ा गाड़ी, बग्घी, पालकी के साथ ही फोर्ड कार का भी प्रबंध था।

रसोडे के बाहर बरामदे में बैठा लखीपत दिवास्वप्न देखता कि उसने भी सेठ गंभीरमल मेडतिया की टक्कर की हवेली अपने पुराने खपरैल के मकान की जगह बना ली है। मन ही मन संकल्प लेता कि यदि कभी लक्ष्मी जी की कृपा हुई तो वो भी अपने सपने पूरे करेगा। यद्यपि उसका मकान कच्चा, खपरैल, गारे मिट्टी, ईंट

का बना था परंतु सुघड़ जमना ने अपने परिश्रम से उसे साफ-सुथरा ही नहीं बना रखा था वरन् चाक मिटी, गेरू व खड़िया से चित्र भी उकेरे थे। स्वच्छता और सुंदरता का नमूना था।

जमना बढ़िया खाना पकाने में माहिर थी। उसकी पाक कला की प्रशंसा गंभीर सेठ और तारा सेठानी भी करते थे। जमना मानती थी कि दिल जीतले के लिए पेट जीतना जरूरी है। दिल का रास्ता पेट से होकर जाता है। जमना की सहायता के लिए और भी बाइयाँ थीं। गंभीर मल के लिए भोजन की थाली सजती तो उसमें घी से तर फुलकियाँ, चार-पाँच तरह की सूखी, रसदार सब्जियाँ, रायते, दो-तीन तरह के पापड़, चटनियाँ, अचार, दही, घी में तर तीन चार तरह के मिष्ठान, और चावल-दाल भेजती तो लखमीपत की आँखें फटी की फटी रह जातीं। तीज-त्यौहार पर उसकी माँ को परोसा मिलता उस दिन उसकी चाँदी रहती। कभी-कभी बीच में भी तारा सेठानी की कृपा से भोजन-नाश्ता मिल जाता। जिंदगी में समृद्धि आने पर लखमीपत ने भी सेठ गंभीर मल की जीवन शैली को अपनाया। वे ही उसके बालपन के आदर्श थे।

सोजत के उस मुहल्ले में लखमीपत, लख्बू, लखम्या, लख्या, लाखी था। जिसके मन में जो आता उसी नाम से पुकार लेता। लेकिन जब सेठ गंभीरमल उसे लख्या कहकर बुलाते तो लगता जैसे किसी डाकू को आवाज दी जा रही हो। हाँ ! उसकी जमना माँ जब बड़े लाड़-प्यार से लखमीपत...ओ लख्मी पत कह कर बुलाती तो आत्मा तृप्त हो उठती।

"लखमी बाबू...ओ लख्मी बाबू ? थें चणिया माँ नाडो तो डालो सा ?" तारा सेठानी की रस पगी मनुहार उसके कानों में मधु रस घोल जाती। उसे तारा सेठानी का लखमी बाबू पुकारना माँ की पुकार से भी अधिक मधुर और कर्ण प्रिय लगता। उसके दिल को गुदगुदा जाता। किशोर लख्मी उम्र के जिस पड़ाव से गुजर रहा था उसमें नारी देह का आकर्षण मोहाविष्ट करने को पर्याप्त रहता है। बचपन और जवानी का वह संधि स्थल, मन को दोनों ओर खींचता है। परंतु यदि जवानी की पहली पायदान पर सुकोमल नारी का सान्निध्य मिल जाए तो खिंचाव तीखा रूप ले लेता है। तारा जी का सान्निध्य सुखदायी लगने लगा। मन तारा के आसपास ही डोलता रहता। शुरू-शुरू में माँ के साथ हवेली पहुँचने पर डरा-सहमा रसोडे के दरवाजे के बाहर बैठा रहता। चुपचाप मुग्ध निगाहों से हवेली के वैभव को ताकता। हवेली के आँगन में झाँकता आसमान का टुकड़ा निहारता। आँगन में जुवार बाजरी बिखेरने पर कबूतरों के झुंड पर तौल पहले हवेली की गच्ची के परकोटे पर बैठते। गुटुर ...गूं...गुटर...गुटर...करते आँगन में उतर शान से सिरगर्दन हिलाते चुगा चुगते घूमते थे। उन्हें चुपचाप निहारता। इच्छा होती दो-चार को पकड़ उनकी प्यारी गर्दन, परों पर हाथ फिरा प्यार करे। हिम्मत न होती। पास ही मिट्टी के बड़े कटोरों में पानी कबूतरों के लिए भरा रखा रहता।

आरंभ के कुछ दिनों तो तारा ने भी उसकी ओर ध्यान नहीं दिया। अपनी खास नौकरानी देवा के न होने पर वे उससे छोटे-मोटे काम कराने लगी। इन छोटे-मोटे कामों ने उसे सेठानी के बेडरूम में पहुँचा दिया। उस शयन कक्ष में जाने की इजाजत किसी मर्द को नहीं थी। चूँकि लख्मी को मर्द नहीं माना गया सो उसके तारा के शयन कक्ष में प्रवेश पर गंभीरमल ने भी आपत्ति नहीं ली। पहली बार जब उस शयन कक्ष में पहुँचा तो देखता ही रह गया।

गंभीरमल रंगीन मिजाज, रसिक और शौकीन थे। अतः अपने शयन कक्ष को बढ़िया शानदार तरीके से सजाया था। छत से लटकता बड़ा सा झूमर, झाड़-फानूस, चारों दीवारों के कोनों को छूता मोटा सा काश्मीरी कालीन, रंग-बिरंगे काँच जड़ी अलमारियाँ, गोहोगनी का छोटे-बड़े आईनों से सजा बड़ा सा पलँग। उस पर बिछी मोटी सी मखमली गादी, पैताने रखी रजाई, सिरहाने छोटे-छोटे गाव तकिए और गुलाबी मसहरी। कमरे की सबसे बड़ी विशेषता दीवारों पर बने चित्र थे। रसिक गंभीरमल ने राजपूत कलम से राधा-कृष्ण की प्रणय लीला और रतिक्रीड़ा के चित्र विशेष तौर पर बनवाए थे। राजा रवि वर्मा के चित्रों से भी उसे सजाया था। खास कर राजर्षि विश्वामित्र और अप्सरा मेनका का प्रणय प्रसंग वाला चित्र उनमें था। प्रकाश व्यवस्था ऐसी की गई थी कि वह स्वप्नगाह लगता था। बिजली के अलावा झाड़-फानूस में मोमबत्तियों की व्यवस्था थी। मोमबत्तियों के अँधेरे-उजाले में प्रणय-क्रीड़ा का अपना ही आनंद था। एक कोने में छोटा पर सुंदर सोफा सेट, तिपाहियों पर सजे फूलों के गुल-दान, दूसरे कोने में खिड़की के पास की शृंगार टेबल पर रखे तीन आईने। नाना प्रकार की सुंगधियाँ, इत्र, क्रीम, मोटे पर्दे। साथ लगा रंगीन टाइल्स, टब, फौव्वारे से सजा बाथरूम। इसमें भी अनेक प्रकार के सुवासित उबटन, तेल, साबुन, तौलियों, कास्मेटिक्स की पूरी दूकान सजी थी। लख्मीपत टकटकी लगाकर भौचक उजबक सा ताकता ही रह गया। ऐशो-आराम की सारी व्यवस्था वहाँ थी। वह कमरा किसी राजा-महाराजा-नवाब की ऐशगाह से कम न था।

जयपुरिया घराने की तारा मारवाड़ी सौंदर्य की जीती-जागती प्रतिमा थी। उसकी चाँदनी सी मरमरी देह अँधेरे में भी उजास फैलाती थी। मछली से चंचल मदमाते मुस्कराते नयन, छोटी सी नासिका, मोटे रसीले मुस्कान बिखेरते लाल अधर, भरे-भरे गोरे गुलाबी कपोल, ब्रा की मदद से नुकीले उभरे, छोटे उरोज, और गोल नितम्बों का खिंचाव। उनके उभार के कारण सामने की ओर झुकी कमर। कटि रेखा से नीचे तक फैले काले घने बाल। मध्यम लंबाई की मृणाल सी भुजाएँ। राजस्थानी मांडनो में लगाई, गोरी हथेलियों की मेहँदी से हीने की खुशबू निःसृत होती रहती थी। आलते की लालिमा लिये गोरे छोटे पग अत्यंत ही आकर्षक थे। सधे धीर पगों से चलती तो लगता कोई नर्तकी लास्य लय में ठुमक रही हो। मुग्ध चकोर दृष्टि से लख्मीपत सेठानी मालकिन को निहारा करता। उन्हें छू लेने की बलवती इच्छा को बरबस दबाने

का प्रयत्न करता। डरता था छू लेने पर वे कहीं मैली न हो जाएँ।

तारा की अनुपस्थिति में लख्मीपत उसके महकते कपड़ों खास कर चनिए, कांचली को मसलता, आँखें बंद कर सूँघ कर तारा की देह-गंध को अपने मन-प्राणों में उतारने का प्रयत्न करता।

''लख्मीपत बाब आसूँ करो सी ?'' चंचल हँसते मुस्कराते नयनों से तारा ने रूमानी स्वर में टोका।

चोर रंगे हाथों पकड़ा गया था, ''व...वो...वो...मालकिन सा...कपड़ा री घड़ी... ?'' घबराए डरे-सहमे लखमीपत ने कुछ तो भी उत्तर दिया।

उन मुस्कराते शरारती नयनों ने व्यक्त कर दिया था कि मालकिन नाराज तो नहीं है। हाँ ! उसकी मूर्खता का आनंद ले रही है।

''यो काम आपणो नी ?'' आगे बढ़ कर चनिया उससे छीन सोफे पर फेंक दिया, ''देवा कंई वासते हे ? थे तो म्हारा काम वाटे हो ? उधर बेठो।'' सोफे की ओर इंगित किया, ''हूँ नहाई ने अई।'' हँसती मुस्कराती तारा को स्नानगृह में जाते बुद्धू सा देखता रहा।

पुरुष चाहे किसी भी आयु का हो नारी के लिए एक खुली किताब है, जबकि नारी पुरुष के लिए एक अनसुलझी पहेली। शयन कक्ष में लख्मी की उपस्थिति का तारा के लिए कोई महत्त्व नहीं था। उसके लिए वह टाबर (बच्चा) था। जिसके सामने कपड़े बदले जा सकते थे। नहाकर खिले पुष्प सी देह लिये जब कक्ष में आई तो लख्मी सिर नीचा किए बुद्धू सा बैठा था, डरा-सहमा। उसकी ओर कोई ध्यान न देते हुए पीठ कर कपड़े बदलने लगी। लख्मीपत की धड़कनें बढ़ती जा रही थीं। और गरम साँस लेना भारी हो रहा था। कपड़े बदलते-बदलते बतियाने लगी, ''कंई लखमी सा पढ़ई केसी चाले ?''

''जी ! अच्छी चाली री हे मालकिन सा।'' सूखे गले से उत्तर दिया। इतना तो वह आश्वस्त हो गया कि उसके अंतर वस्त्रों को छूने, मसलने का सेठानी ने बुरा नहीं माना है। उसे नजरअंदाज कर दिया है।

गोरी बाँहों को पीछे कर चोली के हुक लगाने का प्रयत्न कर रही थी। हुक थे कि लग नहीं रहे थे। चणिए के ऊपर सामने से मुँह में लगुडे के पल्ले को दबा वक्ष को ढँक लिया था। पल्ला दाँतों में दबा होने से शब्द चबा-चबा कर बोले जा रही थी।

''कोण सी क्लास मा भणो ?'' चोली को हुक लगाने का प्रयत्न जारी था।

''जी छटवीं मा।'' उस देह की खूबसूरती ने सर्पीले आकर्षण सा उसकी निगाहों को बाँध लिया। मन इसे पाप मान देखने से मना कर रहा था। पर आँखें थीं कि बरबस उधर ही खिंची जा रही थीं। गोरी गोल मांसल बाँहें हुक ढूँढ़ने में उलझी थीं। चोली के पल्लो से झाँकती पीठ, उसकी लंबाई कम होने से चणिए-चोली के बीच

की अनावृत कमर। चणिए में खिंचाव आ जाने से गोल नितम्बों का नुकीलापन। घबरा गया। जबरदस्ती आँखों को उधर से हटा गलीचे के रंग-बिरंगे फूलों को गिनने लगा।

"स्कूल री किताब-कापी ओर फीस भरणा मांटे जदि कोई तकलीप होवे तो म्हारो नांव बतई ने गद्दी से मुनीम नाथूराम सूं पीसा ली लिजो ? ओर जदि सरम आवे तो म्हारे बताजो। हूँ दी दूँगा।" हुक था कि लग नहीं रहा था। चौड़ी पीठ का गोरापन बिजलियाँ गिरा रहा था।

उसकी जान साँसत में थी। कमरा छोड़ भाग जाना चाहता था। साँसें और दिल की धड़कनें बेहद तेज हो गई थीं। लगता था तारा की खूबसूरत देह एक नशा बन कर उस पर तारी हो रही है। दौड़ कर उससे लिपट जाना चाहता था। जीवन में पहली बार किसी नारी को इस अर्ध नग्न अवस्था में देख रहा था। जो नहीं दिखाई दे रहा था उसकी कल्पना स्वतः साकार हो रही थी। झीने कपड़ों से ढँके तन के उभार अधिक मुखर थे। चूँकि तारा पीठ किए खड़ी थी अतः उसकी आँखों से झरती लालसा-वासना को पकड़ लेना उसके लिए संभव नहीं था। परंतु लख्मी की गरम वासना भरी साँसों ने कमरे की हवा में गरमी ला दी। अधिक देर तक अपने को रोक न पाने के कारण उसने अपने मन और आँखों को उस देह के आकर्षण के हवाले कर दिया। मंत्रबिद्ध नाग के समान सौंदर्य को निगाहों से पीने लगा।

"लखमी सा ! थोड़ी घणी तकलीप करो ? चोली रो हुक लगई दो ?" बिना पलटे आदेश दिया।

"ज...जो...जो...हु...हु कुम...मा...मालकिन...सा जो...।" शराबी सा उगमगाते कदम हुक लगाने चल दिया।

काँपते हाथों चोली को हाथ लगाया। रेशम की वह चोली सुगंध से राराबोर थी। वही नहीं विभिन्न उबटनों और सुगंधित तेल साबुन से रची बसी देह से निःसृत मोगरे सी मदमस्त सुरभि साँसों की सीढ़ियों से उसके मन प्राण में उतर गई। कुछ पलों के अर्धांश के लिए रुक आँखें बंद कर उसका आनंद लेता रहा।

"कंई हुई ग्यो सा ! हुक लगाओ कोनी ?" संगीत की स्वर लहरी ने तन्द्रा तोड़ी।

उसकी आवाज खो गई थी। उत्तर देने में असमर्थ था। जल्दी से चोली के दोनों पल्लों को पकड़ने के प्रयत्न में अँगुलियों ने गोरी पीठ छू ली। वह रेशमी चोली से भी अधिक मुलायम थी। सारी देह में करंट फैल गया। अपनी पीठ पर तारा को साँसों की गरमी का अहसास हुआ। उनके वासनात्मक स्पर्श को उसने फौरन ताड़ लिया। पलटने को तत्पर हुई। तभी चोली के दोनों पल्लों को पकड़ कर बड़े प्यार से सहलाने लगा। बची बात उस स्पर्श ने पूरी कर दी। लख्मी ने हुक अटका लिया। और मसृण कमर पर हाथ फिराने लगा। तारा ने तत्काल पलट कर उसके हाथ पकड़ लिए। लख्मी को लगा उसके हाथ रेशमी हथेलियों में कैद हो गए हैं। तारा सेठानी रेशमी ना मखमली गुड़िया लगी। वासना के आवेग में आँखें मुँद गई थीं। वह उसे

अपनी बाँहों में कस कर मसल देने को उतावला था। परंतु एक डर रोक रहा था। उस डर ने उसे कायर बना दिया।

कुछ पल तारा टकटकी लगा कर मुँदी आँखों वाले उस मासूम चेहरे को निहारती रही। लख्मी की मसें भीग रही थीं। परंतु चेहरे की कोमलता यथावत थी। वह भाव विभोर था ? आँखे बंद होने के बावजूद बहुत कुछ कह रही थीं। मुख का मौन अधिक मुखर था। उसकी इस हरकत पर उसे गुस्सा और मासूमियत पर प्यार एक साथ उमड़े। मन के किसी कोने को यह जानकर सकून मिला कि वह किसी और को पालतू बनाने की क्षमता रखती है।

"लखमी सा ? थे घर जाओ। थारी तबेत ठीक नी लागे ?" तारा के मृदु स्वर में कड़ाई उभर आई।

बिना उत्तर दिए लुटे-पिटे-हारे शराबी सा लड़खड़ाता लख्मी बाहर चल दिया।

कुछ दिन जानबूझ कर हवेली नहीं गया। तनावग्रस्त रहने लगा। भयभीत था कहीं सेठानी सा ने उसकी शिकायत सेठ गंभीरमल से कर दी तो ? जान साँसत में फँस गई। सेठ सा की डाँट और मार तो फिर भी खाने को तैयार था। पर कहीं उन्होंने माँ से शिकायत कर दी ? उन्हें नौकरी से निकाल दिया तो ? वे कहीं के नहीं रहेंगे। माँ को कितना धक्का लगेगा ? उन्हें कैसे मुँह दिखाएगा ? गाँव, जात, समाज में इज्जत गिर जाएगी। माँ के हवेली से घर आने के वक्त घर से गायब हो जाता। चोर सा घर में प्रवेश करता। हवेली से गैरहाजिरी के इन दिनों में आवारा गर्दी करने लगा। न स्कूल में मन लगता न पढ़ाई में, न ही खेलने में। गाँव-जंगल में भटकता रहता। नटों, बंजारों, बाजीगरों या कठपुतली वालों के डेरों के आसपास मँडराया करता। खुद को पढ़ाई में डुबाने का असफल प्रयत्न करता। किंतु मन किताबों में नहीं लगता। एक डर हल पल सताता रहता। किताब के अक्षर तारा की मरमरी चाँदनी देह में बदल जाते। शरीर तो उसका घर, स्कूल या यहाँ-वहाँ भटकता रहता लेकिन दिल तारा सेठानी के कमरे में, ना ! उसके आसपास मँडराया करता। परंतु जब एक सप्ताह में कुछ भी नहीं हुआ तो भावनात्मक तनाव छँटने लगा।

तारा ने उसकी हरकत को बाल सुलभ आसक्ति मान नजरअंदाज कर दिया था। इस उमर में बच्चे ऐसी महत्त्वहीन हरकत कर बैठते हैं। वह तो अपने में ही मगन थी। उसके आसपास मँडराने वाला लख्मी जब बहुत दिनों तक नहीं आया तो एक कमी का अहसास हुआ। लख्मी के बिना छोटे-मोटे कामों में अड़चन आने लगी। खास कर बाजार से अपनी मनपसंद वस्तुएँ चोरी चुपके मँगवाने में बड़ा सहायक था। वह उसकी आदत बन गया था। बच्चे उसको हुए नहीं थे। एकाध बच्चे का आस-पास मँडराना अच्छा लगता था। पहले तो समझी पढ़ाई-लिखाई, खेल-कूद में

लगा होगा। परंतु जब एक हफ्ते से अधिक हो गया तो रहा नहीं गया।

"कंई जमना बई ? लख्मी बाबू नी दिखे ? कां हे ? बीमार तो नी पड़ी ग्या ? सब खेरियत तो हे ?" स्वर में हल्की-सी चिंता थी।

जमना जानती थी कि उसके लख्मी के प्रति सेठानी सा के मन में एक कोमल स्थान है। उसे बड़ा अच्छा लगता था।

"नई बाई सा ! आपरा आसिरबाद सूं सबे ठीक है। पण इना दिनां काम में ऊको मन नी लागे ? जाणे कंई सोच्या करे ? भयो सारी फिरया करे ?" जमना ने सादर उत्तर दिया।

"म्हारा पासे लाओ। हूँ वातां करीने देखूँगी। कंई हुईग्यो ?"

"जो हुकुम बाई सा।"

इसमें कोई संदेह नहीं कि लख्मी का इलाज तारा ही थी।

और जब माँ से तारा सेठानी का बुलावा मिला तो देह में प्रसन्नता की लहर दौड़ गई। उड़ कर उसके पास पहुँचना चाहता था। लेकिन मन को काबू कर हवेली पहुँचा। बहुत कोशिशों के बाद भी दिल काबू में नहीं आ रहा था। धड़कन तेज थी। दरवाजे के पास सिर नीचा किए जा खड़ा हुआ।

सिंगार समाप्त कर तारा नयनों में काजल आँज रही थी। आँजने के बाद बचे काजल को बालों में पोंछने लगी तो आईने से लखमी को झाँकते पाया। आँखों-ओठों पर मुस्कान फैल गई। गर्दन मोड़ ताका। उसका गर्दन मोड़ना हुआ और लख्मी ने सिर उठा देखा। लख्मी को लगा कोई मयूरी गर्दन मोड़ ताक रही है। कुछ पल टकटकी लगा देखती रही। घबराकर लख्मी ने नजरें नीची कर लीं।

"कंई लखमी सा ? कंई नाराजी हे भई ?" समझ गई किसी बात को लेकर रूठा हुआ है। मुस्कान अत्यंत ही मोहक थी।

लख्मी ने उत्तर नहीं दिया। आत्मा को सालने वाला अपराध बोध अभिमान में बदल गया। उस दिन ऐसा क्या कर दिया था जो झिड़क दिया। उन्होंने तो बुलाया था हुक लगाने के लिए।

"अरे भइ ! वहाँ क्यूँ उभा हो ? अंठे आओ सा ?" चितवन मीठी और स्वर में मनुहार थी।

पुरुष को रिझाने के लिए नारी की एक मीठी चितवन ही पर्याप्त है। जब कि नारी को पटाने के लिए पुरुष को कई पापड़ बेलने पड़ते हैं। और रूठे बालक को मनाने के लिए बंदर जैसी हरकतें करना पड़ती हैं।

लख्मी रूठा खड़ा रहा। दिल तो दौड़कर चिपट जाने को मचल रहा था। पर उसे काबू किए रहा। मुख पर असमंजस का भाव था।

तारा ने जब देखा कि लख्मी कमरे में आने में हिचकिचा रहा है तो उठी और ठुमकती-ठुमकती उसके पास जा पहुँची। कलाई पकड़ बोली, "अंदर चालो नी सा ?"

प्यार से सराबोर मीठी मनुहार के सामने विरोध का किला ढह गया। पतंग के साथ डोर के समान तारा के साथ कमरे में खिंचा चला गया। पलँग पर पास बिठा बड़े प्यार से बालों को सहलाने लगी। उसका हर स्पर्श अभिमान को गला गया। गोद में सिर रख हिचकियाँ ले रोने लगा। तारा चुपचाप सिर और पीठ सहलाती रही। रुदन का वेग कम हुआ तो सुराही से चाँदी के नक्काशीदार गिलास में पानी ला अपने हाथों पिलाया। अलमारी से मिठाई, काजू, किशमिश, पिश्ते, दाल मोठ, बीकानेरी भुजिए आदि चाँदी की नक्काशीदार तश्तरी में पेश किए।

"आरोगो।" अधिकार पूर्ण स्वर में हुक्म दिया।

प्यार के अतिरेक में लखमी उससे लिपट गया। तारा की देह सुरभि मन-प्राण में उतर गई। मीठी मादक मुस्कान के साथ वह उसका आनंद लेती रही।

"अरे छोड़ो भई। पेला ये खाओ।"

चकोर मुग्ध दृष्टि से काजू कुतरने लगा।

सेठ गंभीरमल बड़े दिल फेंक रसिक थे। उनके पिता नगर सेठ गुमानमल के वक्त हवेली में मेवाड़-मारवाड़-आमेर ही नहीं दिल्ली-लखनऊ तक की मशहूर और मारूफ तवायफें मुजरा करने में अपनी शान समझती थीं। सेठ गुमानमल ने दिल्ली की मशहूर और बेहद हसीन तवायफ मुन्नी जान को अपनी रखैल बना रखा था। पैसे-जेवर और ऐशो आराम की जिंदगी उसे रास नहीं आई। उसका दिल तो नाच-गाने में बसता था। उसे लगता था कि सैयाद ने सोने के पिंजरे में कैद कर रखा है। उसका रियाज बंद हो गया। इस कारण बदन टूटने लगा। लगा वो तो गुमानमल सेठ की सेठानी बन कर रह गई है। मुजरे के वक्त कद्रदानों से जो दाद मिलती थी वह उसकी कला को उनका सलाम था। वह तो आजाद परिन्दा थी। लम्बे समय तक कैद में कैसे रह सकती थी ? सब कुछ छोड़ सकती थी मगर नाच-गाना और मुजरा नहीं। वे तो उसकी रूह (आत्मा) थे। पहला मौका मिलते ही एक नौकर के साथ भाग खड़ी हुई। गुमानमल सेठ जयपुर गए थे। लौटने पर पता चला पंछी सोने के पिंजड़े समेत उड़ गया है। अपमान से तिलमिला गए। एक बड़ी रकम खर्च कर गुंडों को दिल्ली भिजवाया इस हिदायत के साथ कि उसे उठा लाएँ और न आए तो खत्म कर दें। गुंडे जब मुन्नीजान को अगवा करने में असफल हुए तो उन्होंने उसकी हत्या कर दी। अंग्रेज सरकार की नाक के नीचे राजधानी दिल्ली में जब मुन्नी जान की हत्या हो गई तो हड़कम्प मच गया। रियासती और अंग्रेजी कानून के शिकंजे से खुद को बचाने के लिए सेठ गुमानमल ने एक मोटी रकम खर्च की जिसकी उनको पर्वाह नहीं थी। उनका मानना था कि समंदर से यदि एक लोटा पानी निकाल भी लिया जाए तो क्या फरक पड़ता है ?

यही रईसी और अय्याशी गंभीरमल को पारिवारिक जींस के रूप में विरासत में मिली थी। लंबे समय तक तारा की हसीन देह से बँधा रहना उसके लिए संभव नहीं था। सोजत के पास के एक गाँव में उनकी खेती थी। जिसकी देखभाल बल्लू बंजारा करता था। गंभीरमल ने कभी उधर का रुख नहीं किया था। बल्लू को जब भी खेती के लिए बीज, बैल, खाद आदि की जरूरत पड़ती नाथू मुनीम इंतजाम कर देता। खेती से होने वाली पैदावार और आमदनी भी मुनीम सँभालता। खेत पर भी अकसर वही जाता आता था। उसी के निर्देशानुसार खेती की पैदावार और आमदनी जमा की जाती थी।

"पाँव लागूं, मुनीम सा मालक।" सुरीली स्वर लहरी ने गंभीरमल का ध्यान तोड़ा। गद्दी पर बैठकर वे खाता-बही जाँच रहे थे।

नाथू मुनीम काम से उस दिन जोधपुर गया था। अतः गंभीरमल खतौनी देख रहे थे। नाथू मुनीम को तो वह पहचानती थी। लेकिन आज ये कौन नया मुनीम गद्दी पर बैठा है ? गोरा रंग, जोधपुरी पगड़ी, कानों में हीरे जड़ी सोने की मुरकियां, अँगुलियों में अँगूठियाँ। गले में सोने की चेन, बंद गले के जोधपुरी कोट पर चमक रही थी। स्यात नाथू से भी बड्डो मुनीम लागे। सेठ गंभीरमल का नाम भर सुना था। देखा नहीं था। उस दिन कुछ ऐसा संयोग हुआ कि नौकर चाकर भी दूसरे कामों में लगे थे। गंभीरमल अकेले ही गद्दी पर थे।

संगीत की मधुर स्वर लहरी गंभीरमल के दिल में उतर गई। एक खूबसूरत, दुबली-पतली, खिलते गेहुएँ रंग की शोख चंचल काया। सुतवाँ नाक, गोल चेहरा, कमान सी भौंहें, उनके नीचे शरारती नयन, बड़े बादाम इतने लंबे होंठ। रंग-बिरंगी काँचली से झाँकते उभरे पुष्ट उरोज। काँचली और लहँगे के बीच खुली, एक हाथ में समा जाने वाली पतली कमर। छोटे गोल पुष्ट नितम्ब। गोद में बिठा लेने इतनी ऊँचाई, कच्चे दूध सी उसके यौवन की मदिरा सी मादकता। उमर पंद्रह-सोलह के आस-पास। खेती किसानी, खाना बनाने, पानी भरने आदि मेहनत-मशक्कत के काम करने के कारण उसके शरीर में एक कसावट थी। कृत्रिम सिंगार के बिना भी उसकी खूबसूरती नैसर्गिक और आकर्षक थी। उसकी तुलना में तारा का तन ढीला पड़ गया था। बिना श्रृंगार के साधारण लगती थी। खाते-पीते रहना और बने-ठने रहना ही तारा के लिए मुख्य काम रह गया था ? इसी कारण से बदन में कसाव नहीं था। नारी देह पारखी गंभीरमल को पहली ही नजर में वह लड़की भा गई। सवालिया नजरों से उसकी खूबसूरती का पान करने लगे।

"ऐसो कंई देखो मुनीम सा ? लड़की देखी नी कदि कंई ?" हल्की नाराजी उन कँटीली कंजरी आँखों से झाँकने लगी।

गंभीरमल सँभले, "कोण तू ?"

"हूँ लाखी। ओर कोण ?"

"कुण लाखी ? कुण की लाखी ?" रसिक छेड़छाड़ गंभीरमल की निगाहों में उतर आई।

"अरे मुनीम सा ! हूँ बल्लू बणजारा री लाखी।"

"बल्लू री धेवती ?"

"हो।"

"बोल कई चईए ?"

"मुनीम सा ! बापू री तबेत ठीक कोनी ? काल रात सूं बुखार अई रियो। पीसा चईए।"

"कितरा दूँ।"

अँगुली पर गिनने लगी। गिनती खतम कर बोली, "बीस-पच्चीस दई दो।"

हँसते मुस्कराते गंभीरमल ने पचास रुपए दे दिए।

"आ कित्ता हे ?"

"पचास रुपिया। कम होवे तो ओर दूँ ?"

"थे इत्ता रुपिया दिया ? सेठ सा नाराज होयगा ?"

"नी होयगा। थे लई जा। हूँ भी एका ़ दिन माँ—देखणे आऊँगा। ओर पीसा लँऊगा।"

"ठीक ! बही-खाता माँ मांडी लीजो।"

"लाखा राणी ! थे चिंता मती करो। ओर पीसा लागे तो ली लीजो। पीसो मनख सूं जादा कीमती नी होवे।"

"इव ! ये बात थें बराबर बोल्या। अपणा सा सारा मुनीम हुई जावे तो फेर गरीब मनख री तकलीप कदि नी होवे। नाथू मुनीम बड्डो बदमास ! दे दो लिख्वे चार। ब्याज अलग सूँ लगावे। कंई मुनीम सा ? थें नवा लागो ?"

"हूँ।" मुस्कराए, लड़की बोलघड़ लगती है, "बैठ ! नाथू ने ओर कंई बदमासी करी ?" गंभीरमल सावधान हो गए।

"बेठवा रो बखत नी ?" जाजम पर बैठते-बैठते बोली, "जल्दी गाम जाणू हे। बापू माहे दवाई लई जाणू हे। वो इकेलो हे घरे। संगी साथी सोदो लेण बजार गिया है। ओर नाथू मुनीम ! ऊकी नजर ओर नीयत दुई खोटी। रंग सूं भी कालो और दिल सूं भी कालो। सेठ सा बड़ा मनख। खेती किरसाणी देख वा रो बखत नी मिले। नाथू मुनीम जुम्में काम सोंप्यो। ऊ वदमास हमारे तो परेशान करे। सेठ सा सूं बी धोको करे।"

"कंई करे ?" गंभीरमल ने गंभीर चिंता से पूछा।

"बोलो ! कंई नी करे ? आधो माल घरे लई जाय। सेठ मालक जो कंई भेजे ऊमें से भी आधो राखी ले। बोलो या बदमासी हुई की नी ? फेर ऊकी नजर भी खोटी ओर नीयत भी खोटी।"

"ओर कंई करे ?" फिर विनोद में आ गए। छेड़ बैठे।

"कंई नी करे ? अरे ! म्हारा गाल की चिमटी ले। कमर माँ हाथ डाली ने चिपकावे। बोले, यहाँ जंगल माँ कां पड़ी हे लाखा राणी ? म्हारा साते चाल। राणी बणई ने राखूँगा। हे की नी बडो बदमास ?" पूरे अभिनय के साथ आँखें, चेहरा और हाथ मटका कर बतिया रही थी, "दे पच्चीस, लिखे पचास नीयत खोटी हुई कि नी ?"

गंभीरमल को बहुत मज़ा आ रहा था। उसकी निगाह में उनका क्या मूल्यांकन है जानने के लिए पूछ बैठे, "लाखा राणी तो हूँ बी बोल्यो ? फेर म्हारा सूं बी नराज हे कंई ?" मन उत्तर जानने को व्याकुल था।

लाखी हड़बड़ा गई। तत्काल सँभल कर जवाब दिया, "थें बी लाखा राणी बोल्या। बरोबर। पण थारी नीयत खोटी कोनी ?" एक पल रुकि। फिर शरारती मुस्कान के साथ उत्तर दिया, "हाँ...आं...थारी...पण...नज़र खोटी हे। औरत रा मामला मे हर मरद की नजर खोटी होवे।"

गंभीरमल खद खद हँसे, "चल थारी परीक्षा में आधो तो पास हुयो।"

गंभीरमल ने छुटकारे की साँस ली। पर समझ गए कि छोरी बड़ी तेज है। उनकी नजर और स्वर की रसिकता को पकड़ लिया है। अतः सँभल गए।

बतियाते बतियाते उसकी नजर सड़क पर पड़ गई। गाँव के कुछ लोग आते दिखाई दिए। एकदम उठ खड़ी हुई, "चांलू मुनीम सा।" बिलकुल पास आ कान में फुसफुसाई, "हुणो नवा मुनीम सा ? ऊँ नाथू मुनीम सूं आपणी वात मति बोल जो ?"

लाखी के यौवन की मदमाती मादक गंध गंभीरमल के दिल में उतर गई। गोद में खींच लेने की तीव्र इच्छा हुई। बड़ी मुश्किल से दिल को काबू किया।

"थें निसा खातिर रे हो लाखा राणी। नाथू री छुट्टी हईगी समजो। सेठ सा सूं वात करूँगा। अबार वो तो नी आवेगा थारा गाम।"

"मेरबानी ! घणी मेरबानी। नवा मुनीम सा। अच्छा चालू। राम-राम।" एक मीठी मोहक चितवन से निहारा, "थे बढ़िया मनख हे। अच्छो राम राम।" नाज नखरे के साथ दूकान से उतरी।

"राम...राम।"

मटकती, ठुमकती, लहराती लाखी अपने आँचल में गंभीरमल का दिल भी बाँध ले गई। दूकान से तो चली गई लेकिन उसके दिल से न जा सकी। वहाँ बसी तारा की छवि धुँधला गई। उसकी खूबसूरती, नाज-नखरे और उमर की ताजगी को चाह कर भी वे भुला न सके। लाखी के सामने तारा का तारा अस्त हो गया। वैसे भी वैवाहिक जीवन की एकरसता से वे ऊबने लगे थे। लाखी ही इससे छुटकारा दिला सकती थी। उस रात गंभीरमल और तारा के बीच लाखी आ लेटी। बेचैन रात गंभीरमल के दिल दिमाग पर भारी पड़ रही थी। उसने उन्हें सोने नहीं दिया। दिल में एक

जख्म की मानिन्द लाखी उतर गई थी। जो रह-रह कर टीस रहा था। उस टीस और दर्द से भी एक सकून मिल रहा था।

...ओ...नवा...मुनीम...सा...हूँ...लाखी...लाखी...ओर...कोण... ?...बल्लू वणजारा री लाखी...अरे व्वा !...नवा मुनीम सा ! थें तो वड्डा खपसूरत ओर नाजुक हो...ओर नाथू मुनीम ?...ऊकी सूरत बी काली ने दिल दुगणो कालो !...थारी नीयत अच्छी ...मृगी से चंचल नयन, कच्चे दूध में घुली सिंदूर सी गोरी-गुलाबी रंगत,...नाज नखरे ...खिल-खिलाती शहद पगी मीठी हँसी ! लगता जैसे हँस नहीं रही है मधुर घंटियाँ बजा रही है। जितना अधिक लाखी से ध्यान हटाने की कोशिश करते उतने ही दुगने वेग से लाखी की छवि दिल-दिमाग पर उभर-उभर आती। किसी काम में मन नहीं लगता था। लाखी एक जख्म बन कर दिल में रह-रह कर टीस रही थी। उस टीस में भी एक सुखानुभूति थी। उचाट मन से काम किए जा रहे थे।

इस बेध्यानी को तारा ने भी लक्ष किया। परन्तु व्यापार-व्यवसाय की पचास झंझटों में से एक मान टाल गई। वह अपने और लख्मी में मगन थी। लख्मी उसकी भावनाओं की दो तरह से पूर्ति कर रहा था। उसकी नजरों में मचल रहे प्यार को भाँप गई थी। पति के अलावा भी कोई उसकी खूबसूरत देह का भक्त है ? यह सोच, मन को गुदगुदा जाता था। फिर उसकी अतृप्त स्नेह-ममता की कमी को भी वह पूरा करता था। गंभीरमल से विवाह हुए चार-पाँच साल बीत चुकने के बाद भी वह माँ नहीं बन पाई थी। अतः लख्मी को लेकर एक मिला-जुला भाव उसे आलोड़ित किए रहता। बाहर के कामों से उसे क्या लेना-देना ? ये तो मरदों का सिर दर्द है ? पुरुष की निगाहों की चिंता-वासना पकड़ लेने वाली नारी उसके आत्ममंथन को पकड़ पाने में असफल रहती है। तारा इसका अपवाद नहीं थी।

और जब दिल पर काबू न रख सके तो बेध्यानी में खेत जा पहुँचे। कई महीनों से क्या दो-चार साल से गाँव नहीं आए थे। खेती का सारा काम नाथूराम ही देखता था। उसका परिवार गत कई पीढ़ियों से गद्दी की सेवा में था। उमर ज्यादा नहीं थी। गंभीरमल से दो-चार साल बड़ा था। मुँह में शहद घोले रखता। बातें लच्छेदार और खुशामद की हद तक रस पगी होती थीं। गंभीरमल की असावधानी और लापरवाही का पूरा फायदा उठाने की किसी प्रकार की कोर-कसर नहीं रखता था। सेठ के धंधे के साथ ही अपना धंध भी कर लेता था। गंभीरमल को इसकी जानकारी थी। वे इसलिए ध्यान नहीं देते थे कि यदि नाथूराम उनके व्यापार को नुकसान न पहुँचाते हुए कुछ कमा लेता है तो उन्हें क्या आपत्ति हो सकती थी ? वे इसलिए भी चुप रहते थे क्योंकि गद्दी के काले धंधों की जानकारी उसे थी। ईमानदारी के व्यापार से लखपति-करोड़पति नहीं बना जा सकता। चोरी अमीर बनने की अनिवार्य शर्त है। चाहे वह इन्कम टैक्स की हो, सेल्स टैक्स की, ग्राहक और कर्जदार को लूटने की। अपने ये सारे काले धंधे वे नाथूराम के जरिए ही करते थे। अतः सब कुछ

जानते हुए भी मुनीम नाथूराम को छूट देना उनकी मजबूरी थी।

दिल के हाथों मजबूर खेत पर जाने के पहले तारा और गद्दी पर खबर करते गए। खेत पहुँचे तो झोंपड़ी का दरवाजा उढ़का हुआ था। पता नहीं लग रहा था कि लाखी और बल्लू अंदर है या कहीं गए हैं ? कुछ देर असमंजस में खड़े रहे। शांत निस्तब्धता पसरी हुई थी। खेत गाँव के बाहर था। झोंपड़ी खेत के किनारे पर थी। फसल लहलहा रही थी। बखारी में बँधे बैल चारा चंदी खा पगुरा रहे थे। मक्खियों को उड़ाने के लिए गर्दन हिलाने पर गले में बँधी घंटियों की टुनटुनाहट नीरवता को तोड़ जाती थी। शायद कहीं गाँव तो नहीं चले गए ? गाँव या बाहर जाने पर ताला जरूर लगा जाते ? बिना बताए आ गया हूँ ना ? इसीलिए घर पर नहीं हैं ? थोड़ी देर इंतजार कर लूँ। बैठने के लिए आस-पास नजर दौड़ाई। एक तरफ खाट पड़ी थी। ओसारे का आँगन गोबर, पीली मिट्टी से लिपा-पुता स्वच्छ और साफ था। झोंपड़ी की गारे-मिट्टी-गोबर की दीवारें भी साफ-स्वच्छ थीं। दीवार पर घुड़सवार राजपूत सैनिक गेरू-खड़िया मिट्टी से बना था। फूल-पत्तियाँ भी उकेरी गई थीं। लाखी न केवल सुंदर है वरन् कलात्मक रुचि भी रखती है। उसकी हर बात अच्छी लग रही थी। झोपड़ी तुड़वाकर पक्का दो-तीन कमरे का घर बनवाना जरूरी है। बरसात में झोंपड़ी गलती होगी ? कितनी परेशानी उठाते हैं, ये मेहनतकश गरीब ? झोपड़ी की छत घास-पात और बाँस, टट्टर की थी। जिस पर कवेलू छा दिए गए थे। ओसारे से बाहर निकलकर झोपड़ी के आस-पास का जायजा लिया। पूरी मेहनत और ईमानदारी से खेत में साफ सफाई की गई थी। बल्लू-लाखी की मेहनत के चिन्ह साफ दिखाई दे रहे थे। घास के पूले करीने से जमाए गए थे। गोबर के उपले और खाद का इंतजाम भी करीने से अलग-अलग था। गंभीरमल का मन प्रसन्न हो गया। गंदगी कहीं नहीं थी। गरीब आदमी बड़ी मेहनत और ईमानदारी से घर का काम समझकर सब कुछ कर रहे हैं, इसलिए पगार बढ़ाना चाहिए। घूम-फिर कर पुनः ओसारी में आगए।

''दारी ! आपणी कमर रो ख्याल राखजे ? नी तो सेठानी सा बल पड़न लागेगा ? अबार तो वा पतली छोक है।'' सिर पर भरे दो बेड़े और एक कमर पर लिये लाखी अपनी सहेली के साथ बतियाती, हँसती-खिलखिलाती चली आ रही थी। वे अपने में ही मगन थी।

उनकी छेड़छाड़ और चुलबुलापन गंभीरमल के मन को भा गया।

''हो ! म्हने कंई सीख दे ? दारी अपणी फिकर कर तू ? थारो बाप अबार जल्दी सूं तने ससुराल भेजणा रो इंतजाम करेगा। सादी बाद थारी कमर देखूँगी ?''

''अरे जा...जा...गुलाबो ! कंई बोले ? सादी बाद भी देखी लीजे ? कमर ऐसी री ऐसी मिलेगी।'' लाखी वादा कर रही थी।

''अरे...ठेर...ठेर...थारी झोंपड़ी की ओसारी माँ...वो...वो...।'' अचानक गुलाबो की निगाह गंभीरमल पर पड़ गई। वह ठिठकी।

गुलाबो की नजरों का अनुसरण लाखी ने किया। गंभीरमल एकटक उन्हें ही मुग्ध-चकित निहार रहे थे। चकित इसलिए कि मुट्ठी पकड़ इतनी कमर पर एक बड़ा बेड़ा और सिर पर दो ? बाप रे बाप ! क्या कोई लड़की इतना वजन उठा सकती है ? यह उनकी कल्पना के बाहर की बात थी।

"अरे वो !...वो...अरी वो...तो आपणो मुनीम उभो हैं। उका से कंई डरनो ? चाल !" बेझिझक और बेधड़क झोंपड़ी की ओर चल दी।

"अरे ओ नवा मनीम सा ? थे कदि आया ? केसा आया ? कंई हेर ना हार ? एकदम सूं अईग्या ? अरे खबर तो पोचाणी थी ?" शिकायत करती हुई ओसारे में पहुँचते ही पहले कमर के बेड़े को कोने में रखे लकड़ी के पणिहारे पर रखा। फिर सिर के बेड़े एक के बाद एक उतारने लगी।

गंभीरमल का दिल दौड़ कर उसे मदद करने को मचलने लगा। परंतु गुलाबो की उपस्थिति ने पैर बाँध दिए। वे तो गूंगे हो गए थे। एक गूंगा भला क्या उत्तर देता ?

"अच्छा हूँ चालू लाखी ?" उत्तर की प्रतीक्षा किए बिना गुलाबो चल दी।

दोनों अकेले थे।

"अरे ओ नवा मुनीम सा ? ऐसो कंई घूरे ? कदि कोई छोरी नी देखी कंई ?" लाखी की मीठी चितवन के उल्हाने ने गंभीरमल के दिल को गुदगुदाया।

"छोरयां तो भौत देख्या ?" दिल ने गहरी साँस ली, "पण थारा सारखी को नी देखी ?"

"म्हारा मे असो कंई देख्यो तने ?" कमर पर हाथ रख इठलाती-बलखाती एकदम गंभीरमल के सामने आ खड़ी हुई। शरारत से मुस्कराती आँखें उनकी आँखों में डाल दीं। उसकी देह की भाषा बहुत कुछ कह रही थी।

गंभीरमल को इस दुस्साहस की उम्मीद नहीं थी। तीव्र इच्छा हुई कमर में हाथ डाल आगोश में ले ले। बड़ी कठिनाई से खुद को रोका। लाखी की देह से फूट रही सुगंध पागल किए दे रही थी। और लाखी थी कि उनकी नजरों में नजरें डाल अपलक घूरे जा रही थी। साँस भारी होने लगी। तत्काल आँखें झुका लीं।

जीत की मुस्कान से लाखी का चेहरा जगमगाने लगा ?

"थे बापू से मिल्या को नी ?"

इन्कार में गंभीरमल का झुका सिर हिला।

"हूँ...! बापू...ओ...बापू...देख कुण आयो ?" लाखी की सुरीली आवाज झोंपड़ी के हर कोने के साथ गंभीरमल की आत्मा के पोर-पोर में उतर गई।

उभरे वक्ष पर फैली नागिन सी चोटी को हिलाती झोंपड़ी के दरवाजे की ओर चल दी।

"बापू रो बुखार केसो हे ?" सूखे गले से गंभीरमल ने जानना चाहा।

"अबार तो ठीक हे।" पलटी, ठुमक कर खड़ी हो गई। शरारत अभी भी उसकी बड़ी-बड़ी आँखों में खेल रही थी, "बुखार कोनी। तने जो रुप्या दिया था ऊका कारण बापू ठीक हुयो। बस थोड़ी कमजोरी हे। थारी बड्डी मेरबानी मुनीम सा।" ठिठोली नहीं लाखी के मीठे बैनों से कृतज्ञता झरी।

"कुण हे... ? कुण आयो लाखी ?" दरवाजा खोल बल्लू बाहर आया।

"ओर कुण ! नवो मुनीम आयो हे ?"

"नवा मुनीम सा पधारया ? अरे व्वा ! थारी वड्डी मेरबानी नवा मुनीम। भला पधारया। म्हारी लाखी आपरी भोत तारीफ करे।" बल्लू और गंभीरमल के बीच लाखी थी सो उन्हें देख नहीं पाया, "थे नहीं होता तो हूँ नहीं वाचतो ?" लाखी की बगल से आगे आया।

"राम...राम...नवा...मुनी...," सिर उठा जैसे ही देखा चकरा गया। वाक्य पूरा नहीं कर पाया। सामने सेठ गंभीरमल थे।

"म...म...मा...लक...हजूर...थे...हजूर... ?" उसे समझ नहीं पड़ा कैसे अपने मालक का स्वागत सत्कार करे ? अपनी बेटी की मूरखता पर माफी माँगे। पलट कर लाखी को डाँटा, "अरी मूरख ! आपणा मालक, हुजूर, माई-बाप हे। नवा मुनीम को नी ?" पैर पकड़ माफी माँगने के लिए झुका।

हैरान लाखी देखती रह गई।

"कोनी...कोनी...बल्लूजी अबार ये मती करो ? रेव्हा दो ?" गंभीरमल ने बीच में ही रोककर बल्लू को खड़ा कर दिया। बल्लू की दीनता से संकुचित हो उठे।

"यो ? नवो मुनीम ?...ओर...मालक... ?" आश्चर्य से फैल जाने से लाखी के बड़े-बड़े नयन और बड़े-बड़े लगने लगे।

"हो पगली ? ये आपणा अन्नदाता हे। ढोक दे। उभी कंई हे ?" बल्लू ने पुनः डाँटा।

लाखी चरण स्पर्श करने हेतु झुकी। गंभीरमल को लगा हरसिंगार की सुगंधित डाली झुक आई है। तीव्र इच्छा लिपटा लेने की हुई। बल्लू की उपस्थिति ने दुस्साहस नहीं करने दिया। हाँ, आगे बढ़कर दोनों हाथों से उसकी मृणाल सी भुजाओं को थाम लिया। उसकी देह के रेशमी स्पर्श से तन में बिजली दौड़ गई। गंभीरमल की हथेलियाँ अत्यंत कोमल थीं। मजदूरों के समान न तो उनमें खुरदरापन था; न ही घट्टे पड़े थे। उस स्पर्श ने लाखी के तन में एक अजानी पुलक भर दी। लगा सपनों का कोई राजकुमार थाम रहा है।

"बस...बस...बस !...इकी कंई जरूरत ? रेव्हा दो लाखा...रा...।" बोलना तो लाखा राणी चाहते थे किंतु बल्लू के कारण जप्त कर गए। मगर लाखी समझ गई। एक मीठी मोहक मुस्कान पतले ओठों पर फैल गई। उसे पूरा झुकने नहीं दिया। इस बार वह उनके निकटतम थी। सुराहीदार गर्दन उठी। एक कटीली, रूमानी, मुस्कराती

चितवन कटार सी दिल में उतर गईं। उसकी सुरभित श्वासों ने उनकी साँसों को अपने आलिंगन में ले लिया। एक पल के सान्निध्य ने उन शरीरों में पुलक भर दी।

"अरी ओ बाबरी ? उभी कंई हे ? अन्नदाता रा बैठवा रो इंतजाम कर। चद्दर झाड़ ओर खाट पे बिछा। जल आरोग। धन्न भाग। सुदामा रा घर किसन भगवान आया हे।" बल्लू कृतज्ञता से गड़ा जा रहा था।

लाखी ने दौड़कर चादर झटक पुनः बिछाई। भाग कर अंदर से गिलास और छोटी थाली ले आई। गंभीरमल खाट पर बैठ गए थे। बल्लू उनके चरणों में बैठ गया। थाली में पानी भरा गिलास रख झुककर सादर पेश किया। झुकने से चोली में छिपे गोरे गुलाबी उरोजों की झलक ने गंभीरमल को विचलित कर दिया। जल्दी से गिलास उठा एक ही साँस में खाली कर दिया। लाखी मस्तानी चाल से झोंपड़ी के दरवाजे के पास जा खड़ी हुई।

"अबार तबेत केसी बल्लू जी ?"

"अन्नदाता री मेरबानी सूं बुखार को नी। हाँ कमजोरी हे।"

"लो ये फल आरोग जो। आपणा वाटे ला।" गंभीरमल ने फलों की थैली बल्लू की ओर बढ़ा दी।

"ईकी कांई जरूरत थी मालक ? आपणे क्यूं तकलीफ उठई ? हम किरसाण-मजूर फल खावांगा तो रेवांगा कां ? अबार दो चार दिनामां सब ठीक हुई जायगो। बाज़रा री रोटी, आदा-लसूण-हरि मिरच-धनिया पत्ति री चटणी ने कांदो ने मही सब ठीक कर देगा।"

"वा बात ठीक। हम लोग आपरी मेनत री घी चुपड़ी खावां। पण ताकत आप जैसी कोनी ?" पहली बार गंभीरमल, लाखी के कारण, सच्चाई स्वीकार कर रहे थे, "थारी ओर लाखा राणी री मेनत रो नतीजो या लहलहाती फसल हे।" चालाक बनिया सावधानीपूर्वक एक-एक इंच लाखी की ओर बढ़ रहा था।

अभिभूत बल्लू ने लाखा राणी शब्द पर ध्यान नहीं दिया। जबकि लाखा समझ गई। उसकी मोहक चितवन ने गंभीरमल को उपकृत किया। उसकी हर अदा बढ़ावा दे रही थी।

"आपणे इत्ती मेनत करी ? थारा वास्ते म्हारो भी कंई फरज बणे कि नईं ? हू आपरो ध्यान राखूँगा तो थे और अच्छी मेनत करोगा।"

"अन्नदाता री या वात तो बरोबर।"

"देख भई बल्लू ! अन्नदाता हूँ नी। आप हो। तम किरसाण देस रा सच्चा अन्नदाता हो। खुद आधा भूका रेही ने सारा देस रो पेट भरो। अब योनी चालेगो ? कम सू कम म्हारे यहाँ नी चालेगो। हूँ आपणी मेनत रो पूरो मुआवजो दूँगा। अबार से तनखा रा साथ या फसल माँ सू थारे आधो हिस्सो मिलेगो।"

अहसान से बल्लू गड़ गया, "अन्नदाता री वड्डी मेरबानी ? थे म्हारा भगवान

हो अन्नदाता।" वह चरणों में लोट गया। बार-बार पांलागी करने लगा।

"नई...नई...बल्लू जी। यो मती करो। ये तो आपरो हक्क हे हक्क। खेत माँ थे अकेला काम नी करो। या लाखा राणी भी काम मां आपरी मदद करे। पण म्हारे मालूम हे नाथू मुनीम ने उकी कोई मजूरी थारे दी नी होयगी ? हिसाब री चोपड़ी माँ तो उने मांड्यो होयगा। पण दियो कोनी होगा ? अबार ये ने चालेगो। ओर सुण ! या झोंपड़ी री जगे पक्को मकान बणेगो। नाथू मुनीम अब नी आवेगो। उने आप रे भौत लूट्यो।" सारा दोष बड़ी सफाई से मुनीम पर डाल दिया, "लाखा राणी ने म्हारे सब बतायो। थारी बेटी हीरो हे हीरो। लाखी लाख माँ एक ! बड़ी निडर हे। सांचो बोलणा में चूके को नी। म्हारे बड़ी पसंद हे।" बल्लू पकड़ ने ले उनकी रुचि को सो तत्काल बात बदली, "खलियाण माँ भी एक कोठो बणाऊँगा अनाज रखवा माटे। ओर सुणो। कमजोरी जब तक रेवे एकाद दाड़की, वरसूदयो राखी ली जो। ऊना की मजूरी रा पीसा हूँ दूँगा। उकी चिंता मती करजो। दस पाँच एकड़ ओर खरीदरा रो विचार हे म्हारो ! इक बागीचो लगावांगा। नाथू मुनीम ने म्हारे अँधारा में राख्यो। आपण दुई सो धोको करयो। अब ये नी चालेगो। हूँ खुद देख भाल करूँगा।"

गंभीरमल दिन भर खेत पर रहे। लाखी के साथ घूम-घूम कर खेत, खलिहान, मेड़, पेड़ों का निरीक्षण किया। मौका मिलते ही और मौका निकालकर उसकी देह के विभिन्न अंगों के स्पर्श का आनंद लेते। चपलतापूर्वक लाखी के आगे निकल जाने पर मुग्ध नजरों से उसकी देह को निहारते रहते। लाखी के हाथ के बाजरे के रोटे, चटनी, प्याज और मही (छाछ) में जो आनंद आया वह घर के पाँच पकवानो में नहीं मिला। दिन भर दुनिया भर की बातें कीं। खेती के विकास की योजनाओं पर बल्लू और लाखी से राय-परामर्श लिया। उनके दिल-दिमाग में भविष्य के सुनहरे सपनों के बीज बोए। साँझ के वक्त घर जाने को तैयार हुए। निकलने के पहले पाँच सौ रुपए थोड़े संकोच के साथ बल्लू को खर्च के लिए दिए। बल्लू के बजाय लाखी इस कृपा का मतलब समझ गई। बल्लू ने डरते-डरते रुपए लिए, "हजूर ! इकी कंई जरूरत ? अबार तबेत ठीके। मामूली कमजोरी हे। दूर हुई जाएगी ?" इस कर्ज को कैसे चुकाएगा ? सेठ तो बही खाते में मांड लेगा।"

"जरूरत हे बल्लू जी। काल से काम सुरू होयगो ? सामान आयगो। कुली, मजूर, राज, मिस्त्री आएगा। उने पीसा देणू पड़ेगा किनी ? ओर सुणो ! जब तक कमजोरी हे मदद वास्ते दाड़की मजूर राखी लीजो। पीसा री चिंता मती कर जो। हूँ दूँगा। बेचारी लाखी केतरो काम सँभालेगी ? सो राखो।"

"अच्छा चालूँ! जल्दी काम सुरू होयगा।" जाने के पहले गंभीरमल ने आश्वस्त किया।

"हो अन्नदाता। आपणी बड़ी मेरबानी। भला पधारया।" आभार से बल्लू गड़ा जा रहा था, "जा लाखी ! मालक ने रास्ता तक छोड़ी आ।"

जब तक बल्लू की नजरों के दायरे में रहे गंभीरमल ने लाखी से पर्याप्त दूरी बनाए रखी। जैसे ही वे पेड़ों के झुरमुट की आड़ में हुए उन्होंने तत्काल चाल धीमी कर ली और लाखी के संग हो लिए। बगल में एक हसीना की उपस्थिति की अनुभूति ने प्रसन्न उत्साह से भर दिया। सेठिए का ढीलापन गायब हो गया। चाल में चुस्ती-फुर्ती आ गई। समझ दोनों रहे थे। पर मौन तोड़ने का साहस नहीं जुटा पा रहे थे। भावनात्मक स्पन्दन के कारण मौन अधिक मुखर था। साँझ रात में बदल कर पेड़ों पर उतरने लगी थी। पेड़ों की छाया रात की अँधियारी को गहराने लगी। दोनों रुक गए। रास्ता सामने था। वहीं था गंभीरमल की सवारी का घोड़ा। बिदाई की वेला आ पहुँची। कुछ पल चुपचाप खड़े रहे। हवा में कोमलता घुल गई। उन दोनो में से किसी ने भी उसे वाणी नहीं दी। वह कोमल नीरवता अधिक मुखर थी। साहस कर गंभीरमल ने लाखी की हथेली थाम ली। उसके रेशमी अहसास से देह आलोड़ित हो उठी। लाखी ने हथेली वापस खींचना चाही। पर गंभीरमल की अँगुलियों के कस जाने से खिंच न सकी। देहों में मीठी सनसनाहट फैल गई। ज्यों ही गंभीरमल ने आलिंगन में लेना चाहा वह हाथ छुड़ा भाग खड़ी हुई। वह इन्कार इकरार से अधिक मंजूरी वाला था। उन्हें लगा लाखी ने उनकी उमर के कई साल कम कर दिए है। एक स्फूर्त ताजगी बिजली के समान बदन में दौड़ रही थी। एक तड़प और जलन लेकर लौटे।

जिंदगी की कुछ घटनाओं को व्यक्ति की बजाय नियति नियंत्रित करती है। लाखी का गंभीरमल की जिंदगी में आना उन्हीं में से एक था। लाखी अच्छी तरह से जानती थी कि सेठ शादीशुदा है। तारा सेठानी पैसे वाले परिवार की बेटी ही नहीं है। सुंदर भी है। उसकी खूबसूरती के चर्चे सुन रखे थे। फिर भी वह गंभीरमल की ओर आकर्षित हुई। एक से अधिक औरतों से संबंध रखना मरद का सुभाव है। इसमें कोई नई बात नहीं है। सदियों से ऐसा ही होता चला आ रहा है और सदियों तक ऐसा ही होता रहेगा। मगर इसकी इजाजत औरतों को नहीं दी गई है। यह विशेषाधिकार समाज और मरदों ने अपने आप को दे रखा है। इस प्रकार की आजादी भोगने वाली औरत छिनाल कहलाती है।

गंभीरमल का व्यक्तित्व सुंदर राजकुमार के समान लगा। शायद इसी प्रकार के राजकुमार का सपना बचपन से जाने अनजाने दिल में पाले थी। फिर बंजारा समाज में भी इस बात को कोई महत्त्व नहीं दिया जाता था। समाज व्यवस्था की पायदान पर बंजारों को निम्न जाति में सम्मिलित किया गया है। थे वे व्यापारी बनिए। बणजारा का मतलब ही वणिक माने व्यापारवणिज करने वाले समुदाय से था। परंतु आर्थिक दृष्टि से, कालांतर में कमजोर होते जाने के कारण समाज के ऊँचे दर्जे से वे नीचे होते चले गए। वर्ना मध्य काल में युद्धरत सेनाओं को रसद पहुँचाकर इन्होंने काफी माल और समाज में सम्मानित स्थान पाया था। परंतु अंग्रेजी राज में किसान-मजदूर

बनकर रह गए। औरतें उनकी बेहद खूबसूरत थीं। आज भी हैं। अपनी देह की खूबसूरती के प्रति न केवल वे सजग हैं वरन् बनाए रखने को प्रयत्नशील भी। मेहनत मजदूरी ने उनके तन को तराश दिया। चंचलता, चुलबुलेपन और नटखटता ने उनके सौंदर्य को धार दी। नाज-नखरों के मिश्रण से बेहद हसीन लाखी चुम्बक बन गई। गंभीरमल ही नहीं जो भी मर्द उसे देखता, देखता ही रह जाता। किसी भी मरद को बेईमान बनाने के लिए उस रूपसी का छैल-छवीलापन काफी था। जल्द ही उनमें हँसी-मजाक और छेड़-छाड़ के संबंध कायम हो गए। मजाक-मजाक में वे उसकी चोटी और पीछे से चोली खींच देते।

"ई कंई करो ? म्हारे दुखे ?" शरारती मुस्कराती नजरें शिकायत करतीं।

"माफी दे ?" कान पकड़ रसिक नजरों से सारा प्यार उँड़ेलते। हँसी छेड़ कब अंतरंग संबंधों में बदल गए पता न चला। फिर जिस गरीबी और अभावों में उसके सपने जी रहे थे उनसे गंभीरमल ही छुटकारा दिला सकता था। अतः यह संबंध धीरे-धीरे सुविधा के समझौते में बदल गया।

लाखी का नाम और विचार गंभीरमल को रोमांचित करने को पर्याप्त था। जिंदगी के तीसरे पड़ाव में एक नारी को लेकर जिस कशिश का अहसास उन्होंने किया वह चौंकाने वाला था ? तारा को लेकर तो उन्हें ऐसा कुछ भी अनुभव नहीं हुआ था। लाखी ने तो उनकी चेतना पर ही कब्जा कर लिया था। उनका बस चलता तो रात को ही काम आरंभ करा देते। अपनी प्रिया को फटेहाल रहने देने को तैयार नहीं थे। रात जैसे-तैसे काटी। दूसरे दिन ठेकेदार, राज, मजदूर भेज कर काम आरंभ करा दिया। सबसे पहले पास की जगह पर काटेजनुमा बढ़िया झोंपड़ी बनवाई। उसमें बल्लू-लाखी को स्थानांतरित कर पुराना झोंपड़ा तोड़ा गया। लाखी यद्यपि अच्छी साफ-सुथरी, हवादार और सर्वसुविधा सम्पन्न कॉटेज में रहने लगी थी, मगर जब पुरानी झोंपड़ी टूटने लगी तो मन पर कहीं कोई खरोंच जरूर हुई। झोंपड़ी के हर कोने में उसके बचपन की हँसी, खिलखिलाहट, रोना, बिखरे हुए थे। उसकी स्वर्गीया माँ की यादें घास-फूस, गोबर-मिट्टी के उस टूट रहे झोंपड़े में लिपटी थीं।

चालाक बनिया बहुत सावधान था। बिना पकड़ाए लाखी का आनंद उठाना चाहता था। इसीलिए काम के निरीक्षण के बहाने दो-चार दिन के अंतराल में खेत पर जाता रहता। हर बार कपड़े, फल कुछ न कुछ सौगात से बल्लू खास कर लाखी को लाद देता। लाखी को नए घाघरे-लुगडे, काँच टकी लाल, रंग-बिरंगी काँचली लादी। सिंगार का सामान मुहैया कराया। बल्लू के लिए नई धोती-बंडी का इंतजाम किया। और खाने का सामान कॉटेज में भरवा दिया। हुक्का भी नया नक्काशीदार ला दिया।

सेठ गंभीरमल की गतिविधि घाघ नाथू मुनीम से अधिक दिनों तक छिपी न रह सकी। जैसे ही गंभीरमल ने उसका खेत पर जाना रोका उसका माथा ठनका था। वह समझ गया कि उसकी शिकायत लाखी ने ही की होगी ? बही खाते में

उसके नाम के आगे पचास रुपए की रकम मांडी गई थी। फिर उसे काट कर सेठ सा ने खुद सही कर रखी थी। उस थोड़े लिखे में उसने सुब कुछ बाँच लिया। चोरी-चुपके उसने सब कुछ पता कर लिया। माजरा समझते ही एक कुटिल मुस्कान उसके टेढ़े ओठों और छोटी-छोटी आँखों में खेलने लगी। निगाह तो उसकी लाखी पर बहुत पहले से थी। किंतु वह हाथ नहीं रखने दे रही थी। ईर्ष्या-द्वेष से जल उठा। साला गंभीरमल ? दाई से पेट छिपा रहा है ? अच्छा बेटे देख ? मैं भी क्या चक्कर चलाता हूँ ? हिट-हिट करता न रह जाए तो मेरा नाम भी नाथू मुनीम नहीं ?

सेठ गंभीरमल जिस दिन खेत पर थे वह सीधे हवेली जा धमका। तारा अपने कमरे में पलँग पर लेटी थी। दोपहर का वक्त था। सिर में दर्द होने से लख्मी से दबवा रही थी। एक हाथ से वह सिर दबा रहा था और दूसरा तारा ने पकड़कर अपने वक्ष पर रख लिया था। कभी-कभी अपनी हथेली में उसकी हथेली ले लेती थी। बढ़िया चादर ओढ़े थी। मुनीम के आने की खबर मिलते ही बुलवा लिया। मुनीम से पारिवारिक संबंध होने से तारा उससे पर्दा नहीं करती थी। वैसे भी बचपन से और दूकान के काम से उसका आना-जाना लगा रहता था। तारा भी उसकी घरवाली और परिजनों से मिलने आती-जाती थी। गंभीरमल की शादी-बारात का काम उसी ने सँभाला था।

"राम...राम भाभी रानी सा।" स्वर में मरव्वत मिश्री घुल गई थी। कमरे में प्रवेश करते ही क्षणार्ध में भाँप लिया। तारा लख्मी टाबर पर मेरबान है, "तबेत ठीक नी लागे ?" कुर्सी पर बैठते-बैठते बोला।

इशारा पाते ही लख्मी परे सरक गया।

"राम...राम.. ! हाँ सबेरे सूं सर में तेज दरद हे। लख्मी ! मुनीम जी वास्ते चाय नाश्ता रो बोल।" उठकर बैठने लगी। लख्मी रसोई की तरफ चला गया। जाते-जाते मुनीम को सिर नवा प्रणाम किया।

"लेट्या रो। उठो मती। थे आराम करो। हूँ परायो कोनी ?" मुनीम ने मनुहार की।

तारा पुनः लेट गई। जूड़ा ढीला होने से सामने और कानों की बगल के बाल चाँद से मुख पर घनी काली बदली से फैल जाने से अलसाया चेहरा और आँखें अधिक मोहक हो उठी। उनमें एक मादकता मुनीम को लगी। दिल में बर्छी उतर गई।

"कंई काम वाटे आया ? आपरा भाई ने भेज्यो कंई ?"

"आज काल उन्ने फुर्सत कां ? ना दूकान संबालणारो वकत ? और लागे अब आपरी तबेत रो ख्याल राखणा रो टेम बी नी उनका पासे ?" पति-पत्नी के बीच दरार डालने का दाँव चला।

"क्यूँ ? कंई हुई ग्यो ? यहाँ से तो टेम पे दूकान जावे। राते देर सूं भी आवे। बोले म्हारे भौत काम संबालणू पड़े ?" तारा ने चिंता प्रगट की।

"हं...अ...काम तो वढयो हे। पण दूकान रो नी ?"

"दूकान रो नी ? कंई बोलो मुनीम सा ? फेर कां का काम में बखत खोटी करे ?" तमक कर तारा उठ बैठी।

"हें...हें...रेवा दो...भाभी सा ?" लपक कर एकदम पलँग के पास जा धमका। तारा के कंधों को हल्के से दबाते बोला, "अरे...रे...राणी सा...ई कंई करो...अबार आपणी तबेत ठीक को नी ? थे आराम करो ? चिंता मती करो। हूं हूनी। सब संबाल लूँगा।"

मुनीम के अप्रत्याशित व्यवहार से तारा तमक गई, "ई कंई करो ? रेवा दो। आपणी जगा पे बेठो।" आक्रोश को रोक न सकी। बोलना तो चाहती थी, "थे आपणी सीमा में रेवो।" परंतु दरवाजे में नौकरानी और लख्मी को नाश्ता लिये आते देख जप्त कर गई। सिर्फ इतना कहा, "आपणी जगे बेठी ने नाश्तो आरोगो।"

नौकरानी नाश्ता-चाय लेकर देहलीज तक आ गई थी। किंतु मुनीम सा को पलँग के पास देख संकोच से ठिठक गई। मुनीम की हरकत से लख्मी मन ही मन नाराज हो उठा। पर लाचार देखता रहा।

तेजी से पलट कर मुनीम कुर्सी पर जा बैठा। नौकरानी ने नाश्ते की प्लेट, पानी, चाय तिपाई पर रख दिए। और उल्टे पाँव चली गई। लख्मी असमंजस में खड़ा रहा।

"लख्मी सा ! अंइयां आओ। य्हाँ बैठो।" सिरहाने पास रखी कुर्सी की ओर तारा ने इशारा किया। मनीम की हिमाकत पर अंकुश लगाने के लिए लख्मी की उपस्थिति जरूरी थी।

मुनीम रँगे हाथों पकड़ा गया था। अपमान का काँटा गहरे तक उसके दिल में उतर गया। वातावरण बोझिल हो उठा। उसे सामान्य करना जरूरी था। नाश्ता करते-करते अत्यंत सामान्य तरीके से स्वर को सहज बना ऐसे बोला मानो कुछ घटा ही नहीं, "भाभी सा ! कंई बोलू। बोलू तो गुणेगार। नी बोलू तो डबल-गुणेगार।" इस बार जान-बूझकर रानी शब्द का उपयोग नहीं किया।

"क्यूँ ? कंई हुइग्यो ? सीदी सीदी बात करो कोनी ? कंई हुइग्यो ?"

"कंई बताऊ भाभी सा ? वात बोलणा में हियो काँपे। पण आपरी, या घर री सुख-शांति रो मामलो हे। वडा सेठ सा री इज्जत रो सवाल हे ?"

"अरे कंई बोलोगा भी मुनीम सा ? कि पहेलयां बुझावता रेवोगा ? कंई हुयो ? कंई हुई रियो हे ? साफ-साफ बताओ ?" नाराजी तारा के स्वर से झर गई।

"कंई बोलू भाभी सा ? वा छम्मक छल्लो लाखी ? आपणा खेत रा नोकर बल्लू वणजारा री धेवती। ऊ रांड ने भैय्या सा पे जादू चलायो हे। ऊ का वास्ते खेत पे बढ़िया घर बणाई रिया हे। हर बार भेंट देवे। हर दूसरा दिना खेत जावे। दिन भर व्हांज रेवे। कदि कदि स्यात रात भी रुके। अबार...अबार...कंई बताऊं ? आप

सूं कंई बोलू ? बोलणा में सरम आवे ?''

एकटक निहार रही थी। जानना चाहती थी इस लबाड़ की बातों में कितना सच है और कितना झूठ ?

''पण बोलणू पडेगो। आपरा वास्ते। सावधान रेणो जरूरी हे। कंई बोलू खेत में रंग रेल्यां...ऊको सारो खर्चो उठावे। रोज नवा नवा लुगडा, घाघरा, सोना-चाँदी रा जेवर...अब कंई बतंऊ ?'' जानबूझकर बात अधबीच में तोड़ दी।

बात करते-करते बीच-बीच में वह भी सूक्ष्म दृष्टि से बात के प्रभाव को आँकने की कोशिश करता। तारा के चेहरे पर कई रंग आ-जा रहे थे। भीतर कई तूफान और भँवर उठ रहे थे। बिजलियाँ चमक रही थीं। अपनी भावनाओं पर बलपूर्वक काबू पा लिया। भीतर की बेचैनी को बाहर नहीं आने दिया। खामोश सुनती रही। न कोई प्रश्न पूछा न प्रतिक्रिया प्रगट की। मूर्तिवत बैठी रही।

कुछ पल अबोला तैरता रहा।

''म्हारे तो एक बात रो सक हे ? वा बदमास कंई आपसू पेला माँ वणगी तो भैय्या सा उससूं बँध जावेगा। बच्चो, औरत-मरद रा संबंध में पाकी गाँठ लगावे। उको योज खेल म्हने लागे। तब भैय्या सा ऊ रांड का नाम कंई जमीन जायदाद नी लिखी मांडे ?'' वह डराने लगा, कुछ पल रुक राजदार स्वर में बोला, ''मन्ने, म्हारा बाप ने, म्हारी खानदान ने आपरो नमक खायो हे। थे हुकुम करो भाभी सा ? नमक रो करजो उतारणा में यो गुलाम पाछे नी रेवोगो ? दस बीस हजार खरच तो होयगा। पण वा रांड खे ऐसो गायब करूँगा कि लागेगा कदि पेदा नी हुई होयगी।'' बात खतम करते-करते छोटी आँखें और छोटी हो गईं।

तारा एक शब्द नहीं बोली। पर समझ गई। मुनीम बेहद खतरनाक है। यदि इसके षड्यंत्र में शामिल हो गई तो जिंदगी भर नाजायज फायदा ही नहीं उठाएगा कठपुतली बन उसके इशारों पर नाचना पड़ेगा। तारा अधिक पढ़ी-लिखी नहीं थी। मगर तरक बाज थी। सहज बुद्धि उसमें भरपूर थी। कमरे की हवा बोझिल हो उठी। काफी देर कोई कुछ नहीं बोला।

मुनीम के प्रस्ताव ने लख्मी को भी डरा दिया। ईश्वर से मन ही मन प्रार्थना करने लगा कि सेठानी सा इन्कार कर दे। कुछ भी बोलने की हिम्मत नहीं हो रही थी। लाचार गूंगा बना बैठा रहा।

तारा की चुप्पी भारी पड़ रही थी। तब बात उसी ने छेड़ी, ''म्हने कंई हुकुम हे भाभी सा ?''

''थें पधारो। ओर या वात री चर्चा कंही मती करजो। इमेज या घर री भलाई हे।''

लख्मी ने छुटकारे की साँस ली।

''आपरी जो मर्जी। जब इच्छा हो लख्मी टाबर का हाते खबर करी दीजो।

एक वात रो ध्यान राखजो। पाणी सर का उपर सूं गुजरने का पेले पाल बांधणा रो इंतजाम कर जो। फेर आपरी जो इच्छा। अच्छा चालूं राम...राम।" कड़वे-मन से चल दिया। हवेली से बाहर आ गली के मोड़ पर खड़ा हो लख्मी का इंतजार करने लगा।

मुनीम तारा को एक नया सरदर्द दे गया। अभी तक बेफिक्र जिंदगी जी रही थी। कहीं कोई तनाव, संत्रास नहीं था। लाखी चर्चा ने मन की शांति हर ली। मुनीम की माँ बनने की बात अवश्य जँच गई। नारी पुरुष को पहले अपने दैहिक आकर्षण से बाँधती है। और संतान उस बंधन में गाँठें लगा उसे मजबूत कर देती है। इस ओर तो उसने अभी तक ध्यान ही नहीं दिया था।

मुनीम की मदद से लाखी को गायब करा दिया जाए तो सारा झंझट ही खत्म। माँ बनने में तो काफी समय लगेगा। तब तक कहीं लाखी उन पर कब्जा न जमा ले ? परंतु क्या सेठ सा लाखी के गायब हो जाने पर चुपचाप बैठे रहेंगे ? लाखी के लिए जमीन आसमान एक कर देंगे। और यदि पता चल गया कि मैं भी मुनीम के षड्यंत्र में शामिल हूं, तो बेहद नाराज होंगे। जिंदगी भर के लिए क्षमा नहीं करेंगे। घर से निकाल भी सकते हैं ? अपने ससुर द्वारा अपनी पसंदीदा तवायफ की बेईमानी पर उसे मरवा देने का किस्सा सुन चुकी थी। मुनीम तो शातिर बदमाश लगता है। जरूर कुछ गुंडे पाल रखे होंगे। इसने भी लाखी पर डोरे डाले होंगे ? और जब उसने हाथ नहीं रखने दिया तो दुश्मन बन गया। उसके हाथों में खेलना उचित नहीं।

"बाई सा ! आपणे मुनीम सू मना करिने अच्छो करयो।" लख्मी ने प्रशंसा की।

लख्मी के समर्थन ने तारा के दिल का बोझ हल्का कर दिया। बड़े प्यार से उसके सिर को सहला दिया। लख्मी खुश हो गया।

"हूँ जाऊ बाई सा ?"

"हूँ।" विचार मग्न तारा ने बेध्यानी में अनुमति दे दी।

अपनी धुन में सिर नीचा किए लख्मी घर चल दिया। तभी किसी ने उसका हाथ पकड़ दबाया। वह डर गया। पलटा मुनीम के मुख पर कुटिल मुस्कान खेल रही थी।

"लख्मी टाबर ! बड़ा भाग मान हो यार जो हसीन सेठानी थारा पे बड़ी मेरबान हे। बड़ा मजा लूट रेहया हो ? म्हारी भी सिफारिश कर दो नी यार ?"

गुस्सा तो उसे बहुत आया। दो-चार जूते लगाने की तीव्र इच्छा हुई। मगर डर गया। कोई उत्तर नहीं दिया। हाथ छुड़ा, जान बचा भाग खड़ा हुआ।

लाखी से वह पीछा छुड़ाना चाह रही थी। और लाखी थी कि पीछा छोड़ ही नहीं रही थी। तारा गत कुछ दिनों की अपने पति की दिनचर्या और गतिविधियों को सूक्ष्मता से दुहराने, विश्लेषण करने लगी। गंभीरमल का खोए-खोए रहना।

जल्दी-जल्दी नाश्ता कर चल देना। अपने बनने-सँवरने के प्रति अचानक सजग हो जाना। कभी-कभी खाने पर नहीं आना। दूकान पर टिफिन भेजने पर उसका भरा हुआ वापस आ जाना। उससे कम बतियाना। हाँ-हूँ में बातों का उत्तर देना या टाल जाना। अपने में ही मगन रहना। मुनीम के सत्य का समर्थन करते लगे। अभी तक तो उसने ध्यान ही नहीं दिया था। पर अब उसे सारे तार जुड़ते लगे। किससे राय परामर्श ले ? बेशर्म बन यदि मायके वालों को बताती है तो वे हँसकर टाल देंगे। ये कोई बहुत बड़ी समस्या थोड़े ही है ? औरत के मामले में सारे मर्द एक जैसे होते हैं। आखिर बाप के गुण तो आएँगे ही ना ? तभी ना मुँह मारते फिर रहे हैं। उसने तय कर लिया कि मुनीम जैसे खतरनाक आदमी के चंगुल में फँसने के बजाय खामोश रहना अधिक उचित रहेगा। अपने पति को लंबी रस्सी देने का तय कर लिया। माँ बनना उचित लगा। संतान पति-पत्नी के संबंधों में मजबूत गाँठ लगाती है। हरामी मुनीम ने न केवल लाखी को अगवा करने का प्रस्ताव तो खुले रूप में रखा ही, मेरे बच्चे का बाप बनने का भी इशारा किया। माँ तो बणूगी। वे मुझे तो माँ बना नहीं पाए ? उसे क्या बना पाएँगे ? हाँ मैं जरूर माँ बनके बता दूँगी। पण थारा सू नी। सेठ सा कां जावेगा ? लाखी से दिल भर जाने पर वापस म्हारी बाँहों में ही लौटना पड़ेगा। निर्णय पर पहुँचते ही सारा संत्रास, लाखी की दहशत और तनाव दूर हो गए।

दूकान का काम मुनीम को सौंप गंभीरमल तत्काल खेत के लिए रवाना हो गए। वैसे भी सारा काम मुनीम के भरोसे था। किंतु गंभीरमल बिना नागा दूकान जा तगड़ी निगरानी चारों ओर रखते थे। उनकी उपस्थिति की काफी थी। परंतु इन दिनों की उनकी अनुपस्थिति ने मुनीम को सर्वेसर्वा बना दिया।

खेत पर मकान का काम अपनी गति से चल रहा था। जबकि वे उसे शीघ्रातिशीघ्र पूरा करना चाहते थे। उन्होंने ठेकेदार को आदेश दिया, "जगन भाई। काम जरा जल्दी अटोपणू हे। जरूरत पड़े तो ओर मजूर-कारीगर लगाओ ?"

"आप निसा खातिर रेव्हो सेठ सा। काम समय पर पूरो हुई जायगो। हाँ थोड़ा चूना-सीमेंट रो और इंतजाम करी दो।"

"हो ! अभी लो। आपणा पासे कोई मजूर खाली हे ?"

"नी सेठ सा ! एक आदमी रवे भी सहर भेज्यो तो काम खोटी होयगो।"

"मे देखू।" सोचने लगे किसे भेजें ? तभी उनकी निगाह बल्लू पे पड़ गई। वह भी सामान की साज सँभाल, निगरानी में मुस्तैद था।

"बल्लू जी। थें तकलीफ करोगा कंई ?" बड़े संकोच से गंभीरमल ने कहा।

"हुकुम करो मालक।"

"म्हारी चिठी मुनीम जी पासे लई जाओ। ओर चूनो-सीमेंट साते लावजो। मुनीम जी दूकान रा काम सूं बाहरे गया हो तो रुक जो। सामान सातेज लाजो।

काम खोटी कोनी होवे।"

"हव हजूर।" चिट्ठी लेकर वो तेजी से चला गया।

जिस समय बल्लू दूकान पहुँचा मुनीम सेठ जी की हवेली गया था। अतः उनसे उसकी भेंट न हो सकी। वैसे भी वह दोपहर बाद पहुँचा था। तारा सेठानी द्वारा मन ही मन अपमानित अनुभव करने के बाद वह गुस्से में अपने घर चला गया था। दूकान नहीं गया। लाचार बल्लू दूकान पर ही रुक गया।

गंभीरमल ज्यादातर खेत पर ही रहते थे। इसीलिए खाने-पीने का पक्का प्रबंध कर रखा था। अकसर लाखी के हाथ का पकाया भोजन आनंद देता था। दोपहर का खाना वहीं खा आराम किया। दिन भर के काम की समाप्ति के बाद ठेकेदार, कारीगर और मजदूर लौट गए। न तो बल्लू लौटा न ही सीमेंट चूना आया। चिंतातुर गंभीरमल बाट जोहने लगे।

सांझ अंतरिक्ष से उतर पेड़ों, खपरैल के मकानों से होती हुई आँगन, खेत-खलिहान पर पसरने लगी। लाचार उन्होंने जाने का निर्णय लिया। हमेशा के समान लाखी उन्हें पेड़ तक छोड़ने आई। साँझ का धुँधलका रात की चादर ओढ़ने लगा था। तारों और सप्तमी के चाँद का उजास गहराती रात के साथ तेजी पकड़ रहा था। कुछ देर आम के पेड़ के नीचे खड़े रहे। कोमलता साँझ के धुँधलके में घुल गई। एक-दूसरे से वे दस शब्द भी नहीं बोले होंगे। लेकिन बिन बोले भी एक-दूसरे को बेहतर तरीके से समझ रहे थे। इन कुछ दिनों में वे एक-दूसरे के अत्यंत करीब आ गए थे। गंभीरमल के सामने लाखी खुद को असहाय महसूस करती थी। एक डर था। कहीं उन्होंने चूम लिया तो ? अपनी बाँहों में ले लिया तो ? इन्कार कैसे कर पाएगी ? एक मीठा दर्द हमेशा सताता रहता। अकेले होने पर सहजता का अनुभव होता। मुस्कानों का आदान-प्रदान संतुष्टि प्रदान करता। भावनाओं को शब्द देना जरूरी नहीं लगता। इस संबंध को लेकर कभी भी गलती या पाप का अहसास नहीं हुआ। इसके विपरीत एक खुशी आलोड़ित किए रहती।

पहली बार हिम्मत कर उन्होंने उसकी हथेली को अपनी दोनों हथेलियों के बीच ले लिया। लगा रेशम हाथों में आ गया। भावनात्मक-उत्तेजना में उसका हाथ काँपने लगा। वे मन ही मन हँसे। वे चुप थे। पर स्पर्श बहुत कुछ कह रहे थे। सफेद बादलों के टुकड़े बगुलों के समान निःशब्द उड़ते चले जा रहे थे। दूर बखारी में बँधे गाय-बैलों की घंटिया टुन...टु...न...टुन... टुनटुना रही थीं। उनकी आँखों में कोमलता उतर आई। कुछ पल लहलहाते खेतों के पार बन रहे मकान को निहारते रहे। उसके पीछे मेंड़ों पर अँमराई थी। और फिर खेत थे। पहली बार एक अजीब से इंद्रियजनित सुख का अहसास हुआ।

"म्हारा वास्ते इतरो खरच क्यूँ... ?" धीमे से फुसफुसाई।

अपनी हथेली उसके लाल पतले ओठों पर रख जोर से दवा दिया। दर्द से

हल्के से सीत्कार कर उठी।

"ना ! या मती बोल ? हूँ थारा वाटे नी आपणा वास्ते करूँ। थे भी तो म्हारी हे ?" खींच कर लाखी को अपने आगोश में ले लिया। कबूतरी-सी वह उनके वक्ष में समा गई। लगा सबसे सुरक्षित स्थान वहीं है।

फूल सी उसकी नाजुक देह से फूट रही सुरभि ने गंभीरमल को मदहोश कर दिया। अपने दिल और देह पर काबू न रहा। लाखी की सुराहीदार गर्दन, बालों, कपाल, चंचल नयनों और कपोलों पर—चुंबनों की झड़ी लगा दी। आनंद के अतिरेक में उनकी आँखें मुँद गईं। अपनी देहों पर उनका काबू न रहा। लाखी अंदर के अंदर पिघलने लगी। तभी नारी सुलभ चेतना ने उसे सावधान कर दिया। उस कोमल मगर दृढ़ बंधन से अपने को छुड़ा भाग खड़ी हुई। मुस्कराते गंभीरमल रूमानी नजरों से भागती तितली को निहारते रहे। शीघ्र ही पेड़ों के पीछे उसकी कमनीय छरहरी देह छिप गई। गंभीरमल ने सुख-संतोष से भरी साँस ली। घर की ओर चल दिए। तभी ध्यान आया बल्लू अभी लौटा नहीं है। खेत गाँव से बाहर है। आस-पास जंगल भी है। लाखी को अकेले छोड़ना उचित नहीं होगा। लौट पड़े।

"थे घरे नी गिया ?" कॉटेज के दरवाजे पर खड़े सेठ को देख लाखी चकित थी।

"दिल तो थारा पासे है। शरीर लई ने घर जाणारो कंई मतलब ? फेर अबार तक बापू भी नी आया है ? राते अकेली कैसे रेवेगी ?" रूमानी आँखों में चिंता तैरने लगी।

"पेलां बी रेती थी कि नी ? रई लूँगा। पणा...?"' उसके स्वर की शोखी ने रोमांचित कर दिया।

"पण रो कंई मतलब लाखा राणी ?"

"पण रो मतलब...पण...रो...मतलब...ये होय...ये....होय...हूँ तो इकेली रही लूँगी ? म्हारे तो आदत हे। पण म्हारे...म्हारे आपरी फिकर हे। आप इकेला सुनसान रात में जई सकोगा ?" शरारती मुस्कान से चेहरा जगमगा उठा।

"ना ? म्हारे इकेलो पण, रास्ता भर नी घरे भी परेशान करेगा।" उसे बाँहों में लेने के लिए मन मचलने लगा। आगे बढ़ उसकी मुट्ठी भर कमर को दोनों हाथों से पकड़ खींच लिया।

"ई...ई...कंई...करो ?...छो...ड़ो....छोड़ो...बापू...अंई...गिया तो ?"...विरोध में फुसफुसाई। मगर उसमें जान नहीं थीं। स्वयं को असहाय महसूस करने लगी। विरोध फुसफुसाहट में और फुसफुसाहट मौन की घाटी में धीरे-धीरे खोती चली गई।

गंभीरमल के प्यार और तन की गरमी में लाखी मोम की मानिंद पिघल गई।

पूरा दिन पूरी रात और दूसरे दिन दोपहर तक भी जब गंभीरमल घर न लौटे तो तारा समझ गई वे लाखी की देह में सुख और आनंद ढूँढ़ रहे होंगे। मुनीम की

मदद लेने का विचार आया लेकिन उसके जाल में फँसना उचित नहीं लगा। वो तो इस प्रकार के मौके की तलाश में ही है। पति-पत्नी में उभरने वाली दरार को चौड़ा करने में ही उसका लाभ था। इसके लिए वह पूरी शक्ति और दिमाग लगाएगा। धीरज के साथ राह देखने लगी।

दूसरे दिन मुनीम के दूकान पहुँचते ही बल्लू चूना-सीमेंट लेकर दोपहर तक खेत जा पहुँचा। मुनीम तो उसकी मजाक उड़ाने के मूड में था पर सेठ सा को शिकायत न कर दे इसलिए चुप कर गया। लेकिन पूरे समय व्यंग्यात्मक लहजे में हँसी-मजाक करता रहा, ''कंई बल्लू जी ! आज कल तो आपरी चाँदी हे चाँदी। सेठ सा मेरबान तो गधो पेलवान।''

''ऐसी तो कंई बात नी है मुनीम सा ! सेठ सा आपणा खुद रा वास्ते मकान बणई रिया ?'' बल्लू ने सफाई दी।

''नी...नी...हूँ तो मजाक करी रियो थो। हाँ मकान रो काम कितनो हुयो ? ओर लाखा राणी का कंई हाल हे ?''

''मकान रो काम चाली रियो हे। सेठ सा खुद काम देखी रिया हे। लाखी मजा में हे।''

''ठीक हे ! ठीक हे। ओर कंई जरूरत होय तो जरूर आवजो।''

''हो मालक।'' प्रणाम कर बल्लू चल दिया।

खेत पर मकान का काम धीमी गति से चल रहा था। और अन्नदाता सेठ सा प्रसन्नवदन, तरोताजा और स्फूर्ति से भरे ठेकेदार के साथ काम का निरीक्षण मुस्तैदी से कर रहे थे। बल्लू को पता नहीं चल पाया कि रात सेठ सा वहीं रुक गए थे। लाखी घरेलू कामों में व्यस्त थी। रात सोजत रुक जाने पर गंभीरमल ने कुछ नहीं पूछा। स्वयं बल्लू ने ही सब कुछ बताया।

''थे स्नान भोजन करी ने आराम करो। इधर रो काम हूँ देखी लूँगा।''

बल्लू भी यही चाहता था। सो कॉटेज में चला गया।

दिन भर का काम खत्म होते ही ठकेदार, मजूर घर के लिए चल दिए। स्नान, भोजन, आराम करने के बाद बल्लू भी मदद के लिए आ गया था। गंभीरमल जब घर के लिए निकलने लगे तो बल्लू ने पूछा, ''लाखी से मिलो कोनी ?'' वो जान गया था कि लाखी सेठ सा की कमजोरी है।

''हू...ऊं...रेवो दो। काम में लागी होयगी। काले फेर मिली लूँगा। कंई लाणू तो नी ?'' जान-बूझकर टाल गए।

घर जा जरूर रहे थे लेकिन दिल में सोया चोर अँगड़ाई लेकर उठ खड़ा हुआ। पूरे दो दिन और एक रात तारा से अलग रहे थे। कहीं उसने शक के बिना पर कैफियत माँग झगड़ा किया तो ? तो ? मैं भी साफ कह दूँगा, ''यह मत भूलो हवा में थूकने पर वह वापस अपने मुँह पर ही आ गिरता है। पहले अपने गिरेबान में

झाँको फिर मुझसे शिकायत करना ? तुम्हारे मौसेरे भाई जीतमल ने दूर के रिश्ते की भांजी को बिना शादी किए अपने घर में डाल रखा है। पहले उसका जवाब दो फिर हमसे सफाई माँगना।" अपराधी मन अपने पक्ष में तर्क ढूँढ़ ही लेता है, "ये घर मेरा है जैसा चाहूँगा रहूँगा। यदि तुम्हें शिकायत हो तो मायके वापस भेजने को तैयार हूँ।" मन को ऐसे तैयार कर रहे थे मानो तारा का उस पर कोई अधिकार ही नहीं था।

पहले सीधे दूकान पहुँचे। दो दिनों के हिसाब-किताब की जाँच की। मुनीम और नौकर-चाकरों से सभी प्रकार की जानकारी ली। बीच में कुछ बही-खाते घर भिजवाए। दूकान में जानबूझकर समय लगाया ताकि तारा को बता सकें कि वे दोपहर बाद ही दूकान आ गए थे। और वहीं इतना समय लगा। दूकान पर उन्हें लगा कि कर्मचारियों को उनके गाँव में रुकने की शायद जानकारी नहीं है। शायद तारा ने भी दूकान पर उनके न आने बाबद पुछवाया नहीं है। उन्होंने छुटकारे की साँस ली।

रात देर से घर पहुँचे। तारा अपने काम में व्यस्त थी। उन्होंने जानबूझकर उसे टाला। अच्छी तरह से हाथ-मुँह धोया और भोजन करने बैठ गए। तारा पास बैठी परोसे पर ध्यान देती रही। उसने न कुछ पूछा न कहा। मात्र एक गहरी दृष्टि से उन्हें ताकती रही। उसकी नजर को टालने के लिए नीची निगाह किए भोजन करते रहे। भोजन के बाद बही-खाते में लग गए। खाना खाते वक्त तारा को सफाई जरूर दी, "काल साँझे मजूर-ठेकेदार ने देर तक काम करयो ? सबेरे भी वो लोग जल्दी आणा वाला था। ठेकेदार सू वात करनी थी सो राते म्हारे रोकी लियो। बल्लू ने म्हारी ओर ठेकेदार री भोजन री व्यवस्था करी।" पर वे जानते थे इस सफाई में दम नहीं है।

तारा ने कोई उत्तर नहीं दिया। उसकी चुप्पी भारी पड़ रही थी। यह चुप्पी अधिक परेशान करने वाली थी। यदि वह उनसे झगड़ा कर दिल की भड़ास निकाल लेती तो अच्छा रहता। तब वे उसे समझाते कि लाखी को लेकर वो जैसा सोच-समझ रही है वैसा कुछ भी नहीं है। इस पर भी नहीं मानती तो डाँट डपट देते। वे जानते थे कि मर्द की बदचलनी से सामाजिक व्यवस्था में व्यवधान नहीं होते। समाज उसे नज़रअंदाज कर देता है। परंतु औरत की बदचलनी को वह भूलने या माफ करने को तैयार नहीं। क्योंकि उससे परिवारिक सम्मान और विघटन जुड़ा है। समाज व्यवस्था इससे क्षतिग्रस्त होती है। फिर उन्हें विश्वास था कि लाखी से अपने संबंधों की गोपनीयता को बनाए रखने में सफल होंगे। उन्हें पता नहीं था कि मुनीम पहले ही उसमें सेंध लगा चुका है।

काम खत्म कर सोने आए। तारा करवट बदले लेटी थी। दोनों हथेलियों पर सिर टिका छत के शून्य को कुछ देर घूरते रहे। कल रात लाखी के साथ गुजारे आनंदमय क्षणों की अनुभूति ने रोमांचित कर दिया। कच्चे दूध में घुले सिंदूर सा

गेहुआँ गुलाबी वर्ण और खेत की ताजा हवा सी तरोताजा उसकी देह से जो सुख मिला वह अनिर्वचनीय था। हल्के से मुस्कराए। दो दिन की गैरहाजिरी की भरपाई करने के विचार से उन्होंने तारा को अपनी ओर खींचा। आदत के मुताबिक वह भी उनकी बाँहों में समा गई। गंभीरमल के काम-स्पर्श ने उसे रोमांचित कर दिया। पिघलने लगी। तभी तड़प उठी। गंभीरमल के शरीर से उसे लाखी की देह-गंध निःसृत होती लगी। तड़पकर उठ बैठी। और तत्काल पलँग से उतरी।

"कंई हुई ग्यो ? तबेत तो ठीक हे नी ?" चकित गंभीरमल ने जानना चाहा।

"अभी अई ?" जल्दी से बाथरूम में घुस गई।

कुछ देर बंद दरवाजे को वे घूरते रहे और नल के चलने की आवाज सुनते रहे। फिर करवट बदलकर सो गए।

उसे लगा उसकी सारी देह प्रदूषित हो गई है। सारे कपड़े उतार भिगो दिए। अपनी निरवस्त्र देह को गीले टॉवेल से रगड़-रगड़ कर लाखी की गंध छुड़ाने में जुट गई। यथाशीघ्र प्रदूषण से मुक्त होना चाहती थी। अच्छी तरह से नहा-धोकर जब वापस आई तब तक गंभीरमल सो चुके थे। खर्राटों ने बता दिया कि गहरी नींद में हैं। पलँग पर उनकी बगल में सोने के बजाय फर्श पर बिछे गलीचे पर ही सोफे का तकिया सिरहाने ले सो गई।

सहसा गंभीरमल की नींद खुल गई। कुछ देर चित पड़े रहे। करवट ली। बगल में बाकी का पलँग खाली था ? नींद उड़ गई। उठ बैठे। इतनी सुबह-सुबह तारा कहाँ चली गई ? तभी उनकी दृष्टि पलँग के नीचे सोई तारा पर पड़ी। श्वांस की नियमित गति के साथ उसका वक्ष उठ-गिर रहा था। गोरा मुख बच्चों के समान मासूम लगा। दिल में प्यार उमड़ आया। अपराध बोध ने बेचैन कर दिया। एक भोली-भाली नारी को धोखा देकर अच्छा नहीं किया ? उसे शक तो हो ही गया है। शक यकीन में नहीं बदला है। संदेह के कारण ही रूठ कर नीचे सोई है। गत कई वर्षों के वैवाहिक जीवन के सुखद पलों की यादें ताजा हो उठीं। लगा उन्होंने तारा के साथ विश्वासघात कर अच्छा नहीं किया। परंतु लाखी के जवान तन की याद में पछतावे की भावना बह गई। मुझसे अलग सो कर क्या साबित करना चाहती है कि मुझसे घृणा करती है ? अपने आपको क्या समझती है ? मैं कोई उसका गुलाम हूँ ? जैसा चाहूँगा रहूँगा ? अपनी मर्जी का मालिक हूँ। जो चाहूँगा करूँगा। क्रोध, सहानुभूति और प्रेम भावना पर हावी हो गया। लाखी को अपनी बना लूँगा। देखूँ क्या करती है ?

कुछ दिन जानबूझकर खेत पर नहीं गए। परंतु चालाक बनिए की निगाह काम की प्रगति पर दूर से भी थी। नियमित रूप से घर और दूकान का काम सँभालने लगे। रात जब तारा की बगल में सोते तो उसका उदास, फीका, मौन चेहरा व्यथित कर देता। वह मौन असहयोग कर रही थी। उसके साथ बिताए वैवाहिक जीवन के

सुखद क्षणों की स्मृति रोमांचित और विकल कर देती। तब वे कसम खाते कि अब लाखी से कोई संबंध नहीं रखेंगे। बड़े प्यार से तारा को अपनी बाँहों में लेते। और तारा थी कि तटस्थ भाव से देह समर्पित करती। पति के बलात्कार को निरपेक्ष भाव से स्वीकारती। दैहिक आनंद के उन क्षणों में लाखी के तन की याद सताने लगती। लगता तारा नहीं लाखी बाँहों में है। तभी तारा की तटस्थता, ठंडेपन और असहयोग झुंझला देता। तब प्रतिशोध से प्रेरित हो उसके साथ जबरदस्ती करने लगते। वैसे भी नारी देह को भोगने के मामले में पुरुष ने सदैव अपनी मनमर्जी को सर्वोपरि और विशेषाधिकार माना है। इसकी इजाजत उसने नारी को नहीं दी है। इसके विपरीत मर्द की इच्छा पूर्ति औरत का कर्तव्य है। वह शव के समान पड़ी रहती। उसकी ओर से उचित सहयोग और अनुक्रिया न मिलने पर उसे परे धकेल करवट बदल सोने की कोशिश करते।

लाखी के दैहिक आकर्षण की याद आकुल-व्याकुल कर देती। उससे जितना बचने का प्रयत्न करते उतने ही दुगने वेग से वह उनकी चेतना और विवेक पर हावी हो जाती। तारा से ठुकराए गंभीरमल के लिए लाखी ही अंतिम आसरा बची थी। जब अधिक सह न सके तो उनके पाँव गाँव की ओर उन्हें खींच ले गए। तारा को बताना उन्होंने जरूरी नहीं समझा।

जब चार-पाँच दिनों तक गंभीरमल नहीं आए तो लाखी बेचैन हो गई। अनेक शंका-कुशंकाओं ने घेर लिया। कहीं बीमार तो नहीं पड़ गए ? या तारा सेठानी ने रोक लिया ? शायद झगड़ा भी किया हो ? लगा उस दिन देह समर्पित न करती तो उचित होता। उसके तन से बँधे रोज दौड़ लगाते। समर्पण कर भूल तो नहीं की ? मरद होते ही स्वार्थी हैं। स्वारथ पूरा होते ही मुँह फेर लेते हैं और दूध की मक्खी की तरह अपनी जिंदगी से निकाल फेंकते हैं। जब तक इच्छा पूरी नहीं होती कुत्ते की मानिंद आसपास मँडराते रहते हैं। तलवे चाटने को भी तैयार रहते हैं। छोड़ देने के भय और वितृष्णा से मन भर गया। सब कुछ लुटा कर पछताने लगी। व्यथा और व्यग्रता से छुटकारा पाने के लिए उसने तय कर लिया कि सेठ सा से कोई संबंध नहीं रखेगी। बापू को पता चला तो बहुत डाँट ही नहीं पड़ेगी मार भी पड़ सकती है। सारी जात में बदनामी हो जाएगी सो अलग ? तब हालत कितनी दयनीय होगी ? फिर उसकी हैसियत ही क्या है ? तारा सेठानी के सामने एक रखैल ही रहेगी। दिल भर जाने पर सेठ सा जब चाहेंगे अपनी जिंदगी से निकाल फेंकेंगे। अभी भी कुछ नहीं बिगड़ा है। बेहतर यही होगा वो खुद सेठ सा की जिंदगी से अपने को अलग कर ले।

खुद को रोक पाने में असफल गंभीरमल उस दिन सुबह ही खेत जा पहुँचे। कारीगर-मजदूर अभी नहीं आए थे। मकान जितना बना था उसका निरीक्षण करने लगे। बल्लू दौड़ा आया। जुहार कर बड़े अदब से पीछे चलने लगा।

"काम वडो धीरे चाली रहयो हे ?"

"नी ! ऐसी कोई वात नी ?" बल्लू ने सफाई दी। मानो गलती उसी की हो ?

जानबूझकर काफी देर बाहर ही घूमते रहे। उम्मीद कर रहे थे कि उनकी आवाज से बँधी लाखी दौड़ी आएगी। पर वो नहीं आई। समझ गए लाखा रानी रूठ गई है।

"बल्लू जी ! म्हारो इक काम करो ? दूकान जई ने चारेक हजार रुपया लई आओ। ठेकेदार ने देणू पड़ेगो।" खून उसकी दाढ़ में लग चुका था। बल्लू की अनुपस्थिति जरूरी थी। उसके न रहने पर ही अपनी रूठी प्रेमिका को मना सकते थे। उसके गिले-शिकवे दूर कर सकते थे। और उसके बाद ? कल्पना ने रोमांचित कर दिया।

"ओर सुणो ? उमें से घर रो सामाणा, फल वगैरा लेता आजो। ओर आपणा वास्ते गुलाब या दराबारी बोतल ? ना ! अबार देसी नी ? इंग्रेजी लाजो।" गंभीरमल जानते थे बल्लू शराब का शौकीन है। दारू ही उसकी गरीबी का कारण है। उसकी इस कमजोरी का फायदा उठाने की मुनीम ने बहुत कोशिश की। परंतु सफल नहीं हुआ। अपनी जेब से पैसा खर्च बल्लू को शराब पिलाना उसके बही खाते में नहीं था। वह तो फोकट में या कम से कम खर्च कर लाखी को भोगना चाहता था। और उसमें असफल रहा।

सेठ की इज्जत को ध्यान में रखते हुए बल्लू ने कभी उनके सामने दारू नहीं पी। आँख की शरम पालता था। परंतु उनके जाते ही गला तर करने में संकोच नहीं करता था।

"सेठ...सा... ?" एक संकोच के साथ बोला।

"नई नई...ऊं कंई वात नी। आ तो आपरी जातरी रीत हे। फेर सरम कंई वात री।" गंभीरमल ने आश्वस्त किया।

उस दिन के बाद बल्लू की शर्म खत्म हो गई। गंभीरमल उसकी दारू की आदत को बढ़ावा लेने लगे। उसके नशे में मुब्तिला रहने और नशे के लिए उन पर आधारित रहने में ही उनका लाभ था।

बल्लू जब चलने लगा तो उन्होंने हिदायत दी, "आणा मा जल्दी मती कर जो। ओर ठेकेदार, मजूर, कारीगर री भी आज छुट्टी राखणू हे। म्हारे आज तलक रो हिसाब किताब देखणू हे। रासता में मिले तो फकत ठेकेदार नू भेज जो ?"

"हुकुम हजूर।" प्रसन्न मन बल्लू चल दिया।

कुछ देर खड़े रह कर आहट लेते रहे। चारों ओर शांतता पसरी हुई थी। पास के खेत में मुर्गियाँ कुक डूँ...कूँ...कूँ...करते दाने, कीड़े चुग रही थीं। दूर पास के खेतों में इक्का-दुक्का किसान काम में लगे थे। दूर कुछ चरवाहे गाय, भैंसों, बकरियों को चराने जंगल की ओर ले जा रहे थे। धूप में तेजी और गरमी नहीं थी। कारण सूरज

के गोले में चिलक नहीं थी। सुबह की गुनगुनी धूप में खेत नहा रहे थे। उम्मीद कर रहे थे कि लाखी स्वयं मिलने या लेने बाहर आएगी। और वो जब नहीं आई तो खुद अंदर चले गए।

गंभीरमल के आने का पता लाखी को चल गया था। परंतु उसके अभिमान ने पैरों में बेड़ियाँ डाल रखी थीं। चुपचाप काम में लगी रही। दरवाजे की ओर पीठ थी। अंदर आ गंभीरमल ने दरवाजा बंद कर लिया। कुछ देर खड़े रह निर्निमेष लाखी को ताकते रहे। सामने एक हसीन पुतली खड़ी थी। काँचली से झाँकती चौड़ी गोरी पीठ, पतली कमर के नीचे उभरे नितम्बों से फिसलती दृष्टि गोरी पिंडलियों से नीचे उतरी। सारे संकल्प ढह गए। लाखी का आकर्षक खूबसूरत तन वासना का ज्वार उठाने लगा।

गंभीरमल की वासना से भरी साँसें पीठ से टकराईं। लाखी समझ गई सेठ सा अंदर आ गए हैं। रूठी खड़ी रही। देह मीठी सिहरन से कँपकँपाने लगी। मन को जबरदस्ती रोकने लगी।

"खं...हं..." ध्यान खींचने के लिए खँखारकर गला साफ किया।

उस हसीन बदन ने कोई प्रतिक्रिया प्रगट नहीं की। वह निश्चल थी। अपने को अधिक रोक नहीं सके।

"लाखी...ला...खी...लाखा...राणी...लाखी...म्हारी जान...," उतावले प्रेमी ने तेजी से आगे बढ़ उसकी कमर में हाथ डाल आलिंगन में कसने लगे। साथ ही पीठ, गर्दन, कंधों, कान के लवों, बालों पर चुंबनों की बारिश कर दी।

"छोड़ो....छो...डो...मन्ने...छोड़ो...ई...कंई...करो ?...म्हारे ई सब...पसंद...कोनी ?" बाँहों के कसते बंधन से छूटने के लिए छटपटाने लगी, "बाहेर...बा...बापू...हे...कंई ...करो ?...छोड़ो...नी ?" मगर समझ गई कि बापू को किसी काम के बहाने पहले ही सोजत भेज दिया है। तभी न इतनी हिम्मत कर रहे हैं।

"वाकी...चिंता मती करे ?" फुसफुसाए। साँसों और खून की गरमी बढ़ती जा रही थी। आँखें मुँदने लगीं। ज्यों-ज्यों लाखी छूटने की कोशिश करती बाँहों का बंधन उतना अधिक कसता चला जाता। और चुंबनों की बौछार बढ़ती जा रही थी। गंभीरमल की वासना के ज्वार के सामने अधिक देर टिक न सकी। देह शिथिल पड़ने लगी। सेठ सा से किसी प्रकार का संबंध न रखने की कसम के पाँव उखड़ गए। मन-देह पिघल गए। आँखें मुंद गईं। एक कमजोरी ने घेर लिया।

"ता...तारा...सेठानी...ने...कंई मना... ?" बाकी की बात चुंबनों में खो गई।

"ना...ना... ऊकी...कंई हिम्मत...कि मन्ने...मना करी साके ? ...फेर...फेर... ऊकी...पर्वा...कुण...करे ? लाखा राणी...लाखा...राणी...हूं थारो हूं...ओर थे म्हारी... थारा बिना कोनी रेही सकूँ...थे तो म्हारी जान हे ?" बात कर जरूर रहे थे मगर हाथ सक्रिय थे। काँचली के कसे खोल उसे फेंक दिया। फिर घाघरे का नंबर आया।

एक संपूर्ण खूबसूरत मरमरी चाँदनी तन के उजास ने बौरा दिया।

लाखी के साथ हर सहवास के बाद वे एक ताजगी और स्फूर्ति महसूस करते। लगता उनकी जवानी लौट-लौट आती हैं। उनके शातिर दिमाग ने योजना बद्ध तरीके से षड्यंत्र बुना। पहले तो वे अपनी प्रेमिका को जल्द से जल्द नए मकान में स्थानांतरित करने को उतावले थे। लेकिन अब उनके इशारे पर ठेकेदार ने काम की गति धीमी कर दी। बहाना बनाया कि शहर में दूसरा जरूरी काम पहले निपटाना है। आधे से अधिक कारीगर मजदूर कम कर दिए। वह भी कभी ही आने लगा। वे अच्छी तरह से जानते थे कि गरीबी और शराबखोरी बल्लू की सबसे बड़ी कमजोरी है। वे उसे हथियार के रूप में इस्तेमाल करने लगे।

दूकान के काम के बहाने बल्लू को दूर-दूर भेजा जाता। कभी जोधपुर, कभी जयपुर, तो कभी दिल्ली। कोटा, किशनगढ़, उदयपुर, अजमेर तो मामूली बात थी। सेठ के खर्चे पर उसने कई शहर घूम लिए। उसे भी शहर की हवा लग गई। अधिक चालाक हो गया। खर्चे के लिए उसे जो रकम दी जाती थी उसका झूठा-सच्चा हिसाब पेश करने लगा। शहर की चालाकियों, बदमाशियों ने उसे चतुर बना दिया। वैसे शुरू-शुरू में तो बड़ी मुस्तैदी से काम निपटा जल्दी वापस आ ईमानदारी से हिसाब दे देता था। और बचा पैसा जमा करा देता था। कई बार उसकी ईमानदारी और सच्चाई से प्रभावित गंभीरमल बचा पैसा इनाम के रूप में उसे ही बख्श देते थे। परंतु जल्द ही उसे शहरी हवा लग गई। अब दो दिन के काम के चार आठ दिन कभी-कभी पंद्रह दिन भी लगाने लगा। यह तो गंभीरमल के फायदे की ही बात थी। वे उसकी इस देरी से खुश ही होते। वे जानबूझकर उसके प्रति लापरवाही बरतते। इसका उसने पूरा फायदा उठाया।

वैसे वह समझ गया था कि सेठ सा लाखी पर बुरी तरह से फिदा है। झगड़ा कर वो सेठ सा का कुछ नहीं बिगाड़ सकता। हाँ ! सेठ सा के नाराज हो जाने पर वे उसे भूखों मरने के लिए सड़क पर हकाल सकते थे। अब तो उनकी मेहरबानी से हजारों में खेल रहा था। अच्छा खाना, अच्छा पहनना, बढ़िया अंग्रेजी शराब और रहने के लिए बढ़िया घर। और क्या चाहिए ? पैसे-पैसे के लिए तरसने वाले बल्लू की जेब और पेट इन दिनों भरे रहते। इसीलिए लाखी की तरफ से आँखें मूँद लेने में ही लाभ दिखाई दिया। नाथू मुनीम के तानों, व्यंग्य बाणों, खिल्ली उड़ाने और अश्लील मजाक का बुरा तो लगता मगर टाल जाता। इसमें उसे अपनी और लाखी की भलाई नजर आने लगी थी।

इसमें कोई संदेह नहीं कि तारा अंतर्मुखी हो गई थी। वह उसका मौन विरोध था। ज्यों-ज्यों गंभीरमल लाखी में अधिक समाहित होते चले गए तारा अंदर के अंदर घुटने लगी। एक व्रिदोह पनप रहा था। तारा अच्छी तरह से जानती थी कि कमजोर औरत सेक्स के मामले में सर्वाधिक शक्तिशाली है। यदि मर्द को नारी देह से मिलने

वाले आनंद और सुख की चाट पड़ जाए तो उसके बिना रह नहीं सकता। चालाक औरत जब अपने सेक्स का हथियार के रूप में इस्तेमाल करने लगे तो मर्द की हालत कुत्ते से भी बदतर हो जाती है। और तब वह नारी का जीवन भर के लिए गुलाम बन जाता है। उसके लिए सब कुछ करने को तैयार रहता है। रामायण की कैकेयी का उदाहरण सामने था। उसके मामले में एक औरत ही उसकी दुश्मन बन रही थी। वह समझ नहीं पा रही थी कि कि अंधी-अँधेरी सुरंग से कैसे छुटकारा पाया जाए ? कुछ न कुछ तो करना ही पड़ेगा ? क्या करे क्या न करे ? कुछ समझ नहीं पड़ रहा था। इतना असहाय अपने को कभी महसूस नहीं किया ? एक नपुंसक क्रोध से जलती रहती। कुछ न कर पाने की असहायता तकिए भिगोने लगती।

दो दिन से लख्मीपत की माँ जमना की तबीयत ठीक नहीं थी। फिर भी उसी हालत में खाना बनाने आ रही थी। गत तीन दिनों से गंभीरमल लौटे नहीं थे। और कब लौटेंगे किसी को पता नहीं था ? तारा सेठानी रोज चुपके से बचा खाना जमना को दे देती थी। यद्यपि आंतरिक घुटन से तनावग्रस्त थी परंतु नौकर-नौकरानियों पर इसे जाहिर नहीं होने दिया। समझ सभी रहे थे मगर उस पर बात करने की हिम्मत किसी की नहीं थी। सभी चुपचाप अपना काम निपटाकर चले जाते थे। दो दिन से पानी बरस रहा था। मौसम की खराबी के कारण जमना को बुखार आ गया। चाहते हुए भी वह खाना बनाने नहीं जा सकी। तब लख्मी के हाथ हवेली खबर भिजवा दी।

लख्मी जब हवेली पहुँचा बरसात की तेज झड़ी के कारण हवेली में सन्नाटा पसरा था। वैसे भी सेठ सा की गैरहाजिरी की वजह से सभी आराम में थे। कुछ काम निपटाकर समय से पहले खिसक जाते थे। गंभीरमल के रहने पर तो सभी मुस्तैदी से काम करते थे। उनकी उपस्थिति ही अंकुश थी। किंतु उनके न रहने पर सभी स्वतंत्र अनुभव कर रहे थे। तारा भी अपने शयनकक्ष में थी। वैसे भी वह अपना अधिकतर समय वहीं गुजारती थी। नौकर-चाकरों की सवालिया नजरों से बच जाती थी। सुबह का काम निपटा सफाई वाली चली गई थी। अन्य नौकरानियाँ भी अपने कमरों में थीं। शयन कक्ष पर न केवल मोटा पर्दा पड़ा था, दरवाजा भी उड़का हुआ था।

लख्मीपत कुछ देर खड़े रह कर आहट लेता रहा। बारिश की बौछारें सुनसान बरामदे को गीला कर रही थीं। आस-पास के कमरों के दरवाजे बंद थे। रसोडा भी बंद था। लख्मीपत को जब कोई नहीं दिखाई दिया तो जूते-छाता बरामदे में रख पाँव पोंछ सीधे शयनकक्ष में चला गया। बारिश के कारण ठंड़ बढ़ गई थी। तारा रजाई ओढ़े दरवाजे की ओर पीठ किए लेटी थी। तनाव-घुटन से सिर भारी हो गया था। आँखें गीली थीं।

चर्र...र...चूं...दरवाजा खुलने की हल्की चर्रचूं ने उसकी तंद्रा भंग की। जल्दी

से आँसू पोंछे। किसी के सामने खासकर गंभीरमल के सामने अपनी कमजोरी का इजहार नहीं करना चाहती थी। सामने लख्मी खड़ा था। लख्मी को आँसुओं से धुला, अलसाया गोरा-गुलाबी मुख आकर्षक लगा। तारा कुछ देर अपलक सवालिया नजरों से लख्मी को निहारती रही। बारिश की बौछारों से नहाया लख्मी तरोताजा लगा।

"आज बई नी आवेगी ? बुखार हे ?"

"दरवज्जो बंद करी ने अंठे आओ। म्हारो माथो दुखे। जरा बाम तो लगई ने दबई दो।"

तारा का सिर दबाना लख्मी के लिए कोई नई बात नहीं थी। दरवाजा अच्छी तरह से बंद कर, अलमारी से अमृतांजन की शीशी ले पलँग पर जा पहुँचा। और सिर पर बाम मलने लगा।

"आज ठंड हे।" कहते हुए तारा ने रजाई उसे कमर तक ओढ़ा दी। उसका दूसरा हाथ पकड़ छाती पर रख लिया। उभरे कठोर उरोजों के स्पर्श ने लख्मी के दिल की धड़कन तेज कर दी नसे झनझनाने लगीं और उनमें खून का दौरा तेज हो गया। साँसें गरम और भारी हो गईं। बदन काँपने लगा।

"ठंडे लागी री कंई लख्मी सा ? दो दिना री बारिश सूं ठंड बढ़ी गी हे। अच्छी तरे सूं आढ़ी लो," कहते-कहते तारा ने लख्मी को बगल में खींच लिया, "अरे ! आपरी तो धोती गीली हे ? निकालो। नी सर्दी लागी जावेगी ?" उसने धोती खींची। लख्मी ने आदत के मुताबिक धोती को पकड़ने की कोशिश की मगर तारा ने एक झटके से खींच पलँग के दूसरी ओर फेंक दी। लख्मी घबरा गया। वह कुछ करता, कहता इसके पहले तारा ने उसे अपनी मांसल बाँहों में दबोच लिया।

अधिक देर तक लख्मी अपने को रोक न सका। वैसे भी वासना के ज्वार को रोकने में अपने को असमर्थ पा रहा था। परंतु डर के मारे पहल करने की हिम्मत नहीं हो रही थी। अनेक बार सपने में और दिवा-कल्पना में उस मखमली-मरमरी देह को स्खलन की हद तक भोगा था। बेहद प्यार किया था। पर अब तक न साकार होने वाला सपना और आकाश कुसुम थी तारा सेठानी। आज अचानक अप्रत्याशित रूप से आकाश कुसुम खुद टूटकर बाँहों में आ गिरा था। नारी देह के संसर्ग में आने का यह पहला अवसर था। तारा ने आगे होकर उसके सारे सपने पूरे कर दिए। उस टाबर के साथ दैहिक सुख भोग कर भोग रही घुटन, संत्रास और तनाव से तारा मुक्त हो गई। गंभीरमल को तारा का यह उत्तर था। कुछ ही महीनों में वह गर्भवती हो गई। इसका पता चलते ही उसका व्यवहार एकदम बदल गया।

बहुत सोच-समझ कर वक्त और परिस्थिति का फायदा उठाते हुए तारा ने उस दिन लख्मी से संबंध बना लिया था। लख्मी इतना अभिभूत हो उठा कि तारा के लिए अपनी जान देने को और उसके इशारे पर किसी की जान लेने को तैयार था। नारी देह के रहस्यों के बारे में उसने कच्चा-पक्का ज्ञान पाया था। तारा ने उसकी

उत्सुक-कामुकता को बढ़ाया था। जाने-अनजाने में तारा की हरकतें उसे भड़का रही थीं। तारा के कारण वह चरम परिणिति पर पहुँचा था। वह तारा के तन का गुलाम बन गया। उसका मन अब तारा की देह के आस-पास ही मँडराया करता। तारा ने एक ऐसी जलन उसे दे दी थी जिससे छुटकारा पाना मुश्किल लग रहा था। तृप्ति थी कि बुझ नहीं रही थी। और अधिक पाने को उत्तेजित एवं व्याकुल किए रहती। किताबों के अक्षर तारा की देह में बदल जाते। स्कूल-घर से गायब रह कर हवेली के आस-पास मँडराया करता।

चतुर खेली खाई तारा ने बड़े प्यार से लख्मी को समझाया, ''लख्मी सा ! जो कंई हुयो ऊकी चर्चा कुणा से भी मति करजो ? जमना बई से भी नी ? जो करी तो फेर हवेली रा दरवज्जा बंद हुई जायगा। ओर तमारा सेठ सा सूं शिकायत करनू पड़ेगी ? थे म्हारे झूठ मूठ बदनाम करो ? फेर कंई होयगो ? सोच लीजो ?'' तारा ने डराया और धमकाया था।

किशोर लख्मी के लिए इतनी धमकी पर्याप्त से ज्यादा थी।

फिर तारा जानती थी कि समझाने, धमकाने के बावजूद भी यदि उसने कहीं कुछ चर्चा की तो अव्वल तो कोई विश्वास ही नहीं करेगा ? लोग उसे ही बेवकूफ मानेंगे। तारा सेठानी ऐसी नी हे। यो टाबर वौरई ग्यो हे ? कारण तारा की व्यक्तिगत प्रतिष्ठा पति, परिवार, मुहल्ले और समाज में इतनी ऊँची थी कि कोई भी उस पर कान नहीं देता ? उसे जूते भी पड़ सकते थे। अपनी सुविधा, समय और परिस्थिति के अनुरूप ही उसने उसका उपयोग किया। यह बहुत अधिक था। इसने किशोर लख्मी को अधिक पगला दिया।

उस दिन जमना ने तारा मालकिन से शिकायत की, ''सेठानी बईसा ! आज कल लख्मी रो मन पढ़ाई मा नी लागे ? बौरायो बौरायो फिरे। ना मालूम कंई सोच्या करे ? मन्ने कंई बार पूछयो कंई तकलीफ हे ? बोले को नी ?''

तारा मन ही मन मुस्कराई, ''चिन्तामती करो जमना बई ? वाण्या रो बेटो हे। परचून री दुकान खुलई दो। कमई खायगा।''

''बई सा ! रुपिया कांसू लाऊँगा ?'' जमना दीन थी।

''रुपिया री चिंता मती करो ? लो हूं दूं तीन हजार बिणा ब्याज रा। धीरे-धीरे चुकई दीजो ?'' तारा ने आश्वस्त किया।

गर्भावस्था के चढ़ते महीनों के साथ तारा ने लख्मी के साथ अपने संबंधों में कमी करना आरंभ कर दिया। जिस प्रकार मृगी कस्तूरी की सुगंध में मस्त रहती है तारा गर्भ में पल-बढ़ रहे बालक में मस्त थी। मातृत्व की तृप्ति ने उसकी आत्मा को भर दिया। आधा-अधूरापन खत्म हो गया। भरी-पूरी महसूस कर रही थी। माँ बन जाने के बाद उसे न तो गंभीरमल की जरूरत रह गई न ही लख्मीपत की। अभी तक वे दोनों उसके प्रेम-स्नेह के केंद्र थे। अब उसका बेटे में स्थानांतरण हो

जाने से उनका महत्त्व समाप्त हो गया। बेटे में मगन हो जाने के कारण सारा संत्रास, घुटन और तनाव काफूर हो गए।

तारा लख्मी के लिए एक सवाल, एक पहेली बन गई थी। उसकी बेरुखी को समझ पाना उसके लिए संभव नहीं था। चौबीस घंटे यौन सुख की कल्पना में डूबे रहने को लालायित लख्मी पगला गया। स्वयं को उसके सामने अनावृत कर देने में कोई भी शर्म महसूस न करने, अपनी देह के किसी भाग से खेलने देने की अनुमति देने वाली तारा ने उसे पहचानने से इन्कार कर दिया। यह हालत असहनीय थी। रूठे क्रोध के साथ उसने हवेली जाना बंद कर दिया। इस उम्मीद में कि तारा स्वयं बुलाएगी। उसने बुलाया तो नहीं ही। हाँ ! तीन हजार रुपए भिजवा दिए थे। उसे दैहिक सुख देने का मुआवजा भेजा है ? क्रोध से जल उठा। इच्छा हुई तीन हजार के नोटों को फाड़ कर नाली में फेंक दे। पर हिम्मत नहीं हुई। जिंदगी में पहली बार इतने सारे रुपए देखे थे। लाचार परिस्थिति से समझौता करना पड़ा। परचून की दूकान खोल ली। पर उसमें मन नहीं लगता था। जब तक तारा की देह नहीं मिली थी परेशान रहता था। देह सुख मिलने के बाद दुगना परेशान रहने लगा। इसका असर दूकानदारी पर पड़ा। सोजत से भी मन उचट गया। यदि यहाँ रहूँगा तो पागल हो जाऊँगा। तब सभी कुछ बेच वाच कर तकदीर आजमाने रायचूर चला गया जहाँ भाग्य लक्ष्मी उसका इंतजार कर रही थी।

वर्षों बाद सफल व्यापारी एवं उद्योगपति के रूप में सेठ लख्मीपत सोजत लौटे। शानदार हवेली और मंदिर बनवाकर अपनी सफलता की पताका तारा के दिल पर फहराना चाहते थे। परंतु तारा की तो दुनिया ही बदल चुकी थी। जमना माँ से पता चला बेटे का बाप बनने की खुशी में गंभीरमल ने तीन दिन तक शानदार जश्न मनाया। जोधपुर ही नहीं जयपुर-दिल्ली से तवायफें बुलवा नाच-गाने की महफिलें सजाई। दूर-पास के सभी रिश्तेदार आए। तारा का भाई जगत नारायण और रत्ना भाभी भी कपड़े-जेवर लेकर आए। सारे रिश्तेदारों को कीमती भेंट उपहार में दिए। सारे सोजत को चूल्हे समेत भोजन के लिए आमंत्रित किया गया। तीन दिन दोनों जून किसी को घर पर चूल्हा नहीं जलाना पड़ा। सभी को इनाम-इकरार दिए गए। तारा ने अलग से जमना को पाँच जोड़ी पाँच कपड़े और सोने की पाँच मुहरें चुपके से दीं। जिसे उसने अपनी बहू के लिए सँभाल कर एक मटकी में जमीन में गाड़ कर रख दिए। उन्हें लख्मी को प्यार से सौंप दिया।

शानदार कपड़ों और सिर से पाँव तक जेवरों से लदी लाखी भी आई। गंभीरमल के कारण किसी की कुछ भी बोलने की हिम्मत नहीं हुई। सामने पड़ जाने पर सभी उसे छोटी सेठानी कहते थे। परंतु पीठ पीछे रखैल थी। कभी-कभी ताने मार लिए जाते। कोई-कोई कटाक्ष भी कर लेता। लाखी की उपस्थिति पर तारा एक शब्द नहीं बोली। न ही कोई एतराज जताया। उसने उसकी उपस्थिति और अस्तित्व को नकार

दिया। एक बेटे की माँ बन जाने से उसके दर्जे में अपने आप वृद्धि हो गई थी। उसका रुतबा बढ़ गया था। उसने गंभीरता को जमीन-जायदाद और कारोबार का वारिस जो दिया था। सारे परिवार, जाति और समाज ही नहीं गंभीर सेठ की निगाह में भी उसकी इज्जत बढ़ गई थी। तारा ने बड़े लाड़ से रखा अपने बेटे का नाम शांतिलाल। शांति के आ जाने से उसके जीवन के सारे संत्रास, तनाव, घुटन खत्म हो गए थे। आत्मा स्वर्गिक शांति एव आनंद से भर गई थी। शांति उसकी आत्मा था।

गंभीरमल कुछ महीने तक तो अपने बेटे को लेकर व्यस्त रहे। पर शीघ्र ही लाखी की देह के आकर्षण और उससे मिलने वाले आनंद से अपने को दूर नहीं रख सके। तारा ने भी पर्वाह नहीं की। अपने बेटे में मगन रहने लगी। उसे गलत फहमी थी कि अपने बेटे के प्यार से जरूर शीघ्र ही गंभीरमल को खिंचे चले आना पड़ेगा। परंतु भाग्य के देवता ने कुछ और ही निश्चित कर रखा था।

खेत पर मकान पूरा बन गया। उसे खास कर शयनकक्ष को हवेली के शयनकक्ष के समान सजाया। बिजली का भी प्रबंध किया गया। गंभीरमल लाखी के पास ही पड़े रहने लगे। बल्लू और लाखी की सोहबत में उन्होंने शराब पीना आरंभ कर दिया। मदिरा के साथ मांस का भी सेवन करने लगे। मदिरा की मात्रा धीरे-धीरे बढ़ने लगी।

गंभीरमल की लापरवाही का फायदा घाघ मुनीम ने उठाया। इसके लिए बल्लू को उसने हथियार बनाया। बल्लू को उसने समझाया कि लाखी को देने के बदले में उसे क्या मिला ? सेठ का मन भर जाने पर यदि उसने उन्हें सड़क पर खड़ा कर दिया तो वो क्या कर लेगा ? बेहतर यही होगा कि वो मुआवजे के रूप में खेत, खलिहान और खेत पर बना मकान लिखवा ले। बल्लू को बात जम गई। लाखी ने उसके कहने पर शयनकक्ष की कमजोरी के क्षणों में खेत-खलिहान-मकान अपने नाम करा लिए। मुनीम इस बात को समझ गया कि गंभीरमल को शराब और लाखी में डुबाए रखने में ही उसका लाभ है। चूँकि मुनीम उनका शुभ चिंतक है इसीलिए सहायता दे रहा है। वर्ना उसे क्या ? सेठ सा तो उस पर मेहरबान है ही। लाखी-बल्लू उसकी कठपुतलियाँ बन गए। पैसे और जायदाद इकट्ठा करने की बल्लू की हवस जितनी अधिक बढ़ती चली गई शराब के प्रति उसका आकर्षण उतना ही कम होता गया। मुनीम-बल्लू-लाखी की तिकड़ी ने गंभीरमल की जायदाद और कारोबार को षड्यंत्रपूर्वक हड़पना आरंभ कर दिया। गंभीरमल को शराब में अधिक से अधिक डुबोने लगे। हालत ये हो गई कि गंभीरमल शराब से ही मुँह धोने लगे। शराब उनकी देह, दिल और दिमाग पर हावी हो गई। महीनों वे घर नहीं जाते थे तो दूकान जाकर कारोबार सँभालने का सवाल ही नहीं था। शुरू-शुरू में तो बीच-बीच में घर और दूकान जाकर देखभाल भी करते थे। बाद में सिर्फ दूकान जाने लगे। वहीं से घर की जानकारी ले लेते थे। कभी घर जाकर दूकान की जानकारी ले लेते। धीरे-धीरे

लाखी की राय पर घर-दूकान जाना बंद कर दिया। खेत से ही बल्लू के जरिए कारोबार चलाने लगे। लाखी और शराब-खाने, खर्च हेतु पर्ची भेज बल्लू के हाथ गद्दी से पैसा मँगाने लगे। मुनीम को पर्चियाँ संभाल कर रखना पड़ती थीं। बल्लू और वो कोई घोटाला नहीं कर सकते थे। पर्ची के जरिए मँगाई रकम का फायदा बल्लू को ही मिलता था। उसी की राय पर जबानी रुपए मँगाने का सिलसिला आरंभ हुआ। लूट का बेरोकटोक रास्ता खुल गया। खेत खर्च के नाम पर बड़ी-बड़ी रकमें खाते में मांडी जाने लगीं। ये खुला गबन था। इस खुली लूट को रोकने वाला कोई नहीं था। तारा अपने शांति की बाल लीलाओं में मगन थी। मुनीम के इशारे पर एक बार नशे की हालत में बल्लू ने कोरे कागजों पर गंभीरमल के हस्ताक्षर करा लिए। उस पर बल्लू के नाम आम मुखत्यार नाम लिख मुनीम उसके कंधे पर बंदूक रख खुला खेलने लगा। जायदाद और कारोबार की अफरातफरी की जाने लगी। लाखी और तारा की देहों को न पा सकने की पराजय का गंभीरमल, तारा और लाखी को मुनीम का यह जवाब था। लाखी को ही हथियार बना कर उसने यह सारी कार्यवाही की थी।

गद्दी पर काम करने वालों में से कुछ को टुकड़े फेंक मुनीम द्वारा उनका ईमान और स्वामीभक्ति खरीद ली गई। परंतु कुछ ने उसे ठुकरा दिया। जिन्होंने ईमान बेचा उन्हें अनुभव हो गया था कि तारा सेठानी की उदासीनता के चलते मुनीम-बल्लू-लाखी ने गंभीरमल के कारोबारी जहाज में इतने छेद कर दिए कि उसका डूबना अवश्यंभावी था। डूबने वाले जहाज को चूहे सबसे पहले छोड़ जाते हैं। परंतु जिन्होंने मुनीम का विरोध किया उन पर झूठी-सच्ची तोहमत लगा मुनीम ने उन्हें नौकरी से निकाल दिया। उन्हीं में से एक ने तारा सेठानी को सारी परिस्थिति से अवगत करा दिया। अपने शांति के भविष्य को लेकर वे परेशान और चिंतित हो गई। उसकी समझ में नहीं आया कि क्या कुछ और कैसे करे ? जब भी मुनीम को बुलवाती वो टाल जाता। आठ-नौ साल का शांति इतना छोटा था कि कारोबार और गद्दी का भार उस पर डाला नहीं जा सकता था। फिर वह पढ़ रहा था। हिम्मत कर एक दिन खेत जा पहुँची।

तारा सेठानी को आया देख लाखी-बल्लू घबरा गए। गंभीरमल शराब के नशे में धुत्त थे। अधखुली आँखों से उन्होंने ताका। पहले तो वे पहचान नहीं पाए। पहचानते ही बोले, "थ...थे...क...क्यों...आ...आया ? था...थारो...य...य्यां...कंई...कंई काम ?" जबान लड़खड़ा रही थी। हाथ काँप रहे थे। शराब ने जिगर पर ही नहीं दिमाग पर भी असर डाल दिया था। शरीर पर काबू नहीं रह गया था। उनकी दयनीय हालत देख तारा की आँखों में आँसू आ गए। परंतु शीघ्र उन पर काबू पा लिया ?

"ई कंई हालत बणाई ली हे ? चालो घरे चालो। आपरो बेटो आप सूं मिलनो चाहे घरे चालो।" हाथ पकड़ तारा ने उठाने की कोशिश की।

"ना...ना...म्हारो कोई बेटो नी ? ला...लाखी...ने...म्हारे...सब बतायो। वो...

वो म्हारो नी मुनीम रो बेटो हे। मन्ने मालूम हे।...हूं...नी...चालूं... ? थे...थे...ओर ...मु...मुनीम...म्हारे मा...मारी...डालोगा ? ला...लाखी...बचा...म्हने...बचा... ।'' आतंक और डर से गंभीरमल का पीला चेहरा काला पड़ गया। घुटने मोड़ छिपने लगा।

पेट में से एक गोला उठकर तारा के गले में फँस गया। दिल हाहाकार करने लगा। तय नहीं कर पाई कि क्या करे ? गंभीरमल की गौर-गुलाबी देह पर ग्रहण लग गया था। भरे गाल बूढ़ों की मानिंद बैठ गए थे। आँखों के नीचे काली झाँइयाँ उभर आई थीं। एकदम बुढ़ा गए थे। लाखी की हत्या कर देने की तीव्र इच्छा परेशान करने लगी। लेकिन उसे जप्त किया। हरामजादी जाने किस जनम का बदला ले रही है ? असहाय सी कुछ पल खड़ी रही। पिंजरे में बंद कबूतरी सा दिल फड़फड़ा रहा था। जी कड़ा कर तत्काल निर्णय ले लिया।

''असो कंई नी होयगो। हूं आपरी दासी। आपणो सुहाग नी उजाड़ूंगा। बेटो भी आपरोज हे। आपणा बेटा ने अनाथ नी करूँगा ? थे घर चालो।'' तारा ने एक बार फिर समझाने का प्रयत्न किया।

पलँग के पैताने हाथ-पाँव सिकोड़ उकड़ूँ बैठ भयभीत नजरों से ताकते गंभीरमल गिड़गड़ाया, ''मन्ने...म...न्ने...दारू पीणे देगा ? ला...लाखी बी म्हारे साते चालेगी।''

''हव थे निसा खातिर रेहो। जो हुकुम करोगा वोज होयगा।'' दिलासा देने के लिए बड़ी घिन के साथ शराब की बोतल उसने उठाई और बोली, ''आप रा वास्ते ई बी लई चाली री हूँ।'' तारा ने आश्वस्त किया। इशारा पाते ही नौकरों ने सेठ को बच्चे की तरह उठा गाड़ी में डाल दिया। लाखी के साथ चलने की कोशिश पर तारा ने बुरी तरह से झिड़का, ''तू कां चाली ? सेठ सा खे श्मशान पोचाणे को इरादो हे कंई ? अबार थने जो दशा करी वासे जी नी भर यो ?''

सहमकर लाखी पीछे हट गई।

जयपुर, जोधपुर, दिल्ली के बड़े-बड़े डाक्टरों और वैद्यों से गंभीरमल की जाँच कराई गई। मगर केस बिगड़कर काबू के बाहर हो गया था। शराब गंभीरमल को पीने लगी थी। उसके लिए जहर बन गई थी। शराब के बिना वह जल बिन मछली की तरह तड़पता था। शराब के बिना देह में जान ही नहीं रहती थी। मुर्दे की तरह पड़ा रहता। पागलों की तरह व्यवहार करता। तारा के पाँव पकड़ भिखारी के समान शराब की भीख माँगने लगता। उन दयनीय आँखों को बर्दाश्त करना तारा के बस की बात नहीं थी। धर्म संकट में फँस गई। शराब पिलाने पर मौत निश्चित थी और न देने पर भी मौत कुछ दिनों बाद निश्चित रूप से आने वाली थी। मौत की पगध्वनि स्पष्ट सुनाई दे रही थी।

तारा जिन दिनों गंभीरमल को लेकर बुरी तरह से परेशान थी मुनीम अधिकांश कारोबार और जायदाद ठिकाने लगा चुका था। इस सूचना ने उसे बुरी तरह से डरा दिया। परिस्थितियों से अकेले लड़ते-लड़ते जब थक गई तो अपने भाई जगत नारायण

को बुलवाया। जगत नारायण के आने की खबर मिलते ही मुनीम सपरिवार फरार हो गया। जाते-जाते लाखी-बल्लू को भी इशारा करते गया। वे भी सभी कुछ बेच-बाच गायब हो गए।

जगत नारायण ने नए सिरे से अपने बहनोई की जाँच कराई। जब निश्चित हो गया कि कोई चमत्कार ही उसे बचा सकता है तो उसने उनकी आशा छोड़ दी। उन्हें भगवान के हवाले कर दिया और कारोबार की जाँच परख आरंभ की। बही-खातों और हिसाब-किताब की जाँच करने पर पता चला कि दीमक बन मुनीम सब चट कर गया है। कर्जे की एक बड़ी रकम भी पेढ़ी पर लाद दी है। आम मुखत्यार नामा बल्लू के नाम लिखने की मूर्खता गंभीरमल जैसा चतुर व्यापारी कर बैठेगा इसकी उसे कल्पना नहीं थी। मुनीम का खेल वो समझ गया। मगर तीर कमान से निकल चुका था। बचे हुए को बचाने में ही उसे भलाई लगी।

सबसे पहले उन्होंने तारा की मदद से वकील और न्यायाधीश की उपस्थिति में बल्लू को दिया आम मुखत्यार नाम रद्द कराया। रात-दिन जाग कर मुनीम द्वारा उलझाई गुत्थियों को सुलझाया। बनिए का बेटा होने से वे ही सुलझाने में सफल हुए पर मुनीम के शैतानी दिमाग की दाद देना पड़ी। कारोबार समेटने और हवेली को बेच कर्ज चुकाने में ही इज्जत बच सकती थी। तारा भी अपने भाई के काम में मदद दे रही थी। वे दोनों जिस समय हिसाब-किताब सुलझाने में व्यस्त थे उसका फायदा गंभीरमल ने उठाया। बेटे शांति से चोरी छिपे शराब मँगवाने लगा। खाली पेट ही शराब पीने से नाक और मुँह से खून बहने लगा। खबर मिलते ही तारा और जगत गद्दी से भाग कर आए। उलटी में गंभीरमल का काफी खून बह गया था। वह बेहोश पड़ा था। तारा का मन टुकड़े-टुकड़े हो गया। वह विकल हो गई। कई दिनों से वैसे भी तिल-तिल मर रही थी। लगा इस बार पूरी तरह मर जाएगी। मगर शांति उसका आँचल पकड़े खड़ा था। डाक्टर को बुलाया गया। इलाज में उसने असमर्थता जतायी। दो दिन बाद गंभीरमल ने अंतिम साँस ली। उनका क्रियाकर्म करने के बाद गद्दी का कारोबार बंद कर हवेली बेच उसकी रकम से कर्जा चुका अपनी बहन और भाणेज को लेकर जगत नारायण जोधपुर चले गए।

माँ से सारी कहानी सुन लख्मीपत का मन दुःखावेग से विदीर्ण हो गया। कहानी सुनने के दौरान भी अनेक बार विकलता का अनुभव हुआ था। और साँस घुटती सी लगी थी। राजरानी के समान सुख भोगने वाली नारी को इतने कष्ट उठाने पड़ेंगे इसके बारे में सपने में भी सोचा नहीं था। उसके खिलाफ जो शिकायतें इतने सालों से दिल में पाले था कपूर सी उड़ गईं। मुनीम, बल्लू, और लाखी की हत्या करने की तीव्र इच्छा उकसाने लगी। परंतु यह संभव नहीं था। एक नपुंसक क्रोध से कुचले नाग की तरह अंदर ही अंदर फुंफकारता रहा।

''बेटा लख्मी ! मायरे जाणा पेले बई सा यो कागद थारा माटे दई गई।'' कहते

हुए लोहे की गोल पेटी से लिफाफा निकाल उसे दे दिया। खुशी और दुःख के मिले-जुले आवेग से कुछ देर लिफाफे को ताकता रहा। काँपते हाथों से एकांत में पत्र खोल पढ़ने लगा।

"लाख्मी-सा ! लिखते हियो कांपे। लिखणो मजबूरी हे। शांति री जिंदगी रो सवाल...हे। कंई करूँ समज नी पडे। शांति...शांति...शा...न्ति...अ...आप...आपरो ...बे...बेटो... ? वाची ने कागद फाड़ दीजो। या वात साथे सरग-जाएगी। आप भी आपणा साते लावजो। बापरो फरज निभावजो। थे म्हारा सूं नाराज हो जाणू। शांति रे तकलीफ नी हो वे ई कारण सूं आप से संबंध नी राख्यो। म्हारे माफ करजो।"

चक्कर आ जाने से दीवार पकड़ धम्म से बैठ गया। दिमाग ने काम करना बंद कर दिया। कई पल विचार शून्य मूर्तिवत बैठा रहा। समझ नहीं पा रहा था कि क्या करे क्या न करे ? औरतें अपने दिल में बड़े से बड़ा राज किस प्रकार छिपाए रखती हैं देखकर हैरान रह गया।

"कंई हुयो लख्मी ? सेठानी बई सा ने असो कंई लिख्यो ?" भय चिंतित जमना ने जानना चाहा।

"कंई नी मा सा ? लिख्यो म्हारा शांति रो ध्यान राखजो।" गहरी साँस छोड़ पत्र के टुकड़े-टुकड़े कर जला दिए।

"सेठानी सा बड़ी मान मराबतवाली बई। एकाध बार अई थी। कंई बतऊ लख्मी देखी ने मन्ने रोणो अई ग्यो। सूकी ने कांटो हुईगी। रूप सब जली ग्यो। तितली सारखी आंखा नीचे काली झांई अईगी। हवेली का सामणा रा रस्ता सूं आपणा घर आणू पड़े। सो लम्बो चक्कर लगई ने पाछे री गली सूं आया। बोल्या, "हवेली माँ राणी बणी ने अई थी। सोच्चो थो अर्थी भी व्हांज से उठेगी। पण हरि इच्छा बलियसी।" टप टप रोण लाग्य। म्हारो हियो कुलबलई गयो। कंई जवाब देती। ऊ हरामी मुनीम रो सत्यानास होयगो। मन्ने ढेर सारा सराप दिया मुआ मुनीम खे।" जमना का दिल भर आया।

लख्मी क्या उत्तर देता ? विकलता से दिल बेचैन हो गया। बेबसी पर आँखों में आँसू आ गए। मगर लाचार था। शांति के बारे में अधिक जानकारी पाने को मन उत्सुक था परंतु पूछने की हिम्मत नहीं हुई। शांति उसका और तारा का बेटा। दिखने में कैसा होगा ? उसकी रातों की नींद और दिन का चैन उस पत्र ने हर लिया। यह कैसी त्रासदी है कि बेटा होते हुए भी उसे बाप कहलाने का हक नहीं है ? जो बाप नहीं है वह बाप है और जो बाप है वह बाप नहीं है ? क्या इसी त्रासदी के साथ जिंदगी बितानी पड़ेगी ? जब खुद को अधिक रोक नहीं पाया तो जोधपुर जा धमका। चोरी छिपे जगत नारायण की हवेली-मोहल्ले के चक्कर लगाए। एक दिन एक लड़का मैली-कुचैली धोती में नंगे पाँव हवेली के चबूतरे की झाड़ू लगाता दिखा। दुबला-पतला, कुम्हलाया, पीलापन लिए गोरा चेहरा, तेलहीन सूखे बिखरे बाल। उसका

चेहरा-मेहरा बिलकुल उससे मिलता-जुलता था। हाँ ! आँखें जरूर बड़ी-बड़ी थीं। दिल तेजी से धड़कने लगा। इशारे से बुलाया। नीचे आ बादामी सवालिया नजरों से निहारने लगा। उसके कंधे पर हाथ रख पेड़ की आड़ में ले जा पूछा, ''बेटा। गंभीरमल सेठ को बेटो शांतिलाल कां हे ?''

''हूं शांतिलाल। कंई वात हे ?''

भरे मन से प्यार भरी निगाहों से ताकने लगे। संदेह सच निकला। सामने उन्हीं का प्रतिरूप खड़ा था। शांतिलाल के रूप में नया जन्म लेकर वो पुनः आ गया था। नहला-धुला बढ़िया कपड़े पहना जमना माँ के पास ले जाए तो वे बेहिचक आँख मूँद अपने लख्मी के बेटे को पहचान लेंगी।

समय बीतने के साथ तारा के प्रति रहने वाली सहानुभूति और दया भाव में सांसारिकता की मिलावट होने लगी। रत्ना भाभी को तारा और शांति बोझ लगने लगे। जगत नारायण अपनी बहन का विशेष ध्यान रखते लेकिन कारोबार में डूबे रहने के कारण घर में ध्यान देने का समय नहीं था। वैसे भी पुरुष के काम घंधे पर चले जाने के बाद उसके पीठ पीछे महिलाएँ एक-दूसरे के साथ कैसा व्यवहार करती हैं इसकी जानकारी उन्हें नहीं होती। ऊपर से तो सभी ठीक ठाक लग रहा था लेकिन अंदर ही अंदर जो काँट-छाँट चलती रहती इसकी जानकारी उन्हें नहीं हो पाती थी। कभी जानने की कोशिश भी नहीं की। आश्रित और पीड़ित तारा ने इसे न बताने में भलाई समझी। भाभी के बदले रूप को तारा महसूस करती थी। एक तो वैसे ही दुःखी थी ऊपर से रत्ना भाभी के रूखे-व्यवहार ने और दुःखी कर दिया। उसकी हालत बिन बुलाए मेहमान जैसी बन गई। भाई से बोलने पर घर में कलह, अपमान और भाभी की दुश्मनी का सामना करना पड़ता। दबी ढँकी बात के खुलकर सामने आ जाने पर आश्रय छोड़ना भी पड़ सकता था। तब बेटे को लेकर कहाँ जाएगी ? ईश्वर न जाने किस जनम के पाप की सजा दे रहा है ? अंदर ही अंदर घुटती, कुढ़ती, कलपती रहती। जिस घर परिवार में पैदा हुई सबकी लाड़ली बन बड़ी हुई, परिवार ने जिसे बड़े लाड़-प्यार से पाल-पोस बिदा किया, वही घर पराया बन गया। सच कहा है ''माय तब तक मायको।'' पराएपन का अहसास सालता रहता। रत्ना हर समय उसे दुगना करने में लगी रहती। घर भाई का नहीं भाभी का था। वो ही उसकी मालकिन थी। वह उनके घर की वस्तुओं का उपयोग नहीं चोरी कर रही थी।

रत्ना बोलती कुछ नहीं थी किंतु उसकी आँखें सदा चढ़ी रहतीं। उनसे एक आक्रोश झरता। व्यवहार और बोली में एक रूखापन आ गया। जब खुले आम बोल न पाती तो बच्चों को पीट कर गुस्सा निकालती। तारा सब समझ रही थी। मगर लाचार थी। जब तक शांति बड़ा होकर कोई काम धंधा या नौकरी नहीं कर लेता

तब तक सब कुछ सहना मजबूरी थी। भाई के विश्वास और प्यार को आघात पहुँचाना उसके बस में नहीं था। उनके सामने सदा हँसती-मुस्कराती रहती। उनके पूछने पर कि, "कोई कष्ट तो नहीं है ना तारा ?" मुस्कराते कहती, "आपके और भाभी सा रे होते केसो कष्ट ?" दोहरी जिंदगी जीने की मजबूरी, मानसिक संत्रास, आंतरिक घुटन-कुढन ने तोड़ दिया। इंसान परायों के अत्याचार के खिलाफ तो विद्रोह कर सकता है। मार-पिटाई का भी प्रतिकार कर सकता है। परंतु अपनो की बेकद्री, शोषण और अत्याचार के सामने बेबस हो जाता है। रत्ना की भावनात्मक मार ने तारा को तोड़ दिया। बिस्तर पकड़ लिया। खांसी में खून के कतरे आने पर डाक्टरों ने टी. बी. घोषित कर दिया। रत्ना ने परिवार खासकर बच्चों की खातिर तारा को हवेली के पिछवाड़े नौकरानी के कमरे में भिजवा दिया। टी.बी. ने जगत नारायण के प्यार का गला घोंट दिया। अच्छे-अच्छे डाक्टर्स को दिखाया गया। अंग्रेज डाक्टर से भी जाँच कराई। पर नतीजा वही था। पचास के दशक में टी.बी. जानलेवा छूत की लाइलाज बीमारी थी। दवाई असर नहीं कर रही थी कारण तारा की जीने की इच्छा मर गई थी। शांति को उसने भगवान के भरोसे छोड़ दिया। देह से थका इंसान थकान मिटा पुनः खड़ा हो जाता है परंतु मन से टूटे, थके, निराश व्यक्ति को मौत की अनंत शांति में ही संसार के कष्टों, दुःखों, और चिंताओं से छुटकारा मिलता है।

अपने अन्त समय का अंदाजा तारा को हो गया था। यद्यपि उसकी आत्मा अपने बेटे में ही अटकी थी। उसे विश्वास था कि भाभी की बजाय उसके भाई अवश्य अपने भाणेज का ध्यान रखेंगे। एक क्षीण आशा लखीपत की भी थी। इन्हीं भोली आशाओं के साथ उसने प्राण त्याग दिए। मृत्यु के पहले भाभी को खुश करने के लिए अपने जेवरों का डिब्बा उन्हें सौंपते हुए हाथ पकड़ अवरुद्ध कंठ और आँसू भरी आँखों से निवेदन किया कि शांति की बहू को इन्हें उनकी ओर से आशीर्वाद स्वरूप सौंप दे। शांति का हाथ भी उसे पकड़ा दिया। चिर बिदाई के उस क्षण में रोते हुए तारा ने उस मातृ-पितृ-हीन बालक का ध्यान रखने की प्रार्थना की। इसने रत्ना की आत्मा को छू लिया। उसने ईमानदारी से वचन निभाने का वचन दिया। शांति को बेटे से भी अधिक प्यार करेगी।

मौत की दहशत इंसान को दुनिया की निस्सारता से कुछ समय के लिए विचलित करती है। परंतु शीघ्र ही मनुष्य सांसारिक छल-छद्म में लौट आता है। तारा की मृत्यु ने रत्ना की आत्मा को कुछ समय के लिए जगाया था मगर शीघ्र ही व्यक्तिगत स्वार्थ की दुनिया में लौट गई। तारा के जेवरों ने बेईमान बना दिया। अच्छी भावनाए ओस की बूँद सी उड़ गईं।

मुसीबत ने शांति को बहुत कुछ सिखा दिया। माँ की बात गाँठ बाँध ली कि 'मा तब तक मामा और बाप तब तक काका'। माँ की उपस्थिति में ही मामी सा की बेरुखी देख ली थी। मामा सा को फुर्सत नहीं थी। कभी-कभी आते-जाते प्यार

से उसके सिर पर हाथ फिरा लेते। उन्हें विश्वास था रत्ना अन्य बच्चों के साथ शांति को भी अच्छे से सँभाल रही होगी। माँ ने मामी सा की शिकायत करने से मना कर रखा था। मौन रह कर चुपचाप सभी कुछ सहने लगा। उसकी हालत नौकरों से भी बदतर थी। नौकर शिकायत कर सकता था। काम छोड़ सकता था। उसके पास तो यह अधिकार भी नहीं था।

लख्मी समझ गया शांति को भाणेज और परिवार के सदस्य नहीं अनाथ मान पाला जा रहा था। लख्मी तिलमिला गया। अभावों और संघर्ष के जिस दौर से वह गुजरा था आज उसके बेटे को भी उन्हीं ने घेर रखा था। एक दृष्टि से वह शांति से अधिक भाग्यवान था। संघर्ष के उन दिनों में माँ जो उसके साथ थी। वे उसकी तकलीफों को कम करने में लगी रहती। वे उसका बहुत बड़ा संबल थीं। तारा ने भी भावनात्मक, दैहिक और आर्थिक सहयोग दिया था। उसका बेटा तो पूरी तरह से बेहसारा था। शांति की त्रासदी को एक घुटन के साथ खामोश सुनता रहा।

''माँ सा बोल्या था लख्मी काका थारी मदद करेगा। लख्मी सा ने मन्ने कागद लिख्यो हे।'' तारा ने बालों पर हाथ फिराते कहा था ?

''आ लख्मी सा कुण ?'' शांति ने उत्सुकतापूर्वक जानना चाहा !

''लख्मी सा थारा काका हे। ओर काका बाप बरोबर। जोधपुर आणा सूं पेले मन्ने थारी दादी सा, काका सा री माँ ने कागद दियो थो। वो जरूर आवेगा। थारी भरपूर मदद करेगा।'' तारा को पूरा विश्वास था। चिट्ठी मिलने के बाद अपने बेटे को देखने-मिलने के लिए लख्मी तड़प उठेगा। अपने बेटे के लिए सब कुछ करेगा।

''ये लख्मी काका सा कुण हे ? मन्ने कां मिलेगा ?'' शांति की भोली आँखों में सवाल तैर रहा था।

''शांति बेटा ! हूँ थारो लख्मी काको। थे चिंता मती कर ! आज सूं थारी सारी मुसीबत खतम।'' बड़े प्यार से पीठ थपथपाते भरे गले से लख्मी ने आश्वस्त किया। बड़ी मुश्किल से आँसू रोक पाया।

लख्मी ने एक बड़ी रकम शांति के नाम से पोस्ट आफिस में जमा कर खाता खुलवा दिया। विश्वासपात्र एक मित्र को समझा दिया कि जगत नारायण को पता चले बिना शांति को मदद करे। रायचूर जाने के पहले शांति को पूरी मेहनत से पढ़ने की राय दी। पढ़ाई खत्म होते ही वह उसे रायचूर बुला अपने धंधे में भागीदार बना उसकी जिंदगी बना देगा।

शांति ने तारा से जिस्मानी सुंदरता और लख्मी से व्यापारिक चातुर्य तथा बनिया बुद्धि के जीन्स विरासत में पाए थे। काका सा द्वारा छोड़ी रकम और समय-समय पर जो मनीआर्डर वह भेजता था उसका उपयोग बड़ी कंजूसी से करता था। खान पान की ओर अधिक ध्यान दिया। मामी सा बचा खाना और बच्चों के उतरे कपड़े पहनने को देती भी। मामा सा उसके लिए जो धोती कुर्ता लाते उन्हें छिपा देती।

सिर्फ त्योहार-तीज पर ही दो जोड़ी नए कपड़े मिलते थे। उन दो जोड़ी कपड़ों पर ही सारा साल निकालना पड़ता था। पढ़ने के लिए किताबें भी सेकंड हेण्ड खरीदी जातीं। अतः फल-दूध वगैरह चोरी चुपके बाजार में खा लेता। इससे उसके स्वास्थ्य में सुधार आया। लख्मी काका की दया के कारण जिदंगी के अंधकार में आशा की नई किरण फूटी। पढ़ने में बहुत होशियार था। स्कूल में अच्छी साख जमा ली। अच्छे नंबरों से पास होता था। खास कर गणित में बहुत तेज था। अद्धे-पौवे के पहाड़े जबानी याद थे। तब मामी सा ने अपने बच्चों को पढ़ाने का काम भी उसे सौंप दिया। जैसे-तैसे उसे मैट्रिक पास करा कर मामा सा ने अपने काम धंधे में लगा लिया। गणित में होशियार होने से उसे हिसाब-किताब तथा खतौनी सिखाने के लिए मुनीम के साथ रखा गया। शीघ्र ही वह खाता-बही के काम में निपुण हो गया।

मामा सा से पगार माँगने का सवाल ही नहीं था। दो जोड़ी कपड़े और दो वक्त की रोटी की नौकरी थी। पत्नी और बच्चों का भविष्य स्पष्ट दिखाई देने लगा। पत्नी को मामी सा की नौकरानी और बच्चों को घर की उतरन-जूठन पर पलना पड़ेगा। कल्पना सिहरा देती थी। इसी बीच उसे पता चला कि लख्मी काका सोजत आए हुए हैं। समय निकाल कर उनसे मिला। दोनों ने तय किया कि उसका उनके साथ भाग्य आजमाने रायचूर चलना ही उचित होगा। तब पोस्ट आफिस से सारी रकम निकाल मामा सा के नाम अपना भाग्य आजमाने की सूचना का पत्र देकर लख्मीपत के साथ रायचूर चला गया।

लख्मीपत ने भी उसे मुनीम का महत्त्वपूर्ण काम सौंपा। परंतु शीघ्र ही नई जिम्मेदारी सौंप अखबार का मालिक बना दिया। बैंक से उसके नाम कर्ज लेते समय स्पष्ट समझाया कि अखबार तो अपने पैसे पर भी आरंभ कर सकता है और आरंभिक पूँजी, जमीन की व्यवस्था कर भी रहा हूँ परंतु बैंक कर्ज माने दूसरे की पूँजी पर नफा कमाने वाला ही चतुर बनिया कहलाता है। उसे इस परीक्षा में पास होकर दिखाना है।

देश को आजादी मिली ही थी। परंतु नई सरकार ने समाजवाद के चक्कर में व्यापार, व्यवसाय और उद्योग को स्वतंत्र नहीं किया था। अंग्रेजों की कोटा, परमिट लायसेंस की नीति को जारी रखा। इसने शासन और प्रशासन के भ्रष्टाचार की रफ्तार तेज कर द प्रांतों में मुख्यमंत्री, मंत्री, केंद्रीय मंत्री और सरकारी कर्मचारी-अफसरों के लिए रिश्वत के जरिए समृद्धि के दरवाजे खोल दिए। गाँधी टोपी त्याग, बलिदान, देश सेवा के बजाय भ्रष्टाचार, अनैतिकता और स्वार्थसेवा का प्रतीक बन गई। और बापू ! गाँधी का नाम सत्ता की सीढ़ी। वोट भुनाने का जरिया बन गया। पंच वर्षीय निर्वाचन व्यवस्था ने भ्रष्टाचार रिश्वतखोरी की गति तेज कर दी। राजनेता, सरकारी कर्मचारी, अफसर, व्यापारी की तिकड़ी गरीब जनता को लूटने के उद्देश्य से एकजुट हो गई। कालांतर में अपराधी गुंडे भी इनसे मिल गए। यही चौकड़ी आज शासन

कर रही है। हालात यहाँ तक बिगड़े कि एक सरकारी कर्मचारी दूसरे के ट्रांसफर, प्रमोशन, भविष्य निधि से पैसा निकालने के मामले में पैसा खाने लगे। गैर कानूनी काम करने का पैसा तो ये लोग लेते ही थे कानूनी और नियमानुसार काम करने का भी पैसा खाने लगे।

राजनीति गरीबों की सेवा के बजाय पैसा कमाने वाला व्यापार बन गई। नेहरू खानदान के अनुकरण पर हर नेता ने राजनीति में अपने वंश की स्थापना करना आरंभ कर दिया। नए राजवंश लोकतंत्र में पैदा हो गए। राजनेता अपने बेटों, बहुओं, बेटियों, भाई-भतीजों, भानजों को भी राजनीति में ले आए। आसमान से टपकी आजादी राजनेता/सरकारी कर्मचारी/व्यापारी/अपराधियों के खजूर में अटकी है। किसी भगीरथ को उसे जनता तक पहुँचाने का इंतजार है। इसका फायदा शांति ने उठाया।

रिश्वत ने राजनेताओं और कर्मचारियों की समृद्धि के दरवाजे खोल दिए थे। शांतिलाल ने इनकी मदद से कागज का जरूरत से अधिक कोटा प्राप्त करना आरंभ कर दिया। अपने अखबार के प्रसार के झूठे आँकड़े पेश करने लगा। बचा कागज ऊँचे दामों पर काला बाजार में बेच देता था। सरकारी विज्ञापन और सरकारी काम की छपाई, खास कर शासकीय पाठ्य पुस्तक निगम की किताबों की छपाई का काम भी कबाड़ने में लग गया था। सरकारी किताबों के लिए जो कागज मिलता था उसमें भी गोल-माल करने लगा। अक्सर ऐसा नहीं होता था, फिर भी जो अफसर, कर्मचारी या मंत्री उसका साथ नहीं देता उसके खिलाफ अपने संवाददाता से खबरे मँगवा छापने लगता। अनेक बार टेबल ड्राफ्टिंग भी होती। खबरें इस पकार गोल-मोल छापी जातीं कि सामने वाला असहाय देखता रहता। छापा जाता कि मंत्री महोदय/अधिकारी जी/कर्मचारी भ्रष्टाचार में आकंठ डूबे। या जनता इनके काले कारनामों से त्रस्त। मंत्री/कर्मचारी के पटरी पर आते ही खंडन छप जाता।

अपने अखबार को उसने एक महत्त्वपूर्ण हथियार बना लिया। सरकार उसके कलपुर्जों को डराने का अचूक अस्त्र उसका अखबार बन गया था। इस धंधे का दुहरा लाभ देख अन्यों ने भी अखबार आरंभ कर दिए। परंतु शांति की सी तेज बुद्धि का उनके पास अभाव था। बढ़ते काम के साथ शांति को वर्तमान जगह छोटी पड़ने लगी थी। अन्य अखबारों के प्रकाशन की प्रतिद्वंद्विता का उस पर असर नहीं पड़ा था। उसके अखबार ने जो इज्जत कमाई थी और जनता में विश्वसनीयता कायम कर ली थी उससे मुख्यमंत्री भी भय खाते थे। उसे खुश करने के लिए शहर के व्यावसायिक महत्त्व के क्षेत्र में उन्होंने प्रेस परिसर की योजना लागू की। सस्ते दामों पर करोड़ों की जमीन लाखों में दे दी। शांति ने बैंक व राज्य वित्त निगम से कर्ज लेकर बहुमंजिला इमारत बनवाई। अपनी जरूरत के मुताबिक कुछ मंजिलें अपने पास रखकर बाकी की मंजिलें जीवन बीमा निगम व अन्यों को अच्छे ऊँचे किराए पर उठा दीं।

अखबार को दूरस्थ गाँव, कस्बों, शहरों में पहुँचाने के लिए शांति ने गाड़ियाँ खरीदीं। उसके पेपर वाहन अखबार तो ले ही जाते थे यात्रियों को भी लाने ले जाने लगे। यातायात विभाग और पुलिस को उसके इस गैर कानूनी धंधे को रोकने की हिम्मत नहीं थी; क्योंकि उसकी पहुँच सीधे मुख्यमंत्री तक थी। जिनके इशारे पर पुलिस और स्थानीय शासन का उसे खुला समर्थन था। उसके सुझाए व्यक्ति को मुख्यमंत्री अपनी पार्टी का न केवल उम्मीदवार चुनाव में बनाते थे वरन् मंत्रिमंडल में भी जगह देते थे। स्थानीय प्रशासन को मालूम था कि नगर के दौरे पर जब भी मुख्यमंत्री आते थे उनके खाने खासकर पीने का इंतजाम शांति अपने बँगले पर करता था।

मुख्यमंत्री विश्वविजय सिंह के दल के विरोधियों और मंत्रिमंडल में उनका विरोध करने वाले को निपटाने में मुख्यमंत्री की वह सहायता करने लगा। उनके भ्रष्ट कारनामों पर समाचार ही नहीं संपादकीय भी लिखे जाते। इसके लिए उसने संपादकीय विभाग में दो-तीन चतुर साहित्यकारों को रख छोड़ा था। अपने विरोधियों के खिलाफ सामग्री स्वयं विश्वविजय सिंह उसे उपलब्ध कराते थे। तभी उसे अपने विशेष संवाददाता से मुख्यमंत्री के विरुद्ध सनसनीखेज सामग्री मिली। गुप्त रूप से पता चला कि मुख्यमंत्री अपने मंत्रिमंडल के एक विशेष सहयोगी पर मेहरबान हैं। उसके खिलाफ भ्रष्टाचार के सप्रमाण सबूत मिलने पर भी उन्होंने कार्यवाही नहीं की। क्योंकि मुख्यमंत्री उसके जरिए पैसा लेते ही नहीं उस मंत्री महोदय के भाई की पत्नी जो नगरपालिका में अध्यक्ष है के साथ उनके संबंध हैं। उस संवाददाता ने दस्तावेजी सबूत और फोटो भी प्रस्तुत किए थे। इसीलिए वे उस भ्रष्ट मंत्री से डरते हैं और संरक्षण देते है। इस बात का पता तो शांतिलाल को था कि मुख्यमंत्री सावधानीपूर्वक सभी मंत्रियों के जरिए पैसा लेते हैं। उन्होंने एक और नया तरीका ईजाद किया है। जिसे भी काम कराना होता वह उनकी पत्नी से मिलता। सौदा तय होने पर मुख्यमंत्री की पत्नी एक स्लिप पर लिख देती कि इनकी मदद की जाए। और उसका काम हो जाता। अनेक जरियों से शांति को खबरें मिलतीं। मुख्यमंत्री विश्वविजय सिंह अब उसकी मुट्ठी में था। सही वक्त पर उसका उपयोग करने का निर्णय उसने लिया। मुख्यमंत्री को भी भनक लग गई थी कि शांतिलाल के पास बहुत ही संवेदनशील सामग्री है; किंतु उस पर और उसकी कलम पर उनका नियंत्रण नहीं था। उन्होंने धीरे-धीरे पार्टी, सरकार और हाईकमान पर तो अपने प्रभाव का सिक्का जमा लिया था परंतु प्रेस अभी उनकी मुट्ठी से बाहर था। मामा सा, खास कर मामी सा, ही नहीं उनके बच्चों, नौकरों तक से डरने आतंकित रहने वाला शांतिलाल स्वयं अदृश्य आतंक बन गया था। चतुरता से भयदोहन करने लगा था। उससे सभी डरते थे।

अपनी ताकत और व्यवसाय को बढ़ाने के लिए उसने अन्य महत्त्वपूर्ण नगरों से अपने अखबार के संस्करण निकालना आरंभ किया। पूरी व्यावसायिक बुद्धि का

परिचय उसने अखबारी दुनिया में दिया। वह अखबार को देश सेवा, साहित्य, संस्कृति, जन जागरण एवं शिक्षा का माध्यम नहीं वरन् पैसा कमाने का जरिया मानता था। इसी ध्येय से काम कर रहा था। नए संस्करणों की मालिक उसकी पत्नी और बेटे-दामाद थे। राजधानी दिल्ली में भी ब्यूरो खोला गया। दिल्ली संवाददाता के जरिए केंद्रीय मंत्रियों पर अपना प्रभाव जमाने लगा। उनके नगरागमन पर प्रेस का अवलोकन, चाय-नाश्ते के लिए उन्हें आमंत्रित किया जाता। आधुनिकतम मशीनें विदेशों से मँगवा कर लगाई। वह केंद्रीय मंत्रियों के लेख व साक्षात्कार भी छापने लगा था। चतुर पत्रकारों की फौज उसके पास थी जो उसकी शतरंज के मोहरे थे। शीघ्र ही वह दो-तीन प्रांतों की अखबारी दुनिया का बेताज बादशाह बन गया। जबकि उसके विरोधियों की निगाह में वह डान था।

दूध का जला छाँछ भी फूँक-फूँक कर पीता है। शांति जब पैदा हुआ था तो सोने का चम्मच उसके मुख में था। व्यक्तिगत धाय माँ के अलावा नौकर-नौकरानियों की फौज सेवा में थी। पिता गंभीरमल और दादा गुमानमल का नाम और उनके मौज-शौक से संबंधित किस्से, किंवदंतियाँ बन सारे मारवाड़ में प्रसिद्ध थे। मेड़तियों की पेढ़ी की साख और सिक्के की धाक बंबई, दिल्ली, कलकत्ता तक थी। लेकिन ज्यों-ज्यों वह बड़ा होता चला गया मेड़तियों की साख और समृद्धि पिता की अय़्याशी और शराबखोरी की भेंट चढ़ती चली गई। खुद को और अपनी माँ को एक-एक पैसे के लिए उसने तरसते देखा है। और आज जब काका लखमी सा की मेहरबानी से सुख-समृद्धि के सारे दरवाजे खुल गए हैं तो गरीबी की अँधी-अँधेरी बंद सुरंग में वापस जाने को तैयार नहीं था। गरीबी से बड़ा अभिशाप इस दुनिया में दूसरा कोई नहीं था। यह वह अच्छी तरह से जान गया था। अपने काका सा के प्रति अंध श्रद्धा उसके मन में थी। फिर भी दिल के किसी अँधेरे कोने में असुरक्षा के भय का भेड़िया मन की माँद में दुबका बैठा था। कहीं काका सा ने सड़क पर... ? आगे अधिक सोचने की ताकत नहीं थी। अपने परिवार का भविष्य सुरक्षित रखने के लिए उसने अलग से पत्नी और बच्चों के नाम खाते खोले। जिसमें ऊपरी आमदनी का काला धन जमा करने लगा। वैसे भी बैंक कर्ज उसके नाम होने से मालिक वही था। मामा-मामी सा के व्यवहार से दिल खट्टा हो गया था। किसी रिश्ते पर विश्वास नहीं रह गया था। और अधिक धोखा खाने को तैयार नहीं था।

घाघ लख्मीपत की तीसरी आँख अपने इस बेटे पर थी। बेटा बाप से सवाया नहीं दुगना निकल रहा है यह देखकर वह खुश ही हुआ। तारा की आत्मा को दिए वायदे को उसने पूरी ईमानदारी से निभाया। इसका उसे संतोष था। उसके विश्वास पर वह खरा उतरा था। उसके दोनों बेटे जिंदगी की दौड़ में आगे और आगे जा रहे थे।

शांतिलाल को मालूम नहीं था कि उसके काका सा लख्मीपत उसके बाप के

भी बाप हैं। उसके बाप गंभीर पल को तो पारिवारिक, सामाजिक और सरकारी मान्यता मात्र मिली हुई थी। परंतु लख्मीपत को उसकी माँ तारा ने बाप की मान्यता दी हुई थी। औरत ही जानती है कि उसके बच्चे का असली बाप कौन है। क्योंकि पितृत्व की बजाय मातृत्व स्वयं सिद्ध है।

लख्मीपत व्यापार-व्यवसाय-उद्योग का घाघ खिलाड़ी तो था ही राजनीति में भी उसने केकड़े की तरह हाथ-पाँव फैला रखे थे। शांति के पास तो मुख्यमंत्री के मात्र भ्रष्टाचार और अय्याशी की जानकारी ही थी परंतु लख्मीपत ने तो प्रांत की राजधानी में अपना जो अधिकारी रख छोड़ा था उसने मुख्यमंत्री सचिवालय ही नहीं उनके व्यक्तिगत स्टाफ में भी अपने आदमी बना लिए थे। मंत्रिमंडल के कुछ सदस्य जैसे उद्योग मंत्री, आबकारी मंत्री तो उसकी जेब में थे। उससे संबंधित हर निर्णय की जानकारी उसे समय से पहले मिल जाती थी। सरकारी फैसलों को प्रभावित करने की उसके पास ताकत थी। मुख्यमंत्री के अलावा विरोधी दल के नेता गिरधारी लाल पाटनी भी उसका आतिथ्य स्वीकारते थे। उन्होंने लख्मीपत की अनेक बार मदद की थी। मुख्यमंत्री से वे भी पीड़ित थे। एक बार उन्होंने व्यक्तिगत चर्चा में लख्मीपत से कहा था, "अब तक के सभी मुख्यमंत्रियों में वर्तमान मुख्यमंत्री अधिक खतरनाक है। मुस्कराते-मुस्कराते अपने वरिष्ठ, अपने ही दल के राजनेताओं के चरण स्पर्श करते वक्त उनकी राजनीतिक ताकत का अंदाजा लगा मौका पाते ही यह चरण छू उनके पाँव खींच ऐसा धराशायी करता है कि उन्हें पता ही नहीं चलता। और जब तक मालूम पड़ता है तब तक बहुत देर हो चुकती है। सत्ता के विकेंद्रीयकरण के नाम पर नगर निगमों, नगरपालिकाओं, पंचायतों, जनपद पंचायतों को जहाँ सत्ता का हस्तांतरण कर अपनी राजनीतिक स्थिति मजबूत की है; वहीं भ्रष्टाचार का भी विकेंद्रीयकरण कर दिया है। लोकायुक्त द्वारा मंत्रियों, मेयरों, सरपंचों के भ्रष्ट कारनामे उजागर कर जब उन पर मुकदमा चलाने की अनुमति माँगी जाती है तो फाइल गुम हो जाती है। इसने विधान सभा, लोकायुक्त और प्रशासन का जो अवमूल्यन किया है वह देश व जनता के लिए घातक है। जनता को झूठे आश्वासनों के झुनझुने पकड़ाने में सिद्धहस्त है। प्रशासन को सत्ता पाने का हथियार मानता है। चुनाव के समय उनका खुलकर उपयोग करता है।"

"आप ये सब विधान सभा व जन मंचों पर क्यों नहीं उठाते ?" लख्मीपत ने मुस्कराते हुए कहा।

"अरे भाई सब करते हैं। पर वो लोकतांत्रिक मूल्यों की पर्वाह करे तब ना ?" गिरधारीलाल के स्वर में तलखी थी।

"माफ करना पाटनी जी। मैं तो राजनीतिज्ञों को समाज और देश पर पलने वाली अमरबेल और जिंदगी के रस को चूसनेवाला कैंसर मानता हूँ।" जुबान से लख्मीपत ने विरोध जताया।

"आप का कहना सही है लख्मीपत जी।" बातचीत की झोंक में उन्होंने समर्थन कर दिया। परंतु जैसे ही ध्यान आया कि लख्मीपत ने उन्हें भी लपेट लिया है तो झेंप कर रह गए।

व्यापार और राजनीति के खेल में शांति लख्मीपत के सामने बच्चा था। शांति के जाने बिना उसकी व्यापारिक दुनिया में उसने अपने कुछ अत्यंत विश्वास पात्र रख दिए थे जो उसे उसकी गतिविधियों की राई-रत्ती खबर ठीक समय पर पहुँचा देते थे। उसे जब शांति के नंबर दो के धंधे और कमाई का तथा अलग खाता रखने का पता चला तो मुस्कराकर रह गया। तारा ने उसे जो सुख और आनंद दिया था उसका मुआवजा शांति को हर रूप में देने को तैयार था। तारा की खातिर उसका हर खून माफ था।

विश्वविद्यालय के पेड़ के चबूतरे के अलावा भूषणम का कमरा भी लतिका, सुरेन्द्रन और अन्य छात्र-छात्राओं का मिलन स्थल था। सामाजिक विसंगतियों, आर्थिक शोषण और राजनीतिक भ्रष्टाचार, लोकतंत्र के ढकोसले को लेकर जो बेबाक टिप्पणियाँ वह करता था उसने उनके दिमाग के अनेक भ्रम जालों को बड़ी बेरहमी से तोड़ दिया था। क्लास के लेक्चर्स में तो प्रोफेसर सैद्धांतिक तत्त्वों की अधिक विवेचना करते थे। परीक्षा पास कर डिग्री पाने के लिए तो उनका मूल्य था परंतु जिंदगी की कड़वी सचाइयों से कहीं भी उनका तालमेल नहीं बैठता था। राजनीति-विज्ञान और अर्थशास्त्र के सिद्धांतों का जीवन से कहीं समन्वय उन्हें दिखाई नहीं देता था। राजनेताओं का दोगला चरित्र, लोकतंत्र का सत्ता पाने के लिए दुरुपयोग और आम आदमी का मोह भंग एवं उदासीनता इन छात्र-छात्राओं को एक नपुंसक क्रोध से भर देती थी। वे कुछ नया, आदर्शवादी करना चाहते थे। पर नेताओं ने जो भ्रष्ट ताना-बाना बुना था उसमें कुछ भी न कर पाने की असहायता अंदर ही अंदर एक ज्वालामुखी को जन्म दे रही थी। वैज्ञानिक तार्किकता ने धर्म के प्रति भी एक वितृष्णा से उन्हें भर दिया था। संस्कारों के अंधविश्वास से वे डर जरूर जाते थे परंतु मन में तर्कों का द्वंद्व तो चलता रहता था। भ्रष्ट, रिश्वतखोर, घोटालेबाज नेताओं को फलते-फूलते देख ईश्वरीय न्याय के प्रति एक अविश्वास की भावना उनमें घर कर रही थी। पाप को फलते-फूलते वे देख रहे थे। जो बेशर्मी इन राजनीतिज्ञों ने ओढ़ ली थी वह नैतिक मूल्यों के पतन के लिए उत्तरदायी थी।

भूषणम के कमरे में इकट्ठे होने वाले कामरेड देश और समाज को प्रभावित करने वाली इन ज्वलंत समस्याओं पर खुलकर और जमकर बहस करते। घंटों इन पर गरमागरम चर्चा होती। उनका स्पष्ट मत था कि कोई राम या कृष्ण बन कर ईश्वर इस देश में नहीं आएगा। यह काम तो मुझे, तुम्हें हम सबको करना पड़ेगा।

भ्रष्टाचार को जड़ से मिटाने के लिए भ्रष्टाचारी को खत्म करना जरूरी है। कृष्ण ने भी यही काम किया था। समाज सुधार और अत्याचार की जड़ अपने सगे मामा कंस की हत्या कर किया था। शिशुपाल, कौरव सभी तो रिश्तेदार थे। समाज को स्वच्छ बनाने के लिए उन्होंने इन सभी का नाश किया। साम्ब और यादवों का नाश भी उन्होंने आयोजित किया। कृष्ण का जीवन दर्शन यही शिक्षा देता है।

भूषणम के घर पर मार्क्सवादी, लेनिनवादी साहित्य, मेक्सिम गोर्की का प्रसिद्ध उपन्यास 'माँ' और अन्य कृतियों का अच्छा संकलन था। माओ के भाषणों का संग्रह, बंगाल के नक्सल आंदोलन का इतिहास, केरल के नम्बूदरीपाद का जीवन चरित्र, भी उपलब्ध था। फिदेल कास्त्रो, चेग्वेरा और चीनी साम्यवाद, समाजवाद पर भी काफी पुस्तकें थीं। जिन्हें भूषणम उन्हें पढ़ने को दे देता था। वह भेंट में भी देता था।

ऐसा नहीं कि देश की दुरवस्था पर ही चर्चा होती थी। वे अच्छी तरह से जानते थे कि रूस और यूगोस्लाविया में साम्यवादी शासन तथा मजदूरों-किसानों तथा सर्वहारा वर्गों की तानाशाही व्यवस्था की असफलता पर आज का नौजवान/नवयुवती सवालों के जवाब माँगेगा। उनके पास क्या उत्तर है ? उत्तर है। कामरेड्स का स्पष्ट मत था कि यह मार्क्सवादी/समाजवादी सिद्धांतों की नहीं वरन् उन्हें लागू करने वालों की असफलता थी। समाजवादी व्यवस्था को ईमानदारी से किसानों-मजदूरों-सर्वहाराओं के कल्याण के लिए लागू करने के बजाय स्टालिन/क्रुश्चेव ने अपनी स्थिति को मजबूत करने, अपने को सर्वोच्च बनाए रखने में उसका दुरुपयोग किया। ऐसा नहीं है कि सत्ता लोकतंत्री तरीके से चुने गए नेताओं को ही भ्रष्ट करती है वह तो साम्यवादी तानाशाहों को भी भ्रष्ट करती है। स्टालिन इसका उदाहरण है। ट्राटस्की और जिस किसी पर भी उसे शक हुआ कि यह व्यक्ति उसकी सत्ता को चुनौती दे सकता है, उसने उसे सदा के लिए समाप्त कर दिया। सत्ता का चरित्र ही सत्ताधीश को भ्रष्ट करना है। बिरले व्यक्ति ही सत्ता के मद से चूर नहीं होते। अतः सिद्धांत कभी गलत नहीं होता गलत होते हैं उसको लागू करने वाले।

इन बहस-मुबाहसों, चर्चाओं में उपस्थित सभी के चाय-नाश्ते यहाँ तक कि खाने-पीने की व्यवस्था की सारी जिम्मेदारी लतिका ने बिन कहे उठा ली थी। सुरेन्द्रन उसके निर्देश पर भाग दौड़कर खान-पान का सारा सामान लाता था। कामरेड्स अपनी दुनिया में खोए हुए थे। लतिका उनकी अन्य आवश्यकताओं का भी ध्यान रखती थी। यहाँ तक कि उनके कपड़ों, उनकी धुलाई, प्रेस की जिम्मेदारी भी उसने ओढ़ ली। आरंभ में तो भूषणम और अन्य कामरेड्स ने इसका विरोध किया। लतिका से किसी भी प्रकार की मदद लेने में उन्हें संकोच होता था। किंतु जब लतिका ने तर्क दिया कि यह सभी कुछ तो उसके सरमाएदार पिता और दादा ने लोगों से ही गलत तरीके से लिया है उसे लौटाने में उसे खुशी होती है तो उन्होंने आपत्ति करना बंद कर दिया। वे जरूरत पड़ने पर आर्थिक मदद भी बेहिचक लेने लगे।

मार्क्सवाद से संबंधित पुस्तकों ने एक नए संसार के दरवाजे लतिका और सुरेन्द्रन के सामने खोल दिए। इतिहास की एक नई क्रांतिकारी व्याख्या स्पष्ट हुई। साम्यवाद और सर्वहारा की क्रांति के बारे में अभी तक सुनी सुनाई बातें ही उनके पास थीं। परंतु अब एक ठोस अध्याय ज्ञान का उनके सामने खुला था। जिसने उनके चिंतन को गहरे तक प्रभावित किया। यूरोप की सामंतवादी व्यवस्था और कालांतर की औद्योगिक क्रांति से उत्पन्न पूँजीवाद की शोषक नीतियों के स्वरूप ने उन्हें हिला दिया। अपने स्वार्थों की पूर्ति के लिए मुट्ठी भर पूँजीपतियों ने बहुसंख्यकों के शोषण की जो व्यवस्था कायम की उसे मार्क्स ने जो चुनौती दी उससे वे सहमत होते चले गए।

अपनी लाड़ली बेटी किस ओर जा रही है इस बात का होश सेठ रमापत को नहीं था। अपने उद्योग-व्यापार में वो इतना व्यस्त था कि अपनी बेटी की ओर ध्यान देने का उसे वक्त ही नहीं मिलता था। दूसरे यह गलतफहमी भी थी कि उसकी बेटी कोई गलत कदम उठा ही नहीं सकती। वह किनकी सोहबत में रह रही है ? क्या पढ़ रही है ? इस सबकी जानकारी रखना वह बेकार की बात समझता था। साल में एकाध बार या भूले भटके लतिका से भेंट हो जाती या उसके कमरे में चले जाते तो इतना ही पूछते, "हलो बेटी ? पढ़ाई तो ठीक चल रही है ना ? किसी चीज़ की जरूरत तो नहीं ? किसी चीज या रुपए पैसे की जरूरत हो तो अकाउण्टेण्ट या मैनेजर से कह देना।" लतिका के स्वीकृति में सिर हिलाने पर संतुष्ट हो जाते।

लतिका के लिए अलग से उसके कमरे के लिए टी.वी., फ्रीज, रेडियो, सीडी प्लेयर आदि की व्यवस्था रमापत ने कर दी थी। उसका अपना मोबाइल अलग से उसके नाम पर था। अपनी ओर से रमापत ने, पैसा जितनी सुख-सुविधाएँ दे सकता है उसके लिए जुटा दी थीं।

माँ माया देवी महिला मंडलो, किटी पार्टियों में व्यस्त रहती। उन पार्टियों में नगर के उद्योगपतियों, व्यापारियों की पत्नियों के अलावा उनके शब्दों में उनकी रिश्वत के टुकड़ों पर पलने वाले राजनेताओं और सरकारी अफसरों की बीवियाँ उनमें होती थी। सबसे अधिक चिंता उन्हें अपने फीगर, विशेषकर वक्ष के उभार, कमर के पतलेपन को बनाए रखने की रहती थी। लेडीज क्लब की कुछ सदस्याओं से कहतीं कि वे इस उमर में भी अपनी बेटी से ज्यादा हसीन हैं। और अपना फीगर बनाए रखने में वे सफल हुई हैं। यह सब उन्होंने कैसे कर लिया ? इस रहस्य को वे उनसे जानना चाहती हैं ? सुनकर माया आनंदित हो उठतीं। पढ़ी-लिखी तो अधिक थीं नहीं परंतु नारी देह, उसके सौंदर्य और आकर्षण के महत्त्व को समझती ही नहीं थी उसके प्रति सजग भी थीं। अपनी दैहिक खूबसूरती को तीखा बनाने में लगी रहतीं। ब्यूटी पार्लर के अलावा घर में भी अपने कमरे को ब्यूटी पार्लर बना रखा था। परिणाम यह हुआ कि वो अपनी बेटी से अनजाने में दूर होती चली गईं। जिस उमर में बेटी को सहेली

रूपी माँ की जरूरत होती है जिससे वो अपने सुख-दुखों और भावनाओं को बँटा सके वैसा कुछ माया लतिका को देने में असफल रही। रमापत परिवार का हर सदस्य अपनी जिंदगी अपने हिसाब से जी रहा था। एक छत के नीचे रहते हुए भी हर एक की अपनी दुनिया थी जिसमें पारिवारिक सहयोग और सामंजस्य का अभाव था। पैसा उनके बीच की भावनात्मक दूरियों को पाटने में असफल था।

और सुरेन्द्रन ? उसके कमरे में जब प्रो. वेंकटेश ने इन पुस्तकों को देखा तो पहले तो वे थोड़ा चौंके। परंतु अपने बेटे की अध्ययनशीलता पर गर्व हुआ। मार्क्स के अर्थशास्त्र की जानकारी ले कर निश्चय ही पूँजीवाद से उसका तुलनात्मक अध्ययन करेगा तो उसके दिमाग की अनेक खिड़कियाँ खुलेंगी। अर्थशास्त्र के सभी आयामों को जान पाएगा। और जब बाप ने अपने बेटे की गतिविधियों पर किसी प्रकार की आपत्ति नहीं ली न ही अंकुश लगाया तो फिर सुरेन्द्रन की माँ रत्नम्मा का तो सवाल ही नहीं उठता ? एक बड़े विद्वान पति की अनपढ़ पत्नी की जो दयनीय हालत होती है उसी को वह भोग रही थी। वेंकटेश अपने वैवाहिक जीवन से अत्यंत असंतुष्ट थे। इसके लिए अपने पिता शिवप्पा को आज तक माफ नहीं कर पाए। मैट्रिक पास करते ही शिवप्पा ने मिल मैनेजर के हाथ-पाँव जोड़, खुशामद कर उसे आफिस में बाबू बनवा दिया। महत्त्वाकांक्षी और दिवास्वप्न देखने वाले वेंकटेश के लिए बाबूगिरी असहनीय थी। वो आगे पढ़ना चाहता था। परंतु हालात और पिताजी की तानाशाही के सामने उसकी एक न चली। मैट्रिक पास करते ही जब तक उसकी नौकरी नहीं लगी शिवप्पा ने गालियाँ दे-देकर जीना हराम कर दिया था। नौकरी लगते ही अपने गाँव के एक छोटे बनिए दासप्पा जो उसका मित्र था की बेटी रत्नम्मा से उसकी शादी कर दी। आजादी के पहले और आजादी के बाद के कुछ सालों में मध्यम वर्ग और निम्न मध्यम वर्ग के लड़के द्वारा मैट्रिक पास करना और मैट्रिक की डिग्री लेना एक उपलब्धि मानी जाती थी। उस समय नौकरी मिलना आसान थी। बेरोजगारी इतनी नहीं थी। मैट्रिक और फिर नौकरीशुदा लड़का विवाह की मंडी में अमूल्य स्थान रखता था। वेंकटेश का विरोध और हाथ-पाँव पटकना काम नहीं आया। वो तत्काल शादी नहीं करना चाहता था। वह नहीं चाहता था कि जिन परेशानियों और संघर्षों का सामना उसे करना पड़ा है उन्हें उसका बेटा भी भोगे। परंतु शिवप्पा बहुत प्रसन्न था। वेंकटेश पहला लड़का उनकी खानदान में था जिसने मैट्रिक पास की थी। यह उनके जीवन और परिवार की सबसे बड़ी उपलब्धि थी। समाज, परिवार और मित्रों में उनकी हैसियत बढ़ गई थी। अपनी हैसियत के अनुसार उन्होंने अपनी महत्त्वाकांक्षा का आसमान तय कर, पा लिया था। लेकिन वेंकटेश की महत्त्वाकांक्षा की सीमा तो शिवप्पा के आकाश के पार अंतरिक्ष के समान विस्तीर्ण थी। और जब उसने नौकरी के साथ प्रातःकालीन पारी वाले कालेज में दाखिला लिया तो शिवप्पा डर गए। उन्हें लगा कालेज फीस देने पर घर के खर्च में कमी आ जाएगी।

"कालेज में दाखिला लेने की कोई जरूरत नहीं ? मन लगा कर काम करो। रिटायर होते-होते मैनेजर नहीं तो मिल में ही अकाउण्टेण्ट बन ही जाओगे।" शिवप्पा ने विरोध जताया। किंतु अंत में बेटे की जिद के सामने झुकना पड़ा। वेंकटेश के मन में भावना घर कर गई थी कि क्लर्क बन कर मरना उसकी नियति नहीं है। पिताजी ने उसके लिए जो भाग्य तय कर दिया है उसका विरोध करेगा। वेंकटेश की अम्मा ने भी अकेले में शिवप्पा को समझाया, "जादा दबाव डालने पर कहीं वह अलग हो गया तो क्या कर लेंगे ? जो मिल रहा है उससे भी हाथ धो बैठेंगे ?"

वेंकटेश केवल महत्त्वाकांक्षी ही नहीं था मेहनती भी था। वह अच्छी तरह से जानता था कि परिश्रम के बिना महत्त्वाकांक्षा का कोई मूल्य नहीं है। अपने सपनों को साकार करने के लिए कठोर परिश्रम करना पड़ेगा। सफलता छोटे रास्ते से नहीं मिलती। सेकंड हेण्ड किताबें खरीद कर, मित्रों से माँग कर और वाचनालय से किताबें लाकर पूरे परिश्रम के साथ परीक्षा की तैयारी करने लगा। जिस समय अन्य लड़के मटरगश्ती करते, कैंटीन में समय बरबाद करते और इक्का-दुक्का पढ़ने वाली लड़कियों के चक्कर लगाते वेंकटेश पढ़ाई में व्यस्त रहता। नोट्स बनाता, प्रोफेसर्स की खुशामद करता और पिछले साल के प्रश्न पत्रों में आने वाले प्रश्नों को खोजता। आफिस में भी अन्य बाबुओं, आफिस सुपरिंटेंडेंट की खुशामद कर पढ़ने का समय निकाल लेता। अपने शिवप्पा मजदूर का बेटा जान सभी उसके प्रति उदार सहयोग का परिचय देते थे। परिणामस्वरूप उसने बी.ए. में उच्च द्वितीय श्रेणी प्राप्त की। अर्थशास्त्र में उसे सर्वाधिक अंक मिले।

अपने प्रोफेसर की राय पर उसने अर्थशास्त्र में एम.ए. में दाखिला लिया। वह अच्छी तरह से जानता था कि यदि एम.ए. में उसे अच्छा डिविजन नहीं मिला तो उसके सारे महत्त्वाकांक्षी सपने चकनाचूर हो जाएँगे। उसने आरंभ से ही कठोर परिश्रम आरभ कर दिया। पांच-सात साल के प्रश्नपत्र ले आया। उनमें से परीक्षा में आने वाले संभावित अधिकतम प्रश्न छाँट लिए। चारों ओर से पाल बाँधी। नौकरी को छोड़, अधिकतम समय पढ़ने और नोट्स बनाने में लगाता। परिणाम यह हुआ कि उसने एम.ए. प्रीवियस में पैंसठ प्रतिशत अंक और द्वितीय स्थान विश्वविद्यालय में पाया। मित्रों ने सलाह दी कि वो विश्वविद्यालय के अर्थशास्त्र विभाग में दाखिला ले ले तो प्रोफेसर्स की कृपा से वह सारे विश्वविद्यालय में प्रथम श्रेणी में प्रथम स्थान निश्चित रूप से पा लेगा। किंतु घर की गरीबी, माता-पिता और पत्नी बेड़ियाँ बन उसके पाँवों को जकड़े थे। हाँ ! एक ही सावधानी उसने बरती थी। बाप बनने से कतराता रहा। अभावों और गरीबी की जिस दुनिया में पैदा, पला और बड़ा हुआ था उस नरक में अपने बच्चों को पैदा नहीं करना चाहता था। अतः बाध्य हो कर अपने शहर में ही रह कर वह एम.ए. की डिग्री लेने को मजबूर था। पर उसने पक्का निश्चय कर रखा था कि प्रीवियस में उसने जो प्रतिशत और स्थान पाया है उसे

कायम रखेगा। प्रीवियस में उसने जो सफलता अर्जित की उस कारण वह कालेज में और प्रोफेसर्स में लोकप्रिय हो गया।

उसकी इस सफलता से प्रोफेसर विजयन की बेटी रजनी जो उसकी सहपाठिनी थी बेहद प्रभावित थी। उससे मैत्री के लिए लालायित हो उठी। लेकिन वेंकटेश अपनी सीमाओं से परिचित था। उसने उसे कभी बढ़ावा नहीं दिया। वह अच्छी तरह से जानता था कि उन दोनों की दुनियाएँ अलग-अलग ध्रुवों पर टिकी हैं। रत्नम्मा रजनी के पासंग में भी नहीं थी। परंतु उसके मौन समर्पण और एक हद तक उसकी देह ने भी बाँध रखा था। कुछ संस्कार भी थे जो उसे गलत कदम उठाने से रोक लेते थे। फिर वह अच्छी तरह से जानता था कि इस विवाह संबंध में रत्नम्मा कहीं भी कसूरवार नहीं थी। वह तो उस गाय की तरह थी जिसे उसका मालिक जिस खूँटे से बाँध दे जीवन भर वहीं बँधी रहेगी। उफ तक नहीं करेगी। अपने परिश्रम का फल वेंकटेश को मिला। उसे प्रथम श्रेणी में प्रथम स्थान तो नहीं मिला परंतु वो अपनी द्वितीय स्थिति बनाए रखने में सफल हुआ। रजनी एक स्थायी टीस बनकर उसकी आत्मा में तिरछी गढ़ गई। एक बार तो उसकी इच्छा रत्नम्मा से तलाक ले रजनी से शादी कर प्रोफेसर विजयन की मदद से अपना भविष्य बनाने की हुई। परंतु परिवार के दबाव के सामने हिम्मत नहीं हुई।

वेंकटेश ने अपने ही शहर में रह कर अपने ही कालेज से अर्थशास्त्र में एम. ए. की डिग्री ली थी। उसकी मेहनत के कारण विश्वविद्यालय में भी उसकी दूसरी पोजीशन बनी रही। प्रोफेसर विजयन उससे बेहद प्रसन्न थे। उन्हें पूरा विश्वास था कि वेंकटेश अर्थशास्त्र में उल्लेखनीय योगदान देगा। वह बहुत आगे जाएगा। इस सफलता ने वेंकटेश का नैतिक साहस बहुत बढ़ा दिया। उसे विश्वास था कि वह प्रांतीय राज्य सेवा परीक्षा में बैठने पर डिप्टी कलेक्टर अवश्य बन जाएगा। परंतु प्रोफेसर विजयन की सहायता से अपने ही कालेज में व्याख्याता नियुक्त हो गया। प्रोफेसर विजयन ने उसे समझाया था कि वह प्रशासकीय सेवा की बजाय कालेज और विश्वविद्यालय के शिक्षक के रूप में अधिक सफल होगा। वह निश्चित रूप से उच्च अध्ययन के लिए विदेश जा सकेगा। अर्थशास्त्र के क्षेत्र में उल्लेखनीय उपलब्धियाँ प्राप्त करेगा। फिर उसे अभी पी-एच.डी. और डी.लिट. जैसी सर्वोच्च डिग्रियाँ हासिल करना है। उसे अपने शिक्षक की बात जँच गई।

प्रोफेसर का सम्मानित पद पाते ही उसका दर्जा बढ़ गया। आर्थिक समस्याओं से भी छुटकारा मिल गया। अपने गुरु विजयन के मार्गदर्शन में उसने रिसर्च का काम आरंभ कर दिया। इसी बीच तिकड़म भिड़ाकर विश्वविद्यालय में नियुक्ति पाने में सफल हो गया। उसने फिर पीछे मुड़कर नहीं देखा। उसने तत्काल गाइड बदल लिया। विश्वविद्यालय के अर्थशास्त्र विभागाध्यक्ष डा. रामचन्द्रन को अपना गाइड बना लिया। डा. रामचन्द्रन भी उसकी प्रतिभा और परिश्रम के कायल बन गए। वह उनके

छोटे-मोटे घरेलू काम भी करने लगा। जरूरत पड़ने पर उनकी कक्षाओं में भी पढ़ाने चला जाता। जब वे बाहर जाते तो उनका सूटकेस तैयार कर स्टेशन तक छोड़ने और लेने जाता। उसके सेवा भाव ने डा. रामचन्द्रन को बहुत प्रभावित किया। उनकी सिफारिश पर कुलपति ने उसे विश्वविद्यालय परिसर में बँगला अलाट कर दिया। अब वह अन्य प्रोफेसर के साथ रहने लगा। विश्वविद्यालय की नौकरी मिलते ही पिताजी की मिल की नौकरी छुड़ा दी। और अपने साथ रहने के लिए सारे परिवार को ले आया। गिरगिट की तरह उसने जो रंग बदला उसे देखकर प्रोफेसर विजयन दंग रह गए। एक सज्जन प्रोफेसर के समान वे चुप रह कर उसकी गतिविधियों के मूक दर्शक बने रहे। विश्वविद्यालय में पहुँचने के बाद वेंकटेश ने उन्हें पहचानने से भी इंकार कर दिया। वह विश्वविद्यालय की राजनीति में सक्रिय भागीदारी करने लगा। अपने लाभ के लिए उसे संचालित भी करने लगा। शीघ्र ही कुलपति की नाक का बाल बन गया। पी-एच.डी. की डिग्री उसके लिए गौण हो गई। उसे तो चाहे जब वह प्राप्त कर सकता था। उसने अपना एक ग्रुप बनाया जिसमें कुछ प्रोफेसर और विद्यार्थी थे। विश्वविद्यालय अनुदान आयोग, दिल्ली में भी अपने पक्ष की लाबी तैयार करने में सफल हो गया। अनेक छात्र-छात्राओं का भाग्य विधाता बना। प्रांतीय लोक सेवा आयोग ही नहीं केंद्रीय/संघ लोक सेवा आयोग के परीक्षक का काम भी हासिल कर लिया। शिवप्पा अपने बेटे की सफलताओं पर मुग्ध-प्रसन्न थे। वेंकटेश ने परिवार, जाति और समाज में उन्हें प्रतिष्ठा दिला दी थी। उनका बेटा सही था। एक गर्व और पूरी आत्म संतुष्टि के साथ वो इस दुनिया से विदा हुए।

जिन अनुभवों, संघर्षों, पारिवारिक अपमान और सामाजिक उपेक्षा को वेंकटेश ने भोगा/झेला था उसकी हवा भी अपने बेटे सुरेन्द्रन को लगने देना नहीं चाहते थे। इसी कारण से उसके प्रति सामान्य से अधिक सावधान थे। अपने एक रिश्तेदार द्वारा किए गए अपमान को वो अभी भी नहीं भूल पाए थे। एक तिरछे काँटे की तरह अभी भी वह उनकी आत्मा में गड़ा हुआ था। उन्हें पढ़ने-लिखने का बचपन से ही शौक था। गरीबी के कारण अखबार, पत्रिकाएँ और किताबें खरीद नहीं सकते थे। अतः रोज शाम को शहर के सार्वजनिक वाचनालय जाते थे। उनके एक दूर के रिश्तेदार के बड़े बेटे वकालत करते थे। पढ़ने-लिखने के शौकीन वकील साहब कुछ पत्र-पत्रिकाएँ मँगाते। वेंकटेश उन्हें बड़े भाई के समान आदर करते। वेंकटेश उनके घर अखबार पढ़ने व पत्रिकाएँ देखने बिना नागा रोज चले जाते। शायद वेंकटेश का उनके घर पेपर-पत्रिका पढ़ने आना उन्हें नापसंद था। एक दिन उन्होंने उसे अपमानित करते हुए कहा, "हमारा घर कोई सार्वजनिक वाचनालय है जो तू रोज पेपर पढ़ने यहाँ चला आता है वेंकटेश ?" अपमान के उस कड़वे घूँट को बड़ी मुश्किल से किशोर वेंकटेश पचा पाए थे। बाद में उन्हें समझ आया था कि गरीब का कोई मान-अपमान नहीं होता। प्रोफेसर बनने और सामाजिक प्रतिष्ठा अर्जित करते ही

वेंकटेश अपने घर कई पत्र-पत्रिकाएँ मँगाने लगे। यह शायद उनके गरीब मन में वकील साहब भाई के अपमानजनक शब्दों की ग्रंथी के कारण था। बाद में वेंकटेश को पता चला कि वकील साहब उसे अपना छोटा भाई बताने में गर्व का अनुभव करने लगे। उसे भोजन पर भी आमंत्रित करते। कई बार उसकी इच्छा अपमान का बदला लेने की हुई परंतु शराफत ने जुबान पर ताले जड़ रखे थे।

वेंकटेश की इच्छा थी कि वे अपनी जिंदगी को जिस शीर्ष बिंदु पर खत्म करें वह सुरेन्द्रन का आरंभ बिंदु हो। अपने भविष्य को सँवारने/बनाने की जो आजादी उन्होंने अपने पिता शिवप्पा से छीन ली थी। उसे सुरेन्द्रन को देने को तैयार नहीं थे। उसके सपनों पर भी उन्होंने अधिकार कर लिया था। वे मानते थे कि उसकी तरफ से सपने देखने और उन्हें साकार करने का एक मात्र अधिकार उन्हीं के पास है। हाँ, केवल लतिका के मामले में ही वे सुरेन्द्रन को आजादी देने को तैयार थे। क्योंकि एक बड़ा दाँव जीतने की संभावना थी। वेंकटेश ये भूल गए कि वे खुदा नहीं एक साधारण मनुष्य हैं। और मनुष्य के प्रस्तावित सपनों/योजनाओं को ईश्वर कभी-कभी खारिज कर देता है। अपने हिसाब से तो उन्होंने सभी कुछ पक्का जमा लिया था। लेकिन अचानक सुरेन्द्रन की जिंदगी ने जो मोड़ लिया उसके लिए वे कतई तैयार नहीं थे। उसके दिल दिमाग में जो कुछ चल रहा था उसे पढ़ पाने में बुरी तरह से असफल रहे। जब उन्हें पता चला तो अपने बाल नोच लिए।

भूषणम के कमरे में ही उनकी मुलाकात बंगाल, केरल, मध्य प्रदेश, बिहार, आंध्र, कर्नाटक और तमिलनाडु के क्रांतिकारियों से हुई। उनमें से अधिकांश मध्यम और गरीब वर्गों के नौजवान थे। कुछ आदिवासी भी थे। उनके चेहरे नई क्रांति, शोषणमुक्त समाज की स्थापना के विचारों से दमक रहे थे। एक ध्येय और आदर्श उनके पास था। आजादी के बाद की भ्रष्ट लोकतांत्रिक प्रणाली से इन स्वप्नदर्शियों का मोह भंग हो गया था। व्यवस्था न तो समाजवादी थी न ही पूँजीवादी। लोकतंत्र पर रिश्वतखोर नेताओं, गुंडों और नौकरशाहों ने कब्जा कर लिया था। अपने स्वार्थों के लिए उसका दोहन/दुरुपयोग कर रहे थे। जन शोषण का दायरा बढ़ गया था। बेकारों और गरीबी की काल्पनिक रेखा के नीचे रहने वालों की संख्या में तेजी से वृद्धि हुई थी। नेताओं के झूठे/खोखले आश्वासनों से जनता का मोह भंग होता चला जा रहा था। समाजवाद और गरीबी हटाओ के थोथे नारे सत्ता की सीढ़ी बन गए थे। चुनाव प्रणाली ताश के बावन पत्तों के खेल के समान बन गई है। जितनी बार भी फेंटेंगे खेलना बार-बार उन्हीं बावन पत्तों से है। इसी प्रकार जितनी बार भी चुनाव को फेंटेंगे मैदान में वे ही भ्रष्ट हरामी नेता ग्राम पंचायत, विधानसभा, लोकसभा और राज्यसभा तक किसी न किसी चुनाव में जरूर मिलेंगे। राजनीति और शासन प्रणाली ही नहीं न्याय व्यवस्था भी इतनी सड़-गल चुकी है कि उसका जड़मूल से उन्मूलन जरूरी है। कानून और न्याय व्यवस्था का राजनेताओं, अपराधियों और वकीलों द्वारा

दुरुपयोग इसका उदाहरण है। यूरिया, चारा, बोफोर्स घोटालों का सालों अदालतों में चलना, अग्रिम जमानतें इसी ओर इंगित करती हैं। वे मानते थे कि गत पचास सालों में राजनेताओं द्वारा कमाए धन-संपत्ति और जायदाद को जब्त कर राजसात कर ले तो इस देश की गरीबी हमेशा के लिए दूर हो जाएगी। कानून द्वारा सम्पत्ति जब्त करने का अधिकार शासन को मिलना चाहिए। मुगल बादशाहों के मनसबदारों-अमीरों की संपत्ति-जायदाद को राजसात करने का अधिकार पुनः लागू हो जाने पर भ्रष्टाचार, रिश्वतखोरी अपने आप जड़मूल से खत्म हो जाएँगे। सारी व्यवस्था के खिलाफ उनमें तीखा आक्रोश था। इसे लोकतांत्रिक प्रणाली से बदला नहीं जा सकता। लोकतांत्रिक व्यवस्था को तो नौकरशाहों-राजनेताओं ने नपुंसक बना दिया है। बंगाल और केरल की मार्क्सवादी सरकारें इसका उदाहरण हैं।

उनमें सबसे अधिक गुस्सा बंगाल और केरल की साम्यवादी सरकारों के खिलाफ था। इनकी नपुंसकता को देख वे हैरान थे। इनका वर्ग चरित्र भी अन्य दलों के समान हो गया है। चुनाव जीतने के लिए लाखों खर्च करेंगे। सत्ता में आने पर दुगना कमाएँगे। जीतने पर उसे समाजवाद, गरीबों, शोषितों, सर्वहारा की जीत बताएँगे। हारने पर विरोधियों, सम्प्रदायवादियों, पूँजीपतियों की साजिश निरूपित करेंगे। अपने गरेबान में झाँक कर अपनी कमजोरियों को नहीं देखेंगे। अपने आप को मुगालता देने के लिए तर्क देंगे कि हारे तो क्या हुआ हमारा वोट प्रतिशत तो बढ़ा है।

लोकतांत्रिक चुनावों के जरिए बंगाल, केरल, त्रिपुरा में इन्होंने सत्ता पर कब्जा कर लिया था। परंतु उसे सर्वहारा की सरकार का रूप देने में बुरी तरह से असफल हुए। नौकरशाहों ने उनकी जनवादी नीतियों को भोथरा कर दिया। नपुंसक नौकरशाही और लाल फीताशाही से किसी क्रांतिकारी परिणामों की उम्मीद नहीं की जा सकती। इसने तो साम्यवादियों और उनकी सरकारों को भी नपुंसक बना दिया है। एयर कंडिशण्ड कार्यालयों, कारों, बँगलों में बैठ गरीबी-शोषण को दूर करने का चिंतन कर रहे हैं। वे भी भ्रष्ट व्यवस्था का पुर्जा बन कर रह गए हैं। मुख्यमंत्री प्रीतीश जदू के बेटे कुंदन ने मारवाड़ी बनियों की मदद से अपना औद्योगिक साम्राज्य खड़ा कर लिया। मुख्यमंत्री के इस बेटे को सरकारी मशीनरी का पूरा सहयोग मिला। मार्क्सवादी इतिहास का यह क्रूर मजाक था कि एक निष्ठावान मार्क्सवादी का बेटा सरमाएदार बन गया। मार्क्सवाद भी भाई-भतीजावाद की भूलभुलैया में भटक गया। संप्रदायवाद के कट्टर विरोधी चन्द्रनाथ बनर्जी जो प्रसिद्ध साम्यवादी थे, उनकी भतीजी ने जब अपने मुसलमान सहपाठी से विवाह का प्रयत्न किया तो अपने मुख्यमंत्री मित्र से कह कर उसे बंद करा दिया। प्रसिद्ध साम्यवादी नेता प्रेम किशन सिंह सुरजेवाला गणशत्रुओं के खिलाफ लड़ने की बजाय दिल्ली में सत्ता की दलाली करने लगे। इन सत्तर साला सठियाए बुड्ढों से क्रांति की आशा कैसे की जा सकती है ? पार्टी और सत्ता के पदों पर काबिज इन बुड्ढों को हटाना समय और क्रांति की माँग है।

कल तक जो पार्टी, बुर्जुआ, भ्रष्ट और गणशत्रु थी जिसे मार्क्सवादी जन विरोधी मानते थे, सत्ता की खातिर उसे ही गले लगाने को तैयार है। सत्ताधारी मार्क्सवादियों की सोच और जीवन-शैली बुर्जुआ हो गई है। सत्ता ने उन्हें भ्रष्ट कर दिया है। क्रांति करने का उनका माद्दा चुक गया है। उनसे भी लोहा लेना वक्त की जरूरत है। नक्सलवादी उन्हें भी जनशत्रु मानने लगे। क्योंकि इन्होंने मार्क्सवाद के नाम पर गरीबों-शोषितों के साथ बहुत बड़ा धोखा किया है। इनके लिए कोई बहुत बड़ा क्रांतिकारी काम बंगाल-केरल में किया गया हो दिखाई नहीं देता।

रूस-यूगोस्लाविया में सर्वहाराओं की शासन व्यवस्था की असफलता ने यद्यपि इन्हें निराश किया था। परंतु इसे वे आदर्श मार्क्सवादी सिद्धांतों की नहीं वरन् उसे लागू करने वालों की हार मानते थे। मार्क्सवाद के व्यावहारिक पक्ष की सफलता के लिए दूसरे लेनिन की जरूरत थी जो सत्ता नहीं सर्वहाराओं के प्रति प्रतिबद्ध हो। जहाँ रूस-यूगोस्लाविया असफल हुए वहीं फिदेल कास्त्रो ने मेक्सिको में उसे सफलता पूर्वक लागू किया है। चीन का उदाहरण भी उनके पास था। विचार, सिद्धांत और आदर्श कभी गलत नहीं होते। उनके लागू करने वालों के सोच, व्यवहार, न्यस्त स्वार्थों के कारण ही वे असफल होते हैं। जनप्रतिनिधि जनता के नौकर हैं। लोक सभा/राज्य सभा/विधान सभा की सदस्यता से रिटायर होने पर पेंशन लेते हैं। सत्ता में पहुँचते ही सामंतवादी आचरण करते हैं। सरमाएदारों से पैसा खा जनविरोधी नीतियाँ अपनाने वाले इन जनप्रतिनिधियों को एक दिन जनता जूते मार गुलोटीन पर चढ़ाएगी।

इस सबका जवाब एक नई क्रांति में निहित है। समाज व्यवस्था, राजनीति, आर्थिक नीतियों, शासन और प्रशासन में आमूलचूल परिवर्तन वक्त की माँग है। भूषणम और उसके कामरेड मित्रों की गरमागरम बहसें, तर्कसम्मत उत्तर उन्हें प्रभावित करते। लतिका, सुरेन्द्रन तथा उनके मित्रों ने स्वयं अपनी आँखों से जो विसंगतियाँ देखी हैं वे सभी उन्हें उद्वेलित कर जाते। अंदर ही अंदर वे उबलने लगते। उनकी भावनाएँ तप्त हो जातीं। भूषणम और उसके कामरेड्स ने लतिका और उसकी सहेलियों को कभी भोगी जाने वाली औरत नहीं समझा। इसके विपरीत शोषक, पूँजीपति, सरमाएदार की बेटी होने के बावजूद यदि कामरेड लतिका उनके संघर्ष में उनके साथ है तो उसका स्वागत ही है। और कामरेड सुरेन्द्रन बुर्जुआ मध्यम वर्ग का होने के बावजूद यदि उनकी लड़ाई के हरावल दस्ते का नेतृत्व करना चाहता है तो उसका अभिनंदन है।

उन्हें लगता कि मेक्सिम गोर्की के उपन्यास 'माँ' का सारा दृश्य माँ को छोड़कर भूषणम के कमरे में सजीव हो उठता है। इन कामरेड्स के पास पहनने को ढंग के कपड़े नहीं थे। वे एक-दूसरे के कपड़े पहन लेते थे। दो वक्त का खाना भी उन्हें समय पर नसीब होगा कि नहीं इसकी जानकारी भी उन्हें नहीं थी। मुहिम पर जाने पर वे बचकर जिंदा लौटेंगे भी या नहीं यह भी उन्हें मालूम नहीं था। परंतु उनकी

जिंदगी के पास एक आदर्श, एक ध्येय, एक सोच था। इस देश के करोड़ों गरीबों को वे प्यार करते थे। देश और समाज को दुःख, गरीबी, शोषण और रिश्वतखोरी से मुक्त करा अँधेरी रात के बाद सुबह का नया सूरज लाने की तमन्ना से उनके मुख आलोकित थे।

प्यार, शांति और जिंदगी के लिए मकसद पाने की खातिर लतिका डिस्को, केबरा और फाइव स्टार होटल्स के नाइट-क्लबों में भी गई। सुरेन्द्रन उसके पीछे-पीछे गया। वहाँ शराब, मादक द्रव और क्षणिक वासनात्मक उत्तेजना जरूर मिली। वहाँ आने वाले सरमाएदारों की औलादों के चेहरे पीले और मुरझाए थे। वहाँ आने वाले अधिकांश लड़के उसे और अन्य लड़कियों को भोगने की वस्तु मान वैसा ही व्यवहार करने की कोशिश करते। उनके लिए औरत मजा/आनंद देने वाली गुड़िया थी। वे जान-बूझकर भीड़ का फायदा उठा उसके वक्षों को मसलने-कुचलने की कोशिश करते। पीछे से उसके नितम्बों को रगड़ते। कमर में हाथ डाल 'कम आन' कहकर लिपटाने-चिपटाने, चुंबन लेने को सदा प्रयत्नशील रहते थे। इन्कार करने, बचने की कोशिश करने पर दकियानूस, पुराने ख्याल की कुतिया कह कर मजाक उड़ाते। कुछ लड़कियाँ भी इस प्रकार के कामों में दलाली करतीं।

लतिका और सुरेन्द्रन ने अनुभव किया कि यहाँ की जिंदगी में भटकाव था। जिंदगी के सवालों-संघर्षों से भागने की कोशिश थी। डिस्को में आने वाले अधिकांश लड़के-लड़कियाँ माँ-बाप के प्यार, स्नेह, संरक्षण से वंचित थे। पैसा कमाने की अंधी दौड़ में इनके उद्योगपति, राजनेता, व्यापारी, नौकरशाह माँ-बाप भूल गए कि पैसा सुविधाएँ, आराम की वस्तुएँ दे सकता है प्यार-ममता, स्नेह का स्थानापन्न नहीं बन सकता। वह पारिवारिक सौहार्द, प्रेम की ऊष्मा, सुख-शांति नहीं दे सकता। इन सब से वंचित ये डिस्को-प्रेमी अपराध, सेक्स और नशे की भूलभुलैया में भटकने को अभिशप्त थे। यहाँ से लौटने पर वे अपने को अधिक टूटा, अंदर से खोखला, एकाकी, आम के छिलके की तरह निचुड़ा हुआ पाते। संस्कारहीनता, असुरक्षा की भावना और उद्देश्यहीनता से वे पीड़ित थे। उनके दिल दिमाग में एक शून्य गहरे तक पैठ गया था। उससे बचने के लिए घबराकर फिर उधर ही दौड़ पड़ते।

दोनों दुनिया के जमीन-आसमान के अंतर ने लतिका की आँखें खोल दीं। और लतिका की निगाहों से दुनिया देखने वाले सुरेन्द्रन की आँखें भी खुल गईं। कामरेड्स की जीवन शैली में तीखा आकर्षण था। बड़े प्यार और खलूस से वे एक-दूसरे से मिलते थे। न कोई कृत्रिमता, औपचारिकता न ही एक-दूसरे को नीचा दिखाने और झूठी शान या दिखावा था। स्त्री-पुरुष का भेदभाव नहीं था। वर्ग संघर्ष में सभी बराबरी के साझीदार कामरेड थे। व्यक्तिगत असुविधा की कीमत पर भी वे एक-दूसरे का ख्याल रखते और मदद करते। आधी रोटी भी बड़े प्यार से मिल बाँट कर खाते। गाँवों-जंगलों में जाकर दलितों-शोषितों को उनके अधिकारों के प्रति जगाना। उन्हें

भ्रष्ट व्यवस्था के खिलाफ संगठित कर संघर्ष के लिए तैयार करना। अपने अधिकारों के लिए सजग करना एक बड़ा भारी कार्यक्रम था। जिसमें सीधे जमीन के बेटे-बेटियों से जुड़ना था। यह साहसिक काम बेहद जोखिम भरा था। अनुभव बड़ा रोमांचक रहेगा जिसकी उन दोनों को तलाश थी।

कभी-कभी कोई बीमार या घायल कामरेड भी इलाज के लिए लाया जाता। बोरों में चोरी-छिपे हथियार लाए-ले जाए जाते थे। यह सब इतने गोपनीय तरीके से होता था कि हवा को भी हवा नहीं लगने दी जाती थी। बीच-बीच में भूषणम महीने दो महीने के लिए गायब हो जाता था। तब लतिका बेचैन हो जाती। भूषणम भाँप गया था कि लतिका उससे बेहद प्रभावित है। शायद प्रेम भी करने लगी है। उस प्यार का फायदा पार्टी के लिए उठाने का उसने निर्णय ले लिया। उसने उसे पहले अपने विश्वास में लिया। उसकी गाड़ी और उसके पिता के उच्च संपर्कों की आड़ में वह अपने फरार कामरेड्स, बीमार कामरेड्स, घायल कामरेड्स तथा हथियारों को लाने-ले जाने में उनका इस्तेमाल करने लगा। लतिका की गाड़ी और उसके पिता के गेस्ट हाऊस का उपयोग इनके लिए होने लगा। सावधानी के बतौर भूषणम दो-चार माह में किराए का कमरा बदल लेता। नया मकान किराए पर लेने के पहले लतिका के गेस्ट हाउस में कुछ दिन बिताता। सावधानीपूर्वक वह लतिका और सुरेन्द्रन को पार्टी सदस्य बनाने के लिए तैयार करने लगा। इसके लिए उसने एक काम और किया। जिनकी लड़ाई वो लड़ रहे हैं उनकी दुरवस्था उन्हें दिखाना जरूरी था। शहर में रह कर एक शानदार जिंदगी जीने वाले, जंगलों में रहने वाले आदिवासियों और आदिम जातियों की संघर्ष पूर्ण जिंदगी के दुःखों, कष्टों और अभावों को नहीं जान सकते थे। अपने नक्सल आंदोलन के प्रति पूरी तरह से प्रतिबद्ध बनाने के लिए उन्हें वहाँ ले जाना जरूरी था। अतः वह लतिका और सुरेन्द्रन को आदिवासी गाँव ले गया।

लतिका को आदिवासी और जनजातियों की दुरवस्था की कोई कल्पना नहीं थी। उसकी कल्पना में तो फिल्मी आदिवासी थे। जो रंगीन सुंदर, नए-नए कपड़े पहन सिर पर मोर पंख, कमर में मोर पंख लगा मांदल की धुन पर नाचते-गाते रहते थे, जिनकी लड़कियाँ बेहद सुंदर होती थीं। और शहरी बाबू—लड़के उनके प्यार में पड़ जाते थे। या उसने उन आदिवासियों को टेलीविजन पर देखा था जिन्हें सरकार बढ़िया कपड़े पहना पंद्रह अगस्त और छब्बीस जनवरी के स्वाधीनता दिवस एवं गणतंत्र दिवस उत्सवों पर नाचने के लिए राजधानी पर बुलाती थी। उसके सामने उनका एक और चित्र था। उसने कहीं तो भी पढ़ा था कि आदिवासी लड़के-लड़की शादी के पहले गाँव के घोटलू में रात में मिलकर सेक्स का आनंद उठाते हैं। भगोरिया उनका प्रमुख त्योहार होली पर मनाया जाता है। भगोरिया मेले में आदिवासी लड़के-लड़की इकट्ठे होकर नाचते-गाते हैं और तब चुपके से कोई लड़की अपनी पसंद के लड़के

के साथ भाग कर शादी कर लेती है। भगोरिया और घोटलू के दृश्य दूरदर्शन पर देख चुकी थी। दूरदर्शन ही क्यों कई बार सरकारी कलेंडर में भी सिर पर सींग, गले में रंग-बिरंगे मनकों की माला आदि जंगली वस्तुएँ, जानवरों की हड्डियों से शृंगारित आदिवासियों की लुभावनी तस्वीरें देखी थीं। उसे लगा था कि आदिवासी जनजातियाँ तो बड़ी शानदार मदमस्त जिंदगी जीते हैं। जिसमें अभाव, गरीबी, कष्ट नहीं हैं। आनंद ही आनंद है। प्रकृति से जुड, वर्जनाहीन स्वतंत्र जिंदगी जी रहे हैं। अतः जब भूषणम और उसके मित्रों ने उनकी दुरवस्था की जानकारी दी तो उसे सहसा विश्वास नहीं हुआ। इसे भूषणम ने उनकी आँखों में पढ़ लिया था।

लतिका की खूबसूरत बादामी आँखों में तिर आए संदेह को दूर करने के लिए शहर से दूर पहाड़ों से घिरे सघन जंगल के आदिवासी गाँव में ले गया। जहाँ शहरी सभ्यता का अँधेरा अभी नहीं पहुँचा था। वह अच्छी तरह से जानता था कि प्यार की सीमा तक प्रभावित लतिका इन्कार नहीं करेगी। और लतिका से प्रेम की अंधी हद तक प्यार करने वाला सुरेन्द्रन बिना कहे खिंचा चला आएगा। उसकी आँखों में बसी लतिका की मूर्ति को उसने बिन कहे पहचान लिया था। उसे सुरेन्द्रन की भी जरूरत थी। इतने दिनों के सान्निध्य के कारण उसके मन में भी लतिका कमजोर बिंदु बनकर उभरने लगी थी। परंतु एक बड़े उद्देश्य के लिए अपनी कमजोरी पर वह विजय पाना अच्छी तरह से जानता था।

कमांडर जीप में जब लतिका भूषणम, सुरेन्द्रन और अन्य करमेड्स के साथ निकली तो गाड़ी में कई छोटे-बड़े पैकेट्स भी थे।

"इनमें क्या है कामरेड लतिका ?" भूषणम ने जानना चाहा।

"कुछ नहीं ! कुछ कपड़े, फल, टाफियाँ, बिस्किट्स...वगैरह...वगैरह...।" एक संकोच व शर्म उसे महसूस हुई।

"देखो कामरेड लतिका उन्हें तुम्हारी दया की भीख नहीं चाहिए। फिर ये कितने दिन चलेंगे ? उन्हें तुम्हारा मार्गदर्शन, सहायता और उनके संघर्ष में तुम्हारा साथ चाहिए।" एक पल भूषणम रुका, "बोलो ! दे सकोगी ? है वह हिम्मत तुम्हारे में ?" उसने एक चुनौती फेंकी।

गंभीर सोच की रेखाएँ लतिका के सुंदर आनन पर उभरीं। चुनौती को ठुकराने में अपमान का दर्द भोगना पड़ेगा। भूषणम ही नहीं सभी उत्सुक नजरों से उसे देख रहे थे। यह वह जानती थी।

"मौका आने पर पीछे नहीं मुड़ूँगी कामरेड।" आत्म-विश्वास से उसका चेहरा चमक उठा। जीप वही ड्राइव कर रही थी। भूषणम ने जान-बूझकर सुरेन्द्रन को उसकी बगल में बैठाया था। और खुद उसके पास बैठा।

सुबह की ताजी हवा के झकोरों ने लतिका के मुख को नहलाया और बालों को सहलाने लगी। सुरेन्द्रन की तीव्र इच्छा उसके बालों को प्यार से सहलाने की

हुई। परंतु दिल को बड़ी मुश्किल से काबू किया। आगे जगह कम होने से वह लतिका से सट कर बैठा था। उनकी जाँघें एक-दूसरे से चिपक जाने के कारण उसकी सारी देह स्पर्श से झनझनाहट का अनुभव कर रही थी।

ईश्वर ने नारी को छठी इंद्री दी है जिसकी मदद से वह पुरुष की आँखों और स्पर्श की भाषा को बिन बोले-बतियाये भी समझ जाती है। अपने प्रति सुरेन्द्रन के प्यार के अभिप्राय को उसने उसकी आँखों और स्पर्श से भाँप लिया था। और समझ भी रही थी। बिना बोले सुरेन्द्रन ने इसे, अपने हाव-भाव, व्यवहार और छाया की तरह सदा साथ रहकर अनेक बार अनेक तरीके से अभिव्यक्त कर दिया था और लगातार करता रहता था। किंतु लतिका भूषणम के कारण अपने दिल के हाथों मजबूर थी। तब वह सुरेन्द्रन के प्रति एक तटस्थता और अनजान बने रहने का भाव प्रदर्शित करने लगी। इसने सुरेन्द्रन को व्याकुल कर दिया। वह लतिका के प्यार में इतना डूब गया था कि भूषणम के प्रति उसके प्यार को पकड़ पाने में असफल था। दूसरे भूषणम ने भी लतिका के प्रति एक तटस्थ भाव अपना रखा था। शक का कभी कोई अवसर उसने नहीं दिया।

खुले उन्मुक्त वातावरण ने उन्हें एक अव्यक्त खुशी से भर दिया। सुबह बड़ी सुहावनी थी। कदाचित पहली बार प्रकृति के खुले और प्रदूषण मुक्त सौंदर्य का आनंद ले रही थी। वर्ना हो यह रहा था कि जिंदगी शहर की घानी में चक्कर लगाने वाले बैल की तरह सिमिट कर रह गई थी। वही घर, विश्वविद्यालय, डिस्को और वे ही पुराने बासी चेहरे। पंखों, एअर कंडिशनरों की कृत्रिम हवाएँ। एक-दूसरे की टाँग खींचने, पीठ पीछे बुराई और गालियाँ, और मुँह पर खुशामदें। चमचागिरी, कृत्रिम और औपचारिक जिंदगी। लेकिन आज सभी कुछ मन भावन लग रहा था। घर पर सिर्फ इतना ही कहकर आई थी कि सहेली के यहाँ कुछ दिनों के लिए जा रही है। यदि नहीं भी कहती तो कुछ अंतर पड़ने वाला नहीं था। क्योंकि उस छोटे परिवार में भी हर कोई अपनी-अपनी जिंदगी जी रहा था। इस वक्त सब कुछ भूल आनंदमय माहौल में थी। ऐसी-वैसी बातें याद कर मन को खट्टा नहीं करना चाहती थी। एक मीठी मोहक मुस्कान ने ठंडी हवा के झोंकों द्वारा नहलाए चेहरे की खूबसूरती को दुगना कर दिया था।

शीघ्र ही शहर काफी पीछे छूट गया। सड़क के दोनों ओर हरी-भरी फसलें हरे गलीचे के समान फैली थीं। घुटनों के ऊपर लँगोटी सी धोती पहने अधनंगे किसान परिवार और दाड़की मजदूरिन औरतों बच्चों के साथ फसल की निदाई-गुड़ाई में लगे थे। किसी-किसी खेत में बाँस के पुतले को कपड़े पहना मिट्टी की हाँडी का सिर बना पशु-पक्षियों को डराने के लिए बजूका खड़ा किया था। औरतों ने जैसे-तैसे फटी साड़ियों की मदद से अपनी लाज ढकने का प्रयत्न किया था। लतिका का ध्यान इस ओर नहीं था।

भूषणम रास्ता बता रहा था। उसी के इशारे पर मुख्य सड़क छोड़ जीप जंगली रास्ते की ओर मुड़ गई। धूल भरी बैलगाड़ी वाली कच्ची सड़क थी वह। जीप के चक्कों से उठी धूल का गुबार पीछे छूटता चला जा रहा था। धीरे-धीरे जंगल सघन होने लगा। सूरज की किरणें सघन पेड़ों की डालियों-पत्तियों से छन-छन कर धरती को चूमने की कोशिश कर रही थीं। कच्ची सड़क के पगडंडी में बदलने पर लतिका को जीप ड्राइव करने में कठिनाई आने लगी। जमीन पर उभरी पेड़ों की जड़ों को बचाने की कोशिश में जीप के चक्के कभी दाएँ तो कभी बाएँ फिसल-फिसल जाते थे। उसके खूबसूरत आनन पर उभरती परेशानी ने जाहिर कर दिया कि जीप चलाने में अच्छी-खासी तकलीफ हो रही है। शीघ्र ही नालेनुमा छोटी सी नदी किनारे जा पहुँचे।

''ये जिंदा पहाड़ी नाला है कामरेड लतिका ?''

''नाला जिंदा या मुर्दा भी होता है भूषणम ?'' ड्राइविंग पर पूरा ध्यान केंद्रित करते हुए चकित लतिका ने जानना चाहा।

''भई जिस नाले में बारहों मास पानी बहता है उसे ये आदिवासी जिंदा मानते हैं। क्योंकि वही तो उनको जिंदा रखने का एक मात्र सहारा है। उनकी और उनके जानवरों की जिंदगी का एकमात्र आधार।''

नाले की कगार ऊँची, रपटीली थी। फर्स्ट गियर में गाड़ी डाल लतिका ने जीप ऊपर चढ़ा ली।

''और कितना दूर है आपका गाँव ?''

''बस ! पहुँच ही गए। पेड़ों की झुरमुट के उस पार जो झोंपड़े दिखाई दे रहे हैं ना वही है।''

आगे का रास्ता बिलकुल कच्चा, ऊबड़-खाबड़ और नाले के पत्थरों से पटा पड़ा था। कुछ देर उन पर उछलने के बाद जीप फिर कच्चे रास्ते पर आराम से चलने लगी।

जैसे ही गाँव के बीचोंबीच जीप पहुँची नंगे-अधनंगे बच्चों की भीड़ ने घेर लिया। काले-कलूटे, बाहर निकले पेट, बहती नाक और तेलहीन सूखे बाल। अनेक छोटी-बड़ी लड़कियाँ भी नंगी-अधनंगी थीं। दो-चार लड़के-लड़कियाँ छोटे भाई-बहनों को गोद में लिये थे। कुछ औरते भी आ खड़ी हुईं। भूषणम और कामरेड्स को देखते ही एक लड़का आदिवासी नौजवानों को बुलाने दौड़ गया। औरतों-लड़कियों में बाँटे जाने वाले कपड़ों, खाने की चीजों के पैकेट्स-बंडल लेकर लतिका उतरी।

''अरे सुरेन्द्रन। बाकी के पैकेट्स का सामान भूषणम की मदद से बँटवा देना।'' निर्देश देकर उन औरतों के पास जा पहुँची।

जब तक जीप में थी आदिवासी औरतें उसे कोई कमसिन नाजुक लड़का समझे थीं। ब्वॉय कट बाल, स्लेक्स, जीन्स और आँखों पर गॉगल्स, इस मुगालते का कारण

थे। परंतु जीप से उतरते ही उसकी चाल-ढाल ने उसके औरत होने की चुगली कर दी। तब उनकी आँखें फटी की फटी रह गईं। मुँह में पल्ला डाल खद-खद हँसने लगीं। फिर उसे लेकर एक आँगन में पड़ी खाट पर बैठा दिया। बाँस-बल्लियों, सनकाड़ी, तोर काड़ी, ताड़ के पत्तों से उनके झोंपड़े बने थे, जिन्हें पीली मिट्टी, गारे और गोबर से बढ़िया छाब कर मजबूत दीवालें बनाई थीं। आँगन को भी बढ़िया लीप-पोत कर चमकदार बना दिया था। दीवारों पर चाक मिट्टी, खड़िया गेरू से चित्र उकेरे थे। उनका जीवन प्रकृति से सामंजस्य लिये होने से अकृत्रिम था।

उन औरतों की दशा ने लतिका को चौंकाया। बिना ब्रेसरी और ब्लाउज के पारदर्शी लाल, हरे, नीले, पीले रंगों की साड़ियों से झाँकते छोटे, बड़े, भारी, पुष्ट, ढीले-ढाले उरोज। जिनमें से कुछ को चूसते नंगे बेडौल बच्चे। घुटनों के ऊपर तक चढ़ी लाँग लगा कर पेटीकोट के बिना पहनी साड़ी से स्पष्ट दिखाई देते नितम्ब, नंगी पिंडलियाँ देखकर वह हैरान रह गई। लोकट ब्लाउज, स्लीव्ज लेस पहन शहरी लड़कियाँ-औरतें मर्दों को रिझाने, अपनी सुंदर देह और उसके कवर्ज को दिखाने को आतुर रहती हैं। जबकि यहाँ गरीबी के हाथों वे मजबूर थीं। परंतु उनके सौंदर्य में कृत्रिमता नहीं थी न ही मर्दों का ध्यान खींचने का प्रयत्न। साथ लाई सामग्री को उसने उनमें बाँट दिया। जिन कपड़ों और वस्तुओं का उन्होंने सपने में भी सपना नहीं देखा था; उन्हें पाकर उनके चेहरे प्रसन्नता से दमकने लगे। इसे देखकर लतिका को पहली बार दुगनी खुशी का अहसास हुआ। उसे अनुभव हुआ कि खुशी देने में अधिक आनंद है। गरीबी इस कदर थी कि उनके पास खाना बनाने के ढंग के बर्तन तक नहीं थे। पास के आँगन में तीन पत्थरों के चूल्हे पर मिट्टी की हँडिया में दाल पक रही थी। परात में मक्की, ज्वार या न जाने किस अनाज का आटा माँड कर रखा था। मूली, बैंगन काट कर उस आदिवासी औरत ने दाल में डाल लिए। और सिलबट्टे पर हरी मिर्च, लहसुन, अदरक, नमक, धनिया आदि पीस कर उस मसाले को दाल में घोल बिना तेल के बघार लगा लिया। बड़े ध्यान से लतिका खाना बनाने की इस विधि को देख कर हैरान हो रही थी। दाल इस तरीके से भी बघारी जा सकती है इस बारे में उसने सपने में भी सोचा नहीं था। दाल की सुगंध ने उसके नथुनों को आनंदित अवश्य कर दिया। चखने की तीव्र इच्छा हुई। पर मन को नियंत्रित किया।

सहसा उसे याद आया कि उसे तो बाथरूम जाना है। वह तो रास्ते में ही जीप रोक कर जाना चाहती थी परंतु इतने पुरुषों के बीच जाना उचित नहीं लगा। फिर भूल गई।

"बाथ...रूम...बाथरूम... ?" उसने पूछा, "किधर है ?"

वे औरतें समझ नहीं पाईं। उसके इशारे को जब समझीं तो उन्होंने झोंपड़ी के पीछे या जंगल की ओर जो पास में ही था चले जाने का इशारा कर दिया। पहले

तो वह समझी नहीं। और जब समझी तो शॉक लगा। शर्म से गड़ गई। कोई नारी कैसे खुले में पेशाब कर सकती है ? वह तो समझी थी इसके लिए और नहाने आदि के वास्ते कोई झोंपड़ी या टट्टर की व्यवस्था होगी। इन औरतों को प्राथमिक जरूरी सुविधाओं से वंचित देख दुःख और क्रोध से भर गई। लाचार जंगल की ओर चली गई।

भूषणम, उसके कामरेड्स और सुरेन्द्रन आदिवासी युवकों और बुजुर्गों के साथ उनकी समस्याओं पर गंभीर मंत्रणा करने में व्यस्त हो गया। जंगलात विभाग के रेंजरों, अन्य कर्मचारियों और पुलिसिया जुल्मों पर चर्चा हुई। भोपसिंह ने बताया कि जंगल की लकड़ियाँ काट लेने के जुर्म में रेंजर की शिकायत पर लीमडे को पकड़कर थाने में बंद कर दिया। जुर्म कबूल कराने के चक्कर में उसकी इतनी पिटाई की कि वह मर गया। पुलिस ने उसकी लाश को पत्थर बाँध नदी के गहरे पानी में डुबो दिया। उसकी जगह जोगिया की गिरफ्तारी बता दी। विधायक, सांसद जो कि उन्हीं के समाज के हैं को शिकायत करने पर थानेदार से अकेले में बात की और कार्यवाही का झूठा आश्वासन दे उन्हें भगा दिया। आज तक कोई सुनवाई नहीं है। क्षेत्रीय विधायक हेतराम और सांसद झगड़ूलाल की उदासीनता पर उनमें तीव्र आक्रोश था। चुनाव के वक्त नाले पर रपटा बनवाने, सस्ते अनाज की सरकारी दूकान और प्राथमिक स्वास्थ केंद्र खुलवाने का वायदा और उनके गाँव दोनों को भूल गए हैं। कुछ महीने पहले संसद सदस्य झगड़ू का बेटा अपने दोस्तों के साथ शिकार खेलने आया था। वन विभाग के रेस्ट हाउस में शराब पी हंगामा किया। अवैध शिकार तो किया ही चानी को जो जंगल गई थी रात में वहीं से उठवा लिया और बलात्कार किया। उसके विरोध करने पर जीप से कुचलकर मार डाला। पुलिस ने रिपोर्ट लिखने से मना कर दिया। तब आदिवासी शहर गए। पहले तो कलेक्टर और एस.पी. ने उन्हें भगा दिया। परंतु अखबारबाजी होने पर मुख्यमंत्री के कहने पर रिपोर्ट दर्ज की। मुख्यमंत्री ने जाँच आयोग बिठा मामले को ठंडे बस्ते में डाल दिया है। उसने जान-बूझकर अपने दल के सांसद को बचाने के लिए यह नाटक किया है।

"आप लोगों ने सांसद के उस हरामी बेटे की तीर मार कर हत्या क्यों नहीं कर दी ? उस सुअर की औलाद को जिंदा क्यों जाने दिया ? इस बार चुनाव का बहिष्कार तो करना ही उस सुअर और उसके दलालों और किसी को भी गाँव में घुसने तक मत देना।" सुरेन्द्रन अपने क्रोध को दबा नहीं पाया। चकित भूषणम और अन्य कामरेड्स उसे निहारने लगे। मुस्कराकर भूषणम ने उसकी पीठ थपथपाई।

वन विभाग और पुलिस वाले आए दिन उनके मुर्गे, अंडे, बकरे और उनके द्वारा बनाई गई ताड़ी जबरदस्ती बिना पैसा दिए ले जाते हैं। इस शोषण और अत्याचार के खिलाफ कोई सुनवाई नहीं। कलेक्टर, पुलिस अधीक्षक, और कमिश्नर तो दूर की बात तहसीलदार, नायब तहसीलदार सरीखे छोटे अफसर आज तक उनका सुखी दुःख जानने नहीं आए। फिर मुख्यमंत्री की क्या बात ? उन्हें तो इनके गाँव का नाम

तक मालूम नहीं। उनके आँख, कान और दिमाग तो ये सरकारी अफसर-कर्मचारी तथा सांसद-विधायक है। उनके पास अपना दिमाग तथा आँख-कान कहाँ हैं ? इस गंभीर मंत्रणा के वक्त लतिका कब चुपके से आकर दरवाजे के पास बैठ गई पता ही नहीं चला।

पड़ोसी गाँव के रामदास बनिए की साहूकारी भी इस गाँव में फैली है। नुकते (मृत्यु भोज), शादी आदि कामों के लिए उससे कर्ज ले रखा है। दो से चार रुपए सैकड़े प्रति माह ब्याज पर रकम देता है। कर्ज दी जाने वाली रकम में से साल भर का ब्याज, प्रामेसरी नोट की कीमत और लिखा-पढ़ी की दस्तूरी काट कर बची रकम देता है। कर्ज न चुका पाने पर खेत-बैलों पर कब्जा कर लेता है। चूँकि आदिवासियों की जमीनों को गैर-आदिवासियों द्वारा खरीदा जाना कानूनी रूप से प्रतिबंधित था इसलिए रामदास ने गिरवी रखी जमीनों को खरीदने का नया रास्ता निकाला। कर्जदार आदिवासी की जमीन बेनामी रजिस्ट्री द्वारा सरकारी कर्मचारियों, पटवारी, तहसीलदार को रिश्वत दे रजिस्टर करा ली जाती थी। इसी प्रकार से नामांतरण भी हो जाता था। जमीन मालिक आदिवासी को उसकी जमीन पर दाडकी, मजदूर और खेड़तू मजदूर बना लेता था। उसकी जमीन उसी के पास रहने दी जाती थी। परंतु वह उसका मालिक नहीं उस पर मजूरी करने वाला मजदूर था।

उस दिन गुरुवारिया हाट था। अतः बाजार लगा था। आदिवासी उस दिन वनोपज चारोली, गोंद, शहद, टेमरू, टेमरू के पत्ते, जड़ी बूटियाँ आदि बेचकर बदले में नमक, प्लास्टिक की वस्तुएँ, कपड़े, गिलट और चाँदी के जेवर लेने आते थे। इनकी दूकाने लगती थीं तंबुओं में। लतिका और सुरेन्द्रन ने देखा कि तीन साढ़े तीन सौ रुपए किलो की चारोली, गोंद और शहद कौड़ियों के मोल रामदास के एजेंट उन आदिवासियों से खरीद रहे थे। बदले में चार रुपए किलो का नमक, पैंतीस रुपए किलो की दाल, गिलट के जेवर टिका रहे थे। तौल में भी गड़बड़ी की जा रही थी। यह खुली लूट और शोषण था। इसके खिलाफ कोई शिकायत और सुनवाई नहीं थी।

वन विभाग के एक कर्मचारी ने शहद और गोंद खरीदा। जब पैसे देने का वक्त आया तो उसने उस आदिवासी महिला को सौ का नोट दे छुट्टे पैसे माँगे। उस गरीब के पास छुट्टे पैसे नहीं थे।

"अभी छुट्टे कराकर लाकर देता हूँ।" कहकर वो कर्मचारी शहद-गोंद ले चलने लगा।

"ना ! म्हारा पीसा आपो। पेइसा दई ने फेर लई जाओ।" आदिवासी औरत ने उसका झोला पकड़ लिया।

"म्हारे कई चोर समझे ? सरकारी अफसर हूँ। अभी दई जाऊँगा।" डाँटते हुए झोला छुड़ाकर जाने लगा।

असहाय सी करुण नजरों से वो देखने लगी।

सुरेन्द्रन का मन विद्रोह कर उठा। एक शोषित दूसरे का मौका मिलते ही शोषण कर रहा था। आगे बढ़कर उसने पीछे से उसका कालर पकड़ लिया।

"कौन है बे ?" कहते हुए वह कर्मचारी पलटा। सामने अफसरनुमा व्यक्ति को एक सुंदर सी लड़की के साथ देख घबरा गया। डर के मारे उसका चेहरा पीला पड़ गया।

"सा...साब...सा...ब...," अधिक नहीं बोल पाया। समझा शायद कलेक्टर साब खुद दौरे पर चुपके से आ गए हैं। और उन्होंने उसे रंगे हाथों पकड़ लिया है। अब नौकरी गई ? पैरों पर गिर पड़ा, "हजूर...माफ...माफी...।"

"पहले उसके पैसे चुका। छुट्टे नहीं हैं तो हम से ले।" पर्स खोल पहले उस आदिवासी औरत को उसकी वस्तुओं की पूरी कीमत चुकाई। बाकी के पैसे उसे दे सौ का नोट ले लिया।

भयभीत कर्मचारी को चुपचाप भागते निहारता रहा।

अचानक अपने कंधे पर किसी के हाथ का दबाव महसूस किया। तत्काल पलटा। भूषणम सामने खड़ा मुस्करा रहा था। आज पहली बार उन्होंने उसके भावशून्य रूखे चेहरे पर मीठी-मोहक मुस्कान देखी थी।

"ब्रेवो ! मुझे तुमसे इसी प्रकार की प्रतिक्रिया की उम्मीद थी। यदि तुम इस प्रकार की प्रतिक्रिया नहीं देते तो शायद...।" बात पूरी करने के पहले ही भूषणम की मुस्कान गंभीर हो गई।

"तो शायद से तुम्हारा क्या मतलब है ?" उसी तेजी तुर्शी और तल्खी के साथ सुरेन्द्रन ने जवाब तलब किया।

"शायद से मेरा मतलब था कि यदि तुम अपने सामने हो रहे अन्याय, अत्याचार और अनाचार को मूक दर्शक होकर देखते ही नहीं रहते उसकी ओर से आँखें मूँद लेते हो तो वह तुम्हारी इंसानियत और आत्मा की मौत होती।" आदत के अनुरूप बेझिझक भूषणम ने बेबाक जवाब दिया, "मैं इसीलिए तुम्हें और लतिका को यहाँ लाया था। यह देखने जानने के लिए कि तुम लोगों के मन में इनके प्रति शाब्दिक सहानुभूति है या सच में ही तुम इन गूँगे-बेजुबानों की जुबान बनने को तैयार हो ?"

"मैं नहीं चाहता था कि किसी की दी हुई राय पर तुमने अपनी राय कायम करना चाहिए। दी हुई सलाह पक्षपातपूर्ण हो सकती है। खुद देख, सुन और अनुभव कर अपना मत तैयार करना चाहिए। मेरे कथन पर तुम्हें आधा विश्वास था। लगता था मैं बढ़ा-चढ़ा कर बता रहा हूँ। इसीलिए तुम्हें यहाँ लाया कि स्वयं अपनी आँखों से यहाँ की दयनीय से भी बदतर परिस्थितियों को देख कर अपना रास्ता चुनो।"

"एक अच्छी भली व्यवस्था का जिस प्रकार से हमारे तथाकथित रहनुमाओं, नौकरशाहों, उद्योगपतियों ने मिलकर सारे देश में विशेषकर आदिवासी अंचलों में शोषण

का जो जाल बुना है यदि आज मार्क्स-ऐंजिल, लेनिन-माओ, चेग्वेरा और फिदेल कास्त्रो भी यहाँ आकर शोषितों-दलितों के पक्ष में काम करें तो असफल हो जाएँगे। सारे सरमाएदार जिनमें नेता और सरकारी कर्मचारी भी हैं उस अमरबेल की तरह हैं जो वृक्षों-बेलों के जीवन रस पर फलती-फूलती है। ये भी जनता की खून-पसीने की गाढ़ी कमाई के जीवन रस पर फल-फूल रहे हैं।''

''इसका मतलब निराश होकर बैठ जाना नहीं है। अपनी देह के खून की अंतिम बूँद तक लड़ना है। आने वाली पीढ़ी के सुनहरे दिनों के लिए। चंद्रशेखर आजाद, भगतसिंह के समान शहीद होने के लिए तैयार रहना है। वे आज होते तो वे भी इस नपुंसक व्यवस्था के खिलाफ यही करते। एक लड़ाई हमारी पिछली पीढ़ी ने स्वराज्य के लिए लड़ी। अब हमें सुराज के लिए अपनों से अपनी लड़ाई लड़ना है।'' पूरे आत्म-विश्वास और दृढ़ निश्चय की आभा से भूषणम का मुख अलौकिक आभा से चमकने लगा।

ये बातें तो अप्पा भी कहते हैं। वे नौकरशाहों की अंग्रेजी गुलाम मानसिकता के सख्त विरोधी हैं। इसके लिए शिक्षा व्यवस्था में आमूल चूल परिवर्तन के हिमायती हैं। अपने बेटे सुरेन्द्रन पर अपनी विद्वत्ता की छाप बैठाने के लिए उसे दो चार बार अपने साथ रोटरी और लायन्स क्लबों की डिनर मीटिंग्स में ले गए। जहाँ उन्होंने इन सारी बातों पर प्रकाश डाला। वर्तमान शिक्षा प्रणाली को वे 'भाकरी के लिए चाकरी' माने रोटी देने वाली नौकरी मानते हैं जिसमें राष्ट्रीय चेतना का अभाव है। वे सर्वोदय के समर्थक हैं। जबकि भूषणम और उसके कामरेड्स रक्तिम क्रांति द्वारा सारी व्यवस्था को बदल डालना चाहते हैं। उनका तर्क है कि सर्वोदय को राजनीतिज्ञों के आर्थिक स्वार्थों ने अप्रासंगिक बना दिया है। फिर उनके पास वक्त कम है। साध्य दोनों के एक ही हैं मगर साधन अलग-अलग।

उस आदिवासी अंचल से जब लतिका लौटी तो उसके पिता की व्यावसायिक दुनिया में हुए भीषण विस्फोट ने उसकी जिंदगी की परिभाषा बदल दी।

ती...ती...रा...ती...ती...ढम...ढम...का दम...ढमाक...ढम...तुरही की तीतीरा और ढोल की ढम ढमाक ने भीड़ इकट्ठी कर ली। गली-मुहल्ले के फालतू आदमी-औरतें, बच्चों और राह चलते राहगीरों ने भीड़ की शक्ल ले ली। भीड़ गोल घेरा बनाने लगी। दोपहर का वक्त और छुट्टी का दिन होने से लोग घरों में ही थे। औरतें भोजन पानी से निवृत्त हो ओटलो पर बैठी-लेटी गप्प मार रही थीं। कुछ अपनी बेटी-पोती-बहू को आगे बैठा सिर की जुएँ निकालने में व्यस्त थीं। कुछ बच्चे होम वर्क करने और कुछ खेलने में मगन थे। ढोल-तुरही ने उन सभी का ध्यान खींचा। बच्चे दौड़कर भीड़ में घुस गए। जो लोग विशेषकर औरतें-लड़कियाँ भीड़ से दूर रह कर तमाशे

का आनंद उठाना चाहती थीं वे ओटलों-छज्जों-बालकनियों से झाँकने लगीं। मनोरंजन का साधन घर बैठे मिल रहा था।

भीड़ के गोल घेरे के बीच में लकड़ी का छोटा-सा मंदिर वो सिर पर उठाए थीं। मंदिर पर भगवे रंग की छोटी-सी झंडी फहरा रही थी। मंदिर के अंदर देवी की पीतल की छोटी-सी मूर्ति थी। मूर्ति का मुख बड़ा और गोल था। देवी की कौड़ी नुमा श्वेत-श्याम आँखों के कोए कानों तक खिंचे थे। रंग उड़ी छोटी-सी हरे रंग की रेशमी साड़ी में वह लिपटी थी। भाल पर था बड़ा-सा गोल सिंदूरी टीका। मंदिर उठाने वाली बाई मराठी लांग की सस्ती सी साड़ी पहने थी। साड़ी घुटनों के ऊपर होने से उसकी काली पुष्ट पिंडलियाँ मछली सी लग रही थीं। पाँवों में गिलट के पायजेब और पैर की अँगुलियों की बिछिया तथा गले का मंगल सूत्र उसके विवाहित होने की चुगली खा रहे थे। काले गोल चिबुक पर तीन और दोनों गालों पर एक-एक हरा गोदना था। दाहिने हाथ पर देवी का चित्र और नाम सोयरा बाई गुदा था। पीठ पर बच्चा चार एक माह का बँधा था।

घेरे के बीचोंबीच, घुटनों से थोड़ा नीचे तक का घाघरा पहने था। कानों के लवों के नीचे तक लटकते काले मग्ग घुँघराले बाल, रक्त चंदन का बड़ा-सा गोल टीका, शराब से गरगराती बड़ी-बड़ी सुरमई आँखें। हाथ में सोटा लिये था वह, मोटा ताजा नचैया। कमर के ऊपर नीम नंगा। सुतली का मोटा सा सोटा मूठ के आगे पतला होता होता अंतिम सिरे पर चूहे की दुम सा लगता था। धूल भरे गंदे काले पाँवों के चौड़े पंजों पर घुंघरू बँधे थे। कमर पर भी वह घुँघरुओं का कमर बंद बाँधे था। शरीर पर तेल पुता होने से चिकनाया काला रंग चमक रहा था। कानों में सस्ते लाल पत्थरों के बुंदे। गले में बड़े-बड़े रुद्राक्षों की माला। चौड़े चकले सीने पर घने बाल। एक खलनायक जैसा पहलवान पीठ पर सोटा मारने को तैयार खड़ा था। बीच में बिछे कपड़े पर पूजा की थाली जिसमें जलता दीपक, कुंकुम, अबीर, गुलाल, चावल के दाने, और कुछ फूलों की पंखुरियाँ और चादर पर फैली रेजगारी। घेरे की परिधि पर ढोलची, तुरही और मृदंग वादक।

अच्छी खासी भीड़ इकट्ठी हो जाने पर ढोल, ढोलक, तुरही जोर-जोर से बजने लगे।...ती...ती...रा..ती..ती...दम...दम...दमाक...दम...ती...ती...डम...डमाक...ती...ती ...रा...ती...ग...र...ग...र...ती...ती...ढमाक...ढम...जै...मा...जै...माता...दी...जै...जै...दे ...वी...मा...ढ...म...जय...दे...वी...अ...मृ...मा...कमर मटकाते, फिरकिनी सी गोल-गोल आगे-पीछे, दाएँ-बाएँ आँखें मूँद-खोल सोयरा बाई नाचने लगी।

ढोल ढमाके, जयकारे, तुरही, और घुँघरुओं की रुनझुन के मिलें जुले स्वरों और भीड़ ने श्री निवास का ध्यान खींच लिया। ओटले पर बैठा पढ़ाई कर रहा था। कबेलू की छप्पर के ठीक नीचे बाँस की अलगनी पर कपड़े सूख रहे थे। मुहल्ले के मकानों की दीवारें, छत और ओटले एक-दूसरे से सटे थे। उसकी माँ कपड़ों को

झटक उनका पानी निकाल सूखने डालती जा रही थी। तभी उसने श्रीनि को पढ़ाई छोड़ ओटले से कूद भीड़ की ओर लपक कर जाते देखा। वह समझ गई कि तामशे ने उसके बेटे का ध्यान पढ़ाई से हटा दिया है। मन दुःखी हो गया। नाराज अम्मा चिल्लाई, "अरे...ओ...श्री...नि...उदर काय कू जाता रे ? चल वापस ! पढ़ने कू बैठ। ...अ...रे...ओ...श्री...नि...।" अम्मा की नाराजी भरी पुकार को अनसुना कर भीड़ को चीरता, टाँगों के बीच से निकल श्रीनि अगली पंक्ति में जा बैठा। ढोल तुरही की आवाज में लक्ष्मी अम्मा की आवाज डूब गई।

पीठ पर बँधे बच्चे और सिर पर रखे मंदिर को लिये सोयरा नाच रही थी। कुछ देर वह नाचती रही। धूप और गर्मी के कारण उसका चेहरा लाल हो गया। भाल पर पसीने की बूँदें उभर आईं। कुछ बूँदें गालों पर से बह कर गले को भिगोने लगीं। जल्दी ही आगे बढ़कर नाचैया ने मंदिर सोयरा के सिर से उतार चादर के कोने पर आदर एवं श्रद्धा से रख दिया। मंदिर की देवी को भक्ति-श्रद्धा से प्रणाम किया। सोयरा भी भक्ति भाव से माँ के सामने घुटने मोड़ बैठ गई। बच्चे को पीठ से उतार देवी माँ के सामने चादर पर सुला दिया। बच्चा नन्हे-नन्हे हाथ-पाँव हिलाकर खेलने लगा। कमर के ऊपर का हिस्सा घुमा-घुमा कर झूमने लगी। लगा देवी उसके शरीर में प्रवेश कर गई है।

निम्न मध्यम वर्गीय परिवारों का वह मुहल्ला था। जहाँ के मकानों की छतें, ओटले, और गच्चियाँ एक-दूसरे से मिली थीं। ओटलों के नीचे खुली नालियाँ थीं। जिनसे दुर्गंध उड़ा करती। मुहल्ले के बच्चे इन खुली नालियों का उपयोग संडास के रूप में करते थे। और नालियों में जब कचरा अड़ जाता था तो उसकी बदबू दुगनी हो जाती थी। मुहल्ले वाले आपसी प्यार, ईर्ष्या, द्वेष के रिश्तों से बँधे थे। किसी की तरक्की और उपलब्धि दूसरों की ईर्ष्या बन जाती थी। दुःख और मुसीबत प्यार के रिश्तों को मजबूती देती थी। उनके सुख-दुःख साझे थे। अपनी प्रगति के लिए प्रति दिन ईश्वर से प्रार्थना करते। देवी-देवताओं और भूत-प्रेतों से डरते थे। हर घर में देवी-देवताओं के पारिवारिक मंदिर और चित्र थे। सप्ताह के सातों दिन और महीने के तीसों दिन किसी न किसी देवी-देवता को समर्पित थे। इसीलिए मुहल्ले में तकरीबन हर दिन जैसे सोमवार को भगवान बमभोले शिवजी की तो मंगलवार रामभक्त हनुमान, बुधवार सिद्धि विनायक गणेशजी की तो शनिवार शनि महाराज की सवारी मुहल्ले में आती थी। इस बार देवी माता आई थी।

नाचैया गोल-गोल घूम कर धम...धम...धम...करते नाच रहा था। सोयरा के नृत्य में जहाँ लय, लास्य और दैहिक लोच था वहीं नाचैया के नृत्य में पौरुषता थी। नाचने के साथ ही दाएँ हाथ में पकड़े सोटे को कुछ देर हवा में लहरा, ढोल, तुरही की स्वर लहरी पर कभी बाएँ तो कभी दाएँ और कभी कमर पर स...टा...क...स ...टा...क...स...टा...क अपनी देह को मारे जा रहा था। शरीर से सोटे के लिपटने

पर उसे वापस खींच हवा में पुनः लहरा क्रिया को दुहराता था। हर सटाक के साथ भीड़ सहम जाती थी। डर के मारे श्रीनिवास दोनों हथेलियों से चेहरा ढँक लेता।

लक्ष्मी अम्मा समझ गई कि धार्मिक तमाशा खत्म होने के बाद ही अब उसका बेटा वापस लौटेगा। ओटले पर बिखरी किताब-कापियाँ समेट बस्ते में रखीं। गृहस्थी का बचा काम निपटाने घर में चली गई। खेल-तमाशे में वैसे भी उसकी कोई रुचि नहीं थी। वे एक विधवा के लिए प्रतिबंधित थे। परिवार, जाति और समाज के धार्मिक-मांगलिक कृत्यों में वह भाग नहीं ले सकती थी। क्योंकि उसे अभागी माना जाता था। पति श्रीहरि की अल्प बीमारी के बाद जब मृत्यु हुई तो श्रीनि तीन साल का था। ईश कृपा से मकान पैतृक था। सो किराया नहीं देना पड़ता था। ससुर थोड़ी सी खेती भी छोड़ गए थे। श्रीहरि तहसील में चपरासी था सो पारिवारिक पेंशन भी मिलती थी। माँ-बेटे का गुजारा चल जाता था। थोड़ी-बहुत मदद छोटा भाई नारायण स्वामी कर देता था।

डरते-डरते हथेली की अँगुलियों को चौड़ा कर उसने देखने की कोशिश की। नाचैया अभी भी सटाक, सटाक कोड़े चमका रहा था। कोड़े की रस्सी लाल रंग की थी। तेल से चिकनाए शरीर से लाल रंग के कोड़े का स्पर्श होता तो रंग पीठ, पेट पर धारियाँ बना देता। श्रीनि को लगा कोड़ा नाचैया की चमड़ी उधेड़ रहा है।... ढम...ढमाक...ढम...ती..ती..रा...ढम...खून...खून...ढम...ढम...ढमाक श्री निवास की भोली भयभीत निगाहें कुछ पल दृश्य से बँधी रह गईं।

सोयरा की देह में देवी का प्रभाव कम होने लगा। पर अभी भी आँखें चढ़ी हुई थीं। पूजा की थाली उठा उसने देवी की कुंकुम, अबीर, गुलाल हल्दी फूलों से पूजा कर आरती की। आरती ले भीड़ की ओर बढ़ी। लोगों के भाल पर कुंकुम टीका लगाने लगी। लगा देवी का आशीर्वाद दे रही है। भक्ति भाव से लोग थाली में रुपए-पैसे चढ़ाने लगे। वैसे तो वह भी पैसे चढ़ाना चाहता था मगर जेब खाली थी। और अम्मा से माँगने जा नहीं सकता था। जब तमाशा देखने आया था लगा था कि कोई मदारी वदारी होगा बंदर, भालू का तमाशा दिखाने आया होगा। परंतु यह तो देवी अम्मा का धार्मिक पूजन है। लाचार खड़ा रहा। न जाने क्या और कैसे हुआ कि भागने के लिए तैयार श्रीनि के पास सोयरा आ खड़ी हुई। और कुंकुम रोली का टीका उसके भाल पर लगा दिया। दोनों हथेलियाँ बढ़ा उसने दीप-आरती ले श्रद्धा से प्रणाम किया। तभी सोटे की सटाक ने ध्यान खींचा। सोयरा आगे बढ़ गई थी। नाचैया की आँखों में, लगा खून उतर आया है। भयभीत श्रीनि भाग खड़ा हुआ।

उस रात सपने में वह दृश्य बार-बार दिखने पर नींद में सिहर उठता। सपने में लगा वह स्वयं भीड़ के बीच में सोटा लिये खड़ा है। मंदिर में देवी अम्मा की तेजस्वी मूर्ति रखी हुई है। बगल में मामा नारायण स्वामी खड़े है।...ढम...ढमाक ...ती...तीरा...ती...ढ...म...ढम...ती...लहरा कर सोटा अपनी पीठ पर मारा...ती...ती

...रा...तु...तु...स...टा...क...सोटा नारायण मामा की ओर लपका...स...टा...क...ढ ...म...ढमाक...सोटा देवी अम्मा की मूर्ति की ओर लपका....ऊं...उ...गों...गों...ऊं... गों...आवाज गले में घुटने लगी।

"श्री...नी...ओ...श्री...अरे...ओ...श्रीनि...।" लक्ष्मी अम्मा पास ही सोई थी। तत्काल उठी और श्रीनि को हिलाने-जगाने लगी।

आँखें मलते उठ बैठा। ठंडे पसीने से नहा गया था। सपने का मतलब क्या ?

"क्यों रे ? सपने में डर गया ? मय तेरे कू पयलेज बोली नाचैया को देखने नको जा ? पर तू क्या मानता अपना अम्मा का बात ?" लक्ष्मी अम्मा ने नाराजगी प्रगट की।

"मय डरा नहीं अम्मा।" श्री निवास हार मानने को तैयार नहीं था।

"चल भोर हो गई। तेल मल को नहा। फिर काफी इडली खाकू स्कूल जाना। तू तैयार हो तब तलक मय सब बनाकू लाई।" रसोई घर की तरफ जाते-जाते लक्ष्मी अम्मा बोली।

बरसों की आदत के मुताबिक लक्ष्मी अम्मा सुबह जल्दी उठ जाती थी। उस दिन भी उठने की तैयारी में थी कि श्रीनि के सपने में डर जाने के कारण उठ बैठी। घर की साफ-सफाई कर, नहा-धो कर भगवान वेंकटेश्वर की पूजा-पाठ खत्म कर श्रीनि के लिए काफी-इडली तैयार कर रखती थी।

नहाकर तरोताजा हो श्रीनिवास आँगन में आया। खिली धूप आँगन की दीवारों पर उतर आई थी। दिन बड़ा सुहावना था। ओम...श्री...वेंकटेश्वराय...नमः ...ओ ...म्...श्री.वेंकटे...श्वराय...नमः...श्री...कृष्णाय...गोविन्दाय...वासुदेवाय...नमो...नमः...ओ ...म्...श्री...वेंकटे...बीच-बीच में आँखें बंद कर श्रीनिवास ने भक्ति भाव से ईश्वर के पवित्र नाम का जाप करते हुए घर में पाट पर स्थापित मंदिर में सजाए भगवान वेंकटेश्वर, शिव, माँ पार्वती, गणेशजी की मूर्तियों और चित्रों को प्रणाम किया। भाल पर चंदन का टीका लगा पंचार्ती में रखे फूलों से भगवान का पूजन कर जल रही दीपार्ती और अगरबत्ती के धूम्र पर दोनों हथेलियाँ फिरा आरती ली। लक्ष्मी अम्मा उसके नहाने के पहले ही अपनी पूजा अर्चना निपटा चुकी थीं। कुछ देर प्रार्थना कर लेने के बाद श्रीनि आँगन में आया। रसोईघर पिछवाड़े के आँगन में था। पाट बिछा कर ताजे केले के पत्ते पर इडली, चटनी, गरम सांबर और काफी रखे लक्ष्मी अपने प्रिय बेटे की राह देख रही थी।

आँगन में आ श्रीनि ने अम्मा को चरण स्पर्श कर प्रणाम किया। लक्ष्मी ने दिल से आशीष दिया। पति श्री हरि की मृत्यु के बाद से माँ-बेटे एक-दूसरे के अत्यधिक निकट आ गए थे। किशोर वय का होने पर भी अम्मा उसे अपने निकट ही सुलाती थी। अम्मा का लाड़ला जो था। कुछ समय पहले तक तो लक्ष्मी उसके सारे कपड़े उतार नंगी देह पर तेल मालिश कर अपने हाथ से नहलाती थी। परंतु श्रीनि ज्यों-ज्यों

बड़ा होते जा रहा था अम्मा के हाथों मालिश कराने, नहाने, कपड़े पहनने और कंघी कराने में लज्जा मिश्रित संकोच का अनुभव करने लगा था। अतः मौका पाते ही अकेले नहाने चला जाता। नारी सुलभ विवेक ने लक्ष्मी अम्मा को समझा दिया कि उसका श्रीनि को अब नहलाना उचित नहीं। परंतु तेल मालिश वह अवश्य कर देती थीं। श्रीनि अपने को बड़ा समझने लगा था; जबकि लक्ष्मी के लिए वह अभी भी बच्चा था। बचपन से ही उसे अम्मा धार्मिक आस्थावादी संस्कार और नैतिक-मानवीय मूल्यों की शिक्षा दे रही थी। एक अनुशासित जीवन जीने की प्रेरणा दे रही थी। ये मूल्य ही निम्न मध्यम और मध्यम वर्गीय परिवारों की मजबूत नींव है।

गरमागरम सांबर की बढ़िया सुगंध इडली, चटनी और काफी से श्रीनि की भूख जाग गई। पटे पर बैठ इडली-सांबर में तुलसी दल डाल आँखें बंद कर ईश प्रार्थना करने लगा, ''हरिर दाता हरिर भोक्ता, हरिर देवो महेश्वराः हरिर साक्षात् परब्रह्मं तस्मैः श्री हरिवै नमः''। आचमन कर पत्तल के चारों ओर पानी फिरा ईश्वर को निवेदित कर बड़ी आस्था और प्रेम के साथ मगन होकर नाश्ता करने लगा।

दिन अच्छा-खासा निकल आया था। सूरज की किरणें आँगन में लगे केले, नारियल, फूलों के पौधों और तुलसी चौरे को नहलाने लगी थीं। बेटे को प्रेम से खाते देख आत्मतृप्ति अम्मा के नयनों में उतर आई। चूँकि श्रीनि का स्कूल सुबह का होने से वह साढ़े बारह तक घर लौटता था। इसलिए श्रीनि के इन्कार करने पर भी अम्मा उसे भर पेट नाश्ता कराती थी। उसका विश्वास था कि दुनिया के संघर्षों से लड़ने के लिए उसे जम कर खाना चाहिए।

खड...खडऋ..खड...खड खड...खड...बाहर के दरवाजे की साँकल जोर से खड़खड़ाने लगी। साथ ही दरवाजे से छनकर आवाज आने लगी ''...अ...क्का...ओ ...अक्का...लक्ष्मी...अक्का...'' स्वर के उतार-चढ़ाव ने बता दिया कि नारायण मामा आए हैं। खाना छोड़ दरवाजा खोलने के लिए श्रीनि उठने लगा।

''नको ! तू आराम से खा। तेरे कू स्कूल भी जाना। मय देखती। स्यात नारायण भैया आए।'' उठते-उठते लक्ष्मी अम्मा ने कहा।

दरवाजा खोलते ही नारायण स्वामी को मुस्कराते पाया। उसने तत्काल झुककर लक्ष्मी अम्मा को प्रणाम किया।

''खुश रहते। देवी अम्मा लंबी उमर देते।'' सच्चे मन से आशीष देते हुए लक्ष्मी ने पूछा, ''आज कैसे अचानक आए भैया।'' प्रसन्नता लक्ष्मी के प्रत्येक शब्द से झर रही थी। यद्यपि नारायण स्वामी लक्ष्मी से उमर में छोटे थे परंतु वह उन्हें प्यार से भैया ही कहती थी।

''अपनी अक्का से मिले कई दिना बीत गए। मन में इच्छा हुई और चले आए। बाजार का भी कुछ काम था।'' जूते उतार अंदर आ नारायण स्वामी ने बात आगे बढ़ाई, ''हमारे भाणेज श्रीनि किदर ? स्कूल चले गए क्या ?''

"नको। अभी नाश्ता करते। आप भी चलते भैया। गरम इडली, सांबर, काफी तैयार हे। आप अच्छे बखत आए।"

"हव ना। घर से चले जब गौरी अम्मा बोले बुआ के घर जाको पेले नाश्ता-पानी करते फेर बाजार का काम निपटाते। मय पयले इदर कूच आया। मेरे कू मालूम था के श्रीनि स्वामी वास्ते तुम नाश्ता बना कू रखा होगा।"

"गौरी बिटिया कू बी साथ लाते तो अच्छा होते ? उससे भी मिल लेते। श्रीनि भी उसकू खूब याद करते।"

"मय तो उसकू बोला चल। पण वोज मना किए। बोले अपन दोनों चले जाते तो घर-मंदिर कू कौन संबालते ?" नारायण स्वामी ने सफाई दी।

"बिलकुल पार्वती भाभी पे गई है। घर-गिरस्ती पे ज्यादा ध्यान देने वाली। जिस घर भी जाएँगी उस घर के भाग खुलेंगे। भैया मैं आपकू बोली पार्वती भाभी के सरगवास के बाद दूसरी सादी करते। आपकू कित्ता समजाया गौरी कू अम्मा लाके देते। पर आप माने नई।"

"पुरानी बांता कू याद कर क्या फायदा।" नारायण ने बात टाली।

बतियाते हुए भाई-बहन पिछवाड़े के आँगन के बरामदे में आ गए। श्री निवास मामा को देख उठ खड़ा हुआ। उसे देख नारायण मामा का मुख प्रसन्नता से खिल गया।

"क्यों श्रीनि स्वामी कैसे क्या भाई ? मजे में ना ? पढ़ाई कैसे चलते ?"

श्रीनि ने मामा को चरण स्पर्श प्रणाम करते हुए उत्तर दिया, "पढ़ाई ठीक चल रही मामाजी आपके आशीर्वाद से सब ठीक है।"

"जीवेम् शरदः शतम् ! खुश रहो। चिरंजीव हो। यशस्वी भवः।" गद्‌गद कंठ और बड़े प्यार से नारायण मामा ने श्रीनि के सिर पर हाथ फिरा आशीष दिया। अपने बेटे के प्रति अपने भाई के प्यार-स्नेह को देख लक्ष्मी अभिभूत हो उठी। कुछ देर प्यार से चिपका लिया। नारायण स्वामी इतने ऊँचे पूरे थे कि श्रीनि का सिर कमर को ही छू पाया। अपने जूठे दाएँ हाथ को श्रीनि ने थोड़ा परे कर लिया ताकि मामाजी के कपड़े खराब न हों।

मामा को कुछ देर सिर पर हाथ फिराने देने के बाद अलग हो सिर नीचा किए आदर-श्रद्धा से श्रीनि खड़ा रहा।

"नाश्ता खतम करते श्रीनि स्वामी। इडली सांबर ठंडा होयंगा।" मामा का आदेश पाते ही नाश्ता खत्म करने के लिए पाट पर जा बैठा। वैसे स्कूल जाने की भी जल्दी थी। बोलने-पूछने का साहस नहीं था। मामाजी को जब तक परोसते नहीं तब तक चुपचाप बैठा रहा।

मामा नारायण स्वामी का व्यक्तित्व अत्यंत ही सुदर्शन और भव्य था। ऊँचे-पूरे, गोरे। चौड़े भाल पर रक्त चंदन का बड़ा सा गोल टीका। बड़ी-बड़ी बादामी आँखें,

सुतवां नाक। तराशी हुई पतली मूँछें। सिर पर सफेद झक्क पगड़ी, लंबा कोट, कंधे पर अंगवस्त्रम, मारकीन की सफेद झक्क धोती। गले में मोटी सोने की चेन, कानों में सोने की मुर्कियाँ, दोनों हाथों की अँगुलियों में सोने की अँगूठियाँ। चेन के साथ सोने की चेन में ही गठी रुद्राक्ष की माला। किसी ऊँचे खानदान के राजकुमार से लगते थे। श्रीनि मंत्र मुग्ध उन्हें निहारता रहा।

दीवाल से टिका पाट बिछा जल्दी से केले के पत्ते पर पानी छीट धो कर इडली, चटनी और गरमागरम सांबर परोसा। सांबर की पातेली चूल्हे की धीमी आँच पर गरम हो रही थी।

''इस बार क्या खरीदी करते भैया ?'' लक्ष्मी ने जानना चाहा।

''इस बार कोई खास खरीदी वास्ते नहीं आया,'' खाते-खाते नारायण स्वामी ने उत्तर दिया, ''मैं तो अपने प्यारे भाणेज श्रीनि कू लेने कू आया। येच उमर उसकी काम सीखने की। उसका जनेऊ भी तो करना है। तू जानती अक्का ! गौरी मेरी इकलौती बेटी। उसकू और मंदिर कू श्रीनि कू सौंप मय निश्चिंत होता। वैसे भी आगे पीछे सब श्रीनि कूज संबालना।'' इधर-उधर की भूमिका बाँधे बिना और बात को घुमा फिरा कर बोलने की बजाय नारायण मामा ने अपनी बड़ी बहन से सीधे-सीधे साफ बात करना उचित समझा।

एक पल के लिए लक्ष्मी अम्मा का जी धक से रह गया। लगा भैया तो उसके दिल का टुकड़ा तोड़ ले जाना चाहता है। भैया ने धर्म संकट में डाल दिया। एकदम से इन्कार करना भी उसके बस की बात नहीं है। फिर नारायण कोई कंस मामा थोड़े ही है। पति के मरने के बाद इस छोटे भाई ने बाप बन कर जो सहारा उसे दिया उस अहसान को कैसे भूल सकती है। श्रीनि उस वक्त तीन साल का था। श्रीहरि के रिश्तेदारों ने तो न केवल पल्ला झाड़ लिया वरन् विधवा की संपत्ति पर भी उनकी निगाहें गड़ी थीं। उस समय नारायण भैया चट्टान की मानिंद उसकी बगल में आ खड़े हुए थे। अपने बहनोई के क्रियाकर्म से लेकर मंगल श्राद्ध तक का सारा खर्च उन्होंने उठाया। हतबुद्धि लक्ष्मी तो इस आघात से सुन्न पड़ गई थीं। नारायण भैया जो कहते गए करती चली गईं। जब तक लक्ष्मी उस सदमे से उबरी नहीं नारायण स्वामी सरपरस्त बने रहे। श्रीहरि के किसी रिश्तेदार की हिम्मत उनकी ओर आँख उठा कर देखने की नहीं हुई। पार्वती भाभी ने भी पूरा साथ निबाहा। अपनी ननद और श्रीनि का पूरा ध्यान रखा। बहन के चेहरे के ऊहापोह और असमंजस के भावों की ओर खाने में मगन नारायण स्वामी का ध्यान नहीं था। श्रीनि मामा-अम्मा की बातचीत चुपचाप सिर नीचा किए सुनता रहा।

''तू इडली खास कर कू सांबर बहुत बढ़िया बनाती अक्का। ला थोड़ा सांबर और दे।'' सिर उठा नारायण स्वामी ने कहा। बड़ी बहन को असमंजस में पड़ा देख एक पल रुका। अपनी बात मनवाने के लिए समझाया, ''अब इसमें सोचने का क्या

बात ? मय तो बोलता तू बी चल। तुम दोनों के खाने पेन्ने वास्ते देवी अम्मा भौत कुछ दिया। जब श्री हरि जीजाजी सांत हुए मय तो उस बखत भी, तेरे कू साथ चलने का बोला। पण तू राजी नहीं हुए। उस बखत मय तेरी बात माना। अब ऐसा कुछ नहीं। देवी अम्मा का मंदिर मामूली मंदिर नहीं जागीर है जागीर। अप्पा जब मरे मंदिर के नाम दस बीघा खेती थी। मय ने अलग से गौरी बिटिया के नाम पचास बीघा जमीन और खरीदा। सारी जमीन पीवत की है। खेत मेज कुंवा। गाय-गोरू, नौकर-दासी अलग से। मंदिर के पास तालाब भी। मय दो एकड़ में बगीचा बी लगाया। ऊपर से रोज का चढ़ावा। मेले-ठेले, तीज-त्यौहार पर अलग से आमदनी। किस बात का कमती ? अपन कित्ते लोगां ? तू, श्रीनि, मय और गौरी ! अपन चार के वास्ते किस बात का कमती ? श्रीनि बोलेगां तो ट्रेक्टर बी ले दूँगा।'' नारायण मामा ने बचने की कोई गली लक्ष्मी के लिए नहीं छोड़ी।

''आपका बात बरोबर। सोला आना पाई रत्ती सही।''...एक पल रुकि... ''फेर बी भैया अबी श्रीनि का पढ़ाई कां पूरा हुआ ?'' लक्ष्मी ने पढ़ाई का बहाना लिया। पर जानती थी बहाना बेदम है।

''आज कल का पढ़ाई में क्या दम रखा अक्का ? ये तो तू बी जानते ? ये पढ़ाई तो भाकरी की चाकरी वास्ते होती। पढ़ाई के बाद नौकरी क्या मिलते ? बेकारी परेसान करते। श्रीनि कू बी चपरासी बनाना चाते क्या अक्का ? अपने बाप की तरे ? जादा से जादा मास्तर या बाबू बनेंगा। सरकारी मास्तर माने सरकारी लद्दू गधा। जनगणना, मतदाता सूची का पुनरीक्षण, जानवरों की गिनती ओर अब गाँव की पंचायत का काम, सबी कुच तो मास्तर रूपी गधे पर लादते। मास्तरी पगार में श्रीनि क्या तो खाते क्या बीवी बच्चों को खिलाते ? बाबूगिरी करने पर रिश्वतखोर बनेंगा। सरकारी काम नहीं करने की पगार लेंगा और काम करने वास्ते रिस्वत खाएंगा। पाप का कमाई।''

''ये जमीन जैजाद क्या मय अपना वास्ते इकट्ठा किया ? अरे अक्का ! जरा सोच मय ये सब अपनी गौरी और अपने श्रीनि वास्ते किया। गौरी और श्रीनि के अलावा मेरा और कौन ? मय ये क्या सब छाती पे ले जाएँगा ?'' एक दीनता नारायण स्वामी के स्वर में उतर आई। गला भर आया।

''अयसा नई बोलते भैया ? मय क्या आपके हुकुम के बाहर रे ती ?'' लक्ष्मी भी कातर हो उठी।

''तब फिर ठीक है अक्का ? वैसे बी मय तो पक्का कर कूच आया था। मय तो श्रीनि कू ले कूच जाता। श्रीनि मेरे समोर गौरी अम्मा, देवी माँ के मंदिर, ओर मेरी जायदाद कू संवाल ले तो मय बेफिकर होता। मय जब तलक हूँ उसकू गाँव में जमा देता।'' नारायण मामा ने पक्का आश्वासन दिया।

लक्ष्मी समझ गई कि गौरी के लिए भैया ने श्रीनि को दामाद के रूप में पसंद

कर लिया है। गौरी उसे भी पसंद थी। दक्षिण में बुआ के लड़के को बेटी ब्याहना सामान्य रीति-रिवाज है। भगवान कृष्ण की बहन सुभद्रा का विवाह कुन्ती बुआ के बेटे अर्जुन के साथ हुआ था। अतः दक्षिण में आज भी महाभारत और भागवत की इस परंपरा को मान्यता मिली हुई है। लक्ष्मी को इसमें कोई आपत्ति नहीं थी। परिवार की बेटी परिवार में ही आ रही थी। उसने अनुभव किया कि कभी भी खाली हाथ न आने वाला भैया इस बार खाली हाथ आया है। वर्ना जब भी नारायण मामा अपनी बहन से मिलने आता था फल, मिठाई, गाँव का बढ़िया गुड़, घी, श्रीनि के लिए कपड़े, सब्जी आदि कुछ न कुछ लेकर ही आता था। खाली हाथ कभी नहीं आया। वह कहा करता था, "रिश्तेदार और मित्रों के यहाँ खाली हाथ नई जाते ?" वैसे देखा जाए तो श्री हरि की मौत के बाद से नारायण स्वामी ने लक्ष्मी अक्का का घर चलाने में पूरी-पूरी मदद दी। वर्ना पेंशन में होता क्या। जो खेती थी वह बटाई पर होने से जो भी पैदावार होती उसका आधे से ज्यादा हिस्सा बटाईदार किसान ले जाता था। वैसे बटाईदार नारायण स्वामी से डरता था। नारायण स्वामी देवी अम्मा का प्रतिनिधि था। सो लोग उसका बड़ा मान-सम्मान करते थे। उससे डरते भी थे।

उसकी ही क्यों नारायण ने तो अपने जीजा श्री हरि की भी समय-समय पर मदद की। गरीबी से लड़ने में वह उनका मददगार था। साले-बहनोई में पटती भी अच्छी थी। श्री हरि और नारायण रिश्तेदार के साथ ही अच्छे दोस्त भी थे। अभिन्न मित्र। श्री हरि की मौत का बड़ा सदमा उसे लगा था। पहले तो हिम्मत कर सारा क्रियाकर्म निपटा दिया। परंतु बाद में टूट गए। माँ जैसी अक्का को विधवा के रूप में देखना उसके वश की बात नहीं थी। जिस बहन की गोद में बचपन में खेला, जिसने उसे माँ की कमी खलने नहीं दी। जब बड़ा-सा गोल टीका लगा, माँग में सिंदूर और मंगलसूत्र पहन कर सामने आती तो लगता अम्मा ही आ गई है। अब उसे इन सब सुहाग चिन्हों के बिना कैसे देख पाएगा ? मगर देखना ही पड़ेगा। इसके बिना चारा जो नहीं है।

समय बड़ा बलवान ही नहीं होता दिल के घावों पर मरहम लगा उन्हें भरता भी है। यदि वह घायल करता है तो इलाज भी करता है। विपरीत परिस्थितियों से लड़ने की ताकत देता है। फिर जिंदगी और वक्त से कोई भी अनिश्चित काल तक लड़ नहीं सकता। कभी न कभी, कहीं न कहीं समझौता करना ही पड़ता है।

भाई-बहन में भी बड़ा प्रेम था। श्रीनि के पहले लक्ष्मी ने नारायण को ही गोद में खिलाया था। बचपन में उसे नहला-धुलाकर वही तैयार करती थी। गोद में ले मंदिर और गाँव-जवार में घूमती-घुमाती थी। लक्ष्मी को अपने बेटे से ज्यादा अपने भाई पर विश्वास था। अपने भाई को वो कैसे इन्कार कर सकती थी। परंतु उसी भाई की उसी के बेटे ने हत्या कर दी तो उसका दिल विदीर्ण हो गया। वह उसकी जिंदगी का सबसे बड़ा धक्का था। पति की मौत से बड़ा। इसकी तो उसने कल्पना

भी नहीं की थी। श्रीनि को माँगते वक्त नारायण स्वामी ने भी नहीं सोचा था कि अपने साथ बेटे जैसे भाणेज और अपनी प्यारी इकलौती बेटी के होने वाले पति को नहीं हत्यारे को ले जा रहा है। लक्ष्मी हक्की-बक्की रह गई थी। लगा अपने ही एक हाथ ने दूसरे को काट डाला है। वह मानने को तैयार नहीं थी कि श्रीनि ऐसा कर बैठेगा। कभी-कभी मनुष्य जैसा दिखता है वैसा होता नहीं। और जैसा होता है वैसा दिखता नहीं तो क्या नारायण कंस मामा था ? परंतु कुछ लोग जैसे दिखते हैं वैसे होते भी हैं। और कुछ तो जैसे दिखते हैं उससे भी अधिक अच्छे होते हैं। और कुछ बहुत बुरे। तो क्या उसने एक हत्यारे को जना था ? बेटे के उस भोले-भाले चेहरे के पीछे एक शैतान हत्यारा छिपा था ? जिंदगी के भविष्य के गर्भ में क्या छिपा है यदि इसे मनुष्य जान पाता तो अनेक विसंगतियों, परेशानियों और दुःखों-कष्टों से निजात पा लेता।

उस दिन भविष्य की घटनाओं की जानकारी किसे थी ? उसके विपरीत वे बेहद प्रसन्न थे।

"तो फेर तुम दोनों तब तलक तैयार होते मय बाजार का काम निपटा कू आता।" नारायण स्वामी ने खड़े होते हुए कहा।

"भैया मय तो अबी नई चल सकती ? मेरे कू सब कुच अटोपना पड़ेंगा। अटोपने में थोड़ा भौत समय तो लगेंगा ना ?" लक्ष्मी ने असमर्थता प्रगट की।

"बरोबर ! जित्ता वक्त लगे ले। श्रीनि कू तो तैयार कर दे।"

"भ...इ...या... ?"

"अब और क्या रह जाते अक्का ?" बाहर जाते-जाते नारायण स्वामी ठिठक गया। गोरे चेहरे पर नाराजी उभरी।

"इसकूल से उसका नाम हटाना पड़ेगा ना ? दो-चार दिना तो उसमें लगेंगा ना भइया ?"

"अरे अक्का ? नाम कटवाने का क्या ? कल से श्रीनि कू स्कूल भेजना बंद कर देते। महना दो महना स्कूल नई जायंगा तो नाम अपने आपच कटेंगा। उसका वास्ते रोकने का क्या जरूरत ?" नारायण स्वामी को लगा किसी न किसी बहाने अक्का श्रीनि को रोके रखना चाहती है, "तेरी इच्छा नई होय तो रेने देते अक्का ? मय रघू के लड़के को बुलाता। कोई जोर जबरदस्ती नेई ?" रघू नारायण स्वामी का साला था। परंतु उसका बेटा श्रीनि से उमर में दो-चार साल छोटा था। फिर रघू से नारायण की कम पटती थी। वह हाथ चालाक था। नाराजी नारायण के स्वर में उभर आई।

"नहीं भैया मेरा वो मतलब नई ? नाराज नई होते ? मय अनपढ़ क्या जानते ? मय समजी स्कूल से नाम कटाना पड़ेंगा। सायद पैसा वैसा भरना पड़े। आप जो बोले वो बी बरोबर। आप बाजार से आते तब तलक मय श्रीनि कू तैयार करके

रखते।'' रघु का नाम सुनते ही लक्ष्मी चौकन्नी हो गई। सारी जायदाद पार्वती भाभी की खानदान में चले जाने का खतरा पैदा हो गया था। जिसके लिए वह तैयार नहीं थी।

''ठीक ! बाजार का काम अटोप के मय जल्दी से जल्दी आता।'' निश्चिंत होकर नारायण स्वामी बाजार चला गया।

दो-तीन घंटे बाद लौटा तो लोहे की एक पेटी के साथ श्रीनि तैयार था।

''ये ले अक्का ये कुछ रुपए खर्चा वास्ते रख ले।'' कुर्ते के अंदर पहनी बंडी की चोर जेब से रुपए निकाल बिना गिने लक्ष्मी को देने लगा।

''इसका क्या जरूरत भैया ? मुझ अकेली का वास्ते सब कुच हे ?''

''मय क्या नई जानता ? फेर बी रख ले। किसकू मालूम कब क्या जरूरत पड़ जाते ? तू रख ले।'' नारायण स्वामी ने जबरदस्ती रुपए लक्ष्मी के हाथ में ठूँस दिए।

लाचार लक्ष्मी ने उन्हें लेकर ब्लाउज में रख लिया। चरण स्पर्श प्रणाम कर मामा-भाणेज सोनदत्ती के लिए रवाना हो गए।

सोनदत्ती एक साधारण कस्बा था। देवी माँ यल्लम्मा के मंदिर के कारण उसका बड़ा महत्त्व था। देवी अम्मा के नाम पर साल में एक बार मंदिर के पास के मैदान में मेला भरता था। दूर पास के गाँवों-कस्बों के श्रद्धालु देवी अम्मा की उपासना-दर्शन के लिए सोनदत्ती में एकत्र होते थे। बड़ी भीड़ होती थी। तरह-तरह की दूकानें सजतीं। मनोरंजन के लिए ऊपर-नीचे जाने वाला झूला, नट-नटनियों के रस्सी पर किए जाने वाले करतब, नाचने वालियों के थिएटर, ग्रामीण नाटक मंडलियाँ, बाइस्कोप, आदि अनेक खेल-तमाशे होते थे। बैलगाड़ियों की दौड़, कथकली आदि नृत्यों का आयोजन भी किया जाता। मंदिर और गाँव की पंचायत की ओर से इनाम, पुरस्कार दिए आते। छोटी जातियों की वे आराध्या थीं। निःसंतान औरतें संतान पाने के लिए मनौतियाँ मानतीं। बेटी होने पर देवी माँ से उसका लगन करने का वचन देतीं। जिनकी मनौती पूरी हो जाती वे अपनी बेटी का लगन देवी अम्मा से कर देतीं। दहेज आदि के कारण भी जिन गरीब लड़कियों का विवाह नहीं हो पाता था उनका लगन भी देवी यल्लम्मा के साथ कर दिया जाता था।

मेले और विवाह के उस मौसम में नारायण स्वामी को मरने की भी फुर्सत नहीं मिलती थी। सुबह से लेकर देर रात तक पूजा-पाठ, आरती, यज्ञ-हवन, लगन आदि के कामों में व्यस्त रहते। चढ़ावा भी खूब आता था। फूल, मालाएँ, फल, नारियल, मिठाइयाँ, देवी अम्मा के लिए साड़ी, ब्लाउज, सिंदूर, कुंकुम, टीकी आदि इतने आते कि मामा को उन्हें अवेरने में परेशानी होती। चढ़ावे में से कुछ लक्ष्मी अक्का, साले रघू, और अन्य रिश्तेदारों के यहाँ भिजवा देते। गाँव के थानेदार, आदि को भी प्रसादम् के रूप में फल-मिठाई देते। बच जाने पर गरीब-गुरबों, मंदिर-पाठशाला के गुरुजी

चन्द्रेश शास्त्री, और मंदिर के बाहर बैठने वाले भिखारियों को देते। चढ़ावा चढ़ाने वालों को भी प्रसाद मिलता। नारियल तो इतने आते कि साल भर के उपयोग के लिए रखने के बाद भी बच जाने पर चुपके से सेठ वीरप्पा पाटिल की दूकान पर बेच देते। बाँटने के बाद बची मिठाई-फल भी गाँव के हलवाई के यहाँ बेच देते। अच्छे कपड़े तो घर-परिवार के उपयोग के लिए रख लेते। मामूली को बेच देते। वे ही फिर चढ़ावे के रूप में बार-बार मंदिर में आते।

अपनी अम्मा के साथ बचपन से ही श्रीनि ननिहाल आता था। खास कर मेले के दिनों में वे जरूर सपरिवार आते थे। उन दिनों काम की अधिकता के कारण नारायण स्वामी मदद के लिए बहनोई श्री हरि, अक्का और साले रघू को सपरिवार बुलवा लेता था। पगारी या बिना पगारी जिस प्रकार की भी छुट्टी श्री हरि को मिलती लेकर सोनदत्ती मेला आरंभ होने के दो दिन पहले पहुँच जाता। श्री हरि और रघु बारी-बारी से मंदिर का काम सँभालने में नारायण स्वामी को मदद करते।

भक्त गण विशेषकर औरतें उन सबका बड़ा आदर सम्मान करते। यहाँ तक कि श्रीनि के भी, श्रद्धा भक्ति से चरण छूते थे। बिना पैसा उसे झूले, बाइस्कोप, नाटक, नाच आदि का आनंद मिलता था; क्योंकि वह पुजारी का बेटा माना जाता। पुलिस वाले भी इंतजाम के लिए आते थे। पुजारी नारायण स्वामी उनके भी आदर सत्कार, भोजन, नाश्ते-कॉफी की व्यवस्था करता। बिदाई में फल, मिठाई, कपड़े और कुछ पैसे भी देता था। रात की आरती के बाद देवी मंडपम् में देवदासियों के कथकली, भरत नाट्यम आदि के नृत्य, गायन, वादन के कार्यक्रम होते थे। बूढ़ी देवदासियाँ भजन गाती थीं। मृदंगम् झाँझ, बांसुरी, करताल, आदि बजाने वाले गाँव के वाद्यकार संगत करते। इन सभी के भोजन, प्रसादम् आदि की व्यवस्था नारायण स्वामी करते थे।

श्री हरि की जब बारी आती वह बड़ी तत्परता और श्रद्धा-भक्ति से देवी अम्मा की सेवा करता। चढ़ावे में जो भी नगद रकम आती बड़ी ईमानदारी से अपने साले के पास जमा करा देता। जबकि मौका पाते ही रघु आँख बचा कर कुछ नगदी मार देता। मेला खत्म होने पर नारायण स्वामी स्वयं बिदाई के रूप में अच्छी-खासी रकम अपने बहनोई और साले को भेंट में देता था। फिर भी रघु का लालच चोरी करने के लिए प्रेरित करता रहता। पार्वती भी उसे चुपके से बहुत कुछ देती थी। नारायण स्वामी की तुलना में रघु की माली हालत पतली थी। परंतु उसके पिता गोपाल शास्त्री संस्कृत के विद्वान और कर्मकांडी ब्राह्मण थे। अतः नारायण स्वामी के पिता वेदा स्वामी ने गोपाल शास्त्री की खानदान से प्रभावित हो उनकी साँवली, तीखे नयन नक्श वाली बेटी पार्वती को अपने बेटे नारायण के लिए पसंद कर लिया था। ब्राह्मणों में भी गोपाल शास्त्री का कुल उच्च का था। आस-पास के कई गाँवों-कस्बों में उनकी विद्वत्ता की धाक थी। गोपाल शास्त्री की आर्थिक दशा साधारण थी फिर भी उच्च कुल के होने से उनके यहाँ रिश्ता कर वेदा स्वामी ने अपने वंश के लिए उपलब्धि

प्राप्त की थी।

रघु शास्त्री का मन पढ़ने-लिखने में नहीं लगता था। गोपाल शास्त्री ने बहुत प्रयत्न किया कि रघु उनके समान नहीं तो कम से कम संस्कृत और कर्मकांड का साधारण ज्ञान तो प्राप्त कर ले परंतु प्रथमा और मध्यमा की परीक्षाएँ जैसे-तैसे पास कीं। पढ़ाई के बजाय खेती किसानी में जरूर मन लगता था। हार कर गोपाल शास्त्री ने हाथ टिका दिए और अपने बेटे को उसके हाल पर छोड़ दिया। अपने बेटे को लेकर अकसर वे अनमने और चिंतित रहते थे। उनकी मृत्यु के बाद परिवार का मान सम्मान भी उनके साथ चला गया। रघु एक किसान बन कर रह गया। पार्वती जब तक जीवित रही अपने भाई की पूरी मदद करती रही। पार्वती के न रहने के बाद भी नारायण ने अपने साले के साथ रिश्ता निबाहने का पूरा-पूरा प्रयत्न किया। इसीलिए मेले-ठेले और तीज-त्यौहार पर वह उसे सोनदत्ती बुला लिया करता। और यथासंभव मदद भी करता। मंदिर के चढ़ावे में से रुपए चुराकर अंटी में रखते हुए नारायण स्वामी ने एक बार देख लिया। उस वक्त रघु का ध्यान इधर-उधर नहीं था। वह अपने जीजा के आने को देख नहीं पाया। नारायण स्वामी बोला कुछ नहीं पर रघु उस दिन से उसकी नजरों से गिर गया। यद्यपि अपनी बहन को उसने रघु के बेटे रामू को श्रीनि की जगह लाने की धमकी दी थी पर वह खोखली थी। नारायण स्वामी अच्छी तरह से जानता था कि यदि रामू को एक बार भी झूठ-मूठ में बुलाया तो वह अकेला नहीं आएगा रघु खानदान समेत उसके घर में डेरा डाल देगा। अपने ही घर-मंदिर में वह बेगाना हो जाएगा। पार्वती की मृत्यु के बाद रघु ने अपने बहनोई पर बहुत दबाव डाला कि वह उनके साथ रह कर अपनी भानजी गौरी की देखभाल करना चाहता है परंतु नारायण ने साफ मना कर दिया। दूसरे विवाह के लिए भी उन पर बहुत दबाव डाला गया। परंतु गौरी की खातिर सौतेली माँ लाना उसे गवारा नहीं था। फिर उसने देवदासी देवकी को घर, गौरी और खुद की देखभाल के लिए रख ही लिया था। देवदासियों की उसे कोई कमी नहीं थी। इसीलिए दूसरे लगन की कोई जरूरत उसे महसूस नहीं हुई। रघु को इस बात का मलाल था कि उसका रामू गौरी से उमर में काफी छोटा है वर्ना वह गौरी को अपने बेटे के लिए निःसंकोच माँग लेता। वह तो अभी भी गौरी को लेने को तैयार था। परंतु मालूम था कि नारायण कभी तैयार नहीं होगा। इसलिए मन मसोसकर रह जाना पड़ा।

श्रीनि अकसर धोती पहनता था। परंतु हाफ पेंट और शर्ट भी पहन लेता था। लक्ष्मी अम्मा ने दो जोड़ा धोतियाँ और हाफ-पेंट, शर्ट भी रख दिए थे। पेंट-शर्ट पहन कर ही श्रीनि सोनदत्ती गया था। नारायण ने सबसे पहले उसके पेंट-शर्ट गाँव के गरीबों में बाँट दिए। नाई को बुलाकर सिर घुटवा दिया। वैसे भी लक्ष्मी अम्मा ने उसके बाल छोटे-छोटे करवा रखे थे। मंदिर की धार्मिक परंपरा और रीति के अनुसार पुजारी का सिर घुटा रहना चाहिए। नारायण स्वामी का सिर भी घुटा था। सिर्फ मोटी

चोटी और उसके आस-पास गाय के खुर के समान छोटा गोल घेरा रहने दिया गया था। नारायण स्वामी उसे पूरी तरह पुजारी बनाने में लग गए। शुभ दिन, शुभ मुहूर्त में नहला-धुला कर रेशमी अंग वस्त्रम् पहना देवी अम्मा की पूजा करवा कर मंदिर से लगी पाठशाला में भर्ती कराने ले गया।

मंदिर द्वारा वर्षों से संस्कृत पाठशाला संचालित की जाती थी। जिसमें न केवल सोनदत्ती के वरन् आस-पास के कई गाँवों के ब्राह्मणों और उच्च वर्णों के बच्चे पढ़ने आते थे। उन्हें पढ़ने-लिखने के अलावा गणित, संस्कृत, भूगोल, ज्योतिष, इतिहास, व्याकरण आदि का अध्ययन कराया जाता था। गरीब ब्राह्मणों के बच्चों को भोजन, वस्त्र, और पुस्तकें देवी अम्मा की ओर से निःशुल्क मिलती थीं। संस्कृत पाठशाला के गुरु चन्द्रेश शास्त्री को पगार मंदिर की ओर से ही दी जाती थी। तीज, त्योहार, होली, दिवाली मेले आदि के अवसरों पर भी चन्द्रेश गुरु को प्रसादम्, फल, कपड़े और पगार के अलावा भी भेंट-दक्षिणा आदि मिलती थी। यद्यपि नारायण स्वामी स्वयं बहुत पढ़े-लिखे नहीं थे। मंदिर का काम चलाने लायक ज्ञान अवश्य प्राप्त कर लिया था। एक प्रकार से यह कामचलाऊ था। परंतु विद्वानों का आदर सम्मान करता था। समय-समय पर उदारतापूर्वक चन्द्रेश शास्त्री की मदद अवश्य कर देता था। चन्द्रेश शास्त्रीं नारायण स्वामी को अपना मालिक मानते थे। उनसे डरते भी थे। गाँव में भी नारायण का बड़ा दबदबा था। ग्राम पंचायत का सरपंच, ग्राम सेठ वीरप्पा पाटिल और थानेदार सभी उसे मानते थे। उसका विरोध करने वाला बच नहीं पाता था। किसी भी मुकदमे मामले में विरोधी को फँसा देना नारायण स्वामी के बाएँ हाथ का खेल था। ऐसी दो-एक वारदातों का गवाह चन्द्रेश शास्त्री रह चुका है।

श्रीनि को लेकर नारायण जिस समय पाठशाला पहुँचा चन्द्रेश बच्चों को पढ़ा रहे थे। उन्हें देखते ही पढ़ाना छोड़ सादर उठ खड़े हुए। सिर झुका श्रद्धा से प्रणाम किया। संकेत पाते ही पढ़ना छोड़ बच्चे भी उठ खड़े हुए। सभी ने एक-एक कर चरण छू कर नारायण स्वामी को प्रणाम किया। और सिर झुका कर खड़े हो गए।

"ठीक है ठीक है। चन्द्रेश ?"

श्रीनि ने अनुभव किया कि नारायण मामा का स्वर आदेशात्मक था।

"जी स्वामी।" गुरुजी दीन थे।

"ये हमारे भाणेज श्री निवास राव साहेब हैं। इनकू पाठशाला में भरती करते। हमारे बाद ये च इस मंदिर और आपके मालक बनते।"

"जो आज्ञा स्वामी।" इस बार चन्द्रेश शास्त्री ने श्रीनि को सादर प्रणाम किया। पुरानी पीढ़ी का होने से चन्द्रेश मालिक के बच्चों को भी मालिक ही मानता था। फिर श्रीनि तो मंदिर का भावी स्वामी था। परंतु श्रीनि को बड़ा अटपटा लग रहा था। चन्द्रेश गुरु थे। गुरु का शिष्य को प्रणाम करना धर्म, संस्कृति और परंपरा के विरुद्ध था। इसमें कोई संदेह नहीं कि चन्द्रेश शास्त्री मंदिर पाठशाला के नौकर थे।

परंतु थे तो गुरु, एक शिक्षक। श्रीनि को बचपन से सिखाया गया था, "गुरुर ब्रह्मा, गुरुर विष्णु, गुरुर देवो महेश्वरः/गुरुर साक्षात परब्रह्म तस्मै श्री गुरुवे नमः।" अतः चन्द्रेश गुरु के प्रति नारायण मामा का व्यवहार उसे पसंद नहीं आया। किंतु बोला कुछ नहीं चुपचाप खड़ा रहा।

"चन्द्रेश ! श्रीनि स्वामी इंग्रेज़ी स्कूल में पढ़े। स्यात संस्कृत भी पढ़े होंयगे ? लेकिन मंदिर में इंग्रेजी की गिट-पिट का क्या काम ? तुम तो इनकू वेद, उपनिषद, पुराण, देवी माहात्म्य, के साथ कर्मकांड, पूजा पाठ सिखाते। ज्योतिष का ज्ञान जरूर कराते। इधर भविष्य फल जानने वाले अधिक आते। हमकू तो कुछ आता नहीं। पण इनकू जरूर सिखाते। देवी स्तोत्र कंठस्थ कराते। कोई कमी नको। अपने से बी बड़ा शास्त्री बनाते। गोपाल शास्त्री जइसा विद्वान बनाते। समजेना। जो जो किताबां, काप्यां लगते मंगाते। पइसा का चिंता नई करते।" नारायण स्वामी का हर शब्द आदेश था।

"जो आज्ञा स्वामी।" दीन निरीह स्वीकृति में चन्द्रेश ने सिर हिलाया।

"मय जाता श्रीनि। तुम इदर ठेरते। आज से चन्द्रेश तुमारे गुरु," नारायण की वाणी स्नेह पगी थी, "आज गुरुवार ! शुभ दिन। पढ़ाई शुरू करते। तो मय जाता।" प्यार से श्रीनि की पीठ थपथपा शान से नारायण स्वामी मंदिर की ओर चला गया।

नारायण मामा के जाते ही श्रीनि ने आगे बढ़ बड़ी श्रद्धा भक्ति से गुरु चन्द्रेश शास्त्री को चरण स्पर्श प्रणाम किया। मृदु स्वर में हाथ जोड़ निवेदन किया, "गुरुदेव ! नारायण मामा की तरफ से मय आपसे क्षमा माँगता। आप हमारे गुरुवर्य। आप तो साक्षात परब्रह्म। हम जयसे अज्ञानी को ज्ञान का प्रकाश देनेवाले ईश्वर। 'तस्मैय श्री गुरुवैय नमः।" पुनः झुककर प्रणाम किया।

इस नम्र आचरण की चन्द्रेश को आशा नहीं थी। वे गद्‌गद हो गए। झुके श्रीनि को आलिंगन में ले लिया। आत्मा से आशीर्वाद दिया, "चिरंजीव भव ! खूब नाम कमाते।" उसे ले जाकर पहली पंक्ति में बैठा दिया।

चन्द्रेश को शीघ्र पता चल गया श्रीनि न केवल भावी पुजारी है वरन् गौरी का होने वाला पति भी। वह बुद्धिमान और एकपाठी है। एक बार में ही समझ जाता है। उसकी तर्क बुद्धि तेज है। फिर भी वे उसका विशेष ध्यान रखते। श्रीनि जिस वक्त सोनदत्ती आया वह आठवीं कक्षा में पढ़ रहा था। किंतु धार्मिक परंपरा और रूढ़ि को ध्यान में रखते हुए चन्द्रेश शास्त्री ने भगवान गणेश और सरस्वती माँ का पूजन करा 'श्री गणेशाय नमः' से शिक्षण आरंभ किया। शीघ्र ही आरंभिक पाठों का अध्ययन करने में श्रीनि सफल हो गया। तब उसे यजुर्वेद के "असतो मा सद्‌गमय, मूर्त्योमा अमृत गमय, तमसो मा ज्योतिर्गमय" तक बहुत कुछ सिखा दिया। साथ ही इतिहास, गणित, आयुर्वेद तथा ज्योतिष विद्याओं की ओर भी पर्याप्त ध्यान दिया। मंदिर के पुजारी के पास तिथि, तीज, जन्म कुंडली बनवाने और लगन की तारीख

निकलवाने वाले ग्रामीणों का सतत आना-जाना लगा रहता था। तिथि तीज आदि तो नारायण स्वामी पंचांग देख कर बता देता। शुभ मुहूर्त की जानकारी भी पंचांग की मदद से दे देता था। परंतु जन्म कुंडली वह चन्द्रेश से बनवाता, चुपके से। जो दक्षिणा मिलती उसकी आधी रकम चन्द्रेश को दे देता। जातक की जन्म कुंडली की अच्छी-बुरी बातें पहले से चन्द्रेश से पूछ ग्राहक को वही दुहरा देता। वे समझते कि नारायण स्वामी ज्योतिष विद्या के बड़े जानकार हैं। ग्रहशांति आदि की जानकारी जो उसे चन्द्रेश से मिलती सामने वाले को वही बता देता। उसकी दूकानदारी मजे में चल ही नहीं दौड़ रही थी। पर इस बार वह श्रीनि को इस विद्या का भी जानकार विशेषज्ञ बनाना चाहता था, ताकि उसे उसके समान चन्द्रेश पर निर्भर न रहना पड़े। श्रीनि की प्रतिभा ने चन्द्रेश को भी कायल कर दिया। वह भी उसे अपनी सारी विद्या देने/सिखाने में आत्मिक आनंद का अनुभव कर रहा था। योग्य व्यक्ति को विरासत सौंपने में जिस आत्मसंतोष का अनुभव होता है उसे चन्द्रेश अनुभव कर रहा था।

चन्द्रेश शास्त्री देवी माहात्म्य, देवी स्तोत्र और देवी पाठ का अध्ययन विशेष रूप से करा रहे थे। पूजन की विधि और उससे जुड़े कर्मकांड की जानकारी विस्तार से दे रहे थे। श्रीनि को बताया गया 'या देवी सर्व भूतेषु' देवी अम्मा ही समस्त ब्रह्मांड की जन्मदात्री, पालनहार और संहारकर्त्ता है। 'सर्व मंगल मांगल्ये शिवे सर्वार्थ साधिके' वे ही मंगल कारिणी और कल्याणी हैं। सबका कल्याण करती हैं। 'शरण्ये त्र्यम्बके गौरी नारायणी नमस्तुते' उनकी शरण में जाते ही वह गौरी, नारायणी सारे दुःख कष्टों का नाश करते हैं। वे सभी की माँ है। वे ही बुद्धि, शक्ति और लक्ष्मी की प्रदाता हैं। वे अत्यंत ही करुणा और दयामयी हैं। श्रद्धा, विद्या, दया और स्नेह की देवी हैं। वे ही आराध्या है। देवी माँ के इन गुणों से संबंधित श्लोक का पठन पाठन चन्द्रेश ने श्रीनि को सिखाया। "या देवी सर्वभूतेषु बुद्धि रूपेणि संस्थिता, नमस्तस्येय नमस्तस्येय नमस्तस्यै नमो नमः"। चूँकि श्रीनि को जीवन पर्यन्त देवी माँ की ही पूजा-उपासना और भक्ति करनी थी सो चन्द्रेश शास्त्री उसे बार-बार देवी माहात्म्य को गहरे तक उसके दिल दिमाग पर बैठा रहे थे। देवी अम्मा के सौंदर्य, शील और शक्ति ने श्रीनि को अभिभूत कर दिया। जब भी अवसर मिलता देवी अम्मा का स्तुतिगान मन ही मन करता। श्रद्धा, मुग्ध नयनों से देवी अम्मा की दिव्य एवं सुंदर मूर्ति को निहारता रहता। कभी-कभी सपने में भी वे अपने इस किशोर भक्त को दर्शन दे कृतार्थ करती रहती थीं।

चतुर नारायण ने श्रीनि को धीरे-धीरे मंदिर की जवाबदारी सौंपना आरंभ कर दिया। पहले उसे गर्भ गृह की साफ-सफाई एवं देवी के शृंगार का काम सौंपा गया। प्रातःकालीन पूजा किस प्रकार से की जाती है उसका शिक्षण दिया। सांध्य आरती के समय भी उसको साथ रखने लगा। धीरे-धीरे देवी माँ की पूजा, शृंगार, आरती आदि काम अकेले निपटाने का अवसर उसे दिया गया। कुशाग्र बुद्धि श्रीनि ने सारा

काम अच्छी तरह से सँभाल लिया। नारायण ने जान-बूझकर गौरी को भी श्रीनि की मदद का काम सौंपा। वह गर्भगृह की सफाई, देवी अम्मा के शृंगार, चंदन, कुंकुम, स्वर्णाभूषणों से देवी माँ को सजाने, फूलों की मालाएँ बनाने और प्रसादम् का काम करने लगी। गर्भगृह के बाहर की झाड़ू-बुहारी और पोंछे का काम देवकी देवदासी के जुम्मे था।

जब नारायण स्वामी को विश्वास हो गया कि मंदिर का काम श्रीनि ने ठीक से सँभाल लिया है तो वह निश्चिंत हो गया। चन्द्रेश ने भी उसे बताया कि पढ़ाई और कर्मकांड तथा ज्योतिष के काम में भी श्रीनि की प्रगति उत्साहजनक है। तब देवी अम्मा की दैनिक पूजा-पाठ से अपने को अलग कर लिया। सिर्फ मेले और देवदासियों के लगन का काम अपने हाथ में रखा। साथ ही चढ़ावे का हिसाब-किताब भी उसी के पास था। दो-चार बार श्रीनि की परीक्षा लेने के हिसाब से जान-बूझकर चढ़ावे की रकम मंदिर में ही पड़ी रहने दी। श्रीनि ने हर बार सारी रकम अपने मामाजी के पास जमा करा दी। अपने भांजे की ईमानदारी और देवी माँ के प्रति समर्पण, श्रद्धा-भक्ति देखकर वह अत्यन्त प्रसन्न हुआ। देवी माँ के लिए योग्य, भक्त-पुजारी और गौरी के लिए योग्य पति के चयन पर उसकी आत्मा में भांजे के प्रति प्यार का सागर हिलोरें मारने लगा।

नारायण स्वामी के दूसरे अति महत्त्वपूर्ण काम में थानेदार राजम, गाँव-सेठ वीरप्पा पाटिल और पंचायत का सरपंच कृष्णन भी भागीदार थे। तालुके का नेता देवणगिरी भी समय-समय पर मदद करने आता था। श्रीनि को बाद में पता चला था कि मंत्रिमंडल के एक मंत्री का इन पर वरदहस्त था। सोनदत्ती गाँव से लेकर तालुके और राजधानी ही नहीं मुंबई, चेन्नई, दिल्ली तक इनका पक्का जाल फैला हुआ था। जिसे तोड़ना साधारण आदमी के बस की बात नहीं थी। मुंबई, बेंगलोर, दिल्ली से आने वाले लोगों के साथ इनकी बैठकें कभी नारायण मामा के मंदिर से लगे कमरे में तो कभी वीरप्पा सेठ के घर होती थीं। परंतु जब से श्रीनि आया था बैठकें बाहर ही होती थीं। वीरप्पा सेठ ने इसका प्रबंध गाँव के सिरे पर अपने खेत में बने मकान में कर दिया। बीच-बीच में एक मोटी सी काली औरत भी आती थी। मोटे ओंठ, छोटी आँखें, भरे गाल, आँखों से झरती क्रूरता, पसरी कमर और बड़े-बड़े नितंब। भुजाएँ भी उसकी मोटी थीं और थुल-थुल पेट साड़ी के बाहर लटकता था। दिन भर बकरी की तरह तंबाकू का पान चबा-चबाकर थूकती रहती थी। नारायण मामा से वह उसके सामने पहली बार मिलने आई तो उसे देख श्रीनि डर गया था। वर्धनम्मा उसका नाम था। उसे जब पता चला कि नारायण स्वामी का उत्तराधिकारी श्रीनि स्वामी बनेगा तो उसके गालों को मरोड़ा तो वह शर्म से गड़ गया। नारायण मामा हँसते रहे। शराब की बदबू उसके मुख से आ रही थी। बाद में पता चला वह चौदह से बीस साल की उमर के लड़कों की शौकीन है। दो एक रख छोड़े हैं।

आँखों को नचाते-हँसते बोली, "अय सामी ! पुजारी बनने कू बाद हमकू बी याद रखते। आप हमरे नवे स्वामी।" उसकी आँखों में उतर आई वासना की लहर ने श्रीनि को भयभीत कर दिया। मुश्किल से अपने को छुड़ा भाग खड़ा हुआ। उसके आने का जब भी पता चलता पाठशाला की तरफ भाग जाता। बाद में जब समझने लगा तब पता चला था कि वह देवदासियों की दलाली खाती थी।

ये बैठकें अकसर रात दस बजे बाद होतीं। वैसे भी गाँव में रात आठ बजे बाद ही सोता पड़ जाता था। खेती, दाड़की के काम से थके किसान, मजदूर, उनकी औरतें-लड़कियाँ और बच्चे दिन भर की कड़ी मेहनत के बाद जल्दी सोना पसंद करते थे। कारण दूसरे दिन भोर में ही सूरज निकलने के पहले खेत पर और गाय-ढोरों को चराने निकल जाना पड़ता था। तीज-त्यौहार-मेले के समय गाँव की भजन मंडली कीर्तन, भजन और देवदासी के नृत्य का आयोजन करती थी। गाँव की चौपाल पर तो भजन कीर्तन होते थे। देवदासी का नृत्य मंदिर में। परंतु अकसर भजन कीर्तन भी मंदिर के आँगन में ही होता था। ये ही उनके मनोरंजन के साधन थे। गाँव की भजन मंडली के पास अपने वाद्य थे। वैसे मंदि" का भी अपना वाद्य वृन्द था। औरत के अलावा धर्म भी उनके मनोरंजन का बायस था।

देवदासियों के लिए मंदिर और गाँव की पंचायत की ओर से धर्मशाला और विश्रामालय की व्यवस्था थी। वैसे गाँव में देवदासियों का भी एक मुहल्ला था। उनमें अधिकांश बूढ़ी, काली-कलूटी और विकलांग औरतें ही थीं। ज्यादातर नीचे तबके के लोग अपनी बेटियों को किसी मनौती के अधीन ही देवी अम्मा को ब्याह देते थे। उन्हें इन्हीं में जगह मिलती थी। गरीब तबकों में गरीबी इतनी अधिक थी कि दहेज देकर अपनी बेटी ब्याह नहीं सकते थे। अतः लड़की से छुटकारा पाने का यह आसान तरीका देवदासी बनाना था। मंदिर की ओर से देवी की ब्याहताओं का पालन-पोषण किया जाता था। श्रीनि ने अनुभव किया बीच-बीच में अनेक लड़कियाँ गायब हो जाती हैं। कुछ गाँव के आसूदा लोगों की रखैल बन जिंदगी बिताती है। कुछ गाँव और आस-पास के गाँवों के मनचलों के साथ भाग जाती हैं। अधिकांश मुंबई, बेंगलोर, चेन्नई ही नहीं दिल्ली तक के वेश्यालयों में अपनी अंतिम साँसें गिनती थीं। धर्म के नाम पर किए जाने वाले इस व्यभिचार से वह थर्रा गया। वर्धनम्मा इसी खरीद फरोख्त के लिए आती थी।

श्रीनि की पढ़ाई सुचारु रूप से चल रही थी। शीघ्र ही उसने कर्मकांड और पूजा-पाठ तथा यज्ञ-हवन से संबंधित सारे श्लोकों, स्तोत्रों को कंठस्थ कर लिया। नारायण स्वामी ने देवी की पूजा, उपासना, हवन आदि उसको पूरी तरह से सौंप दिए। देवी माँ की सेवा करते समय वह मन ही मन देवी-स्तोत्रम् का पाठ करता जाता। देवी भागवत में उनके सौंदर्य का जो विवरण दिया गया था वह उसे मूर्ति में दिखाई देता। मुग्ध भाव से उस मुख को निहारता।

देवी भागवत में ही नहीं कालिदास की रचनाओं में भी सौंदर्य बिखरा पड़ा था। संस्कृत साहित्य से ज्यों-ज्यों परिचित होता गया उसकी प्यास बढ़ती चली गई। कालिदास, भास, शूद्रक, बाणभट्ट आदि की कृतियों ने उसकी आत्मा में रूप, रस, गंध की एक नई दुनिया बसा दी। अनेक बातें समझ में न आने पर बार-बार पढ़कर कालिदास की आत्मा को पकड़ने का प्रयत्न करता। उस महाकवि की उपमाओं, शृंगार रस और सौंदर्य वर्णन ने चमत्कृत किया। शास्त्री जी भी कालिदास के भक्त थे। बड़ा रस ले-लेकर अभिज्ञान शाकुंतलम्, मालविकाग्निमित्रम् और मेघदूतम् पढ़ाते। मेघ के जरिए अपनी प्रिया को अपनी विरह वेदना, और हृदय की व्याकुलता को संदेश के रूप में भेजने की महाकवि की कल्पना उसे अद्‌भुत लगी। कालिदास सुंदरता के पुजारी लगे। जहाँ ऋग्वेद में प्राकृतिक सौंदर्य का अद्‌भुत विवरण था वहीं कालिदास में प्रकृति के साथ ही ईश्वर की श्रेष्ठ कृति नारी के मांसल, दैहिक और आत्मिक सौंदर्य का श्रेष्ठ समन्वय उसे मिला। कुमारसंभवम् में शिव-पार्वती की प्रणय एवं केलि-लीला में एक अद्‌भुत आकर्षण और रस निष्पत्ति थी। नारी-पुरुष के मिलन की सात्विक परिणिति उसमें दिखाई दी। कहीं से भी वह अश्लील नहीं लगी।

शुरू-शुरू में शास्त्री जी को प्रभावित करने के लिए बिना समझे रट लेता था। शास्त्री जी के पूछने पर तत्काल रटा-रटाया सुना देता। वे अर्थ पूछते तो गड़बड़ा जाता। एक बार नारायण मामा ने उसे रटते हुए पकड़ लिया। हँसते हुए छेड़ा, ''क्या श्रीनि स्वामी ? तोता रटन्त करते क्या ? अरथ मालूम की न को ?''

श्रीनि झेंप गया। उस दिन से बड़े ध्यान से समझते हुए पढ़ने लगा। जहाँ समझ में नहीं आता शास्त्री जी की मदद लेने में संकोच नहीं करता। समझ कर पढ़ने में एक नया आनंद आने लगा। शास्त्री जी ने समझाया, ''संस्कृत गेय भाषा है। वह देव वाणी है। वह गीत, संगीत और साहित्य का समन्वित सौंदर्य है।'' अपने मुद्दे पर जोर डालने के लिए उन्होंने कालिदास के ऋतुसंहारम् के कुछ अंश गाकर सुनाए। श्रीनि अभिभूत था। जब उन्होंने राजर्षि विश्वामित्र की जीवन और सौंदर्योपासना की कथा सुनाई तो वह चमत्कृत हुआ। उनके द्वारा रचित 'गायत्री मंत्रम्' में वर्णित ब्रह्मांड एवं सूर्य भगवान के विराट सौंदर्य के आकलन का अर्थ बताया तो दंग रह गया।

पुस्तकों के महत्त्व का प्रतिपादन करते हुए चन्द्रेश शास्त्री ने पुनः समझाया, ''श्रीनि स्वामी ! पुस्तकें सदियों को एक-दूसरे से जोड़ती हैं। अब देखो वेद पाँच हजार वर्षों से भी अधिक पुराने हैं। भास और कालिदास के नाटक, पाणिनि का व्याकरण, वाल्मीकि की रामायण, पुराण-इतिहास सदियों पुराने हैं। पर वे ज्ञान का कोष हैं उनके रचयिता साहित्यविद ऋषियों ने उनमें मनुष्य और मनुष्यता की बात कही है। इन्होंने पीढ़ियों को जोड़ा है। ये मनुष्य और संस्कृति की विरासत हैं। इन्हें सँभाल कर रखना हमारा कर्तव्य है।'' भाव-विभोर शास्त्री जी की आत्मा से निकली

बात श्रीनि की आत्मा में उतर गई। तब साहित्य की दुनिया में वह डूब गया।

श्रीनि को पहली बार नारायण मामा के साथ लंबे समय से रहने का अवसर मिला। इसके पहले जब भी अपनी माँ के साथ या अकेला आता तो आठ पंद्रह दिन की छुट्टियाँ ममसाल में बिता चला जाता। अतः मामा को अत्यंत निकट से देखने, परखने जाँचने का अवसर नहीं मिलता था। फिर उमर में छोटा होने से भी उसका अधिकांश समय गौरी के साथ खेलने, खाने, झगड़ने और मंदिर से लगे तालाब में तैरने आदि में बीत जाता था। ऐसे में मामाजी की कमजोरियों तथा पुजारी के अलावा वे जो काम करते थे इनकी जानकारी नहीं के बराबर थी। वे उसके खान-पान, कपड़े-लत्ते, रहन-सहन आदि का पूरा ध्यान रखते। छुट्टी बिताकर घर जाते वक्त कपड़ों-पैसों से लाद देते। मामा का प्यार भरा यह रूप उसके मन को गहरे तक प्रभावित किए था। सो नारायण स्वामी उसके प्रिय एवं आदर्श मामा थे। वे उसके लिए पितृतुल्य थे। परंतु इन कई महीनों के साथ ने मामाजी की दूसरी ही तस्वीर पेश करना आरंभ कर दिया। दूरी व्यक्तियों और वस्तुओं की धुँधली तस्वीर पेश करती है। और निकटता सच्चा निर्धारण करती है।

इसमें कोई संदेह नहीं कि मामा उसे बेहद प्यार करते थे। और जब से उन्होंने उसे अपनी बेटी गौरी के लिए पंसद कर लिया था तब से तो और अधिक चाहने लगे थे। उसकी हर इच्छा उनके लिए आदेश होती थी। जब उन्हें पता चला कि संस्कृत के अध्ययन में श्रीनि अच्छी रुचि ले रहा है तो वे बहुत प्रसन्न हुए। और जब चन्द्रेश ने बताया कि वो कालिदास, भास, बाणभट्ट की कृतियों में रुचि रखता है तो उन्होंने तत्काल इनकी व्यवस्था कर दी। चन्द्रेश से कहा, "शास्त्री ! श्रीनि कू जिस बी कताब का जरूरत पडे, बताते। हम मँगा देते। पैसे का चिंता नको।" उसकी मन पसंद किताबों का ढेर लगा दिया। उनके इस स्नेह-लाड़ को श्रीनि सिर-आँखों स्वीकारता था। परंतु उसे अनुभव हुआ कि नारायण मामा का व्यवहार और आदतें परिष्कृत नहीं हैं। आदत और व्यवहार का कोई इलाज नहीं है। न ही इनके सुधार के लिए बाजार में कोई दवाई उपलब्ध है। यदि मिलती तो हर इंसान इनका इलाज सफलता और सरलता से कर लेता। अकसर ये हठधर्मिता का रूप धारण कर अनेक परेशानियों, विसंगतियों और दुःख का कारण बन जाती हैं। वे मनुष्य के अच्छे गुणों को निस्तेज कर देती हैं। व्यक्ति का साथ श्मशान और कब्रिस्तान तक निबाहती हैं।

नारायण स्वामी के साथ यही हुआ। उसके पास पद और उससे जुड़ी प्रतिष्ठा, मान सम्मान और पैसा सभी कुछ था। परंतु वो सुसंस्कृत नहीं था। गौरी और श्रीनि के प्रति तो बेहद प्यार था। उनसे बतियाते वक्त प्यार की भाषा का उपयोग करता। परंतु चन्द्रेश और दूसरों के साथ भाषा में अधिकार और गँवारूपन होता था। वह अनगढ़ होती। झिड़क कर बात करता। दूसरों का अपमान करने में आनंद आता।

भाषा-साहित्य मनुष्य को संस्कार देती है। मंदिर में पूजा-उपासना, श्लोकों-मंत्रों-स्तुतियों और श्री सूक्त का उच्चारण दोषपूर्ण था। कर्मकांड कराते वक्त भी सांगोपांग रीति का पालन नहीं कर पाते थे। उन्हें टोकने का साहस किसी में भी नहीं, चन्द्रेश शास्त्री में तो बिलकुल नहीं था। जबकि शास्त्री जी सोनदत्ती में ही नहीं आस-पास के दस गाँव कस्बे में अकेले वयवृद्ध, अनुभव सिद्ध और ज्ञानवृद्ध थे। लेकिन गरीबी ने सारे गुणों को ग्रहण लगा रखा था। उस दिन कालिदास के श्लोक, "मध्ये क्षामा चकित हरिणी प्रेक्षणा निम्न नाभिः" का अर्थ समझने में कठिनाई हो रही थी। नारायण मामा पास ही थे। उनसे जानना चाहा तो टालते हुए कहा, "श्रीनि शास्त्री ! अरथ अपने चन्द्रेश से पूछते। जादा गेहराई में जाको क्या होगा बाबा ? पंडिताई और पुजारी पुरते का सीखते। अब हमकू देखते ? कैसा बढ़िया काम चलाते ?"

श्रीनि हैरान रह गया। एक ओर तो मामा उसे विद्वान बनाना चाहते हैं। दूसरी ओर काम पुरता सीखने का कह रहे हैं। परंतु जिस रास्ते पर चल पड़ा था उससे वापस लौटना संभव नहीं था।

नारायण स्वामी के पास धार्मिक सत्ता थी। वह देवी अम्मा का प्रतिनिधि था। मनुष्य एक बार परिवार, समाज, सरकार और उसके कानूनों की मुखालफत कर सकता है। इनसे संबंधित नियम-कायदों की अवमानना करता भी है। किंतु ईश्वर, धर्म और उसके प्रतिनिधि पुजारी, पुरोहित, पंडित, पंडों, इमाम मुल्ला-मौलवी की खिलाफत करना ईश्वर की सत्ता को चुनौती देना माना जाता है। इनका विरोध करने का साहस किसी में नहीं। नारायण स्वामी इस तथ्य को अच्छी तरह से जानता था। देवी अम्मा ने अपने इस पुजारी को अपनी दैवी शक्ति दे रखी थी। इसका भरपूर फायदा वो उठाता। इसने उसमें अहंकार और अहमन्यता तथा श्रेष्ठता की भावना जगा दी। अपने सामने किसी को कुछ नहीं समझता था। एक तो ब्राह्मण ऊपर से पुजारी दोनों ही रूप में वो पूजनीय होने से उसे सर्वाधिकारी बनते देर नहीं लगी। अपने सामने बट सभी को तुच्छ समझता था। यहाँ तक कि थानेदार, पुलिस और राजनेता भी उसके सामने कीड़े-मकोड़े से अधिक नहीं थे। सभी उसके आशीर्वाद के लिए लालायित रहते।

पढ़ाई और मंदिर का काम निपटाने के बाद मंदिर के आँगन या पास के मैदान में श्रीनि खेलने चला जाता। स्कूल के दूसरे साथी भी आ जाते। ग्रामीण खेल गिल्ली-डंडा, लँगड़ी, कबड्डी उनके खेल होते। लँगड़ी और पांसों के खेल में गौरी भी साथ देती। परकोर की लाँग लगा तेजी से अपनी पतली टाँगों पर उछलती। मंदिर से लगे सार्वजनिक तालाब में तैरना उसे बेहद पसंद था। कभी-कभी देवदासियों की तरफ निकल जाता। दोपहर में धूप सेकती वे गप्प मारती या एक दूसरे के सिरों से जुएँ निकालती मिलतीं। सोनदत्ती और आस-पास के गाँवों के निठल्ले-मनचले वहाँ मँडराते मिल जाते। उसे देख भाग खड़े होते। देवदासियाँ बड़े आदर-श्रद्धा से उसका स्वागत करतीं। अपनी अम्मा की उमर की देवदासियों का उसे चरण स्पर्श प्रणाम करना अटपटा लगता।

एक संकोच और शर्म से गड़ जाता। मगर धीरे-धीरे उसका अभ्यस्त हो चला। तब बड़े गर्व से खुश और सुखी रहने का आशीष देने लगा।

उमर के जिस दौर से गुजर रहा था वह बालपन और जवानी की चौखट थी। कुछ-कुछ समझने लगा था बहुत कुछ नहीं भी। नहीं समझ पाने का प्रतिशत अधिक था। गाँव के लोग खासकर औरतें, लड़कियाँ, बच्चे, कपड़े धोने, बर्तन माँजने, स्नान करने, पीने का पानी भरने तालाब पर ही आते थै। किसान, गाय-बैलों, भैसों, बकरियों को पानी पिलाने, नहलाने यहीं आते थें। जानवरों को वो मल मल कर नहलाते। दो-चार भैंसें तो दिन भर तालाब के पानी-कीचड़ में बैठी रहतीं। एकाध कौआ उनकी पीठ पर आ बैठता। मंदिर का होते हुए भी तालाब निस्तारी था। सारे गाँव की सार्वजनिक संपत्ति।

साड़ी का कच्छा लगा खूबसूरत मांसल पिंडलियों और जाँघों के एक भाग को दर्शाती दम्मो तालाब किनारे पड़े पत्थर पर जब झुककर कपड़े धोती तो चोली से झाँकते उरोजों की पुष्ट गोलाई श्रीनि की आँखों को बीन बद्ध सर्प सी बाँध लेती। बिना पलक झपकाए एकटक निहारता रहता। रगड़-रगड़ कर नहाती नारियों की मांसल देह से चिपक जाने वाले गीले कपड़ों के कारण नितंबों, जाँघों, नाभि के नीचे खिसकती साड़ी से अनावृत पेट का भाग दिल की धड़कन, साँसों की रफ्तार और खून की गर्मी बढ़ा देता। कभी-कभी सपने में वह दृश्य दिखाई देने पर स्वप्न-दोष का कष्ट झेलना पड़ता। आतंकित मन शर्म, पाप और अपराध बोध से कई दिन पीड़ित रहता। किसी काम में मन नहीं लगता। ब्रह्मचर्य के खंडित हो जाने से उदास रहता। मन ही मन श्री सूक्त का पाठ कर देवी अम्मा से क्षमवस्य...क्षमवस्य...क्षमा माँगता। कसम खाता तालाब की ओर अब कभी नहीं जाएगा। नहीं किसी नारी को नहाते, कपड़े बदलते या कपड़े धोते देखेगा। मगर मन और आँखें कसम मानने से इन्कार कर देते। कदम मन का कहना मान तालाब की ओर खींच ले जाते। घाट की सीढ़ियों पर जा बैठता। कंकड़ पानी में फेंक, उठते छोटे घेरों को बड़े घेरों में बदलता देखता। यदा-कदा कोई चिड़िया पानी पीने और नहाने आ धमकती। पंख फड़फड़ाकर मजे में नहाती। इन्हें अधिक देर देखने से इन्कार कर विद्रोही आँखें स्नानरत रूपसियों के सौंदर्य को निहारने में व्यस्त हो जातीं।

दोपहर में घरेलू काम निपटाने तालाब पर आई औरतें तरह-तरह की बातें करतीं। अपने सुख-दुःख बाँटतीं। आपसी लड़ाई, सास-बहू के झगड़ों, देवर-भौजाई के रसमय क्षणों और ननद-भौजाई की दरारों-रसीली बातों की खुलेआम चर्चा करती।...अरी दम्मो ! तेरेकू मालूम....जसोदा कित्ती झांबाज हे...पदमा को दबा के रखती...बेटे कू बी पल्लू से बाँध के रखती...बहू को पास में सुलाती...अगो बाई ऐसा क्या ?...हव ! मय क्या झूठ बोलती ?...एक औरत दूसरी की जिनगी में जहर क्यू घोलते बाया ? ...औरत का नसीब ?...अरे...अरे ! सुनते क्या ?...वीरप्पा पाटिल सेठ की सादी सुदा

बेटी !...अरे वो !....मुटल्ली नरबदी !...हव वोज...क्या हुआ उसकू ? होयंगा क्या ? मुनीम के बेटे... ? आँखों से गंदा इशारा कर खद-खद हँसने लगी...तेरे कू केसे मालूम ? ...येल्लो जो बात सारे गाम कू मालूम मेरे कू क्यों नी मालूम ?...अरे...उसका बाप वीरप्पा सेठ क्या कम बदमास ? सेठानी के अलावा दो देवदासी कू रखेल बनाया। फेर बी दिल नेई भरा ?...अरे वो जब जमींदार था तब क्या कम हरामीपने करे ! जमींदारी खतम होने के पेलेच किराना दूकान डाले। बाबू, अपसर, नेता, मंत्री कू पैसा खिला रासन का दूकान ले लिए...इदर का माल उदर करता हराम का पिल्ला। कनटरोल का सकर, घांसलेट का काला बाजार करता। अच्छा अनाज बी उदरच करता। सकर-घांसलेट तो कदीच नी मिलते। खबसूरत लड़की देख लार टपकाता। पक्का बेसरम।...अरी ! उसका क्या गलती। सेठानी बैठे-बैठे खाकू थैला बने। खाट से पाट पर और पाट से खाट पर। बस ! दोच काम। अब वो सेठ का काम की नेई रही ! ...अरे ! तू काय कू उसका तरपदारी करती ?...कंही कुच तेरा...उस ...से ?...अरे हट ! मय उस काले भैंसे पे थूकती बी नी।

...अय्यो...अय्यो...नारायण सामी ! सबसे बड़े ! इक तो बामन ! उपर से देवी अम्मा का पुजारी ! देवी अम्मा की उनपे बड़ी किरपा...तोंदियल वीरप्पा सेठ से बड़ी पटती उनकी। सरकारी अपसर, थानेदार, ओर तालुका नेता ही नी मंतरी भी भौत मानते उनकू बा !...चुनाव के पेले देवी माँ का पूजा-पाठ, हवन-यज्ञ करते। आसीरबाद लेते, जीतने पे भोत चढ़ावा चढ़ाते। चुनाव में गरीबों, गाँव वालों को देवी अम्मा का हुकुम सुनाते...नारायण सामी। किसी कू जिताना-हरवाना उनके बाएँ हाथ का कमाल ! ...पण !...पण का क्या मतलब रखमा ?...अरे ! पेसे और औरत के मामले में पुजारी सामी बी जरा...दम्मो ने आँखों से अश्लील इशारा किया...दोपहर बाद मंदिर की सीढ़ियों की बगल के चबूतरे पर बैठे श्रीनि की देह कान बन जाती। उसकी उपस्थिति से बेखबर वे बतियाती...पार्वती अम्मा के सरगबास के बाद लेछमी अम्मा सामी पर कित्ता दबाव डाले...लगन करो...सादी बनाओ...पण मानेच नी...गौरी कू सौतेली माँ तकलीप देंगे...सो सादी नहीच बनाए...अरी रख्मा ! सादी क्यू बनाते ? रोज तो नई देवदासी. ..खद खद हँसी का फौव्वारा छूटा...कम कम उमर की पोट्टी...मजा लूटने को...सादी का क्या काम ?...सादी बनाते तो घरवाली से लड़ाई-झगड़े का डर ?...नारायण पुजारी अपने बाप का माफिक संत थोड़े ?...वेदा सामी तो देवता....देवता। गाँव की हर बेटी-बहू-बहन कू अपनी बेटी-बहन-बहू मानते...अरे दम्मो ! देवदासी कू बी अपना बेटी मानते की नी...हव बाबा तू ठीक बोले रखमा...वेदा सामी संत पुरख...पण नारायण पुजारी बी ऐसे क्या ?...नहीं ! में सारी मुंडिया हिल गई...बड़े मनचले पुजारी सामी ...सादी बनाते तो दिल कू रोकना पड़ता...हव बाई तू ठीक बोले...जब तलक पार्वती अम्मा जिंदा रहे देवदासी का तरफ निगाह उठाने का हिम्मत नहीं हुए...उसके जाते कोई रोकने टोकने वाला नी...मन मर्जी का मालक ...किसी राजा माराजा की तरे

चाहू जित्ती देवदासी का साथ...। जान-बूझकर छोड़ी अधूरी बात को शरारती मुस्कान से समझाया...सभी खद खद हँसने लगी।

अय्यो...अय्यो...क्या जमाना आया बा ! दिन में च मंदिर में देवी के सामने ...अरे बापा रे बापा माफी देते देवी अम्मा...माफी। नारी-पुरुष के यौन संबंधों के बारे में कोरा कागज श्रीनि बुद्धू सा बैठा रहा। समझने की हर कोशिश नाकाम रही। मगर इतना जरूर भाँप पाया कि मामा की सार्वजनिक छवि उजली तो नहीं ही है।

बाया पुजारी सामी नए लड़के कू लाया बा ! पोट्टा सुंदर हे...भोला भाला चेहरा ...दुबला-पतला...सुकुमार...बात चकरी सी घूम कर उस पर आ टिकी है...अरे दाखा ! नवा नई रे ! पुजारी सामी के बहिण लख्मी अम्मा का श्रीनि हे...अच्छा श्रीनिवास हे...हव....छुट्टी....मुट्टी में आया होयंगा ?..अरे नई रखमा मेरा सुब्बू की पाठसाला में पढ़ता चन्द्रेश सास्त्री बताया पुजारी सामी छोकरे कू पुजारी बनाएंगा...सायद गौरी का नवरदेव बनेगा...अइसा क्या ? शर्म के मारे श्रीनि भाग खड़ा हुआ।

दैनिक पूजा-पाठ का काम यद्यपि श्रीनि ने ही सँभाल रखा था, लेकिन बीच-बीच में नारायण स्वामी भी पूजा-पाठ कर लिया करता। खासकर तीज-त्योहार और दुर्गा उत्सव के दिनों में। उन दिनों सहायक रूप में श्रीनि उनकी मदद करता। आदत के मुताबिक बिना समझे-सोचे, नारायण स्वामी मंत्रोच्चार के साथ पूजा जल्दी-जल्दी निपटाता। मन में श्रद्धा-भक्ति की कोई भावना नहीं रहती। उसकी दृष्टि में यह नित्य कर्म था। जबकि श्रीनि पूरे इत्मीनान के साथ पूर्ण भक्ति-भाव से धीरे-धीरे मंत्रों, श्लोकों और देवी सूक्त का पाठ शुद्ध उच्चारण के साथ करते हुए माँ की पूजा करता। अनेक बार श्रद्धा-भक्ति के आवेग में उसकी आँखें बंद हो जातीं। यदा-कदा मानस पटल पर देवी माँ की दिव्य आकृति का आभास होता। तब उसका मन भक्ति-भाव से भर-भर आता। आँखें नम हो जातीं। कंठावरोध हो जाता। करुणा से विगलित हो जाता।

गर्भ गृह, प्रदक्षिणा पथ, और मंदिर के आँगन से थोड़ी दूर पर एक बड़ा-सा कमरा था। कमरे की तिजोरी में प्रति दिन और उत्सव-पर्वों पर चढ़ाई गई नगदी, देवी माँ के शृंगार से संबंधित कीमती स्वर्ण-रत्नाभूषण, जिनमें कंगन, हार, कर्ण फूल, पायजेब, स्वर्ण मुकुट, सोने के अन्य गहने थे। सोने-चाँदी के तारों और मोतियों से जड़ी, बेल-बूटे वाले रेशम, मखमली वस्त्र आदि सँभाल कर रखे गए थे। तिजोरी दीवाल में चिन दी गई थी। कमरे और तिजोरी की चाबी नारायण स्वामी की जनेऊ में बँधी रहती। चाबियों का गुच्छा जनेऊ में रहने से उनका स्पर्श चौबीसों घंटे अपनी देह पर महसूस करते रहने से निश्चिंत रहते थे। इसी कमरे में शानदार मसहरी एवं मच्छरदानी वाला पलँग था। पलँग काफी ऊँचा और मोहोगनी का था। मोटी मखमली गादी, मखमली रजाई और छोटे गोल तकियों से सजा था। सिरहाने और पैताने मध्यम आकार के काँच लगे थे। फर्श पर मोटी सी दरी बिछी थी। नीचे एक कोने में मोटी

गादी और गाव तकिए की बैठक थी। दो-चार कुर्सियाँ, टेबल और तिपाइयाँ भी थीं। कमरे में एक और अलमारी थी। शौकीन और रंगीन मिजाज नारायण स्वामी ने उसमें रेशमी, ऊनी वस्त्र, विशेष अवसरों के लिए पीतांबर, अंग वस्त्रम, इत्र-फुलेल आदि रख छोड़े थे। क्रीम-पाउडर और भी कुछ वस्तुएँ थीं। एक अन्य छोटी अलमारी में पीने पिलाने की विदेशी शराबें, व्हिस्की, रम की व्यवस्था थी। कभी-कभी सामिष भक्त देवी माँ को पुजापा चढ़ाने आते थे। शाक्त पद्धति से तांत्रिक पूजा-हवन कर देवी माँ को महँगी शराब और बकरे की बलि देते थे। चढ़ाई गई दारू की बोतल उन्हें ही मिलती थी।

आरंभ में नारायण स्वामी को शराब व मांसाहारी भोजन से सख्त परहेज था। ये सारी चीजें वे गाँव के मांसाहारी महार आदि नीची जाति के लोगों में बँटवा देते थे। परंतु वीरप्पा पाटिल और थानेदारों की सोहबत में उनका व्रत टूट गया। मजाक में वीरप्पा पाटिल ने एक दिन नारायण स्वामी से कहा, "पुजारी स्वामी ! जिसने मांस खाया नहीं और मांस लड़ाया नहीं वो बड़ा अभागा। मय ठीक बोला न थानेदार साब।"

"बिलकुल ठीक बोले वीरप्पा सेठ। देवी माँ। इस संसार में सब चीजां बनाया। दारू बी देवी माँ का परसाद ! जदि परसाद कू मना किए तो देवी माँ नाराज होयंगे। होयंगे कि नहीं ?" थानेदार ने ताईद की।

"बरोबर...बरोबर जरूर नाराज होयंगी देवी माँ। उनकू नाराज नई करते।" हँसते हुए आँख मारी, "पुजारी स्वामी ! मांस तो आप खूब लड़ाए। खाए नहीं। ये तो देवी माँ का परसाद ! ये कोई शराब थोड़े। परसाद चखते। नई चखने पे देवी मा नाराज होयंगे। हय ना थानेदार साब ?"

"हव ! परसाद को मना नी करते।" पेग आगे बढाते हुए थानेदार ने दबाव डाला।

नारायण स्वामी ने हथियार डाल दिए। गिलास से दो बूँद निकालकर देवी माँ को अर्पित किया। डरते-सहमते घूँट लिया। दवा से भी ज्यादा कड़वी थी वह। गला, भोजन नली और पेट तक कड़वाहट की लकीर फैल गई। कवाब खाने पर कड़वाहट दबी। रक्त में गरमी आ गई। आँखों में सरूर उतर आया। देह हल्की लगी। उस दिन से वो तीनों हमप्याला और हमनिवाला बन गए। मांस और मदिरा आदत में शुमार हो गए। लेकिन नारायण स्वामी ने एक सावधानी हमेशा बरती। गौरी और श्रीनि के सोने चले जाने के बाद देर रात में एकांत में अपने कमरे में उसका सेवन करते। इतनी सावधानी और बरती कि मंदिर में कभी भी वीरप्पा पाटिल और थानेदार के साथ शराब पार्टी का आयोजन नहीं किया। ऐसे अवसरों पर वे वीरप्पा पाटिल के यहाँ एकत्र होते। चाहने पर देवदासी का प्रबंध नारायण पुजारी कर देते।

शराब और मांसाहारी भोजन के कारण नारायण की देह भर कर पसर गई। तोंद निकल आई। आँखों में हर दम रसिकता तैरने लगी। अपनी सार्वजनिक पवित्र

दैवी छबि के प्रति वह सदा सजग रहता। उस पर कोई भी असर न पड़े इस हिसाब से काम करता। मंदिर में और देवी भक्तों के सामने सदैव गंभीरता का मुखौटा ओढ़े रहता।

उस दिन अचानक क्या सूझा कि नारायण ने श्रीनि को बुलवाया।

''मामा जी ! आप बुलाए ?'' सादर श्रीनि ने जानना चाहा।

''हव बेटा ! चलते हमारे साथ जरा।'' प्यार से कंधे पर हाथ रख अपने कमरे की ओर ले गए।

नारायण मामा के कमरे की जानकारी उसे थी। बचपन में दो एक बार गौरी के साथ उसमें गया भी था। परंतु उसके लिए वह रहस्य और तिलस्मी कमरा था। मामा जी की अनुमति के बिना स्वयं कभी उस कमरे में नहीं गया। नारायण के ध्यान में भी यह बात आई थी। श्रीनि उस कमरे में जाने को उत्सुक रहता था। परंतु माँ की दी शिक्षा, ''बिन बुलाए किसी के घर जाना नहीं; बिन दिए किसी की कोई वस्तु लेना नहीं,'' गाँठ बाँध रखी थी। इसके विपरीत उसके साले रघु का बेटा रामू अनेक बार उस कमरे में घुस जाता था। नारायण के साथ कमरे में जाते वक्त श्रीनि का मन धक-धक कर रहा था। उससे कहीं कोई गलती तो नहीं हो गई ? सहमते कमरे में प्रवेश किया।

जनेऊ से चाबी का गुच्छा निकाल श्रीनि को देते हुए पुजारी ने कहा, ''शास्त्री ! तिजोरी खोलते ?''

इसकी उसे उम्मीद नहीं थी। झिझकते चाबी का गुच्छा ले कुछ पल चकित नजरों से निहारता रहा।

उसकी आँखों में तैर रहे असमंजस को पुजारी ने भाँप लिया। मुस्कराते पूछा, ''ऐसे क्या देखते ? अरे भाई ! तिजोरी खोलते ?'' तभी ख्याल आया तिजोरी खोलने की तरकीब तो बताई नहीं ? तत्काल भूल सुधारी, ''ठहरते ! लाओ ! चाबियाँ दो।''

चाबिया ले उसे तिजोरी के पास ले गए। दोपहर का वक्त होने से चारों ओर सुनसान था। शांतता पसरी थी। इसलिए दरवाजा नहीं लगाया। वर्ना तिजोरी खोलने के पहले कमरे का दरवाजा अच्छी तरह से बंद करने की सावधानी हमेशा बरतते। फिर भी तिजोरी के पास जाने के पहले पर्दा खींच दिया। तिजोरी खोलने की तरकीब उन्होंने उसे समझाई। फिर उसे खोलने का आदेश दिया। एक ही बार में बड़ी सफाई से श्रीनि ने तिजोरी खोल ली।

''शाबाश। श्रीनि चन्द्रेश तुम्हारी सच्ची तारीप करे तुम बहुत होशियार।'' पुजारी मामा ने पीठ थपथपाई, ''अब पल्ला खोलते।''

हेंडल घुमाकर पल्ला खोल लिया। पल्ला खुलते ही श्रीनि की आँखें आश्चर्य से फटी की फटी रह गईं। उसे ये तो अंदाज था कि तिजोरी में देवी माँ के गहने-जेवर और चढ़ावे की सिलक रखी जाती है। परंतु वह स्वर्णाभूषणों और रुपयों से लबालब

भरी होगी इसकी कल्पना उसे नहीं थी। पहले खाने में आभूषण थे तो दूसरे में नोटों और सिक्कों की गड्डियाँ जमी हुई थीं। समय-समय पर खास कर तीज-त्यौहार और दुर्गाउत्सव पर देवी माँ का विशेष शृंगार इन्हीं जेवरों से किया जाता था। वैसे भी कुछ गहने तो देवी माँ की मूर्ति सदैव धारण किए रहती थी। जिंदगी में पहली बार इतना सोना और रुपए देखे थे। ठगा-सा देखता ही रह गया।

नारायण स्वामी पीछे खड़े थे। उसकी पीठ थपथपाते बोले, "श्रीनि बेटे ! इनमें देवी अम्मा के ही नहीं गौरी बिटिया के भी जेवर हैं। उसके लगन के बखत दूँगा। ये सब कुच तुम कू संबालना ! देवी अम्मा का तुम पे बड़ी किरपा। तुमारे पुजारी बनते ये सब और गौरी कू तुमकू सौंपते।" प्यार के अतिरेक में गला रुँध गया। कुछ बोलते नहीं बना। अपने को सँभालने के लिए कुछ पल रुका। खँखारकर गला साफ किया। पर पूरी तरह से हो नहीं पाया। भरे गले से बात पूरी की, "शास्त्री ! गौरी का पूरा ख्याल रखते। पुजारी बनने के बाद वी।" दिल में कहीं ना कहीं संदेह था कि विवाह के बाद किसी देवदासी के चक्कर में न पड़ जाए। "तुम और गौरी मिल कू मंदिर और देवी मा की सेवा वास्ते नवा पुजारी देते। दोनों का बेटा बनेंगा नवा पुजारी।" एक मीठी मुस्कान से नारायण स्वामी का चेहरा और आँखें खिल उठे।

शर्म से श्रीनि का लाल चेहरा झुक गया। सिर झुकाए चुपचाप खड़ा रहा। कोई उत्तर नहीं दिया। थोड़ी देर बाद भाग खड़ा हुआ। नारायण स्वामी का मुख मुस्कान और मृदु हँसी की आभा से खिल उठा।

गौरी और घर की देखभाल के लिए नारायण स्वामी ने देवकी अम्मा नामक देवदासी को रख छोड़ा था। दुबली-पतली इकहरे बदन की देवकी गेहुएँ रंग की थी। गरीबी और खान-पान की कमी ने उसकी रंगत को मार दिया था। पर जबसे देवदासी बन कर आई नारायण स्वामी के यहाँ से नियमित रूप से अच्छा खाने-पहनने से रूप रंग निखर आया। चेहरे और देह पर चमक आ गई थी। छोटे गोल चेहरे पर बड़ा सा गोल टीका लगाती। गले में मंगलसूत्र, पाँव में विछिए, पायजेब, और कर्णफूल। सभी कुछ पुजारी स्वामी का दिया हुआ था। मराठी लांग की सोलहा हाथ की साड़ी पहनती। पुष्ट पिंडलियों की मछलियाँ साफ दिखाई देतीं। कभी-कभी गोरी जाँघें भी दिखाई दे जातीं। लांग के कारण नितंबों का उभार साफ-साफ दिखाई देता। पान पत्ती की बड़ी शौकीन थी। और सुरमई आँखों में मीठी मुस्कान तैरती रहती। पान के कारण पतले ओठ रसीले बने रहते। गाल की ठुड्डियाँ उभरी रहने से वे भरे-भरे लगते। सदा हँसती-मुस्कराती रहती। छोटे चेहरे के अनुरूप नाक भी छोटी थी। जिसमें मोतियों की नथ लटकी रहती। तीस-बत्तीस की देवकी का रूप-यौवन पके आम की तरह रसीला और मीठा था।

खाना बनाने में देवकी बड़ी निपुण थी। शाकाहारी और मांसाहारी दोनों प्रकार के सुस्वादु व्यंजन बना लेती थी। जिस दिन नारायण पुजारी सुरापान का कार्यक्रम

रखता शामी कवाब आदि वही बना देती। इसके लिए अलग व्यवस्था थी। मंदिर के रसोईघर में तो शुद्ध शाकाहारी भोजन प्रसादम् ही बनता था। वह सांबर-चटनी बहुत स्वादिष्ट बनाती थी। गौरी की जवाबदारी पूरी तरह से उसे ही सौंप रखी थी। उसे बेटी से भी अधिक प्यार करती थी। पिछले कई वर्षों से वही उसकी देखभाल करती थी। हर आठवें दिन शिकाकाई, नीबू के छिलकों, दही आदि से गौरी के बाल धोती। तेल मालिश कर नहलाती। चोटी-कंघी कर बढ़िया कपड़े-ब्लाउज-परकोर पहनाती। नारायण स्वामी ही नहीं गौरी को भी अपनी मालकिन मान बड़े आदर से बात करती। उसकी नाराजी-शैतानी को बड़े धीरज से सहन करती।

श्रीनि के आने के बाद उसका भी पूरा ध्यान रखने लगी। वो तो उसकी भी तेल मालिश कर नहलाने को तत्पर थी। परंतु शर्मीला श्रीनि मना कर देता। मालिश के लिए मंदिर के सेवादार दामू की मदद जरूर ले लेता। गाँव के नाई को भी बुलवा लेता। देवकी को पता चल गया था कि श्रीनि न केवल पुजारी स्वामी का भाणेज है वह गौरी का भावी पति और मंदिर का पुजारी भी है। अतः बड़ी श्रद्धा भक्ति से उसकी सेवा करती। उसे बेटे से अधिक मानती। चरण स्पर्श प्रणाम करने को जब झुकती तो श्रीनि लज्जा-संकोच से परेशान हो उठता।

नारायण स्वामी के प्रति उसका व्यवहार भय मिश्रित आदर और श्रद्धा का रहता। वह देवी अम्मा का प्रतिनिधि ही नहीं अवतार था। पुजारी का शब्द और इच्छा देवी माँ का आदेश था। वह देवी ही नहीं उसकी भी दासी थी। पुजारी का आदेश न मानने का मतलब देवी माँ की नाराजी और श्राप मोल लेना था। वह एक धर्म भी भीरु नारी थी। मानती थी कि पुजारी स्वामी उसकी देह और आत्मा दोनों का स्वामी है। एक प्रकार से वह पुजारी की अघोषित पत्नी थी। जिसे पुजारी चाहे जब बदल/निकाल सकता था। पुजारी स्वामी एक तो ब्राह्मण, दूजे पुजारी, तीजे सुंदर एवं आकर्षक व्यक्तित्व का स्वामी। देवकी की जिंदगी में चाँद उतर आया था।

बच्चों के कमरे में ही वह सोती थी। गौरी के कमरे में ही श्रीनि के लिए एक और पलँग लगा दिया गया। दोनों पलँग आमने-सामने की दीवारों से लगे थे। बीच में ढेर सारी जगह थी। देवकी इसी बीच की जगह में सोती थी। घर-गृहस्थी का सारा काम निपटाकर सोने आती तो पढ़ाई और खेलकूद से थके बच्चों को बेसुध सोया पाती। सोने के पहले उन्हें ठीक से मुस्कराते रजाई-चादर ओढ़ा देती। कभी-कभी उनके भोले चेहरों को प्यार से थपथपाती।

उस रात श्रीनि की नींद पेशाब के दबाव के कारण खुल गई। बाहर बरामदे में बनी मोरी में निंदियाई आँखों से पेशाब किया। कमरे में आया तो देवकी का बिस्तर खाली था। सोचा शायद पेशाब-पानी के लिए गई होगी। लेकिन सोने के पहले देवकी अम्मा रोज दो-तीन लोटे पानी से भरकर टेबल पर रख देती है। इनमें एक उसका तांबे का रहता है। चन्द्रेश शास्त्री ने समझाया था कि सुबह उठते ही तांबे

के लोटे का पानी पीने और उससे आँख-मुँह धोने से पेट-मूत्र साफ होता है। नेत्रों की ज्योति बढ़ती है। तब से तांबे के लोटे के पानी का उपयोग करने लगा। देवकी गौरी और अपने लिए भी पानी भर कर रखती थी।

नींद उड़ गई थी। मन ही मन देवी पाठ करने लगा। मगर ध्यान रह-रहकर देवकी के बिस्तर की ओर चला जाता था। जब काफी देर बाद भी वह नहीं आई तो अजानी चिंता सताने लगी। ढूँढ़ने मंदिर की ओर निकल गया। वहाँ भी वह नहीं थी। चारों ओर अँधेरा था। सिर्फ देवी माँ के गर्भगृह में अखंड जोत जल रही थी। दरवाजे से छन कर आ रहा प्रकाश आँगन में सो रहा था। जोत के उजास से देवी माँ का मुख चमक रहा था। कुछ देर मुग्ध ताकता रहा। गोल-सा बड़ा चेहरा, बड़ी-बड़ी आँखें, चेहरे के अनुरूप सुतवां नाक, उसमें लटक रही सोने के तारों से गठी मोतियों की नथ। कानों में हीरे जड़े कर्णफूल, छाती पर झूलता बड़ा-सा स्वर्ण हार। सिर पर स्वर्ण-मोती खचित मुकुट। श्रद्धा-भक्ति से निहारता रहा।

तभी नारायण मामा के कमरे से खुसुर-पुसर सुनाई दी। उसमें एक स्वर किसी नारी का था। उस नारी स्वर में घुँघरूओं की मिठास थी। सुनसान अँधेरी रात में धीमी आवाज में की गई बातचीत के स्वर हवा में दूर तक तैर जाते हैं। कौन हो सकती है ? आधी रात मामा से मिलने कौन आई होगी ? उत्सुकता खींच कर कमरे तक ले गई। दरवाजा थोड़ा-सा खुला था। परदा एक ओर था। अधखुले दरवाजे इतना प्रकाश सामने के फर्श पर पसरा था।

दोनों बच्चे नींद में बेसुध सोए होंगे। अतः उनकी ओर से कोई खतरा नहीं था। बाहर से किसी के आने की संभावना नहीं के बराबर थी। अतः निश्‍चित नारायण पुजारी रति विलास में मगन था।

"ला ! थोड़ा और देते ! तू भी पी !"...आराम से पलँग के सिरहाने का टेका लिये अर्धनग्न मामा पसरे हुए थे। गिलास से कुछ पी भी रहे थे।

पलँग के पास के टेबल पर बोतल में तरल पीला पदार्थ था। जग में पानी, तश्तरी में काजू, तले नमकीन बादाम, पिश्ते, शामी कवाब, तली मछली आदि थे। साकी बनी देवकी ने गिलास में शराब डाल पानी मिलाया। मामा की गोरी देह चमक रही थी। शराब से चेहरे की लाली दुगनी, आँखें मदमदाती लाल डोरे वाली थी।

देवकी भी अर्धनग्न थी। पोलके से ढँके रहने वाले उरोज और बाँहें गोरी लग रही थीं। वे अत्यंत पुष्ट और तने हुए थे। बाल खुल कर कंधे पर बिखर गए थे।

"तू क्यों नहीं पीते मेरी जान ! पी...और जिंदगी का मजा ले।" नारायण ने उरोजों को मसला।

"अब मय कायकू ?" देवकी की इकरार करती मीठी मोहक मुस्कराती आँखों ने इन्कार किया।

"अरे देवकी रानी ! खाने-पीने का मजा कंपनी में और प्यार करने का मजा

अकेले में। तू साथ देगी तो बड़ा मजा आयेंगा। फिर तेरी जात में तो पीने का रिवाज पेल्लेसे। पीते ओर मजा लेते हमारे राज में...ले पी ! देवी अम्मा का परसाद हे। पी।'' उसकी कमर में हाथ डाल अपने पास नारायण ने खींच लिया। हर सिंगार की डाल सी खिंची चली गई। पुजारी के हाथ से छोटे-छोटे घूँट लेने लगी। पहले भी पुजारी का साथ दे चुकी थी। बीच-बीच में काजू-बादाम, कवाब-मछली से दारू की कड़वाहट दूर कर लेते।

नारायण चुहुल करने लगा। तभी एक शैतान विचार कौंधा। शराब का एक बड़ा-सा घूँट भरा देवकी के ओठों पर अपने ओठ रख मुँह की शराब उसके मुँह में उँड़ेलने लगा। एक हाथ से उसकी अनावृत देह सहलाने लगा।

श्रीनि की साँस भारी हो गई। मंत्र-बिद्ध सर्प की तरह देखता रह गया था। कालिदास के 'कुमार संभवम्' में उसने शिव-पार्वती के रतिविलास का विशद मनोहारी विवरण पढ़ा भर था। आज उसके सजीव और जीवंत रूप ने उसकी शिराओं को झनझना दिया। दिल जोरों से धड़कने लगा। बाँहें किसी को मसल देने के लिए कसमसाने लगीं। मुख गरम हो गया। तत्काल भाग जाना चाहता था। यह...ये...ये...पाप है ...पाप... ! श्रीनि !...इदर नी खड़े रेहते...भागते...भागते...लेकिन पाँव फर्श से और आँखें केलि-विलास से कीलित हो गईं। नसों में सनसनाहट हो रही थी। तीव्र इच्छा दौड़ कर जाकर मामा को परे खींच देवकी अम्मा को कुचलने/मसलने के लिए परेशान करने लगी। यौन उत्तेजना से काँपने लगा।

ठक...ठक...ठक...सड़क को लाठी से ठोंकते गाँव के लोगों को सावधान सोते रहने की चेतावनी देता कोटवार निकला। ...जय...देवी...अम्मा की...जय...मंदिर के सामने पहुँचते ही बड़ी श्रद्धा-भक्ति से प्रणाम कर देवी माँ का जयकारा किया। पकड़े जाने के भय से वासना का ज्वार पारे की तरह उतर गया। श्रीनि भाग खड़ा हुआ।

फूली साँस, और तेजी से, धड़कते दिल के साथ कमरे में पहुँचा। निश्चिंत, बेसुध, औंधी सोई गौरी निगाहों के दायरे में आगई। बिखरे बाल मासूम चेहरे पर फैल गए थे। एक स्निग्धता और कोमलता मुख पर फैली थी। परकोर आधे से अधिक जंघाओं के ऊपर सिमिट गई थी। परकोर के नीचे पहनी चड्डी के पायचे से गोरी नितंब रेखा दिखाई दे गई। गौरी थी तो साँवली सलोनी मगर कपड़ों के नीचे की देह सफेद और सुंदर थी। गौरी को भोगने की तीव्र इच्छा परेशान करने लगी। नसों और खून की झन-झन बढ़ गई। कुछ पल अनावृत पिंडलियों की मछलियों, जाँघों और नितंब रेखा को घूरता रहा। धोती की गाँठ खोलने लगा। उत्तेजना में हाथ काँपने लगे। साँस की तीव्रता का वेग बढ़ गया। गाँठ थी कि खुल नहीं रही थी। नारी देह के तीखे आकर्षण से बँधा गाँठ को खोलने का प्रयत्न करते पागल सा उसकी ओर बढ़ने लगा। शेर की तरह शिकार पर टूट पड़ना चाहता था। पलँग के पटिए से टकराते ही होश आया।

ओह ! मय ये क्या करने जाते ?...पाहिमाम्...पाहिमाम्...देवी माँ क्षमा करते ? ...शांतम्...पापम्...शांतम्...पापम्...यदि गौरी जाग जाते और पाप कर्म करने के लिए तत्पर देखते तो ? निश्चय ही चिल्ला, चीख कर मामा और सबको इकट्ठा करते। वे मेरी पिटाई करते ? सारे गाँव, स्कूल में खबर फैल जाते। चन्द्रेश गुरुजी को क्या कैसे मुँह दिखाते ? अम्मा को कित्ती शर्मिंदगी भोगना पड़ती ? डर के मारे काँपने लगा। जो गत बनती उसकी कल्पना कठिन थी।...गौरी मेरी पत्नी बनने वाली। उसके साथ कुछ भी करता तो पाप कैसे होता ?...पण अबी तुमारा लगन कां हुए ? सगाई तक तो हुए नहीं ? मामा भी कहाँ देवकी से लगन किए ? बिना लगन के जब वे उसके साथ सब कुछ करते तो वो पाप नहीं ? फिर मुझको ही पाप क्यों लगेगा ?

कुँवारी कन्या देवी माँ का रूप। लगन के पहले किसी लड़की/औरत से दैहिक संबंध पाप...महा पाप ! ये पाप-विचार दिल में आया कैसे ? ग्लानि और आत्म दया से भर उठा। इच्छा हुई भाग जाए। पर क्या यह संभव था ? देवी माँ की कृपा से समय पर सद्बुद्धि आ गई। पाप कर्म करने से बच गया। गौरी की अनावृत देह से आँखें हटाने का प्रयत्न किया। वे थीं कि हट नहीं रही थीं। वहाँ कीलित हो गई थीं। इससे बचने के लिए ओढ़ाने के लिए रजाई उठाई।

गौरी की नींद अचानक खुल गई। पलँग के पास श्रीनि को खड़ा देख तत्काल पाँव सिकोड़ परकोर से उन्हें अच्छी तरह से ढँक लिया। चुभती नजरों से ताका। श्रीनि की आँखों में तैर रही वासना को पढ़ लिया। मन ही मन घबरा गई। ऊपर से शांत गंभीर बने रह कड़ाई से पूछा, "क्या चाते ?"

"कुछ नहीं ? तुम्हें उघाड़ा देख रजाई ओढ़ाते ?" श्रीनि ने सफाई दी।

"देवकी अम्मा किदर जा मरे ?"

श्रीनि कैसे बताता ? कहाँ गई और क्या कर रही है ? टाला, "शायद पेशाब को गए ? आते होगंगे।"

रजाई श्रीनि के हाथ से छीन सिर तक ओढ़ सो गई। पर नींद सावधान और सतर्क थी।

स्नान घर में जाकर श्रीनि ने अच्छी तरह से हाथ-पाँव-मुँह धोए। आँखों पर पानी के छींटे मारे और सिर को भी पानी से छप-छप धोया। देह की गरमी को शांत करने का प्रयत्न किया। दो-तीन गिलास ठंडा पानी पीया। सिर तक रजाई ओढ़ सो गया। मगर मामा के कमरे का दृश्य, गौरी की जाँघें, पिंडलियाँ, नितंब रेखा पीछा नहीं छोड़ रही थीं। पुजारी बनने के बाद क्या उसे भी देवकी अम्मा के साथ...नको ...नको...नहीं...देवकी...तो उसकी अक्का...ताई...के समान... ? उसे भी देवी अम्मा का पीला परसाद पीना पड़ेगा ?...नको...नको...मय नहीं पीऊँगा...देवकी के साथ ...नहीं करूँगा...मेरे कू पुजारी नहीं बनना...नहीं...बनना...सन्निपात के मरीज सा मन ही मन बड़बड़ा रहा था।...नहीं...पुजारी...नहीं...बनूँगा...नींद ने कब आगोश में ले

लिया पता ही नहीं चला।

गौरी...देवकी को उसने कस कर आलिंगन में बाँध लिया। पागलों की तरह उसके ओठों, उरोजों और देह के चप्पे-चप्पे को चूमने लगा। स्खलन हो गया। जाँघ और धोती गीली होते ही चट से नींद खुल गई। शर्म के मारे परेशान हो गया। स्नान घर की ओर जाने के लिए उठा। देवकी अपने बिस्तर पर आराम से तृप्ति से भरी नींद सो रही थी। कुछ पल घूरता रहा। गीली धोती का ध्यान आते ही स्नान घर चला गया। भोर धरती पर उतरने लगी थी। धोती पानी में भिगो दी। रगड़-रगड़ कर ठंडे पानी से अच्छी तरह से स्नान किया। देवी अम्मा के मंदिर में पहुँच पछतावे से भरे मन और भीगी आँखों से पाप प्रक्षालन हेतु प्रार्थना करने लगा।

गौरी ने दूसरे ही दिन अपना पलँग बगल के कमरे में रखवा लिया। श्रीनि को धक्का लगा। अपराध बोध की भावना गहरा गई। गौरी का सामना करने और नजरें मिलाने से कतराने लगा। गौरी से माफी माँगने का साहस नहीं जुटा पाया। गौरी विचित्र नजरों से निहारती लगती। अपने आप से भागने लगा। अधिकांश समय स्कूल, पढ़ाई और देवी माँ की पूजा-उपासना में बिताने लगा। देवकी भी अपना बिस्तरा गौरी के कमरे में लगाने लगी। यद्यपि उसने गौरी से कुछ पूछा नहीं पर समझ गई बड़ी हो रही लड़की, लड़के के कमरे में सोने में संकोच कर रही है। मुस्करा भर दी। देवकी और मामा सामान्य रूप से ऐसा व्यवहार कर रहे थे मानो कुछ घटा ही नहीं हो ? उन्होंने कभी भी ऐसा कुछ प्रदर्शित नहीं किया कि वे दैहिक संबंधों से जुड़े हैं। श्रीनि चकित निहारता रहता। उसकी नजरें बरबस देवकी की चोली के उभार को घूरती रहतीं। उस रात का दृश्य जीवंत हो उठता। देवकी के गौरी के कमरे में सोने से अब तो उसे यह भी पता नहीं चल पाता कि देवकी कब, किस रात मामा के कमरे में सोने जाती है ? सारा काम इशारों में होता था। जितनी बार भी पुजारी देवकी को भोगता उसे लगता देवी अम्मा ही पुजारी के जरिए सहवास कर रही है। कछुवे की मानिंद श्रीनि अपने में सिमटता चला गया। पहले भी कम बोलता था अब तो और कम कर दिया।

ईश्वर ने नारी को पुरुष-मन और भावनाएँ पढ़ने की अद्भुत क्षमता दी है। पुरुष के व्यवहार, बातचीत, विशेषकर उसकी आँखों की भाषा नारी तत्काल पढ़ लेती है। चतुर गौरी ने बिन कहे भी श्रीनि के पछतावे को भाँप लिया। उस रात आसक्ति और वासना से जलती उन आँखों में शर्म, भोलापन, पवित्रता, और निर्मलता वापस लौट आए थे। वे पुनः निष्पाप हो गई थी।

श्रीनि से बचपन से ही परिचित थी। आत्या (बुआ) लक्ष्मी अम्मा की वह लाड़ली थी। रघु मामा के बेटे रामू के समान श्रीनि शैतान, चालाक और बदमाश नहीं था। उमर में गौरी से कुछ साल छोटा रामू अच्छे-अच्छों के कान काटता था। नाक की सीध में चलने वाला श्रीनि सांसारिक चालाकियों से दूर था। सहनशीलता, शर्म, मृदु

वाणी, उदारता आदि के सारे सद्गुण उसने लक्ष्मी अम्मा से प्राप्त किए थे। अतः उस रात उसकी आँखों में लहराई वासना की आसक्ति ने उसे भय चकित किया था। मगर अब सब कुछ सामान्य हो गया था। तब उसने आगे होकर श्रीनि के साथ खेलना आरंभ कर दिया। कुछ दिन तो श्रीनि कतराता रहा। लेकिन उसने अनुभव किया कि गौरी ने न केवल उसे क्षमा कर दिया है वरन् अपना भी लिया है तो आत्मा पर पड़े अपराध बोध से मुक्ति मिल गई। सामान्य तरीके से व्यवहार करने लगा। गौरी यद्यपि उस रात को भूल चुकी थी किंतु नारी सुलभ सावधानी को ध्यान में रखते हुए सोना बगल के कमरे में जारी रखा। श्रीनि ने उस रात ऐसा क्यों किया ? इसका उत्तर खोजने में असमर्थ रही। शायद नींद की बेसुधि में परकोर घुटनों के ऊपर खिसक गई होगी ? देह के उस नग्न भाग ने ही शायद विचलित कर दिया हो ? श्रीनि पूरी तरह से दोषी था क्या ? यह मान लेते ही उसके मन का मैल छँट गया। श्रीनि को लेकर दिल पर पड़ा बोझ हट जाने से सामान्य जिंदगी जीने लगी।

बसंत पंचमी, पूर्णिमा और अक्षय तृतीया के मंगल पर्वों पर मंदिर को उत्सवों के लिए सजाया-सँवारा जाता। मदिर की साफ-सफाई कर नए सिरे से वंदनवारों, तोरणों, फूल मालाओं, केले के पत्तों आदि से शृंगारित करते। देवी माँ की मूर्ति का भी नए सिरे से शृंगार होता। उत्सव के वातावरण में गाँव नहाने लगता। सेठ वीरप्पा पाटिल बढ़िया रेशमी कपड़ों में सज-धज कर आता। बाएँ हाथ में घड़ी, दाएँ में सोनें का कड़ा, गले में चार एक तोले की चेन, कानों में मुर्कियाँ, भाल पर बड़ा-सा गोल टीका, प्रत्येक अंगुलि में रत्न जड़ित अँगूठियाँ, आँखों में सुरमा, मुँह में पान। वासना के मद से झरती आँखें। पुजारी का अंतरंग मित्र होने से दोनों में खूब पटती थी। तोंदियल सेठ से श्रीनि मन ही मन घृणा करता था। किंतु मामा के कारण लाचार था। उत्सव के अवसरों पर इसलिए आता था कि चढ़ावे में आई अधिकांश चीजें जहाँ सस्ते दामों में मिल जाती थीं; वहीं पसंद आने पर देवदासी को रात को रंगीन करने के लिए पाने की सफल कोशिश करता। कुछ लड़कियों को पुलिस के संरक्षण की मदद से चेन्नई, मुंबई, बेंगलोर, हैदराबाद, दिल्ली आदि के वेश्यालयों को बेचने की व्यवस्था करता। अपने पसंद की एक-दो लड़कियों को रोक पुरानी को ठिकाने लगा देता। इनका उपयोग पुलिस वालों और मंत्री मित्रों को प्रसन्न करने के लिए करता। आक्टोपस के समान आठों हाथों पाँवों के जाल में सब प्रभावशालियों को फँसा रखा था।

नारायण स्वामी का व्यवहार इतना तटस्थ, निरपेक्ष और वस्तुनिष्ठ रहता मानो उसका इन सबसे कुछ लेना-देना नहीं था। कोई उसे दोषी नहीं ठहरा सकता था। परंतु उसे उसका हिस्सा चुपचाप अपने आप मिल जाता था। देवदासी लड़कियाँ उनके लिए खरीद-फरोख्त की जिन्स/वस्तु थीं। मर्द की संपत्ति। जिसका उपयोग वह चाहे जैसा कर सकता था। उनके लिए वह इंसान नहीं थी।

श्रीनि वीरप्पा सेठ को दिल से घृणा करता था। जब से वह आया था तभी से इस शख्स को देख उसके मन में तीखी नफरत पैदा हो गई थी। उसे मामा की दुर्बुद्धि मानता था। उसके विचार से वे उसके शैतानी प्रभाव में थे। उसका बस चलता तो उस तोंदियल को धक्के...ना जूते मार कर मंदिर से निकाल बाहर करता। मंदिर की सीमा रेखा में भी घुसने नहीं देता।

नारायण मामा सुबह से ही व्यस्त थे। कुछ लड़कियाँ देवदासी बनाने लाई गई थीं। दो दिन पूर्व ही मंदिर को झाड़-बुहार, धो, पोंछा लगा कर साफ कर लिया गया था। दरवाजों को वंदनवारों, फूल मालाओं, कदली स्तंभों और आँगन को रंगोली के विभिन्न रंगों से सजाया गया। देवी की मूर्ति को भी नहला, धो-पोंछ नए सिरे से शृंगारित किया गया। पूजन-सामग्री, फूल, दूध, दही, नैवेद्य, अगरू, चंदन, तांदुल नारियल, अगरबत्ती तथा हवन सामग्री की व्यवस्था कर ली गई। लगन की जाने वाली लड़कियों के लिए जो उमर में दस-बारह साल तक की थीं, मंगलसूत्र, और सुहाग चिन्हों की व्यवस्था की गई थी। अधिकांश परकोर-पोलके और लुगड़ेनुमा कपड़े में थीं। दुल्हनों के साथ आए माता-पिता और रिश्तेदार अनपढ़ गँवार थे। श्रद्धा-भक्ति से उनके चेहरे दमक रहे थे। उनमें धर्म भीरुता भी थी। वे भी साफ व कुछ नए कपड़ों में थे। नारियल, चिरोंजी दाने, फल, फूल, फूल मालाएँ, पूजन सामग्री थालियों में सजाकर लाए थे। मंदिर में आने के पहले तालाब के पवित्र जल में स्नान कर लिया था। मंदिर के आँगन के कोने में वाजंत्री बज रही थी। ढोल, मंगलवाद्य शहनाई, तुतारी, पुंगी आदि की मधुर स्वर लहरी वातावरण को प्रफुल्लित किए थी। धूप-दीप, अगरबत्ती और हवन धूम्र ने वातावरण में पवित्रता घोल रखी थीं। सभी कुछ उल्लासमय था। दान-दक्षिणा माँगने वालों और भिखारियों की भीड़ भी आ जुटी थी। उनमें तमाशबीन भी थे।

मंत्रोच्चार और पूजन के बाद अन्य कर्मकांडों के साथ पुजारी देवदासी बनने वाली लड़की की माँग में सिंदूर और गले में मंगलसूत्र डाल उसका लगन कर देते थे। भय चकित दुल्हन टक-टक नयनों से मूर्ति को निहार लेती। कुछ समझती पर अधिकांश नासमझी भरा रह जाता था। श्रीनि को लगता यह लगन नहीं लगन का नाटक किया जा रहा है। कुछ लगन उसने भी देखे थे। पिताजी के साथ गया भी था। लगन में तो घंटो लगते हैं। बारात लेकर दूल्हा आता है। स्वागत-सत्कार, खान-पान, हँसी-मजाक, कभी-कभी दहेज, स्वागत को लेकर झगड़ा-फसाद भी। नवरदेव को घेरना, उससे छेड़छाड़, कितना आनंद उल्लास रहता है। और मामा कुछ मिनिट में ही लगन का मतलब न समझने वाली अबोध का लगन कर देते हैं। बेटी के बोझ से मुक्त माँ-बाप के चेहरे श्रद्धा और प्रसन्नता के साथ ही छुटकारे की भावना-चिंता से राहत का अनुभव कर रहे थे। बड़ी भक्ति से देवी माँ रूपी नवरदेव को बेटी के साथ ही दान-दहेज के रूप में अपनी हैसियत के अनुसार चढ़ावा भी चढ़ा देते।

सारा कर्मकांड और लगन की क्रिया श्रीनि को ढकोसला लग रही थी। इसने उसे भ्रमित ही किया। उसकी समझ में कुछ नहीं आ रहा था। अनेक सवाल परेशान कर रहे थे। वह समझ नहीं पा रहा था कि एक जिंदा, हाड़ मांस की भावनाओं की प्रतीक लड़की का लगन एक बेजान, पत्थर की मूर्ति से क्यों और कैसे किया जाता है ? लगन तो नारी-पुरुष के बीच होता है। औरत को औरत से ब्याहने की ये उल्टी रीति क्यों ? उसने सुना था ! आज से तीनेक सौ साल पहले राजस्थान के मेवाड़ की मीराबाई कृष्ण भगवान की मूर्ति को अपना पति मानती थी। मगर उनका भी पहले लगन राणाजी के साथ हुआ था। फिर कृष्ण पुरुष थे।

नीचे तबके की गरीब-दलितों की बेटियाँ ही देवी अम्मा से क्यूँ ब्याही जाती हैं ? वीरप्पा सेठ की मुटल्ली बेटी रुक्मा, थानेदार की बहन, सरपंच की बेटी और ...और...मामा...गौरी...का लगन...देवी माँ-से क्यों...क्यों नहीं... ? गौरी के बारे में ये सोचना गलत है ? ऐसा नहीं सोचते ? अपरिपक्व किशोर दिमाग की चौहद्दी में उसके विचार दौड़ लगाते। दौड़ते-दौड़ते थक जाते तो चुप बैठ हाँफने लगते। और मन ! तब भी थकने को तैयार न होने पर चन्द्रेश शास्त्री के चरणों में जा पहुँचता।

बड़ी देर तक सिर पर हाथ फिराते चन्द्रेश शास्त्री चुपचाप गूँगे बने रहे। उत्तर खोजने के लिए पहले आकाश को निहारा। फिर मंदिर की ओर। मानो उनसे सहायता माँग रहे हों। लंबी साँस ली, धीरे से उतर दिया, "देवी से गौरी का ? रुक्मा का ? किसी बड़े घर की लड़की का लगन कैसे हो सकता श्रीनि स्वामी ? गौरी तो पवित्र पूज्य ब्राह्मण फिर पुजारी का बेटी ? रुक्मा लखपति सेठ का बेटी ! बड़े लोगां कू नवरदेव का क्या कमी ? वीरप्पा सेठ अपनी हथनी का माफिक बेटी वास्ते नवरदेव खरीद सकता/खरीदेगा बी।" वे जानते थे अधूरा उत्तर देने पर नचिकेता श्रीनि और प्रश्न, प्रति प्रश्न करेगा। इसीलिए बात पूरी करना उचित लगा, "स्वामी ! बड़ो को नवरदेव खरीदने में काय का परेसानी ? परेसानी, कष्ट, संकट तो गरीब दरिद्र, दलित, शोषित कू। उनका हैसियत नवरदेव खरीदने का नेई। गरीब-दलित का बेटा भी दान-दहेज माँगता। अपना बहन-बेटी का लगन में जो खरचते, दान-दहेज देते उसका भरपाई दूसरा की बेटी-बहन से माँगकर पूरा करते। एक दलित/गरीब दूसरे का शोषण करते। दहेज नहीं मिलने पर नवरी से मारपीट, जलाना मामूली बात। आज तो लखपति, करोड़पति घरों में भी येज हो रहा। लड़की, औरत, जानवर, स्कूटर, दान-दहेज से भी गई बीती। कम कीमत का ? चाहे वो गरीब का बेटी या अमीर का ?"

श्रीनि को लगा चन्द्रेश गुरुजी की आँखें और साँस कहीं तो भी अटक गई हैं। प्रश्न का उत्तर उसकी समझ से परे लग रहा था। प्रश्न तो थे, उत्तर नहीं मिल रहे थे।...ना ! उत्तर स्वार्थों/तृष्णा...नंगी तृष्णा/लालच की अंधी-अँधेरी सुरंग में छिपा दिए गए थे। ज्यों-ज्यों बड़ा होता गया सवालों की संख्या तारों-सी असंख्य होती जा रही थी। जिस तेजी से प्रश्नों की संख्या बढ़ रही थी उस गति से परिपक्वता नहीं

बढ़ रही थी। लेकिन एक बात तयशुदा लगी। अश्वत्थामा ही नहीं सवालों के चक्रव्यूह के निर्माता शकुनि, द्रोणाचार्य, कृपाचार्य, दुर्योधन, दुःशासन आज भी जिंदा हैं। इन्होंने इंसानियत/नैतिकता को अभिमन्यु के समान भ्रष्टाचार/अनैतिकता के चक्रव्यूह में मरने के लिए फँसा रखा है।

"मगर औरत लगन के बिना भी तो रह सकते ? लगन के अलावा भी करने को भौत सारे काम ? लगन ही औरत की नियति क्यों ?" श्रीनि का स्वर तिक्त हो उठा।

"शादी के अतिरिक्त भी कई काम है। मगर देवी अम्मा ने मैथुनि सृष्टि जो बनाई है। लगन बनाने के बाद भी मरद को वासना जानवर बना देते। लगन न होने पर तो यौनाचार, व्यभिचार ओर बलात्कार बढ़ जाएँगे। सादी नहीं होयंगा तो संसार का सृष्टि कैसा चलेगां ?" इस नादान भोले भंडारी, बौडम लड़के को यह बात कैसे समझाई जा सकती है ? कुछ देर चुपचाप हँसते रहे। एक सूखी हँसी। टालने के लिए जवाब दिया, "हाँ है ! करने को अनेक काम है। वो कर भी रही हैं सदियों से खेतों-खलिहानों, घर-बाजार, सारी जगहों को औरतों बिना मुक्ति नहीं। इस जमाने में तो वो दफ्तरों, पुलिस, सेना, स्कूल, अस्पताल सभी जगह जा पहुँची हैं। लोक सभा और विधान समभाओं, न्यायालय कहाँ नहीं हैं वे ? लेकिन क्या वे इन सभी जगहों में सुरक्षित हैं ? चीर हरण के लिए दुशासन घात लगा कर हर जगह बैठे हैं। मौका पाते ही बाज की मानिन्द झपट पड़ते हैं। मौका न मिले तो पैदा करने की कोशिश करते हैं।" बातचीत को एक गहरा दार्शनिक मोड़ अनजाने में चन्द्रेश शास्त्री दे बैठे, "दूर जाने की जरूरत नहीं। वह दुःशासन हमारी/हर मनुष्य की आत्मा में छिपा बैठा है। मौके की तलाश है उसे ?"

उत्तर के गूढ़ अर्थ को बहुत बाद में समझ पाया था श्रीनि। उस दिन तो मूर्खों के समान देखता-सुनता रह गया।

आई उन लड़कियों में एक असाधारण रूपसी थी। दूध धोई चाँदनी से उसके मरमरी सौंदर्य में मानो बाल सूर्य की लालिमा घोल दी गई थी। उबटन, स्नान और मेहँदी ने उसकी खूबसूरती में चार चाँद लगा दिए। उसकी सुदंरता सभी को बरबस आकर्षित कर रही थी। फूलों और साधारण से श्रृंगार में भी वह वनदेवी सी मनोहारी लगी। वीरप्पा सेठ रसिक नजरों से घूरने लगा। अभी तो जवानी चढ़ी नहीं है उस पर यह गजब ढा रही है। जवानी का मद चढ़ने पर न जाने क्या होगा ? बस चलता तो आँखों से ही खा-पी लेता।

नारायण पुजारी मंत्रोच्चार के साथ किसी अन्य लड़की का लगन कराने में व्यस्त थे परंतु रह-रहकर उनका ध्यान उसी रूपसी पर केंद्रित हो जाता था। नतशिर चुपचाप बैठी वह लड़की अपनी बारी का इंतजार कर रही थी। गरीबी और इतना रूप ? कभी-कभी देवी माँ विचित्र खेल खेलती है ? जल्दी-जल्दी जैसे-तैसे अन्य

लड़कियों को निपटा पुजारी ने उसे इशारे से बुलाया। डरते हुए उसकी माँ उसे लेकर पहुँची। गौरी से उमर में कुछ ही बड़ी वह लड़की पुजारी के लिए एक मादा भर थी।

"क्या नाम ?"

"ललिता सामी !" धर्म भीरु स्वर में ललिता की माँ ने उत्तर दिया।

"तेरा नाम क्या ?"

"जयम्मा !"

ललिता सिर नीचा किए चुपचाप बैठी रही।

पुजारी ने लगन की क्रिया आरंभ की। उसके सिर को स्पर्श कर पान के पत्ते से तांबे के कलश से पानी ले 'अपवित्रो पवित्रम्' करते हुए उसे अभिषिक्त किया। गाल को चुटकी से मसला। खाल की मखमली-रेशमी चिकनाहट ने रोमांचित कर दिया। लगन क्रिया के बहाने उसकी पीठ-जाँघ पर हाथ किराया। पुजारी के कामुक स्पर्श से ललिता कछुवे के समान सिकुड़ने को बाध्य थी। पर यह संभव नहीं था। लाचार गूँगी गुड़िया सी बैठी रही। लगन में जितनी देर लग सकती थी उससे अधिक लगाई। नारायण पुजारी मंत्रोच्चार करते हुए ऐसा व्यवहार कर रहे थे मानो यह विवाह क्रिया का अंग है जिसे तटस्थ भाव से संपन्न करा रहे हैं।

ललिता की माँग में सिंदूर भर, गले में मंगलसूत्र डाल दिया। अपने पास से बढ़िया कपड़े, चाँदी के कुछ गहने, सोने के तार में गठी मोतियों की नथ ललिता की गोद में डाल दी। "अखंड सौभाग्यवती भव" का आशीष मिश्री घुले स्वर में दिया। बची लड़कियों का विवाह भी जल्दी से जैसे-तैसे संपन्न कराया।

अपने माँ-पिता के साथ जाने के लिए जब बालिका-बधुएँ उठीं तो ललिता भी जयम्मा के साथ जाने को तैयार हुई।

"जयम्मा !" पुजारी स्वामी के अधिकार पूर्ण स्वर में ललिता की माँ के उठते पाँवों को शब्दों की बेड़ी से बाँध लिया।

"पुजारी सामी ?" विनम्र श्रद्धा से जयम्मा ने हाथ जोड़ दिए।

"जयम्मा ! तू भाग्यवान ! नवरदेव देवी तेरी ललिता कू अपनी सेवा वास्ते पसंद किए। ललिता कू कुछ दिना मंदिर में रह कू अपने नवरदेव का सेवा करना हय। अइसा नवरदेव का हुकुम।" देवी माँ की ओर से पुजारी ने आदेश दिया। इस हुक्म उदूली की कोई गुंजाइश नहीं थी।

"हव ! जो हुकुम सामी !" दीन श्रद्धा के साथ जयम्मा ने स्वीकृति में सिर हिलाया, "तो मय जाती।"

अकेले रहने के भय से धीरे से किंतु दृढ़ हाथों से ललिता ने अपनी अम्मा का आँचल पकड़ लिया।

पुजारी के मंतव्य को चालाक बनिया वीरप्पा भाँप गया। धर्म की आड़ लेकर

हरामी पुजारी किशोरी को भोगना चाहता है। अभी तो लौंडिया छीने से भी नहीं बैठी है। न ही छातियाँ विकसित हुई हैं।

चतुर नारायण स्वामी की गिद्ध दृष्टि ने जान लिया कि पोट्टी अकेली नहीं रह पाएगी।

"न को ! तू बी इदरच कूं रहेंगी। तेरे रहने का प्रबंध मंदिर की तरप से होयंगा। तेरा बी सारा खरच देंगी देवी अम्मा।" नारायण स्वामी ने आश्वस्त किया।

देवी माँ के सौंदर्य की स्तुति में अनेक श्लोक श्रीनि को याद थे। उसके किशोर मन ने कल्पना की शायद देवी माँ ललिता जैसी रूपसी होंगी ? कैसा निर्दोष रूप है ललिता का। प्रशंसात्मक निगाहों से मंत्रमुग्ध ताकता ही रह गया। मामा ने ललिता और जयम्मा को रख लिया है इसने उसके मन को संतोष ही दिया। ललिता के साथ रहने, खेलने के अधिक अवसर मिलेंगे यह जान कर मन कृतज्ञता से भर गया। मामा कौन सी कुटिल चाल चल रहे हैं ? उस वक्त जान न पाया। और जब जान पाया तो कृतज्ञता आक्रोश-घृणा में बदल गई।

जयम्मा घर-गृहस्थी के काम में देवकी की मदद करने लगी। ललिता को मंदिर की साफ-सफाई का काम सौंपा गया। नारायण स्वामी उसके प्रति तटस्थ रुख का अभिनय करते। परंतु उसकी आसक्त नजरें उसकी देह का पीछा करती रहतीं। उसके खान-पान का विशेष ध्यान रखते। ललिता किशोरी होते हुए भी सब समझ रही थी। उसे लगता पुजारी सामी की निगाहे कपड़ों को भेद कर उसकी निर्वस्त्र देह का अंदाज लगाने का प्रयत्न कर रही हैं। उसे आभारी बनाने के लिए पुजारी कभी-कभी उससे माँ की मूर्ति के लिए मालाएँ व गजरे भी बनवाते। अपनी हैसियत और अवसरों का लाभ उठाते हुए नारायण स्वामी उसके गालों, पीठ और नितंबों को सहलाते। डरी ललिता संकोच और लज्जा से गड़गड़ जाती। डरपोक होने से अपनी माँ या किसी अन्य से शिकायत करने का साहस नहीं होता था। ललिता का रेशमी तन पुजारी को रोमांचित कर देता था। हिरण जैसे सुंदर पशु की देह पर हाथ फिराने से जो आनंद मिलता था उससे दुगना आनंद ललिता की देह पर हाथ फिराने से मिलता।

एक बार मामा को श्रीनि ने ललिता के सिर और मुख पर हाथ फिराते देख लिया। उसे देख नारायण ने तत्काल पैंतरा बदला। खिसियानी हँसी हँसते हुए बोला, "ललितम्मा ! तेरे कू कोई तकलीप तो नहीं इदर ? किसी चीज-वस्तु का जरूरत पड़े तो निःसंकोच बोलते ?"

उत्तर दिए बिना ललिता भाग खड़ी हुई।

"और क्या श्रीनि स्वामी ? पढ़ाई कैसे चलते ? चन्द्रेश ठीक से पढ़ाते ना ?" बड़े प्यार से उसके पास आ पीठ थपथपाते मामा ने पूछा।

"सब ठीक मामाजी ! गुरुजी तो बड़े विद्वान। देवता हैं देवता !" उत्साह से

श्रीनि बोला।

"ठीक ! जाओ गौरी और ललिता के साथ खेलो।"

खुशी-खुशी श्रीनि दौड़ गया। श्रीनि उस दिन तो मुगालते में आ गया था। ललिता के साथ खेलने की खुशी में मामा के कृत्य पर ध्यान नहीं दे पाया था। गौरी के समान ललिता को अपनी बच्ची मान शायद मामा ने स्नेह से हाथ फिराया होगा। परंतु जब लतिता के प्रति उनकी असली नीयत को समझ पाया तो मामा उसे कंस-रावण का समन्वित रूप लगे थे। घृणा और क्रोध से विद्रोह कर भाग खड़ा हुआ था।

शुरू-शुरू में ललिता डरी-डरी रहती थी। काम खत्म होते ही अपनी माँ के पास भाग जाती। सुनसान दोपहरी में जब सब कोई आराम कर रहा होता ललिता चुपके से मंदिर में आ देवी की मूर्ति को टकटकी लगा निहारा करती। देवी उसका नवरदेव है। कुछ भी समझ में न आने पर वापस चल देती।

गौरी और ललिता समवयस्का थी। श्रीनि भी उन दोनों से कुछ ही साल बड़ा था। बड़ा होने पर भी उसमें उन दोनों लड़कियों इतनी भी समझ नहीं थी। परंतु ललिता को गौरी से अधिक श्रीनि का साथ पसंद था। बुद्धूपने की सीमा को छूता उसका भोलापन, सरलता और सादगी ललिता को भा गए थे। उसे भी पता चल गया था कि श्रीनि पुजारी सामी बनेगा। देवी माँ के प्रति उसकी भक्ति से भी प्रभावित थी। नारी सुलभ प्रज्ञा ने उसे बता दिया था कि श्रीनि भी उसे पसंद करता है। श्रीनि समय-समय पर चोरी चुपके उसे जो भी देता था वह उसके प्रति प्रेम का ही परिचायक था। वास्तव में वह किशोरावस्था का मोह था।

श्रीनि की अपेक्षा ललिता पुजारी स्वामी से अधिक डरती थी। परंतु मंदिर के काम में ललिता श्रीनि की सहयोगिनी बन गई शी। मंदिर का काम झटपट निपटा वे खेलने के लिए गौरी के पास चले जाते थे। पढ़ाई का काम भी श्रीनि इन दिनों जल्दी-जल्दी निपटाने लगा था। उसका मन सदैव ललिता के आस-पास मँडराया करता। मंदिर की सेवा के समय ललिता झाड़ू-पोंछा लगाती, माला बनाती तो श्रीनि पूजन का काम निपटाता। ललिता चंदन, माला, फूल आदि की व्यवस्था करती। मंदिर में चढ़ावे में जो प्रसाद आता या चढ़ावे की रकम आती उसमें से कुछ मामा की नजर बचा उसे दे देता। इसमें उसे कुछ भी गलत या पाप नहीं लगता। लाल कोमल हथेली का स्पर्श श्रीनि को रोमांचित कर देता। उसे खींचकर गले से लगाने की इच्छा तीव्र हो उठती। बाँहों में एक कसमसाहट का अनुभव करता। परंतु मामा के डर से, ललिता कहीं शिकायत न कर दे इस डर से हिम्मत नहीं होती। लड़कियों/नारियों का कुछ कहा नहीं जा सकता ? कौन-सी बात पर वे नाराज हो पुरुष को झटक दें क्या कहा जाए ? शुरू-शुरू में ललिता उसके द्वारा दी गई वस्तु को डर के मारे लेने से इन्कार कर देती थी। उसके इन्कार करने पर उसका चेहरा उतर जाता। श्रीनि का फीका उदास मुख देख ललिता का मन भी कचोट उठता। तब उसके हाथ से रकम छीन

मंद-मंद मुस्काती भाग खड़ी होती। प्रसाद ले मंदिर के पिछवाड़े के पेड़ के पीछे छिप कर खा जाती। और रुपए-पैसे अपनी माँ के पास जमा कर देती। चतुर जयम्मा चुपके से पैसे छिपा लेती। ललिता का इस प्रकार मंद-मंद मुस्कराकर भाग जाना श्रीनि के मन को गुदगुदा जाता। मुस्कान की आभा से उसका मुख खिल उठता।

दोपहर में अकसर वे तीनों मिलकर अष्ट-चंग-पे, चौकड़ी, लँगड़ी, छिया-छाई (छिप्पा-छिप्पी) खेलते। कभी-कभी आँगन के फर्श पर चौसर बना इमली के चीयों के पासों से चौसर भी खेलते। इन खेलों में श्रीनि ललिता को जिताने के चक्कर में अकसर हार जाता था। छिया-छाई में तो वह अकसर ऐसी हरकत कर बैठता कि ललिता उसे ढूँढ़ ही लेती थी। एक बार गौरी ने श्रीनि की इस चालाकी को पकड़ लिया। नाराज होकर झगड़ने लगी, "ऐ...ऐ...श्रीनि...ऐसा नहीं चलेंगा ? मय जानती। तू जान-बूझकर को ललिता की पकड़ाई में आया। नई...नई...हम नहीं मानते। ललिता को फिर से दाम देना पड़ेगा।"

ललिता झेंप गई। श्रीनि शर्मा गया। ललिता तुरंत दाम देने को तैयार हो गई।

"ऐ...श्रीनि...इस बार ठीक से छिपते ? नहीं छिपा ना तो मय नई खेलूँगी तुम लोगां के साथ।" गौरी ने धमकाया।

"अच्छा बाबा ! तू जो बोले वोच ठीक। ललिता फिर से दाम देंगी। अब तो ठीक।" श्रीनि ने मनुहार की। खेल फिर आरंभ हो गया।

उस दिन गौरी को नई बात सूझी, "ऐ श्रीनि ! आज अपुन तीनों घर...घर ...गृहस्थी खेलेंगे।"

क्या खेलना है ? कौन सा खेल खेलना है इसका चयन हमेशा गौरी ही करती थी। कभी-कभी ही वह श्रीनि की बात मानती थी। और ललिता की पसंद का तो सवाल ही नहीं था।

घर-गृहस्थी का खेल खेलने की जन्मजात भावना लड़कियों में होती है। श्रीनि अकसर अनुभव करता था कि गौरी में प्रबल अधिकार भावना है। उसकी इच्छा के सामने उसकी और ललिता तो क्या नारायण मामा तक की इच्छा का कोई मूल्य नहीं है। देवकी और जयम्मा भी गौरी को ही पूछकर नाश्ता-खाना बनाती थीं। एकाध बार जब उन्होंने पुजारी सामी से जानना चाहा तो उन्होंने टालते हुए कहा था, "मेरे से क्या पूछते ? गौरी अम्मा को जो पसंद वोच बनाते ?" अतः साधिकार गौरी सब पर शासन चलाती थी। गौरी की इच्छा मामा के लिए ही नहीं घर भर के लिए आदेश था। अप्पा के लाड़-प्यार ने गौरी बेटी को जिद्दी बना दिया। लक्ष्मी अम्मा गौरी को नारायण भैया की लाड़वेड़ी (लाड़-प्यार में पगलाई) बेटी कहती थी। परंतु उसका विश्वास था कि विवाह के बाद उसके सुभाव में निश्चित रूप से परिवर्तन होगा। मगर फिलहाल तो वो सभी को अपनी इच्छानुसार चलाने की कोशिश करती। पुजारी सामी की बेटी मान सभी उसे टाल जाते थे। उसका विरोध करने का साहस किसी

में भी नहीं था।

घर-घर के खेल के लिए गौरी के पास गृहस्थी के खिलौने थे। चूल्हा, छोटी-सी कढ़ाई, थालियाँ, छोटी-छोटी कटोरियाँ। घर में से चीवड़ा, सींगदाने, चिरोंजी दाने, काजू, किशमिश आदि ले आती थी। परमल और गुड़ भी ले आई। घर-घर के खेल की मालकिन भी वही होती। आज तो मालिक की भी जरूरत थी।

उस दिन श्रीनि को न जाने क्या सूझा कि बोला, "गौरी ! आज घर-घर में लगन भी खेलेंगे !"

"बरोबर ! फिर तो बड़ा मज़ा आयेंगा।" पूरे उत्साह से हँसते-हँसते सलज्ज मुस्कान के साथ गौरी ने समर्थन किया, "तू तो नवरदेव बनेगांज श्रीनि। अब बता तू लगन किससे करेगा ?" उसे पूरा विश्वास था श्रीनि उसी का नाम लेगा।

"ललिता से ?" बड़े उत्साह के साथ श्रीनि ने ललिता की कलाई थाम ली। उस हाथ के कोमल स्पर्श से ललिता की देह में मीठी सिहरन दौड़ गई।

ललिता शर्म से सुर्ख हो गई। गोरे मुख की सलज्ज ललाई ने उसे आलोड़ित कर दिया। ललिता की इच्छा हाथ छुड़ा कर भाग जाने की हुई। श्रीनि के स्पर्श ने उसे भी सिहरा दिया। श्रीनि ने मजबूती से कलाई थाम रखी थी। भागना तो चाहती थी। मगर मन नहीं कर रहा था।

एक पल के लिए गौरी स्तब्ध रह गई। श्रीनि से यह उम्मीद नहीं थी। दुःख के आवेग से चेहरा पीला पड़ गया। शीघ्र ही सँभली। क्रोध से मुख तमतमाने, देह काँपने लगी। गुस्सा फट पड़ा, "तू...तू...इ...इस..हरामजादी ललिता से...ललिता से लगन करेंगा ? इ...इस...देवदासी से...शरम नहीं आती तुझे...देवी अम्मा की दासी से...घरवाली से लगन करेगा ? एक शादीशुदा से लगन करेगा ? देवी अम्मा का पाप लगेंगा तेरेकू ? इसने तेरे से लगन किया तो ये मर जायेंगी ?" क्रोध के अतिरेक के मारे आँखों में आँसू आ गए।

इस अप्रत्याशित हमले से श्रीनि घबरा गया। डर और लज्जा के मारे सिर झुका लिया। कलाई की पकड़ ढीली पड़ गई। भय के मारे ललिता भाग खड़ी हुई।

"मय...मय...तो..मज़ाक...करता...गौरी अम्मा !...मजाक...सिरफ...मजाक...ये तो खेल है...कोई सच्ची मुच का लगन थोड़े...तू कायकू नाराज होते...मय तो लगन तेरे से च करूँगा। हाँ ! तेरे से च ! आई की...देवी...माँ की शपथ !" हाथ से कंठ को पकड़ कर सच में शपथ खा उसे पक्का किया।

"जा हम नहीं खेलते तेरे साथ।" लात मार कर सारे खिलौनों, खाने-पीने का सामान बिखेर क्रोध और अभिमान से गौरी बोली, "तू बड़ा खराब है। हम नहीं खेलते तेरे साथ।" पाँव पटकते हुए अपने कमरे की ओर भाग गई।

दुःख, शर्म, और अपमानित श्रीनि देखता ही रह गया। कुछ देर बिखरे खिलौनों के बीच खड़ा रहा। फिर हारे खिलाड़ी के समान सिर नीचा किए शिथिल पग अपने

कमरे में चला गया।

डर के मारे दो दिन तक ललिता गुमसुम बनी रही। अपने काम से काम रखती। मंदिर में भी सिर नीचा किए चुपचाप काम करती रहती। श्रीनि भी अनमने मन से काम करता। सच ! मुझसे पाप हो गया है। ललिता तो देवी माँ की ब्याहता है। उससे लगन का ख्याल भी मन में क्यों आया ? "हे देवी माँ क्षमा ? शांतम् पापम्, शांतम् पापम् माँ क्षमा करना ?" करुण मुख और डबडबाई आँखों से कानों को हाथ लगा माँ से क्षमा माँगी। वह पढ़ाई में व्यस्त हो गया।

चार-पाँच दिन में सब सामान्य हो गया। सभी कुछ भूल प्रसन्न वदन गौरी श्रीनि और ललिता के साथ खेलने में मगन हो गई।

आदिवासी वन-अंचल से जब वे लौटे तो जिंदगी की कड़वी सच्चाई ने उनके सारे मुगालते दूर कर दिए थे। भूषणम अपने मित्रों के साथ वहीं रुक गया। आने के पहले लतिका एक बहुत बड़ी रकम उसे दे आई। उसमें से एक बड़ी राशि का उपयोग हथियार खरीदने के लिए किया गया। गाड़ी ने अनेक मोड़ पार किए। लतिका और सुरेन्द्रन की जिंदगी में निकट भविष्य में जो मोड़ आने वाला था उसका रत्ती भर भी अनुमान उन्हें नहीं था।

रास्ते में अखबारों से शहर में हुए जहरीली शराब कांड का पता चला। जहरीली शराब पीने से तेरह व्यक्तियों की मृत्यु हो गई थी। जिनमें तीन औरतें थीं। मजदूर तबके के ये लोग झुग्गी-झोंपड़पट्टी से थे। गंभीर रूप से बीमार कई मजदूर मर्द और औरतें अस्पताल में जीवन-मौत के बीच झूल रहे थे। एक सामान्य समाचार मान लतिका ने इसे कोई तवज्जोह नहीं दी। मरने वालों के प्रति उसे कोई सहानुभूति नहीं थी। उसे शिकायत थी कि झोपड़पट्टी के मरने वाले ये लोग दो जून की रोटी अच्छी तरह से खाने और अच्छे कपड़े पहनने की बजाय अपनी मजदूरी की एक बड़ी रकम शराब पर खर्च कर अपने बीवी-बच्चों का निवाला छीनने का गंभीर अपराध करते थे। शराब के ये इतने गुलाम बन गए थे कि बीवी, बहन और बेटी की मजदूरी को शराब में बदलने में किसी शर्म का अनुभव नहीं करते थे। उसकी निगाह में वे परिवार, समाज ही नहीं मानवता के नाम पर कलंक थे। नाबदान के इन कीड़ों का मरना उचित था। जनसंख्या में कुछ तो कमी होगी ?

कोठी पर काम करने वाली गंगू बाई ने जो अनुभव दिया उसकी कड़वाहट अभी तक दिल में बसी हुई है। उसका पति नाथ्या उस दिन शराब पीकर कोठी पर आ धमका। शराब के लिए पैसे न देने पर हंगामा ही नहीं खड़ा किया उसके सामने गंगू की पिटाई भी की। नाराज लतिका ने उसे थाने में बंद करा दिया। परंतु गंगू के रोने-पीटने के कारण छुड़वाना पड़ा। उस दिन से इन लोगों के प्रति उसके

मन में एक घृणा थी। इन्हें किसी भी प्रकार की दया के लायक नहीं मानती थी।

ज्यों-ज्यों शहर के नजदीक पहुँच रहे थे हवा में एक तनाव का अनुभव होने लगा। शहर के किनारे बसी झोंपड़पट्टी में श्मशानी सन्नाटा छाया हुआ था। कुछ झोंपड़ियों से उठे रुलाई के स्वर उस सन्नाटे को तोड़ जाते थे। बस्ती की धूल-कीचड़ में खेलने वाले बच्चों के मासूम चेहरों पर दहशत थी। पुलिस की एक टुकड़ी वहाँ तैनात थी। दो-एक पुलिस वाले बगल में डंडा दबाए तंबाकू मल रहे थे। उन्होंने इस ओर विशेष ध्यान नहीं दिया। उस बस्ती वालों के लिए यह कोई नया हादसा नहीं था। इस जरायमपेशा बस्ती के लिए रोजमर्रा की जिंदगी का एक अंग था।

ठंडी पवन के झकोरे बालों से खेलते उसके खूबसूरत चेहरे को नहला रहे थे। बगल में बैठे सुरेन्द्रन की आसक्त मुग्ध नजरों का अनुभव कर रही थी। जीप के हिलने पर जान-बूझकर किया गया सुरेन्द्रन का स्पर्श बहुत कुछ लतिका को कह जाता था। वह जानती थी कि उसे लेकर सुरेन्द्रन अपवाद नहीं है। भूषणम अपवाद था। तटस्थ भाव से गाड़ी चलाती रही। इस सबके बावजूद उसे इस बात का पक्का विश्वास था, मुसीबत आने पर वह सुरेन्द्रन पर निर्भर कर सकती है।

दुर्घटना की गंभीरता का पता कोठी पहुँचने पर लगा। रास्ते में सुरेन्द्रन को उसके बंगले पर छोड़ा। चिंता और परेशानी की लकीरों के साथ वेंकटेश गाऊन पहने लान में घूम रहे थे। बिना बताए उनका इकलौता सपना गत कई दिनों से गायब था। मन तनावग्रस्त था। अजीब बेवकूफ और गैर जिम्मेदार है ? बताकर तो जा सकता था ? माँ-बाप की चिंता का जरा-सा भी ख्याल नहीं ? आने पर ऐसी लू उतारूँगा कि जीवन भर याद रखेगा। उन्होंने अपनी सारी आशा-आकांक्षाएँ सुरेन्द्रन पर दाँव के रूप में लगा रखी थीं। फिर पता चला भूषणम भी गायब है। तब घबड़ा गए। उन्हें पक्का विश्वास हो गया कि उनके भोले-भाले बेटे को भूषणम बहकाकर ही नहीं ले गया है वरन् गलत रास्ते पर भी डाल रहा है। उनकी इच्छा तत्काल पुलिस को खबर करने की हुई। कुछ दिन इसी ऊहापोह में पड़े रहे। पुलिस में गुमशुदगी की तलाश का मतलब बदनामी मोल लेना था। सुरेन्द्रन कोई बच्चा नहीं है ? अच्छा-खासा बालिग है। पुलिस तरह-तरह के सवाल पूछेगी। कहीं बाप-बेटे में किसी बात को लेकर झगड़ा...या...किसी लड़की वगैरह का चक्कर ? अंदर ही अंदर बहुत सारे सवालों ने उलझा लिया था। लेकिन चेहरे पर शिकन तक नहीं आने दी। शांत बने रहे। पत्नी को समझा दिया कि सुरेन्द्रन जरूरी काम से बाहर गया है। वैसे भी वो पिता-पुत्र की ओर से निश्चिंत रहती थी।

सुरेन्द्रन को लतिका की गाड़ी से उतरते देख बेचैनी, चिंता और तनाव प्रसन्नता के फूल बन गए। सारा भय काफूर हो गया। तो लतिका ले गई थी। यह तो शुभ शगुन है। बेकार की बातें सोच-सोच अपना दिल-दिमाग खराब कर लिया। सुरेन्द्रन से अब किसी प्रकार की सफाई-शिकायत का सवाल ही नहीं था। लतिका को एक

कप कॉफी हेतु बुलाने के लिए गेट की ओर बढ़े ही थे कि सुरेन्द्रन को बाय-बाय कर लतिका धूल का गुबार छोड़ गई।

कोठी और बागीचे के बीच के पोर्च एवं रास्ते में लाल-पीली बत्ती की गाड़ियाँ और पुलिस जीपें थीं। लान में पुलिस वाले और बरामदे में कुर्सियों पर बैठे कलेक्टर बन्दिष्टे और पुलिस अधीक्षक खुसुर-पुसुर बतिया रहे थे। कोठी के दरबान, ड्राइवर, गार्ड सहमे से एक ओर खड़े थे।

"काय कू चिंता करते सोजतिया सेठ ? मामला सुलटा लेंगे। हम काय के लिए ?" हँसते-मुस्कराते आबकारी मंत्री ने आश्वस्त किया। उनके लिए यह आए दिन की घटना थी। प्रांत में किसी न किसी जिले में इस प्रकार की घटनाएँ घटती ही रहती थीं। इसलिए उनके लिए इसका कोई महत्त्व नहीं था। बगल में बैठे स्थानीय शासन मंत्री की ओर मुखातिब हो कहा, "मैं ठीक कह रहा हूँ ना वीरजी ?"

"सोलह आने सच ! जब आबकारी मंत्री देवगन जी खुद वायदा कर रहे हैं तो फिर चिंता की क्या बात ? हमलोग हैं किस लिए ? आप तो एक काम करिए। मुख्यमंत्री जी सिंगापुर में एक फाइव स्टार होटल डालना चाहते हैं। आपके रिश्तेदार महेश भाई चांडक का एक कारखाना वहाँ है। हमें उनकी मदद चाहिए। सात-आठ सौ करोड़ की प्रोजेक्ट है। हवाला के जरिए वहाँ पैसा भिजवाना है। काफी रकम एकत्र हो गई है। आप कितनी क्या मदद करेंगे ?" वीरजी ने स्पष्ट बात रखी।

मेरा गवाह कौन मेरा मामू की तर्ज पर दोनों खेल रहे थे। रमापत अच्छी तरह से जानता था व्यापारियों के टुकड़ों पर पलने वाले ये नेता पैसे के मामले में वेश्या से भी अधिक बेशरम हैं। अपने पर आती आँच का अहसास होते ही पल्ला झाड़ कर परेशानी के भँवर में दूसरे को अकेला छोड़ने में थोड़ा-सा भी संकोच नहीं करेंगे।

"मेरे इन शिष्यों की बात का विश्वास कर रमापत। मुख्यमंत्री का जुम्मा भी हम लेते हैं। वो भी मेरा शिष्य है। मेरी चरण वंदना करता है। हमारा कहा नहीं टालेगा। जीवन मरण तो ईश्वर की मरजी पर है। तू काहे अपने को अपराधी मानता है। तू निसा खातर रह रमा। तेरा बाल भी बाँका नहीं होगा। हम कल से ही तेरी रक्षा के लिए संकट मोचन हवन-पूजन आरंभ कर देंगे। तू तो पचास हजार भेज दे। ब्राह्मण-कन्या भोजन, बलि आदि कर देवी माँ को प्रसन्न कर देंगे। तेरा कल्याण ही कल्याण होगा।" बाबा सीताराम स्वामी ने भी आश्वस्त किया। गेरुए रंग की रेशमी धोती, उसी रंग का कुरता, साफा, कानों में रुद्राक्ष के कर्णफूल, गले में भी रुद्राक्ष के मनकों की बड़ी-बड़ी दो-तीन मालाएँ, दोनों हाथों की अँगुलियों में अँगूठियाँ हीरे-मोती जड़ी। काले कलूटे चेहरे के भाल पर बड़ा सा गोल टीका। शराब से गरगराती लाल आँखें। सीताराम बाबा अपने सामने किसी को कुछ नहीं समझता था। गैर-कानूनी तरीके से सरकारी नजूल की जमीन पर अतिक्रमण कर कब्जा जमा लिया था। उस जमीन पर पहले देवालय बनाया। फिर बनियों और राजनेताओं खास कर स्थानीय

शासन मंत्री की मदद से भव्य मंदिर बना लिया। अडसट्टे में उसकी कुछ भविष्यवाणिया सही हो जाने से कुछ व्यापारी-मंत्री उसके अंध भक्त बन गए थे। पहले उसने कालिका माता का, उसी की बगल में शिव-हनुमान आदि के मंदिर बना लिए। मुख्यमंत्री का उस पर वरदहस्त था। इसीलिए उसके अवैध कब्जों को हटाने की हिम्मत जिला प्रशासन में नहीं थी।

इतनी जोर से वह बोला था कि उसका संवाद बरामदे तक में सुनाई दे गया।

"ये साला बगला संत ऐसा बोल रहा है मानो शासन-प्रशासान इसका ताबेदार हो। हरामी पक्का चोर है। दस-पंद्रह साल पहले चोरी के कई मामलों में इसके खिलाफ एफ. आइ. आर. दर्ज है। राजनीतिक संरक्षण के चलते हमारे हाथ बँधे हैं। वर्ना...।" पुलिस अधीक्षक कलेक्टर के कान में फुसफुसाया।

मंदिर में अवैध शराब का धंधा करने की शिकायत पर पुलिस ने छापा मार बाबा को रंगे हाथों पकड़ा था। परंतु ऊपर के आदेशों के कारण मामला दबाना पड़ा था। तभी से पुलिस अधीक्षक जला-भुना बैठा था।

ओठों पर अँगुली रख कलेक्टर ने चुप रहने का इशारा किया।

"देखिए देवगनजी ! मामला इतना सीधा नहीं है। फिर विरोधी दल सीधा हो तो भी सीधा रहने नहीं देंगे। मजदूरों की मौत की चिता पर रोटियाँ जरूर सेंकेंगे।" रमापत ने मसले की गंभीरता को रेखांकित किया।

"ये तो हम भी जानते हैं सोजतिया सेठ ! वे कुछ करें इसके पहले ही हम प्रशासकीय जाँच के ओदश दे देंगे। कलेक्टर बंदिष्टे हमारा चमचा है। उस साले को हमने आइएएस दिलाई है। वर्ना डिप्टी कलेक्टरी में सड़ जाता। आज वो जो कुछ है हमारी सरकार की वजह से है। हमारे लिए कुछ भी कर सकता है। हमारी सरकार के इशारे पर ही पिछली बार विपक्षी पार्षदों की पिटाई ही नहीं की विधायक को भी निपटा दिया।" लोकतंत्र की आत्मा को उन्होंने जिस प्रकार से लहूलुहान किया था उस सफलता पर खद-खद हँसने लगा।

रमापत का चेहरा अभी भी संशय की बदली से घिरा था।

"आपको शक है ना कि बंदिष्टे को विरोधी दल कभी स्वीकार नहीं करेंगे ? हम भी जानते हैं। वो साला कुर्सी का गुलाम है। यदि विरोधी दल सत्ता में आया तो उनकी गुलामी करेगा। हम उसे तत्काल हटाकर लूप लाइन में डाल देंगे। जाँच आयोग बिठा देंगे। जो दो-चार साल में रिपोर्ट देगा। तब तक लोग भूल भाल जाएँगे। गोपनीयता के नाम पर आयोग की रिपोर्ट विधान सभा में पेश करना जरूरी थोड़े है ? फिर विरोधी दल में क्या कम गुटबाजी है ? सत्ता की लिप्सा ने उन्हें भी हमारे दल का रोग लगा दिया है। विपक्षी नेता गिरधारी लाल पाटनी तो सेठ लख्मीपत के खासमखास थे। आपके पिता से क्या कम पैसे लिये हैं।" कुछ पल चुप रह रमापत के पास खिसक धीरे से फुसफुसाया, "एक अंदरूनी बात बताता हूँ। पाटनी हमारे

मुख्यमंत्री के छिपे सरपरस्त है। अपने दल के अपने विरोधियों को नीचा दिखाने के लिए निश्चय ही वे आपका हमारा साथ देंगे। आप निश्चिंत रहें। आप तो मुख्यमंत्री की सिंगापुर वाली प्रोजेक्ट का ध्यान रखिए। सात-आठ सौ करोड़ की योजना है।''

''यही नहीं मैं खुद शिष्य मुख्यमंत्री से बात करूँगा। मर गए शराबियों के निकट के रिश्तेदारों, उनकी विधवाओं को दो-चार हजार का मुआवजा वो दे देगा। बीमारों का अच्छा इलाज और दो-चार सौ का मुआवजा दिला देंगे।'' बाबा सीताराम स्वामी ने टेका लगाया, ''आप तो संकटमोचक हवन के इंतजाम की तैयारी...।''

धड़ से दरवाजा खुलने से बाबा की बात अधूरी रह गई। सब चौक उठे। उनके चेहरे गंभीर हो गए।

लाल बत्ती वाली सरकारी गाड़ियों, पीली बत्तीवाली प्रशासकीय अफसरों और लाल प्लेट वाली सीताराम बाबा की गाड़ियों पर उड़ती निगाह डाल पुलिस वालों और अफसरों की पर्वाह किए बिना लापरवाह चाल और चाबी को हिलाते लतिका ड्राइंग रूम की ओर चल दी। इन सबकी और बरामदे में बैठे कलेक्टर, पुलिस अधीक्षक, थानेदार आदि की पर्वाह उसे इसलिए भी नहीं थी कि नेता, मंत्री, अफसर, पुलिस वाले साधू-संन्यासी आए दिन पैसा, चंदा और शराब की बोतलें माँगने भिखारियों के समान कोठी के चक्कर लगाया करते थे। उसने धड़ से दरवाजा खोला और ड्राइंग रूम में घुस गई। कलेक्टर और पुलिस अधीक्षक की उसे रोकने की हिम्मत नहीं हुई।

जीप से कूद जिस तेजी से वह चाबी हिलाते बरामदे में आई थी उसने उनके आत्मविश्वास को डिगा दिया था। वे देखते ही रह गए।

धड़ से उसने दरवाजा जान-बूझकर खोला था। लतिका के अप्रत्याशित आगमन की किसी को उम्मीद ही नहीं थी। इसीलिए वे न केवल चौंके वरन् मन ही मन भयभीत भी हो उठे। उन्हें लगा कहीं कोई अखबार का संवाददाता तो नहीं आ घुसा ? सीताराम बाबा की बची बात गले में ही अटकी रह गई। उन सभी को दुर्लक्षित करते सीधे अंदर चली गई।

लतिका की मदमस्त चाल, टाइट जींस के कारण नितंबों के उभार और नर्तन, वनानंचल में गुजारे स्वच्छ वातावरण की ताजगी से चमकते आकर्षक चेहरे, उसकी चुस्ती-फुर्ती और लापरवाह अदा तथा तेजी से चलने के कारण उछलते उरोज देवगन के दिल को गहरे तक बर्छी के समान चीरते चले गए। वह देखता ही रह गया। वह भी कुछ कहना चाहता था परंतु उसकी वाणी तो लतिका ले गई। अचानक वह उठ खड़ा हुआ।

''अच्छा सोजतियाजी ! हम चलते हैं। सारी बातें हो ही चुकी हैं। शासन की ओर से, आप निश्चिंत रहें। आपका बाल भी बाँका नहीं होगा। आपके कारखाने से जो शराब बेची गई उसमें मिलावट छोटे व्यापारियों ने की है। उसके लिए आप थोड़े ही जवाबदार हैं। कलेक्टर और जाँच आयोग दोनों इसी निष्कर्ष पर पहुँचेंगे।

आप बेफिक्र रहें। हाँ ! जरा आप शांति भाई को इशारा कर दें। वैसे मैं भी उनसे बात करूँगा। कम से कम वे तो अपने अखबार में समाचार और संपादकीय इसी तथ्य को ध्यान में रख कर लिखें ? इससे काफी सहूलियत रहेगी। मुख्यमंत्री जी तो आपको पूरा सहयोग देंगे ही। चलें वीरजी ! चलिए बाबाजी !" जाते-जाते इतना और बोला, "मुझे जिस किसी चीज़ की जरूरत होगी खबर करूँगा।"

"ठीक है मैं भी आज ही शिष्य से बात करूँगा। कल से ही संकट मोचन हवन आरंभ करता हूँ। आप आकर संकल्प कर देना। बाकी सँभाल लूँगा।" दोनों हाथ उठा बाबाजी ने आशीर्वाद दिया। और चल दिए।

रमापत की मुसीबत की आग पर हर कोई अपनी अपनी रोटी सेंक रहा था। इसे रमापत भी समझ रहा था। उसे शांति भाईसा के व्यवहार पर अधिक हैरानी थी। उन्हें बड़े भाई के समान आदर-सम्मान देता था। लख्मीपत मरने से पहले रमापत को कह गया था कि शांतिलाल को अपना बड़े भाई मान कर ही उससे न केवल व्यवहार करे, वरन् समय-समय पर जरूरत पड़ने पर उसकी राय-मशविरा भी अवश्य ले। शांतिलाल को भी उसने रमापत की सरपरस्ती का आदेश दिया था। दोनों के लिए लख्मीपत की इच्छा मात्र ब्रह्म-वाक्य और लक्षमण रेखा के समान थी। अतः जब शराबकांड को लेकर जो कुछ घर के अखबार में छप रहा था उससे रमापत का चिंतित होना स्वाभाविक था। सारे विवरण और संपादकीय रमापत के शराब कारखाने की ओर इशारा कर रहे थे। दो बार उसने फोन की ओर हाथ बढ़ाया भी। परंतु अपनी ही सिफारिश करने का साहस जुटा नहीं पाया। अंदर ही अंदर एक तनाव और आक्रोश से जल रहा था। वह यह भी जानता था कि राजनेता बिलकुल ही भरोसे लायक नहीं है। अपनी चमड़ी बचाने के लिए जब वे बंदिष्टे को बली चढ़ा सकते हैं तो मौका आने पर उसे कहाँ बख्शेंगे। परेशानी में चहलकदमी करने लगा। आज उसे बाबूजी बहुत याद आए। वे होते तो चुटकी की आवाज खत्म होने के पहले मामला सुलटा लेते।

"कंई हुई रियो रमापत ? कंई परेशानी हे ?" कमरे में प्रवेश करते हुए शांतिलाल ने जानना चाहा। समृद्धि और अखबार से मिली ताकत ने देह भर ही नहीं दी थी गाल और तोंद दोनों फुला दिए थे। गले में सोने की चार-पाँच तोले की चेन, मारवाड़ी शैली के कानों में बुंदे, और अँगुलियों में हीरे-मोती, पन्ने की अँगूठियाँ। बगुले की सफेदी से होड़ लेती खादी की धोती, कुर्ता, रेशमी जेकेट और पाँव में बढ़िया जोधपुरी मोजड़ियाँ जिन्हें वह जोधपुर से विशेष रूप से मँगवाता था। अवसर के अनुरूप जोधपुरी कोट भी पहनता था। आँखों पर था सुनहरी फ्रेम का चश्मा। उपरले ओठ पर थीं पतली तलवार कट मूँछें, सफाचट दाढ़ी। अब वह सोजत और जोधपुर का दुबला-पतला मरियल सा लड़का नहीं रह गया था। जिसे समय पर दो जून रोटी और दो जोड़ी कपड़ों के लाले पड़ते थे। जो मामा-मामी और उनके बच्चों की जूठन तथा ममेरे

भाइयों के उतरे कपड़े पहनता था। अब तो उसकी अलमारी कपड़ों से उफान आ रही थी। उसकी कलम और अखबार की ताकत से मुख्यमंत्री भी घबराता और उसे पटाने के लिए सरकारी विज्ञापन और उसकी मनपसंद जमीन अखबार के नए दफ्तर के लिए देने को तैयार रहता था। शासन-प्रशासन-पुलिस सभी उससे डरते थे। अखबार की ताकत का मजा ले रहा था। कल्पनाशील नए लड़कों की टीम उसने भरती की थी। जो स्कूप लाकर देते वे सप्रमाण होते थे। एक दो अंकों में छपने के बाद संबंधित व्यक्ति/मंत्री/अफसर के साथ किसी फाइवस्टार होटल या फार्म हाउस में लंच/डिनर मीटिंग पर उन्हें सुलझा लिया जाता था। शांतिलाल की सबसे बड़ी विशेषता यह थी कि वो अपने कर्मचारियों का पूरा ध्यान रखता था। उससे राजस्थान के मुख्यमंत्री भी झटका खाते थे। वह दक्षिण भारतीय प्रवासी राजस्थानी संघ का अध्यक्ष था। जब भी राजस्थान जाता मुख्यमंत्री स्वयं उसकी अगवानी करते थे। उसने भी दो एकड़ में शानदार कोठी बनवाई। पेपर के लिए लिया सारा कर्ज चुका दिया। और अब तो सोजत की अपने बाप-दादा की हवेली खरीदने की योजना बना रहा था। अखबार को उसने हथियार बना लिया था। शराब कांड को जान-बूझकर उछाला गया था। रमापत को अपनी अहमियत जताना था। अनजाने-जाने में परपीड़न का सुख उसे आनंद दे गया। उसका उद्देश्य रमापत को हानि पहुँचाना नहीं था। वो अखबारी दुनिया का इन कुछ वर्षों में सिद्धहस्त खिलाड़ी बन गया। उसके एक प्रत्याशी को मुख्यमंत्री ने विधायक का टिकिट अपनी पार्टी से ही नहीं दिलवाया वरन् राज्यमंत्री भी बनाया था। इसके बाद भी वह पत्रकारिता की स्वतंत्रता के नाम पर मुख्यमंत्री को बिच्छू के समान डंक मारने से नहीं चूकता था। इसी प्रकार का डंक रमापत को भी मारा था। पर वह बिच्छू का जहर उतारने का मंत्र भी जानता था। उसी के उतारे के लिए आया था।

"भाई सा आप !" रमापत ने शांति को प्रणाम करने के लिए झुककर उसके घुटनों को स्पर्श किया।

"बस बस ! सुण्यो देवगन, वीर जी ओर वो हरामी बाबो आयो थो ?" बैठते हुए शांति ने जानना चाहा।

"हाँ भाई सा ! वो जहरीली शराब...।" बात पूरी करने में हिचकिचाया। वो जानता था कि उस पर पूरी जवाबदारी नहीं आएगी। परंतु कीचड़ में पत्थर गिरने पर छींटे सभी पर उड़ते हैं। इसीलिए चिंतित था।

पूजा, उपासना, तप, ज्ञान और जनकल्याण के स्थान पर सत्ता और राजनीति की दलाली करने वाले बिंद्रा स्वामी और बाबा सीताराम जैसों के प्रति शांति के मन में तीव्र घृणा थी। बिंद्रा दिल्ली में और बाबा प्रांत में सत्ता की दलाली कर रहे थे। मूर्ख राजनीतिज्ञों को झूठी-सच्ची भविष्यवाणियों और संकट-मोचक हवन-यज्ञ एवं तांत्रिक क्रियाओं का झुनझुना पकड़ा अपने पंच सितारा आश्रमों में विलासमय जीवन

बिता रहे थे। बिजली का बिल न भरना, सरकारी, नजूल और नगर-निगम की जमीनों पर अतिक्रमण, अपने विरोधियों को डराने-धमकाने के लिए पुलिस ही नहीं माफिया सरगनाओं की मदद ले बदले में उन्हें राजनीतिक संरक्षण एवं अपने आश्रम में पनाह देना इनके लिए मामूली बात थी। शांति व्यक्तिगत बातचीत में ही नहीं बेबाक अखबारी टिप्पणियों में इनकी पोल खोलता था। इन्होंने पहले उसे धमकाया, अखबार को जलाने की धमकी दी फिर पैसों, विदेश यात्राओं का लालच दिया। परंतु शांति बिलकुल नहीं झुका।

"ऊ बदमाश ने थन्ने संकट मोचक हवन और आपणा शिष्य मुख्यमंत्री री मदद रो झटको दियो होयगो।" कड़वाहट शांति के स्वर से झर गई।

स्वीकृति में रमापत ने सिर हिलाया। तभी लतिका अपने पापा से मिलने आई। मगर अपने बड़े ताऊजी एवं पिताजी को गंभीर मंत्रणा में व्यस्त देख पर्दे के पीछे रुक गई।

"देख रमा ! इ नेता रो रांई रत्ती विश्वास मती करजे। आपणी कुर्सी ओर चमड़ी बचाणा वास्ते कंई बी करी सके ? शराब कांड से थन्ने बचाणा री अच्छी खासी मोटी रकम वसूलेगा। इको ख्याल राखजे।"

तो शराब कांड में पिताजी भी फँसे हैं। जिस घटना को उसने हल्के रूप में लिया था उसकी गंभीरता को लतिका अब समझी। फिर भी उसे उतना गंभीर नहीं मान रही थी। उसे विश्वास था अपने संपर्कों और रुपए की मदद से और संकट-मोचकों की सहायता से इस मामले से पिताजी बेदाग निकल आएँगे।

"अबार देख ! वो बीर जी ने कुर्सी री खातिर आपणा भाई री लाड़ी पूर्णिमा मेयर खे मुख्यगंत्री खे परोसी दियो। नगर निगम खे खूब लूटयो। जब मुकदमो कोरट मा गयो तो मुख्यमंत्री ने परमीशन नी दी। फाइल पुट्ठा का नीचे दबाई ने बेठ्यो हे। आपणी रखैल खे बचाणो जो हे ? ये नेता थोड़ा बी विश्वासपात्र नी। मदद को मुआवजो तगडो माँगेगा।" शांति ने कड़वी सच्चाई पेश की। आज वह भरा बैठा था, "अबार राजनीति धंधो बणगी हे। पेला नालायक बेटा खे मास्टरी में भेजता था। व्हां चली निकलेगो ऐसी मान्यता थी। अबार नालायक, बदमास बेटो राजनीति में बढ़िया चाले नी दौडे भी। कमाई रो बढ़िया साधन बणीगी हे राजनीति। खानदानी पेशो हे। बाप आपणा बेटा, बेटी, भाई जवांई खे बी लावे। चूंकि हाइकमांड भी खानदानी होवे सो वो भी दूसरी तीसरी पीढ़ी खे बेहिचक टिकिट देवे। कंई जमानो आईग्यो हे। देश सेवा गई भाड़ मा परिवारवाद, वंशवाद पेलो नंबर लेवे। काणो सुहाय नी ने काणा पाखर चालेनी। देवगन ने म्हारे फोन करयो थो। काल से दारू काण्ड की रिपोर्टिंग ओर ऐडीटोरियल में फरक पड़ी जायगो। पण उन्ने मदद वास्ते सरत राखी हे।"

अखबार की तरफ से रमापत ने निश्चिंत हो छुटकारे की साँस ली। परंतु देवगन ने कौन सी शर्त रखी होगी जानने को उत्सुक हो उठा। ऐसी कौन सी शर्त थी जो

उस दिन पेश नहीं कर सका ?

शांतिलाल असमंजस में था। कहे या ना कहे ? कहे बिना निजात भी नहीं थी। हर शब्द को तौलते हुए बोला, "एक हफ्ता बाद चुपचाप इकलो थारा गेस्ट हाऊस में अईने रुकेगो। रातां रंगीन करवाने आवेगो।"

"बस ! इमें नवी कंई वात ? पेलां भी कंई बार आयो हे। शराब, भोजन और दो तीन कालगर्ल रो इंतजाम हुई जावेगो।" रमापत ने चैन की साँस ली।

लतिका का चेहरा पीला पड़ गया। तो पापा पैसे की खातिर न केवल गरीबों की जान ले रहे हैं वरन् औरतों की दलाली भी करते हैं। क्रोध, घृणा, वितृष्णा से भर गई। भूषणम का व्यंग्य "पैसे की खातिर ये बड़े लोग, सरमाएदार, पूँजीपति और राजनेता अपनी बहन/बेटी/बहू को भी दाँव पर लगा सकते हैं। पैसा ही इनका भगवान है।"

"मूरख ! बात इतनी सीनी हे। इबार...ऊ...हरामी खे...अबार...इ...बार...," बात पूरी करने में शांति को शर्म और संकोच का अनुभव हो रहा था।

"इबार दूसरी लड़की रो इंतजाम हुई जायगो ?" रमापत ने आश्वस्त किया।

"दूसरी लड़की कोण ? मालूम हे थन्ने ?" फिर रुका और मन के बोझ को हल्का करने के लिए एकदम से बोल पड़ा, "उखे लतिका चईए ?" जिस मानसिक यंत्रणा को वह गत कुछ दिनों से भोग रहा था उसे रमापत को स्थानांतरित कर दी।

लतिका को अपने कानों पर विश्वास नहीं हुआ। डर के मारे घबरा गई। ठंडे पसीने से नहा उठी। देह में काँटे खड़े हो गए। देवगन उसके पिता से भी बड़ी उमर का था। देश का कर्णधार इतना चरित्रहीन ? उसके सोचने की शक्ति जवाब दे गई। देह पाषाण हो गई।

"ई...ई...कंई...बोलो भाई सा ?"...ऊ...ऊ...हरामी री या हिम्मत...म्हारी... म्हारी...बेटी पे...निगाह डाले ?" क्रोध से रमापत काँपने लगा। सोफे पर बैठा रहना संभव नहीं लगा। उठ खड़ा हुआ। उसका बस चलता तो तत्काल जाकर देवगन को गोली से उड़ा देता। पर यह संभव नहीं था।

पापा की उग्र प्रतिक्रिया लतिका को दिलासा दे गई। पाषाण देह में प्राण लौट आए।

"ठेर...ठेर...हिम्मत और शांति सू काम ले। नाराज होणे सू काम बिगडे। धीरज धर...कंई ने कंई रास्तो निकलेगा ? धीरज धर। घबराए मती ? घबराणा सू काम ओर संकट नी टले ?" हाथ पकड़ शांति ने रमापत को बैठाया। शांति के उस स्पर्श ने आश्वस्त किया। रमापत का चेहरा मुर्दे सा सफेद पड़ गया था। सिर पकड़कर बैठ गया। दिलासा देने के लिए रमापत की पीठ सहलाते हुए शांति ने समझाया, "काकासा ! थारा बापूजी कंई करता ?"

सवालिया नजरों से रमापत ने ताका। तनाव, चिंता, मनोव्यथा उसकी आँखों

से झाँक रही थी।

"अरे पगला ! कंई सोचे ? लतिका म्हारी बेटी सूं ज्यादा ! आज आपणी गुट्टी फंसी हे। निकलणो जरूरी। औरत रो कंई मोल ? जमीन, जायदाद, रुपिया, पीसा, सारखी ओरत। बखत पे ई काम नीआवे तो इनको कंई मोल-मतलब ? पुराणा राजा-रजवाड़ा भी बेटी रो डोलो भेजता था किनी ? या काल गर्ल, वेश्या, तबायफ भी कोई री बेन-बेटी हे कि नी ? घर-परिवार री बेहतरी माटे आपणो जिस्म ओर भावना दाँव पे लगावे कोनी ? पूर्णिमा तो कालगर्ल को नी ? पण पीसा रा खातिर ऊका पति ने, कुर्सी वास्ते बीरजी ने ओर गुरु बनना वास्ते बाबा ने उखे मुख्यमंत्री के परोसयो की नी ? तू भी भेजी दी। आज काल री लड़की बड़ी होस्यार। बचणा रा सारा रासता जाणे। सब समजे। फेर प्रसिद्ध शास्त्री हेमाद्री ने लिख्यो "रज निष्पत्ती राबाद लुगाई पवित्र हुई जावे। नहाई-धोई ने साफ हुई जायगा। देस जाई ने घर-परिवार अच्छो सो देखी ने ब्या दीजे। लोग थारी छोरी हाथ जोड़ी ने कूदी कूदी ने लेगा। अबार जादा सोचे मती।" कुछ पल रुका, "फेर तू जाणे ! ये देवगन बड़ो हरामी हे। अंडरवर्ल्ड सूं आयो हे। माफिया सूं ऊको अभी भी संबंध हे। मुख्यमंत्री भी उसे मन ही मन डरे। मुख्यमंत्री की कुर्सी पे ऊकी नजर ! पण मुख्यमंत्री कम घाघ नी। चुनावी चंदा साठे पार्टी खे बीरजी सूं तीन करोड़ दिलाया। सोची ले। वात नी मानी तो मामला में ओर फँसायगो ?"

तो दादाजी की भी यही राय होती ? वे भी इतने ही गिरे हुए थे ? इन्हीं हथकंडों से उन्होंने सोजतिया साम्राज्य खड़ा किया था ? भय के मारे देह बर्फ हो गई। पर शीघ्र ही क्रोध से काँपने लगी। खुद को इतना असहाय और लाचार कभी महसूस नहीं किया था। उसको मिली आजादी झूठी है ? उसमें मक्कारी घुली है। औरत की आजादी का सुनहरा आलोक खोखला दंभ मात्र है। उसके भीतर नुकीले दाँतों वाले भेड़िये छिपे हैं। आज भी मर्द औरत के भाग्य का नियंता-मालिक है। इक्कीसवीं सदी में प्रवेश कर चुका इंसान नारी को अपनी जायदाद/संपत्ति समझता है। लगता है आने वाली सदियों में भी पुरुष, नारी की तकदीर का मालिक बना रहेगा। अपनी नियति का फैसला करने का अधिकार वह औरत को सरलता से नहीं सौंपेगा। इस अधिकार को उससे छीनने के लिए नारी को कड़ा संघर्ष करना पड़ेगा। अंदर ही अंदर एक घुटन महसूस करने लगी। दुख, तनाव और संत्रास के आवेग से गला रुँध गया। रोना चाहती थी लेकिन रुलाई गले में फँस कर रह गई थी। उसकी तीव्र इच्छा हुई कि दौड़कर अंदर जाए और देवगन से पहले पापा-ताऊ के शैतानी दिमाग में रिवाल्वर खाली कर दे। तत्काल पलट कर अपने कमरे में पहुँच काँपते हाथों जरूरी कपड़े, सामान, पापा का रिवाल्वर, गोलियाँ, जेवर सारे रुपए सूटकेस, बेग आदि में ठूँसे। कोठी से निकलने से पहले सुरेन्द्रन को साथ चलने हेतु तैयार रहने के लिए फोन कर दिया। गाड़ी लेकर भाग खड़ी हुई।

जिस वक्त लतिका डॉ. वेंकटेश के बंगले पहुँची सुरेन्द्रन पोर्च से लगे बरामदे में तैयार खड़ा था। जीप को देखते ही तेजी से बाहर आया। लतिका को गमगीन, गंभीर और गुमसुम पाकर चिंतित हो गया। अबोला कुछ पल उनके बीच तैरता रहा। उसे सुरेन्द्रन ने ही तोड़ा, "लतिका !...क्या मामला है ?" चिंता उसके स्वर से झर गई।

"कामरेड सुरेन्द्रन ! वापस न आने और भूषणम के दल में सदा के लिए भर्ती होने चल सकते हो ?"

अचानक के इस प्रश्न को सुरेनद्रन समझ नहीं पाया। उलझन में पड़ गया। लतिका ऐसा क्यों पूछ रही है ? जरूर कोई गंभीर बात हुई है। उसे अकेला छोड़ना उचित नहीं होगा।

"क्या मुझ पर विश्वास नहीं ? जो ये सवाल पूछ रही हो ?" कहना तो चाहता था कि, "बिना सवाल किए दुनिया के अंतिम सिरे तक तुम्हारे साथ जा सकता हूँ।"

"अपना सामान लाओ और चलो।"

"ठीक है अभी आया।" तेजी से अंदर जा बेग में कपड़े, जरूरी सामान और उपलब्ध रुपए लेकर जीप में आ बैठा।

सारे रास्ते लतिका गूँगी और संजीदा बनी रही। सुरेन्द्रन ने भी कुरेदना उचित नहीं समझा। जब आदिवासी गाँव पहुँचे—साँझ के साए रात की चादर ओढ़ चुके थे। वैसे भी वृक्षों, झाड़ियों, झंखाडों के कारण जंगल में रात जल्दी उतर आती है। सन्नाटा पसरने लगा था। झिंगुरो की झींग और जंगली जानवरों की गुर्राहट-दहाड़ ही उसे चीरती थी। भूषणम अपने साथियों जिनमें आदिवासी युवक-युवतियों की संख्या अधिक थी नक्सली मुहिम पर गया हुआ था। बींझणी ने उनके ठहरने का प्रबंध भूषणम की झोंपड़ी में कर दिया। उनके भोजन की व्यवस्था में जुट गई। शहर छोड़ने के पहले ही लतिका ब्रेड, बटर, बिस्किट्स, टोस्ट, जेम, सूखे मेवों और गुड़-चने तथा खाने की कई वस्तुएँ खरीद लाई थी। लंबी लड़ाई की पूरी तैयारी के साथ आई थी।

अपना और लतिका का सामान ठीक से जमाने में सुरेन्द्रन व्यस्त हो गया। लतिका सूटकेस पर विचार मग्न बैठी थी। कुछ पल सुरेन्द्रन ताकता रहा। अधिक देर खुद को रोक नहीं पाया, "लतिका ! जिस अधिकार से तुम मुझे अपने साथ लाई हो क्या उसका उपयोग मैं भी कर सकता हूँ ?"

उदास, मनोव्यथा के दर्द से पूरित बड़े-बड़े नयनों से ताकने लगी। बिन बोले वे बहुत कुछ बोल रहे थे। निश्चय ही कोई भयंकर घटना घटी है। जिसने लतिका को न केवल गहरे तक प्रभावित किया है हिलाकर रख दिया है। अपने किसी प्रिय के आघात ने उसके विश्वास की हत्या की है। अधिक देर अपने को रोक न सका बगल में जा बैठा। चुपचाप पीठ को प्यार से सहलाने लगा। स्पर्श मानो कह रहा था, "बोलो लतिका बोलो ! यंत्रणा को अकेले क्यों भोग रही हो ? दुःख-व्यथा के

चक्रव्यूह से बाहर निकलो। मत भूलो तुम्हारे दुःख-दर्द में मैं भी साझीदार हूँ।''

गत कई घंटों से छल रहे संत्रास, घुटन, विश्वासघात और आँसुओं से निजात पाना जरूरी था। लगा उससे छुटकारा नहीं पाएगी तो सिर फट जाएगा। जो जहर अंदर ही अंदर जला रहा था उसे उगलना जरूरी था। सच्ची सहानुभूति के प्यार भरे स्पर्श ने सेंध लगा दी। सुरेन्द्रन की गोद में सिर रखते ही वेदना बह निकली। दुःख वेग और हिचकियों से हिलती पीठ को सुरेन्द्रन दुगने प्यार से सहलाने लगा। हर स्पर्श लतिका के गम के वेग की रफ्तार तेज कर रहा था। लतिका के आँसू सुरेन्द्रन के पैंट को ही नहीं आत्मा को भी भिगो रहे थे। अज्ञात अपराधियों के प्रति गुस्से से उबलने लगा।

रह-रह कर काँपती चौड़ी पीठ के कंपन में आती कमी से सुरेन्द्रन को अहसास हो गया दिल हल्का हो रहा है। रुदन और पीड़ा का आवेग कम हो रहा है। कुछ पल बाद लतिका ने सिर उठा सुरेन्द्रन को ताका। दीपक के उजाले में स्वाती बूँद से आँसुओं से घुले मुख की कोमल कमनीयता और कपोलों पर अटके अश्रु बूँदों को ओठों से पीकर उसके दर्द को अपनी आत्मा में उतारने की तीव्र इच्छा सुरेन्द्रन को मथने लगी। बड़ी मुश्किल से सब्र को जप्त किया। किसी के दुःख, संकट, कमजोरी से फायदा उठाना बहुत बड़ी नीचता है सुरेन्द्रन ? ध्यान बँटाने के लिए तत्काल उठ खड़ा हुआ। पानी ला अपने हाथ से पिलाया। लतिका के सुस्मल होते ही सुरेन्द्रन की नजरों में पुराने सवालों को तैरते पाया।

अचानक लगा अपने पिता-ताऊ की नीचता का बयान करना सुरेन्द्रन के सामने नंगा होने इतना दुरूह है। लेकिन उसके बिना गति भी नहीं। नीची निगाहों से अटकते, झिझकते जो कुछ बयान किया गया उससे सुरेन्द्रन को भीषण सदमा पहुँचा। एक बाप ऐसा घृणित कदम, अपनी चमड़ी बचाने के लिए उठा सकता है इसकी सपने में भी कल्पना नहीं थी। कोने में पड़ी भूषणम की ए.के. छप्पन ले जाकर देवगन, बाबा सीताराम, बीरजी, रमापत और शांतिलाल के शरीरों को छलनी करने की तीखी इच्छा सालने लगी।

सुरेन्द्रन के एकाएक पुनः गायब हो जाने से वेंकटेश परेशान हो गए। इस लड़के को हो क्या गया है ? चाहे जब बिना बताए भाग जाता है। आजकल के लड़कों में परिवार, माँ-बाप के प्रति जरा सी भी जिम्मेदारी की भावना नहीं है। तभी लतिका का ध्यान आया। फोन कर सेठ रमापत से जानकारी लेने का सोचा। परंतु रुक गए। कहीं सेठ रमापत उन्हें इस साज़िश का सूत्रधार न समझ लें ? बाद में पता चला वह भी गायब है। मीठी मोहक मुस्कान से मुख जगमगा उठा। इस बार उलटा हुआ है। लड़के के बजाय लड़की अपने प्रेमी को भगा ले गई है। इस प्रकार से भागने

में क्या तुक ? दोनों उनसे कह देते तो आर्य समाज के जरिए शादी की व्यवस्था हो जाती। झक मारकर सेठ रमापत को रिश्ता स्वीकारना पड़ता। मन ही मन हँसे। सुख-सपनों का सुनहरा जाल बुनने लगे।

सफल मुहिम पर से लौटने पर पेड़ के नीचे खड़ी जीप ने लतिका के आने का संदेश भूषणम को थमा दिया। उसे उम्मीद नहीं थी कि वह इतनी जल्दी वापस आ जाएगी। अंदर पहुँचने पर सुरेन्द्रन मिला तो मन प्रसन्न हो गया। उसके गंभीर और लतिका के गमगीन चेहरे ने चिंतित कर दिया। भूषणम को तत्काल लतिका की त्रासदी को बताना उचित नहीं लगा। पुलिस से हुए संघर्ष में सुरेन्द्रन को दो-चार चोटें और खरोंचें आ गई थी। डिटॉल के गरम पानी से घावों और खरोंचों को लतिका ने साफ कर मरहम पट्टी कर नाश्ता परोसा।

"मेरा विश्वास है सुरेन्द्रन सदा के लिए तुम हमारे साथ आए होगे ?" मुस्कराते नाश्ता करते भूषणम ने जानना चाहा।

"इसमें शक की कोई गुंजाइश ही नहीं है, भूषणम ! मैं ही नहीं लतिका भी साथ देने आई है।"

"व्वा ! यह तो निश्चय ही बहुत बड़ी खुश खबरी है। पीपुल्स वार ग्रुप की साल की श्रेष्ठतम उपलब्धि।" भूषणम का मुख चमकने लगा। मुस्कराते लतिका को ताका।

सिर नीचा किए लतिका विचार मग्न बैठी थी।

"भूषणम ! एक मिनिट !" बाहर जाते हुए सुरेन्द्रन ने साथ आने का इशारा किया।

दोनों जीप में जा बैठे। भूषणम की सवालिया निगाहों के जवाब में सुरेन्द्रन लतिका के सम्मान को बचाते हुए जानकारी देने लगा। सुरेन्द्रन द्वारा दी जा रही जानकारी गोली के समान उसे छलनी कर रही थी। अमर्ष और क्रोध से उसका मुख तमतमाने लगा। हाथ रिवाल्वर पर स्वतः जा पहुँचा। यदि देवगन सामने होता तो लाश बिछ जाती। मन ही मन बदला लेने का निर्णय ले लिया।

"फन फैलाकर शोषण का घिनौना नाग नंगा होकर मौका पाते ही सामने आ जाता है। किसी भी वर्ग की नारी इससे अछूती नहीं बची है। हमारी लड़ाई मात्र इसके ही नहीं हर प्रकार के शोषण, अन्याय, अत्याचार और भ्रष्टाचार के खिलाफ है। और कुछ कहने को बचा है क्या ?" घृणा और कड़वाहट भूषणम के स्वर से झर रही थी। वह अत्यंत उत्तेजित था।

"तुम सही हो भूषणम ! वर्तमान भ्रष्ट व्यवस्था के बारे में मेरे सारे मुगालते दूर हो गए। सुरा, सुंदरी और संपत्ति के किस्से इतिहास की थाती नहीं रह गए। इनके लालच ने वर्तमान नेताओं को इतना गिरा दिया है कि वे अपनी बेटी, बहन, बहू की उमर की लड़कियों से हवस बुझाने में किसी प्रकार की लज्जा का अनुभव

नहीं करते। सारी व्यवस्था का समूल नाश ही इतिहास की माँग है। इसके लिए किसी न किसी को तो शुरुआत करना पड़ेगी ? पूरे दिल से मैं तुम्हारे साथ हूँ।'' गहरी साँस सुरेन्द्रन ने छोड़ी।

उस दिन के बाद नक्सलवादी छापा मार युद्ध का प्रशिक्षण उन दोनों के लिए आरंभ हो गया। एके सैंतालीस, छप्पन रायफलें तथा रिवाल्वर चलाने, बारूदी सुरंगें बिछाने, मुखबिरी, मुखबिर तैयार करने, दुश्मन की गतिविधियों की जानकारी लेने, उन पर निगाह रखने और जंगल तथा अंचल की भौगोलिक जानकारी इनमें मुख्य थी। रात में तारों की स्थिति ध्यान में रख अपने गंतव्य की दशा मालूम करना भी सिखाया गया। मरहम पट्टी, छोटे-मोटे ऑपरेशन, भूखे-प्यासे रहने, गुड़-चने के बल पर लड़ाई जारी रखने की ट्रेनिंग दी गई। परमू ने उन्हें रायफल लोडिंग, अनलोडिंग, बैरल बदलने, पुल थ्रू से उसे साफ करने और ग्रीजिंग का जिस कुशलता से प्रशिक्षण दिया उससे वे चकित रह गए। इसके भी पहले देखने, भागने की बातें सिखाई गई थीं।

पहली बार राइफल हाथ में आने पर वे उत्तेजना से भर गए। दिल और खून का दौरा बढ़ गया। किसी पर खाली करने के लिए हाथ और नसें सलसलाने लगीं। सामने टारगेट नहीं पापा रमापत दिखाई दिए। हाथ काँपा...ना !...पापा नहीं...ये तो शांति ताऊ है ?...अरे ! ये तो हरामी देवगन है। उसने ट्रिगर दबा दिया। झू...ऊ ...म...गोली बुल से कुछ दूर जा लगी। सुरेन्द्रन को अनुभव हुआ सामने बाबा सीताराम, बीरजी...सुअर देवगन एक-दूसरे में विलीन हो इसके पहले गोली चला दी जो बुल की परिधि पर लगी। उसे कामरेड माओ का कथन सही लगा कि शक्ति गन की (बैरल) नली से निकलती है। उनके निशानों का हर्ष ध्वनि से स्वागत हुआ। भूषणम ने पीठ थपथपाई। इस शाबाशी से बच्चों की मानिन्द वे खुश हो गए। आत्म-विश्वास कई गुना बढ़ गया।

दृढ़ आस्था और विश्वास के साथ सुरेन्द्रन दलम की गतिविधियों में सक्रिय भागीदारी निबाहने लगा। शीघ्र ही भूषणम के बाद नंबर दो पर आ गया। भूषणम को भी उसकी अहमियत स्वीकारना पड़ी। बुद्धिवादी और प्रतिभाशाली होने से हमलों का योजनाकार बन बैठा। दलम की सारी सैन्य कार्यवाहियों के पीछे उसी का दिमाग रहता। हथियार, गोला-बारूद और नए सदस्यों की ठोंक-बजा कर भर्ती भूषणम ने अपने पास रखी। दवाइयों, खानपान और पैसे जुटाने का काम लतिका ने सँभाल लिया। भूषणम की अनुपस्थिति में सुरेन्द्रन ही नेतृत्व करने लगा। दलम के काम में तेजी आ गई। लतिका का प्यार कब पीछे छूट गया सुरेन्द्रन को पता नहीं चला। उसकी तेजी से सरकार परेशान हो उठी। थानों पर हमले कर उनके हथियार लूटे जाने लगे। बारूदी सुरंगें बिछा पुलिस पार्टियों को उड़ाया गया। सबइंस्पेक्टर ही नहीं उसे पुलिस अधीक्षक और अतिरिक्त पुलिस अधीक्षक को खत्म करने में सफलता मिली। इस सबमें उसे आनंद आने लगा। एक जनून और जोश उस पर सवार हो

गया। समाचार पत्रों ने मुख्यमंत्री, गृहमंत्री और पुलिस प्रशासन की जमकर खिंचाई की। विधान सभा में विपक्षी दलों ने साँस लेना दूभर कर दिया। जिस दिन शासन ने कड़ी कार्यवाही का आश्वासन दिया उसके दूसरे ही दिन सुरेन्द्रन-भूषणम की जोड़ी ने सरकारी दफ्तर जला मुख्यमंत्री के झूठ का पर्दाफाश कर दिया।

खिलाड़ी मनोवृत्ति के कारण मुख्यमंत्री ने शासकीय काम को कभी गंभीरता से नहीं लिया। कानून-व्यवस्था उनके लिए कोई समस्या नहीं थी। राजनीति उनके लिए पैसा कमाने का धंधा थी। अफवाह थी कि मारिशस और सिंगापुर में वे पाँच सितारा होटल बनवाने में व्यस्त थे। अपने शहर में पुराने मकान की जगह मुख्यमंत्री बनने के बाद शानदार कोठी बनवाई थी। जो तीन-चार एकड़ में फैली थी। मुख्य सड़क और उनकी हवेली के बीच बड़े और ऊँचे पेड़ इसलिए लगाए गए कि आम आदमी उनके वैभव को नजर न लगा सके। वन विभाग, लोक निर्माण विभागों के अधिकारियों ने सेवा चाकरी की थी। हर समय कारों का काफिला पोर्च में खड़ा रहता था। अपनी खानदान की चौदह पीढ़ियों के ऐशो-आराम का प्रबंध कर रहे थे। बचा समय अपनी कुर्सी बचाने के चक्कर में हाईकमान की खुशामद में लगा रहता। इतना रंगा हुआ सियार था कि हाईकमान की कुर्सी पर जो भी बैठता उसके खुशामदियों में उसका नंबर पहला रहता। हाईकमान की कुर्सी पर नए व्यक्ति के आते ही पुराने को इस डर से पहचानने से इन्कार कर देता कि कहीं नया हाईकमान नाराज न हो जाय ? चुपके चोरी पहले वाले से भी तार जोड़े रखता। पार्टी के लिए करोड़ों के चंदे की व्यवस्था उन्हीं के जुम्मे थी। सरकार चलाने का काम उनके लिए गौण और दूसरे दर्जे का था। प्रांत में भी महत्त्वपूर्ण पदों पर अपनी गोटियाँ फिट करने और विरोधियों की कब्र खोदने में समय बिताते।

दुश्मन के हर कमजोर बिंदु से सुरेन्द्रन ने लाभ उठाया। मुख्यमंत्री ने शासन प्रशासन के सारे स्क्रू ढीले कर दिए थे। इसका सुरेन्द्रन ने भरपूर उपयोग किया।

मूर्ति को तालाब में फेंक पलट, कुछ पग चला ही था कि...भागो...भागो...जीप किधर ! ...हथियार सँभाले...लूटे हथियार...सुरेन्द्रन !...लतिका का ध्यान...वो जीप में...किसी ने पूछा, किसी ने उत्तर दिया...गला दबाकर बतिया रहे थे। दूर से जीप की घरघराहट आ रही थी। अगल-बगल से वे भाग रहे थे।...जीप कित्ती दूर...बस ! पास ही... स्वर की कोमलता ने नारी का अहसास कराया।...सँभलकर बींझनी ! रात के गहन अंधकार में शब्द और व्यक्ति आस-पास से दौड़ रहे थे। पेड़ों की सघनता ने रात के अँधेरे को गहरा दिया था। कुछ भी पता नहीं चल रहा था। भागने वाले कौन हैं ? क्यों भाग-दौड़ कर रहे हैं ? अचानक तेजी से घट रही घटना ने सोचने-समझने का कोई मौका नहीं दिया। दिमाग वैसे भी काबू में नहीं था। कुछ देर पहले जो

घटित हुआ था, भड़का दिमाग उससे संज्ञाशून्य हो गया था। और अब अकस्मात जो घट रहा था उससे हक्का-बक्का रह गया। अनजाने आकर्षण से पाँव जमीन से चिपककर रह गए। घटना की गरमी प्रभावित करने लगी।

"अबे ! खड़ा क्यों है। मरवाएगा क्या ? चल दौड़ कर जीप में चढ़।" बाँह पकड़ किसी ने जोर से खींचा। पाँव उखड़ गए। सूची भेद्य अंधकार के कारण सुरेन्द्रन उसे पहचान नहीं पाया। दाएँ हाथ में एके छप्पन थी। बाएँ से बाँह पकड़ उसे खींचा। दौड़ कर जीप में चढ़ गए। जीप उड़ चली। सभी के हाथों में हथियार थे। क्रोध-आक्रोश का स्थान डर ने ले लिया। भय के मारे काँप उठा। कहीं डाकुओं ने तो अगवा नहीं कर लिया ? बुरी तरह से घबरा गया। चुपचाप बैठे रहने के सिवाय कोई चारा जो नहीं था। चारों ओर सन्नाटा पसरा हुआ था। इंजिन की घरघराहट ही उस सन्नाटे को चीर रही थी। मुख्य सड़क को छोड़ जीप कच्चे जंगली रास्ते पर भागने लगी। रास्ता ऊबड़-खाबड़ होने से गाड़ी बार-बार उछलती। कभी दाएँ तो कभी बाएँ झुकती। उसके अंदाज से जीप में दस-बारह लोग थे। गाड़ी इंडीकेटर के उजाले में ही दौड़ रही थी। पिछले लाइट बुझे हुए थे। घरघराहट ही उनकी चुप्पी और जंगल की खामोशी को तोड़ रही थी। कुशल ड्राइवर मौका पाते ही रास्ता बदल लेता था। कुशल ड्राइवर को जंगली रास्तों की पूरी पक्की जानकारी है। कई घंटे वे सिर्फ घरघराहट ही सुनते रहे। जब लगा कि खतरे की सीमा उन्होंने पार कर ली है तो अगली सीट से कोई फुसफुसाया, "कामरेड सुरेन्द्रन ! तुम्हारे अंदाज से कितने सिपाही मारे गए होंगे ?"

तो ये डाकू नहीं हैं ? छुटकारे की साँस ली। शायद पीपुल्स वार ग्रुप से संबंधित हैं। चुपचाप बैठे रहना उचित लगा।

"मेरे विचार से कामरेड भूषणम आठ-दस तो खेत रहे होंगे। उनमें थानेदार भी हो सकता है। कुछ ने थाने की आड़ ले ली थी। कुछ क्वार्टर में होंगे। गोलीबारी के डर के मारे बाहर नहीं आए वे ही बचे होंगे। वैसे पक्की खबर तो कल रेडियो और अखबारों से ही मिलेगी।"

दो नामों का पता चल गया।

"सब लोग सुरक्षित तो आ गए ना ?" स्वर माधुर्य की कोमलता ने नारी कामरेड की जानकारी दी।

"हाँ लतिका ! सब आ गए। केवल बींझणी, संतम, परम् आदि दो-चार लोग छोटे रास्ते से पैदल निकल गए। मैंने निर्देश दे रखे हैं कि सभी लोग एक साथ न चलें। वारदात के बाद बिखरें ताकि दुश्मन भ्रमित हो।"

"तुम्हारे प्लानिंग की जितनी प्रशंसा की जाय कम है कामरेड सुरेन्द्रन ! तुम्हारा दलम में आना उसका सौभाग्य है। उसकी सफलता के तुम प्रतीक हो।" प्रशंसा के लिए शब्द कम पड़ रहे थे भूषणम को, "टाइम क्या हो रहा है।"

"दो बज कर दस मिनिट।"

"तो पहुँचने में ही हैं।"

"हाँ ! भोर अड्डे पर ही होगी।"

पुनः चुप्पी पसर गई।

"जरा ध्यान से सुनने की कोशिश करना। लतिका गाड़ी का इंजिन बंद कर लो। कहीं पुलिस के कुत्ते पीछा न कर रहे हों।" सुरेन्द्रन के निर्देश पर घर्रघर्र बंद हो गई। न जाने क्यों सुरेन्द्रन को लगा कहीं कोई पीछा न कर रहा हो। किसी ने उसके आदेश का विरोध नहीं किया।

जंगल से एकाध जानवर की आवाज ही सन्नाटे को भेद जाती थी। सभी चौकन्ने थे। उनके दिल कानों में उतर आए थे। मात्र साँसों की आवाज ही सुनाई देती थी। तनाव के अदृश्य जाल ने उन्हें अपने घेरे में ले लिया। लग रहा था समय रेंग रहा है।

उसके सामने हर एक की पहचान खुलती जा रही थी। तो लतिका ड्राइव कर रही है।

न जाने कितनी देर बीत गई। रेडियम टिप्ड डायल को लतिका बार-बार देख लेती थी। छोटा काँटा तीन के निकट पहुँच रहा था। वह उकताने लगी। उसे बोरियत होने लगी।

"यह संभव नहीं है कामरेड ?" उकताहट लतिका के स्वर से स्पष्ट झलकने लगी, "अपने घावों को सहलाते हुए वे अपने घायलों-मृतकों को अवेरने में लगे होंगे। कुछ ऊपर खबर करने में व्यस्त होंगे। हमले के पहले परमू ने टेलीफोन और वायरलेस के तार तोड़ दिए थे। पीछा करने की संभावना नहीं के बराबर है। फिर प्लास्टिक की बारूदी सुरंग भी तो बिछी हुई है। यदि पीछा करने की हिमाकत की तो बचे हुए भी मारे जाएँगे।"

"गुड ! वेरी गुड सुरेन्द्रन ! तुम्हारी ओर से अब मैं बेफिक्र हूँ। नेतृत्व की क्षमता तुमने हासिल कर ली है।" भूषणम की प्रशंसा सुरेन्द्रन को उत्साहित कर गई।

"धन्यवाद !" सुरेन्द्रन कृतज्ञ था।

वारदात से बढ़ती दूरी खुल कर बतियाने की अनुमति दे रही थी।

"चलने की अनुमति है कामरेड ?"

"बिलकुल।"

घुर्र के साथ जीप दौड़ने लगी।

"अपनी ओर से कोई घायल ?" लतिका के मीठे स्वर ने जानना चाहा।

"तुम तो जानती हो कामरेड लतिका इस बार और अधिक तैयारी से हमला किया गया। पिछली गलतियों को दुहराया नहीं गया है। थानेदार को मुर्गा और ताड़ी देने के बहाने परमू और बींझणी थाने के कई बार चक्कर लगा कर वहाँ की भौगोलिक स्थिति, हथियारों की तादाद, नफरी आदि की जानकारी ले आए थे। मैंने भी सर्वे

कर लिया था। थाने में लाइट की व्यवस्था अच्छी होने से दुश्मन पर निशाना साधने में तकलीफ नहीं हुई। वह साफ दिखाई दे रहा था। जबकि हमें अँधेरे का भरपूर लाभ मिला। इसीलिए ईश्वर कृपा...।'' आदत और अम्मा-अप्पा की शिक्षा को दुहराते हुए सुरेन्द्रन ने सफलता के लिए ईश्वर को धन्यवाद देना चाहा था।

''ईश्वर का नाम मत लो सुरेन्द्रन ?'' ईश्वर का नाम सुनते ही उत्तेजित भूषणम ने बात काटी, ''यदि वही अपना कर्तव्य ईमानदारी से निभाए, घोटालेबाज, जनता का पैसा हड़पने वाले भ्रष्टाचारियों को तत्काल सजा दे, सड़ी-गली शोषक व्यवस्था को समूल नष्ट कर दे तो फिर हमारी क्या जरूरत है। दुःख तो इस बात का है कि मार्क्सवादी, संप्रदायवाद के विरोध के बहाने भ्रष्टाचारी-जातिवादी राजनीति करने वालों की गोद में जा बैठे हैं। ये सभी जन शत्रु हैं। हमें इनसे भी लोहा लेना है।'' बात खत्म करते-करते क्रोधित हो उठा।

''तुम ठीक कहते हो कामरेड। देवी अम्मा की नजरों के सामने जो पाप, बलात्कार धर्म के नाम पर घटित होता रहता है। अभी कुछ देर पहले भी हुआ। उसे वह पत्थर की मूर्ति चुपचाप देखती रही। इसीलिए मैंने उसे तालाब में जल समाधि दे दी।'' कामरेड भूषणम के समर्थन में उसने अपने भावों को वाणी देना चाहा। मगर हिम्मत नहीं हुई। मन ही मन बोल कर हल्का हो गया।

''कामरेड सुरेन्द्रन दुश्मन के खिलाफ संघर्ष की तैयारी, हमले, प्लानिंग आदि मुझसे अधिक अच्छी तरह से अंजाम दे रहे हो। आप लोग देखेंगे कि सुरेन्द्रन के नाम से ही सरकार काँपने लगेगी। पीपुल्स वार ग्रुप के इतिहास में चारु मजुमदार के साथ ही सुरेन्द्रन का नाम आदर से लिया जाएगा। अब मैं निश्चित हुआ। मेरे न रहने पर वह दलम का नेतृत्व बढ़िया तरीके से सँभाल लेगा।'' स्नेह के अतिरेक मैं भूषणम का गला भर आया। अंतरिक्ष के अंधकार के पार लिखी अपने भाग्य की इबारत को मानो वह पढ़ रहा था।

भूषणम के न रहने की कल्पना ने लतिका को सिहरा दिया। तत्काल प्रतिवाद किया, ''क्या मतलब है आपका ? आप क्यूँ नहीं रहेंगे ? जरूर रहेंगे। आप ही तो हम सबके, सुरेन्द्रन के भी गुरु है। हम सबके रहनुमा। आन्दोलन के प्राण।''

''राजनीतिक भ्रष्टाचार, सामाजिक-आर्थिक अन्याय और शोषण के खिलाफ लड़े जाने वाले संघर्ष में कब कौन शहीद होगा, कहा नहीं जा सकता लतिका ? 'बहुजन हिताय बहुजन सुखाय' हमने खुद अपनी मौत का वरण किया है।'' प्यार से भूषणम ने लतिका की पीठ थपथपाई, ''तुम्हें याद दिला दूँ विश्वविद्यालय में चर्चा के दौरान ही मैंने तुम्हें और सुरेन्द्रन को इसका संकेत कर दिया था। तुम लोगों ने स्वेच्छा से दलम की सदस्यता स्वीकारी है। हमारा तुम लोगों पर कोई दबाव नहीं था, न है, न रहेगा। जो निरुद्देश्य जीवन तुम जी रहे थे हमने उसे सार्थकता दी है। एक बात याद रखो ! लंबा निरर्थक जीवन जीने की अपेक्षा दलितों-शोषितो, समाज के

गरीब, दबे, कुचलों के लिए जीया गया छोटा जीवन अधिक सार्थक और पुण्यमय है।''

''इन कुछ दिनों में तुमने अनुभव किया होगा इन वनवासियों को अपने अधिकारों की रंच मात्र भी जानकारी नहीं है। राजनेताओं-नौकरशाहों-व्यापारियों के शोषण को अपनी नियति मान लिया है। उनके लिए वह मान्य परंपरा और कानून हैं। सदियों के शोषण से इनकी आत्मा कुंठित और मृतप्राय हो गई। यहाँ पैदा होने से लेकर मरने तक सिर्फ संघर्ष ही संघर्ष है। यहाँ की समस्याएँ तर्क करने का अवसर नहीं देंगी। यहाँ सीधे चोट करना पड़ेगी और वार सहना पड़ेगा। सेमुअल जगन्नाथ जैसे ईसाई बन, पढ़-लिख ऊँचे पदों और राजनीति में पहुँच गए हैं। इनका शोषण करने में वे थोड़ी सी भी लज्जा का अनुभव नहीं करते। राजनेताओं ने इन्हें वोट बैंक मात्र माना है। इनके उत्थान के लिए करोड़ो का बजट किन जेबों में गायब हो जाता है किसे मालूम। मंत्रिमंडल में शामिल आदिवासी नेता गोलिया अफसरों से हर माह चौथ वसूलता है। दस साल पहले इसके रिश्तेदार लँगोटी में अधनंगे घूमते थे। आज इनके ट्रक चल रहे हैं। करोड़ों में खेल रहे हैं। इन भ्रष्टाचारियों ने भिखारियों को भी नहीं बख्शा है। जिन भिखमंगों को हम दान देते हैं। दान की उस रकम से वे जो खाना—गेहूँ, चावल-दाल, जुवार, मक्की, तेल आदि खरीदते हैं। उस पर टैक्स चुकाते हैं कि नहीं ? उस टैक्स से प्राप्त सरकारी रकम को बड़ी बेशर्मी से ये हजम कर जाते हैं।'' लगा आज भूषणम बतियाने के मूड में था। बात उसने आगे बढ़ाई, ''वन अधिकारियों के शोषण के खिलाफ, हमसे प्रभावित-प्रेरित दयालू ने जब विरोध किया तो वनोपज की चोरी के झूठे इल्जाम में उसे फँसा जेल भिजवा दिया। दयालू के हश्र ने इन्हें और डरा दिया है।''

''हमारे आने से इनमें चेतना जागी है। अपने शोषण और अधिकारों के प्रति सजग हुए हैं। वे समझने लगे हैं कि आदिवासी विकास के नाम पर करोड़ों का खर्च उन पर नहीं भ्रष्ट अधिकारियों-राजनेताओं-व्यापारियों के विकास पर खर्च हो रहा है। भ्रष्टाचार की छलनी में इतने छेद हैं कि उन तक विकास की रकम पहुँच ही नहीं पाती। यह एक लंबी लड़ाई है। व्यवस्था के खिलाफ लड़ी जाने वाली इस लड़ाई में बलिदान पहली शर्त है। शायद अपने जीवन काल में हम सफल न हों ? मगर जो मशाल कामरेड चेग्वेरा, कानू सान्याल ने जलाई है उसे अपने रक्त के तेल से जलाए रखना है। अमर शहीद भगत सिंह, चंद्रशेखर आजाद, अशफाक भाई ने गोरे साम्राज्यवादियों से संघर्ष किया। हमें काले, गेहुएँ साम्राज्यवादी मनोवृत्ति वालों से लड़ना है। अच्छे उद्देश्य के लिए किया गया बलिदान भी पुण्य है।''

आप लोगों के समान मैं भी एक सार्थक जिंदगी जीना चाहता हूँ। कहना तो वह भी चाहता था। लेकिन हिम्मत नहीं हुई।

त्याग-बलिदान से ओतप्रोत भूषणम के संक्षिप्त कथन ने उन्हें अनुप्राणित किया।

कुकड़ू....कूं...कूं...कूं...कुकड़ू...कूं...कीड़े-मकोड़ों, धूल में बिखरे अनाज के दानों को चुगते हुए मुर्गे-मुर्गियों ने बांग दी। उन्होंने घने जंगल में बसे गाँव की उपस्थिति से अवगत करा दिया। वह समझ गया कि वे अपने अड्डे पर पहुँच गए हैं। सुबह होने लगी है। जीप के रुकते ही धप्प...धप्प...धप्प...कूद पड़े। कूद कर वह भी एक तरफ पेड़ के नीचे खड़ा हो गया। कपड़ों को झटक उसकी ओर ध्यान दिए बिना, वे चल दिए। रात भर की भाग-दौड़ और अनिद्रा से थके हुए थे। मगर एक सफल मुहिम के कारण उनके मुख दमक रहे थे।

वह पेड़ के नीचे खड़ा तो हो गया लेकिन क्या करना है ? कहाँ जाना है ? कुछ भी समझ में नहीं आ रहा था। अपने को भाग्य के भरोसे छोड़ चुपचाप खड़ा रहा।

लतिका ने गाड़ी को रिवर्स कर दूसरे पेड़ के नीचे खड़ा कर दिया और फुर्ती से कूद पड़ी।

पेड़ों, डालियों, पत्तियों से छन कर आ रही सूरज की किरणों में वह नहाने लगा। लतिका के सामने हैरान, परेशान, घबराया एक किशोर युवक खड़ा था। एक अजनबी को अड्डे पर आया देख घबरा गई। कहीं पुलिस का आदमी तो नहीं ? एकदम चीखी, "...भूषणम...सुरेन्द्रन...देखो तो ! ये कौन आ गया ?"

लतिका की चीख ने बढ़ते कदम थाम लिए। पलट कर रायफलें तान दौड़ पड़े। रायफलों ने उसे चारों ओर से घेर लिया। धूप पूरी तरह से धरती को चूमने लगी थी। उसकी हालत हाँके से घिरे शिकार जैसी हो गई। अपने बीच एक अजनबी को पा, एक अजाने खौफ से उनके चेहरे चिंतित हो उठे। तो मौत के सौदागर भी अपरिचित मौत के डर से भयभीत होते हैं ? दूसरे ही पल लगा पुलिस का कोई आदमी अँधेरे का फायदा उठा यहाँ तक आ पहुँचने में सफल हुआ है। उनकी अँगुलियाँ ट्रिगर पर थीं। दबाव पड़ते ही उसकी देह छलनी हो जाने वाली थी।

साक्षात् मृत्यु को देख उसके चेहरे पर मुर्दनी छा गई। डर और आतंक के मारे काँपने लगा।

"कौन हो तुम ? बोलो कौन हो ? यहाँ क्यों और कैसे आए ?" सुरेन्द्रन के कठोर स्वर ने और अधिक भयभीत कर दिया।

"म...म...म...य...मय...सि...री...श्री...नि... ?" दम घुटने और घिग्घी बँध जाने से अधिक बोल नहीं पाया।

"लगता है अँधेरे का लाभ उठा पुलिस का यह दल्ला हमारे साथ जीप में आने में सफल हो गया है। इसे अभी भून देता हूँ।" सुरेन्द्रन की मुद्रा कठोर हो उठी।

"ठहरो कामरेड ! पुलिस का आदमी होने पर भी इसे एकदम मारना ठीक नहीं। मुझे तो पुलिस का मुखबिर नहीं लगता। गोली तो हम कभी भी मार सकते

हैं। पहले उसे कड़ाई से पूछ-ताछ कर सच उगलवा लें।'' सुझाव लतिका ने दिया।

''लतिका ठीक कहती है सुरेन्द्रन ! जल्दबाजी में कोई बेगुनाह न मारा जाए ?'' भूषणम ने समर्थन किया।

''नो...नो...भूषणम ! जोखिम उठाना मूर्खता होगी। यह अजनबी बेकसूर और पुलिस का आदमी नहीं भी हो ? परंतु हमारे अड्डे पर आने से इसे सारी जानकारी मिल गई है। हमारे लिए यह खतरा बन गया है।'' सुरेन्द्रन ने राइफल तानी।

''म...मु...मुझे मत मारिए ? मय...मय...पुलिस का आदमी नई...मय तो... सोनदत्ती...सोन...दत्ती...संस्कृत पाठशाला...का विद्यार्थी...,'' दौड़कर वह लतिका के चरणों में गिर पड़ा। संकुचित लतिका पीछे हटी।

''मय...मय...देवी...मा...मंदिर...पुजारी...नारायण....नारायण...सामी...भांजा...श्री ...नि...वा...स,'' बोल बुदबुदाहट में और बुदबुदाहट आतंक-तनाव-डर के कारण बेहोशी में बदल जाने से श्रीनि लुढ़क गया।

लतिका के नयनों में श्रीनि के लिए दया की याचना उभर आई। सभी एक-दूसरे को ताकने लगे। अबोला कुछ देर तैरता रहा।

श्रीनि को उठाकर अलग झोंपड़ी में डाल सख्त पहरा बैठा दिया गया। भागने की कोशिश करने पर गोली मार देने के स्पष्ट ओदश परमू को दे दिए गए। एक और लड़के को श्रीनि पर नजर रखने के लिए लगाया गया। खाने-पीने की जिम्मेदारी बींझणी को सौंप कर वे सोने चले गए। वैसे वे समझ गए थे कि सोनदत्ती गाँव के पुजारी नारायण स्वामी का यह भांजा उन्हीं के साथ रहकर मंदिर की संस्कृत पाठशाला का विद्यार्थी है।

थकान मिटा स्नान-भोजन से तरोताजा हो साँझ को वे भूषणम की बैठक में, उस अजनबी की तकदीर का फैसला करने इकट्ठे हुए। लतिका के सुझाव पर उसकी सफाई प्राप्त करना तय हुआ। कड़े पहरे में उसे लाया गया। परमू रायफल ले उसके पीछे बैठा।

किशोर अवस्था की सीमा रेखा पार कर जवानी के आँगन में कदम रखता व्यक्तित्व, भीगती मसें, भोला-भाला चेहरा, गौर वर्णीय दुबली-पतली काया, सामान्य आँखें, घुटे सिर पर गौखुर से निकलती चोटी। धोती-कुर्ता पहने भयभीत हिरण-सा वह बैठा था। नजरें जमीन में अपनी बची उमर खोज रही थीं। चालाकी और चतुराई का उसकी शख्सियत में अभाव लगा। पुलिस का आदमी तो कहीं से भी नहीं लगता मगर उनके काम में जज के समान शक का लाभ देने की गुंजाइश नाममात्र को भी नहीं थी।

''बोल ! तुझे किसने भेजा ?'' भूषणम ने कड़ाई से जिरह आरंभ की।

''किसी...किसी...ने भी नहीं ! मय तो...मय तो...देवी अम्मा का मूर्ति तालाब में फेंक कर वापस मंदिर जा रहा था। तभी किसी ने मेरा बाँह पकड़ खींचा। मय

डर गया। उसका हाथ में बंदूक था। मेरे कू खींचकर जबरदस्ती जीप में चढ़ाया। रायफलों के डर के मारे कुछ बोल नहीं पाया। चुपचाप बैठ गया। सारे रास्ते डर के मारे काँपता रहा।'' भयभीत श्रीनि ने सफाई दी।

''हाँ ! ये ठीक कहता है। अँधेरे में मैंने इसे सड़क किनारे खड़ा देखा। मुझे लगा अपना कोई आदमी रुक कर हमारे आने का इंतजार कर रहा है। सो भाग चलने के लिए मैंने इसकी बाँह पकड़कर खींचा।'' हैरान सुरेन्द्रन ने समर्थन किया।

शक की गुंजाइश समाप्त हो गई। किसी के पास कोई उत्तर नहीं था। चुपचाप सोचने लगे। छोड़ दें ? ना ! जाने देना खतरे से खाली नहीं। बल्कि उसे निमंत्रण देना था।

''तुमने मूर्ति तालाब में क्यों फेंकी ?'' लतिका ने जानना चाहा।

''देवी अम्मा का मूर्ति, मंदिर-वेश्यावृत्ति का जड़ ! नारायण मामा का असली ताकत। उसी के नाम पर गरीब-देवदासियों का देह शोषण करते वो। उसके नाम पर, धरम के नाम पर गरीबों, आदिवासियों को डराते। औरतों-लड़कियों को नंगी हो पूजा करने का हुकुम देवी अम्मा के नाम पर देते। गाँव का वीरप्पा पाटिल, थानेदार और बड़े लोग नंगी पूजा देखने आते। पसंद आने पर देवदासी को रखैल बनाते। मय सोचा देवी अम्मा का मूर्ति नहीं रहेगा तो मामा किसके नाम पर देवदासी को भोगेगा। सब बंद हो जाएगा।'' जोश में सारी नंगी सच्चाई श्रीनि ने बयान कर दी।

अरे ! ये तो अपने में से ही एक है। दूसरा साथी। दूसरे मोर्चे पर लड़ने को तैयार खड़ा है। अभी तक उन्होंने मंदिर-वेश्यावृत्ति के बारे में पढ़ा-सुना भर था। आज प्रत्यक्षदर्शी से जानकारी मिल रही थी। सच्चाई की तस्वीर के बारे में और अधिक जानना जरूरी था।

''साफ-साफ बताओ ? कल ऐसा क्या हुआ था ? नारायण स्वामी के यहाँ कई महीनों से रह रहे हो। पहले ऐसा क्यों नहीं किया ? कल ही मूर्ति को तालाब में क्यों फेंका ? तुम्हारे मामा ने कल ऐसा क्या कर दिया जिसके कारण तुमने देवी माँ का मूर्ति तालाब में फेंक दिया ? सच में झूठ की मिलावट की तो गोली से उड़ा दूँगा।'' सुरेन्द्रन ने धमकाया।

जो कुछ उसने बताया उससे गहरा सदमा पहुँचा।

समय का पंछी बिन बताए उड़ता चला जाता है। जब अचानक उसकी उड़ान दृष्टि पथ को पार करती दिखाई देती है तो दंग रह जाते हैं। अरे ! इतना वक्त बीत गया और हमें पता ही नहीं चला ? बच्चे किशोर और किशोरियाँ जवान हो गए। अपनी देह में चुपके से उतरने वाले ऋतुराज के प्रति गौरी-ललिता सजग हो उठीं। उनकी आदतों-व्यवहार में श्रीनि ने एक परिवर्तन परिलक्षित किया। खान-पान सर्वोत्तम होने

से उनकी देह गदराने लगी। कटि पतली और पीठ चौड़ी हो गई। वक्ष और नितंबों के उभार से चाल में नर्तकी के लास्य के साथ ही मंथरता और मादकता आ गई। बार-बार शर्मा कर पलकें झुका लेतीं। स्वभाव और नयनों की चंचलता का स्थान गंभीरता ने ले लिया। खेल-खेल में नाराज होने पर धौल जमा कर भाग जाने वाली गौरी अब लज्जित मुस्कान के साथ भीतर भाग जाती। हिरणी से चंचल नेत्रों के कटाक्ष मधुर, मोहक और अधिक तीखे हो उठे। कपोलों के गुलाब तथा पतले रसीले अधरों की मुस्कान बरबस ध्यान खींच लेते। चकोर श्रीनि चंद्रिकाओं को मुग्ध निहारा करता। भौंरेसा उसका मन तुलना करने पर ललिता के आसपास ही मँडराने लगता। जितना अधिक उनके निकटतम जाने का प्रयत्न करता वे कतरा जातीं।

परकोर को लांग लगा फुगड़ी, लंगड़ी खेलने और घर-घर तथा लगन खेलना उन्होंने बंद कर दिया। उसका मतलब जो समझने लगी थीं। जबकि श्रीनि के लिए अभी भी वो खेल थे। अपनी देह के उभारों के प्रति वे अत्यंत सतर्क हो उठी थीं। परकोर पहनना बंद कर दिया। साड़ी पहन कर देह के अंगों को अच्छी तरह से ढँक लेतीं। बैठते वक्त भी साड़ी-पुरकोर से गोरे कोमल पगों को अच्छी तरह से ढँकतीं। अपने दैहिक सौंदर्य के प्रति सावधान रहने लगीं। फूलों की वेणी-गजरों से जूड़े/चोटी को सजातीं। सजना-सँवरना उन्हें अच्छा लगता। अपनी सुंदरता के प्रति सजग रहतीं। इसने उन्हें अधिक मनोहारिणी बना उनमें विशेष आकर्षण पैदा कर दिया। सुवासित तैल-उबटन से ऋतु स्नान करने के बाद नितंब तक लंबे बालों को कंधे-पीठ पर फैला पास से निकलतीं तो मन को बरबस खींचने वाली अजीब सी सुरभि देह से फूटती लगती। लगता जैसे मृगी की नाभि से मदहोश करने वाली कस्तूरी की खुशबू निःसृत हो रही है। बिना किसी कुंठा के उसके साथ खेलने-झगड़ने वाली गौरी एकदम इतना कैसे बदल गई लतिका तो वैसे भी चुपचाप रहती थी। अब अधिक चुप्पी बन दूर रहने लगी।

परिवर्तन तो उसमें भी होने लगा था। आवाज में पुरुषोचित रुक्षता आने लगी थी। चेहरे और बगल में बाल उग आए। मन की चंचलता बढ़ गई। गौरी विशेषकर ललिता के प्रति विशेष आसक्ति का अनुभव करने लगा। इच्छा होती मंदिर परिसर के किसी एकांत कोने में दोनों बैठ घंटों बतियाते रहें। उसकी कोमल-रेशमी हथेली उसके हाथों में रहे। उसका बौराया मन ललिता के उभारों को अनावृत देखने को मंचलता रहता। दो-चार बार उसकी कोमल हथेली या बाँह पकड़ लेने पर त्वचा रेशम-मखमल सी मुलायम लगी। देह में बिजली दौड़ गई।

अपने प्रति रहने वाली श्रीनि की आसक्ति को ललिता ने पहचान लिया था। उसके मंदिर में आने के पहले दिन से ही वह उसकी ओर आकर्षित था। उसने अनुभव किया कि जब भी मौका मिलता कई तरीके से उसके प्रति प्यार प्रगट करता। गौरी को नाराज कर भी उसका पक्ष लेता। उसे भी श्रीनि बहुत अच्छा लगता था। किंतु

पुजारी सामी और गौरी अम्मा का डर सदा सताता रहता। भयभीत हिरणी सी सदा चौकन्नी रहती। वासना से सराबोर पुजारी सामी की दृष्टि और स्पर्श उसके वस्त्रों को मानो भेद कर देह से लिपट-लिपट जाते। मौका मिलते ही वे उसके गालों, नितंबों और जाँघों को सहलाने लगते। वह थर-थर काँपने लगती। विरोध जताना चाहती लेकिन हिम्मत नहीं होती। फिर अम्मा जयम्मा ने पुजारी सामी के हर हुकुम को मानने के लिए उसे कह रखा था। इसलिए लाचार थी। फिर भी उन्हें आता देख पहले से भाग खड़ी होती। अपनी आत्मा के दुःख को श्रीनि को बताने को तड़पड़ाती लेकिन हिम्मत नहीं होती। फिर नारियोचित लज्जा ने जुबान बंद कर रखी थी।

अपनी अंकशायिनी बनाने के लिए नारायण स्वामी ललिता को तैयार कर रहा था। उससे मिलने वाले आनंद की कल्पना सिहरा देती। ज्यों ही उसे पता चला कि ललिता ऋतु स्नान से चौथे दिन निवृत्त हो रही है मन प्रफुल्लित हो उठा। षोडशी ललिता से प्राप्त होने वाले देह सुख ने रोमांचित कर दिया। अतिविशिष्ट पूजा का आयोजन आरंभ किया। जयम्मा को आदेश दिया, ''जयम्मा ! ललिता आज रात देवी माँ का पूजन करेंगी। ये देवी अम्मा का हुकुम। तू और देवकी अम्मा मिलकू उसकू तयार करते।''

''हव सामी !'' बड़ी श्रद्धा-भक्ति से सिर हिला जयम्मा ने स्वीकृति दी। वह मन ही मन प्रसन्न थी कि देवी माता ने उसकी विनती स्वीकार कर ली। वह मंगलमय दिन आज मिला।

''जो भी चीज़ वस्तु का जरूरत पड़े देवकी से माँग लेते। वो इंतजाम कर देंगी।''

पुजारी सामी के जाते ही वे ललिता को तैयार करने में व्यस्त हो गई। सुवासित तैल, उबटन, इत्र-फुलेल से उसे स्नान कराया गया। सुगंधित शीकाकाई से बाल धोए। सूखने पर उनमें सुरभित तेल लगा फूलों के गजरों से श्रृंगार किया गया। गोरे कोमल पाँवों में आलता लगाया। रेशमी कपड़ों और आभूषणों से सजा दुल्हन बना दिया।

एक और काग-दृष्टि ललिता पर उसके देवदासी बनने के दिन से ही थी। वह था सेठ वीरप्पा पाटिल। जैसे ही उसे पता चला कि पुजारी स्वामी ने ललिता को देवी अम्मा की पूजा-उपासना हेतु हुकुम दिया है, दौड़ा-दौड़ा आया। तेजी से आने के कारण साँस फूल गई। मोटी थुल-थुल तोंद हाँफ रही थी। धोती सँभालते कुर्सी पर आ बैठा।

गंभीर नारायण स्वामी ने उसकी ओर कोई ध्यान नहीं दिया। अपने परम अंतरंग मित्र का स्वागत करना तो दूर उसकी ओर देखा तक नहीं। अपने कमरे में टहलते रहे। किंतु उसके आने का उद्देश्य भाँप गए।

नारायण पुजारी की उपेक्षा भरी चुप्पी अपमान-जनक लगी। लेकिन ललिता की खातिर इस कड़वे घूँट को उसकी कुँवारी जवानी पर न्योछावर करना उचित लगा।

मगर मन ही मन तिलमिला गया। वरना होता यह था कि इस प्रकार की पूजा के अवसर पर पुजारी खुद आगे होकर उसे, थानेदार और अन्य प्रभावशाली मित्रों को बुला भेजता था। लेकिन इस बार अकेले दाँव मारने का इरादा लग रहा है। जब काफी देर तक नारायण पुजारी ने उसकी ओर बिलकुल ध्यान नहीं दिया तो लाचार उसने ही बात छेड़ी, "क्या पुजारी सामी ? क्या बात है भई ? आज तो हमारी तरफ देखते बी नहीं ? क्या नाराजी है ?"

जवाब देने की बजाय नारायण स्वामी कुछ देर गहरी नजरों से पाटिल को घूरता रहा। चुप्पी उसे खुद असहनीय लगी तो रुखाई से बोला, "वीरू सेठ ! आज मेरेकू पूजा-पाठ के काम से फुरसत नको ? बोलो ! क्या बोलते ?"

"क्या बोले नारायण राव ? तुम सब जानते ? बोलो ! पूजापाठ में हम कू सामिल करने का कित्ता रकम आपकू चइए ? जो बोलेंगा वोज दूँगा। आप और मय अलग थोड़े ? पेले बी इक दूसरे का साथ दिए। इस बार अइसा क्या जो आप बुलाया नई ?"

"वीरू सेठ ! समझते क्यूं नको ? देवी-देवता का मामला ! पेले देवी माँ का पूजा-परसाद होयंगा ? फेर साल छे महीना बाद सोचते ? पईसा का कोई बात नको ? मेरा ही आपके पास पाँच पचास हजार जमा ?" नारायण ने टाला।

"पईसा का कोई बात नई ? आप जो दिया सब बही-खाता में जमा। जब बोलेंगा हाजर कर दूँगा। हुकुम करो। अबी मँगा के देता। आप हमकू पयले कदी मना नहीं किए ? एक पोट्टी का खातिर इत्ता पुराना दोस्ती तोडते भला ?" वीरू सेठ ने उलाहना दिया।

"बात पोट्टी का नहीं वीरू पाटिल ! तुम समजता क्यों नहीं ? देवी-देवता का मामला ! इस बार नहीं होयंगा। अच्छा मय चलता। मंदिर में भौत काम पड़ा।" उत्तर की प्रतीक्षा किए बिना नारायण पुजारी मंदिर की ओर चल दिया।

इस अपमान ने वीरू पाटिल को तिलमिला दिया। वह असहनीय था। कुछ देर चुपचाप बैठा रहा। साले को सबक नहीं सिखाया तो मेरा नाम भी वीरू पाटिल नहीं। पानी में रह कर साला मगर से बैर करता। ठंडा करके खाना ठीक। बनियागिरी का दाँव लगाना पड़ेगा। साले को मालूम नहीं ! बनिए का मारा पानी तक माँगता नहीं। रहना तो इसी गाँव में ! हमारे बीच ! हरामी ! अपन कू क्या समजता ? काम तो हम सेच पड़ेंगा। साला भूलता कि उसका भी छोकरी। गौरी का सादी बनाएंगा कि नहीं ? देखूँगा हरामी को ? मन ही मन गालियाँ देता चल दिया। आइसा चक्कर चलाऊँगा कि बेटा जिंदगी भर हिट-हिट करेंगा। इक पोट्टी का खातिर इत्ते साल का दोस्ती दाँव पे लगाया ? ललिता के कौमार्य को भोगने के सुख से वंचित कर दिए जाने पर वह उस शेर की मानिन्द खूँख्वार हो उठा जिससे उसका शिकार छीन लिया गया हो ?

एक बेचैनी का अनुभव वह सुबह से ही कर रहा था। समझ गया कि देवी अम्मा की पूजा के लिए ललिता को तैयार किया जा रहा है। पहले तो उसने कोई ध्यान नहीं दिया। अचानक ख्याल आया, नारायण मामा कहीं देवकी अम्मा के समान ललिता से दैहिक रिश्ता कायम करने तो नहीं जा रहे ? इस विचार ने पगला दिया। क्रोध, घृणा, मानसिक संत्रास बुरी तरह से परेशान करने लगे। ललिता को बचाने का कोई उपाय नजर न आने से मंदिर और उसके प्रांगण में भटकने लगा। मगर मन कहीं नहीं लग रहा था। भटकते-भटकते उस कमरे के सामने जा निकला जहाँ ललिता को तैयार कर बैठा दिया था। घुटनों पर सुंदर चिबुक टिकाए, सिर नीचा किए ललिता दुल्हन बनी बैठी थी। उसके दिव्य सौंदर्य को अपलक निहारता रहा। दौड़कर अपने आलिंगन में ले प्रेम प्रगट करना चाहता था। भगा ले जाने की तीव्र इच्छा परेशान करने लगी। किंतु साहस नहीं जुटा पाया। कुछ न कर पाने की अपनी कायरता पर आक्रोश का अहसास हुआ।

नारायण स्वामी दिन भर व्यस्त रहे। अपने कमरे की न केवल बढ़िया साफ-सफाई कराई वरन् सुहागरात के कक्ष के समान फूलों, मखमली गादी-रजाई-तकिए तथा नई मच्छरदानी से सजाया। कमरे को अगरबत्ती, तथा अन्य सुवासित वस्तुओं से सुरभित किया। सुगंधित जल से स्नान कर नए रेशमी अंग वस्त्रम धारण किए। इत्र-सेंट से अपनी देह को महकाया। भाल पर रक्त चंदन का बड़ा सा गोल टीका लगाया। कमरे में दूध, फल, सूखे मेवों और बढ़िया सोमरम की व्यवस्था चाँदी की प्यालियों में की गई थी। केशर मिश्रित दूध, फल और सूखे मेवे चाँदी की तश्तरियों में सजाए गए। स्वयं सारी व्यवस्था की जाँच-परख की। किसी भी चीज़ की कमी नहीं रहना चाहिए।

ललिता मन ही मन काँप रही थी। किंतु कुछ भी करने का अधिकार उसके पास नहीं था। पूजा हेतु मंदिर में पहुँचाने के पहले जयम्मा ने एक बार फिर समझाया, "ललिता बेटी ! तू नसीबां वाली ! देवी अम्मा का सेवा का तेरे कू मौका मिला। वोज तेरा नवरदेव ! पुजारी सामी जइसा जइसा बोले बताए बइसाच करना। ना नकुर मत करना बेटी ! नई तो देवी माँ नाराज होयंगा।"

ठीक वक्त पर देवकी और जयम्मा उसे मंदिर में छोड़ आईं। नारायण पुजारी गर्भगृह में बैठे धूप, दीप, अगरबत्ती, चंदन, अगरू, अक्षत, मालाएँ, सिंदूर, फूलों, प्रसादम से पूजा कर रहे थे। गंभीरता का मुखौटा ओढ़ रखा था। ऐसा दर्शा रहे थे मानो अत्यंत ही गंभीर उपासना में व्यस्त हैं। बीच-बीच में आँखें बद कर घंटी बजाते हुए 'सर्व मंगल मांगल्ये शिवे सर्वार्थ साधिके। शरण्ये त्र्यम्बके गौरी नारायणी नमस्तुते' का जाप भी कर रहे थे।

देवकी ने मंदिर का द्वार बाहर से अच्छी तरह से उड़का लिया। अंदर क्या होयगा इसकी जानकारी खेली खाई अनुभवी देवकी को थी। ललिता को लेकर उसके

मन में एक ग्रंथी, जाने-अनजाने में, पड़ गई। मन ही मन उससे ईर्ष्या करने लगी थी। डर था कहीं उसे अपदस्थ न कर दे। वैसे अब तक जितनी भी देवदासियाँ आईं उसे अपने स्थान से डिगा नहीं पाई थीं। ललिता उसकी तुलना में बेहद सुंदर और षोडशी थी। लेकिन मन में एक अनजाना विश्वास था कि अनुभवहीन होने से ललिता जल्दी ही पुजारी के दिल से उतर जाएगी। वासना का ज्वार खत्म होते ही पुजारी सामी यौन सुख के भाटे में पूर्ति के लिए उसे ही बुलाएँगे। एक तरह से वह उनकी अघोषित पत्नी थी। उसे अपनी देह और अनुभव की जीत का पक्का विश्वास था। फिर विरोध का अधिकार देवी अम्मा ने देवदासी ना ! देवदासी ही क्यों किसी भी नारी को पुरुष ने नहीं दे रखा है। यदि उसने ऐसा किया तो सर्व शक्तिमान पुजारी सामी उसे गायब करा देगा। सिर झुका चुपचाप उनका आदेश मानने में ही कल्याण था। जयम्मा को लेकर देवकी मंदिर और पुजारी के कमरे के बीच के गलियारे में पीछे जा बैठी। ललिता कोई उपद्रव न कर दे इस हेतु देवी माँ से मन ही मन प्रार्थना करने लगीं।

आकुल-व्याकुल श्रीनि पलँग पर करवटें बदल रहा था। भोजन भी ठीक से नहीं कर पाया। लंबी-लंबी साँसें ले रहा था। .देल में एक घबराहट, बेचैनी और डर का अनुभव कर रहा था। चादर ओढ़ आँखें बंद कर सोने की कोशिश करने लगा। देवकी अम्मा और नारायण मामा की रति क्रीड़ा दिखाई देने लगी। ना ! देवकी नहीं ये तो ललिता है। घबड़ा गया। तत्काल उठ बैठा। पानी पी पेशाब करने चल दिया। अमावस्या की रात का गहन अंधकार और सन्नाटा पसरा हुआ था। कमरा बंद कर गौरी आराम से सो रही थी। आसमान तारों भरी चूनरी ओढ़े सो रहा था। गाँव में भी सोता पसरा था। कमरे में लौट पुनः सोने की कोशिश की। नींद थी कि हाथ धरने नहीं दे रही थी। कई विचार परेशान कर रहे थे। व्याकुलता बढ़ जाने पर एक अदृश्य सम्मोहन से बँधा श्रीनि दूसरे गलियारे से मंदिर की ओर चल दिया। जैसे नशे और नींद में चल रहा हो।

हवा के झोंकों से मंदिर का द्वार थोड़ा-सा खुल गया था। अति आत्म-विश्वास के कारण नारायण ने दरवाजे को अंदर से अच्छी तरह से बंद करने में लापरवाही बरती। फिर यह तो उसके लिए रोजमर्रा का काम था। और आज तक किसी ने इस धार्मिक कार्य पर न तो अँगुली उठाई न ही सवालिया निशान लगाया। मंदिर और उसके परिसर का वह तानाशाह था। उसके अधिकार को चुनौती देने की ताकत किसी में नहीं थी। उसे चुनौती देने का मतलब देवी माँ से टकराना था। और देवी माँ से सभी डरते थे।

एक और व्यक्ति ललिता और नारायण पुजारी को लेकर, क्रोध से जल रहा था। पिटे-पिटाए कुत्ते सा वीरू सेठ उस समय तो घर चला गया परंतु उसके दिल को चैन नहीं था। यदि पुजारी प्यार से समझा-बुझा और पुचकार कर झूठी दिलासा

दे बिदा कर देता तो वह इतना भड़कता नहीं। लेकिन उसने तो बुरी तरह से झिड़क कर उसके अहम् को चोट पहुँचाई थी। ज्यों-ज्यों भीगती रात ठंडी हो रही थी त्यों-त्यों उसका गुस्सा उबल रहा था। मौके की तलाश में वह मंदिर परिसर के वटवृक्ष के पीछे आ छिपा। उसकी योजना भोर के अँधेरे में पुजारी के स्नान हेतु तालाब जाते समय दो-चार डंडे कस कर जमा, हाथ-पाँव तोड़ सबक सिखाने की थी। मंदिर के आस-पास रह कर अपनी क्रोधाग्नि को जलाए रखना चाहता था। पुजारी द्वारा ललिता को अकेले भोगने की कल्पना अधिक बेचैन किए दे रही थी।

अपने शरीर को बचाते हुए, साँस रोक श्रीनि ने द्वारा संधि से झाँका। मंत्रोच्चार करते हुए मामा देवी माँ की मूर्ति की पूजा-आरती कर रहे थे। मूर्ति पूजन की समाप्ति के बाद पूजा की थाली और ताम्रकलश लेकर ललिता के पास पहुँचे। ललिता नयननत शिर खड़ी थी। पान के पत्ते से ताम्रकलश से पानी ले मंत्रोच्चार, 'या देवी सर्व भूते रति रूपेण संस्थिता/नमस्तस्यै नमस्तस्यै नमस्तस्यै नमो नमः' का जाप करते हुए उसके सिर पर पानी के छींटे डाल मानो उसे पवित्र किया। गले में माला डाल माँग में सिंदूर भरा। कुंकुम टीका भाल पर लगाया। वह मूर्तिवत निश्चल खड़ी थी। लज्जा, भय, संकोच से बड़ी-बड़ी पलकें झुकी हुई थीं। नितंबों और उरोजों के भार से कमर झुकी हुई थी। मंदिर के दीपों के उजाले-अँधेरे में वह श्रीनि को देवी माँ...ना ! गौरी का प्रति रूप...ना ! कालिदास के शाकुंतल की शकुंतला लगी।

थाली और कलश एक ओर रख मामा आहिस्ता से ललिता को निर्वस्त्र करने लगे। संकोच, लज्जा और भय के मारे वह गड़ गई। दोनों हाथों से वस्त्रों को पकड़ रोकने की दुर्बल कोशिश करने लगी। कातर दृष्टि से पहले पुजारी सामी और फिर देवीमाँ की मूर्ति को निहार दया की याचना करने लगी। गर्भ गृह के अँधेरे-उजाले में मूर्ति के सुदीर्घ नयन और लाल ओठ मुस्करा रहे थे। अम्मा का निर्देश याद आया, "पुजारी सामी जो जो बोले वोच देवी अम्मा का हुकुम ! देवी कू नाराज नई करते ...देवी...कू...नाराज...नई करते...नई करते।" देवी के कोप से आतंकित हो उठी। विरोध का किला ढह गया। देह शिथिल पड़ गई। आँखें घट्ट बंद कर लीं। मुट्ठियाँ भिंच गईं।

श्रीनि काँपने लगा। साँस फूल गई। शिराएँ झनझनाने लगीं। लगा दुःशासन एक बार फिर द्रौपदी को...न...न...गौरी को...न...देवी अम्मा कू...नंगा कर रहा है। तीव्र इच्छा हुई दौड़ कर अंदर जाए और दुःशासन का वध कर दे। किंतु दृश्य के आकर्षण ने पाँवों को जमीन से चिपका दिया था। सारे वस्त्र फर्श पर गिर पड़े। दूध और चाँदनी से धुली संगमरमर की मूर्ति खड़ी थी। साँस रुकती सी लगी। भाग जाना चाहता था। मगर पाँव मनों भारी हो गए। आकर्षण-विकर्षण की कीलों ने उन्हें धरती पर गाड़ दिया था।

ललिता के अंग-अंग की पूजा के बहाने पुजारी उसके अंगों का मर्दन करने

लगा। उसे भी देवी माँ की मूर्ति की पूजा के निर्देश दिए। काँच के गिलास में रखी मदिरा को प्रसादम के रूप में पीने के लिए ललिता को दिया। डरते-डरते पीपल के पत्ते सी काँपते हाथों प्रसादम पीने लगी।

मामा की गैर-हाजिरी में एक बार श्रीनि ने भी इसे चखा था। एक ही घूँट में मुँह-गला कड़वे-कसैले हो गए। गले से पेट तक एक अग्नि रेखा खिंच गई थी। बाहर आकर उल्टी की थी। तभी मामा कड़वाहट दूर करने के लिए तले काजू-बादाम-किशमिश खाते हैं।

पूजा का नाटक खत्म होते ही ललिता की फूल सी देह को दोनों हाथों में पुजारी सामी ने उठा लिया। उस देह के रेशमी-मुलायम स्पर्श ने उत्तेजित कर दिया। मंदिर में ही भोगने की इच्छा तीव्रता से सताने लगी। किंतु मन को रोका। पागलों की तरह चूमते हुए कमरे की ओर चल दिया।

मामा को बाहर आते देख श्रीनि दीवाल की आड़ में हो गया। कमरे में पहुँचते ही पुजारी ने द्वार बंद कर लिया। पिंजड़े में बंद पक्षी के समान श्रीनि के प्राण फड़फड़ाने लगे। धक्के मार-मार कर दरवाजा तोड़ देना चाहता था। आँखों की चिंगारियों से जला देना चाहता था। इच्छा हुई कि हंटर लेकर नाचैया के समान पहले खुद को, नारायण मामा को और देवी अम्मा को लहूलुहान होने तक मारता रहे। सबकी खाल उतार ले। दौड़ कर मंदिर में घुस गया। मूर्ति पर उबल पड़ा "...तू...तू...सच्ची-मुच की...सच्ची...देवी नको...नको...सब का कल्याण...कल्याण...करने वाली...सभी में निवास करने वाली...नहीं...नहीं...य...ये...सब झूठ...सब झूठ...तू तो...तू तो...सिरफ बडो की ...पैसे वालों की...ऊँची जात की...अम्मा !...तू तो...तू तो...सिरफ पाषाण मूर्ति...पत्थर हे...पत्थर !" तभी इलहाम हुआ मूर्ति ही पुजारी मामा की असली ताकत। यदि यह नहीं रही तो मामा की शक्ति ताश के महल की तरह भरभरा जाएगी "...तुझे तो ...तुझे तो तालाब में फेंकते...तभी सब ठीक होयंगा...ठीक होयंगा।" मूर्ति उठाने आगे बढ़ा। शांत मूर्ति मुस्करा रही थी। काँपते हाथ आगे बढ़ाए मगर डर गया। तुरंत हाथ पीछे खींच लिए। महापातक और महादंड के भय से आतंकित हो गया। निराश शिथिल पग वापस चल दिया।

बेभान चला जा रहा था। तभी पाँव में साड़ी-चोली उलझ गए। झुक कर उठाया। अनेक सुगंधियों के बीच ललिता की देह-गंध कस्तूरी सी निःसृत हो रही थी। क्रोध की नई लहर कँपकँपाने लगी। अपने को रोक नहीं पाया। आँखें बंद कर तेजी से गर्भगृह में घुस मूर्ति को उठा तालाब की ओर भागा। अँधेरी रात में भूत सा भाग रहा था। तालाब किनारे के सघन पेड़ों ने अमावस्या के सियाह अँधेरे को गहरा दिया।

उन्हें जैसे साँप सूँघ गया। धार्मिक शोषण और अनाचार की जो सत्य कथा श्रीनि

ने सुनाई उसने दहला दिया। वे स्तब्ध रह गए। बड़ी देर सन्नाटा पसरा रहा। श्रीनि के कथन की ईमानदारी ने उन्हें गहरे तक छू लिया। उसके कथ्य में कहीं से भी कहीं तक झूठ नहीं था। शोषण का एक नया मोर्चा सामने था।

''अन्याय, अत्याचार और अनाचार का कैंसर समाज को सदियों से खोखला किए दे रहा है। लोकतंत्र के नाम पर जो नपुंसक व्यवस्था लागू की गई है उसने भ्रष्ट राजनेताओं को पनपने का मौका दिया है। उससे किसी बड़े क्रांतिकारी परिवर्तन की उम्मीद करना मूर्खों के स्वर्ग के समान होगी। इस व्यवस्था ने तो समाज को बाँटने का काम ही किया है। इस देश के आम नागरिक को चुनाव के समय राम-रावण, सज्जन-दुर्जन और अच्छे-बुरे को पहचानने की तमीज नहीं है। राजनीतिक पार्टियाँ भी क्षेत्र विशेष के बहुसंख्यक मतदाताओं को ध्यान में रख कर प्रत्याशी खड़े करती हैं। धर्म, जाति, संप्रदाय ही नहीं, एक बोतल शराब, चंद रुपयों और गुंडों अपराधियों से डर कर जनता वोट देती है। यदि राजनीतिक पार्टियों को लगेगा कि अंचल विशेष से कोई हीजड़ा या वेश्या जीत सकती है तो सत्ता की खातिर वे उसे भी टिकिट दे देंगे। ऐसी जनता जूते खाने के लायक ही है।''

''इस भ्रष्ट तंत्र को सन् 1789 की फ्रांस की राज्यक्रांति और सन् 1920 के रूस की बोल्शेविक क्रांति के आधार पर ही ठीक किया जा सकता है। और वही हम कर रहे हैं।''

''कामरेड श्रीनि ! अभी तो नहीं पर जल्द ही हम तुम्हारे नेतृत्व में तुम्हारे मामा को ठीक करेंगे। हमारा यह वादा रहा तुमसे !'' भूषणम ने श्रीनि की ओर हाथ बढ़ाया।

बड़े संकोच और शर्माते उसने हाथ मिलाया। इस शेक हैंड के साथ उसे दलम का सदस्य बना लिया गया।

''कामरेड श्रीनि ! तुम्हें अपना हुलिया बदलना होगा। ये धोती, बंडी, तिलक छापी। ये घुटा सिर और गोखुरी चोटी नहीं चलेगी।'' सुरेन्द्रन मुस्करा रहा था, ''कामरेड लतिका ! एक दो अदद जीन्स आदि की मदद से तुम कामरेड श्रीनि का हुलिया बदलोगी।''

''नहीं सुरेन्द्रन ! इसे ऐसा ही रहने दो। पुलिस को भरमाने के लिए इसका भोला-भाला बुद्धूनुमा चेहरा और वेषभूषा हमारे अधिक काम के हैं। पुलिस को मुगालता देने के लिए इसका ऐसा रहना जरूरी है। हाँ ! इसे ट्रेनिंग दी जाना चाहिए।'' लतिका ने सुझाया।

''बा'व ! क्या बढ़िया बात की है लतिका ने। मंजूर ! सौ प्रतिशत मंजूर ! फिर भी इसके लिए कुछ कपड़ों जींस वगैरह का प्रबंध कर दो लतिका।'' लतिका की पीठ थपथपाते हुए सुरेन्द्रन ने स्वीकृति दी।

दो दिन बाद श्रीनि को लेकर लतिका शहर चली गई। उसके जरिए बैंक खाते

से रुपए निकलवाए। खुद तो काँच चढ़ा गाड़ी में बैठी रही। और उसी से उसके नाप की जीन्स तथा अन्य कपड़े खरीदवाए। अन्य सामान भी खरीदा और लौट आई।

देवगन ने चिंता के जिस भँवर में फँसा दिया था उससे निकलना संभव नहीं लग रहा था। रमापत बेहद परेशान और विचलित था। वह अच्छी तरह से जानता था कि एक बार लतिका के उसके चंगुल में फँसने पर वह हमेशा ब्लैक मेल करेगा। शांतिलाल भाई सा के कहने पर आधे अधूरे मन से राजी जरूर हो गया था। लेकिन जानता था कि ऐसी बातें छिपी नहीं रह सकेंगी। खुद हरामी देवगन इसका प्रचार कर उसे रुस्वा करेगा। बड़े घमंड के साथ कहेगा कि प्रांत के सबसे बड़े उद्योगपति की बेटी उसकी अंक-शायिनी रह चुकी है। जिस चक्रव्यूह में फँस गया था उसमें से अभिमन्यु के समान निकलने का रास्ता नहीं सूझ रहा था।

कुछ दिन तो उसे लतिका के घर से गायब होने का पता ही नहीं चला। और चला तो प्रसन्न हुआ कि देवगन को टालने का अच्छा बहाना मिल गया। सोचा शायद अपनी किसी सहेली के यहाँ या पिकनिक पर गई होगी ? लेकिन जब एक माह से अधिक हो गया और न तो वो स्वयं आई और न ही कोई खबर आई तो उसका चिंतित होना स्वाभाविक था। जहाँ-जहाँ उसके होने की संभावना हो सकती थी; वहाँ से जानकारी पाने की कोशिश असफल सिद्ध हुई। सूचना ऐसी जगह से मिली जिसके बारे में सोचा भी नहीं था।

कुछ दिन प्रोफेसर वेंकटेश बड़े ही अच्छे मूड में रहे। यह सोच-सोच प्रसन्न होते रहे कि उनके चतुर बेटे ने एक करोड़पति की बेटी का दिल जीतने में सफलता हासिल की है। भाग कर शायद उन्होंने शादी भी कर ली होगी ? इस सुसमाचार की प्रतीक्षा आतुरता से करने लगे। लेकिन जब न तो शुभ संदेश आया न ही वे लौटे तो चिंतित होना स्वाभाविक था। सेठ रमापत से संपर्क करने की अपेक्षा निजी तौर पर जानकारी प्राप्त की तो सभी ने अनभिज्ञता जाहिर की। इससे अधिक परेशान हो उठे।

सेठ रमापत से संपर्क करने और न करने को लेकर कई दिन ऊहापोह में निकल गए। न जाने कोई कीड़ा कुतुर रहा था कि यदि सेठ रमापत को सुरेन्द्रन-लतिका के संबंधों की जानकारी पहले हो गई हो तो उन्होंने कहीं उनके बेटे को कुछ कर दिया तो ? ये पैसे वाले किसी भी हद तक जा सकते हैं ? डर के मारे सिहर उठे। तब शेर की मांद में घुसने का तय कर लिया।

"हलो ! सेठ रमापत से बात कर सकता हूँ ?"

"कौन साब बोल रहे हैं ?" व्यक्तिगत सहायक ने जानना चाहा।

"विश्वविद्यालय के अर्थशास्त्र विभाग के अध्यक्ष डा. वेंकटेश।"

"सर ! मैं अभी पूछ कर बताता हूँ।" उसने तत्काल अपने मालिक से संपर्क किया।

रमापत विश्वविद्यालय में पढ़ चुका था। उसने डा. वेंकटेश की कीर्ति सुन रखी थी। फिर लतिका भी वहाँ पढ़ रही थी। अचानक उसे लगा कि लतिका के बारे में उन्हें जानकारी हो सकती है। तत्काल बात कराने के निर्देश दिए।

"हलो डाक्टर साहेब ! क्या हुकुम है ? आपकी क्या सेवा कर सकता हूँ ?" रमापत विनम्र थे।

"देखिए रमापत जी ! मैं बेटी लतिका और मेरे बेटे सुरेन्द्रन के बारे में आप से चर्चा करना चाहता हूँ।"

रमापत सावधान हो गया। समझ गया कहीं तो भी कुछ गड़बड़ है, "ऐसा करिए प्रोफेसर साहब ! आप घर पधारिए ! वहीं आप से आराम से बात हो सकेगी। में गाड़ी भिजवा रहा हूँ।"

भेंट से पहले ही रमापत ने डा. वेंकटेश के बारे में विस्तृत जानकारी एकत्र कर ली।

तैयार होकर वेंकटेश जब कोठी पर पहुँचे तो वहाँ के वैभव ने चमत्कृत किया। कोठी कम से कम दो एकड़ में फैली थी। लान और बागीचे में तीन-चार माली काम कर रहे थे। फौव्वारे चल रहे थे। नारियल, अशोक के पेड़ और अनेक फल-फूलों के पौधे, बेले वृक्ष। गेट पर वर्दीधारी दरबान। गाड़ियों की कतारें। चमत्कृत हो गए।

"आइए सर ! पधारिए।" विनम्रता से पोर्च से लगे बरामदे में रमापत ने स्वागत किया।

ड्राइंग रूम में सोफे पर बैठते हुए रमापत ने पूछा, "क्या लेंगे सर ! ठंडा, चाय, कॉफी ?"

"कॉफी।"

"लतिका और सुरेन्द्रन के बारे में आप कुछ कह रहे थे ? हाँ ? अब बताइए ?" पहल रमापत ने ही की।

"दोनों साथ पढ़ते ही नहीं अंतरंग मित्र भी हैं। साथ-साथ पिकनिक आदि पर जाते रहते हैं। लतिका ही सुरेन्द्रन को लेने हमारे यहाँ आई थी। उसके बाद से वे लौटे नहीं। इसके पहले भी आ चुकी है। मुझे लगा शायद आपको जानकारी हो ?"

तो लतिका सुरेन्द्रन के साथ गई है ? कहीं प्यार-मुहब्बत का चक्कर तो नहीं ? भावनाओं को नियंत्रित कर बड़ी शांति से रमापत ने पूछा, "देखिए सर ! मुझे इसके बारे में कोई जानकारी नहीं। नहीं वो बता कर गई। आज आप से पता चला कि सुरेन्द्रन भी उसके साथ है। कहाँ जा सकते हैं वे दोनों ?"

नौकर ट्रे में तीन-चार मिठाइयाँ, नमकीन चार तरह के, बिस्किट, कॉफी आदि रख गया।

"कहीं शादी कर हमारे डर से छिप तो नहीं गए ? मेरा यह शक गलत भी हो सकता है।" वेंकटेश ने संदेह प्रगट किया।

रमापत को धक्का लगा। सहसा विश्वास नहीं हुआ कि लतिका इतना बड़ा कदम उन्हें बताए बिना उठा सकती है ? फिर भी आजकल की लड़कियों के बारे में कुछ कहा नहीं जा सकता ? आजकल के हालात में कुछ भी संभव है। मानसिक रूप से खुद को नई परिस्थिति के लिए तैयार करने लगे।

"देखिए डाक्टर साहब ! शायद ऐसा नहीं ही होगा। यदि हुआ भी तो आपसे निवेदन है कि फिलहाल इसे अपने तक ही सीमित रखें। उनके आने के बाद मिल बैठकर बाद की बातें तय कर लेंगे। प...पर...मेरा मन इसे स्वीकार करने को तैयार नहीं ?" चिंतित हिचकिचाहट के साथ रमापत ने कहा।

"मेरी ओर से आप निश्चिंत रहें। वैसे मेरा दिल भी इसकी गवाही नहीं देता। मैंने तो मात्र एक संभावना व्यक्त की है। वह गलत भी हो सकती है। मेरा सुरेन्द्रन भी बहुत समझदार है। इस प्रकार का कोई भी कदम उठाने के पहिले कम से कम मुझे सूचित अवश्य करता। कहाँ हो सकते हैं ?" कुछ देर रुक सोचने लगे। फिर कहा, "रमापत जी ! मैं सुरेन्द्रन के मित्रों से पता करता हूँ। आप भी पता करिए।"

नाश्ता और बात समाप्त कर वेंकटेश उठ खड़े हुए, "अच्छा तो इजाजत दीजिए। आपकी इज्जत मेरी है। आपके सम्मान का पूरा ध्यान रखूँगा।" आश्वस्त करने के लिए रमापत के हाथों को थपथपाया, "इस बारे में निसा खातिर रहें।"

"मुझे आप से यही उम्मीद है।" ससम्मान रमापत कार तक वेंकटेश को विदा करने आए।

एक नई चिंता ने रमापत को घेर लिया। जहाँ एक ओर अपनी बेटी की इज्जत के एक अत्यंत ही घटिया आदमी के शिकंजे से बचने पर प्रसन्न थे; वहीं उसके द्वारा अप्रत्याशित कदम उठाने से चिंतित भी थे। आर्थिक दृष्टि से डा. वेंकटेश उनके स्तर के नहीं थे। लेकिन समाज, शिक्षा और साहित्य जगत् के वे प्रतिष्ठित एवं चर्चित व्यक्ति थे। उनसे संबंध कायम होना अनुचित नहीं था। हरामी देवगन की हिम्मत डा. वेंकटेश पर हाथ डालने की नहीं होगी ? तभी वेंकटेश ने उन्हें चौंकाने और चिंतित करने वाली सूचना दी।

प्रोफेसर वेंकटेश को अपने साधनों से शीघ्र पता चल गया कि भूषणम भी गायब है। पुलिस विभाग में नौकरी करने वाले उनके छात्र ने सूचित किया कि भूषणम एक खतरनाक और प्रसिद्ध नक्सली नेता है। उसे जिंदा या मुर्दा पकड़ने पर पचास हजार का इनाम घोषित है। पुलिस को उसकी तलाश है। लतिका-सुरेन्द्रन उसी के

दल में हैं। नक्सली गतिविधियों में बढ़-चढ़कर भागीदारी निबाह रहे हैं। रमापत और वेंकटेश के मुख पीले पड़ गए। समझ गए कि लतिका-सुरेन्द्रन से अगली मुलाकात या तो जेल, अस्पताल, न्यायालय अथवा श्मशान में होगी। वे सकते में आ गए। इस सूचना से उन्हें भयंकर झटका और सदमा पहुँचा। उनकी भूख और नींद उड़ गई। चौबीस घंटे तनाव में रहने लगे। उनके लौटते में जितना वक्त लगेगा उतने अधिक कानूनी शिकंजे में फँसते चले जाएँगे। समाचार पत्रों में छपने वाली नक्सली वारदात उनका चैन छीनने लगी। गिरफ्तार, घायल और मृतकों में उनका नाम ढूँढ़ने लगते। जब नहीं मिलता तो छुटकारे की साँस लेते। इंतजार की लंबी सुरंग से ईश्वर ही छुटकारा दिला सकता था। मुसीबत के इन दिनों में दोनों परिवार निकट आ गए। अंतहीन इंतजार के संकट की घड़ियाँ मुर्दे के समान ठहरी हुई लगने लगीं।

रुपयों की थैलियों का मुँह खोल रमापत तो शायद अपनी बेटी को बचा भी ले ? लेकिन लतिका के चक्कर में सुरेन्द्रन बेमौत, मौत के जबड़े में जा फँसा है। करोड़पति बहू का सपना धूल में तो जा मिला ही इकलौते बेटे की जिंदगी के लाले पड़ गए।

वेंकटेश और रमापत की पत्नियाँ अधिक पढ़ी-लिखी नहीं थीं। अपने पतियों की क्षमता पर उन्हें पूरा विश्वास था। लतिका-सुरेन्द्रन के नक्सलवादी बनने की जानकारी भी उन्हें नहीं थी। लंबे समय तक उनके लापता रहने पर उनका चिंतित होना स्वाभाविक था। लतिका की माँ ने समय पर बेटी को ब्याह देने के लिए रमापत पर अनेक बार जोर डाला। किंतु अपनी इकलौती लाड़ली को रमापत पहले भारत की फिर अमरीका की व्यवसाय प्रबंधन और उद्योग प्रशासन की सर्वोच्च डिग्री दिला देश की पहली श्रेष्ठ उद्योगपति का दर्जा दिलाने का सपना सँजोये थे। अतः पत्नी की राय को अहमियत नहीं दी। जिसे बेहद प्यार करते थे, जिसे लड़की नहीं सदैव बेटा माना उसी से धोखा खा जाने का घाव गहरा लगा था।

उनकी गुमशुदगी ने उनकी माताओं रत्नम्मा और माया को गहरा सदमा पहुँचाया। बीत रहा प्रत्येक पल बेचैनी बढ़ा रहा था। अपने पतियों को कुछ बोल भी नहीं सकती थीं। रत्नम्मा अपने में सिमट कर रह गई। माया सेठानी को लगा लतिका ने सुरेन्द्रन के साथ भाग कर उन्हें सार्वजनिक रूप से अपमानित और लज्जित किया है। पार्टियों और ब्यूटी पार्लर जाना बंद कर दिया। बेटी के भाग जाने की जन चर्चा का सामना करने का साहस उनमें नहीं था। घर के नौकर-चाकर, नौकरानियों से मुँह चुराने लगी। खुद को शयन कक्ष में बंद कर लिया। मिलने आने वाली सखियों को बीमारी के बहाने बाहर से ही बिदा करने लगी। लायन्स और रोटरी की सहेलियों का सामना करने की हिम्मत नहीं रह गई।

वेंकटेश उस दिन को कोसने लगे जब उन्होंने कुलपति की बेटी को नजरअंदाज करने. की मूर्खता की। यदि सुरेन्द्रन को समय पर कुलपति की बेटी से ब्याह देते

तो नारी देह से प्राप्त सुख का स्वाद चखते ही सुरेन्द्रन, भूषणम और सारी क्रांति को सदा के लिए भूल जाता। उनकी जिंदगी में मृत्यु-भय ने खौफनाक सन्नाटा बुन दिया।

अम्मा के साथ और सोनदत्ती में बिताई जिंदगी ठहर सी गई थी। उसमें कोई हलचल नहीं थी। क्या खाना-पहनना है ? क्या पढ़ना-लिखना है ? क्या करना-बनना है ? इस सबकी जिम्मेदारी अम्मा-मामा की थी। पहले अम्मा उसके लिए सोचने का काम करती थीं, बाद में मामा करने लगे। उसकी जिंदगी और भविष्य उनके कब्जे में था। सोनदत्ती में जीवन रुटीन बनकर रह गया था। शास्त्री जी की संस्कृत पाठशाला में पढ़ना-लिखना, पूजा-पाठ में पुजारी मामा की मदद करना भर उसका काम था।

यहाँ आते ही श्रीनि सक्रिय हो उठा। सहसा लगा उसकी देह और दिमाग दोनों काम करने लगे हैं। कुछ महीने सहायक के रूप में काम दिए जाते रहे। ये काम बहुत छोटे-मोटे होते। उन्हें सफलतापूर्वक संपादित करने के लिए उसे स्वतंत्र छोड़ दिया जाता। असफल रहने पर वह शर्म और संकोच में डूब जाता। तब भी वे उसकी पीठ थपथपा, उत्साह बढ़ा, उसके काम को सुधार लेते। इससे उसके आत्म-विश्वास में वृद्धि तो हुई ही स्वतंत्र रूप से सोचने-काम करने की क्षमता भी बढ़ी। उसकी जिंदगी को मकसद मिल गया। अपनी जिंदगी का खुद मालिक बन बैठा। सोनदत्ती की दुनिया कूप मंडूकता की लक्ष्मण रेखा से घिरी थी। मार्क्सवादी-लेनिनवादी साहित्य के अध्ययन ने दिमाग के रूढ़िवादी-परंपरावादी जालों को झाड़-पोंछ कर फेंक दिया। धर्म को अफीम के रूप में शोषण का हथियार मानने की मार्क्स की कल्पना ने उसे गहरे तक प्रभावित किया। उसे अहसास हुआ वेदों-उपनिषदों-कालिदास-भास और तुलसी-कबीर-मीरा के बाद ज्ञान ने लंबी छलाँग लगाई है। उसके दृष्टि-बिंदु को व्यापक विस्तार मिला।

धर्म और राजनीतिक समाज में आई विकृतियों ने उसे झकझोर दिया। भ्रष्टों को फलते-फूलते ही नहीं देश की जनता का भाग्य विधाता बनते देख ईश्वर के प्रति उसकी आस्था डिगने लगी। देवी अम्मा इन सुअरों को सजा क्यूँ नहीं देती ? जवान बेटी, जवान बहन, जवान बहू का विधवा हो जाना इंसान को सबसे बड़ी सजा है। ये सजा देवी अम्मा ने किसी घोटालेबाज को नहीं दी। इससे लगता है ईश्वर/देवी-अम्मा के यहाँ देर-अंधेर दोनों है।

कुर्सी की खातिर सारे नैतिक-मूल्यों, गाँधीवादी आदर्शों को कूड़ेदान में फेंक एक-दूसरे के भ्रष्ट कारनामों का बचाव करने में राजनेता लगे हैं। इसने उसे घृणा से भर दिया। जनता की मूर्खता पर भी हैरान था। एक प्रधानमंत्री ने अपनी कुर्सी बचाने के लिए मंडल जनित राजनीति का सहारा लिया। परिणामस्वरूप जातिवादी

राजनीति से प्रभावित जनता भ्रष्ट राजनेताओं को जिस प्रकार बार-बार निर्वाचित करती है उसने उन्हें वेश्या से अधिक बेशर्म बनाया है। श्रीनि मानने लगा कि जो जनता राम और रावण में, भ्रष्ट और ईमानदार में अंतर करना नहीं जानती वो जूते खाने के लायक ही है।

बुद्धिजीवियों की निष्क्रियता पर भी उसे क्रोध आया। किंतु शीघ्र ही जान गया कि वे और आम आदमी रोटी की लड़ाई में गले-गले तक डूबे हैं। वे कैसे राजनीति में आ सकते हैं ? फिर धंधेबाज राजनेता साम, दाम, दंड, भेद सभी की मदद से कुर्सी पर कब्जा जमाते हैं। जो नवयुवक नए आदर्शों और नैतिक मूल्यों के साथ राजनीति में कुछ नया करने के उद्देश्य से आता है तो शीघ्र ही खुर्राट नेता उसे भी वेश्या से अधिक बेशर्म और भ्रष्ट बना लेते हैं। करोड़ों, अरबों की आमदनी का खेल उसे चकाचौंध कर देता है। सत्ता से मिली ताकत और वैभव-विलास जल्द ही उसकी आदर्श नैतिकता के किले को ढहा देते हैं।

तब धीरे-धीरे श्रीनि मानने लगा कि सुरेन्द्रन-लतिका-भूषणम का मार्ग ही सही और एकमेव है। इस सबका जवाब सशस्त्र क्रांति ही है। राजनेताओं की अनैतिकता ने सारी सीमाएँ तोड़ दी हैं। उसके भोलेपन और उदारता को दुनियाबी चतुराई और चालाकी ने अपदस्थ कर दिया। कामरेड्स जो भी काम उसे सौंपते वह बड़ी ईमानदारी और लगन से पूरा करता। फलस्वरूप सभी कामरेड्स श्रीनि को चाहने और प्यार करने लगे। परंतु लतिका और बींझणी उसका विशेष ध्यान रखतीं। उनके व्यवहार में अम्मा के स्नेह-ममता की झलक दिखाई देती।

श्रीनि उनमें जितना अधिक घुलता-मिलता चला गया; उनके उद्देश्यों, गरीबों, दलितों-शोषितों एवं देश के बहुसंख्यकों की तकदीर बदलने के लिए प्राण न्योछावर करने की उनकी भावना ने उसे गहरे तक प्रभावित किया। शास्त्रीजी कहा करते थे, "अपने लिए तो सभी जीते हैं श्रीनि ! दूसरों के लिए जीने वाला ही सच्चे अर्थों में जीता है।" और यहाँ उसी टोली में शामिल होने का सुअवसर देवी अम्मा ने उसे दिया था।

और जब उसे लतिका के प्रति मंत्री देवगन की नीच कामुकता का पता चला तो उस अनजाने, अनदेखे, बेपहचाने शत्रु के प्रति घृणा और क्रोध से भर गया। तो औरत किसी भी वर्ग में हो सुरक्षित नहीं है ? अभी तक तो उसने निचले, गरीब तबके की औरतों का यौन-शोषण होते देखा था। अब उच्च वर्ग में भी उसी कहानी को दुहराए जाते देख हैरान रह गया। देवगन को सबक सिखाने के उनके काम में पूरे उत्साह के साथ शामिल हो गया। दौड़-दौड़ कर उनके हर काम में मदद करने लगा।

उसने अनुभव किया कि भाग-दौड़ के इस काम के लिए धोती-बंडी उपयुक्त पोशाक नहीं है। जीन्स सर्वोत्तम है। उसकी आत्मा में अम्मा ने जो रूढ़िवादी संस्कार

गहरे तक बैठाए थे उसने धोती-चोटी-तिलक से छुटकारा पाने में हिचकिचाहट दिखाई। लेकिन शीघ्र ही उनसे मुक्ति पा ली। सिर्फ मुखबिरी के समय ही उनका उपयोग करता। हजामत बनाना बंद कर दिया। इसमें काफी समय बरबाद होता था। दाढ़ी-मूँछ बढ़ा ली। अपना वास्तविक चेहरा छिपाने में ये अमूल्य सहयोग देते थे। पुलिस को धोखा देने के लिए गोखुर वाले घुटे सिर पर विग पहनने लगा। लतिका ने भी हुलिया बदल लिया। बाब कट की जगह बाल बढ़ा चोटी-जूड़ा बनाने लगी। इस हेतु दोनों वेश बदल कई बार शहर गए। वहाँ श्रीनि के नाम पर शहर से दूर एक कालोनी में मकान किराए पर ले लिया।

भेस बदल-बदल कर श्रीनि थानों और मंत्री देवगन की गतिविधियों की सूचनाएँ लाने लगा। रिवाल्वर और रायफल चलाने के साथ ही बम बनाने और जमीनी सुरंग बिछाने में वह सिद्धहस्त हो गया। उसे भी निर्णयात्मक गंभीर मंत्रणाओं में शामिल करने लगे। शीघ्र ही उसे अंतरंग समिति की सदस्यता दे दी गई।

दिन भर की भाग-दौड़ के बाद उस दिन जब थका-हारा लौटा तो इच्छा अपने कमरे में जा आराम करने की हुई। रात तेजी से ढल रही थी। न चाहते हुए भी सुरेन्द्रन की तरफ चल दिया। भूषणम, लतिका, राजम, बींझणी गंभीर मंत्रणा में व्यस्त थे। दो अजनबी भी थे। एक कोने में चुपचाप जा बैठा।

"देखो बिरादर ! हम तुम्हारी मदद वास्ते इदर आया। हम तुमकू हथियार देती। रुपिया भी देती। तुमारा हमारा दुश्मन एक। हिंदोस्तान का सरकार। दोनों मिलकर अलग-अलग मोर्चे पर लड़ेगा तो दुश्मन कमजोर होयंगा। हम उदर आसाम वो क्या बोलती नागा, बोडो ओर कश्मीरी बिरादरान कू बी हथियार, गोला बारूद, रुपिया देती। उदर कश्मीर में हमारा भौत सारा बिरादर लड़ती। तुम्हारा, लड़ाई हमारा लड़ाई। खुदा कसम ! हम तुमारा बिरादार।" छह फुटे अफगानी पठान का रंग गोरा भक्क था। चेहरे पर खुदा के नूर के रूप में तराशी दाढ़ी-मूँछ। छोटी-छोटी चालाक आँखों से टपकता हरामीपन और मजहबी जनून। शलवार, कुर्ती, वास्कट और कुल्हा (साफा) पहने था। उसी की बगल में एक पाँच फुटा पैंट-शर्ट में था। दाढ़ी-मूँछ उसकी भी तराशी थी।

"देखिए जुम्मा खान साब ! आपके हथियार-गोला-बारूद और रुपए-पैसे की फिलहाल हमें जरूरत नहीं। इनका इंतजाम कैसे और कहाँ से करना चाहिए हम जानते हैं। और कर भी लेते हैं। मदद की पेशकश के लिए शुक्रिया।" जवाब सुरेन्द्रन ने दिया।

"ओय बिरादर। आप समजती क्यूँ नहीं ? हम आपकी मदद करती। कुछ हथियार और रुपिया हम लाई। उसकू आप रखती।" जुम्मा खान ने एक बार फिर जोर डाला।

वे सोच में डूब गए। जुम्मा खान के साथी को लगा वे मान जाएँगे।

''कामरेड ! वाहिद भाई के इशारे पर हम आए हैं। उनसे पता चला कि आपको हमारी मदद चाहिए।''

''रमजान भाई अभी तो हमारे पास पूरा इंतजाम है। यदि जरूरत पड़ी तो आपको तकलीफ देंगे।'' सुरेन्द्रन ने टाला।

''जैसी आपकी मर्जी। तो हम चलते हैं। आपको जब भी जिस चीज़ की जरूरत हो वाहिद भाई को खबर कर दें। हमें सूचना मिल जाएगी। वे इस शहर के मेयर ही नहीं मुख्यमंत्री के खासम खास हैं। वे हमारे भी खास-उल-खास है। आप तो जानते है ट्रांसपोर्ट का उनका धंधा है। हमारा माल उन्हीं के ट्रकों में आता-जाता है।'' वे उठ खड़े हुए, ''तो इजाजत दीजिए। खुदा हाफिज।''

''ठहरिए ! हमारा आदमी आपको बाहर तक छोड़ आएगा। रात गहरा गई है। फिर जंगल का मामला है। भटक गए तो सारी रात रास्ता तलाशने में बीत जाएगी फिर जंगली जानवर का भी डर है।'' भूषणम ने श्रीनि को इशारा किया साथ जाने के लिए।

अंतर देकर श्रीनि पीछे-पीछे चलने लगा। चर्चा के बीच वह गूँगा बना बैठा रहा था। लेकिन तत्काल समझ गया था कि जुम्माखान और रमजान देश के दुश्मन हैं। दोनों विदेशी एजेंट हैं। यदि भूषणम और सुरेन्द्रन उन आतंकवादियों से रुपए और हथियार ले लेते तो उसकी नजरों में गिर जाते।

''ये साले काफिर ! अपने को क्या समजते ? अरी हम तू मदद को आती ? ये इंकार करती ? खुदा कसम रमजानी मियां ! हम कू भौत गुस्सा आती। हम तू उनकू उसी वक्त खतम करती। किन्तु तुम्हारी खातिर छोड़ दिए।'' जुम्मा खान का हाथ कांधे पर लटकी एके छप्पन पर जा पहुँचा।

''सबूरी...सबूरी...जुम्मा भाई सबूरी ! साले जायंगे किधर। झक मार कर हमारे पास आएंगे। इनका हथियार-गोला-बारूद कब तक चलेगा ?'' रमजान कुछ देर रुका, ''बिरादर जुम्मा खान ! इन हिंदुस्तानियों की फितरत के बारे में मैं तुम से ज्यादा जानता हूँ। तवारीख गवाह है कि पैसे की खातिर ये कुछ भी कर सकते हैं। अरे ! ईस्ट इंडिया कंपनी के अंग्रेजों ने थोड़े ही हिंदोस्तान को गुलाम बनाया ? मुट्ठी भर अंग्रेजों ने हिंदोस्तान को रुपयों से/घूस से खरीदा। हिंदुस्तानियों को अपना नौकर-सिपाही बना उनके कंधे पर बंदूक रख उन्हीं की मदद से इस देश को जीता। उसे गुलाम बनाया। प्लासी और बक्सर ही नहीं हिंदुस्तान की हर लड़ाई उन्होंने पैसे और घूस के बल पर जीती। हम भी वही कर रहे हैं। पैसा देकर आप यहाँ कुछ भी हासिल कर सकते हैं। मुख्यमंत्री को खरीद सकते हैं। फिर सांसद-विधायक और अफसर-बाबू की तो बात ही क्या ?''

क्रोध से श्रीनि अंदर के अंदर उबलने लगा। रह-रहकर उसका हाथ सायलेंसर लगी पिस्तौल पर चला जाता था। देश के दुश्मनों को सबक सिखाने को दिल मचल

रहा था। मौके की तलाश में चुपचाप पीछे-पीछे चलता रहा।

"ओय रमजानी बिरादर ! पीछू वो काफिर आते। जरी इसका भी ख्याल करते ?" जुम्मा खान ने टोका।

रमजान पलटा। कुछ दूर सिर झुकाए श्रीनि बेभान चला आ रहा था। उसने धीरे से आवाज दी, "किस तरफ चलना है भाई जान ?"

श्रीनि ने उत्तर नहीं दिया। क्योंकि वे सही दिशा में जा रहे थे।

रमजान बेफिक्र हो गया, "जुम्मा भाई ! छोकरा शायद गूँगा-बहरा है। निसा खातिर हो हम बात कर सकते हैं। अब देखो ना ! पाकिस्तानी होते हुए भी वाहिद भाई ने पैसे की मदद से मेरा राशनकार्ड और ड्राइविंग लायसेंस बनवा दिया। मुख्यमंत्री के वाहिद भाई खास आदमी हैं। उनके घर खाना खाने आते हैं। उनकी मदद से मेरा पासपोर्ट भी बन जाएगा। आज से दस साल पहले वाहिद भाई रेलवे में कुली हुआ करते थे। अफीम, चरस, गाँजे की स्मगलिंग में बड़ा पैसा कमा शानदार कोठी बनाई। फार्म हाउस खरीदा और ट्रकों के धंधे में उतर पड़े। उनके फार्म हाउस में ही अपने हथियार छिपा कर हम रखते है। पुलिस की हिम्मत उन पर हाथ डालने की नहीं है।" बतियाते-बतियाते रमजान आगे निकल गया। जुम्मा खान पीछे रह गया।

श्रीनि अपने को अधिक न रोक सका। चुपके से रिवाल्वर निकाल तेजी से कदम बढ़ा जुम्मा खान की खोपड़ी को निकट से गोली मार दी।

थप्प की आवाज हुई। आवाज किए बिना जुम्मा खान पेड़ की कटी शाख सा गिर पड़ा। उफ भी नहीं कर पाया।

"वक्त जरूरत, पड़ने पर उन्हीं के ट्रकों में हम हथियार, आरडीएक्स मँगवा लेते हैं। पासपोर्ट बनते ही वाहिद भाई की बहन शाहीन से मेरा निकाह पक्का। फिर तो इस देश की सरकार के खिलाफ ऐसा जाल फैलाऊँगा...ऐसा जाल फैलाऊँगा कि वो ताजिंदगी हिट-हिट करेगी। हँस के लिया है पाकिस्तान लड़ के लेंगे हिंदुस्तान।" एक सुनहले सपने में रमजान खो गया। कुछ देर खामोश चलता रहा, "आपका क्या कहना है जुम्मा भाई ?" रमजान पलटा। दूर पास तक कहीं भी जुम्मा खान दिखाई नहीं दिया तो रमजान परेशान हो उठा। समझा पेशाब करने रुक गए होंगे। इंतजार करने लगा। काफी देर बीत जाने पर भी जब जुम्मा खान नहीं आया तो डर ने घेर लिया। रायफल की ओर, हाथ बढ़ाते बोला, "अजीब आदमी है ये अफगानी ? जाने कहाँ, क्यूँ रुक गया ?"

"वो कटवा तो जहन्नुम में चला गया। सुअर की औलाद ! तू भी उसके पास जा। निकाह के पहले ही तेरी शाहीन बेबा हो रही है।" मन ही मन बड़बड़ा...तड़ ...तड़...तड़...सारी गोलियाँ श्रीनि ने रमजान के शरीर में उतार दीं।

रमजान की लाश कटे पेड़ सी गिर पड़ी। सुख-संतोष-तृप्ति से श्रीनि की आत्मा भर गई। लगा कोई पुण्य-यज्ञ उसके हाथों संपन्न हुआ है। मरे कुत्तों की तरह दोनों

लाशों की टाँगें पकड़ घसीट कर जंगल के मुहाने पर पटक आया।

"ये आकाशवाणी हैं ! अब आप देवकी रमन से हिंदी में समाचार सुनिए। कल रात पुलिस मुठभेड़ में दो कट्टर आतंकवादी मारे गए। इनमें से एक भाड़े का विदेशी आतंकी जुम्मा खान और दूसरा विदेशी नागरिक रमजान था। उनके पास से तीन रायफलें, पचास ग्राम आरडीएक्स और चालीस गोलियाँ तथा एक डायरी मिली है। जिसके आधार पर वाहिद खान की कोठी और फार्म हाउस पर छापे मारे गए। फार्म हाउस पर मारे गए छापे में चालीस एके छप्पन रायफलें, आरडीएक्स और भारी मात्रा में गोला-बारूद मिला है। वाहिद खान फरार है।"

संपर्क करने पर मुख्यमंत्री ने बताया, "जहाँ तक मेरी जानकारी है वाहिद भाई का इसमें कोई हाथ नहीं हो सकता।" मुख्यमंत्री हर शब्द बड़ी सावधानी से बोल रहा था, "पुलिस जाँच चल रही है। जरूरी हुआ तो प्रशासनिक जाँच भी कराई जा सकती है। कोई भी व्यक्ति कानून के ऊपर नहीं है। कानून अपना काम करेगा।"

मुख्यमंत्री के इस भ्रामक बयान से श्रीनि आक्रोश से भर गया। दूसरे ही दिन पुलिस ने वाहिद भाई के फार्म हाउस के चौकीदार गयादीन और याकूब को गिरफ्तार कर बलि का बकरा बना दिया। श्रीनि की अँगुलियाँ रिवाल्वर की सारी गोलियाँ मुख्यमंत्री के शातिर भेजे में उतारने के लिए सलसलाने लगीं।

सरकार को अपनी ताकत का अहसास कराने और देवगन को सबक सिखाने का उन्होंने निर्णय ले लिया। देवगन के मामले में सभी एकमत थे। देवगन की कमजोरी सुंदरी, शराब और संपत्ति जग जाहिर थी। इसका फायदा उठाने का उन्होंने निर्णय लिया। परंतु लतिका मात्र सबक सिखाने पर राजी नहीं थी। उसका तर्क था कि यदि देवगन को सिर्फ सबक सिखा कर छोड़ दिया तो कुछ समय चुप रह कर वह फिर अपनी पुरानी हरकतें दुहराने लगेगा। अन्य लड़कियों के लिए खतरा साबित होगा। श्रीनि ने भी लतिका का समर्थन किया। तब अंतिम रूप से देवगन को इस दुनिया से हटाने का निर्णय लिया गया। उसे खत्म करने के लिए ऑपरेशन जेबरा नाम दिया गया। उनकी मुख्य योजना जेबरा, सफलतापूर्वक संपन्न हो इसलिए ऑपरेशन रेट की योजना भी बनाई गई। इसके अंतर्गत शहर सीमा के उस थाने पर हमला करना था जिससे देवगन को समय पर पुलिस सहायता पहुँच सकती थी।

देवगन को फाँसने के लिए बींझणी की खूबसूरत देह, शोख-चंचल अदाएँ काफी थीं। उसे चारे के रूप में इस्तेमाल करना तय हुआ। उसके साथ यादगिरी, श्रीनि, राजम और सत्यम को भेजना तय हुआ। सुरेन्द्रन भी इनके साथ वेष बदल कर जाएगा। परंतु देवगन पर किए जाने वाले हमले में ये नहीं रहेंगे। ये रेट ऑपरेशन को अंजाम देंगे।

आदिवासियों के कार्यक्रम में आमंत्रित करने के लिए बींझणी के साथ अन्य साथी गए। श्रीनि देवगन के बँगले की पूरी जानकारी पहले ही ले आया था। उसे बँगले के सामने के सभी कमरों, सुरक्षा कर्मचारियों, उनके सहायक प्रकाश राव की पूरी जानकारी थी। जिस वक्त ये बँगले पहुँचे देवगन कहीं बाहर जाने की तैयारी में था। कार में बैठने ही वाला था कि ये पहुँचे।

"ए ! किधर जा रहे हो ? रुको।" संत्री ने टोका।

"ऐ ! चुप ! हम साब कू मिलवा आया।" बींझणी ने डाँटा। पूरे नखरे के साथ नागिन-सी बलखाती आगे बढ़ी।

देवगन की गिद्ध दृष्टि बींझणी के खूबसूरत चेहरे से फिसलते हुए उसके वक्ष के उभारों, काँचली के बीच के गोरे-रंग, और गोलाइयों में अटककर रह गई।

"ए ! उन्हें आने दो।" देवगन का हुक्म सुनते ही संत्री अदब से पीछे हट गया।

देवगन की पारखी निगाहों ने हीरे को परख लिया था।

"प्रकाश राव ! पहले हम आदिवासी भाइयों की समस्या जानना चाहेंगे। अभी के कार्यक्रम को थोड़ी देर स्थगित कर दो। तुम आयोजकों को फोन कर दो कि जरूरी काम आ जाने से हम व्यस्त हो गए हैं। देर से आएँगे।"

"यस सर !" फोन करने प्रकाश राव अपने कार्यालय चला गया। ड्राइवर ने गाड़ी आगे बढ़ा ली। इठलाती, लहराती, बलखाती मुस्कानों और नयनों के बाण फेंकती बींझणी सीधे देवगन के सामने जा खड़ी हुई। बाकी के लोग उसके पीछे जा खड़े हुए।

"बोलिए ! क्या काम है ? हम आपकी क्या मदद कर सकते हैं ?" बात करते-करते देवगन ड्राइंग रूम की ओर बढ़ा, "चलिए अंदर बैठकर आराम से बात करते हैं।" उसने बेहिचक बींझणी की गोरी अनावृत, पतली कमर में हाथ डाल दिया।

बींझणी को लगा काला भुजंग कमर में लिपट गया है। एक झटके से उसे गिरा छाती पर बैठ उसकी इहलीला समाप्त करने को दिल मचलने लगा। मगर बड़ी मुश्किल से अपने को जब्त किया। श्रीनि और सुरेन्द्रन भी अंदर के अंदर उबलने लगे। लेकिन लाचार थे। उनके हाथ अपने रिवाल्वर पर पहुँच गए थे। किंतु शीघ्र हटा लिए।

बड़ी बेतकल्लुफी से सोफे पर बैठते हुए हाथ पकड़कर बींझणी को देवगन ने अपनी बगल में बिठा लिया। "आप लोग भी तशरीफ रखिए।" वे लोग बैठ गए। अदब से नौकर आ खड़ा हुआ।

"देखो सभी के लिए चाय-नाश्ता लाओ। जल्दी। हाँ।" बिना उत्तर दिए नौकर अंदर चला गया।

"हाँ ! बोलिए कैसे आना हुआ ?" बींझणी की जाँघ पर हाथ फिराते हुए देवगन ने जानना चाहा। उसे उकसाने के लिए वह जान-बूझकर उससे सट कर बैठी थी।

बात करने के निर्देश श्रीनि को दिए गए थे। सुरेन्द्रन को जान-बूझकर पीछे

रखा गया था। डर था कहीं उसकी विश्वविद्यालयीन भाषा संदेह पैदा न कर दे।

"जी ! श्रीमान हम आदिवासियों के भोरमदेव की पूजा का उत्सव है। हम चाहते हैं श्रीमान उसमें मुख्य अतिथि बन पधारें।" विनीत वाणी में श्रीनि ने निवेदन किया।

"अरे व्वा ! आपके उत्सव में शामिल होकर हमें प्रसन्नता होगी। हम जरूर आएँगे। उत्सव में और क्या-क्या होगा।" देवगन ने जानना चाहा।

"हम आदिवासी स्त्री-पुरुष भोरमदेव की पूजा के बाद बकरों की बलि चढ़ाएँगे। आदिवासी ताड़ी भी चढ़ाई जाएगी। उसके बाद भोजन होगा। हमारी पंचायत सिरीमान की सेवा में अपनी..." जान-बूझकर श्रीनि अटका।

"प्राब्लेम्स !" देवगन ने बात पूरी की। आदिवासी एक-दूसरे को जान-बूझकर बुद्धुओं से देखने लगे। मानो समझे नहीं।

"प्राब्लेम्स...प्राब्लेम मेरा मतलब है तकलीफें, समस्याएँ आपकी जरूरतें।" गर्व से उसने बींझणी को रूवाब जताते देखा।

"हाँ...हाँ सिरीमान वो ही। उसके बाद आप हमको आशीष देंगे। फिर नाच-गाना।" श्रीनि ने जाल फेंका।

"अच्छा ! तो नाच-गाना भी होगा हमारे सम्मान में ? तुम भी नाचोगी ? क्या नाम है तुम्हारा ?" बींझणी का गाल थपथपा देवगन ने पूछा।

जानबूझकर वह शर्मा गई। सिर नीचा कर लिया।

"नाम नहीं बताया आपने। जितनी सुंदर हो नाम भी उतना ही सुंदर होगा। बताइए क्या नाम है ?"

"गौरा नाम है साब।" सत्यम ने बताया।

"व्वा ! जैसा नाम वैसी ही गौरांगी। हम जरूर आएँगे। आपके साथ खाना-पीना भी करेंगे। नेहरू जी के समान आप आदिवासी भाइयों के साथ कमर में हाथ डाल नाचेंगे भी। तुम हमारे साथ नाचोगी ना गौरा रानी।" रोमांटिक मूड में देवगन आ गया था।

बींझणी का चेहरा शर्म से लाल हो गया। उत्तर नहीं दिया।

"जरूर नाचेगी मालिक आप आइये तो। ऐसा नाचेगी ऐसा नाचेगी कि आप जीवन भर याद रखेंगे।" श्रीनि ने उकसाया।

"जरूर आएँगे। प्रकाश राव।" देवगन ने अपने सहायक को बुलाया। वह आकर खड़ा हो गया।

"देखो इनका प्रोग्राम तय हो गया है। हाँ ! कब आना है ?"

"जी अगले गुरुवार !"

"अगले गुरुवार तेरह तारीख है। ठीक है उस दिन और रात तथा दूसरे दिन और कोई कार्यक्रम हमारा मत रखना। अब तो खुश।" पुनः बींझणी की पीठ थपथपाते

देवगन ने कहा।

"ठीक हजूर। तो हम चले।" वे उठ खड़े हुए। बींझणी की कमर में हाथ डाले देवगन बरामदे में आया। बींझणी की देह का मखमली स्पर्श उसे रोमांचित किए दे रहा था। तीव्र इच्छा शयनकक्ष में ले जाने को हिलोरें मार रही थी। पर दिल पर काबू किया।

"प्रकाश ! इन्हें कार में बस स्टैंड छुड़वा दो। बेचारे नंगे पाँव हैं। पाँव जलेंगे।"

"आपको कोई लेने... ?" श्रीनि ने पूछा। लेकिन उसकी हार्दिक इच्छा थी कि मंत्री महोदय इन्कार कर दें। इसके लिए, आदत की मुताबिक देवी अम्मा से प्रार्थना करने लगा।

"ना...नहीं... ! इलाका मेरा देखा हुआ है। अकेले आ जाऊँगा। हाँ आप लोग डाक बँगले पर जरूर मिलिएगा। गौरा रानी तो नृत्य की तैयारी में व्यस्त रहेगी ?" देवगन ने पुनः छेड़ा।

बींझणी ने शर्माने का अभिनय किया। सभी ने छुटकारे की साँस ली।

देवगन की स्वीकृति ने उन्हें नए जोश से भर दिया। वे दुगने उत्साह से अपने काम में लग गए। इस बार वे ऐसा धमाका करना चाहते थे कि प्रांतीय सरकार ही नहीं भारत सरकार भी हिल उठे। उनके आंदोलन और शोषितों-पीड़ितों के बारे में सोचने को मजबूर हो सारे वन प्रांतर का उन्होंने नए सिर से सर्वेक्षण किया। उपयुक्त तीन स्थानों का चयन कर वहाँ बारूदी सुरंगें लगाने का निर्णय लिया। तीन सुरंगें इसलिए बिछाईं कि यदि एक से बच भी जाए तो बाकी दो से बचने की गुंजाइश न रहे। सारा काम पक्का और मुकम्मिल करना चाहते थे। उन्होंने अपने डेरे भी बदल लिए। तय हुआ कि धमाके के बाद वे बिखर जाएँगे। श्रीनि के नाम पर शहर की दूरस्थ कालोनी में जो मकान किराए पर लिया है वहाँ लतिका-भूषणम रहने चले जाएँगे। बींझणी सुरेन्द्रन के साथ जाएगी। उसकी सुंदरता उन्हें पकड़वाने में सहायक हो सकती है। सो उसे अलग रखना जरूरी था। सत्यम, यादगिरी आदि दूसरे जंगलों में निवास करने वाले अपने आदिवासी रिश्तेदारों के यहाँ जा छिपेंगे। तैयारी पूरी हो जाने के बाद वे गुरुवार का इंतजार बड़ी बेसब्री से करने लगे।

प्रांतीय मंत्रिमंडल में देवगन वैसे भी संदिग्ध चरित्र का था। भैंसे के रंग से होड़ लेता काला रंग, मोटे ओठ, फूले गाल। गाजर सी छोटी नाक, नशे से मदमाती लाल डोरों वाली छोटी-छोटी चालाक आँखों से टपकती अय्याशी और हरामीपन। रेशमी खादी का कुर्ता, पायजामा और जेकेट में न समाने वाला थुलथुल मोटी तोंद-निकला शरीर। कुर्ते की जेब में सदा रहने वाली शराब से भरी चाँदी की बोतल। मौका मिलते ही दो-चार घूँट गटक लेता था। बात करते वक्त मिलने आने वालों पर उसकी आँखें उल्लू की नजरों सी तेजी से घूमती-घूरती रहतीं। राजनेता की बजाय वह एक डान या हलवाई अधिक लगता था। श्रीनि जब भी उसके बँगले गया किसी न किसी औरत

को उसकी बगल में पाया। राजनीति देवगन के लिए जन सेवा का जरिया नहीं एक धंधा थी। पैसा कमाने का एक माध्यम। अपने विरोधियों को ठिकाने लगाने का हथियार और अय्याशी करने का मौका राजनीति मुहैया कराती थी। राजनीति में अपनी तकदीर आजमाने कई महत्त्वाकांक्षिणी सुंदरियाँ मैदान में उतर आई थीं। कुछ को उनके घर वालों ने उतारा था। देवगन जैसे राजनेता उनका उपभोग अपना विशेषाधिकार मानते थे। ये हसीनाएँ भी जानती थीं कि राजनीति में कुछ पाने के लिए कुछ खोना पड़ेगा।

लतिका के पहलू से फिसल जाने का मलाल देवगन को रह-रहकर कचोटता था। उसे शक था अपनी बेटी को भगाने में सेठ रमापत का हाथ भी हो सकता है। मगर चुप बैठा रहा। सेठ रमापत ने हवाला के जरिए मुख्यमंत्री के कई करोड़ रुपए सिंगापुर और मारिशस भिजवा दिए थे। इस प्रकार वह सीधे मुख्यमंत्री का खास आदमी बनने में सफल हो गया था। उस पर हाथ डालने पर मंत्रिमंडल से निकाले जाने का खतरा था। उसे वह मोल लेने को फिलहाल तैयार नहीं था। चोरी चुपके मुख्यमंत्री विरोधी दिग्गज जो दिल्ली में हाइकमांड के चहेते थे उनसे रसूख बढ़ा ऐसी चाल चलना चाहता था कि मुख्यमंत्री को दूध की मक्खी सा प्रदेश की राजनीति से निकाल फेंका जाए। मुख्यमंत्री के जाते ही रमापत अपने आप धराशायी हो जाएगा। दोनों शहमात का खेल खेल रहे थे। किंतु सार्वजनिक मंचों पर दोनों एक-दूसरे की न केवल तारीफ करते वरन् गले भी लगा फोटो खिंचवा प्रेस को जारी करते थे।

लतिका की पूर्ती गौरा (बींझणी) से पूरा करने को उतावला था। वैसे भी लतिका की तुलना में गौरा श्रेष्ठतम थी। वन के खुले अकृत्रिम नैसर्गिक वातावरण में जन्मी, पली-बढ़ी गौरा की मांसल देह में एक ताजगी खिले फूल सी थी। मन के पर्दे पर गौरा की अनेक छबियाँ उभर-उभर उसे बेचैन किए थीं। उसका उस दिन सट कर बैठना, मुस्कराती-लजाती तिरछी नजर से घायल करना। इठलाती, इतराती, मदमाती चाल। एक कच्ची कली को फूल सी खिला देने को मचलता उसका मन। गौरा उसकी नस-नस में समा गई थी। उसे पूरी उम्मीद थी कि वह उसे जेवर, कपड़े और पैसों से पटा लेगा। उसने ऐसा दौरा कार्यक्रम बनाया कि रात उसी आदिवासी गाँव में बिताने का अवसर मिले। वह गुरुवार का इंतजार करने लगा।

बेसब्री दोनों ओर थी। वक्त उन्हें घिसटता सा लग रहा था। दोनों ओर तनाव था। वक्त घिसटते हुए भी समय पर गुरुवार को पहुँच गया। अंत में डी डे (मुक्ति दिवस) आ पहुँचा। देवगन के रवाना होने के पहले ही सुरेनद्रन और श्रीनि के नेतृत्व में हथियारों से लैस एक दल शहर के बाहरी थाने के निकट जा छिपा। गुरुवार के दिन घड़ी के काँटे नियत समय की ओर कदम बढ़ाते चल रहे थे। सुरेन्द्रन-श्रीनि-भूषणम ने वारदात की जगह से कुछ दूर एक झोंपड़ी बनाई। वहाँ साधू वेश में विश्वास-पात्र आदमी को बैठाया। धूनी रमा आँखें बंद किए चिमटा बजा वह गाता रहता...बबम...बबम

...बम...लहरी...जीवन की नदिया गहरी...कितने डूबे...कितने तैरे...यह कोई जान न पाए...बबम...बबम...बम...लहरी। यह संकेत था दुश्मन के आ जाने का। इसे सुनते ही भूषणम के हमलावर दस्ते को तैयार और सावधान हो जाना था।

गुरुवार की संध्या देवगन लालबत्ती की सरकारी गाड़ी में सहायक, भेंट के लिए कपड़े, खाने का सामान आदि लेकर रवाना हुआ। चूँकि आदिवासियों के गाँव जा रहा था। खतरा उसके हिसाब से नहीं के बराबर था। गौरा के चक्कर में उसने आवश्यक सावधानी को दुर्लक्ष कर लापरवाही बरती। अंगरक्षक और पायलट जीप में वायरलेस के साथ तीन एक की गार्ड ली। अपने आनंद को अधिकतम गोपनीय रखना चाहता था। कम से कम जितनी जरूरत थी उतने ही पुलिस वाले उसने साथ लिए।

धूनी जल रही थी। जलते ठूँठ से धुआँ उठ रहा था। पास में त्रिशूल गड़ा हुआ था। साधू महाराज आँखें बंद किए बाघम्बर पर बैठे हुए थे। दो-तीन श्रद्धालु आदिवासी आदर-भक्ति भाव से ताक रहे थे। उनमें से कुछ चिलम पी रहे थे। बम शंकर के साथ पी लेने के बाद चिलम दूसरे भगत की ओर बढ़ा देते। साँझ के साए झुटपुटा बन धरती पर लोटने लगे। तभी हार्न बजाती जीप आई। साधू बाबा सावधान हो भजन गाने लगे...बबम...बबम...बम...लहरी...जीवन की नदिया गहरी...मुख्य सड़क छोड़ जीप और उसके पीछे सरकारी गाड़ी जंगल में घुसी। यहाँ पेड़ों के झुरमुट के कारण साँझ रात में बदल गई थी। भूषणम, लतिका और उनके मित्र सावधान हो गए। भजन के स्वर तैरते उनके कानों को सतर्क किए दे रहे थे। उन्होंने जीप को निकल जाने दिया।...कितने डूबे कितने तैरे...ये कोई जान ना पाए...बबम...धड़ाम ...धड़ाम...के साथ बारूदी सुरंग फटी। देवगन की कार हवा में उछालकर आग के गोले में बदल गई। कार ही नहीं देवगन, उसके सहायक और ड्राइवर के परखचे उड़ गए। आज प्रकाश राव साथ नहीं आया था। छुट्टी पर होने से दूसरे सहायक को देवगन लाया था।

बारूदी सुरंग के फटने की आवाज ने जीप में सवार पुलिस वालों को सावधान कर दिया। ड्राइवर के ब्रेक लगाते ही पुलिस वालों ने सड़क के दूसरी ओर कूद कर पेड़ों की आड़ में पोजीशन ले गोलियाँ चलाना शुरू कर दिया। आपरेटर ने वायरलेस पर संदेश भेजा...चार्ली...चार्ली...ओवर...मंत्री जी...कार पर...हमला...ब्रेक लगाते लगाते जीप अगली सुरंग पर पहुँच गई थी...ओवर...मदद...तभी दूसरी बारूदी सुरंग भी फटी। जीप जमीन से कई फुट ऊपर हवा में उछली। उसके पेट्रोल टैंक में आग लगते ही वह भी आग के गोले में तब्दील हो गई। ड्राइवर और वायरलेस आपरेटर के परखचे उड़ गए।

थाने के वायरलेस सैट पर जैसे ही हमले की सूचना आई ऑपरेटर संतरी सतर्क हो गया। तभी सेट पर धड़ाम की आवाज सुनाई दी। समझ गया कि जीप पर भी

हमला हुआ है। वह उत्तेजना से भर गया। दौड़ कर बाहर बरामदे में आ चिल्लाया "...सर ! श्रीमान मंत्री महोदय की गाड़ी और पायलट गाड़ी पर हमला हुआ है ...मदद की दरकार है सर !" सुरेन्द्रन को भी सूचना मिल गई।

थाने के सामने जीप खड़ी थी। थानेदार रामाकृष्णन तेजी से बाहर आया। उसने ऑपरेटर को अन्य थानों और सेंट्रल कोतवाली को सूचित करने का हुक्म दिया। और जितने सिपाही थे उन्हें हथियार समेत जीप में बैठ चलने का आदेश दिया। सभी थाने के मैदान में एकत्र हुए। उनकी गिनती की गई। सावधान सुरेन्द्रन मौके की तलाश में बैठा रहा। जीप में बैठने के लिए जैसे ही वे आगे बढ़े सुरेन्द्रन ने एक के बाद एक तीन-चार स्मोक बम फेंके। और चिल्लाया...हमला...खुद सबसे आगे था। थाने के भूगोल की पूरी जानकारी उनके पास थी। सुरेन्द्रन और कुछ साथियों ने रायफलों से गोलियाँ चलाते सिपाहियों को घेर लिया। श्रीनि ने आगे बढ़ वायरलेस ऑपरेटर के सिर पर बट से वार कर उसे नीचे गिरा दिया। वह संदेश भेज पाता उसके पहले ही बेहोश हो गिर पड़ा। कुछ ने मालखाने से हथियार लूट लिए और जीप की ओर दौड़े।

अचानक के हमले ने थानेदार रामाकृष्णन घबरा गया। उसने दौड़कर आड़ ले ली। अन्य सिपाही भी जान बचाने आड़ की ओर भागे। भागते-भागते कई मारे गए। चारों तरफ अफरा-तफरी मच गई। सिपाहियों के परिवारजनों ने जो थाने परिसर के सरकारी क्वार्टर्स में रहते थे फटाफट दरवाजे-खिड़की बंद कर लिए। बच्चे और औरतें रोने-चीखने लगीं। सब कुछ इतनी तेजी से अप्रत्याशित रूप से घट रहा था कि पुलिस वालों का घट रही घटना और अपनी योजना पर कोई नियंत्रण नहीं रह गया। इसके विपरीत हालात सुरेन्द्रन के कब्जे में आ गए। चूँकि हमलावर सैनिक वेष में थे इसलिए कुछ पल थानेदार और सिपाही समझ नहीं पाए कि सेना ने क्यों उन पर हमला कर दिया। तभी रामाकृष्णन समझ गया कि यह हमला भी मंत्रीजी पर किए गए हमले का ही एक भाग है ताकि समय पर सहायता न पहुँच सके।

जीप में वायरलेस, हथियार और लूटा गया गोला-बारूद लाद लिया गया। सुरेन्द्रन ने थाने की बिल्डिंग पर हथगोला फेंका और दौड़ कर जीप में जा बैठा। उसके अन्य साथी भी दौड़कर जीप में जा चढ़े। जीप पहले से ही स्टार्ट थी। अतः वे भाग खड़े हुए। चलती जीप पर चढ़ने श्रीनि दौड़ा। तब तक वह लाशों, घायलों, खून से सनी धरती, रोते-बिलखते, बच्चों-बूढ़ों-औरतों को छोड़ जंगल की तरफ भाग निकली। पीछे वे एक श्मशान छोड़ गए थे। हमलावरों में वह अकेला दुर्भाग्य से पीछे रह गया। डर के मारे घबरा गया। लेकिन शीघ्र ही भय पर काबू पा लिया। रात की गहरी काली चादर से थाने के बल्ब लड़ने लगे। थाने के पास बाँसों और जंगली झाड़ियों के झुरमुट में वह जा छिपा।

"हे भगवान ! वेंकटेस्वरा ! ये क्या हो गया रे ? मयं कैसे जीऊँ रे ? मेरे अनाथ

बच्चों और अंधे ससुर का क्या होयंगा रे ? तेरे अंधे अप्पा और बच्चों को कौन पालेगा रे ? हे गोविन्दा ! मेरे कू ओर इन अनाथ बच्चों कू बी उठाले रे ? तेरे जाने से सरकारी मकान बी खाली करना पड़ेंगा रे ? हम सड़क पे आजाएंगे ? हमला करने वालों का सत्यानास हो ? उनकी बहन, बेटी, बहुएँ भी भगवान करे विधवा हो जाए ? उनकू कीड़े पड़ें ?'' छाती पीट-पीट कर वे बुरी तरह से रो रही थीं। उस कातर रुदन और कमाने वाले की मौत के बाद की विभीषिका ने जिसे उनके परिवारों को भोगना/झेलना पड़ेगा की नंगी सच्चाई ने श्रीनि की आत्मा को मथ डाला। वह कठोर, पत्थर दिल नक्सलवादी पूरी तरह से बन नहीं पाया था। कोमल भावनाएँ अभी भी शेष थीं। उसके पाँव जमीन से चिपक गए।...पीं...पीं...पीं...गाड़ी के हार्न और उसकी लाइट ने उसकी संज्ञा लौटा दी। सड़क चल रही थी। अधिक देर रुकने का मतलब गिरफ्तारी। जल्दी से कपड़े बदले। कमर में धोती, कुर्ता, दुपट्टा, चप्पल बाँध लाया था। विग निकाल कर फेंक दी। सोनदत्ती का पुजारी बन कालोनी के घर की तरफ चल दिया। वैसे भी वारदात के बाद उसे कालोनी के अपने घर पहुँचने का निर्देश था। जहाँ लतिका-भूषणम मिलने वाले थे। सर्वोच्च सतर्कता बरती गई थी। भूषणम नहीं चाहता था कि दुर्भाग्य से पुलिस का छापा पड़ने पर सारे कामरेड्स एक ही हल्ले में पकड़े जाएँ। इसीलिए हर एक को अलग-अलग स्थान छिपने के लिए सुझाए गए थे। चूँकि श्रीनि का नाम पुलिस रिकार्ड में नहीं था उसे अपने साथ रखने का भूषणम-लतिका ने तय किया था।

भूषणम-लतिका का मिशन सफल हुआ था। मंत्री देवगन मारा गया। योजना के अनुरूप गोली चलाते उन्हें पीछे हटना था। थोड़ी दूर पर लतिका की गाड़ी खड़ी थी। देवगन अंगरक्षकों की गोली का जवाब देते पीछे हटने लगे। तभी एक गोली भूषणम का कंधा छीलते निकल गई। अ...आ...ह...ऊं...निकलने वाली चीख और दर्द को दबाने की कोशिश की। मगर दर्द की लहरें थीं कि तन में बिजली सी दौड़ रही थी। कुछ दूर रायफल चलाती लतिका से उसकी चीख छिपी न रह सकी। तत्काल हथगोले की पिन निकाल दूसरी ओर उछाल दिया। धड़ाम के साथ धूल के गुबार ने पेड़ों और उनके ऊपर के आकाश को ढंक लिया। सिपाहियों की राइफलें मर गईं। दौड़कर भूषणम के पास पहुँची। आँखें बंद किए भूषणम लेट गया था। स्कार्फ से उसके कंधे को बाँधा ताकि खून बहना रुके। सहारा दे गाड़ी की ओर चल दी। फुसफुसा साथियों को अपने और सिपाहियों के हथियार ले जाने को कहा। निर्देशानुसार सावधानीपूर्वक सड़क की दूसरी ओर गए। लाशें पड़ी थीं। उन्हें गोली से भून हथियार उठा छिपने के ठिकाने की ओर भाग निकले। एक खोह में हथियार छिपा रिश्तेदारों के यहाँ रहने के लिए बिखर गए।

अर्ध बेहोश भूषणम को गाड़ी में डाल लतिका शहर की ओर चल दी। गाड़ी में फर्स्टएड बाक्स और कपड़े थे। वारदात की जगह से पर्याप्त दूर आ जाने के बाद

एक सुनसान जगह पर गाड़ी रोक भूषणम की मरहम पट्टी कर उसके और अपने कपड़े बदले। दर्द कम करने की गोली दी। गाड़ी घर की ओर भागने लगी। इस बार उसने लंबा और उलटा रास्ता पकड़ा। उसे शक था कि वारदात की सूचना पुलिस को मिल चुकी होगी। उसने वायरलेस ऑपरेटर को बोलते सुना था। सुरेन्द्रन की कामयाबी का उसे पूरा विश्वास था। दो बड़ी वारदातें सरकार की नींद हराम कर देंगी। जंगल और शहर के इस इलाके के चप्पे-चप्पे पर पुलिस पहुँचे इसके पहले घर पहुँच गई। श्रीनि वहाँ उनका इंतजार कर रहा था।

पुलिस कभी भी आ जाएगी श्रीनि को इसका भय था। लगभग दौड़ता सा विपरीत दिशा के छोटे रास्ते हेतु रवाना हो गया। वारदात से उसकी दूरी बढ़ती जा रही थी। लेकिन विधवाओं, बच्चों का करुण क्रंदन और घायलों की चीखें थीं कि पीछा नहीं छोड़ रही थी। सरकारी-राजनीतिक भ्रष्टाचार, आर्थिक-शोषण, सामाजिक अन्याय और अत्याचार के खिलाफ लड़ी जाने वाली इस लड़ाई में सिपाही/कान्स्टेबल जैसा छोटा पुर्जा/प्यादा पहले बली चढ़ रहा था। अरे ! वह तो मुहरा है। असली दुश्मन तो वे घोटालेबाज, भ्रष्ट राजनेता-नौकरशाह हैं जो इन प्यादों की फौज के पीछे छिपे हैं। दो जून की रोटी, परिवार और बच्चों के सुखद भविष्य के लिए इन्होंने अपनी जान गिरवी रखी है। मारना है तो इन घोटालेबाज हरामियों को सीधे मारो। फिर चाहे इसके लिए अपनी जान ही क्यों न देना पड़े ? इन प्यादों को मार कर क्या होगा ? प्यादों के मरने पर उनके बीवी-बच्चे अनाथ हो जाएँगे। पेंशन में पूरा न पड़ने पर इनकी विधवाएँ—भीख...वेश्यावृत्ति...आगे सोच न सका। दिमाग ने जवाब दे दिया।

बेध्यानी में कब छोटे रास्ते को छोड़ मुख्य सड़क पर आ गया पता न चला। स्कूटर, ट्रक, कारें, साइकिलों का आवागमन जारी था।

"ओ बाशाओ ! किथे जा रहे हो ? मरना है यार ? हमें भी मरवाओगे ? रस्ता छड यार !" ब्रेक लगाते ही ट्रक के टायर सड़क को रगड़ने लगे। ट्रक रुक गया। ड्राइवर सरदार ने हैरानी से उसे ताका।

"माफ करना सरदार जी।" वह सड़क के परे हट गया। घर जल्दी पहुँचने के लिए उसने लिफ्ट माँगना ठीक समझा। चलते-चलते पीछे मुड़ स्कूटर, मोटर साइकिल का इंतजार करने लगा। रात की चादर सड़क पर बिछ गई थी। दूर से स्कूटर आता दिखा। पिछली सीट खाली थी। उसने लिफ्ट के लिए इशारा किया। स्कूटर रुका।

"कहाँ जाते पंडित जी ?" स्कूटर सवार ने जानना चाहा।

असमंजस में उलझ गया। किसी को पता नहीं बताने की उसे हिदायत मिली हुई थी।

"तिरुपति कालोनी ?" स्कूटर सवार ने ही पूछा।

स्वीकृति में सिर हिला मुस्कराया। उसे तिरुपति के सामने दूसरी ओर महालक्ष्मी

कालोनी जाना था।

"बैठिए।"

श्रीनि बैठ गया।

"देखिए पंडित जी ! तिरुपति कालोनी मुख्य सड़क से काफी अंदर है। वहाँ तक तो ले जाऊँगा नहीं। हाँ ! चौरास्ते तक छोड़ दूँगा। ठीक है ना।"

"हूँ !"

स्कूटर उड़ चला। शहर सीमा पर बसी झोंपड़पट्टी की उपस्थिति ने शहर के नजदीक पहुँचने की सूचना दे दी। सड़क किनारे की बत्तियाँ अँधेरे से लड़ रही थीं। तभी ट्राफिक जाम दिखाई दिया। ट्रकों, कारों, बसों, बैलगाड़ियों, ट्रेक्टर ट्रालियों की लाइन लगी थी। बातचीत से पुलिस चेकिंग की जानकारी मिली। श्रीनि मन ही मन परेशान हो उठा। अनजान भय जंगली भैंसे के समान दिल दिमाग को टक्कर मारने लगा। इच्छा हुई तत्काल स्कूटर से उतर झुग्गी-झोंपड़ियों की बगल से निकल जाए। ऐसा करने पर संदेह के घेरे में आ जाने की संभावना थी। चुपचाप बैठा रहा। चतुर स्कूटर सवार कुछ देर तो रुका रहा। फिर गाड़ियों की बगल के थोड़े से रास्ते से स्कूटर काट बढ़ चला।

"ठहरो !" थानेदार की कड़क आवाज ने रोक दिया।

जय देवी अम्मा ! रक्षा करना माँ...जय देवी माँ...सर्व मंगल मांगल्ये...आदत के मुताबिक संकट के समय देवी माँ की प्रार्थना करने लगा।

टार्च के उजाले में पुलिस वाले ने स्कूटर सवार को घूरा, "कहाँ से आ रहे हो ?"

"महबूब नगर के अपने फार्म हाउस से। और सुनिए !" उसके स्वर में उद्दंडता उभरी, "मेरा नाम चंद्रशेखरन है। मेरे पिताजी जिला कमेटी के अध्यक्ष और नगर निगम के मेयर। और कुछ जानना चाहते हैं ?"

"तो आप सुधाकरन जी के सुपुत्र हैं ?" थानेदार जैसे माफी माँग रहा हो। सरसरी तौर पर टार्च की रोशनी उसने श्रीनि के चेहरे पर डाली। आँखें चुँधिया जाने से स्वतः बंद हो गईं।

"अरे भाई इन्हें जाने देते।"

चंद्रशेखरन ने स्कूटर की स्पीड बढ़ा दी। श्रीनि ने देवी माँ को धन्यवाद देते हुए छुटकारे की साँस ली। दूसरी ओर भी यातायात रुका था। शीघ्र ही चौरास्ते पर पहुँच गए।

"लीजिए पंडित जी उतरिए। आपकी तिरुपति कालोनी का चौरास्ता आ गया।"

श्रीनि उतर पड़ा। धन्यवाद दे इसके पहले ही चंद्रशेखरन ने गाड़ी बढ़ा ली। जाते-जाते बाय-बाय कर गया।

कुछ देर खड़ा रहा। स्कूटर जब दृष्टि पथ से गायब हो गया तो सावधानीपूर्वक

चारों तरफ निहार सामने चल दिया। ट्राफिक यथावत चल रहा था। किसी की उसमें रुचि नहीं थी। पुलिस के शिकंजे से तो बच निकला। वारदात की जगह से भी कई किलोमीटर दूर आ गया था किंतु बीभत्स दृश्य और चीखें पीछा नहीं छोड़ रही थी। शीघ्र ही महालक्ष्मी कालोनी के अपने घर पहुँच गया। मकान की एक चाबी जनेऊ में बँधी थी। ताला खोल अंदर गया। कुछ देर पलँग पर लेट छत को घूरता रहा। पंखा स्थिर था। जल्दी से बाथरूम जा अच्छी तरह से रगड़-रगड़ कर नहाया। मानो शरीर पर लगे खून के दाग मिटा रहा हो। किंतु आत्मा पर जो दाग गहरे तक लग गए थे उन्हें मिटाना क्या संभव था ? तरो-ताजा हो बाहर आया। तभी गाड़ी के रुकने की आवाज आई। दौड़कर दरवाजा खोला। भूषणम को सहारा दे लतिका गाड़ी से उतार रही थी। दौड़ कर सहायता दी। सहारा दे अंदर लाकर पलँग पर सुला दिया। लतिका ने उसे दूध-फल, वेंडेज का सामान, डिटाल, नींद की गोली आदि जरूरी सामान लेने बाजार भेज दिया। खुद स्नान कर रसोई बनाने में व्यस्त हो गई।

सुरेंद्रन भी विपरीत दिशा में अपनी जीप भगाए चला जा रहा था। थाने पर सफल हमले के बाद आरंभ में तो वह सीधे रास्ते चलता रहा। लेकिन बीस-पच्चीस किलोमीटर सीधे जाने के बाद पुलिस को चकमा देने के उद्देश्य से उसने रास्ता बदल दिया। वायरलेस का वाल्यूम कम कर उसे चालू रखा। परंतु कोई विशेष संदेश नहीं आ रहा था। शीघ्र ही वारदात की जगह से वे अधिक से अधिक दूर, पुलिस की पहुँच से बाहर पहुँच जाना चाहते थे। दूसरे रास्ते से उन्होंने जंगल में प्रवेश किया। ऊबड़ खाबड़ रास्ते पर जीप उछल-उछल कर चलने लगी। तभी वायरलेस पर पुलिस की गतिविधियों की खबरें आने लगीं। पुलिस-मुख्यालय में हड़कंप मचा हुआ था। पुलिस टुकड़ियों को चारों ओर भेज शहर की नाकाबंदी की जा रही थी। इन समाचारों से उसे पर्याप्त मदद मिली। उसने अपनी योजना में तदनुसार फेरबदल किया जो मामूली था। दुश्मन की कार्यवाही से वह बाखबर था।

निर्धारित जगह पर जीप रोक दी गई। सभी उतर पड़े। जीप और हथियार संतन को सौंपे गए। वायरलेस सेट को पीठ पर लादकर दामा अपने ठिकाने के लिए रवाना हो गया। संतन गाड़ी लेकर अपने गंतव्य की ओर चल दिया। तयशुदा स्थान पर उसने हथियार छिपा दिए। जीप की नंबर प्लेट रास्ते के एक कुएँ में फेंक दी। रात में ही जीप महबूब नगर के जंगल में छोड़ आया। वहाँ से अपने रिश्तेदार के यहाँ चला गया।

सुरेन्द्रन घने जंगल की ओर रवाना हुआ। निश्चित स्थान पर बींझणी उसकी राह देख रही थी। आदिवासियों के कपड़े लिये तैयार खड़ी थी। सुरेन्द्रन ने कपड़े बदले। सिर पर फटी पगड़ी लपेटी। गले में काला डोरा बाँधा। जींस, शर्ट, जूते पोटली

में बाँध पेड़ की खोह में डाल दिए। सिर्फ तारों के उजास में उस अंधकार में भी बींझणी उसका हाथ पकड़ ले चली। भोर में वे बींझणी की ममसाल के गाँव पहुँच गए। दोनों का स्वागत हुआ। सुरेन्द्रन को उसने अपना मरद बताया। उसका नया नाम छीतू था। दोनों वारदातें बहुत बड़ी और गंभीर थीं। इसलिए छिपकर कुछ महीने रहना जरूरी था। कुछ दिन मामा-नानी के साथ रहे। परंतु शीघ्र ही अपनी झोंपड़ी रिश्तेदारों की मदद से बना ली। गृहस्थी बसा ली। वनोपज इकट्ठी करने अन्य आदिवासियों के साथ सुरेन्द्रन भी जंगल जाने लगा।

जिंदगी कब कौन सा मोड़ लेगी इसकी जानकारी ख़ुद जिंदगी को नहीं होती। जिस लतिका को पाने के लिए सुरेन्द्रन कट्टर नक्सलवादी बना था वो शीघ्र ही पृष्ठभूमि में चली गई। आदिवासियों, वनवासियों की घोर त्रासद गरीबी और शोषण ने उसकी आत्मा को झकझोर दिया। तब उसके लिए औरत का कोई मतलब/महत्त्व नहीं रह गया। इन कुछ सालों में उसने खतरों और मौत से खेलने वाला तूफानी जीवन जीया था। उसमें घर-गृहस्थी, नारी तथा अन्य सारी बातें गौण हो गई थीं। मुहिम पर जाते वक्त जान हथेली पर लिए चलता था। आदिवासियों का जो प्यार, स्नेह, आदर और श्रद्धा पाई उससे अपना जीवन सार्थक लग रहा था।

और अब ! वातावरण वही था। लोग वैसे ही अधनंगे, दरिद्री, अपढ़ और अज्ञानी थे। शोषण, अन्याय, अत्याचार को अपनी नियति मान उससे समझौता कर लिया था। सिर्फ चेहरे और नाम बदल गए थे। सदियों से जमीन-जंगल के मालिक होते हुए भी गुलाम थे। वह उनके लिए कुछ करना चाहता था। उन्हें उनके अधिकारों के प्रति जागरूक करना चाहता था किंतु बींझणी ने रोक दिया।

शादीशुदा न होते हुए भी घर-गृहस्थी के चक्कर में पड़ गया। चांदापाड़ा की जिंदगी बिल्कुल अलग थी। भूषणम, लतिका और उसकी वजह से वहाँ के आदिवासियों में जागृति ही नहीं आई उनके लिए लड़ने-मरने को तैयार हो गए थे। हर शोषण का विरोध करते। नौकरशाहों-राजनेताओं की दाल गलना बंद हो गई थी। हर हमले में उन्होंने उनका साथ दिया। उस इलाके में उन्होंने समानांतर सरकार बना ली थी। सरकारी नौकर भी उनका हुक्म मानते थे। बींझणी के मना करने से उसे जब्त करना पड़ा। यहाँ की परिस्थितियों की जानकारी उसकी बजाय उसे अधिक थी। संदेह के घेरे में वह आना नहीं चाहती थी। थोड़े दिन चुपचाप पड़े रहने में ही फायदा था। इन दोनों वारदातों ने न केवल सरकार को हिलाया दलम भी बिखर गया। एक-दूसरे से संपर्क नहीं हो पा रहा था। जंगल के दिल में छिप जाने के कारण अखबार और समाचार भी नहीं मिल रहे थे। दुश्मन क्या कर रहा है ? बाहर की दुनिया में क्या चल रहा है ? पता नहीं लग रहा था। सरकार क्या कार्यवाही कर रही है ? मालूम नहीं पड़ रहा था। फिलहाल सारा दल बिखर गया था टुकड़ों में।

जीवन में पहली बार किसी सुंदर औरत के साथ, शादी किए बिना, अकेले

रहने का मौका परिस्थितियों ने सुरेन्द्रन को दिया था। संघर्ष और उत्तेजना के उन दिनों में बींझणी की ओर ध्यान देने का मौका ही सुरेन्द्रन को नहीं मिला था। हाँ ! चारे के रूप में उसका इस्तेमाल देवगन, पुलिस और अन्यों को फँसाने के लिए जरूर समय-समय पर किया गया था। पहली बार उस रूपसी की देह के आकर्षक भूगोल का अहसास होने लगा। बींझणी के साथ अकेले में गुजारने के लिए इस बार बहुत सारा फालतू वक्त उसके पास था। उसकी अनेक छबियाँ, रूप, शोख चंचल अदाएँ बेईमानी की ओर धकेलने लगीं। कोमल अनुभूतियों से भरे क्षण और प्यार की भावनाएँ वापस लौटने लगीं।

दूसरों को रिझाने के लिए जिस शोख चंचलता, और तीखे चंचल कटाक्षों का उपयोग अपने शिकार पर बींझणी करती थी, वे उसकी आदत में शुमार हो गए थे। जाने अनजाने में उनका उपयोग सुरेन्द्रन पर भी होने लगा। वैसे भी वह सुरेन्द्रन से प्रभावित थी। उसे पसंद करती थी। उसकी प्रशंसिका थी। सुरेन्द्रन का सुदर्शन व्यक्तित्व उसे अच्छा लगता था। किंतु उसके कठोर, रूक्ष, व्यावहारिक और वास्तविक व्यवहार के कारण उसका साहस किसी भी प्रकार की स्वतंत्रता लेने की अनुमति नहीं देता था। परंतु अब अनुभव हुआ कि कामरेड सुरेन्द्रन भी पहले मनुष्य है। हर मानव में पाई जाने वाली कमजोरियाँ उसमें भी हैं। फिर भी उसका सुसंस्कृत व्यवहार और पूरे सौजन्य के साथ पेश आना उसे अच्छे लगते थे। चूँकि वे दोनों यहाँ अकेले थे सो एक-दूसरे को अधिक निकट से देखने, परखने और समझने के अवसर अधिक मिलने लगे। कोई वस्तु लेते या देते वक्त जाने अनजाने में एक-दूसरे का स्पर्श कर बैठते तो तन में बिजली दौड़ जाती। उस सुखद अनुभूति का अहसास बड़ी देर तक पीछा करता। उसके लिए लालायित रहते। प्रकृति के शांत, एकांत वातावरण में एक-दूसरे के बारे में सोचने समझने को उनके पास वक्त ही वक्त था। और जब हर वक्त एक-दूसरे के बारे में ही सोचते रहते तो उन्हें एक-दूसरे की अच्छाइयाँ ही अधिक नजर आतीं। तब वे एक-दूसरे के इतने निकट आ गए कि उन्हें ही इसका पता नहीं चला। और जब पता चला तो उन्हें लगा वे एक-दूसरे को उसी दिन से बेइंतहा प्यार करने लगे है जब पहली बार मिले थे। ना ! वे तो एक-दूसरे को सदियों से प्यार कर रहे हैं।

उनके जिस्म झोपड़ी की कोठरियों में अलग-अलग सोते अवश्य थे। मगर उनके दिल एक-दूसरे के आगोश में रहते। दूरी की लक्ष्मण रेखा उसर रात टूट गई। खाना बनाने के लिए सिलबट्टे पर अदरक, लहसुन, हरी मिर्च, धनिया, प्याज आदि का मसाला पीस रही थी। अचानक बालों की एक लट आँख पर आकर बार-बार तंग करने लगी। जैसे ही उसे हटाने के लिए हाथ बढ़ाया मसाले में लिपटी मिर्च आँख में चली गई। जोरों की जलन जब सह न सकी तो "अ...उ...इ...ई" सीत्कार कर उठी।

बाहर अधलेटा सुरेन्द्रन दौड़कर अंदर आया। मसाला पीसना छोड़ अधझुकी

बींझणी हाथ धो रही थी। कमान सी झुकी उसकी देह, काँचली के बंधो से झाँकती गोरी पीठ, पतली कमर और उभरे नितंबों ने उसके दिल की धड़कन और खून का दौरा तेज कर दिया। इच्छा हुई दौड़ कर गोद में उठा ले। मगर हिम्मत नहीं हुई। बड़ी मुश्किल से अपने को रोका। नारी की पसंद के बारे में कुछ कहा नहीं जा सकता ? बड़ी से बड़ी बदतमीजी को नजरअंदाज कर जाती है। तो मामूली से मजाक और स्पर्श पर नाराजगी जाहिर कर देती है। खड़ी हो चुनरी से आँख पोंछते ज्योही पलटी, खुली एक आँख के दायरे में चिंतित सुरेन्द्रन दिखा।

"क्या हो गया ?" सुरेन्द्रन व्यग्र और व्याकुल था।

"आँख मा मसालो... ?" एक आँख बंद किए मुस्कराने का प्रयत्न करते जवाब दिया। आँखों से बहते आँसू कपोलों को चूम रहे थे।

"देखूँ तो ?" आगे बढ़ उसके चिबुक को हाथ में ले रूमाल से बंद आँख पोंछने लगा।

आँखें बंद किए मोहक मुग्ध मुस्कान, लज्जा की लालिमा से आलोकित गोरे मुख पर फैल गई।

किसी अमूल्य वस्तु के समान उसकी गुलाब की पांखुरी सी कोमल पलक को ठंडक पहुँचाने के लिए फूँकने लगा। न जाने कब हथेली ने चिबुक से हट कमर को लपेट लिया पता न चला। फूँकते-फूँकते चूम लिया।

"इ...ई...कं...कंई...करो ?" बींझणी की फुसफुसाहट में मादकता थी।

"म...मसाला...हटा रहा... ?" सुरेन्द्रन ने फुसफुसाहट में उत्तर दिया।

बींझणी की कच्चे दूध सी कुँवारी देह से फूट रही यौवन की कुँवारी सुरभि ने सुरेन्द्रन को पगला दिया। बेकाबू देह ने विद्रोह किया। कस कर आलिंगन में बाँध चेहरे पर चुंबनों की बारिश कर दी।

"अ...ई...छोड़ो...छोड़ो...कोई...अइग्यो तो ?" बींझणी का विरोध खोखला था। बेकाबू देह शिथिल पड़ रही थी।

सुरेन्द्रन भाँप गया कि इस विरोध में समर्पण छिपा है।

"कोई नहीं आएगा ? आया भी तो लाडा-लाडी के बीच बोलेगा नहीं ?"

शीघ्र ही उनके विद्रोही तन-मन मदहोशी के भँवर में डूबने-उतराने लगे।

ट्रिन...ट्रिन...ट्रिन...टेलीफोन की घंटी बजने लगी। रमापत कंप्यूटर में व्यस्त था। स्क्रीन पर नजर जमाए रिसीवर उठाया, "हलो !"

"हाँ ! हलो रमापत ! हूँ शांति।"

"प्रणाम भई सा ! कंई हकुम ?"

"इक खुश खबरी।"

"बोलो सा !"

"हरामी देवगन नरक पोचं ग्यो। अबार टेलीप्रिण्टर पर वार्ता ओर पी.टी.आई ने समाचार दियो। बधायां।" खुशी शांति की वाणी से छलकी पड़ रही थी।

"व्वा भई सा ! भोत दिनां वाद अच्छी खबर दी। दिल खुस हुई ग्यो।" रमापत बेहद प्रसन्न था। लगा ईश्वर ने देर से ही सही पर न्याय किया, "केसो मरयो ?"

"बारूदी सुरंग सूं ऊकी गाड़ी उड़ई दी। गाड़ी का परखचा उडी ग्या। ऊकी लाश का बी।"

रमापत काँप गया।

"ऐसो कंई ?" रमापत चकित था।

"हव ! आज वो जस्न मनावेगा। चैनरी नींद सोवेगा।"

"कुण ?"

"उ मुख्यमंत्री ! ओर कोण। अच्छा फोन रखूँ ?"

"ना भई सा ! आप ओर भाभी सा राते भोजन माटे पधारो।"

"नी रमापत ! आज नी। आज भौत काम। आज रेवा दे। फेर कदी।" बात खत्म कर शांति ने रिसीवर रख दिया।

चैन की नींद तो उस रात रमापत भी सोया। सहसा उसे लगा इस हत्या में लतिका भी शामिल हो सकती है ? एक नई चिंता ने घेर लिया। सुबह के सारे स्थानीय और राष्ट्रीय अखबार देवगन की हत्या के समाचारों से भरे पड़े थे। मन की प्रसन्नता को दबाते हुए, शोक संतप्त अभिनय मुद्रा में मुख्यमंत्री ने देवगन की हत्या पर शोक और आक्रोश प्रगट किया। प्रांत में तीन दिन का राजकीय शोक मनाने और सरकारी कार्यालयों पर राष्ट्रीय ध्वज आधा झुकाने की घोषणा की। पत्रकारों के पूछने पर उनका रटारटाया उत्तर, "हमारे विश्वस्त साथी देवगन जी के हत्यारों को बख्शा नहीं जाएगा। किंतु यह मात्र कानून व्यवस्था की समस्या नहीं है। आर्थिक और सामाजिक विषमता एवं न्याय का प्रश्न भी इससे जुड़ा हुआ है। आदिवासी भाई बहनों के विकास के लिए मेरी सरकार और तेजी से काम करेगी ?"

"उस इलाके के विकास के लिए गत पचास सालों में आपकी पार्टी की सरकार ने करोड़ों रुपए खर्च किए किंतु नौकरशाही और राजनीतिक भ्रष्टाचार के कारण आदिवासियों के नेता तो अमीर हो गए। परंतु आम आदिवासी आज भी अधनंगा, भूखा और बेकार है ?" नौजवान पत्रकार ने प्रश्न फेंका।

"भ्रष्टाचार एक बड़ी समस्या है। यह प्रांतीय, राष्ट्रीय ही नहीं विश्वव्यापी समस्या है। मेरी सरकार उसकी ओर विशेष ध्यान देगी।" कोई पत्रकार कोई और प्रश्न पूछे उसके पहले मुख्यमंत्री उठ कर चल दिए।

देवगन की हत्या रमापत के मन में लतिका के वापस लौटने की उम्मीद का दीपक जला गई। इस घटना के बाद भी जब वो कई दिन नहीं लौटी तो चिंतित

हो उठे। अचानक उन्हें लतिका के बैंक खाते का ध्यान आया। न केवल जेब खर्च के रूप में वे एक बड़ी रकम उसके खाते में हर माह जमा करते थे वरन् आय कर बचाने के चक्कर में कुछ कंपनियों का डायरेक्टर और शेयर होल्डर उसे बना रखा था। इन कंपनियों और शेयरों से होने वाली अच्छी-खासी आमदनी भी लतिका के खाते में जमा होती थी। निश्चय ही अपने खर्च के लिए बैंक खाते से रकम निकालने वो खुद आती होगी या किसी को भेजती होगी। सारी रकम उन्होंने नियमित रूप से लतिका के खाते में जमा होने दी। गुप्त रूप से उसकी निकासी पर निगाह रखने लगे। उसी माध्यम से उस तक पहुँचा जा सकता है। पुलिस के लफड़े में पड़ने से उन्होंने दूर रहना उचित समझा। पुलिस उस तक पहुँचे उसके पहले ही उसे ले आना चाहते थे।

"मेरे कारण तुम्हें कितने कष्ट उठाने पड़ रहे हैं। मेरे लिए राजसुख छोड़ जंगल-जंगल भटकीं। जन संघर्ष को सरकार निश्चय ही अपराध, कानून-व्यवस्था की समस्या मान हमारे साथ तुम्हें भी उसमें शामिल कर जेल की हवा...।" भूषणम से आगे बोला नहीं गया। वह भावविगलित था।

बड़े प्यार से लतिका ने अपनी नाजुक कोमल हथेली उसके ओठों पर रख बात पूरी नहीं करने दी।

"सच बोलना ! मेरी खातिर मेरे पास आई थी या उस सूअर देवगन के डर से ?" प्यार-संदेह का मिलाजुला भाव उसकी आँखों में उतर आया।

"तुम्हें शक क्यों है ? देवगन तो तत्काल का बहाना था। तुम्हारे पास आना तो था ही ? फिर आदिवासी जीवन की त्रासद दशा ने भीतर तक हिला दिया था। उस दिन नहीं तो कुछ दिन बाद आती। आती जरूर।"

लतिका की गोद में सिर रखे वह लेटा था। तकिए और पलँग के सिरहाने का टेका ले अधलेटी लतिका उसके सिर के बालों में अँगुलियाँ फिरा रही थी। प्यार की कोमल अनुभूति के अहसास, मृदु रूमानियत से उनके मुख आलोकित थे। उसने कल्पना नहीं की थी कि कठोर, रूखे-सूखे पत्थर दिल भूषणम की आत्मा से प्यार का सोता फूट निकलेगा। वह भूल गई थी कि मीठे पानी का स्रोत पहाड़ के दिल में ही होता है। घृणा और प्यार एक ही सिक्के के दो पहलू हैं। प्यार ही नहीं बेहद प्यार वह उन गरीब, शोषित आदिवासियों से भी करता है। इसीलिए तो उन पर होने वाले अन्याय और अत्याचार से उन्हें बचाने के लिए अपनी जान भी न्योछावर करने को तैयार है। उसकी खातिर देवगन को सजा देने के लिए उसने और उसके कामरेड्स ने जान की बाजी लगा दी।

उसका हाथ सीने पर रख भूषणम् सहलाने लगा। मखमली स्पर्श ने रोमांचित

कर दिया। धीरे-धीरे ओठों के पास ले जा हौले से चूम लिया। दोनों पिघलने लगे।

गत कई सप्ताहों से उसकी सेवा-चाकरी, नर्सिंग, कर रही है। सुख-सुविधाओं, नौकर-नौकरानियों के बीच पली करोड़पति उद्योगपति की बेटी एक साधारण आया बन गई थी उसके खातिर। अस्पताल, नर्सिंग होम ले जाने का मतलब था गिरफ्तारी। घाव बहुत धीमी गति से भर रहा था। किसी विशेषज्ञ सर्जन की सेवाओं की नितांत आवश्यकता थी। फिलहाल यह संभव नहीं लग रहा था।

भूषणम की मरहम-पट्टी के साथ ही उसे ब्रश कराना, शेविंग में सहायता करना, स्पंज बाथ और खाना खिलाना। दर्द की लहरें समंदर की लहरों सी उसकी देह को पछाड़ पछाड़ देती थीं। तब चिड़चिड़ा जाता। बिना शिकायत किए लतिका माँ के समान सेवा में जुटी रहती। उसका दर्द-दुःख उसकी आत्मा को बर्छी सा गोद-गोद जाता। बस चलता तो उसे अपनी देह में स्थानांतरित कर लेती। पर यह संभव नहीं था। हर व्यक्ति को अपने दुःख-दर्द की सलीब खुद ढोना पड़ती है। हाँ ! अपनों का प्यार-सहानुभूति-सेवा उसे दुःख-दर्द से लड़ने की हिम्मत देती है। उसे अहसास कराती है कि संकट की इस घड़ी में वो अकेला नहीं है। यही करने की कोशिश लतिका कर रही थीं।

"प्यार तो तुम्हें सुरेन्द्रन भी करता था ? तुम्हारी खातिर ही वह हमारे दल में आया था। उस बेचारे की तरफ ये उदासीनता क्यों ?" भूषणम ने कुरेदा।

"हाँ ! मुझे मालूम है। यद्यपि कभी खुलकर उसने कभी भी अपने प्यार का इजहार नहीं किया। मगर उसकी आँखों से झरती आसक्ति, उसका हर शब्द, व्यवहार मुझे इसका अहसास हर पल कराता रहता था।" एक पल रुकी, "भूषणम ! ईश्वर ने हमें पुरुष के स्पर्श और दृष्टि से उसके मनोभावों को पढ़ने की क्षमता दी है। मेरे मन में सुरेन्द्रन के प्रति सिर्फ मित्रता का भाव है। न जाने क्यों उसे लेकर मेरे मन में प्यार का जज्बा कभी पैदा नहीं हो पाया।" सामने की दीवार को ताकते लतिका मानों सफाई दे रही थी।

"मुझमें तुमने ऐसा क्या देखा ?" भूषणम उसके दिल की किताब के हर पन्ने को ही नहीं हर शब्द और उनके पीछे छिपे अर्थ को पढ़ने पर तुला था।

"मन अत्यंत ही विचित्र व्यवहार करता है भूषणम। विशेषकर नारी मन ! कब, कहाँ, कैसे, किससे बँध जाएगा कहा नहीं जा सकता ? ऊँच-नीच, वर्ग, जाति, धर्म, उमर कोई भी मायने नहीं रखते दिल के सामने। मैं ही क्यों ? मेरी कई सहेलियाँ भी तुम्हें चाहने लगी थीं। तुम्हारा रफ-टफ व्यक्तित्व और व्यवहार, बेबाकी, चीजों के प्रति स्पष्ट दृष्टिकोण। कुछ कर गुजरने की तमन्ना। उसके लिए लड़-मरने का माद्दा। एक नया आकर्षण लिये थे। लगा यह शख्स सबसे अलग, निराला है। दूसरों के लिए जीने मरने की तड़प है इसमें। घर-गृहस्थी और सांसारिक जीवन की लीक से हटकर कुछ नया करना चाहता है। कुछ नया कर समय की शिला पर अपने

सशक्त हस्ताक्षर अंकित करना चाहता है। पहली बार तुम्हारे संपर्क में आने के बाद से ही तुम्हें चाहने, पसंद करने लगी थी। चाहत प्यार में कब बदल गई पता ही नहीं चला।'' लतिका का हर लफ्ज उसकी आत्मा में गहरे उतर आलोड़ित कर रहा था। प्यार जगा रहा था। उसके लिए वह सीता सी सुख-वैभव त्याग आई थी।

दैहिक निकटता यौन-भाव उर्मियों को उत्तेजित करने लगीं। तन-मन एकाकार हो गए।

''कितना प्यार करती हो ?'' भूषणम फुसफुसाया।

''बे...हद...काला...तीत...सीमा...तीत।'' स्वीकृति में लतिका के नयन स्वतः मुँद गए। उत्तर फुसफुसाकर ही दिया था।

''फिर भी ! कि...त...ना ?'' भूषणम पूरी तरह उसके तन-मन को अनावृत कर रहा था।

''अपनी देह में प्रवेश करने की अनुमति देकर मैंने उसकी विशालता को अभिव्यक्ति नहीं दी क्या ?''

लतिका के लाजवाब जवाब ने उसे मौन की घाटी में उतार दिया।

उस दिन के बाद एक शांत, स्थिर जीवन जीने की लालसा तीव्र हो उठी। किंतु ऐसा हो न सका।

रमापत का अंदाजिया तीर सटीक निशाने पर लगा।

गृहस्थी जमाने के लिए लतिका को रुपयों की सख्त जरूरत पड़ने लगी। जब तक जंगल में थे, भूषणम, सुरेन्द्रन और आदिवासी कामरेड्स की मदद से सारा काम चलता था। व्यवस्थाओं की सारी जिम्मेदारी उनकी थी। जो रकम साथ लाई थी उसका उपयोग सोच-समझकर किया जाता। उस जीवन की जरूरतें भी न्यूनतम थीं। परंतु अब सब कुछ उसी पर निर्भर था। श्रीनि से किसी भी प्रकार की आमदनी का प्रश्न नहीं था। कामवाली की पगार, इलाज, घर-गृहस्थी का खर्च, मकान किराया। कई प्रकार के खर्च थे। पिताजी ने जेब खर्च की रकम खाते में जमा करना भले ही बंद कर दिया हो किंतु जिन कंपनियों की वह डारेक्टर और शेयर होल्डर थी। उनसे होने वाली आमदनी को एकदम रोकना रमापत के लिए संभव नहीं था। रोकने के लिए लंबी प्रक्रिया अपनाना पड़ेगी। खाते से रकम निकालने और घर-गृहस्थी के बाहरी काम के लिए श्रीनि की मदद लेने लगी।

श्रीनि ने अपना हुलिया फिर बदला। चोटी कटवा ली। दाढ़ी-मूँछ और सिर के बाल बढ़ा लिए। तराशी मूँछें घनी थीं। धोती-कुर्ते की जगह पेंट-शर्ट, टी-शर्ट, सफारी पहनने लगा। कभी-कभी दक्षिण भारतीय पद्धति पर धोती को घुटनों के ऊपर लुंगी बना कुरते के साथ पहन लेता। तिलक लगाना बंद कर दिया। भूषणम-लतिका

को पति-पत्नी की तरह व्यवहार करते देख एक हैरानी परेशान करने लगी। बिना विवाह साथ रहने का मतलब एक अनैतिक जीवन जीना था। बचपन से उसे यही बताया-सिखाया गया था। परंतु क्या कहता ? ये लोग उससे अधिक पढ़े-लिखे विद्वान हैं। ऊँचे तबके के लोग हैं। इन्हें क्या कहा जा सकता है ?

लतिका का व्यवहार श्रीनि के प्रति इतना शिष्ट, मृदु और स्नेहिल होता कि उसकी किसी बात को टालने या विरोध करने का साहस जुटा न पाता। पालतू जानवर की मानिंद, बिना कुछ बोले मान लेता। बैंक, बाजार और बाहरी काम उसने सँभाल लिए। उन्हें खतरा रमापत से नहीं पुलिस से था। यह बात लतिका अच्छी तरह से जानती थी। उसे विश्वास था कि पता चल जाने के बाद भी पापा ऐसा कोई कदम नहीं उठाएँगे जिससे उनकी इकलौती प्यारी बेटी को पुलिस-जेल-कचहरी के चक्कर में पड़ना पड़े। उसके साथ श्रीनि और भूषणम के बचने की भी संभावना थी। रुपए के बल पर पापा कोई ऐसा रास्ता जरूर निकाल लेंगे कि वे सभी बच जाएँ। अपनों पर किया गया अति विश्वास कभी-कभी विश्वासघात का जनक बन जाता है।

लखीपत की तरह शासन-प्रशासन खास कर पुलिस, कलेक्टरेट, एक्साइज विभागों में रमापत के कई गुर्गे थे। जिन्हें वे नियमित रूप से रुपए और शराब उपलब्ध कराते थे। चपरासी, बाबू से लेकर अफसर-नेता तक उसके टुकड़ों पर पलते थे। सत्ताधारी और विरोधी दल दोनों को वे खरीद चुके थे। अतः पुलिस वाले ही उन्हें सूचित कर गए कि नक्सलियों की तलाश बड़ी सरगर्मी से की जा रही है। दो-चार लड़कियाँ भी उनके साथ हैं। थाने के बाहर की झाड़ियों में विग, जूते, कपड़े मिले हैं। पुलिस के खोजी कुत्ते उन कपड़ों की सुगंध के सहारे मुख्य सड़क तक गए। फिर आगे नहीं जा सके। मंत्री देवगन के सहायक प्रकाश राव से पूछताछ करने पर पता चला कि आदिवासियों के साथ एक धोती-कुर्ता-तिलक-चोटी वाला नवयुवक भी आता था। उसके दिए विवरण के आधार पर कंप्यूटर चित्र तैयार किया गया। उसे दाढ़ी-मूँछ सिर के बालों से भी सजाया गया। कई रूपों-छबियों में चित्र बना शहर और देहात के थानों में भेज सरगर्मी से उसकी तलाश की जाने लगी है। पुलिस को पक्का भरोसा हो गया कि उसके पकड़े जाने पर सारा गिरोह कब्जे में आ जाएगा।

रमापत चौकन्ने हो गए। पुलिस उन तक पहुँचे उसके पहले ही लतिका को सुरक्षित ले आना चाहते थे। उन्होंने अपने विश्वस्त कर्मचारी दिवाकरन को बैंक में नियुक्त कर दिया। जिसका काम लतिका के खाते से रकम निकालने वाले आदमी का पीछा करना था। उसे गाड़ी और स्कूटर मुहैया कराए गए। अवसर के अनुरूप उनका उपयोग कर सके। बैंक मैनेजर और कैशियर को भी साध लिया गया। प्रति दिन सुबह बैंक खुलने पर दिवाकरन आ जाता। दोपहर तीन बजे तक बैठ निगाह

रखता। समय काटने के लिए पत्र-पत्रिकाएँ पढ़ा करता। मगर उसका ध्यान कैश काउंटर पर ही रहता। कई दिनों तक किसी के न आने पर दिवाकरन उकताने लगा। काम के प्रति व्यावसायिक दृष्टिकोण अपनाने की बजाय भारतीय चरित्र के अनुरूप लापरवाही बरतने लगा। उस दिन बैंक देर से पहुँचा।

''अभी आप कहीं चले गए थे क्या दिवाकरन जी ? मेडम के खाते से पच्चीस की रकम निकाली गई है ?'' बैंक मैनेजर के स्वर में नाराजी थी। डाँटते हुए उसने उलाहना दिया। बात उसने कोड में की।

''कुछ नहीं ! जरा टॉयलेट तक गया था।'' भयभीत दिवाकरन सिटपिटा गया, ''रकम निकालने कौन आया था ?'' सूखे गले से जानना चाहा।

''कोई नौजवान था।''

''हुलिया बता सकते हैं ?''

''सामान्य सा कद। ऊँचाई यही कोई पाँच फुट चार-पाँच इंच। रंग गोरा। सामान्य आँखें, पैंट, बुश्शर्ट और चप्पल पहने था।''

''चेक किस नाम से है ? और क्या हस्ताक्षर किए गए हैं ?''

''चेक तो सेल्फ था, बियरर। आगे-पीछे दोनों ओर मेडम के हस्ताक्षर हैं। रकम लेने वाले ने कृष्णा जी राव नाम से हस्ताक्षर किए हैं।''

''भुगतान...में...आप...थोड़ी देर... ?'' डरते-डरते दिवाकरन ने कहा।

''देखिए दिवाकरन जी हमने कोशिश की। किंतु अधिक देर तो ग्राहक को रोका नहीं जा सकता ? उनके टोकन का नंबर आने पर उन्हें देना ही पड़ा। हाँ ! कैशियर ने जब नाम पूछा तो इशारे से उसने बताया कि गूँगा-बहरा है।''

''कितनी देर हुई भुगतान ले जाने में ?''

घड़ी की ओर देखते हुए मैनेजर ने उत्तर दिया, ''यही कोई पौन घंटा।''

''आपने सेठ साहब...।'' परेशान और घबराया दिवाकरन पूरी बात पूछने की हिम्मत नहीं जुटा पाया।

''देखिए मिस्टर ! सोजतिया जी के निर्देशानुसार हमें उन्हें तत्काल सूचित करना पड़ा। उन्होंने आपके बारे में जानकारी ली। हमने उन्हें बताया कि आप शायद उसके पीछे गए हैं। परंतु अब आपकी बात से पता चला आप उस वक्त टॉयलेट में थे। अब हमें इसकी सूचना भी देनी पड़ेगी ?'' मैनेजर के हर लफ्ज से नाराजी टपकी पड़ रही थी। रिसीवर उठाने के लिए फोन की ओर हाथ बढ़ाया।

''प्लीज ! मेहरबानी कर ऐसा गज़ब मत कीजिए ?'' दौड़कर दिवाकरन ने मैनेजर के पाँव पकड़ लिए, ''वे मुझे नौकरी से निकाल देंगे। मेरे बीवी-बच्चे भूखे मर जाएँगे।''

मैनेजर का हाथ रुक गया। मुख पर असमंजस के भाव उभरे। फायदा उठाते हुए दिवाकरन ने अजीजी से रुँधे गले से कहा, ''प्लीज...रहम।''

उसकी डबडबाई आँखों ने मैनेजर को रोक दिया, "ठीक है ! इस बार तो आपके बच्चों की खातिर कुछ नहीं कहूँगा सोजतियाजी को। हाँ ! आगे की बात आपको सँभालना पड़ेगी। आप जानें और सोजतियाजी।"

"बड़ी कृपा आपकी ! आपका यह अहसान जीवन भर नहीं भूलूँगा।" बड़ी श्रद्धा से मैनेजर को प्रणाम कर तेजी से बाहर आया। चौकन्नी निगाह से हाल का मुआयना किया। खासकर भुगतान काउंटर का। शायद मिली रकम में खराब नोट बदलवाने उसके भाग्य से आया हो ? उस हुलिए का कोई भी व्यक्ति उसे दिखाई नहीं दिया। तभी उसे इलहाम हुआ। अगली बार रकम लेने या तो नया व्यक्ति आ सकता है ? या वही हुलिया बदल कर। उसे अधिक चौकन्ना रहना पड़ेगा। भटक-भटका कर उसने जो सूचना फोन पर रमापत को दी वह झूठी और गढ़ी थी।

मेडम के खाते से रकम निकालने वाले व्यक्ति का उसने पीछा किया। अचानक वह ऑटो में बैठ गया। उसने दूसरे ऑटो से उसका पीछा किया। किंतु चौरस्ते पर लालबत्ती के कारण उसके ऑटो को तो रुकना पड़ा किंतु उस व्यक्ति का ऑटो निकल गया। उसी के बाद लाल बत्ती हुई। रमापत तिलमिला गया। मगर लाचार था। दिवाकरन को वापस बुला ले ? किसी व्यावसायिक जासूस कंपनी की मदद ले ? मगर कहीं अधिक जानने के चक्कर में जासूस कंपनी पुलिस से जा मिली तो सारा मामला गुड़-गोबर हो जाएगा। दिवाकरन की मदद के लिए गोविन्दन को भेजा। एक दूसरे के संपर्क में रहने के लिए उन्हें मोबाइल फोन दिए गए। काम में सफल होने पर प्रमोशन और इनाम का लालच दिया गया। और असफल होने पर नौकरी से बर्खास्तगी की धमकी। पैसे, कार, स्कूटर पहले से उपलब्ध थे। साधनों की कोई कमी नहीं थी। आत्म-विश्वास से भरे होने से पैसे निकालकर ले जाने वाले को पकड़ने का उन्होंने दृढ़ निश्चय कर लिया। पहले के समान दिवाकरन केश काउंटर पर निगाह रखने लगा। गोविन्दन गेट पर तैनात हो गया।

दाढ़ी-मूँछ, सफारी, पैंट-बुश्शर्ट, धोती-कुर्ता, चोटी तिलक, सफाचट दाढ़ी-मूँछ आदि विभिन्न मुद्राओं और छबियों के कंप्यूटर चित्र सोनदत्ती के थानेदार के पास पहुँचे। आदत के मुताबिक उसने उन चित्रों को बगल में पटक दिया। उसके साथ आए पत्र को पढ़ने लगा। उसमें स्पष्ट हिदायत दी गई थी कि साथ में भेजे जा रहे चित्र के व्यक्ति को तत्काल गिरफ्तार करना है। किसी भी प्रकार की लापरवाही बरतने पर थानेदार को तत्काल प्रभाव से निलंबित किया जा सकता है। इस व्यक्ति से संबंधित हर प्रकार की जानकारी से पुलिस मुख्यालय को व्यक्तिगत रूप से तत्काल अवगत कराया जाए। थानेदार माधवन चौकन्ना हो उठा। श्रीनि के जाने के बाद कई थानेदार तबादले पर सोनदत्ती आए और गए थे। माधवन भी नया था। साल भर पहले ही

आया था। आते ही उसे पुजारी नारायण स्वामी की हत्या की सूचना और देवी अम्मा के जेवरों-चढ़ावे की लूट की जानकारी मिल गई थी। चूँकि अपराधी कई साल से गायब था। इसलिए मामला पेंडिंग पड़ा था। श्रीनि की माँ से भी पूछताछ कर ली गई थी। परंतु विशेष सुराग नहीं मिला। इसके विपरीत श्रीनि की माँ को गहरा सदमा इस घटना से पहुँचा था। सहसा उन्हें विश्वास ही नहीं हुआ कि उनका भोला-भाला, निष्कपट श्रीनि ने ऐसा कर दिया है। और जब हुआ तो आत्मा विदीर्ण हो गई। पुलिस ने भी त्रस्त कर रखा था। एक तरह से वे संज्ञा शून्य हो गई थीं। गौरी अम्मा और दूसरे रिश्तेदारों, समाज एवं जाति बंधुओं को मुँह दिखाने काबिल नहीं रह गई थीं। उस गम में घुल-घुलकर वे शीघ्र ही एक दिन मरी पाई गईं। पड़ोसियों ने न कवेल उनका दाह संस्कार किया वरन् उनके द्वारा छोड़े घर-गृहस्थी के सामान और मकान पर भी कब्जा कर लिया।

माधवन फोटो पुनः उठा गौर से उनका निरीक्षण-परीक्षण करने लगा। धोती-चोटी-तिलक वाले फोटो को कई बार ध्यान से देखा। लगा श्रीनि का दिया गया हुलिया इससे मिलता-जुलता है। पुरानी एफ आई आर निकाल उसका अध्ययन किया। लगा हो न हो यह प्रसिद्ध नक्सलवादी नेता श्रीनि ही है। तत्काल वीरप्पा पाटिल, ललिता, गौरी, चन्द्रेश शास्त्री को थाने बुला तफ्तीश आरंभ कर दी। जहाँ एक ओर वीरप्पा पाटिल, ललिता ने माधवन का समर्थन कर नक्सलवादी नेता को श्रीनि के रूप में पहचाना वहीं गौरी और चन्द्रेश शास्त्री ने संदेह प्रगट किया। वर्षों बाद श्रीनि की सूचना ही नहीं फोटो के रूप में वह मिलने आया था। उन फोटो ने गौरी के दिल की धड़कन तेज कर दी थी। फोटो को देखते वक्त चेहरा लाल हो गया। मन अभी भी श्रीनि को हत्यारा मानने को तैयार नहीं था। किंतु परिस्थिति-जन्य साक्ष्य और चश्मदीद गवाह उसे हत्यारा ही नहीं लुटेरा भी सिद्ध कर रहे थे। गौरी ने गहरी साँस ली। मन ही मन ईश्वर से प्रार्थना की वह पकड़ा न जाए। पर उसके प्रति रहने वाली नाराजी गिरफ्तारी के पक्ष में थी। यह जानकर हैरानी और आश्चर्य हुआ कि वह नक्सलवादी नेता बन गया है।

गाँव के अन्य लोगों, जयम्मा और देवकी अम्मा से भी पूछताछ की गई। माध ावन का शक पक्का हो गया कि प्रसिद्ध नक्सलवादी नेता पुजारी नारायण स्वामी का भांजा श्री निवास राव उर्फ श्रीनि ही है। सारी सूचनाएँ, वीरप्पा पाटिल, ललिता आदि के बयान तथा एफ आई आर की कापी लेकर शहर पहुँचा। पुलिस महानिदेशक वीरा स्वामी ने एक विशेष सेल नक्सलवादियों को पकड़ने के लिए गठित की थी। माधवन ने सारी जानकारी उन्हें दे दी। अब उनके पास उस अज्ञात नक्सलवादी के बारे में ठोस जानकारी थी। अभी तक अँधेरे में भटक रहे थे। परंतु अब उससे बाहर निकल आए थे।

उपरोक्त सारी जानकारी रमापत को तुरंत मिल गई। न जाने क्यों उसका मन

कह रहा था लतिका और श्रीनि साथ होना चाहिए। श्रीनि के पकड़े जाते ही लतिका पुलिस की गिरफ्त में पहुँच जाएगी। वे बेचैन हो गए। ईश्वर से मनाने लगे पुलिस के पहले श्रीनि उनके हाथ पड़ जाए। तभी भाग्य का देवता मुस्कराया।

विशेषज्ञ डाक्टर से इलाज न कराने के कारण भूषणम की हालत में मनोवांछित सुधार नहीं हो रहा था। नई जटिलताएँ और विकृतियाँ पैदा होने लगीं। वह घाव को साफ़ कर सिर्फ मरहम पट्टी भर कर रही थी। घाव को जल्द ठीक करने के लिए कौन-कौन-सी कितनी दवाइयाँ कितनी मात्रा में देनी हैं ? एंटीबायोटिक कितने दिन देना है ? उसे इसका ज्ञान नहीं था। कम देने पर दवाई असर नहीं करेगी। मात्रा अधिक हो जाने पर अन्य विकृतियाँ उत्पन्न हो सकती हैं। उचित और नियमित इलाज के अभाव में नई समस्याएँ पैदा होने लगीं। भूषणम को बुखार रहने लगा। घाव और आस-पास के भाग में सूजन आ गई। दर्द भी होने लगा। डिस्प्रीन, क्रोसीन, बी काम्प्लेक्स आदि अंदाज से देकर बुखार, दर्द आदि को नियंत्रित करने का प्रयत्न लतिका कर रही थी। अस्थायी रूप से फायदा तो होता था लेकिन दवाई का असर कम होते ही बुखार-दर्द फिर शुरू हो जाते। सूजन थी कि उतर नहीं रही थी। लतिका परेशान-चिंतित रहने लगी। अंत में पारिवारिक डाक्टर सुब्बाराव को बुलाने का निर्णय ले लिया। उनसे विशेषज्ञ राय ले आरंभिक इलाज के बाद मुंबई ले जाने का तय किया। पैसे का प्रश्न ही नहीं था। श्रीनि बैंक से बड़ी रकम निकाल कर ला ही रहा था।

पचहत्तर हजार के बियरर चेक पर लतिका के हस्ताक्षर देख कैशियर चौकन्ना हो गया। उसने पैसे लेने वाले को ध्यान से देखा। धूप के गागल्रा, कुर्ता, लुंगीनुमा धोती, और चप्पल। दाढ़ी-मूँछें सफाचट। एक सुदर्शन गोरे रंग का युवक सामने था। रोकने के लिए बहाना बनाया।

"रकम काफी बड़ी है थोड़ा ठहरना पड़ेगा। फिर चेक पर मैनेजर साहब के हस्ताक्षर भी लगेंगे। आप थोड़ा रुकिए। मैनेजर साहब के दस्तखत करा कर अभी पाँच-दस मिनिट में आया।" टोकन देते हुए कैशियर ने कहा।

दिवाकरन सामने की बेंच पर बैठा था। उसकी निगाह केश काउंटर पर ही थी। बेंच पर बैठने के लिए श्रीनि जैसे ही पलटा कैशियर ने इशारा किया। दिवाकरन चौकन्ना हो गया। ध्यान से देखकर श्रीनि का हुलिया मन में बिठा लिया। श्रीनि बगल में आ बैठा। दिवाकरन तुरंत उठकर मैनेजर के कमरे में जा पहुँचा।

"सर ! इतनी बड़ी रकम का भुगतान कर दूँ ?" कैशियर अनुमति माँग रहा था।

मैनेजर कोई जवाब दे इसके पहले दिवाकरन ने टेबल पर हाथ रख झुककर धीमे से कहा, "सर ! भुगतान कर दीजिए। मैं जवाबदारी लेता हूँ।"

"ठीक है ! पेमेंट कर दो।" मैनेजर ने मंजूरी दे दी।

दोनों कमरे से निकले। कैशियर काउंटर की ओर और दिवाकरन हॉल की ओर चल दिया। बीच में रुक मोबाइल से गोविन्दन को सावधान कर हुलिया बता दिया। अंतर दे श्रीनि की बगल में जा बैठा।

"टोकन नंबर सत्ताइस।" कैशियर ने आवाज दी।

टोकन देख श्रीनि काउंटर पर पहुँचा।

"कौन से नोट चाहिए ? दस, पचास, सौ, पाँच सौ ?"

इस बार गूँगे का अभिनय करने का कोई मतलब नहीं था सो उत्तर दिया, "सौ !"

कैशियर ने गिनकर रकम दे दी। ब्रीफकेस में रकम रख श्रीनि चल दिया। अंतर दे दिवाकरन पीछा करने लगा। गोविन्दन सड़क पर खड़ा था। बैंक के बाहर कुछ देर रुक भाँपने की श्रीनि ने कोशिश की। कोई आगे-पीछे तो नहीं है। जब लगा कोई नहीं है तो चल दिया। अंतर देकर वे पीछे लगे रहे। कुछ देर इधर-उधर भटकता रहा। गोविन्दन ने स्कूटर ले लिया। सावधानी से चारों ओर ताक श्रीनि गली में घुस गया। वे भी भीड़ के साथ गली में मुड़ गए। पेड़ के नीचे गाड़ी पार्क थी। लतिका ने गाड़ी की नंबर प्लेट बदल रखी थी। गाड़ी में बैठने के पहले एक बार फिर चौकन्नी दृष्टि से ताका। यातायात सामान्य था। अपने काम में मगन लोग आ-जा रहे थे। किसी को उसकी ओर ध्यान देने की फुर्सत नहीं थी। गाड़ी में बैठ चल दिया। पास खड़े ऑटोरिक्शा पर लपक कर दिवाकरन जा बैठा।

"उस गाड़ी का अंतर दे पीछा करो।" रिक्शा चल पड़ा।

दवाइयों के असर से पसीना आ भूषणम का बुखार उतर जाता था। थोड़ी देर बाद पुनः आ जाता। तब वह ठंडे पानी की पट्टी रखती। फ्रीज का न होना अखर जाता। बार-बार के बुखार ने उसका बदन और बीमारी से लड़ने की ताकत तोड़ दी। शेर की मानिंद दहाड़ने वाले को घाव और बीमारी ने पस्त कर दिया। लतिका की समझ में कुछ नहीं आ रहा था। बढ़ी दाढ़ी के कारण भूषणम का चेहरा सफेद काला पड़ गया था। उसे तिल-तिल मरते देखने की बजाय खतरा उठा कर भी डाक्टर सुब्बाराव को दिखाने का निश्चय किया। चाहे पुलिस ही क्यों न आ जाए ? वो भी उसे जेल की बजाय अस्पताल ही ले जाएगी। बुखार के कारण भूषणम ने खाना-पीना कम कर दिया था। मुँह कड़वा हो गया था। मनुहार कर खिलाती तो बच्चों की तरह जिद करता। मना करता। खाली पेट ऐलोपेथी दवाई देने पर रिएक्शन का खतरा था। सो जबरदस्ती, दूध, फल, ज्यूस, ब्रेड, बटर, बिस्किट खिलाती। वह मना करता। भूख मानो मर गई थी। बुखार की तेजी कम हो जाने से सो गया था ?

बाहर से ताला लगा डाक्टर सुब्बाराव को बुलाने चल दी।

श्रीनि ने रास्ते से फल, सब्जी, ब्रेड, आदि जरूरी सामान खरीदा। हर समय चौकन्ना रहा। देख लेता कि कोई पीछा तो नहीं कर रहा। एक बार का धोखा खाया दिवाकरन भी सतर्क और सावधान था। कोई अवसर नहीं देना चाहता था। श्रीनि के मुड़ने के पहले ही वे किसी दूकान, पेड़ की आड़ ले लेते।

तेजी से चल कर कालोनी के पीसीओ से लतिका ने फोन लगाया।

"हलो ! डाक्टर सुब्बाराव ?"

"आप कौन ?"

"अंकल ! मैं...मैं...लतिका ?"

"कौन लतिका ?"

"लतिका सोजतिया। सेठ रमापत की बेटी ?"

"अच्छा ! तो तुम हो ? बोलो बेटी ! क्या बात है ?"

"अंकल ! एक पेशेंट को अभी तत्काल देखना है। इमरजेंसी है।"

"ठीक है। रवाना हो रहा हूँ। रमापत को क्या हो गया है ?"

"उनको नहीं। हमारे एक रिश्तेदार हैं। घर पर नहीं आना है। इधर ! महालक्ष्मी कालोनी आना है। घर नंबर 213 है। कालोनी के आखरी सिरे का आखरी मकान। अगल-बगल के प्लाट खाली हैं। कितनी देर लगेगी ? आप तो तुरंत पहुँचें।"

"ठीक है बेटी ! बस ! रवाना होता हूँ।"

"एक रिक्वेस्ट और अंकल ?"

"बोलो !"

"पापा को कुछ भी मत बताइएगा ?"

कुछ देर चुप्पी छाई रही।

"ठीक है।"

"मैं आपका बाहर इंतजार करूँगी।"

थोड़ी देर बाद डाक्टर सुब्बाराव की गाड़ी जब कालोनी में पहुँची तो लतिका को प्रतीक्षा करते पाया। कार का दरवाजा खोल उनकी बगल में बैठ घर ले आई।

ज्यों-ज्यों भूषणम की जाँच करते जा रहे थे उनका चेहरा गंभीर होता चला गया। जाँच खत्म होने पर कहा, "ये घाव कैसे हुआ ?"

लतिका पसोपेश में पड़ गई। सच बोले या चुप रहे ? उसके असमंजस को वे ताड़ गए।

"ठीक है बेटी ! इन्हें तुरंत नर्सिंग होम या अस्पताल में भर्ती करना पड़ेगा। हालत कभी भी सीरियस हो सकती है।" बैग से दवाइयाँ निकाल कर दीं। इन्जेक्शन भी लगाया। पर्चे पर और दवाइयाँ-टॉनिक लिख दिए।

लतिका फीस देने लगी।

"बेटी लतिका ! इन्हें रखो इलाज के लिए जरूरत पड़ेगी। आवश्यकता हो तो मैं और दे दूँ।" उन्होंने पर्स निकाला।

"नहीं अंकल ! आप आए बड़ी मेहरबानी की।" उसका गला रूँध गया। आँसुओं से आँखें धुँधला गईं, "थें...थे...क्यू...अंकल।"

बड़े स्नेह से डाक्टर सुब्बाराव ने पीठ थपथपाई। प्यार भरे उस स्पर्श ने रुलाई का बाँध तोड़ दिया। गत कई महीनों से जो घुटन, संत्रास, यातना अंदर के अंदर भोग रही थी। उनसे अकेले लड़ रही थी उसने उसे भीतर से तोड़ना आरंभ कर दिया था। वह क्षतिग्रस्त कर रहा था। डाक्टर सुब्बाराव के सांत्वना, थपथपाहट ने बाँध तोड़ दिया। हिचकियाँ ले-ले रोने लगी। आँसुओं के रूप में दुःखावेग बह जाने पर मन हल्का हो गया। अंदर जा हाथ मुँह धो पानी पीया। शिथिल पग उदास सुब्बाराव चले गए।

सारे काम निपटा श्रीनि घर के लिए रवाना हुआ। पहले इधर-उधर की कालोनियों का चक्कर लगा घर पहुँचा। कालोनी के सुनसान इलाके ने दिवाकरन-गोविन्दन को परेशानी में डाल दिया। गोविन्दन को पीछे रोक आटो छोड़ खुद पैदल चल दिया। आप-पास के मकानों को ऐसे देखने लगा मानो मकान ढूँढ़ रहा हो। गाड़ी को कालोनी के अंतिम छोर पर जाते देख रुक गया। पास तक जाकर देखना जरूरी नहीं था। दूर से पेड़ की आड़ से भी सब दिखाई दे रहा था। आस-पास सावधानी से निगाह मार गाड़ी खड़ी कर सामान निकाल श्रीनि ने दरवाजा खटखटाया। लतिका ने उसे सामान समेत अंदर ले लिया। डाक्टर सुब्बाराव की राय आदि बता दी। दोनों सोचने लगे कि पुलिस के जाने बिना कैसा व कौन सा रास्ता निकाला जाय ?

दरवाजे के बंद होते ही दिवाकरन कुछ देर और रुका रहा। मकान के पास जाकर मुआइना किया। गाड़ी का नंबर नोट किया। घर का नंबर भी याद कर लिया। मकान से पर्याप्त दूर आकर रमापत को फोन लगाने लगा। तभी गोविन्दन भी आ पहुँचा। फोन इंगेज आ रहा था। बेकली से चहलकदमी करने लगा। कुछ देर बाद पुनः फोन लगाया। इस बार भी इंगेज आया।

क्लीनिक पहुँचने के बाद डाक्टर सुब्बाराव असमंजस की स्थिति में फँस गए। कुर्सी पर बैठ चिंता-मग्न कुछ देर पेपरवेट से खेलते रहे। परेशानी बर्दाश्त के बाहर हो गई तो चहलकदमी करने लगे। यद्यपि उन्होंने लतिका को बताया नहीं था क्योंकि वह घबरा जाती। किंतु वे अच्छी तरह से जानते थे कि मरीज की हालत चिंताजनक है। यदि समय पर अस्पताल/नर्सिंग होम में भर्ती नहीं किया गया तो बचाना मुश्किल होगा। तत्काल ऑपरेशन करना जरूरी है। यद्यपि लतिका ने बताया नहीं था पर उनका डाक्टरी अनुभव ताड़ गया था कि वह गोली का घाव है। वह मेडिको-लीगल केस है। पुलिस को कानूनन बताना जरूरी है। पुलिस को बताने का मतलब लतिका की गिरफ्तारी। सोजतिया परिवार से उनके वर्षों पुराने संबंध हैं। वे उनके फेमिली

डाक्टर ही नहीं उनके परिवार के सदस्य हैं। लतिका उनकी बेटी समान है। उसे कैसे जेल भिजवा सकते हैं; किंतु पुलिस की मदद करना उनका कर्तव्य है।

बाहर बैठे मरीज इलाज के लिए बुलाए जाने हेतु इंतजार कर रहे थे। नर्स कई बार झाँक गई। उसकी हिम्मत उन्हें कुछ कहने की नहीं हुई। कुछ देर वे पसोपेश में रहे। सोजतिया सेठ को बताना उचित रहेगा। लतिका अभी अपरिपक्व बच्ची है। पुलिस का लफड़ा होने पर सोजतिया जी रास्ता निकाल लेंगे। उनके पास इतना पैसा है कि वे पूरी सरकार खरीद सकते हैं। बिकने व खरीदने वालों की कमी नहीं। यदि उन्हें नहीं बताया तो शिकायत करेंगे। उन्हें सूचित करना उचित समझा।

''हलो ! सोजतियाजी ? मैं डाक्टर सुब्बाराव।''

''कहिए डाक्टर साहब ? क्या हुकुम ?''

''बात ये है ?'' उन्होंने सारी बात बता दी। मरीज की गंभीर हालत और पुलिस केस बन जाने की जानकारी भी दी। महालक्ष्मी कालोनी की लोकेशन, मकान का पता बता कर कहा, ''अब आप तय करिए क्या करना है ? बिटिया को कल कहीं कुछ हो न जाए ? आप लोग पुलिस के चक्कर में फँस न जाएँ इसीलिए आपको बताना उचित समझा। हालाँकि बिटिया मना कर रही थी।''

रमापत गूँगे हो गए। शीघ्र ही खुद को सँभाला।

''धन्यवाद डाक्टर ! आपका दिल से आभारी हूँ। धन्यवाद।...आप...मेरा मतलब है...कृपा कर...,'' रमापत का एकदम साहस नहीं हुआ।

''क्या बात है रमापत जी ? क्या चाहते हैं ?''

''डाक्टर साब ! जब तक लतिका घर न आ जाए ? कृपा कर पु...पुलिस को कुछ...।''

''ठीक है ! लतिका मेरी भी बेटी है। मेरी ओर से बेफिक्र रहें। ठीक है ना ?''

''धन्यबाद ! बहुत-बहुत धन्यवाद। आपका ये अहसान जीवन भर नहीं भूलूँगा।'' रमापत का गला भर आया। कुछ देर बाद गला साफ कर पूछा, ''डाक्टर साब ! आपकी फीस ?''

''वो सब हो जाएगा। उसकी चिंता न करें। सबसे पहले बिटिया और मरीज की ओर ध्यान दें।'' आश्वस्त कर उन्होंने फोन रख दिया। एक तनाव से मुक्त होते ही घंटी बजाई। नर्स तुरंत आई।

''अगला मरीज भेजो।''

रमापत ने फोन रखा ही था कि घंटी पुनः बजी।

''हलो !''

''सर ! मैं दिवाकरन।''

''हाँ ! बोलो दिवाकरन ! क्या खबर है ?''

''सर ! उस आदमी का पता चल गया है। महालक्ष्मी कालोनी के आखरी मकान

में रहता है।" उसने भी सारी स्थिति से अवगत करा दिया।

दोनों सूचनाएँ मिलती थीं।

"ठीक है ! तुम और गोविन्दन सीधे कोठी आ जाओ। आगे क्या करना है। यहाँ आने पर बताऊँगा। और सुनो !"

"जी सर !"

"मैं थोड़ा बाहर जाऊँगा जरूरी काम से। मेरे आने तक रुकना।"

"अच्छा सर।"

दिवाकरन-गोविन्दन के कोठी पहुँचने के पहले रमापत निकल चुके थे। नौकर ने उन्हें कोठी के आफिस में बैठाया।

लतिका के उदास तनावग्रस्त मुख ने श्रीनि को अकुला दिया। लगा चन्द्रमुख ग्रहण से ग्रसित हो गया है। जरूर कोई अत्यंत गंभीर बात है। वर्ना बड़े से बड़े संकट में भी उसने हिम्मत नहीं हारी। ब्रीफकेस देने की हिम्मत नहीं हुई।

"क्या बात ? भूषणम जी की तबियत अब कैसी ?"

"वही तो ठीक नहीं ? डाक्टर सुब्बाराव अभी चेक कर के गए। नर्सिंग होम या अस्पताल में भर्ती करने को कहा है। वहाँ तो ले जा नहीं सकते ? पुलिस का खतरा है।"

"फिर क्या करें ?"

"तुम रुपए ले आए ?"

"लीजिए।" उसने ब्रीफकेस दे दिया।

"किसी ने पीछा तो नहीं किया ?"

इन्कार में सिर हिलाया।

"ऐसा करते हैं आज रात ही मुंबई निकल चलते हैं।"

"जैसा आप उचित समझें।" उस पर आधारित श्रीनि ने स्वीकृति दी।

"ऐसा करो ! डाक्टर ने कुछ दवाइयाँ लिखी हैं। ले आओ। रास्ते के लिए थर्मस, वाटर बॉटल, टॉवेल कुछ कपड़े आदि भी लेते आना। काजू, किशमिश भी लाना।"

"अच्छा।" श्रीनि उठ खड़ा हुआ।

"खाना खाकर जाते।"

"शी...ई...बाहर जाते वक्त खाने-पीने की टोक नहीं लगाते ? वैसे मैंने बैंक जाने के पहले भारी नाश्ता कर लिया था। चलूँ ?"

"हूँ !" सिर हिला फीकी मुस्कान से लतिका ने स्वीकृति में सिर हिलाया।

फुर्ती से बाजार चल दिया। इस बार गाड़ी नहीं ले गया।

दरवाजा ठीक से बंद कर भूषणम के कमरे में पहुँची। दवाई के असर से सो रहा था। चेहरा सफेद पड़ गया था। गाल बैठ गए थे। चेहरे और आँखों की चमक

गायब थी। आँखों के नीचे काले घेरे उभर आए थे। लगा मौत की चमगादड़ निस्तेज मुख पर मँडरा रही है। एक अव्यक्त यातना ने घेर लिया। मन और गला दुःखावेग से रुँध गया। मर्मान्तिक पीड़ा सालने लगी। मन विदीर्ण हो गया। आँसू बह निकले। गत कुछ सप्ताहों से दुःख-दर्द का भँवर छुटकारा नहीं दे रहा है।

ठक...ठक...ठक...दरवाजा खटखटाया। जल्दी से आँसू पोंछ दरवाजा खोलने चल दी। शायद श्रीनि कुछ लेने-पूछने आया है। दरवाजा खोला।

रमापत सामने थे। अचकचा गई। डर के मारे पीली पड़ गई। समझ गई लेने आए हैं। भूषणम को मौत के मुँह में छोड़कर जाने की कल्पना ने आकुल-व्याकुल कर दिया।

जिस बेटी को राजकुमारी सा पाला उसे निम्न मध्यम वर्गीय अभावों, संघर्षों, गरीबी से जूझती देख रमापत का दिल चाक चाक हो गया। भय, अनिद्रा, पुलिस के डर से सतत भागते छिपते फिरने, गत कुछ वर्षों की अस्थिर जिंदगी के निशान चेहरे पर साफ दिखाई दे रहे थे। हड्डियों के ढाँचे को मानो कपड़े पहनाए हों। प्रसन्नता, वैभवशाली जिंदगी से दमकते भरे कपोल, भरी देह की जगह एक जीवित कंकाल ने ले ली थी। दुःख प्रगट करने का वक्त नहीं था। पुलिस ! वह वक्त देगी भी नहीं। भागते वक्त को पकड़ना था।

"पा...पा...अ...आप ?" लतिका चकरा गई।

"हाँ ! तुम्हें लेने आया हूँ। जल्दी से सामान समेटो। हमारे पास समय नहीं है। तुम्हारी माँ की हालत ठीक नहीं है। चलो।" कमरे में आ रमापत ने बाँह पकड़ी।

"उन्हें छोड़ मैं कैसे जा सकती हूँ ? वे सीरियसली बीमार हैं।" लतिका ने विरोध जताया।

"मुझे मालूम है। सुरेन्द्रन के लिए एंबुलेंस आ रही है। उसकी तुम चिंता मत करो। चलो...चलो गाड़ी में बैठो।" रमापत बाँह पकड़ बाहर ले चले।"

"वो सुरेन्द्रन नहीं है पापा ? भूषणम है।"

रमापत को झटका लगा। एक पल रुक गए। तत्काल निर्णय लिया, "कोई भी हो ? सुरेन्द्रन या भूषणम ! एंबुलेंस आ रही है। भूषणम् को ले जाएगी।"

"साथ में श्रीनि भी है।"

"मुझे मालूम है।" उनका शक सच साबित हुआ, "वो भी उसके साथ अस्पताल चला जाएगा। तुम गाड़ी में बैठो।"

"उसे आ तो जाने दो ? भूषणम को अकेला कैसे छोड़ दूँ ?" उसने पुनः विरोध जताया।

"सब ठीक हो जाएगा।" पीठ थपथपा उसे आश्वस्त किया, "हमारे घर पहुँचने के पहले ही नर्स और एंबुलेंस आकर उसे ले जाएँगे। ड्राइवर को यहीं छोड़े जा रहे हैं।" करीब-करीब धकेल कर उसे जबरदस्ती कार में बिठाया। असहाय-सी बैठ गई।

"मैं अभी आया।" फुर्ती से अंदर गए। अलमारियों, अलगनी, बाथरूम आदि सभी कमरों से लतिका के सारे कपड़े, जूते-चप्पल, शृंगार की सामग्री समेट सूटकेस, बैग आदि में भरे। पुलिस के लिए कोई भी सबूत छोड़ना नहीं चाहते थे। सारी चीजें गाड़ी में ला रखीं। एक बार फिर हर कमरा चेक किया। कोई भी वस्तु न छूटने की पुष्टि हो जाने पर गाड़ी में बैठने के पहले ड्राइवर को एक ओर ले जा हिदायत दी, "यादैय्या ! अभी जो कह रहा हूँ उसे ध्यान से सुनो ! बाद में जो बेबी के सामने कहूँगा उस पर अमल मत करना। बेबी की गाड़ी को कोठी मत लाना। सर्विसिंग, कलर आदि के लिए गैरेज ले जाना।"

"अच्छा साब !"

उसे साथ ले कार के पास आए। बैठने के पहले बरामदे में जा दरवाजा बाहर से बंद कर दिया। लतिका का जी धक से रह गया। इच्छा हुई कूद कर वापस चली जाए। किंतु हिम्मत नहीं हुई। गाड़ी स्टार्ट करने के बाद ड्राइवर से कहा, "यादैय्या ! जब तक एंबुलेंस और नर्स आए रुकना। एक साहब और आएँगे। अंदर जो बीमार हैं उन्हें अस्पताल भिजवा देने के बाद आना।"

"जी साब।"

मानसिक पीड़ा, परिस्थितियों के कठोर दबाव, भावनात्मक उद्वेलन ने लतिका को तोड़ दिया था। इनसे लड़ते-लड़ते थक गई थी। पिता रमापत में इनसे मुक्ति का मार्ग दिखाई दिया। उन पर विश्वास कर चल दी।

कुछ देर रुक यादैय्या लतिका की गाड़ी ले चला गया।

सामान लेकर जब श्रीनि लौटा तो बाहर से साँकल लगी देख हैरान रह गया। ऑटो से सामान निकाल जल्दी से अंदर रखा। ऑटो वाले को पैसे चुकाए। जोर की भूख लगी थी। किचन में जा खाना खाया। भूषणम को देख आया। वह सो रहा था। अपने कमरे में आकर कमर सीधी करने लेट गया। कहाँ चली गई होगी ? शायद कोई चीज खरीदने गई हो ? या डाक्टर सुब्बाराव को फोन करने गई हो ? सुबह से भाग-दौड़ कर रहा था। थकान के कारण झपकी लग गई।

अं...आं...आह...अं...ऊ...ल...तिका...अनति दूर से, किसी सुरंग से आवाज आ रही थी। शायद कोई कराह रहा है। कोई घायल जानवर कूंथ रहा है। सपने में शायद कुछ घट रहा है। हड़बड़ाकर उठ बैठा। पसीने में नहा गया था। साँझ रात की चादर बन पूरे घर में फैल जाने से घर अँधेरे में डूबा हुआ था। बिजली जलते ही अँधेरा भाग गया। कराहट भूषणम के कमरे से आ रही थी। दौड़ कर कमरे में पहुँचा। उम्मीद थी लतिका मिलेगी। लेकिन भूषणम अकेला सिर को दाएँ-बाएँ बेचैनी से हिला रहा था।

पा...पानी...पानी...लति...का...पा...नी...न जाने कितनी देर से पानी के लिए तड़प रहा हो ? पछतावे से भर गया। ओठों पर पपड़ी जम गई थी। सूखे ओठों

पर सूखी जीभ फिरा रहा था। सहारा दे पानी पिलाया। शरीर बुखार से जल रहा था।

ल...लता...लतिका...कहाँ...आगे बोला न गया। थकान के मारे हाँफने लगा। शेर की मानिंद दहाड़ने वाले की आवाज कमजोर हो गई थी। जिसके नाम से पुलिस काँपती थी आज स्वयं बुखार की गर्मी से काँप रहा था। उसकी दयनीय हालत ने श्रीनि को विगलित कर दिया।

''अभी बुला कर लाया।'' श्रीनि तेजी से सारे घर में घूम आया। लतिका कहीं नहीं थी। घर विधवा की माँग सा सूना था। उसके कपड़े, सूटकेस वगैरह भी नहीं थे। उसका माथा ठनका। मुसीबतों, परेशानियों से घबराकर, उसे अकेला इनके भँवर में छोड़ भाग खड़ी हुई ? घृणा से भर उठा। बाहर का दरवाजा भीतर से वैसे ही बंद था। मतलब दोपहर की गई अभी तक लौटी नहीं ? भूषणम को एक पल भी अकेला न छोड़ने वाली भाग खड़ी हुई ? कहाँ गायब हो गई ? कहाँ गई होगी ? किसी मुसीबत में तो नहीं पड़ गई ? पुलिस के हत्ते तो नहीं चढ़ गई ? अगर पुलिस के हत्ते चढ़ी होती तो पुलिस उन्हें भी नहीं छोड़ती ? नाना प्रकार के बुरे विचारों ने भय-चिंतित कर दिया। इच्छा हुई ढूँढ़ने निकल जाए। कहीं घर तो नहीं चली गई ? भूषणम को कैसे अकेला छोड़े ? कौन सी दवाई, कब, कितने बजे, कितनी मात्रा में देना है कुछ भी मालूम नहीं। अभी तक उसके पीछे बेफिकर था। सभी कुछ उस पर आ पड़ा। कैसे क्या करेगा ? किचन में जा दूध गरम किया। बचा खाना खाया। दूध के साथ फल, ब्रेड-बटर जबरदस्ती भूषणम को खिलाया। डाक्टर सुब्बाराव के प्रेसक्रिप्शन के अनुसार अंदाज से भूषणम को दवाई दी। रात उसी के पास जमीन पर सोया। भूषणम के थोड़ा सा भी खाँसने कूँथने पर उठ बैठता। चिंता और तनाव के मारे रात भर नींद नहीं आई। एक क्षीण आशा के साथ रात करवटें बदलते काटी कि लतिका शायद सुबह आ जाए। आशा शीघ्र निराशा में बदल गई।

पुलिस की नक्सलवादी सेल में एकत्र सूचनाओं पर चर्चा विश्लेषण चल रहे थे। तभी एक अन्य थानेदार ने जो सूचना दी वह अत्यंत महत्त्वपूर्ण थी। उसने बताया कि वारदात की रात पंडित के हुलिए वाले एक व्यक्ति को नगर के मेयर के बेटे चंद्रशेखरन के साथ स्कूटर पर देखा था। तुरंत उसे तलब किया गया। कड़ाई से पूछने पर उसने बताया पंडित को तो वह जानता नहीं। हाँ ! उसे लिफ्ट देने की गलती जरूर की। उसे कहाँ उतारा ? तिरुपति कालोनी के मुख्य चौरस्ते पर। वीरा स्वामी समझ गए कि तिरुपति कालोनी के आस्र-पास की किसी कालोनी में ही वह छिपा है। श्रीनि का कंप्यूटर फोटो प्रेस को जारी कर उसके बारे में सूचना देने या गिरफ्तार कराने वाले को पचास हजार का इनाम देने की घोषणा की गई। सादी वर्दी में पुलिस जवान तिरुपति और आस-पास की कालोनियों में फैल गए। चंद्रशेखरन पर भी निगरानी रखी जाने लगी। तभी पुलिस को एक गुमनाम फोन मिला।

घर पहुँचने पर लतिका को लगा दुनिया की सबसे सुरक्षित और सकून देने वाली जगह पहुँच गई है। दौड़कर माँ के कमरे में पहुँची। गले मिलते ही वर्षों से रुका दुःख, दर्द, पीड़ा और अवसाद आँसू बन बह निकले। माँ-बेटी हिचकियाँ ले ले रोईं। माँ को लगा सीता बनवास से लौटी है। तन-मन बुरी तरह से थक गए थे। रुदन कम होने पर कुछ देर माँ की गोद में सिर रख सोई रही। माया प्यार-ममता से पीठ पर हाथ फिराती रही। बिन बोले भी उनके स्पर्श एक-दूसरे को बहुत कुछ कह रहे थे। मन का सारा गुबार निकल जाने पर अपने कमरे में गई। कई सालों से ठीक से नहाई नहीं थी। नहाने चली गई। बाथरूम अभी भी उसके प्रिय साबुन, शेंपू, तेल, और कास्मेटिक्स से वैसा ही सजा था। इन दिनों उनके उपयोग को भूल गई थी। टब में गुनगुना पानी भर अच्छी तरह से रगड़-रगड़ कर नहाई। नहाने के बाद तन-मन हल्के हो गए। खाना खा माँ की गोद में सो गई। लगा माँ की गोद नहीं स्वर्ग में सोई है। चिंतामुक्त हो जाने से गहरी नींद आई। दूसरे दिन दोपहर बाद जागी। किसी ने उसकी नींद में खलल नहीं डाला। स्नान भोजन के बाद पुनः सो गई। तीन दिन के आराम के बाद जब सामान्य हुई तो भूषणम और श्रीनि के लिए चिंतित हो उठी। उसे पूरा पक्का विश्वास था कि पापा ने उन्हें बढ़िया नर्सिंग होम में भर्ती करा रखा होगा। डाक्टर सुब्बाराव अंकल की देख-रेख में इलाज भी बढ़िया हो रहा होगा। अब तक तो उनकी हालत काफी सुधर गई होगी ? रमापत से मिलने को उतावली हो उठी। परंतु वे टूर पर, बाहर मुंबई गए थे। रमापत ने दिवाकरन और गोविन्दन को इनाम और पदोन्नति दी। उन्हें एक माह की छुट्टी दे सपरिवार फैक्ट्री के खर्चे पर शिमला-मसूरी घूमने भेज दिया। उन्हें मालूम था कि नार्मल होते ही सबसे पहला सवाल भूषणम और श्रीनि के बारे में लतिका करेगी। उनसे मिलना चाहेगी। उसे वे टालना चाहते थे। सो दौरे पर निकल गए। परंतु पत्नी माया, गुरखा चौकीदार आदि को सतर्क कर गए कि किसी भी हालत में लतिका को कोठी के बाहर न जाने दे।

भूषणम को मिलने के लिए बेचैन हो गई। चाय पीते-पीते अखबार पढ़ रही थी। तभी पढ़ने को मिला। प्रसिद्ध नक्सलवादी नेता भूषणम का इलाज के दौरान देहावसान हो गया। पुलिस ने उनके साथी और दूसरे प्रसिद्ध नक्सलवादी नेता श्रीनिवास राव को गिरफ्तार कर लिया है। इस समाचार ने लतिका को बर्फ सा जमा दिया। पहले तो उसकी समझ में कुछ नहीं आया। पापा ने तो उन्हें बढ़िया इलाज के लिए किसी अच्छे नर्सिंग होम में भर्ती करा दिया था। फिर पुलिस वहाँ कैसे पहुँच गई ? मुझे छोड़ कर वे कैसे और क्यों चले गए ?...पापा...पा...पा...य...ये क्या हो गया ? यदि मैं उनके साथ अस्पताल जाती तो शायद बच जाते ? भूषणम की मृत्यु और श्रीनि की गिरफ्तारी के लिए खुद को जिम्मेदार मानने लगी। अपराध बोध सालने लगा। उसे गहरा सदमा लगा। पेट से उठा दर्द-पीड़ा का गोला गले में आकर फँस

गया। साँस लेना दूभर हो गया। जोर की घबराहट हुई। आँखों के आगे अँधेरा छा गया।

समाचार पढ़ते ही रमापत घर के लिए तत्काल रवाना हो गए। उन्हें विश्वास था कि माया, नौकर आदि के बस में नहीं है कि वे लतिका को भूषणम के अंतिम संस्कार में जाने से रोक ले। उन्माद में वह कोई भी गलती कर सकती है। अतः चार्टर्ड फ्लाइट से वापस लौट आए। आने के पूर्व गाड़ी एअर पोर्ट पर बुलवा ली थी। घर पहुँचे तो डाक्टर सुब्बाराव की गाड़ी पोर्च में खड़ी दिखी। नौकर से पता चला बेबी की तबीयत खराब हो गई है। उन्हें देखने वे और एक लेडी डाक्टर आई हैं। अंदर पहुँचे। माया पलँग के सिरहाने बैठी थी। लेडी डाक्टर जाँच कर रही थी। जाँच के बाद दोनों डाक्टर पास के कमरे में विचार-विमर्श करने चले गए। रमापत चिंतित हो उठे।

"रमापत जी एक मिनिट इधर आए।" डाक्टर सुब्बाराव ने बुलाया।

रमापत कमरे में पहुँचे।

"और तो सब ठीक है। घबराहट के कारण बेहोश हो गई है। हाँ...बात... ये...है... ?" आगे की बात कहने में सुब्बाराव असमंजस अनुभव कर रहे थे।

रमापत भयभीत हो उठे। उन्होंने लेडी डाक्टर को निहारा। वे बाहर चली गईं।

"बात ये है रमापत जी ? मैं कहना चाहता हूँ ?" मानो सुब्बाराव को शब्दों का टोटा पड़ गया, "बिटिया ! माँ बनने वाली है ?" सिर नीचा किए बात पूरी की।

"क्या कह रहे हैं डाक्टर साब ? आप होश में तो हैं ?" परंतु जीभ पत्थर हो गई थी। गहरा सदमा पहुँचा। कुछ भी कह नहीं पाए। पेड़ की कटी शाख के समान सोफे पर बैठ गए। इस लड़की ने कहीं का नहीं छोड़ा। ईश्वर ने एक मुसीबत से उबारा तो दूसरी में फँसा दिया।

सांत्वना के लिए सुब्बाराव ने कुछ देर रमापत की पीठ थपथपाई और चले गए।

जिस सार्वजनिक लज्जा का सामना करना पड़ेगा उसकी कल्पना ने दहला दिया। उन्होंने विदेश यात्रा का कार्यक्रम तुरंत बनाया। एक सप्ताह के अंदर वे यूरोप और अमरीका की व्यावसायिक यात्रा पर रवाना हो गए। भूषणम की मौत के बाद उसका मन भी मर गया था। विरोध-प्रतिरोध करने की उसकी ताकत खत्म हो गई थी। उसने अपने आपके अपने माता-पिता, भाग्य और ईश्वर के भरोसे छोड़ दिया। कई दिन गुमसुम बनी रही। लेकिन परिस्थितियाँ, परिवेश और वातावरण बदलने पर पुनः जिंदगी की ओर लौटी। रमापत और माया ने गर्भपात के लिए बहुत दबाव डाला। किंतु वह अड़ गई। भूषणम पुनः लौट रहा था। उसकी अंतिम निशानी खोना नहीं चाहती थी। बाध्य होकर रमापत और माया को समझौता करना पड़ा। रमापत को शांति भाई साब की सीख याद आई। "तू फिकर मति करे। बेटी थारी इकलौती।

कई भी ऊँच नीच हुयो तो बी चिंता नी। मारवाड़ जई ने रिस्तो करि आवजे। कोई बी बेटी लई लेगा।" वह निश्चिंत हो गया। संतानोत्पत्ति तक लतिका और माया को अमरीका छोड़ आया। लतिका को बेटा हुआ। कुछ समय बाद वे भारत लौटे। बालक का अलग से पुख्ता प्रबंध कर दिया गया। लतिका का विवाह धूम-धाम से जयपुर के प्रसिद्ध जौहरी मेडतिया परिवार में कर दिया गया। विवाह में राज्य के अधिकांश मंत्री, मुख्यमंत्री समेत आए। कई केंद्रीय मंत्रियों, प्रशासनिक और पुलिस अधिकारी, आयकर तथा आबकारी अधिकारी, विरोधी दल के नेता, विधायक, पत्रकार एवं फिल्मी सितारों ने शिरकत की। यातायात व्यवस्था के लिए पुलिस लगाई गई। चुनिंदा बरातियों को मारुति आठ सौ दी गई। आमंत्रित होने से मैं भी विवाह एवं आशीर्वाद समारोह में शामिल था। उसका आयोजन रेसकोर्स में किया गया। मारवाड़ी, पंजाबी, दक्षिण भारतीय, शाकाहारी-मांसाहारी, फलाहारी इतने व्यंजन थे कि मैं खाना न खा सका। सिर्फ एक सौ दो वस्तुएँ चखी भर। बहुत-सी सामग्री चखे बिना छूट गई। बार अलग से खोला गया था। शराब मेहमानों को परोसी नहीं गई। उन्हें उसमें नहलाया गया। रमापत के वैभव विलास के प्रदर्शन ने पुराने जमाने के राजा महाराजा और नवाबों को मात दे दी। लतिका का विवाह मिलेनियम मैरेज, सहस्राब्दी की शादी के रूप में वर्षों तक चर्चित रहा। बेंगलोर के इतिहास में उसने स्थान बनाया। लतिका के पति ललित के सौभाग्य पर दूसरे तो दूसरे स्वयं उसके निकट संबंधी भी रश्क करने लगे। विवाह के तुरंत बाद नव-दंपती को हनीमून हेतु स्विटजरलैंड भेज दिया गया।

जिस वक्त विवाहित जोड़ा एअर पोर्ट जा रहा था। बँगले के बरामदे में आराम कुर्सी पर उदास, दुःखी और विषाद से भरे प्रोफेसर वेंकटेश लेटे थे। रमापत ने जान-बूझकर प्रोफेसर वेंकटेश को आमंत्रित नहीं किया था। वे अपनी बेटी के मंगलमय जीवन के शुभारंभ पर अशुभ की छाया भी नहीं पड़ने देना चाहते थे। संकट के दिनों में दोनों परिवार एकजुट हो गए थे। आज रमापत ने उन्हें पहचानने से इन्कार कर उनका अपमान किया था। इसने उन्हें तिलमिला दिया। लतिका तो लौट आई थी। और उनका बेटा गायब था। पुलिस से छिपता जंगल-जंगल मारे-मारे फिर रहा था। इस दोहरे दुःख को पचा पाना मुश्किल हो रहा था। अँधेरे में डूबा बरामदा उनके मन को अभिव्यक्ति कर रहा था। उन्होंने जान-बूझकर बिजली नहीं जलाई थी। तभी एक नारी मूर्ति आखिड़ी हुई। सभ्रम उठ खड़े हुए। सावधानीपूर्वक निहारा।

"कौन हो तुम ? क्यों आई हो ? क्या चाहती हो ?" उन्होंने जानना चाहा।

निरुत्तर आकृति सिर झुकाए खड़ी रही। अँधेरे के कारण स्पष्ट दिखाई नहीं दे रहा था। बिजली जलाई। रंग-बिरंगी चणिया, चोली, लुगड़े, कलाई से कुहनी तक हाथी दाँत की चौड़ी चूड़ियाँ, पैरों में चाँदी के कड़ों में बीस-बाईस वर्ष की गौर वर्णी आदिवासी युवती नतशिर खड़ी थी। हैरानी से घूरते रहे।

''क्या चाहिए ? किससे मिलना है ? क्या नाम है ? जवाब क्यों नहीं देती ?'' आक्रोश स्वर और आँखों में उतर आया।

वेंकटेश की चिल्ला चोट सुन सुरेन्द्रन की माँ दरवाजे के पीछे आ खड़ी हुई।

''जी ! मैं बींझणी ! कामरेड सुरेन्द्रन की घरवाली।'' स्वर सुंदरता के अनुरूप मधुर था। झुककर उसने वेंकटेश के चरण स्पर्श करना चाहा।

अचानक गिरी बिजली देह के पोर-पोर, अणु-अणु और सारे खून को जलाती उतर गई। पीछे हट गए। चरणों में नारी नहीं नागिन पड़ी थी। देह का खून जल जाने से चेहरा मुर्दे सा सफेद पड़ गया। रत्नम्मा भी जड़वत खड़ी की खड़ी रह गई। कुलपति डा. नागेश्वर राव की इकलौती सुंदर बेटी ! ना ! कुबेरपति रमापत की लतिका से होते हुए बींझणी पर अंत ! सुरेन्द्रन ने सारे सपने चूर-चूर कर दिए। इससे अच्छी खबर तो उसकी शहादत हो सकती थी। कई पल अबोले में बीत गए। शायद इसे पहले भेज सुरेन्द्रन ने उनका गुस्सा शांत करने की चाल चली है। बँगले के बाहर छिपा बुलावे की राह देख रहा होगा।

कातर दृष्टि से वह उन्हें निहार रही थी।

''सुरेन्द्रन कहाँ है ?'' कठोर दृष्टि और वाणी ने बींझणी को डरा दिया।

''दो दिनां पेला गाम पर पुलिस रो छापो पड्यो। हूँ हाट गी थी। वो पकड़ा गिया।'' बात और स्वर से रुदन झर रहा था।

जिस बात का भय था वह घटित हो ही गई। तो सुरेन्द्रन हवालात में है।

''यहाँ क्यों आई हो ?''

''उनका होणारा बच्चा री खातर। बच्चों नी होतो तो हूं नी आती ?''

यह दूसरा धक्का था। आसमान से गिरे। स्वच्छंद जीवन जीने वाले इन आदिवासियों का क्या भरोसा ? न जाने किसका पाप हमारे माथे मारने आई है ?

यह लड़की उन्हें पोते का मुँह दिखाएगी ? उनके सुरेन्द्रन के बेटे को जन्म देगी ? इस सूचना मात्र से रत्नम्मा की आत्मा तृप्ति से भर गई। तत्काल सतर्क हो गई। पिछले चालीस से अधिक सालों से वेंकेटेश के साथ रहते-रहते अपने पति की प्रत्येक साँस, इच्छाओं और आदतों का हिसाब उसके दिल के बही-खाते में लिखा था। इस लड़की को लेकर उनके अगले कदम का पूर्वाभास हो गया। जीवन में पहली बार पति की इच्छा का विरोध करने का फैसला किया। वे कोई कदम उठाएँ इसके पहले ही दरवाजा खोल बाहर आ बींझणी का हाथ पकड़ अंदर ले जा सुरेन्द्रन के कमरे में उसे व्यवस्थित रूप से ठहरा दिया। पत्नी की इस अप्रत्याशित कार्यवाही से वे हतप्रभ रह गए। अब बोलने, लड़ने-झगड़ने को बाकी कुछ भी नहीं रह गया था। हारे हुए खिलाड़ी के समान आराम कुर्सी पर जा लेटे। लेटने के पहले बत्ती बुझा दी। अँधेरा अधिक सकून दे रहा था।

जिंदगी में कभी कोई जिम्मेदारी उठाई नहीं। बचपन से किशोर अवस्था तक अम्मा के आँचल की छाँव तले रहा। महत्त्व का कोई काम लक्ष्मी अम्मा ने उसे कभी सौंपा नहीं ? जिस प्रकार से पुजारिन आँधी तूफान से पूजा-दीप को अपने आँचल की आड़ में बचाए रखती है उसी प्रकार से जिंदगी के तूफ़ान से अपने इस नन्हे दीपक को लक्ष्मी अम्मा बचाए रख रही थी। मुहल्ले में किसी का भी झगड़ा होता तो अपने श्रीनि को अपने पीछे छिपा लेती। शवयात्रा निकलने पर श्रीनि तत्काल कालर से गला बंद कर लेता। लक्ष्मी अम्मा उसे कमरे में धकेल देती। शवयात्रियों के निकल जाने पर एक लोटे पानी से आँगन शुद्ध कर लेती। वहाँ श्रीनि जो खेलता था।

नारायण मामा ने किशोर श्रीनि की न केवल जिम्मेदारी ली वरन् उसका पूरा ध्यान रखा। बेटे समान उसे चाहता था। वे ही उसकी तरफ से सोचने का काम करते। भूषणम दलम में आने के बाद सुरेन्द्रन, लतिका, भूषणम, बींझणी यहाँ तक कि अन्य आदिवासी उसके संरक्षक थे। वे ही उसके बारे में सोच-विचार करते, निर्णय लेते। वह तो एक स्वयंसेवक था। जवाबदारी और महत्त्वपूर्ण निर्णय लेने का कोई भी काम कभी भी उसे सौंपा नहीं गया। उसने भी इसके लिए कोई आग्रह या शिकायत नहीं की।

और अचानक एक दारुण स्थिति में खुद को फँसा पाया। वैसे भी गत कई हफ्तों से जिस मानसिक यंत्रणा से गुजर रहा था वह उसकी सहन शक्ति को क्षतिग्रस्त कर रही थी। उसे आखरी धक्का लगा। एक मरणासन्न व्यक्ति का उत्तरदायित्व कंधों पर आ पड़ा तो घबरा जाना स्वाभाविक था। उसे कुछ समझ नहीं पड़ रहा था। इच्छा हुई कि भूषणम को भाग्य और ईश्वर के भरोसे छोड़ लतिका की तरह भाग खड़ा हो। मगर मन गवाही नहीं दे रहा। रुपयों की कमी थी नहीं। जो पचहत्तर हजार निकाल कर लाया था उसमें से बहुत थोड़ी-सी रकम खर्च हुई थी। अधिकांश बची हुई थी। लतिका ने मुंबई ले जाने की बात की थी। मुंबई कैसे ले जाए ? गाड़ी भी तो लतिका ले गई। न केवल मुंबई वह तो इस शहर में भी किसी को जानता नहीं। मुंबई का भी नाम भर सुना है। एक करोड़ की आबादी वाले मनुष्यों के जंगल में खतरे ही खतरे हैं। मुंबई-माफिया और नए लोगों को ठगने के कई किस्से सुन चुका है। दक्षिण की अधिकांश देव-दासियाँ मुंबई के वेश्यालयों में ही बिकती है। वहाँ के और खतरे हैं। कोई भी निर्णय लेने में असमर्थ था।

ठक...ठक...ठक...दरवाजा खटखटा रहा था। शायद लतिका खोज-खबर लेने आई हो ? मन प्रसन्नता से भर उठा। दौड़कर दरवाजा खोला। दरवाजे के दोनों ओर पुलिस कमांडो रिवाल्वर के साथ छिपे हुए थे। जैसे ही दरवाजा खोल श्रीनि ने बाहर झाँका रिवाल्वर उसकी कनपटी और बगल में अड़ा दी गई। पुलिस ने घर को घेर रखा था।

"हेंडस् अप"

श्रीनि बुरी तरह से घबरा गया। इसकी तो उसने कल्पना भी नहीं की थी। कुछ सोचे समझे इसके पहले उसे हिरासत में ले हथकड़ियाँ डाल पुलिस वेन में धकेल दिया गया। वीरा स्वामी के नेतृत्व में रिवाल्वर और राइफलों के साथ पुलिस तेजी से अंदर घुस गई। भूषणम बुखार की गर्मी में अर्ध बेहोश था। वीरा स्वामी ने मोबाइल से सिविल अस्पताल से तुरंत एंबुलेंस, डाक्टर और नर्स बुलवाए। सारे घर को उलट-पुलट कर दिया। सत्तर हजार की रकम नगद मिली। कपड़े और खाने का सामान। श्रीनि को जेल और भूषणम को गहन चिकित्सा इकाई में भर्ती कर दिया गया। पुलिस गार्ड भी तैनात कर दिए गए। ग्लूकोस सलाइन चढ़ाई जाने लगी। घाव का आपरेशन जरूरी था। किंतु बहुत देर हो चुकी थी। बार-बार के बुखार और अनियमित तथा अव्यवस्थित इलाज ने भूषणम की बीमारी से लड़ने की शक्ति खत्म कर दी थी। ऑपरेशन टेबल पर ही उसने दम तोड़ दिया।

अपराधियों से जुर्म कबूल कराने के लिए पुलिस द्वारा जिस प्रकार से थर्ड डिग्री तरीका अपनाया जा रहा था उसे देख श्रीनि बुरी तरह से भयभीत हो उठा। जीवन में ऐसा कुछ घटेगा उसके बारे में सोचा तक नहीं था। वीरा स्वामी की उम्मीद के विपरीत थर्ड डिग्री अपनाने के पहले ही उसने सब कुछ उगल दिया। फलस्वरूप सुरेन्द्रन और अनेक कामरेड्स पकड़ा गए। नाम तो लतिका का भी आया था। किंतु वह उन दिनों विदेश थी । फिर उस पर हाथ डालने का साहस किसी में नहीं था। उसके खिलाफ सबूत भी नहीं थे। केवल श्रीनि के इकबालिया बयान पर भरोसा नहीं किया जा सकता था। और जब पुलिस ने लतिका के विवाह में प्रांतीय ही नहीं केंद्रीय मंत्रियों, विरोधी दल के मार्क्सवादी, समाजवादी, कांग्रेसी, साम्यवादी वीआईपी (अतिविशिष्ट व्यक्तिगों) को अपने सुरक्षा कर्मियों के साथ शिरकत करते वीरा स्वामी ने देखा था। उनके खुद के हाथों में हथकड़ियाँ और जुबान पर ताले पड़ गए। न्यायाधीशों, पत्रकारों, राज्य व केन्द्र सरकार के कई सचिवों, प्रमुख सचिवों, गृह सचिव और मुख्य सचिव आपस में जाम टकरा रहे थे। वीरा स्वामी ने देखा कि लतिका के विवाह के बहाने लोग आपस में जन संपर्क करने में व्यस्त हैं। तभी मुख्यमंत्री के गुरु बाबा सीताराम आए। लंबा गेरुआ चोगा उसी रंग की लुंगी गले में दुपट्टा और कंधे तक लहराते बाल। भाल पर रक्त चंदन का टीका, कान, गले और कलाइयों में रुद्राक्ष की मालाएँ, अँगुलियों में नवग्रहों से संबंधित हीरे-पन्ने, मोती, पुखराज, मूँगे आदि की अँगूठियाँ। चेले-चेलियों से घिरे बाबा सीताराम स्वामी भव्य लग रहे थे। दौड़कर मुख्यमंत्री ने बड़ी श्रद्धाभक्ति से उनकी चरण वंदना की। उनके कंधे पर हाथ रख स्वामी पूरे अहंकार के साथ गजराज से झूमते झामते मंच की ओर बढ़े। वहाँ कुछ दूर दुल्हा-दुल्हन की कुर्सियों के पास उनके लिए भव्य आसन था। लोग चरण धूलि लेने गिरे मरे पड़ रहे थे। मुख्यमंत्री को चरण छूते देख कई मंत्री विधायक भी दौड़े स्वामी की कृपा कटाक्ष पाने। उनकी चरण वंदनाओं से बेखबर स्वामी ने मंच पर पहुँच वर-वधू

को आशीष दिया। स्वामी के आपराधिक रिकार्ड की वीरा स्वामी को पूरी जानकारी थी। उन्हें यह भी मालूम था कि अनेक अपराधियों और माफिया डान से उनके संबंध हैं। उनका आश्रम किसी फाइव स्टार एअर कंडिशंड होटल से कम नहीं है। इस फाइव स्टार आश्रम में गाहे-ब-गाहे डान और उनके गुर्गे शरण लेते हैं। वे राजनीति और सत्ता के दलाल हैं। मगर उन पर हाथ डालने की हिम्मत किसी में नहीं थी।

इस देश में गरीबों और प्रभावशाली व्यक्तियों के लिए अलग-अलग कानून है। पुलिस जहाँ साधारण अपराधियों को पकड़ तत्परता से कानून और न्यायपालिका के हवाले करती है; वहीं सुरक्षा कर्मियों से घिरे संदिग्ध चरित्र के अपराधी विशिष्ट व्यक्तियों पर हाथ डालने के पहले हजार बार सोचती है। वह जानती है कि बड़े से बड़े वकील की मदद से वे कानून खरीद कर मनचाहा न्याय प्राप्त कर लेंगे। कानून और न्यायपालिका की कमजोरियों की जानकारी इन वकीलों को है। लाखों रुपए की फीस के बदले वे कानून की व्याख्या अपने मुवक्किल के पक्ष में करने में सक्षम हैं वरन् न्यायाधीश से उसे मनवाने की ताकत भी रखते हैं। लाखों की फीस के सामने सत्य का कोई मूल्य नहीं है। कोई भी ताकत लतिका को सीखचों के पीछे भिजवाने की ताकत नहीं रखती। इस देश में दो हिंदुस्तान हैं, एक अमीरों का दूसरा गरीबों का। और इतिहास के हर दौर में गरीब हिंदुस्तान ने अमीर हिंदुस्तान की गुलामी की है। वीरा स्वामी गरीब हिंदुस्तान से आए थे। गरीबों में भी सबसे गरीब तबके के हिंदुस्तान से। कड़वाहट से वे भर गए।

गिरफ्तारी के दो दिन बाद न्यायालय में पेश कर पुलिस ने पूछताछ के लिए एक सप्ताह के रिमांड पर श्रीनि को ले लिया। वीरा स्वामी की एक्स-रे दृष्टि, पूछताछ के दौरान उसके तन, मन और आत्मा के भीतर तक उसकी इच्छा के खिलाफ प्रवेश कर जाती थी। कड़ाई से पूछताछ करने पर वीरा स्वामी को श्रीनि की कस्बाई और ग्रामीण पृष्ठभूमि का पता चल गया। भाग्य और परिस्थिति ने एक भोले-भाले, ईमानदार और मूर्खता की हद तक सीधे-सादे किशोर को नक्सल आंदोलन में धकेल दिया था। नक्सल गतिविधियों से संबंधित कोई भी आपराधिक रिकार्ड उसका नहीं था। न्यायालय में प्रकरण चलने पर संदेह का लाभ उसे मिलेगा। वह निश्चित रूप से छूट जाएगा। जो कुछ श्रीनि ने कहा उसकी जाँच उन्होंने व्यक्तिगत रूप से सीआईडी (अपराध अनुंसधान ब्यूरो) से कराई। उसने भी उसका समर्थन किया। लेकिन सोनदत्ती से जो जानकारी मिली उसने चौंकाया। परिस्थितिजन्य साक्ष्य और चश्मदीद गवाहों के आधार पर श्रीनि अपने मामा नारायण पुजारी की हत्या कर मंदिर का जेवर-रुपया लूट कर भागा है। वह एक भगोड़ा-लुटेरा, हत्यारा है। सोनदत्ती पुलिस को जिसकी तलाश है। जबकि श्रीनि का सरल, निश्छल और निष्कपट व्यक्तित्व इस तथ्य को

झुठला रहा है। तीस साल का पुलिसिया अनुभव भी इसका समर्थन कर रहा था। जरूर कहीं कोई गड़बड़ है। प्राप्त सारे तथ्यों की बार-बार चेंकिग-रिचेकिंग की किंतु सच्चाई की तह तक पहुँचने में असफल रहे। उपलब्ध साक्ष्य के सामने वीरा स्वामी असहाय थे।

रिमांड अवधि की समाप्ति के बाद श्रीनि को पुनः न्यायालय के सामने पेश किया गया। चूँकि पुलिस ने फिर से रिमांड की दरखास्त नहीं दी थी इसलिए न्यायाधीश उसे जमानत पर छोड़ने को तैयार हो गए। किंतु कोई भी जमानतदार उपलब्ध नहीं था। इसलिए श्रीनि को पुनः जेल भेज दिया गया। वीरा स्वामी उसकी जमानत कराना चाहते थे मगर अपने को रोका। श्रीनि का व्यक्तित्व, छवि और आचरण इतना पारदर्शी एवं तलदर्शी था कि अपरिचित अजनबी भी उसकी मदद करने को तैयार हो जाते। इच्छा होते हुए भी वीरा स्वामी की अपनी सीमाएँ थीं। जाँच के दौरान वे इस नतीजे पर पहुँचे थे कि नक्सलवादी प्रकरण में श्रीनि निश्चित रूप से वरी हो जाएगा। लेकिन नारायण स्वामी हत्या के मामले में बचना मुश्किल है।

प्रथम सूचना रिपोर्ट के बाद आरोप निर्धारित होते ही मुकदमा आरंभ हो गया। शासन की ओर से श्रीनि को वकील दिया गया। बचाव पक्ष के वकील मोहन राव ने पूरे प्रकरण का अध्ययन किया। अप्रत्यक्ष रूप से वीरा स्वामी का समर्थन भी उसे मिला। उन दोनों के मन में इस निष्कपट, सीधे, बेवकूफ किस्म के इंसान के बारे में सहानुभूति, दया और करुणा पैदा हो गई थी।

सरकारी वकील ने उसे सुरेन्द्रन-भूषणम का दाहिना हाथ और प्रमुख षड्यंत्रकारी निरूपति किया। उसने ही मंत्री देवगन को आदिवासी इलाके का दौरा करने हेतु बींझणी के माध्यम से लुभाया। परिणामस्वरूप माननीय मंत्री महोदय पहले से तैयार जाल में फँस कर मारे गए। अखबारों ने अपनी रिपोर्ट्स में श्रीनि की छवि प्रसिद्ध नक्सलवादी नेता के रूप में प्रचारित कर उसे हीरो बना दिया।

मुकदमा आरंभ होने के पहले बचाव पक्ष के वकील मोहन राव ने श्रीनि को समझाया कि उसे कम से कम बोलना है। मुझे नहीं मालूम, मैं उनके साथ नहीं था, और हाँ/ना से अधिक कुछ नहीं कहना है। यदि वकील मोहनराव उसे नहीं भी समझाता तो भी वह चुप ही रहता। उसके जीवन में घटनाएँ इतनी तेजी से घट रही थीं कि उन्होंने उसे गूँगा कर दिया था। देवी अम्मा की मूर्ति तालाब में फेंकने के बाद तूफानी नक्सलवादी जिंदगी और अब कोर्ट, कचहरी, जेल, बहसें सारा कुछ उसके लिए नया और समझ से परे था। एक नई दुनिया में था। अतः सरकारी वकील के तर्कों, दलीलों द्वारा उसे जब प्रमुख षड्यंत्रकारी निरूपित किया गया तो हैरान रह गया। बुद्धूपने की अभिव्यक्ति उसके मुख पर छायी रहती। उसकी समझ में कुछ भी नहीं आ रहा था। उसके बारे में सरकारी वकील नई जानकारियाँ दे रहा था। अपने वकील के सुझाव के अनुरूप ही श्रीनि ने सरकारी वकील को जिरह के समय उत्तर दिए। जहाँ

गड़बड़ाया वहाँ मोहनराव ने टेका दिया।

मोहनराव ने सरकारी वकील की दलीलों की धज्जियाँ उड़ाते कहा कि उनके विद्वान मित्र ने ठोस सबूत, चश्मदीद गवाह पेश नहीं किए। मात्र परिकल्पनाएँ पेश की हैं। और मुकदमे परिकल्पनाओं पर नहीं लड़े जाते। उनका मुवक्किल संयोग वश उस दिन मंत्री महोदय के बँगले पर जा पहुँचा था। वास्तव में वह नौकरी पाने के लिए मंत्री जी से मिलने गया था। और इत्तफाकन आदिवासी प्रतिनिधिमंडल भी उन्हें आमंत्रित करने गया। और भी मिलने वाले, काम कराने वाले वहाँ मौजूद थे। मेरे विद्वान मित्र सरकारी वकील ने उसे परिकल्पना की मदद से आदिवासी प्रतिनिधि मंडल का सदस्य निरूपित कर दिया। उनकी कल्पना की दाद देना पड़ेगी। इसमें कोई संदेह नहीं कि चन्द्रशेखरन से मेरे मुवक्किल ने लिफ्ट माँगी थी। और वह भूषणम के साथ पकड़ा भी गया। परंतु वह वहाँ उससे मिलने गया था। यदि एक बार मान भी लिया जाए कि वह उनके साथ था तो मान्यवर ! यह स्मरण और ध्यान देने वाली बात है कि ये कामरेड्स इतने खतरनाक थे और हैं कि अगर ये उनका साथ न देता तो वे इसे खत्म कर देते। मजबूरी और अपनी जान बचाने की खातिर इसने उनके आदेशों का पालन किया होगा। न चाहते हुए भी एक किशोर जिसे तकदीर और परिस्थितियों ने तूफान के बीच ला पटका था। इसमें उसका क्या दोष ? मोहन राव जिस सफाई और चतुराई से कहानी गढ़ रहा था उसे सुन श्रीनि दंग रह गया। उसे लगा मोहनराव जो कह रहे हैं वही सच्चाई है। अभियोजन पक्ष का प्रमुख निशाना वह था भी नहीं। उन्होंने पूरा मुकदमा भूषणम, सुरेन्द्रन और बींझणी को लेकर बुना था। इनमें से एक मर चुका था। और दूसरा गायब था। अतः सुरेन्द्रन अभियोजन के केंद्र में आ गया। पुलिस ने लाख कोशिश की कि श्रीनि सरकारी गवाह बन जाए। परंतु वह साफ इन्कार कर गया। जैसे ही उसे पता चला उस पर कोई गंभीर आरोप नहीं है वह गूँगा और तटस्थ हो गया। मुकदमे की सुनवाई शीघ्र पूरी हो गई। न्यायाधीश ने आठ दिन के लिए फैसला सुरक्षित रखा। आगामी तारीख पर उन्होंने संदेह का लाभ दे श्रीनि को इस शर्त पर बरी किया कि अन्य अपराधियों के पकड़े जाने और मुकदमा चलने पर हाजिरी वारंट पर न्यायालय में उपस्थित होना पड़ेगा। ज्यों ही जेल से बाहर निकला सोनदत्ती पुलिस को जेल के बाहर इंतजार करते पाया। उसे तत्काल गिरफ्तार कर सोनदत्ती ले जाया गया।

पुलिस सरगर्मी से सुरेन्द्रन की तलाश कर रही थी। जंगल में बसे संभावित आदिवासी गाँवों पर छापे मारे गए। श्रीनि ने भी उनके जंगल जाने की बात कही थी। जिस गाँव की जानकारी उसने उन्हें दी सुरेन्द्रन-बींझणी वहाँ नहीं थे। वे चल दिए थे। तभी उन्हें मुखबिर से पता चला बींझणी सुरेन्द्रन को नानी-मामा के गाँव ले गई है। वहाँ भी छापामारी की गई। पुलिस कार्यवाही, विशेषकर भूषणम की मृत्यु और श्रीनि के पकड़े जाने की सूचना उनके पास नहीं थी। उनकी पीठ पीछे क्या

हो रहा है; इसका पता उन्हें नहीं हो पाया। फिर वे एक शांत गृहस्थ जीवन के सुख में डूब उतरा रहे थे। इसने उन्हें असावधान कर दिया। पुलिस ने गाँव को चारों ओर से घेर लिया। जिस समय छापा पड़ा बींझणी हाट बाजार सामान खरीदने गई थी। पास के कस्बे में हर गुरुवार को हाट लगती थी। उसे गुरुवारिया कहते थे। हाट से लौटते वक्त उसे सुरेन्द्रन की गिरफ्तारी का पता चला। तत्काल भाग खड़ी हुई। छिपते-छिपाते रात के अँधेरे में प्रोफेसर वेंकटेश के यहाँ शरण लेने जा पहुँची। अपने से अधिक उसे सुरेन्द्रन के होने वाले बच्चे की चिंता थी।

सुरेन्द्रन की गिरफ्तारी का समाचार प्रोफेसर वेंकटेश को बींझणी से मिल ही चुका था। उन्होंने वकीलों के चक्कर लगाना आरंभ कर दिया। पुलिस ने उसे पंद्रह दिन के रिमांड पर ले रखा था। उससे गहन पूछताछ की गई। कट्टर सुरेन्द्रन ने पुलिस को काई भी जानकारी नहीं दी। उसने जुबान पर ताले लगा लिए। थर्ड डिग्री अत्याचार का उस पर कोई असर नहीं हुआ। वीरा स्वामी समझ गए सुरेन्द्रन मर सकता है। किंतु अपने साथियों से गद्दारी नहीं करेगा। सुरेन्द्रन को खूँख्वार आतंकवादी निरूपित कर पुलिस ने उसकी जमानत नहीं होने दी। वेंकटेश के मित्र वकीलों की टोली सुरेन्द्रन को फाँसी से बचाने और कम से कम सजा दिलाने में जुट गई। मुकदमे के दौरान बचाव पक्ष के वकीलों ने सारा दोष मृतक भूषणम, फरार बींझणी और अन्य नक्सलवादियों पर डाल दिया जिन्हें पकड़ने में पुलिस असफल रही थी। उन्होंने दलील दी कि सुरेन्द्रन जैसे भोले-भाले आदर्शवादी नौजवानों को बहकाने के लिए ही भूषणम विश्वविद्यालय में भर्ती हुआ था। और इन अनुभवहीन, अपरिपक्व और कल्पनाशील छोकरों को बरगलाने में सफल हुआ था। सुरेन्द्रन उनमें से एक था। सुरेन्द्रन विरोध करना चाहता था। किंतु मुकदमा शुरू होने के पहले वेंकटेश सुरेन्द्रन से जेल में मिले। और इशारे में बींझणी के माँ बनने तथा उनकी देख-रेख में आ जाने की सूचना दे दी। होने वाली संतान की खातिर चुप रहने का वास्ता दिया।

वेंकटेश ने बींझणी का हुलिया बदल दिया था। हाथी दाँत के चूड़े, लुगड़ा, चोली, चणिया जला दिए गए। शलवार, कुर्ती, साड़ी, जींस, स्कर्ट-ब्लाउज पहनने लगी। बाल बाबा कट करा दिए। ऊँची एडी के सेंडल पहनने लगी। पूरी काया पलट कर दी गई। हुलिया ऐसा बदल दिया गया कि उसके माँ-बाप और रिश्तेदार तो क्या सुरेन्द्रन भी उसे पहचान नहीं पाता। उसे अंग्रेजी पढ़ाई गई। बोलने, चलने-फिरने, बैठने-उठने तक का सलीका सिखाया गया। इन दिनों सतर्क, सावधान रत्नम्मा ने जिस समझदारी और होशियारी का परिचय दिया उसने वेंकटेश को चकित कर दिया। बींझणी का नाम बदल सुजाथा रख दिया गया। बींझणी के मामले में सारा नियंत्रण रत्नम्मा ने अपने हाथ में ले लिया। वेंकटेश का किसी भी प्रकार का हस्तक्षेप उसे मंजूर नहीं था। उन्होंने भी हथियार डाल दिए। सहसा वेंकटेश को लगा कि पुलिस उन पर निगरानी रख रही है या रख सकती है। तब उन्होंने सुजाथा को शिफ्ट करने

का निर्णय लिया। रत्नम्मा भी उनसे सहमत थी। उनका एक विद्यार्थी मुंबई में पोर्ट ट्रस्ट में उच्च पदस्थ अधिकारी था। उससे चर्चा कर एक रात कार से बींझणी और रत्नम्मा को मुंबई भिजवा दिया। भेजने के पहले रत्नम्मा को समझा दिया कि फोन से वे ही संपर्क करेंगे। उसके फोन करने की आवश्यकता नहीं है। पुलिस फोन टेप कर सकती है। वे भी फोन घर से नहीं पीसीओ से करते थे। पीसीओ भी हर बार बदल लेते थे। समय आने पर सुजाथा ने एक बेटे को जन्म दिया। वेंकटेश पुनः सपना देखने लगे। सुरेन्द्रन ने तो उनके सपनों को बुरी तरह से लहू-लुहान कर जो अंतर्ज्वाला दी वह पोते के जन्म लेते ही ठंडी पड़ गई। पोते ने उनके सपनों को उम्मीद का नया चाँद थमा दिया। जिस पोते को लेकर सपने बुनने लगे थे उसे सरलता से स्वीकारा नहीं था। उस दिन रत्नम्मा बींझणी को अंदर ले गई तो उसके इस अप्रत्याशित व्यवहार से सन्न रह गए। गत पैंतीस साल के वैवाहिक जीवन में जिसने कभी मुँह नहीं खोला, पति परमेश्वर मान उनकी इच्छा मात्र का सम्मान किया, उससे यह उम्मीद कतई नहीं थी। क्रोध से भर उठे। रत्नम्मा ने उनके पौरुष-अहं को चुनौती देने का साहस किया था। तुरंत अंदर पहुँचे। बींझणी को सुरेन्द्रन के कमरे में छोड़ रत्नम्मा बाहर आई। पति की आँखों से झाँकते आक्रोश और तमतमाए चेहरे ने सब कुछ समझा दिया। वो कुछ बोलें इसके पहले हाथ पकड़ पिछवाड़े के आँगन में ले गई।

"आप नाराज हैं। जानती हूँ। उसे निकालना चाहते हैं क्योंकि वो न जाने किसका पाप हमारे मथ्थे मढ़ने आई है ? स्वच्छंद जीवन जीने वाले इन आदिवासियों का भरोसा क्या ?" रत्नम्मा उनके शक को शब्द दे रही थी।

"किंतु समझ लीजिए ! एक औरत ही जानती है कि उसकी कोख में पलने वाले बच्चे का असली बाप कौन है ? आप मर्द नहीं जान सकते ? एक बात और ! यदि आप ने उसे निकाल दिया और उसके माँ-बाप और आदिवासी समाज ने स्वीकार नहीं किया तो क्या होगा ? जानते हैं ! दूसरा खसम कर लेगी। या वेश्यावृत्ति कर बच्चे को पालेगी। तब हमारे पोते की जिंदगी कैसे बनेगी इस बारे में सोच लें ? जिस कड़वाहट के साथ बड़ा होगा। वही तो समाज को देगा ? इसके बाद आप जो चाहें सो करें ?" कहकर अंदर चली गई।

क्रोध ने वेंकटेश के सोचने की ताकत हर ली थी। रत्नम्मा ने वापस दिला दी। सिर नीचा कर अपने कमरे में चले गए।

ईश्वर की कृपा हुई तो पोता उनकी इच्छा पूरी करेगा। उसका कैरियर अपनी इच्छानुसार बनाएँगे। रत्नम्मा और सुजाथा के सुरक्षित जगह पहुँच जाने से उन्होंने पूरा ध्यान सुरेन्द्रन के मुकदमे पर केंद्रित कर दिया। मुकदमे के दौरान एक अच्छी बात हुई। हाजिरी वारंट पर श्रीनि सुरेन्द्रन के मुकदमे में गवाही देने पहुँचा। उसने सुरेन्द्रन को पहचानने से इन्कार कर दिया। उसे ऐसे देखने लगा जैसे किसी अजनबी

को पहली बार देख रहा हो। भयभीत भोले बच्चे-सा ताकता रहा। सरकारी वकील ने कई तरह से सीधे, घुमा-फिरा कर उसे हिलाने की बड़ी कोशिश की लेकिन असफल रहा। वेंकटेश ने छुटकारे की साँस ली।

सारी प्रक्रिया फिर से दुहराई गई। सवाल वे ही थे। हाँ ! पूछने वाले दूसरे। उसने हत्या क्यों की ? देवी अम्मा के लूटे गए जेवर, चढ़ावे में आई नगदी कहाँ है ? जेवरात किसे बेचे ? उसके साथ और कौन-कौन था ? देवी अम्मा की मूर्ति कहाँ है ? किसे बेची ? या फेंक दी ? इन झूठे सवालों के जवाब उसके पास थे ही नहीं ? एक को छोड़कर। देवी अम्मा की मूर्ति के बारे में ही बता सकता है। लेकिन बताएगा नहीं ? वह नहीं चाहता था कि देवी अम्मा की पूजा-उपासना के नाम पर देवालय की वेश्या वृत्ति, देवदासी प्रथा फिर से आरंभ हो ? पहली बार उसे पता चला कि उसने नारायण मामा की हत्या की है। उनके कमरे की तिजोरी से देवी अम्मा के जेवर और नगदी लूट कर भागा है। जिन विदेशी एजेंट्स की उसने हत्या का अपराध किया उसके लिए उसे दोषी नहीं माना गया। और जो हत्या-लूट उसने की ही नहीं उसके लिए उस पर मुकदमा चलाया जा रहा है। कानून-न्याय की दुनिया भी अजीब है ? यह व्यवस्था झूठी गवाहियों और परिस्थितिजन्य झूठे साक्ष्य की मदद से किसी भी निरपराध को फाँसी के फंदे पर पहुँचा सकती है। श्रीनि इसका उदाहरण बनने जा रहा था। अपराध कबूल कराने के लिए पुलिस ने थर्ड डिग्री इस्तेमाल की। किंतु वह टस-से-मस नहीं हुआ। उसने दृढ़ निश्चय कर लिया कि झूठे इल्जाम को नहीं स्वीकारेगा। चाहे इसके लिए जान ही क्यों न देना पड़े ? अम्मा ने सत्य के लिए सभी कुछ न्योंछावर करने वाली अनेक पौराणिक कथाए बचपन में सुनाई थीं। राजा हरिश्चन्द्र ने सत्य के लिए सभी कुछ न्योछावर कर दिया था। सत्य की तरह चट्टान सा अड़ गया।

उसे पिछले मुकदमे का भी अच्छा-खासा अनुभव था। पुलिस, कोर्ट-कचहरी की चालाकियों से रूबरू हो चुका है। पुलिस के किसी भी सवाल का जवाब उसने नहीं दिया। ओठ सी कर गूँगा बन गया। जिनसे उम्मीद नहीं थी वे ही उसके खिलाफ गवाही देने आए। इसने भी उनकी वाणी हर ली। देवकी अम्मा और जयम्मा जिन्हें अम्मा के समान मानता है वे ही उसके खिलाफ गवाही देने आई तो हैरानी के साथ दुःख अधिक हुआ। वीरप्पा सेठ से तो आरंभ से ही घृणा करता था, सो उनकी गवाही पर आश्चर्य नहीं हुआ।

गिरफ्तार कर जब उसे गाँव के थाने पर लाया गया तो चन्द्रेश गुरुजी, गौरी और ललिता को छोड़ सारा गाँव देखने आया था। वीरप्पा पाटिल, जयम्मा और देवकी अम्मा सबसे आगे थे। तब झूठी-भोली आशा ने भरमाया था कि गौरी, ललिता और चन्द्रेश गुरुजी उसे निर्दोष मानते हैं। उनकी सहानुभूति उससे है। किंतु जब गौरी

और ललिता भी उसके खिलाफ गवाही देने आईं तो जीवन का सबसे बड़ा आघात लगा। जड़वत स्तब्ध रह गया। मर्मान्तक पीड़ा हुई।

आरोप निर्धारित कर नियमित मुकदमा आरंभ हुआ। इस बार भी उसे सरकारी खर्च पर बचाव के लिए वकील रामास्वामी मिला। कानून, सरकार, अदालत का गोरख धंधा उसकी समझ में नहीं आया। सरकार ही आरोप लगा रही है। वही अपराधी के बचाव के लिए वकील मुहैया करा रही है ?

देवकी अम्मा और जयम्मा जब गवाही देने आई तो उनका हुलिया देख दंग रह गया। नारायण मामा के पास जब तक थी साधारण लांग की सस्ती साड़ी-ब्लाउज और गिलट के जेवर पहनती रहीं। और अब दोनों बढ़िया कांजीवरम की साड़ी, रेशमी ब्लाउज, सोने के जेवरों से लदी, मुँह में पान का कल्ला और सिंगार से सजी बजी। दोनों ने बताया कि उस रात मंदिर में पुजारी सामी की चीख-पुकार सुन वे दौड़ी आईं। मंदिर के पीछे आराम कर रही थीं। पुजारी सामी श्रीनि, श्रीनि पुकार रहे थे। जब वे पहुँचीं सामी फर्श पर पड़े थे। उनका सिर फट गया था और खून बह रहा था। दरवाजे में खड़ी ललिता डर के मारे पीली पड़ी थरथर काँप रही थी। वीरप्पा सेठ भी दूर खड़े थे। श्रीनि वहाँ नहीं थे। न देवी माँ की मूर्ति।

रामा स्वामी ने तरह-तरह से प्रश्न पूछे किंतु वे अपने बयानों पर अड़ी रहीं। वैसे सरकारी वकील ने मुकदमा और गवाह इतने पक्के तैयार किए थे कि रामा स्वामी को लगा वो हारी बाजी खेल रहा है। उसे अपनी फीस से मतलब था। श्रीनि बरी हो या जेल जाए उसे कोई मतलब नहीं था।

वीरप्पा सेठ ने अपने बयान में कहा कि उसकी दूकान मंदिर से थोड़ी दूर पर है। नारायण पुजारी उसके बड़े अभिन्न मित्र थे। बड़ी आशा से, श्रीनि जो उनका भाणेज है, पुजारी बड़ी उम्मीद से इसकू लाए कि उनके बाद मंदिर सँभालेगा। अपनी इकलौती बेटी गौरी कू इससे ब्याहने की उनकी योजना। पण इस बदमाश ने सब खत्म कर दिए साब। मेरे दोस्त कू...। वीरप्पा पाटिल रोने लगा। अदालत में उपस्थित सभी गमगीन हो उठे। दोनों वकीलों की हिम्मत प्रश्न एकदम पूछने की नहीं हुई।

जब पाटिल सुस्मल हुआ बात पुनः जारी की, "मेरा घर मंदिर के पास है हजूर ! घर के अगले भाग में दूकान है। दूकान मंगल कर सोने गया। रात पेशाब के लिए नींद खुले। पेशाब करने कू बाहर आया। क्या देखते एक लड़का मंदिर से कुछ ले के भाग रा। मंदिर में चोरी का शक हुआ। दौड़कर पहुँचा तो देखे देवी माँ का मूर्ति मंदिर में नहीं। नारायण स्वामी को बताने उनके कमरे की तरफ गया वो बाहर फर्श पर मरे पड़े। ललिता डर के मारे थरथर काँप रही। तभी देवकी अम्मा ओर जयम्मा आए। थोड़ी देर बाद गौरी अम्मा आए। नारायण स्वामी के कमरे का तिजोरी बी खाली।"

रामा स्वामी ने सवाल किया, "आप कैसे कहते कि मंदिर से मूर्ति ले कू भागने

वाला और पुजारी की हत्या करने वाला श्रीनि ही था ?"

"साब ये ई होयंगा। वो चाँदनी रात थी। भागने वाले का हाइट इसके इतना। उस बखत ये सोला सत्रा का होयंगा। फेर साब ! मंदिर के सारे लोंगा पुजारी कू देखने आए। ये श्रीनि नहीं आए। क्योंकि ये मंदिर में नहीं होते। सारा मंदिर छान मारे।"

"कंही और गए होयंगे ?"

"नई वकील साब ! दूसरे दिनां सारा सोनदत्ती ही नई आस-पास का गाँव भी छान मारा। ये कंही नहीं था। इसकी अम्मा लक्ष्मी अक्का के घर भी नहीं। मेरे कू आश्चर्य हुआ। श्रीनि ऐसा क्यूं किए ?"

रामा स्वामी के लिए पूछने को और कुछ नहीं बचा था।

अर्दली ने आवाज लगाई, "गौरी अम्मा... ! वल्द...पुजारी...नारायण स्वामी... हाजिर...हो...ओ... ।"

श्रीनि सावधान हो गया। मानस पटल पर परकोर ब्लाउज में दुबली-पतली किशोरी की छबि उभरी। उत्सुकतापूर्वक दरवाजे को देखा। गौरी की छबि खंडित हो गई।

सिर झुकाए सुंदर युवती ने प्रवेश किया। रूप निखर आया था। यौवन रूपी बसंत देह के आँगन में उतर आया था। कमान सी, नुकीली भौंहें, पलकें, वक्ष और नितंबों, का मनोहारी उभार। कालिदास की 'तन्वी श्यामा शिखर दशना' रूपसी के बिंबाधर से लाल पतले ओठ और सघन बालों का जूड़ा। मुख पर छाई उदासी। मन कचोट उठा। कल्पना के विपरीत उदास सौंदर्य का अपना आकर्षण।

मरे हुए मन से गौरी अदालत में गवाही देने आई थी। गत कई सालों से दुहरी त्रासदी झेल रही थी। अप्पा की मौत और उसके लिए जिम्मेदार, होनेवाले पति के विरुद्ध गवाही देना ? मन को स्वीकार नहीं था। वह श्रीनि को अप्पा का हत्यारा मानने को तैयार नहीं थी। कुछ क्षणों के लिए कठघरे में खड़े अभियुक्त को निहारा. लुंगी बनी धोती से झाँकती पतली टाँगें, उपर के नंगे बदन पर झूलती जनेऊ, भाल पर लाल टीका, और चोटी। पैंट-शर्ट दाढ़ी-मूँछ, पुलिस यातना से पीड़ित चेहरे वाले ऊँचे-पूरे युवक में खो गई थी। किशोर श्रीनि की भोली छबि खंडित हो गई। हाँ ! आँखों से भोलापन अभी भी झाँक रहा है।

प्रेम जनित पीड़ा, घृणा की मिली-जुली दयनीय अभिव्यक्ति को गौरी के बड़े-बड़े नयनों से झरते देख काँप गया। अधिक समय तक सामना करने की ताकत खो बैठा। पलकें झुका लीं। गवाही सुनने के लिए साँस रोक ली।

सिर नीचा किए सच बोलने के लिए गीता की कसम खाई। मीठे मधुर स्वर में बताया उस रात अपने कमरे में गहरी नींद सोई थी। अचानक देवकी अम्मा और जयम्मा की चीखें-रोना सुनाई दिया। पहले लगा सपने में चीखें सुनाई दे रही है। किंतु जब चीखों और रुदन का स्वर तेज हो गया तो घबराकर उठ बैठी। चीखे और रोना अप्पा के कमरे की तरफ से आ रहा था। घबराई डरी दौड़कर पहुँची। अप्पा

की खून सनी लाश फर्श पर पड़ी थी। वीरप्पा चाचा "पकड़ो...पकड़ो...श्रीनि कू..पकड़ो..." चिल्ला रहे थे। कमरे के दरवाजे पर खड़ी ललिता पथराई दृष्टि से थर-थर काँपती देख रही थी। उन्हींने बताया देवी अम्मा की मूर्ति चुराकर भागते श्रीनि को जब अप्पा ने रोकने की कोशिश की तो मूर्ति उसने उनके सिर पर दे मारी। यही नहीं तिजोरी से देवी अम्मा के जेवर भी ले भागा।

"तो आपने खुद उसे हत्या करते नहीं देखा ?" रामा स्वामी ने प्रश्न किया।

इन्कार में गौरी ने सिर हिलाया।

"इस घटना से पहले श्रीनि का आपके अप्पा से झगड़ा हुआ था।"

"नहीं तो ?"

"यदि जयम्मा, देवकी, ललिता श्रीनि के बजाए किसी और का नाम बतातीं तो आप मान लेतीं।"

"शायद।"

रामा स्वामी को पूछने को अधिक कुछ नहीं रह गया।

चश्मदीद गवाह के रूप में सरकारी वकील ने ललिता को पेश किया। श्रीनि उसे देखता ही रह गया। अर्दली की, 'देवदासी ललिता हाजिर हो' की आवाज पर तत्काल यदि वो नहीं आती तो पहचान ही नहीं पाता। सदैव भयभीत रह नीची नजरों से कम से कम बात करने वाली, दुबली-पतली मरियल-सी लड़की। गौरी के उतरे ब्लाउज, परकोर और चुन्नी पहनने वाली के स्थान पर मैसूर सिल्क की शानदार साड़ी-ब्लाउज में लिपटी और सिर से पाँव तक जेवरों में लदी स्थूलांगी पसरी देह। पान से रंगे लाल ओठ, काजल से रची आँखें। बालों में सजा बढ़िया गजरा। वक्ष और नितंबों के उभार से झुकी कमर। ये उसकी देवदासी ललिता तो नहीं है ? कोई सेठानी अवश्य लग रही है। टुकुर-टुकुर ताकता रह गया।

जिस लड़की के लिए देवी अम्मा की मूर्ति तालाब में फेंकी; वही उसे फाँसी के फंदे पर चढ़ाने आई है ? उसके प्रति रहने वाली आसक्ति को पढ़ने में वह सफल थी। उन दिनों मुझे चाहती भी थी। और आज ! हे भगवान ! अपने स्वार्थ के लिए एक इंसान दूसरे की हत्या का जघन्य अपराध करने में किसी प्रकार का संकोच या शर्म का अनुभव नहीं करता। उसके खिलाफ झूठी गवाही देने वाली उसकी ललिता नहीं हो सकती ? इन कुछ सालों में मनुष्य को अनेक रूपों में देख परेशान हो उठा है। ईश्वर भी वही है, शैतान भी वही। वही मदद और सेवा करता है और धोखा भी देता है। वह प्यार और घृणा दोनों करता है। ललिता यही कर रही है। उसके वैभव को देख समझ गया कि उस रात नारायण मामा की हत्या के बाद ललिता किसी बड़े आदमी की रखैल बन गई है। उसने दिमाग दौड़ाया। कौन हो सकता है ? थानेदार ! ना ! पुराने थानेदार का तो तबादला हो गया है। माधवन नया थानेदार है। यदि पुराने थानेदार की रखैल होती तो उसके साथ जाती। निश्चय ही सेठ वीरप्पा

पाटिल की रखैल है। उसी के पैसे पर यह शान शौकत है। औरतों खासकर खूबसूरत जवान लड़कियों के मामले में पाटिल बड़ा रसिया, दिलफेंक है। उसकी निगाह शुरू से ललिता पर थी। वही इसे ले उड़ा है।

महत्त्वपूर्ण चश्मदीद गवाह के रूप में सिर नीचा किए ललिता ने बताया, "उस रात कू...उस...रात...कू...मंदिर के दरवाजे के खुलने से चरमराहट हुई। पुजारी सामी को खटका हुआ। वे बाहर गए। मय भी उनके पीछू गई।"

"तुम वहाँ क्या कर रही थीं ? उनके कमरे में ?"

शर्म से ललिता का गोरा मुख लाल हो गया। न्यायाधीश महोदय और अदालत में उपस्थितों के मुख पर मुस्कान फैल गई। औरतों की निगाहें लजीली मुस्कान से नीची हो गईं।

"बोलो क्या कर रही थीं ?" वकील ने जोर डाला।

"उनकी सेवा करने गए।"

"फिर ?"

"श्रीनि सामी कू मूर्ति ले कू भागते देखे ? पुजारी सामी रोके तो उनने... ?" तर्जनी से श्रीनि की ओर इशारा किया, "पुजारी सामी के सिर पे मूर्ति से वार किए। सिर फट गए साब ! खून का फौव्वारा निकले। पुजारी सामी गिर पड़े साबजी ! मय घबरा गई। चक्कर आ गया। दरवाजे का पल्ला पकड़ कू बैठ गई साब जी। श्रीनि सामी दौड़ कू कमरे में गए। टेबल पे पड़ी तिजारी की चाबी उठा देवी अम्मा का सारा जेवर नगदी और मूर्ति ले कू भाग गए। जाते-जाते मेरे कू धमका गए। किसी कू बताया तो तेरे कू बी मार डालूँगा ?"

रामा स्वामी ने एक सवाल मात्र पूछा, "ललिता जी, जरा याद करिए। उस रात मूर्ति लेकर भागते श्रीनि को पुजारी स्वामी ने रोक कर मूर्ति छीनने की कोशिश की होगी। है ना ?"

"हव साब ! पुजारी सामी उनकू रोके।"

"छीना झपटी में मूर्ति पुजारी के सर में लग गई होगी ?"

"हव साब।"

"अब आप जा सकती हैं।"

श्रीनि का चेहरा काला पड़ गया। न जाने किस जनम का बदला ललिता ले रही थी। शायद उसे प्यार करने की सजा दे रही थी। उसका वकील रामा स्वामी भी हार मान गया।

अगली पेशी पर सरकारी वकील ने ललिता के बयान को पुख्ता सबूत दर्शाया। उसके आधार पर श्रीनि को ठंडे दिमाग से हत्या करने वाला हत्यारा निरूपित किया। उन्होंने आगे कहा कि उसने एक साधारण आदमी की नहीं वरन् एक पुजारी, देवी भक्त की हत्या कर देवी माँ को लूटा है। अपने नापाक कृत्य से एक धार्मिक पवित्र

स्थल को अपवित्र किया है। इस बदमाश ने ईश्वर को भी नहीं छोड़ा है। श्रीमान यह एक नक्सलवादी समाज व देश विरोधी अपराधी है। पुजारी की हत्या के बाद लूटी गई नगदी और जेवर से हथियार खरीदे गए। जिनका उपयोग देश की स्थापित, जनता द्वारा चुनी सरकार के खिलाफ किया गया। हर नक्सली हमले में ये शामिल था। माननीय मंत्री महोदय देवगन की हत्या का ये एक सूत्रधार था। कानून की कमजोरी का फायदा उठा ठोस सबूत के अभाव में संदेह का लाभ देते हुए इसे बरी कर दिया गया। किंतु इससे इसके अपराध की गंभीरता कम नहीं होती। यहाँ तो श्रीमान ! ठोस सबूत और चश्मदीद गवाह है। अतः ताजिरात-ए-हिन्द, फौजदारी की दफा तीन सौ दो और तीन सौ नब्बे के तहत अपराधी को अधिकतम सजा दी जाए।

चतुर रामा स्वामी ने सरकारी वकील की दलीलों। को काटते हुए मुकदमे को एक नया मोड़ दे दिया। उसने कहा कि, "विद्वान सरकारी वकील ने मेरे मुवक्किल को नक्सल गतिविधियों का सरगना बताया है। उनका यह कथन पूर्व न्यायाधीश के फैसले का अपमान करता है। यह अदालत की अवमानना है। उनके विवेक पर सवालिया निशान लगाता है। हमारे नक्सलवादी भाई सामान्य अपराधी नहीं हैं। वे भी इस देश के नागरिक हैं। वे सशस्त्र क्रांति के जरिए सामाजिक अन्याय और असमानता, आर्थिक शोषण और भ्रष्टाचार को जड़ मूल से उखाड़ फेंकना चाहते हैं।

श्रीमान का ध्यान फ्रांस की 1789, 1830 और 1848 की क्रांतियों एवं सन् 1920 की सोवियत रूस की किसान-मजदूरों की, सर्वहाराओं की क्रांति की ओर आकर्षित करना चाहूँगा। क्या ये अपराध थीं। यदि ये असफल होती तो इतिहास में मानवता के प्रति अपराध के रूप में दर्ज होतीं। इनकी सफलता ने इन्हें मनुष्य की विजय के रूप में इतिहास में दर्ज किया है। श्रीमान ! सफलता से बढ़ कर सफल वस्तु दुनिया में दूसरी नहीं होती। श्रीमान ! जिस दिन हमारे नक्सलवादी बंधु अपने उद्देश्य को पाने में सफल हो जाएँगे इतिहास उनकी वंदना करेगा। वे मानवता के मसीहा कहलाएँगे।

जहाँ तक पुजारी नारायण स्वामी की हत्या का सवाल है वह एक दुःखद दुर्घटना थी। षड्यंत्रपूर्वक सोची-समझी साजिश नहीं। श्रीमान ! सारा समाज और देश जानता है कि देवदासी प्रथा ही व्यभिचार और वेश्यावृत्ति की जड़ और मानवता के लिए कलंक है। मुंबई, दिल्ली, चेन्नई जैसे महानगरों के वेश्यालय देवदासी प्रथा के कारण जिंदा हैं। अपरिपक्व, मासूम बच्चियों को देवदासी बनते देख मेरे आदर्शवादी मुवक्किल का उद्वेलित होना स्वाभाविक था। अपने पूजनीय मामा के सामने इस किशोर का खुलकर विरोध करने का साहस नहीं था इसलिए चुपके से देवी अम्मा की मूर्ति को हटाने की कोशिश की। क्योंकि वह देवी अम्मा को ही इस व्यवस्था का मुख्य स्रोत मानता था। मेरा यह भोला-भाला उस समय का किशोर मानता था कि यदि मूर्ति को हटा दिया तो देवदासी प्रथा अपने आप खत्म हो जाएगी। और जब मूर्ति को

छिपाने के लिए लेकर जाने लगा तो पकड़ा गया। नारायण मामा से जो छीना-झपटी हुई उसमें—दुर्भाग्य से मूर्ति पुजारी के सिर में लग गई और वे मारे गए। श्रीनि का उद्देश्य उनकी हत्या नहीं थी। वह दुर्घटना मात्र थी। जो अचानक घट गई।

जहाँ तक मंदिर की संपत्ति, नगदी की लूट का सवाल है यह भी क्षणिक उत्तेजना के कारण हुई होगी। मेरा तो विश्वास है कि मेरा मुवक्किल तो मूर्ति लेकर भाग गया होगा। इसका फायदा किसी और ने उठाया। वह कौन है इसका पता लगाना पुलिस का काम है। इसे सरकार सीबीआई को भी सौंप सकती है। यदि यह मान भी लिया जाए जैसा कि गवाह देवदासी ललिता ने कहा कि श्रीनि को उसने जेवर नगदी लूटते देखा तो श्रीमान ! मंदिर से लूटी गई रकम पुजारी या मंदिर की व्यक्तिगत संपत्ति नहीं। भक्तों का चढ़ावा होने से वह जन संपत्ति थी। इसका उपयोग मेरे मुवक्किल ने जन संघर्ष के लिए किया। व्यक्तिगत सुख-सुविधा के लिए नहीं। यह सब श्रीनि की किशोर अपरिपक्व बुद्धि के कारण हुआ। उसने समाज सुधार का एक अच्छा काम गलत तरीके से करने की असफल कोशिश की। एक बात और श्रीमान ! कुछ पल रुका। ललिता पुजारी की लाश देख बेहोश हो गई थी। फिर उसने श्रीनि को तिजोरी लूटते कैसे देख लिया ? अतः वह क्षमा दान या कम से कम सजा का हकदार है।

न्यायाधीश ने सवाल किया, "श्रीनि ! तुम्हें कुछ कहना है ? मुकदमे के दौरान तो तुम चुप रहे। यदि कुछ कहना हो तो अभी कह सकते हो। यह आखिरी मौका है जो हम तुम्हें दे रहे हैं।"

"श्रीमान ! न तो मैंने हत्या की न लूट की। हाँ ! जैसा मेरे वकील साहब ने कहा वह सही है।" परंतु भावनाओं के उद्वेलन ने उसकी जुबान बंद रखी। सिर्फ इन्कार में सिर हिलाया। उसे लगा उसके वकील रामा स्वामी ने विद्वान जज को मुकदमे पर नए दृष्टिकोण से सोचने पर मजबूर कर दिया है। इसका असर जरूर होगा।

सरकारी वकील ने इसकी कल्पना भी रामा स्वामी से नहीं कि थी। सारे मुकदमें के दौरान उसका व्यवहार एक कमजोर वकील का रहा। अतः उसे, और सभी गवाहों को लगा वे मुकदमा जीत जाएँगे। ललिता, जयम्मा, देवकी अम्मा और वीरप्पा सेठ मानसिक तनाव में आ गए। गौरी को लगा उसका मन सही था। उसे अचानक याद आया कि ललिता जिस दिन देवदासी का कर्तव्य निभाने वाली थी उस सारे दिन श्रीनि तनावग्रस्त रहा था। वह यह बात न्यायाधीश को बताना चाहती थी किंतु हिम्मत नहीं हुई।

दोनों पक्षों की दलीलें सुनने के बाद जज महोदय ने फैसला सुरक्षित रखा।

फैसले के दिन जज महोदय ने उड़ती गंभीर दृष्टि से कोर्ट रूम का जायजा लिया। और दिनों की अपेक्षा उस दिन भीड़ अधिक थी। गाँव के कई लोग आए थे। चन्द्रेश शास्त्री भी अपने प्रिय शिष्य श्रीनि के भाग्य का फैसला सुनने आए थे।

मुकदमे के दौरान श्रीनि की चुप्पी, उसकी आँखों से व्यक्त पीड़ा और भोली-

भाली छबि ने जज को प्रभावित किया था। उन्हें भी अनुभव हुआ कि सारे मामले में कई छेद हैं। पुलिस ने जिनकी ओर ध्यान नहीं दिया। इन्हें पुलिस पकड़ नहीं पाई। उसने ललिता और अन्य गवाहों पर अधिक विश्वास किया। मामले की तह तक पहुँचने में पुलिस असफल रही। श्रीनि का कोई पुराना अपराधिक रिकार्ड भी नहीं है।

वकील-ए-सफाई श्री रामा स्वामी ने मुकदमे पर जो प्रकाश डाला उस पर ध्यान देना जरूरी है। इसमें कोई संदेह नहीं कि अभियुक्त उन दिनों अवयस्क किशोर था। पुजारी नारायण स्वामी की हत्या की कोई योजना उसने पहले से नहीं बनाई थी। परिस्थितिजन्य साक्ष्य भी इसका समर्थन करते हैं कि उसका उद्देश्य पुजारी नारायण स्वामी की हत्या करना नहीं था। न ही लूट। चश्मदीद गवाह ने भी स्वीकार है कि मूर्ति को लेकर पुजारी से अभियुक्त की छीनाझपटी हुई। उसी में शायद चोट लगी। परंतु इससे अपराध न होना साबित नहीं होता। अतः यह अदालत अभियुक्त को लूट और किशोरावस्था की अपरिपक्व क्षणिक उत्तेजना में किए गए हत्या के दुष्कृत्य का अपराधी मान सात वर्ष की सजा देती है।

जेल में श्रीनि की भेंट सुरेन्द्रन से हुई। अच्छे चालचलन तथा पंद्रह अगस्त एवं छब्बीस जनवरी के उपलक्ष्य में सजा में दी जाने वाली छूट का लाभ श्रीनि को मिला। सात के बजाय पाँच वर्ष की सजा काटने पर उसे जेल से रिहा कर दिया गया।

•

"उस दिन सभी ने तुम्हारे खिलाफ झूठी गवाही दी थी। सबसे बड़ा झूठ उस ललिता ने बोला था। जिसे तुम चाहते थे।" मधुर स्वर में गौरी ने शिकायत की।

श्रीनि की सवालिया निगाहों ने पूछा, "तुमने भी ?"

गौरी ने उस सवाल को पढ़ने में कोई गलती नहीं की। सफाई दी, "हाँ ! मैंने भी ! तुम्हें अप्पा का हत्यारा मान लिया। सारे सबूत तुम्हारे खिलाफ थे। फिर ! तुम्हें चाहने वाली ललिता इतना बड़ा झूठ बोलेगी इसका अन्दाज नहीं था। किंतु मेरा दिल इसे मानने को कभी तैयार नहीं था।" गौरी के दीर्घ नयनों से सच्चा पछतावा झाँक रहा था।

"कब तक सड़क पर खड़े रहेंगे ? चलिए ! घर चलें।" बच्चे की अँगुली पकड़ चल दी सम्मोहन से बँधे श्रीनि ने अनुसरण किया।

चलते-चलते गौरी कहने लगी, "तुम्हारे और अप्पा के जाने के बाद मैं अनाथ हो गई। मंदिर में देवी अम्मा नहीं थी। गाँव वाले नई मूर्ति की प्राण प्रतिष्ठा करना चाहते थे। नया पुजारी भी चाहिए था। अप्पा के न रहने के बाद कुछ दिन ललिता, जयम्मा, देवकी मेरी देखभाल किए। वीरप्पा पाटिल उनसे मिलने कू आते। एक कोने में ले जा खुसुर-पुसुर करते। मुझे आते देख चुप हो जाते। फिर सबसे पहले ललिता को ले गए। फिर जयम्मा और देवकी अम्मा गई। वो देवकी जो हमें बेटे-बेटी सा

प्यार करती थी। मेरे कू अकेला छोड़ने में थोड़ी सी भी शरम उसकू नहीं आए। आत्या, तुम्हारी अम्मा कू बुलाना चाहा। किंतु शरम के मारे वो आए नहीं। लोगों का, खास कर मेरा सामना कैसे करते ? एक गम उनकू खाए जाते। उनकी जिंदगी नरक बन गए। लोगों को जवाब देना मुश्किल। उनके बेटे ने ऐसा क्यों किए ? उनकी मनःस्थिति को ध्यान में रख मैंने भी जोर नहीं डाले। हाँ ! चन्द्रेश शास्त्री जरूर मदद किए। सामान ला देते, रात सोने आते। बाहर बरामदे में सोते।"

"मय बेहद परेशान ! मन कू लगता अप्पा की हत्या का राज जरूर ललिता कू मालूम। चन्द्रेश काका भी बोले, "मेरा श्रीनि हत्यारा नहीं ? जरूर कुछ गड़बड़ ? गौरी अम्मा ! वो हरामजादी ललिता उस बदमाश वीरप्पा की रखैल बन गए। उसकू जरूर मालूम कौन हत्या किए ? तू जाको ललिता से पता करना ?" वीरप्पा ने ललिता के लिए अलग से मकान लिए। देवकी और जयम्मा भी उसके साथ रहते। तीनों मालकिन बन बैठे। ललिता तो सेठानी बन गए। बढ़िया कांजीवरम, मैसूरी साड़ियों, जेवरों से सजी-सँवरी रहते। कई बार मिलने गई। पर पूछने का हिम्मत नहीं हुए। फिर देवकी-जयम्मा उसे घेरे रहते। अगली बार गई तो देवकी नहीं मिले। उसके बाद जयम्मा भी गायब हो गए। बाद में पता चला वीरप्पा उनकू बेंच दिए।"

"उस दिन दोपहर में गई। दोपहर में पाटिल दूकान पर रहते। मुझसे रहा नहीं गया। हिम्मत कर पूछ लिए, 'ललिता ! श्रीनि तेरे कू कितना चाहता ? इन दिनां जेल में सड़ रहा।' "

खामोश पीड़ित नजरों से ताकती रही ललिता।

"देख ललिता ! यदि तुमने एक बेगुनाह कूं फँसाया तो देवी अम्मा कभी माफ नहीं करेंगी। नरक में भी जगा नहीं मिलेंगी ? पाप का गठरी ले कू इस दुनिया से जाएँगी ?"

अपराध बोध ललिता को सालता रहता था। गौरी के थोड़ा-सा स्पर्श करते ही आत्मा का मवाद बह निकला। रोने लगी। रोते-रोते बोली, "मय पापी अक्का ! मेरे कू माफ करते ? उस रात जो हुआ मय बताती।"

वीरप्पा ललिता के साथ सुहागरात मनाना चाहता था। ऐसा वह नारायण की मेहरबानी से पहले भी कई बार कर चुका था। उसे पूरा विश्वास था मोटी रकम लेकर पुजारी उसे ललिता सौंप देगा। कितु जब धर्म के नाम पर पुजारी ने उसे झिड़क दिया तो तिलमिला गया। एक जिद चढ़ गई कि ललिता को पाकर रहेगा। और नारायण द्वारा किए गए अपमान का बदला अवश्य लेगा। भूखे के सामने पंच पकवानो से भरी थाली छीन लेने पर जैसे वह बौखला जाता है वैसी बौखलाहट उसे हो रही थी। साला पुजारी ! देवी अम्मा के नाम पर अकेले उस लड़की के कौमार्य का आनंद उठाना

चाहता है ? देख लूँगा साले को ? हमारी बिल्ली और हम ही से म्याऊँ ?

देवी अम्मा के मंदिर में अभी तक जितनी भी देवदासियाँ आईं नारायण स्वामी और वीरप्पा पाटिल ने मिल-जुल कर आपस में बाँट लीं। लेकिन पहली बार ललिता के मामले में नारायण ने अपने अभिन्न मित्र को घास नहीं डाली। उसके अहंम को चोट पहुँचाई। अपमानित होकर यद्यपि वो घर तो चला गया। लेकिन चुटियल साँप की मानिन्द फुँफकारता रहा। जिस प्रकार से सर्प के दुश्मन की छबि उसकी आँखों में बस जाती है और मौका मिलते ही डँसता है; उसी प्रकार से वीरप्पा की नजरों में नारायण की छबि बस गई। ललिता को पाना उसके लिए इज्जत का सवाल बन गया। उसी रात उसे पुजारी को डँसने का मौका मिल गया।

घर से दूकान आया जरूर मगर किसी काम में उसका मन नहीं लग रहा था। कल्पना में देख रहा था पुजारी ने नाना प्रकार के उबटनों, सुगंधियों, फूलों से ललिता को स्नान करा शृंगार किया। बढ़िया रेशमी वस्त्र पहनाए। जेवरों से सजाया। सुहागरात के लिए तैयार किया। रात ज्यों-ज्यों भीग रही थी उसकी व्याकुलता बढ़ रही थी। अपने कमरे में श्रीनि विकल था तो दूकान पर पाटिल। न जाने क्या सूझा दोनों सिरों पर लोहे की टेपी लगी लाठी ले मंदिर के लिए चल पड़ा। मंदिर के वटवृक्ष के पीछे जा छिपा।

गाँव सोया हुआ था। गर्भगृह और नारायण स्वामी के कमरे को छोड़ पूरा मंदिर अंधकार में डूबा था। पूजा के बहाने गर्भगृह के प्रांगण में ललिता को निर्वस्त्र कर, मंदिर और अपने कमरे के दरवाजों को उड़का, ललिता को गोद में उठा नारायण स्वामी ने कमरे में ला पलँग पर बैठा दिया। ललिता पीपल के पत्ते सी काँप रही थी। लज्जा से गड़ी जा रही थी। उसकी देह का रेशमी स्पर्श उत्तेजित कर रहा था। अलमारी से व्हिस्की, सूखे मेवे, नमकीन निकाल पलंग के पास रखी टेबल पर सजाए। इस बीच पलंग पर पड़ी रेशमी चादर से अपना तन ललिता ने ढंक लिया। दो गिलासों में व्हिस्की ढाली। कुछ बूँदे देवी माँ को चढ़ा गिलास ललिता को दिया।

"ले पी ! देवी अम्मा का परसाद। पीले।" नारायण ने आदेश दिया।

प्रसाद को मना करने का मतलब देवी का अपमान था। काँपते हाथों गिलास लिया। तभी मंदिर के दरवाजे के खुलने की चर्रर चूं सुनाई दी। इतनी रात मंदिर में कौन आया ? मंदिर में कौन घुसा ? चोर तो नहीं ? नारायण तुरंत बाहर आया। उनके जाते ही ललिता ने जल्दी से कपड़े पहन लिए। चादर ऊपर से लपेट ली। मूर्ति के साथ श्रीनि को उन्होंने भागते देखा। पहले तो कुछ समझे नहीं। फिर आवाज दी श्री...नि...श्री...नि...। श्रीनि का नाम सुन ललिता बाहर आई। तभी पीछे से वीरप्पा सेठ ने लाठी का जोरदार वार किया। नारायण स्वामी का सिर फट गया। खून का फौव्वारा निकला। खून सने फर्श पर नारायण गिर पड़े। शरीर थोड़ी देर काँपा और ठंडा पड़ गया। डर के मारे ललिता काँपने लगी। चीखना चाहती थी। परंतु पाटिल

ने मुँह दबा दिया। धमकाया, ''चुप ! चुप बैठते ! जरा भी बोली ! मेरा नाम बताए तो मार डालूँगा। कोई पूछे तो श्रीनि मार को भाग गए बताते ?'' कमरे में जा तिजोरी से जेवर नगदी निकाल छिपा दिए।

''बाकी का सब बात तुम कू मालूम अक्का ?'' ललिता ने बात खत्म की।

गौरी पत्थर की मूर्ति बन गई।

ललिता सिसकने लगी। गौरी का हाथ पकड़ बोली, ''श्रीनि सामी बेकसूर अक्का। अपना जान का वास्ते झूठ बोले। पाटिल भौत खतरनाक। हमकू भौत डर लगता अक्का।''

बरामदे में आ पहुँचे पाटिल ने लड़कियों की बातें सुन लीं। डर-क्रोध के मारे काँपने लगा। मस्ती करने के इरादे से दूकान पर नौकर को बिठा ललिता से मिलने आया था। गौरी-ललिता को बतियाते देख कदम रुक गए।

''ललिता ! तुम नहीं जानते ? तुम कितना बड़ा गुनाह किए ? गुनेहगार पाटिल कू बचाए और उसकी रखैल बनने के वास्ते एक बेकसूर को जेल भिजवाए ?''

''हम क्या करते अक्का ? वो मार डालने का बोले। बोले ! उस हरामी पुजारी के समान तुम कू बी खत्म कर देंगे, यदि तुम जुबान खोले ?''

दीर्घ श्वांस ले गौरी चुप बैठी रही। ललिता का रोना थमते ही उसका मुँह धुला पानी पिलाया। पीठ थपथपा बोली, ''घबराते-डरते नहीं ? मय तेरे साथ। हाँ ! देवकी और जयम्मा नहीं दिखते ? किधर गए ?''

''मेरे कू लगता...दोनो कू...पाटिल...गायब कर दिए...नौकर बोले बेंच दिए ?''

गौरी स्तब्ध रह गई। शातिर पाटिल हर सबूत मिटा रहा है। किसी दिन ललिता को भी ? आगे सोच नहीं सकी। काँप उठी।

''अच्छा चलते ! डरते नहीं हिम्मत से काम लेते। सावधान रहते। सोच कू कोई रास्ता निकालेंगे।'' गौरी जाने के लिए उठ खड़ी हुई।

सावधान पाटिल तत्काल गायब हो गया।

ललिता ने नई मानसिक यंत्रणा गौरी को दे दी। रात आँखों में कट जाती। ललिता की जिंदगी भी खतरे में थी। पाटिल कब क्या कर बैठेगा उसका विश्वास नहीं ? वह कुछ करे इसके पहले ही कुछ करना चाहिए। श्रीनि से जेल में मुलाकात कर उसे सब बता दे ? कुछ भी निर्णय नहीं ले पा रही थी। डर भी लग रहा था।

वीरप्पा अच्छी तरह से जानता था कि गौरी ललिता से मिलने अवश्य आएगी। उसके खिलाफ गवाही देने को उकसा भी सकती है। उसका शक सही साबित हुआ।

कुछ दिनों बाद गौरी आई। ललिता का कमरा खाली था। कुछ देर पलँग पर बैठ इंतजार करने लगी। काफी समय बीत जाने पर भी ललिता नहीं आई तो समझ गई पाटिल चाल चल गया। घर जाने के लिए उठ खड़ी हुई। दरवाजा बंद कर सामने पाटिल खड़ा था। विचारों में ऐसी खोई थी कि पाटिल के आने, दरवाजा बंद करने

का पता ही नहीं चला। मन ही मन डर गई किंतु मुख पर दृढ़ता का भाव लिए रही। हिम्मत कर बोली, "पाटिल काका ! रास्ता छोड़ते।"

पाटिल पास आया। मुँह से शराब की दुर्गंध और आँखों में वासना की लपटें।

"रास्ता छोड़ते ? इत्ती जल्दी क्या घर जाने की ? ये घर भी तो तेरा ? तू हमकू जेल भेजवाना चाहते ? बोल ! उस हरामजादी ललिता कू बेवकूफ बना सब पता कर लिए। अब वो इधर नहीं ? साली ! किसी वेश्यालय में ग्राहक निपटाती होयंगी ?" साँप की तरह आगे बढ़ने लगा, गौरी को पकड़ने के लिए।

"य...ये...क्या करते काका ? हम...आपकी बेटी...जैसे ?...आपके हाथ जोड़ते ? हमकू जाने देते ?"

"इत्ती जल्दी क्या गोरी रानी ? तेरा बाप ! देवी अम्मा के नाम पे क्या कम देवदासी का इज्जत लूटे ? कई छोकरी वेश्यालय बेचे। उसका सजा मिलना चाहिए कि नहीं ?" लपककर गौरी को दबोच लिया।

"छोड़ते...हमकू...छोड़ते...हम आप के हाथ जोड़ते ?" छूटने के लिए छटपटाने-संघर्ष करने लगी।

"सुअर पुजारी।...एक...पोट्टी...ललिता...वास्ते हमारा अपमान किए ? उसकू साले कू जहन्नूम भेजे ?...जा ! नई छोड़ते तेरे कू ?" साड़ी खींच कर फेंक दी।

दुःशासन जिस काम में असफल रहा था, वीरप्पा पाटिल उसमें सफल हो गया।

गौरी को गहरा मानसिक, भावनात्मक और शारीरिक आघात लगा। अपनी अपवित्र देह से छुटकारा पाना चाहती थी। पाटिल की हत्या करने को बेचैन थी। किंतु कुछ भी संभव नहीं लग रहा था। ललिता के हश्र ने भयभीत कर दिया। डरने लगी। कहीं उसे भी मुंबई के वेश्यालय...आगे सोच न सकी। जानती थी पाटिल के हाथ पैसे ने बहुत लंबे कर रखे हैं। थानेदार और तालुका का नेता, विधायक सभी उसके जर खरीद गुलाम हैं। असुरक्षा की भावना चौबीस घंटे घेरे रहती। डर के मारे न रात को न दिन को चैन मिलता। श्रीनि के लिए दिन गिनने लगी।

"जानते हो उसके बाद क्या हुए ?" चलते-चलते खड़ी हो गई। चौंकाने वाली निगाह से श्रीनि को ताका। श्रीनि उत्सुक नजरों से गौरी को देखने लगा।

"अचानक एक दिन रघु मामा अपने बेटे रामू कू लेके आ धमके। मंदिर पर कब्जा कर लिए। देवी अम्मा का नई मूर्ति का मंदिर में प्राण प्रतिष्ठा किए। मैं क्या बोलती ? मुझ कू निकाल देते तो किदर जाती ? उस पापी का बीज पेट में पलते। मय तो खत्म करना चाहती। मामा रोक दिए, 'भ्रूण हत्या महापाप। बच्चे का क्या गुनाह बेटी ? तू चिंता मत कर। नारायण जीजा नहीं रहे तो क्या ? मय हूँ ना ?' "

मेरा बड़ा ख्याल रखे। बिलकुल बदल गए। एक दिन बोले, "श्रीनि सामी कू तेरे कू सौंप मय बेफिकर होते ? लड़का बेकसूर है। मेरा दिल बोलते। कोई उसकू फँसाया। इस बच्चे का चिंता नको। श्रीनि सामी के मना करने पर मय रख लूँगा।

फिकर नको ? पण श्रीनि तेरे बेटे कू रखेगा। मेरे कू पूरी खात्री।''

''अरे गौरी अक्का ? किधर से आते ?'' कंधे पर कैमरा और झोला, पैंट पर खादी का कुर्ता, बढ़ी दाढ़ी, आँखों पर मोटी फ्रेम का चश्मा और चप्पल।

''अरे कृष्णा ! तू किधर ?''

''मेरा एक पत्रकार मित्र आने वाला। उसकू लेने स्टेशन जा रहा ?'' कृष्णा ने उत्तर दिया।

''मय इनकू ! श्रीनि कू लेने आई।'' बड़े प्यार से श्रीनि को निहारते गौरी ने उत्तर दिया।

''अरे...रे ! येज श्रीनि ? कामरेड श्रीनि ? प्रसिद्ध नक्सलवादी नेता ?'' आश्चर्य से कृष्णा की आँखें फटी की फटी रह गईं।

गर्व से गौरी का वक्ष फूल उठा।

''प्लीज ! एक फोटो।'' बच्चे को उठा श्रीनि की गोद में दे दिया। श्रीनि कुछ भी बोल नहीं पाया। हैरान देखता रह गया।

''गौरी अक्का ! जरा कामरेड श्रीनि के पास आते ?'' कैमरे के व्यू फाइण्डर से झाँकते, ऐंगल जमाते कृष्णा ने कहा, ''थोड़ा और पास। हाँ ! अब ठीक।''

फ्लेश चमका। बिजली-सी चमक तुरंत गायब हो गई।

''कामरेड ! थैंक्यू। धन्यवाद। बहुत-बहुत धन्यवाद। किसी दिन इंटरव्यू वास्ते आते ? धन्यवाद ! पुनः धन्यवाद।'' झुककर अभिवादन किया। तेजी से कदम बढ़ाते कृष्णा को पेड़ों के झुरमुट के पीछे गुम होते दोनों देखते रहे।

कुछ देर खड़े रहे निःशब्द। असमंजस का भाव गौरी के मुख पर उभरा। भरे गले से बोली, ''जानती नहीं। सच्चाई सुनने के बाद तुम मुझे अपनाओगे या नहीं ?''

गौरी की करुण कातर दृष्टि श्रीनि की आत्मा को बर्छी सी चुभी। अपनी गहरी मौन दृष्टि उसकी आँखों में डाल कुछ पल निःशब्द खड़ा रहा। मौन के हर पल का क्षणार्ध गौरी की आत्मा पर हथौड़ो की चोट कर रहा था।

महाकवि कालिदास के 'कुमार संभवम्' की नायिका देवी पार्वती का श्रीनि को स्मरण हो आया। गत कई सालों ने उसकी वाणी छीन ली थी। आज वापस लौटी, ''देवी पार्वती के समान मेरी प्रतीक्षा के तप ने तुम्हें पवित्र कर दिया है गौरी ! तुम्हें न अपनाने का पाप करने का साहस मुझमें नहीं है। हाँ ! तुम्हें मेरे साथ चलना पड़ेगा।'' गौरी की कोमल रेशमी हथेली कस कर पकड़ ली। कभी न छोड़ने के लिए।

''दुनिया के किसी भी कोने तक तुम्हारे साथ जाने कू तैयार हूँ।'' अपना सिर श्रीनि के विशाल चौड़े सीने पर गौरी ने टिका दिया।

श्रीनि की गोद में बैठा बालक दोनों को टुकुर-टुकुर निहारता रहा।

□□